윌리엄 셰익스피어 William Shakespeare

1564년 잉글랜드 스트랫퍼드어폰에이번(Stratford-upon-Avon)에서 비교적 부유한 상인의 아들로 태어났다. 엘리자베스 여왕 치하의 런던에서 극작가로 명성을 떨쳤으며, 1616년 고향에서 사망하기까지 37편의 작품을 발표했다. 그의 희곡들은 현재까지도 가장 많이 공연되고 있는 '세계 문학의 고전'인 동시에 현대성이 풍부한 작품으로, 전 세계 사람들의 마음을 사로잡고 있다. 크게 희극, 비극, 사극, 로맨스로 구분되는 그의 극작품은 인간의 수많은 감정을 총망라할 뿐 아니라, 인류의 역사와 철학까지도 깊이 있게 통찰하고 있다고 평가받는다. 고대 그리스 비극의 전통을 계승하고, 당시의 문화 및 사회상을 반영하면서도, 수백 년이 지난 지금까지 독자들의 공감과 사랑을 받는, 시대를 초월한 천재적인 작품들인 것이다. 그가 다루었던 다양한 주제가 이렇듯 깊은 감동을 이끌어 내는 데에는 그의 시적인 대사도 큰 역할을 한다. 셰익스피어가 남겨 놓은 위대한 유산은 문학뿐 아니라 영화, 연극, 뮤지컬, 오페라와 같은 문화 형식, 나아가 심리학, 철학, 언어학 등 다양한 학문에서도 수없이 발견되고 있다.

옮긴이 최종철

연세대학교 영어영문학과를 졸업하고 연세대학교와 미네소타 대학교에서 문학 석사 학위, 미시건 대학교에서 문학 박사 학위를 받았다. 셰익스피어와 희곡 연구를 바탕으로 다수의 논문을 발표하였으며 현재 연세대학교 영어영문학과의 명예교수이다. 1993년부터 셰익스피어 작품을 운문 형식으로 번역하는 데 매진하여, '셰익스피어 4대 비극'인 『햄릿』, 『오셀로』, 『맥베스』, 『리어 왕』과 『로미오와 줄리엣』, 『한여름 밤의 꿈』, 『베니스의 상인』 등을 번역 출간했다.

셰익스피어 전집 7　　　　　사극·로맨스

셰익스피어 전집 7

사극·로맨스

윌리엄 셰익스피어
최종철 옮김

민음사

셰익스피어 전집의 운문 번역을 시작하며

셰익스피어가 그의 극작품에서 사용하는 언어는 형식상 크게 운문과 산문으로 나뉜다. 산문은 주로 희극적인 분위기나 신분이 낮은 인물들(꼭 그렇지는 않지만), 저급한 내용, 편지나 포고령, 또는 정신 이상 상태 등을 드러낼 때 쓰이고, 운문은 주로 격식을 갖추어 사상과 감정을 표현할 때 쓰인다. 여기에서 운문이라 함은 시 한 줄에 들어가는 음보의 수에 따라 몇 가지 종류가 있지만, 셰익스피어가 주로 사용하는 것은 소위 '약강 오보격 무운시'라 불리는 형식이다. 알다시피 영어에는 우리말과 달리 강세가 있으며, 강세를 받지 않는 음절 다음에 바로 강세를 받는 음절이 따라올 때 이 두 음절을 합쳐 '약강 일보'라 말하고, 이런 약강 음절이 시 한 줄에 연속적으로 다섯 번 나타날 때 이를 '약강 오보'라 부른다. 그리고 '무운'이란 각운을 맞추지 않는다는, 즉 연이은 두 시행의 끝에서 같은 음이 되풀이되지 않는다는 뜻이다. 모든 운문 형식 가운데 이 '약강 오보격 무운시'가 영어의 자연스러운 리듬에 가장 가까우며 셰익스피어가 그 대표적인 사용자이다. 그리고 산문은 이러한 규칙을 지키지 않는 대사를 말한다. 또한 두 형식은 시각적으로도 구분되는데, 일정한 음보 수가 넘치면 시 한 줄이 끝나고 다음 줄로 넘어가는 운문과 달리 산문은 좌우 정렬로 인쇄되어 지면을 꽉 채우도록 배열된다. 극작품마다 운문과 산문의 사용 비율은 각기 다르지만 대부분은 운문이 전체 대사의 절반 이상을 차지하고 그 비율이 80퍼센트 이상인 희곡도 총 38편 가운데 22편이나 된다. 예를 들면 우리가 익히 아는 4대 비극의 경우, 운문과 산문 두 형식의 배분율 퍼센트는

『햄릿』이 75, 25, 『오셀로』가 80, 20, 『리어 왕』이 75, 25, 『맥베스』가 95, 5이다.

이렇게 셰익스피어 연극 대사의 대부분을 차지하는 운문을 어떻게 처리하느냐는 그의 극작품을 우리말로 옮길 때 매우 중요한 고려 사항이다. 시 형식으로 쓴 연극 대사를 산문으로 바꿀 경우 시가 가지는 함축성과 상징성 및 긴장감이 현저히 줄어들고, 수많은 비유로 파생되는 상상력의 자극이 둔화되며, 이 모든 시어의 의미와 특성을 보다 더 정확하고 아름답게 그리고 효율적으로 전달하는 도구인 음악성이 거의 사라지기 때문이다. 이 말은 물론 산문 번역으로는 이런 효과를 전혀 낼 수 없다는 뜻은 아니다. 하지만 시와 산문은 그 사용 의도와 용도 그리고 효과가 많이 다르기 때문에 어느 쪽을 택하느냐에 따라 그 결과는 상당히 다르게 나타날 수 있다. 일반적으로 산문 번역은 정확성을 기하는 데는 좋지만, 시적 효과와 긴장감이 떨어지고, 말이 길어지는 경향 때문에 공연 대본으로 쓰일 경우 공연 시간을 필요 이상으로 늘릴 가능성이 있다. 따라서 가장 이상적인 선택은 셰익스피어 극작품의 운문 대사를 시적 효과와 음악성을 살리면서 동시에 정확성도 확보하는 우리말 번역일 것이다.

그렇다면 셰익스피어 연극 대사의 대부분을 차지하는 영어의 '약강 오보격 무운시'를 그에 상응하는 우리말 시 형식으로 어떻게 옮겨 올 수 있을까? 두 언어가 여러 가지 면에서 다르기 때문에 영어의 음악과 리듬을 우리말로 꼭 그대로 재생할 수는 없다. 그러나 모든 언어는 나름대로의 소리를 배열하여 고유의 리듬을 만들어 낼 수 있는 기본 능력을 갖추고 있다. 그렇기에 영어 음악성의 100퍼센트 복제가 아니라 그와 유사한 그러나 우리말에 독특한 리듬의 재생을 목표로 한다면 방법이 없는 것도 아니다. 이에 역자는 그 해결책으로 우리말의 자수율을 생각해 보았다. 그리고 영어 원문의 '무운시' 번역에 우리 시의 기본 운율인 삼사조와 그것의 몇 가지 변형을 적용해 보았다. 즉, 우리말 대사 한 줄의 자수를 최소 열두 자에서 최대 열여덟 자로 제한하고 그 안에서 적절한 자수율을 찾아보았다. 그 결과 셰익스피어의 '오보'에 해당되는 단어들의 자모 숫자와 우리말 12~18자에 들어가는 자모 숫자의 평균치가 거의 비슷하다는 사실을 알게 되었다. 사람이 한 번의 호흡으로 한 줄의 시에서 가장 편하게 전달할 수 있는 음(의미)의 전달 양은 영어와 한국어가 별로 차이가 없다는 사실을 발견한 셈이다. 이는 또한 셰익스피어 극작품의 시행 한 줄 한 줄이 시로서만 가치를 가지는 것이 아니라, 처음부터 배우들이 말하는 연극 대사로서의 기능을 염두에 두고 쓰였다는 사실을 고려해 볼 때 더욱 자연스러운 발견이었다. 이렇게 우리말의 자수율로 영어의 리듬을 대체할 수 있었을 뿐만 아니라 우리말 시 한 줄의 길이 제한 안에서 영어 원문의 뜻 또한 최대한 정확하게, 거의 뒤틀림 없이 담을 수 있었다.

역자는 이 방법을 1993년 『맥베스』 번역(민음사)에 처음 사용하였고 그 후 지금까지 같은 식으로, 그러나 상당한 변화와 개선을 거치면서 『햄릿』, 『오셀로』, 『리어 왕』, 『로미오와 줄리엣』, 『한여름 밤의 꿈』, 그리고 가장 최근에는 『베니스의 상인』 번역(모두 민음사 세계문학전집)에 사용하였다. 또한 이번 셰익스피어 전집도 극작품은 모두 같은 방법으로 번역하였고 앞으로 출간될 나머지 작품들 또한(소네트와 시는 원래 시 형식으로 쓰였기 때문에 말할 것도 없이) 같은 식으로 번역할 것이다.

끝으로 이러한 우리말 운문 대사가 실제로 어떤 효과를 내는지 궁금한 독자들은 해당 부분을 소리 내어 읽어 보면 그 리듬을 쉽게 느낄 수 있을 것이다. 그리고 이 번역과 다른 셰익스

피어 번역을 비교해 보면(대부분 산문 또는 시행의 길이 제한을 두
지 않는 불완전한 운문 형식으로 되어 있는데) 그 차이점을 바로 알
아차릴 수 있을 것이다.

2014년 봄

최종철

차례

일러두기

1. 번역에 사용한 저본 및 참고본은 각 작품의 「역자 서문」에 밝혀 두었다.

2. 고유명사의 표기는 국립 국어원의 외래어표기법을 따르는 것을 원칙으로
하였다. 다만 이미 굳어져 널리 쓰이고 있는 표기 등은 예외를 두었다.

3. 원문에서 의도적으로 어법에 맞지 않게 쓴 표현은 그대로 살려 번역하거나
일부 방언을 사용하였고 각주로 표시하였다.

4. 독자의 편의를 위해 대사의 행수를 5행 단위로 표기하였으며, 이는 원문의
길이와 전체적으로는 거의 같지만 완벽하게 일치하지는 않는다. 한 행이
계단식 배열로 표시된 것은 1) 한 인물이 같은 행을 나누어 말하거나 2) 둘
이상의 인물이 같은 행을 나누어 말하는 경우이다.

5. 막의 구분 없이 장면의 연속으로만 진행되었던 셰익스피어 당시의 공연
관행을 반영하기 위하여 막과 장의 숫자만 명기하고 장소는 각주에서 설명
하였다.

헨리 4세 1부 · 2부

Henry IV, Part 1·2

역자 서문

윌리엄 셰익스피어(1564~1616)는 3부작『헨리 6세』(1589~1591)를 시작으로『헨리 8세』(1612)까지 총 10편의 사극을 썼다. 이들 가운데『존 왕』과『헨리 8세』를 제외한 나머지 여덟은 보통 두 개의 모음으로 나뉘기도 하는데, 그것은 1차 4부작(『헨리 6세 1부』,『헨리 6세 2부』,『헨리 6세 3부』,『리처드 3세』) 그리고 2차 4부작(『리처드 2세』,『헨리 4세 1부』,『헨리 4세 2부』,『헨리 5세』)의 여덟 작품이다. 이렇게 두 4부작 안에서 그 내용으로 연결된 여덟 작품에 더하여 그들과는 시간상 앞과 뒤로 좀 떨어진 자리에『존 왕』과『헨리 8세』가 놓여 있다. 또한 이들 1차와 2차 4부작은 영국 역사에서 장미 전쟁을 다룬다는 공통점이 있는데 2차 4부작은 "헨리아드", 즉 "헨리 이야기"(일리온, 즉 트로이 전쟁 이야기인『일리아드』를 본떠서)라고도 불리며 시기적으로는 2차가 1차 4부작보다 앞선 역사를 다룬다.

그러나 셰익스피어 사극의 이런 분류에는 문제점이 없지 않다. 왜냐하면 만약 사극이 역사상의 시기나 사실이나 인물을 주로 다루는 극이라고 한다면 비극으로 분류되는『리어 왕』이나『줄리어스 시저』,『안토니와 클레오파트라』등의 극작품도 사극적인 요소를 많이 가지고 있기 때문이다. 그래서 우리는 셰익스피어의 사극을 대할 때 그것의 커다란 역사적인 테두리는 지키되 그 내용에 충실해야 할 것이다. 셰익스피어는 때로 하나의 극작품에 폴로니우스가『햄릿』에서 우스개 조로 말하듯이 "비극, 희극, 사극, 목가극, 희극적 목가극, 목가극적 사극, 사극적 비극, 목가극적 사극적 희극적 비극"을 다 섞어 놓았기 때문이다. 또한 그의 모든 극작품들이 보이는 일관된 목표는 인간의 본성을 드러내는 것이기 때문이다.

따라서 우리도 『헨리 4세 1부』와 『헨리 4세 2부』를 읽을 때 셰익스피어의 목표를 염두에 두면서 이 두 사극을 가장 독특하게 만드는 인물 폴스태프에 집중해 보기로 하자. 왜냐하면 폴스태프야말로 이 사극의 희극성을 대표하며 그 나머지 부분인 역사적이고 비극적인 면뿐만 아니라 로맨스적인 요소에까지 영향을 미쳐 이 두 사극을 셰익스피어 전집 가운데 전무후무한 종합극의 결정판으로 만들기 때문이다. 좀 더 구체적으로 말하면 이 사극(두 편을 편의상 하나로 지칭하면)에 폴스태프가 포함된 이유는 그가 몇 가지 점에서 다른 인물, 역사관, 이념, 또는 행동과 뚜렷하게 대조되기 때문이다.

우선 폴스태프는 핼 왕자를 사이에 두고 헨리 4세와 삶의 방식에서 대비된다. 1막 1장이 열리면 헨리 4세는 자기가 목표로 세운 예루살렘 원정 계획뿐만 아니라 자신의 왕권을 위협하고 국가의 내분을 조장하는 역도들에 의한 아군의 패전 소식과 곧이은 승전 소식, 거기에다 왕위 계승과는 담을 쌓은 자기 아들 해리가 또 하나의 해리(핫스퍼)의 무운에 가려 빛을 보지 못하고 있는 안타까운 현실까지 너무나 많은 일에 신경을 쓰고 있다. 한마디로 다망한 국사에 시달려 노심초사하는 국왕이다. 이와 달리 1막 2장이 열리면 폴스태프는 핼 왕자의 저택에서 한가로이 쉬고 있다. 해리 왕자의 설명에 의하면 폴스태프의 삶은 "오래 묵은 백포도주나 마시고 저녁 식사 뒤에는 단추나 풀어헤치고 정오가 지나면 긴 의자에서 잠이나 자"(1.2.1~4)는 일과, "디아나의 삼림 감독관, 어둠의 신사, 달님의 총아"(1.2.24~25) 노릇, 즉, 도둑질하는 일로 채워져 있다. 한마디로 먹고 마시고 즐기는 무위도식의 극치이다. 그는 약간의 불법으로 부러울 것 없이 편한 생활을 꾸려가고 있는 셈이다.

그렇다면 핼 왕자는 둘 가운데 어떤 양식의 삶을 택할까? 아버지의 것은 부귀영화를 누릴 수는 있지만 골머리가 아픈 삶인 반면 폴스태프의 것은 도둑질 때문에 좀 체면이 깎이기는 하지만 아무런 걱정 없는 삶이다. 왕위를 물려받을 왕자로서는 앞의 것이, 그러나 한 인간으로서는 뒤의 것이 매력 있을 것이다. 핼 왕자의 선택은 1막 2장의 끝부분에 나와 있다. 이때 핼 왕자는 포인스의 권고에 따라 개즈힐 고개에서 폴스태프 일당과 도둑질을 같이 하는 데 일단 동의한다. 하지만 숨겨진 그의 본심은 곧이은 독백에서 드러난다.

> 난 너희를 다 안다. 그래서 한동안은
> 너희의 고삐 풀린 나태를 지지할 것이다.
> 그러나 이 점에서 난 태양을 본받아
> 저급한 전염성 구름이 자신의 미려함을
> 세상이 못 보게 뒤덮도록 놔두다가
> 자신의 존재를 드러내고 싶을 때면
> 자기 목을 조르고 죽일 것만 같았던
> 더럽고 꼴사나운 증기를 뚫고 나와
> 그립기에 더 놀라운 존재가 될 것이다. (1.2.183~191)

핼의 본심은 이쪽을 즐기다가 때가 오면 저쪽으로 갈 것이고, 그때는 이쪽의 경험을 자기를 더욱 돋보이게 해 줄 도구로 쓰겠다는 것이다. 이는 한편으로는 약삭빠른 계산이라 할 수 있지만 다른 한편으로는 모두를 다스려야 하는 왕좌를 물려받을 왕세자로서 바람직한 태도라고 할 수 있다. 이는 2막 4장 끝부분에서 핼 왕자가 폴스태프를 버릴 것이라는 — "그러지, 그럴 거야"(2.4.455)

— 암시이며, 『헨리 4세 2부』의 끝에서 드디어 그를 내치게 되는 결과를 가져올 최초의 언질이다.

폴스태프의 생계유지 수단인 도둑질은 그 자체로는 나쁜 짓이다. 하지만 폴스태프 일당이 훔친 돈의 액수인 "삼백 마르크"(2.1.46~47)는 물론 크다면 큰 돈이지만, 핫스퍼가 주동이 되어 왕국을 삼등분하겠다는 역적모의(3.1)에 비하면 그야말로 새 발의 피에도 못 미친다. 게다가 조금의 땅덩이라도 더 차지려는 핫스퍼의 치밀함과 열성은 개즈힐에서 보인 뚱뚱보 폴스태프의 노력을 한 편의 코미디로 만들기에 충분하다. 핫스퍼는 글렌다워에게 "보시오, 이 강이 내게로 휘돌아 들어와/최고로 비옥한 내 땅을 거대한 반달같이/엄청난 소규모로 빙 둘러 자르고 있잖소."(3.1.95~97)라고 말한다. "엄청난 소규모"라는 모순 어법에 담긴 핫스퍼의 과장된 깐깐함을 보라. 그에 비해 "울퉁불퉁한 땅 칠 야드가 내게는 육십하고도 십 마일을 걷는 거나 마찬가지"(2.2.22~23)인 폴스태프에게 도둑질은 목숨까지 건 중노동이다. 게다가 여기 이 대비되는 두 가지 도둑질에 헨리 4세의 도둑질, 즉 선왕 리처드 2세를 폐위시키고 죽게 한 다음 왕국 전체를 훔친 일을 더하면 우리는 폴스태프가 왜 이 극에 존재하는지 그 의미를 알게 된다. 도둑질의 규모가 크면 그것이 합법화되는 것인가? 도둑질의 유무죄를 판단할 때 그 동기는 얼마나 중요한가? 한쪽은 생계를 위해, 그리고 다른 쪽은 부귀영화와 권력욕을 만족시키기 위해서인데. 또 그 피해의 범위는 어떤가? 폴스태프의 도둑질은 다른 둘과 대비되어 이런 질문을 하게 만든다. 그리고 핼 왕자에게도 어느 한쪽을 선택하게 만든다.

그러나 뭐니 뭐니 해도 폴스태프의 최고 가치는 그가 명예의 허상을 밝힐 때 드러난다. 왜냐하면 명예는 당시의 왕족과 귀족 및 신사 계급, 특히 무훈을 통해 이름을 빛내려는 모든 신사들의 최고 덕목이었기 때문이다. 이는 헨리 4세가 자기 아들 해리가 아닌 노섬벌랜드 백작의 아들 해리 퍼시가 가졌다고 부러워하는 덕목이기도 하다. 그리고 그 당사자인 퍼시는 그것을 다음과 같이 탐내며 독차지하려 든다.

> 맹세코, 창백한 달님의 얼굴까지 뛰어올라
> 빛나는 명예를 따서 내려오거나
> 수심 측정 밧줄이 한 번도 닿지 않은
> 깊은 바다 밑으로 돌진해 내려가
> 물에 빠진 명예의 머리채를 잡아 올려
> 그녀를 구한 자가 그녀의 전 가치를
> 독차지하는 일은 쉽다 생각하지만
> 어정쩡한 공동 소유 절대 하지 않으리라! (1.3.200~207)

그리고 명예는 해리 퍼시만 탐하는 물건이 아니다. 그와 왕국을 놓고 경쟁 관계에 있는 해리 왕자 또한 그것을 퍼시에게서 빼앗아 내고야 말겠다고 부왕에게 맹세한다. "늠름한 핫스퍼, 만인의 칭송 받는 기사와/잊힌 당신의 해리가 부딪"치는 그날이 오면 이 북쪽 청년의 빛나는 공적을 자신의 불명예와 맞바꾸겠다고 말이다. 그래서 퍼시가 명예를 많이 쌓으면 쌓을수록 자신의 영광은 더 커질 것이라고 장담한다. 반드시 그렇게 키워 놓은 명예를 빼앗아 올 테니까.(3.2.139~152) 그리고 슈루즈베리 전투에서 해리 왕자는 드디어 해리 퍼시를 죽이면서 그의 "투구 위에 핀 명예"를 모두 꺾어 자기 머리에 쓸 "화환"을 만든다.(5.4.71~72) 또한 극의 끝부분에서는 사로잡힌 적장 더글러스를 무조건 방면하는 아량을 직접 베풀지 않고 아우 존 랭커스터에게 넘김으로써 더 큰 명예를, 더 많은 존경과 칭송을 얻는다.

그러나 극중의 모든 기사들이 절대적인 가치로 숭배하는 이 명예를 폴스태프는 지푸라기처럼 하찮은 것으로, 더구나 목숨과 맞바꿀 가치는 전혀 없는 헛것으로 만든다. 5막 1장에서 운명적인 슈루즈베리 전투가 본격적으로 시작되기 직전 폴스태프는 해리 왕자로부터 "당신은 하느님께 죽음이란 빚을 졌잖아"(5.1.126)라는 말을 듣는다. 그에 대한 반응으로 그는 죽음과 명예에 대한 자문자답 형식의 독백을 한다. 그는 자기의 죽음은 "아직 만기가 안 됐어."라고 말을 시작한다.

그건 아직 만기가 안 됐어. 때가 되기도 전에 갚으라면 난 싫을 거야. 날 부르시지도 않는 분에게 내가 그리 열성적일 필요가 뭐 있어? 글쎄, 상관없어, 명예가 날 재촉해. 그래, 하지만 내가 나섰는데 명예가 내 죽음을 재촉하면 어쩌지? 명예가 잘린 다리를 붙여 주나? 아니. 팔은 어때? 아니. 또는 상처의 아픔을 없애 주나? 아니. 그럼 명예는 수술도 할 줄 모르잖아? 그렇지. 명예가 뭐야? 말이지. 그 명예란 말 속에 뭐가 있지? 그 명예란 게 뭐야? 공기이지. 멋진 결산이군. 누가 그걸 얻지? 수요일에 죽은 사람. 그가 그걸 느끼나? 아니. 듣나? 아니. 그럼 그건 무감각해? 맞아, 죽은 사람들에겐. 하지만 그게 산 사람들과 함께 살진 못하나? 안 되지. 왜? 비방이 가만두지 않을 테니까. 그러므로 난 그거 안 가져. 명예란 장례식의 방패일 뿐이야. 이로써 내 교리 문답은 끝났다. (5.1.127~141)

명예란 무엇인가? 그것은 가문의 문장을 그려 넣어 장례식 때 진열하고 나중에는 죽은 사람의 유품으로 교회에 보관하는 장식용 널빤지 또는 방패일 뿐이다. 그것을 위해 목숨을 건다? 그런 건 있을 수 없는 일, 아무런 의미도 없는 일이라고 폴스태프는 말한다. 폴스태프의 이 말은 물론 극단적인 생각이다. 그러나 과도한 명예 추구가 핫스퍼와 같은 죽음을 낳는다면 그것이 과연 생명을 유지하는 비겁함보다 나은 것일까? 폴스태프는 우리에게 이런 질문을 하게 만든다.

　폴스태프의 이 같은 언행은 『헨리 4세 2부』에도 비슷한 방식으로 계속된다. 그러나 그 분위기는 약간 달라진다. 예를 들면 『헨리 4세 1부』에서 그렇게도 소중했던 명예는 이제 그에 걸맞은, 영예로운 방식으로 추구되지 않고 비겁한 술수로 떨어진다. 그래서 슈루즈베리 전투에서 그렇게도 영웅답게 명예를 두고 경쟁하던 해리 퍼시와 해리 왕자의 모습은 이제 온 데 간 데 없이 사라졌다. 그 결과 골트리 숲 전투에서 아군의 총사령관인 랭커스터 왕자는 목숨을 건 전투 대신 속임수를 써서 적군을 물리치고, 그런 기만책을 쓴 자신들을 조금도 부끄러워하지 않는다. "이러한 과정이 정당하고 명예롭소?"라고 묻는 헤이스팅스에게 웨스트모얼랜드는 "당신네 모임은 그랬나?"라고 되물으며, "신뢰를 이렇게 깰 거요?"라는 대주교의 물음에 랭커스터는 "난 서약 안 했다./당신들이 불평했던 이 불만을 바로잡겠다고/난 약속했었고 그 일은 내 명예에 걸고서/기독교도 최대의 정성으로 완수할 것이다."라고 대답한다.(4.2.110~115) 랭커스터에게 약속과 서약 사이의 차이는 이제 말장난에 지나지 않는다.

　랭커스터 왕자가 적군을 거짓 약속으로 속인다면 폴스태프도 자신에게 주어진 병사 모집 권한을 남용하여 사익을 채운다. 예를 들면 3막 2장에서 폴스태프는 천박 판사와 무언 판사의 도움으로 — 이 가운데 천박 판사는 폴스태프가 가진 궁정의 연줄에 기대고 싶어 한다. — 군대에 가야 할 시골 청년들을 모은 뒤에 돈을 내는 자들은 군역을 면제해 주고 가난하고 힘없는 자들만 뽑아 간다. 녹슬어와 엇부루기는 풀어 주고 사마귀와 그림자와 약골만 데려간다. 그런데 여기에서 폴스태프가 챙긴 돈은 고작 삼 파운드이다. 이 상당히 큰 범죄처럼 보이는 거짓의 대가 치고는 너무나 보잘것없는 액수이다. 셰익스피어가 이 금액과 그것을 얻는 희극적인 과정을 상당히 길게 보여 주는 이유는 폴스태프와 랭커스터, 두 사람이 이용한 기만책의 동기와 범위와 그 결과 사이의 거대한 차이 때문이다. 이렇게 폴스태프는 『헨리 4세 2부』에서도 여전히 대조적인 비판의 역할을 충실히 하고 있다.

그럼에도 폴스태프는 결국 새로 왕이 된 헨리 5세, 예전의 해리로부터 버림받는다. 그가 등극했다는 소식에 밤을 새워 달려오느라고 천박 판사에게 빌린 돈 천 파운드로 새 옷을 지어 입을 새도 없이 길가에서 왕의 행차를 기다린 폴스태프를 헨리 5세는 무정하게 내친다. "전하 만세, 핼 국왕, 당당하신 핼이여!"(5.5.41)라는 그의 외침에 되돌아온 답은 "늙은이여, 난 당신을 모른다."(5.5.47)라는 말이다. 헨리 5세가 생계유지쯤은 보장해 주고 앞으로 개과천선했다는 소식이 들리면 승진도 시키겠노라고 약속하지만(5.5.67~70) 막상 그가 수석 판사에 의해 플리트 감옥으로 끌려갈 때 우리는 폴스태프에 대한 연민의 정을 느낄 수밖에 없다. 그가 지금까지 우리에게 준 웃음과 기쁨, 교훈과 지혜가 너무 많기 때문이다. 그의 약점과 비행과 실수를 다 덮을 정도로 충분히.

끝으로 이번 번역은 『헨리 4세 1부(Henry IV, Part 1)』의 경우 데이비드 스콧 캐스탠(David Scott Kastan) 편집의 아든(The Arden Shakespeare) 판을 사용하였고 『헨리 4세 2부(Henry IV, Part 2)』의 경우 A. R. 험프리스(A. R. Humphreys) 편집의 아든(The Arden Shakespeare) 판을 사용하였다. 거기에 추가로 G. 블레이크모어 에번스(G. Blakemore Evans) 편집의 리버사이드 셰익스피어(The Riverside Shakespeare) 판과 조너선 베이트와 에릭 라스무센(Jonathan Bate and Eric Rasmussen) 편집의 RSC(The Royal Shakespeare Company) 판을 참조하였다.

헨리 4세 1부

Henry IV, Part 1

등장 인물

헨리 4세

헨리 웨일스 왕세자 (핼 또는 해리) ⎤
                                ⎟ 헨리 왕의 두 아들
존 랭커스터 왕자 ⎦

웨스트모얼랜드 백작

월터 블런트 경

토머스 퍼시, 우스터 백작

헨리 퍼시, 노섬벌랜드 백작   그의 손위 형

헨리 퍼시, 별명 핫스퍼   노섬벌랜드의 아들

퍼시 부인 (케이트)   그의 아내

에드먼드 모티머 경   퍼시 부인의 남동생

모티머 부인   그의 아내

오언 글렌다워   모티머 부인의 아버지

더글러스 백작

리처드 버넌 경

리처드 스크루프, 요크 대주교

마이클 경   대주교 집안의 일원

존 폴스태프 경

에드워드 (네드) 포인스

바돌프

피토

주모 (빨리 여사)   술집 여주인

프랜시스   술집 급사

술장수

개즈힐

도부꾼 1 (먹스)

도부꾼 2 (탐)

방지기

마부
행정관
두 나그네
사자들
하인

귀족, 군인, 시종, 나그네들

장소   잉글랜드 및 웨일스

1막 1장

국왕, 존 랭커스터 왕자, 웨스트모얼랜드 백작과

그 밖의 사람들 등장.

국왕　짐이 비록 흔들리고 걱정으로 창백해도

　　　겁먹은 평화의 신에게 머나먼 해안에서

　　　새롭게 시작될 숨 가쁜 싸움 얘기

　　　헐떡이며 입 밖에 낼 시간을 줘 봅시다.

　　　이 땅의 목마른 틈, 더 이상 사람 피를　　　　　　5

　　　그 입술에 칠하지는 않게 될 것이고

　　　들판은 더 이상 참호전에 안 잘리고

　　　무장한 말발굽이 적의에 찬 걸음으로

　　　어린 꽃들 짓밟지도 않게 될 것이오.

　　　어지러운 하늘의 유성처럼 적대하는 눈들도　　　10

　　　모두 다 한 본성, 한 물질로 빚어졌고

　　　최근엔 민간인을 학살하는 격렬한 싸움과

　　　내란의 충격 속에 만났으나 이제는

　　　서로 잘 어울리는 대오를 갖추고

　　　모두가 같은 길을 걸으며 더 이상　　　　　　15

　　　친구, 친척, 동족을 적대하지 않을 거요,

　　　전쟁의 칼날은 칼집이 엉성했을 때처럼

　　　더 이상 제 주인을 다치지도 않을 테고.

　　　그러므로 저 멀리 주님의 묘지까지 ——

　　　그분의 군인인 우리는 그분의 축복받은　　　　　20

1막 1장 장소 궁정 안의 집무실.

2~3행 머나먼…얘기

앞선 사극 『리처드 2세』의 끝에서 국왕을

폐위시킨 다음 죽게 한 볼링브로크(지금

의 헨리 4세)는 그 죄를 씻기 위해 성지로

갈 계획을 밝혔다.

십자가 아래에서 싸우도록 징집된바 —
짐은 즉시 잉글랜드군을 소집해서 갈 터인데
어미의 자궁에서 빚어진 그들의 팔뚝은
일천사백여 년 전 우리를 이롭게 하시려고
고통의 십자가에 못 박힌 주님께서   25
축복받은 두 발로 거닐었던 성지에서
이교도 놈들을 뒤쫓을 것이오.
이 목표가 정해진 지 열두 달이 지났고
두말할 필요 없이 짐은 꼭 가겠지만
지금은 그 때문에 만난 건 아니오. 그러면   30
친척인 웨스트모얼랜드 백작이 말해 보오,
간밤에 추밀원은 어떤 포고령으로
이 소중한 원정을 추진하려 했는지.

웨스트모얼랜드   전하, 이 일의 시급함을 열심히 토의하고
여러 가지 임무의 범위를 정했는데   35
간밤에 큰 훼방을 놓으며 웨일스로부터
우울한 소식 실은 파발마가 달려왔고
그 가운데 최악은 모티머 백작이
헤리퍼드셔의 병사들을 이끌고
비정규 무법의 글렌다워와 싸우다가   40
그 웨일스 사람의 거친 손에 붙잡히고
그의 부하 일천 명이 도륙을 당했는데
그들의 시체에 웨일스 여인들이
큰 창피 없이는 다시는 말 못 할
너무나 못된 짓을, 너무나 짐승처럼   45
파렴치한 훼손을 가했다는 것입니다.

국왕   그러면 이 분쟁 소식으로 성지를 향했던

	짐의 원정 계획이 중단된 것 같군요.	
웨스트모얼랜드	거기에다 또 다른 소식이 겹쳐서요, 전하.	
	훨씬 더 들쭉날쭉 반갑잖은 소식이	50
	북쪽에서 왔는데 다음과 같습니다.	

짐의 원정 계획이 중단된 것 같군요.

웨스트모얼랜드　거기에다 또 다른 소식이 겹쳐서요, 전하.

훨씬 더 들쭉날쭉 반갑잖은 소식이　　　　　　　　　50

북쪽에서 왔는데 다음과 같습니다.

성 십자가 기념일에 늠름한 핫스퍼,

젊은 해리 퍼시와, 언제나 씩씩하고

용맹성을 인정받는 스코트인 아치볼드가

홈든에서 맞부딪쳐 슬프고도 피로 물든　　　　　　　55

한 시간을 보냈다고 하는데,

포탄이 발사되고 전황이 형성되는

모양새로 보건대 그랬다는 말입니다.

그 소식을 가져온 사람은 싸움의 열기가

절정에 이르러 그 어느 쪽으로든　　　　　　　　　60

결과가 불투명했을 때 말을 탔으니까요.

국왕　　여기 있는 소중하고 참으로 열성적인

블런트 경께서 조금 전 말에서 내렸는데

그 홈든과 여기 이 짐의 옥좌 사이의

갖가지 다른 흙을 온몸에 묻힌 채　　　　　　　　　65

듣기 좋고 환영받을 소식을 가져왔소.

더글러스 백작은 완패를 당했고

일만의 용맹한 스코트와 스물 두 기사의

피 흐르는 시체 더미, 홈든의 평야에서

월터 경이 보았으며 핫스퍼는 포로로　　　　　　　70

모데이크, 즉 패장 더글러스의 장남인

52행 성⋯기념일　9월 14일에 열리는 교회의 축제. 로마 황제 헤라클리우스가
예수님이 못 박혔던 십자가의 일부를 발견한 날을 기념한다. (아든)

파이프 백작과 애솔 백작, 머리, 앵거스,
그리고 맨티스 백작들을 잡았다오.
이 어찌 명예로운 전리품이 아니겠소.
멋진 전과 아니오? 하, 안 그렇소?

웨스트모얼랜드   참으로   75
왕자라도 뽐낼 만한 승리가 맞습니다.

국왕   음, 그 말에 난 슬퍼하며 죄를 짓게 된다오.
그렇게 축복받은 아들의 아버지가
노섬벌랜드 경임을 시기하게 되니까.
그 아들은 명예의 입에 오른 최고 주제,   80
최고로 쭉 뻗은 숲 속의 나무이며
아름다운 운명의 총아이자 자랑인데
그에 대한 찬사를 주목하는 나는 그 반대로
내 자식 해리의 이마를 물들이는 방종과
불명예를 보고 있소. 오, 밤 나들이 요정이   85
배내옷 입고 자는 두 아이를 바꾼 다음
내 아이는 퍼시로, 그 애는 플랜태저넷으로
이름 지은 사실이 입증되면 좋겠소!
그럼 난 그의 해리, 그는 내 해리를 갖겠지.
하지만 걔 얘긴 관두고. 경은 어찌 생각하오,   90
이 어린 퍼시의 오만함을? 이번의 기습에서
사로잡은 포로들을 자기 목적 때문에
붙잡아 두고서 나에겐 파이프 백작인
모데이크만 주겠다는 전갈을 보냈다오.

87행 플랜태저넷 헨리 2세에서 리처드 3세에 이르는 시기(1154년~1485년)에
잉글랜드를 다스렸던 왕가의 이름.

웨스트모얼랜드	그건 바로 그의 삼촌, 우스터의 사줍니다.	95
	전 방위로 전하께 악영향을 끼치면서	
	조카더러 털 다듬고 젊음의 볏을 세워	
	전하의 권위에 도전하게 만들지요.	
국왕	하지만 난 그를 이 일을 해명토록 불렀소.	
	그리고 이 때문에 예루살렘 쪽을 향한	100
	신성한 목표를 한동안 태만히 해야겠소.	
	경, 추밀원 회의를 다음 주 수요일	
	윈저에서 열 터이니 경들에게 통지하오.	
	하지만 경은 속히 짐에게로 돌아오오,	
	할 말과 할 일이 많이 남아 있지만	105
	화난 채 입 밖에 내놓을 순 없으니까.	
웨스트모얼랜드	예, 전하.	(함께 퇴장)

1막 2장

웨일스 왕세자와 존 폴스태프 경 등장.

폴스태프	이봐 핼, 지금이 낮 몇 시야?	
왕자	당신은 오래 묵은 백포도주나 마시고 저녁 식사 뒤에	
	는 단추나 풀어헤치고 정오가 지나면 긴 의자에서 잠	
	이나 자느라고 머리가 너무나 멍청해져서 진짜로 알	
	고 싶은 것을 잊어버리고 진정으로 묻지 못하는군. 지	5
	금이 낮 몇 시인 거와 당신이 도대체 무슨 상관이지?	

96행 전···끼치면서
방위와 영향은 점성술 용어이고, 한 행
성이 지구와 관련된 다양한 측면에서 개

인에게 미칠 수 있는 영향력을 말한다.
(아든)
1막 2장 장소 런던. 헨리 왕자의 저택.

시는 백포도주 잔이고 분은 거세한 수탉이고 시계는
뚜쟁이 혓바닥이고 그 침은 사창가 간판이며, 신성한
태양 그 자체는 불타는 색깔의 명주옷 입은 예쁘고 화
끈한 계집이 아닌 바에야 그렇게 쓸데없이 낮 몇 시인   10
지 물어봐야 할 이유가 없다고 보는데.

폴스태프 정말이지, 핼, 이제야 내 말귀를 알아들었군, 지갑을
빼앗는 우리들은 '참 멋진 방랑 기사, 태양신'이 아니
라 달님과 칠성님 밑에서 일하니까. 그래서 부탁인데
달콤한 익살꾸러기 자네가 왕이 되거든 하느님의 은   15
총으로 ─ 눈총이라고 해야겠지, 은총은 하나도 못 받
을 테니까 ─

왕자 아니, 하나도?

폴스태프 그럼, 정말이지, 자네가 식사 때 은총을 기도해 봤자
버터 계란도 나올까 말까 하니까.   20

왕자 좋아, 그래서? 자, 자, 솔직히 말해 봐.

폴스태프 음, 그럼, 달콤한 익살꾸러기 자네가 왕이 되거든 밤님
의 몸종인 우리들을 낮님의 시간을 훔치는 도둑으로
부르진 않게 해 줘. 우리를 디아나의 삼림 감독관, 어
둠의 신사, 달님의 총아가 되게 해 주고 사람들이 우리   25
를 행실 바른 분들로 말하게 해 줘. 고귀하고 순결한
여주인, 달님의 행실을 바다처럼 본받으면서 그녀의
비호 아래 훔치니까.

왕자 말 한번 잘했어, 적절하기도 하고. 달님의 하인인 우리
들의 운세는 바다처럼 낮아졌다 높아졌다 하는데, 그   30
건 우리가 바다처럼 달님의 지배를 받기 때문이지. 이
제 그 증거를 대자면 월요일 밤에 참으로 과감하게 낚
아챈 금화 지갑을 화요일 낮이면 참으로 과도하게 써

버리고, '내놔.'라고 협박해서 가졌는데 '들여와.'라고
외치면서 써 버리며, 방금 사다리 발치만큼 낮아졌다   35
가 곧바로 교수대 꼭대기만큼 높아지니까.

폴스태프   아무렴, 이봐, 자네 말이 맞아. ― 근데 그 선술집 안
주인 참으로 달콤한 계집이잖아?

왕자   히블라의 꿀처럼 말이지, 이 색주가 늙은이야. ― 근
데 순경의 수갑이 가장 차기 좋은 팔찌잖아?   40

폴스태프   어째서, 어째서, 이 미친 익살꾸러기야? 거 무슨 얼토
당토않은 말인데? 내가 수갑과 무슨 염병할 관련이
있지?

왕자   그럼 난 그 선술집 안주인과 무슨 빌어먹을 관련이 있
는데?   45

폴스태프   글쎄, 자네는 여러 번에 걸쳐서 그 여자에게 계산서를
달라고 했잖아.

왕자   내가 언제 당신 몫을 내라고 요구한 적 있었어?

폴스태프   없었어, 그건 인정하지, 거긴 자네가 다 냈어.

왕자   그랬지, 다른 데서도, 내 돈줄이 미치는 한 그랬지, 그   50
렇게 안 되는 경우엔 내 신용을 이용했고.

폴스태프   그랬지, 이용은 했지만 자네가 후계자라는 사실이 후
원해 주지 않았더라면 ― 하지만 달콤한 익살꾸러기
야, 자네가 왕이 됐을 때도 잉글랜드 땅에 교수대가 서
있을 거야? 그래서 법이라는 늙은 광대 아비의 녹슨   55
구속력에 도둑의 용단이 지금처럼 꺾이게 놔둘 거야?
자네가 왕이 되거든 도적의 목을 매진 말게.

왕자   그러지, 당신이 할 테니까.

39행 히블라 꿀로 유명했던 고대 시칠리아의 산악 도시.

폴스태프   내가 해? 오, 희한한 일이네! 맹세코, 난 멋진 판관이
           될 거야!   60

왕자   벌써 그릇된 판결을 내렸어. 내 말은 당신이 도적들의
           목을 매달게 될 거고 그래서 희한한 망나니가 될 거란
           뜻인데.

폴스태프   그래, 헬, 그래, 어찌 보면 그건 내 기질에 들어맞아, 궁
           정에서 대기하는 것만큼, 확실해.   65

왕자   관복이나 얻으려고?

폴스태프   맞아, 사형수의 옷이나 얻으려고, 그래서 망나니의 옷
           장은 비는 적이 없다니까. 제기랄, 난 거세된 고양이나
           끌려가는 곰처럼 우울해.

왕자   아니면 늙은 사자나 연인의 류트처럼?   70

폴스태프   음, 아니면 링컨셔 풍적의 나른한 소리처럼.

왕자   토끼나 수챗구멍의 우울증은 어떻고?

폴스태프   자넨 불쾌하기 짝이 없는 비유만 드는구먼. 그래서 정
           말이지 최고의 독설에다 최고로 야비하고 달콤한 젊
           은 왕자야. 하지만, 헬, 헛된 일로 날 더 이상 괴롭히지   75
           말게. 맹세코 자네와 난 명성이란 물건을 어디서 살 수
           있는지 알았으면 좋겠어. 추밀원의 나이 든 귀족 한 분
           이 그저께 길거리에서, 이보게, 자네 욕을 내게 하시더
           군. 하지만 난 귀담아듣지 않았어. 그래도 아주 현명한
           말씀을 하셨어. 그래도 난 주목하지 않았어, 하지만 현   80
           명한 말씀을 하셨어, 그것도 길거리에서.

67행 사형수의 옷
그 당시 사형당한 죄수들의 옷은 망나니의
차지였다.
72행 토끼

토끼는 그 자체로 가장 우울한 짐승으로
간주되었고, 토끼 고기 또한 그것을 먹는
사람에게 우울증을 일으킨다고 생각되었
다. (아든)

왕자 　당신은 바르게 행동했어, 지혜가 길거리에서 외치는
데도 아무도 주목하지 않으니까.

폴스태프 　오, 자넨 성경을 연거푸 악용하는구먼, 그래서 정말이
지 성자라도 타락시킬 수 있겠어. 자넨 내게 큰 해를 　85
끼쳤어, 헬, 하느님이 용서해 주시기를 빌어. 헬, 자네
를 알기 전에 난 아무것도 몰랐어. 근데 지금의 난
── 인간은 참된 말을 해야 한다면 ── 사악한 자들보
다 나은 게 하나도 없다네. 난 이 생활을 그만둬야 해,
그만둘 거야. 주님께 맹세코, 안 그러면 난 악당이야. 　90
난 기독교도 세계에서 왕자가 아니란 죄로 영벌을 받
을 거야.

왕자 　잭, 우리 내일은 어디서 지갑을 뺏을까?

폴스태프 　제기랄, 자네가 뺏는 곳에서지. 나도 한몫 낄 거야. 안
그럼 날 악당이라 부르고 거꾸로 매달아. 　95

왕자 　주님을 부르다가 지갑을 빼앗겠다고 하다니 당신의
삶에 훌륭한 개선점이 보이는군.

폴스태프 　아니, 헬, 그건 내 천직이야, 헬. 사람이 자기 천직에 힘
쓰는 건 죄가 아니라고.

포인스 등장.

포인스! 이제야 우리가 도둑놈 개즈힐이 한탕을 벌일 　100
건지 알게 되겠군. 오, 인간이 공덕에 따라 구원을 받
는다면 얼마나 뜨거운 지옥 구덩이가 저놈에게 맞을
까? 저놈은 정직한 사람에게 '서라!'라고 외친 악당 가

82~83행 지혜…않으니까　잠언 1장 20, 24절.

운데 절대 고수야.

왕자   좋은 아침이야, 네드.   105

포인스   좋은 아침이에요, 달콤한 헬. —— 양심의 가책 님, 뭐라
        고요? 술과 설탕 존 경께서 뭐라고요, 잭? 악마와 당신
        이 당신의 영혼을 두고 무슨 합의를 했기에 지난 성 금
        요일에 포도주 한 잔과 차가운 닭다리 하나 때문에 그
        걸 팔았어?   110

왕자   존 경은 약속을 지킬 거야, 악마는 산 물건을 챙길 거
        고, 그는 아직 한 번도 격언을 무시한 적이 없으니까.
        그는 악마에게 진 빚도 갚아야 한단 말씀을 따를 거야.

포인스   (폴스태프에게) 그렇다면 당신은 악마와의 약속을 지켰
        기 때문에 영벌을 받았어.   115

왕자   아니면 악마를 속였기 때문에 영벌을 받았겠지.

포인스   하지만 이봐요, 이봐요, 내일 새벽 4시 개즈힐 고개에는
        값비싼 제물을 가지고 캔터베리로 가는 순례자들과 두
        둑한 지갑에다 말 타고 런던 가는 장사치들이 있을 겁
        니다. 내게 두 분이 쓸 가면이 있고 말도 한 마리씩 드   120
        릴 겁니다. 도둑놈 개즈힐은 오늘 밤 로체스터에 묵어
        요. 내일 저녁은 이스트칩에서 먹을 수 있게 말해 놨어
        요. 우린 이 일을 잠자는 것만큼이나 안전하게 해치울
        수 있답니다. 만약에 가겠다면 지갑에 금화를 가득 채
        워 드리죠. 안 가겠다면 집에 남아 목이나 매시고요.   125

폴스태프 잘 들어, 에드워드, 내가 만약 안 가고 집에 남아 있다
        면 널 갔다는 죄로 목맬 거야.

108~109행 성 금요일   (아든)
부활절 일요일에 앞선 금요일로 일 년 중   118행 캔터베리
가장 엄격하게 금식을 지켜야 하는 날.   캔터베리 성당을 말한다

포인스	그래요, 찐빵께서?
폴스태프	헬, 일행이 될 거지?
왕자	누가? 내가 훔쳐? 도둑이 돼? 안 되지, 정말이야.
폴스태프	자네에겐 정직성도 남자다움도 없고 믿을 만한 동료

의식도 없어. 게다가 왕을 새긴 동전을 얻으려고 싸우
지도 않는다면 자넨 왕족의 피도 타고나지 않았어.

왕자	그렇다면 일생에 단 한 번 미친놈이 돼 보지.
폴스태프	거 말 한번 잘했어.
왕자	글쎄, 무슨 일이 있어도 난 집에 있을 거야.
폴스태프	원 참, 그럼 자네가 왕이 됐을 때 난 반역자가 될 거야.
왕자	상관없어.
포인스	존 경, 제발 왕자님과 날 함께 있게 해 줘. 이번 모험을

해야 하는 여러 가지 이유를 늘어놓아서 가시게 할 테
니까.

폴스태프	좋아, 하느님이 너에겐 설득의 기운을, 그에겐 유익한

귀를 주시고 네가 하는 말이 그를 움직이고 그가 듣는
것은 믿음을 얻게 되어 진짜 왕자가 여흥을 목적으로
가짜 도둑이 되었으면 좋겠어, 이 시대의 이 불운한 악
습들은 비호가 필요하니까. 잘 있어, 난 이스트칩에 있
을 거야.

왕자	잘 가요, 늦봄 아저씨. 잘 가요, 늦가을 아저씨.

(폴스태프 퇴장)

포인스	자, 꿀처럼 달콤한 왕자님, 내일 아침 말 타고 우리와

함께 가요. 장난거리가 하나 있는데 혼자선 요리할 수
없답니다. 폴스태프, 피토, 바돌프와 개즈힐, 네 사람
이 우리가 이미 매복을 작정한 자들을 털 겁니다. — 왕
자님과 전 거기에 있지 않을 거고요. — 근데 그들이

130

135

140

145

150

전리품을 챙겼을 때 우리 둘이서 그걸 빼앗지 못한다
면 이 목을 제 어깨에서 잘라 내십시오.   155

왕자 출발할 땐 그들과 어떻게 헤어지지?

포인스 그야, 그들보다 먼저 아니면 나중에 출발하죠. 그리고
만날 장소를 약속해 놓고 거기에 안 나타나는 건 우리
맘에 달렸고요. 그러면 그들은 이 위업을 스스로 감행
할 것이고 그걸 달성하자마자 우리가 그들을 덮치는   160
겁니다.

왕자 그래, 하지만 그들은 우리의 말과 우리의 의복과 다른
모든 장비 때문에 그게 우리란 걸 알아챌 것 같은데.

포인스 거참, 우리의 말은 저들이 못 보죠, 제가 숲 속에 묶어
놓을 테니까요. 우리의 가면은 저들과 헤어진 뒤에 바   165
꿀 거요. 그리고 이봐요, 제게 이번 일에 꼭 맞는 무
명옷이 많은데 그걸로 눈에 띄는 겉옷을 가리면 된다
고요.

왕자 그래, 하지만 그들이 우리에겐 너무 힘든 상대일 것 같
은데.   170

포인스 글쎄요, 그 가운데 둘은 지금까지 등을 돌린 겁보 가운
데 최순종 겁보로 알고 있고, 셋째로 말하자면 만약 그
가 싸울 이유가 없는데도 싸운다면 맹세코 제가 무기
를 버리지요. 이 장난의 요체는 바로 이 뚱뚱보가 저녁
식사 때 우릴 만나 늘어놓을 불가해한 거짓말에 있답   175
니다. 그가 적어도 삼십 명과 어떻게 싸웠는지, 어떤
방어, 어떤 공격, 어떤 난관을 견뎠는지 말입니다. 그
리고 그에 대한 반증이 이 장난의 생명이랍니다.

왕자 좋아, 자네와 같이 가지. 필요한 것을 다 준비해 놓고
내일 밤 이스트칩에서 나를 만나도록 해. 난 거기에서   180

저녁 먹을 테니까. 잘 가.

포인스   안녕히 계십시오, 왕자님.   (퇴장)

왕자   난 너희를 다 안다. 그래서 한동안은

너희의 고삐 풀린 나태를 지지할 것이다.

그러나 이 점에서 난 태양을 본받아   185

저급한 전염성 구름이 자신의 미려함을

세상이 못 보게 뒤덮도록 놔두다가

자신의 존재를 드러내고 싶을 때면

자기 목을 조르고 죽일 것만 같았던

더럽고 꼴사나운 증기를 뚫고 나와   190

그립기에 더 놀라운 존재가 될 것이다.

일 년이 모두 다 공휴일의 연속이면

노는 것도 일하는 것만큼 지겨울 것이다.

하지만 가끔씩 찾아오면 바라서 온 것이고

희한한 사건처럼 즐거운 건 없는 법.   195

그러므로 내가 이 방종을 내던지고

약속한 적 없었던 빚을 갚아 버렸을 때

나는 내 말보다 훨씬 더 나아진 그만큼

사람들의 예상을 뒤엎을 것이다.

그래서 검은 땅 위에서 빛나는 금속처럼   200

내 개심은 내 오점을 덮으면서 반짝이고

돋보이게 해 주는 상대가 없었을 때보다

더 멋져 보이고 더 많은 시선을 끌 것이다.

나는 죄를 재주껏 지으면서 사람들이

전혀 예상 못 할 때 세월을 보상할 것이다.   (퇴장)   205

1막 3장

국왕, 노섬벌랜드, 우스터, 핫스퍼, 월터 블런트 경과
그 밖의 사람들 등장.

국왕   내 혈기가 너무 식어 잠잠했기 때문에
        이 무례한 행위에도 분개하지 못했고
        그대들은 그걸 알고 있었다. 그래서
        인내하는 내 마음을 짓밟았겠지만
        분명코 지금부터 난 나를 내세울 것이고   5
        막강하고 무서워질 것이다, 내 천성이
        기름처럼 순하고 갓 돋은 솜털처럼 부드러워
        당당한 자 오로지 당당한 자에게만 내주는
        존경받을 권리를 잃어버렸으니까.

우스터   지엄하신 주상 전하, 저희들 가문에게   10
        지존의 채찍은 당찮은 처사이옵니다,
        저희들 손으로 바로 그 지존의 위엄을
        이토록 키워 드린 것인데.

노섬벌랜드 (국왕에게) 전하 ──

국왕   우스터는 물러가라, 그대의 눈빛에는   15
        위험과 반항심이 분명히 보이니까.
        암, 그대는 너무나 뻔뻔하고 거만하다.
        그리고 국왕의 권위는 신하의
        저돌적인 면상을 절대 묵과 못 한다.
        나가도 좋으니 나가라. 조언이 필요할 때   20
        짐은 다시 그대를 불러들일 것이다.   (우스터 퇴장)

1막 3장 장소 궁정.

(노섬벌랜드에게) 무슨 말을 하려고 했었지요.

노섬벌랜드   예, 전하.

전하의 이름으로 요구된 포로들은
여기 이 해리가 홈든에서 잡았는데
본인도 말하듯이 전하에게 전달된 것만큼   25
그렇게 강하게 거절한 건 아닙니다.
그러므로 이 잘못은 제 아들이 아니라
시기심이거나 오해의 소치이옵니다.

핫스퍼   전하, 전 포로를 거절한 적 없습니다.
하지만 제 기억에 싸움이 끝났을 때   30
격노와 극심한 고생에 목마르고
숨차고 어지러워 칼에 기대셨을 때
말쑥이 깔끔히 차려입은 귀족이 왔었는데
산뜻하기 신랑 같고 갓 다듬은 턱수염은
추수 때 보리밭의 그루터기 같았지요.   35
그이는 장신구 상인처럼 향내를 풍겼고
자신의 엄지와 손가락 사이에
향합을 잡고서는 이따금씩 그놈을
자기 코에 가져갔다 도로 떼곤 하였는데
(그러다가 화가 나서 코앞에 다시 댈 때   40
훅 들이마시면서 연신 웃고 떠들다가)
군인들이 시체를 옮기면서 지나가면
'못 배운 상놈들'이라고 했지요, '무례하게'
어르신 앞길의 향기로운 바람을
더럽고 꼴사나운 시체로 막았으니까요.   45
그는 제게 우아하고 아씨 같은 말투로
질문을 건넸고 여러 가지 일 가운데

전하를 대신하여 포로들을 요구했답니다.

전 그때 상처를 못 돌봐 온몸이 아픈데

앵무새 같은 자가 귀찮게 구는지라   50

제 고통과 못 참는 제 성격 때문에

건성으로 뜻 모를 대답을 —— 그는 알지 모르죠. ——

했습니다. —— 그가 참 말끔하게 눈부시고

참 향긋한 냄새 나고, 참 귀부인 시녀 투로

대포니 북이니 상처를 말하는 것을 보고   55

하느님 맙소사! 전 미쳤으니까요.

또 덧붙여 말하기를 내상에는 경랍이

이 세상 최고의 특효약이라고

또 매우 애석하게도, 사실이 그랬지만,

이 '상놈의 초석'을 애꿎은 땅속에서   60

파내야 하는데 그놈은 너무나 비겁하게

용감한 녀석들을 수없이 파괴했고

또 만약에 이 더러운 대포만 아니라면

자신도 군인이 됐을 거라 했지요.

전하, 저는 이 뜬금없는 마구잡이 수다에   65

이미 말씀드렸듯이 성의 없이 답했으니

전하께 간청컨대 그 사람의 보고를

타당한 고발로 받아들여 높으신 전하를

제 충심과 갈라놓진 마시기 바랍니다.

블런트   주상 전하, 주어진 상황을 고려할 때   70

그러한 사람에게 그러한 장소에서

그러한 시간에 퍼시 경이 했던 말은

60행 초석   자연적으로 나는 질산칼륨으로 화약의 주원료.

나머지 모든 것을 되짚어 보았을 때
적절히 덮어 두고, 절대로 그에게
해가 된다거나 그 말에 혐의를 두는 일은   75
그가 부인했으니 없어야 하옵니다.

국왕　　허, 하지만 여전히 포로들을 안 내놓고
이런저런 단서와 예외를 들먹이며
짐의 비용 부담으로 바보 같은 자기 처남
모티머의 몸값을 즉각 지불하라는데   80
그자는 맹세코 저주받은 대마술사
글렌다워에 맞서서 싸우려고 이끌고 간
군사들의 목숨을 고의로 팔았으며
그의 딸과 이 모티머 백작이 최근에
결혼했다 들었소. 근데 짐이 국고를 비워서   85
반역자를 본국으로 되사 온단 말이오?
그들이 스스로 패전하고 자신들을 버렸는데
대역죄를 매입하고 두려움과 계약해요?
아뇨, 헐벗은 산중에서 굶어 죽게 버려둬요,
모반한 모티머를 되찾아 오려는 몸값을   90
단 한 푼이라도 요청하는 사람을
나는 절대 친구로 생각하지 않을 테니.

핫스퍼　　'모반한 모티머'요!
국왕 전하, 무운 탓이 아니라면 그는 절대
변절하지 않았고, 그것을 증명하는 데에는   95
온화한 세번의 사초 덮인 강둑에서
저 유명한 글렌다워와 용맹을 교환하며
그와 단 둘이서 일대일로 맞붙어
한 시간이 다 되도록 싸움을 했을 때

용감하게 그가 입은 모든 상처, 쩍 벌어진   100
그 상처를 대변해 줄 입 하나로 족합니다.
세 번이나 그들은 숨 돌리고 세 번이나
빠르게 흐르는 강물을 합의하에 마셨는데
피 흘리는 두 얼굴에 겁먹은 물결은
이 용맹한 투사들의 피로 몸을 물들인 채   105
떠는 갈대 틈새로 무서워하면서 내달아
굽이치는 머리를 팬 둑에 숨겼지요.
속 보이는 비열한 술책을 품고서는
절대 그런 치명상을 꾸며 낼 수 없으며
고귀한 모티머가 그 많은 상처를, 그것도   110
자진해서 다 입을 순 절대로 없을 테니
모반했단 험담은 하지 말아 주십시오.

국왕   그건 거짓말이다, 퍼시, 그건 거짓말이야.
그는 절대 글렌다워와 맞서지 않았어.
글렌다워를 적으로 만나느니   115
차라리 혼자서 악마를 만났을 것이다.
자네는 창피하지 않은가? 하지만 이보게,
이제부터 모티머 얘기는 하지 말고
포로들을 가장 빠른 방법으로 내게 보내.
안 그러면 내게서 기분 나쁜 말들을   120
듣게 될 테니까. 노섬벌랜드 경께선
아들과 둘이서 물러나도 좋소이다.
포로들을 보내라, 안 그러면 말 듣는다.
    (국왕, 핫스퍼와 노섬벌랜드를 뺀 나머지 모두와 함께 퇴장)

핫스퍼   악마가 그들을 달라고 으르렁거려도
안 보낼 것이다. 곧바로 따라가서   125

그렇게 말해야지, 마음이 편해질 테니까.
제 목이 위험할 순 있겠지만 말입니다.

노섬벌랜드 아니, 울화통이 터졌어? 잠깐만 기다려라,
네 삼촌이 왔구나.

우스터 등장.

핫스퍼 　　　　'모티머 얘기'라고?
젠장, 전 얘기할 것이고 그와 못 합치면　　　　　　130
제 영혼은 저주를 면치 못할 것입니다.
예, 그를 위해 이 모든 핏줄을 다 비우고
소중한 제 피를 방울방울 땅에 흘릴지라도
짓밟힌 모티머를 들어 올릴 것입니다.
감사할 줄 모르는 이 왕만큼, 배은망덕　　　　　　135
썩어 빠진 이 볼링브로크만큼이나 높이요.

노섬벌랜드 동생, 국왕이 조카를 미치게 만들었어.

우스터 제가 나간 다음에 누가 불을 질렀지요?

핫스퍼 그는 정말 제 포로를 다 가질 것입니다.
그런데 제 처남의 몸값을 다시 한 번　　　　　　140
강력히 말했을 때 그의 뺨은 창백했고
모티머의 이름만 듣고도 벌벌 떨며
죽일 듯한 눈빛으로 제 얼굴을 노려봤죠.

우스터 그를 비난 못 하겠네. 돌아가신 리처드가
그를 가장 근친으로 공포하지 않았나요?　　　　145

136행 볼링브로크　핫스퍼는 헨리 4세를 왕으로 부르기를 거부하고 그의 성씨인
'볼링브로크'(그가 태어난 성의 이름)라고 부르며 모욕한다. (아든)

노섬벌랜드   그랬었지, 내가 직접 포고령을 들었어.
        그 당시가 바로 그 불행한 왕께서
        (그에 대한 우리 잘못, 신은 용서하소서!)
        아일랜드 원정을 시작했던 때였는데
        그것이 저지되고 거기에서 되돌아와   150
        퇴위를 당한 뒤 얼마 안 돼 살해됐지.
우스터   그 죽음과 관련하여 이 세상은 큰 입으로
        우리를 괘씸하고 디럽다고 욕하지요.
핫스퍼   그런데 잠깐만, 리처드 왕께서 당시에
        저의 처남 모티머를 왕위의 계승자로   155
        공포했단 말입니까?
노섬벌랜드   암, 내가 들었으니까.
핫스퍼   아니, 그럼 그가 험산에서 굶어 죽길 바라는
        그의 사촌, 이 왕을 비난할 수 없군요.
        하지만 두 분께선 잘 잊어버리는 이자의
        머리 위에 왕관을 올려놓고 이자를 위하여   160
        살인을 부추겼단 혐오스러운 오명을
        뒤집어쓰셨는데 ── 수많은 저주를
        두 분께서 받아야 한다는 말입니까?
        앞잡이 아니면 저질 보조역으로,
        밧줄이나 사다리, 사실은 망나니 역으로요?   165
        아, 죄송합니다, 이 교활한 왕 밑에서
        두 분에게 매겨지는 등급과 부류를
        제가 너무 저급하게 빼 드린 것 같아서!
        두 분처럼 고귀한 신분과 능력을 갖추고
        부당한 편에 서서 그것들을 사용하여   170
        (죄송하나 두 분이 그렇게 하셨듯이)

아름다운 장미 같은 리처드를 끌어내고
가시나무, 찔레 같은 볼링브로크를 심다니
창피하게 이런 얘기 지금 해야 할까요
아니면 미래의 역사책을 채울까요?   175
더욱더 창피하게 이 말을 보탤까요,
즉, 이러한 창피를 무릅쓴 두 분은 그자에게
속았고 버림받고 따돌림을 당했다고?
아뇨! 하지만 두 분의 추방당한 명예를 되찾고
이 세상 사람들의 호의를 두 분께로   180
되돌릴 시간은 아직도 있으니
두 분께 진 모든 빚을 둘을 죽임으로써
잔학하게 청산할지라도 갚으려고
밤낮으로 연구하는 오만한 이 왕의
야유와 조롱 조의 경멸을 보복하십시오.   185
그래서 말인데 ──

우스터   잠깐만, 그만해라.
이제 내가 비밀 책의 걸쇠를 푼 다음
눈치 빠른 불만으로 가득한 자네에게
중대하고 위험한 걸 읽어 줄 터인데
그 내용은 불안정한 창대 하나 밟고서   190
포효하는 강물을 건너가는 만큼이나
위기와 모험의 정신으로 가득하다.

핫스퍼   그러다가 빠지면 끝이죠, 뜨거나 말거나.
위험을 동쪽에서 서쪽으로 보내세요,
명예가 그놈을 남북으로 만나서 ──   195

194~195행 위험…명예 둘 다 개념의 의인화.

	맞붙게 하세요. 오, 토끼를 놀래기보다는	
	사자를 깨우는 게 더욱 피가 솟구쳐요!	
노섬벌랜드	(우스터에게) 모종의 위업을 이루는 상상으로	
	저 애가 참을성의 한계를 넘어섰어.	
핫스퍼	맹세코, 창백한 달님의 얼굴까지 뛰어올라	200
	빛나는 명예를 따서 내려오거나	
	수심 측정 밧줄이 한 번도 닿지 않은	
	깊은 바다 밑으로 돌진해 내려가	
	물에 빠진 명예의 머리채를 잡아 올려	
	그녀를 구한 자가 그녀의 전 가치를	205
	독차지하는 일은 쉽다 생각하지만	
	어정쩡한 공동 소유 절대 하지 않으리라!	
우스터	저 애는 주목해야 할 것들은 놓치고	
	수많은 헛것들을 붙잡으려 하는군요.	
	이보게 조카, 내 말 좀 들어 보게.	210
핫스퍼	아, 죄송합니다.	
우스터	자네의 포로인	
	스코트 귀족들 말인데 ―	
핫스퍼	하나도 못 줍니다.	
	맹세코 스코트는 하나도 못 가져갑니다.	
	스코트로 자기 영혼 구한대도 못 줘요.	
	내 겁니다, 이 손에 맹세코.	
우스터	자넨 펄쩍 뛰면서	215
	내 의도는 들으려 하지도 않는구먼.	
	포로들은 잡아 두게.	
핫스퍼	그럼요, 틀림없죠.	
	그자가 모티머의 몸값은 없을 거라 말했고	

나더러 모티머 얘기는 말라고 했지만
전 그자가 잠자고 있을 때 그 귀에다   220
큰 소리로 '모티머!'라고 할 겁니다.
예, 찌르레기 한 마리를 구해서 오로지
'모티머'만 가르쳐 그자에게 줄 겁니다,
그자의 분노를 유지시켜 못 잦아들도록.

우스터　　이보게, 한마디만 들어 보게.   225

핫스퍼　　전 모든 관심사를 엄숙히 포기하고
볼링브로크를 괴롭히는 일에만 전념하며
저 허세 부리는 웨일스 왕세자는
아비 사랑 못 받기에 그놈의 불운에
그 아비가 기뻐할 거라는 생각만 없다면   230
독한 맥주 한 잔으로 독살시킬 것입니다.

우스터　　조카는 잘 있게. 자네하고 얘기는
주목할 자세가 되었을 때 하겠네.

노섬벌랜드　　아니 이런 벌침 맞고 못 참는 바보야,
귀를 막고 남의 말은 전혀 듣지 않으면서   235
이렇게 계집같이 성미를 부리다니!

핫스퍼　　아니, 보십시오, 저는 이 더러운 정객인
볼링브로크 얘기만 들으면 채찍과 매를 맞고
쐐기풀과 개미에 쏘인 것 같답니다.
리처드 국왕 시절 — 그곳이 어디지요?   240
빌어먹을. 글로스터셔에 있는데.
미치광이 공작인 그자 삼촌 요크가 살던 곳,
제가 처음 미소의 왕, 이 볼링브로크에게
무릎 꿇은 곳이요. 젠장, 아버지와 그자가
라벤스퍼러에서 되돌아왔을 때요.   245

노섬벌랜드	버클리 성에서?
핫스퍼	맞아요.
	그때는 이 살살이, 잿빛의 사냥개가
	참으로 달콤한 예절을 제게 보여 줬지요!
	'이 사람의 여린 행운 무르익는 때가 오면'
	그리고 '귀하신 해리 퍼시', '착한 사촌'.
	오, 이런 사기꾼들은 악마가 잡아가라!
	── 신은 용서하소서. 삼촌, 할 얘기 하시죠,
	끝났어요.
우스터	아냐, 끝난 게 아니라면 다시 해,
	우리는 기다릴 테니까.
핫스퍼	정말로 끝났어요.
우스터	그렇다면 자네의 포로 얘기 다시 하지.
	몸값 없이 그들을 곧바로 건네주고
	더글러스 가문의 아들을 유일한 매개로
	스코틀랜드에서 자네의 세력을 유지하게.
	그것은 다양한 이유로, 적어 보내 주겠지만,
	쉽게 허락받을 게 분명해. (노섬벌랜드에게) 형님께선
	아들이 스코틀랜드에서 이 일을 하는 동안
	많은 사랑 받고 있는 고귀한 성직자의
	속마음에 은밀히 다가가야 합니다.
	대주교 말입니다.
핫스퍼	요크 맞죠?
우스터	그렇지,

250

255

260

265

245행 라벤스퍼러 국외로 추방되었던 볼링브로크가 프랑스에서 돌아와 요크셔 지방의 해안에 상륙한 곳.

그분은 브리스틀에서 있었던 자기 동생
스크루프 경의 죽음에 분개하고 있다네.
이 말은 내 생각에 그럴 수도 있다는
추측이 아니라 내가 아는 바로서
고심하고 계획해서 적어 놓은 것이며   270
행동으로 옮기게 될 계기가 그 모습을
확실하게 드러내길 기다릴 뿐이라네.

핫스퍼   냄새 좋군. 맹세코 잘 풀릴 것입니다.

노섬벌랜드   사냥감도 없는데 너는 항상 개만 풀어.

핫스퍼   그야, 뛰어난 계책일 수밖에 없잖아요 —   275
그런 다음 스코틀랜드와 요크의 세력을
모티머와 합친다, 이거지요?

우스터   그럴 거야.

핫스퍼   참말로 목표가 극히 뚜렷합니다.

우스터   군대를 일으켜 우리들 자신을 보호하려
서두르는 데에는 적잖은 이유가 있단다.   280
우리가 아무리 한결같이 처신해도
왕은 항상 우리에게 빚을 졌다 생각하고
그것을 완전히 되갚기 전까지는
우리가 불만족이라고 생각할 테니까.
이미 우릴 총애하는 얼굴로 보지 않고   285
낯선 사람 대하듯이 보기 시작했잖아.

핫스퍼   맞아요, 맞아요, 복수하고 말 겁니다.

우스터   조카는 잘 가게. 편지로 지시해 줄
노선을 벗어나서 이 일을 추진하진 말게나.
때가 무르익으면, 즉시 다가올 텐데,   290
난 글렌다워와 모티머에게 도망가고

	거기서 조카와 더글러스와 우군이 한꺼번에
	내 구상에 따라서 운 좋게 만난 다음
	지금은 대단히 불안정한 우리의 운명을
	강한 우리 팔뚝으로 꽉 껴안아 보자고.
노섬벌랜드	잘 가, 동생. 우린 성공할 거야, 난 믿어.
핫스퍼	잘 가요, 삼촌. 오, 전장과 격투와 신음으로
	우리 놀이 찬양해 줄 시간이여, 빨리 오라! (함께 퇴장)

295

2막 1장
도부꾼 하나가 손에 초롱을 들고 등장.

도부꾼 1	어이! 이런 빌어먹을, 벌써 새벽 4시야. 큰곰자리가 새
	굴뚝 위에 걸렸는데 우리 말은 아직 짐도 싣지 못했어.
	—— 이봐, 마부!
마부	(안에서) 곧 가요, 곧 가!
도부꾼 1	이보게 톰, 짐말의 안장 좀 두들겨 주고 그 밑엔 천 좀
	대 주게. 불쌍한 것의 어깻죽지가 형편없이 헐었어.

5

다른 도부꾼 등장.

도부꾼 2	여기 완두나 콩은 젖어서 지랄이야, 그게 바로 야윈 말
	이 말파리 병에 걸리는 지름길이지. 이 집은 마부 로빈
	이 죽은 뒤로 엉망진창이 됐어.
도부꾼 1	그 불쌍한 친구, 귀리 값이 뛴 뒤로 기쁜 날이 없었지,

10

2막 1장 장소 로체스터. 여관 마당.

그 때문에 죽었어.

도부꾼 2 난 여기가 런던 가는 길에서 벼룩이 가장 지독한 집인 것 같아. 점박이 잉어처럼 물렸어.

도부꾼 1 점박이 잉어라고? 맹세코, 기독교도 왕이라도 첫닭이 운 뒤로 나보다 더 많이 물릴 수는 없었을 거야.

도부꾼 2 글쎄, 요강을 줘야지 말이지. 그러니까 우리가 그놈의 벽난로에다 깔기는 것이고 그놈의 오줌 때문에 벼룩이 미꾸라지처럼 생겨나는 거라고.

도부꾼 1 이봐, 마부! 이리 와, 젠장맞을! 와 보란 말이야!

도부꾼 2 난 훈제 베이컨 한 통과 생강 두 보따리를 저 멀리 채링크로스 마을까지 배달해야 해.

도부꾼 1 아이고! 짐 바구니 속에 든 내 칠면조는 거의 굶어 죽을 지경이야. 이봐, 마부! 네놈은 염병에나 걸려라. 그 머리엔 눈도 안 달렸어? 듣지도 못하고? 네놈 대갈통을 깨 놓는 게 술 마시는 것만큼 좋은 일이 아니라면 난 진짜 나쁜 놈이다. 이리 와, 젠장맞을! 넌 신의도 없냐?

개즈힐 등장.

개즈힐 좋은 아침이오, 도부꾼들. 몇 시나 됐지요?

도부꾼 1 2시쯤 된 것 같소이다.

개즈힐 당신 초롱 좀 빌려 주시오, 마구간에 있는 내 거세 수말 좀 보려는데.

도부꾼 1 허 참, 안 되지요. 그런 속임수 한둘쯤은 나도 안단 말이오, 진짜로.

개즈힐 (도부꾼 2에게) 당신 거 좀 빌려 주시오.

도부꾼 2 허 참, 장난해요? '당신 초롱 좀 빌립시다.' 그러네. 원,

	당신의 교수형이나 먼저 보겠소.	35
개즈힐	이봐요 도부꾼, 런던에는 몇 시쯤 도착할 작정이오?	
도부꾼 2	그야 장담컨대 촛불 들고 자러 가기 충분한 시간 아니	
	겠소. — 자, 이웃사촌 먹스, 우린 신사분들을 깨우세.	
	일행과 함께 가실 거야, 책임질 게 많은 분들이니까.	

(도부꾼들 함께 퇴장)

개즈힐	여봐라, 방지기!	40

방지기 등장.

방지기	'여기요.' 소매치기 말씀 따라.	
개즈힐	그건 '여기요, 방지기 말씀 따라.'라고 하는 것과 아무런	
	차이가 없어. 한탕과 한 건이 다를 바 없듯이 넌 소매치	
	기와 다를 바 없으니까. 계획을 꾸미는 건 네놈이야.	
방지기	안녕하세요, 개즈힐 도련님. 어젯밤에 말한 건 아직 그	45
	대롭니다. 켄트 산골의 자유농민 하나가 금화 삼백 마	
	르크를 가져왔대요. 어제 저녁 먹을 때 그 얘기를 동행	
	에게 하는 걸 들었는데, 그 사람은 회계 관리인 모양이	
	고 뭔지는 모르지만 엄청 많은 물건을 돌보고 있답니	
	다. 둘은 벌써 일어나 버터 계란을 시켰어요. 곧 길을	50
	떠날 겁니다.	
개즈힐	이봐, 그들이 양상군자들을 만나지 않는다면 이 목을	
	너에게 주겠어.	
방지기	난 그거 안 가져요. 지키고 있다가 망나니에게나 주세	
	요. 난 도련님이 거짓된 사람이 할 수 있는 만큼 진실	55
	하게 양상군자를 섬긴다고 아니까요.	
개즈힐	왜 내게 망나니 얘기를 하고 그래? 내가 매달릴 때면	

살찐 교수대 한 쌍이 세워질 거야. 내가 매달리면 늙은
존 경도 함께 매달릴 테니까. 그분이 말라깽이가 아닌
건 너도 알잖아. 쯧, 네가 꿈도 못 꾸는 다른 한량들도   60
있어. 장난삼아 이 직업을 기꺼이 두둔해 주시는 건데,
그들은 만약 조사를 받을 경우 자기들의 신용 때문에
다 무마할 거야. 내가 힘을 합친 사람들은 떠돌이 도둑
이나 긴 갈고리 잔챙이 날치기나, 턱수염 푸른 얼굴에
고함치는 주정뱅이 따위가 아니라 양반들과 점잖은   65
분들, 시 의원들과 큰손님들인데 비밀을 지킬 수 있는
분들, 말보다는 주먹을 앞세우고 술보다는 말을 앞세
우며 기도보단 술을 앞세우는 분들이야. ── 그렇지만
제기랄, 이건 거짓말이야, 그들은 자기들의 성자인 국
가에게 계속 기도하니까. 아니, 기도한다기보다 절도   70
를 기도하는 거지, 국가의 등을 벗겨 먹으면서 그걸 약
탈품으로 생각하니까.

방지기   아니, 국가가 약탈품이라고요? 그들에게 탈이 나면 그
게 약이 되어 줄까요?

개즈힐   그럴 거야, 그럴 거야. 법을 통해 손을 써 놨어. 우린 안   75
전을 보장받고 훔쳐, 확실하게. 고사리 씨 처방이 있어
서 걸을 때 안 보여.

방지기   아니 참말로, 도련님이 걸을 때 안 보이는 건 고사리
씨보다는 오히려 밤 덕분인 것 같은데요.

개즈힐   우리 악수하자. 우리의 장물을 네게도 한몫 떼어 줄게,   80
난 참사람이니까.

76~77행 고사리…보여 속설에 의하면 7월 23일(성자 요한의 날 전야)에 거둔 고
사리 씨를 달여 마신 사람은 보이지 않게 된다고 한다. (아든)

방지기　아뇨, 차라리 도련님이 거짓된 도둑이니까 그걸 내게
　　　　쥐요.

개즈힐　됐어. 모든 사람은 '인간'이란 이름을 같이 써. 마부에
　　　　게 내 거세마를 마구간에서 내오라고 일러. 잘 가, 이　　85
　　　　멍텅구리야.　　　　　　　　　　　　　　(함께 퇴장)

2막 2장
왕자, 포인스, 피토와 바돌프 등장.

포인스　자, 어서 몸을 감춰요! 제가 폴스태프의 말을 치워 버
　　　　렸더니 안달복달이 났답니다.

왕자　　꼭꼭 숨어!　　　　(포인스, 피토와 바돌프는 숨는다.)

폴스태프 등장.

폴스태프　포인스! 포인스, 제기랄! 포인스!

왕자　　조용히 해, 이 올챙이배 불한당아, 이 무슨 소란이야!　　5

폴스태프　포인스는 어딨어, 핼?

왕자　　언덕 꼭대기까지 걸어 올라갔는데 내가 가서 찾아보지.
　　　　　　　　　　　　　　　(다른 사람들과 함께 숨는다.)

폴스태프　내가 이 도둑놈과 함께 훔친다는 건 저주야. 이 불한
　　　　당이 내 말을 가져다가 나도 모르는 곳에 묶어 놨어.
　　　　정확히 네 발짝만 더 걸으면 난 숨이 찰 거야. 하지만　　10

84행 모든…써　　　　　　　　　　짜 사람, 즉 참사람이라는 말.(아든)
모든 사람은, '거짓된 도둑'을 포함하여, 인　　2막 2장 장소
간이란 이름을 같이 쓰기 때문에 자신은 진　　개즈힐 근처의 큰길.

그럼에도 불구하고 난 곱게 죽을 수밖에 없다고 생각
해, 이 악한을 죽인 죄로 교수형만 피한다면 말이지.
난 지난 이십하고도 이 년 동안 이자와 함께 지내기를
매시간 거부해 왔는데도 귀신에 홀렸는지 이 녀석과
함께 있단 말이야. 이 불한당이 내게 약을 먹여 자기   15
를 좋아하게 만든 게 아니라면 내가 벼락을 맞지. 다
른 가능성은 없어. 내가 약을 마신 거야. 포인스! 헬!
둘 다 염병에나 걸려라! 바돌프! 피토! 한 발짝 더 훔치
느니 난 차라리 굶어 죽겠다. 또 그게 술 마시고 정직
한 인간이 된 다음 이 악당들을 떠나는 것만큼 좋은 일   20
이 아니라면, 난 이빨 한 개로 밥 먹는 잡놈 가운데 최
악의 잡놈이다. 울퉁불퉁한 땅 칠 야드가 내게는 육십
하고도 십 마일을 걷는 거나 마찬가지고, 이 무정한 악
당들도 그 사실을 아주 잘 알고 있다. 도적들이 서로
에게 정직할 수 없다니 이런 염병할! (그들이 휘파람을   25
분다.) 휴! (왕자, 포인스, 바돌프와 피토, 앞으로 나온다.) 다
들 염병에나 걸려라! 내 말을 내놔, 이 악당들아, 내 말
을 내놓고 죽어 버려라!

왕자   조용히 해, 이 똥배야. 누운 다음 땅에다 귀를 바싹 대
고 나그네들 발걸음 소리가 들리는지 알아봐.   30

폴스태프   내가 누우면 다시 들어 올릴 지렛대라도 있어? 제기
랄, 자네 아버지 국고의 돈을 다 준대도 다시는 내가
이 육신을 끌고 이토록 멀리 걷진 않을 거야. 대체 무

8~10행 내가…거야
폴스태프의 항의는 문자 그대로는 포인스
를 향하는 게 틀림없다, 왜냐하면 그는 '지
난…왔는데도'(13~14행)라고 말하는 데다

왕자는 아직 10대를 벗어나지 못했으니
까. 그럼에도 이곳의 언어는 그와 헬과의
관계를 더 잘 묘사하는 것처럼 보이고 관
객들도 그렇게 듣는 경향이 있다. (아든)

　　　　　 슨 맘으로 날 이렇게 골려 먹나?

왕자　　　거짓말, 골려 먹는 게 아니라 말아 먹어.　　　　　　　35

폴스태프　헬 왕자님, 제발 저를 말 있는 곳으로 데려다 주세요,
　　　　　 왕의 아드님이시여.

왕자　　　꺼져라, 고얀 놈. 내가 너의 마부가 되라고?

폴스태프　그 확실한 후계자 대님으로 목이나 매시지! 내가 잡히
　　　　　 면 이걸 고발할 거야. 너희 모두에 대한 노래를 지어　　40
　　　　　 추잡한 곡조로 부르게 하지 않는다면 독한 포도주로
　　　　　 날 독살해. 이렇게 심한 장난을 치다니, 그것도 발에다
　　　　　 가! 이건 싫어.

　　　　　　　　　　 개즈힐 등장.

개즈힐　　서라!

폴스태프　그러고 있어, 본의 아니게.　　　　　　　　　　　　45

포인스　　아, 저건 우리 바람잡이야. 내가 목소리를 알아, 바돌
　　　　　 프. — 무슨 소식이야?

개즈힐　　덮어요, 덮어, 복면을 쓰란 말입니다. 국왕의 돈이 언
　　　　　 덕 아래로 내려오고 있어요. 국왕의 금고로 들어갈 거
　　　　　 랍니다.　　　　　　　　　　　　　　　　　　　　50

폴스태프　거짓말 마, 자식아, 국왕의 술집으로 갈 거야.

개즈힐　　우리 모두가 팔자 고칠 만큼이나 많은데 —

폴스태프　교수될 만큼이지.

왕자　　　이보게들, 그쪽 넷은 좁은 길에서 그들과 맞서고 네드
　　　　　 포인스와 난 아래로 내려갈게. 그쪽의 습격을 피하면　　55

46행 내가…알아　짐작건대 개즈힐은 가면을 쓰고 등장할 것이다. (아든)

	우리에게 올 테니까.	
피토	몇 명이나 되지?	
개즈힐	여덟에서 열쯤이야.	
폴스태프	제기랄, 놈들이 우릴 털지나 않을까?	
왕자	뭐야, 이 존 똥배 경이 겁쟁이잖아?	60
폴스태프	맞았어, 난 자네의 조부인 존 말라깽이 경은 아니지, 그래도 겁쟁이는 아냐, 헬.	
왕자	글쎄, 그건 두고 봐야겠지.	
포인스	이봐, 잭, 당신 말은 산울타리 뒤편에 서 있어. 말이 필요하면 거기서 찾을 수 있을 거야. 잘 가, 그리고 물러 서지 마.	65
폴스태프	교수형을 당한데도 지금은 저놈을 패 줄 수가 없구나.	
왕자	(포인스에게 방백) 네드, 우리의 변복은 어디 있지?	
포인스	(왕자에게 방백) 여기, 근처에요. 꼭꼭 숨어요.	
	(왕자와 포인스 함께 퇴장)	
폴스태프	자, 이보게들, 행운이 있길 바라네, 꼭. 모두들 제자리로.	70

나그네들 등장.

나그네 1	자, 이웃사촌, 애가 말들을 언덕 아래로 몰고 갈 테니 우린 잠시 걸으면서 다리 좀 펴 보세.	
도적들	서라!	
나그네 2	아이고 이런!	
폴스태프	이놈들을 내리쳐라, 모가지를 잘라 버려! 아, 이 상놈	75

61행 말라깽이 경 왕자의 조부의 이름(John of Gaunt) 가운데 'Gaunt'가 가진
뜻(말라깽이)으로 친 말장난.

의 식충이, 돼지비계 같은 놈들, 이것들이 우리 청년들을 미워해! 내리쳐라, 홀랑 벗겨!

나그네 1 오, 우린 망했다, 사람 물건 둘 다, 영원히!

폴스태프 이 염병할 배불뚝이들아, 망했다고? 아냐, 이 뚱뚱보 짠돌이들아, 난 네놈들의 전 재산이 여기에 있었으면 80 좋겠다. 가, 이 비계들아, 가! 뭐야, 이 나쁜 놈들이? 청년들은 살아야 해. 너흰 장로들이야, 그렇지? 아예 장사를 지내 주마. (여기에서 물건을 빼앗고 그들을 묶는다.)

(함께 퇴장)

왕자와 포인스 등장.

왕자 도적들이 정직한 사람들을 묶어 놨군. 이제 너와 내가 이 도적들의 물건을 빼앗아 유쾌하게 런던으로 돌아 85 가면 일주일 동안은 얘깃거리, 한 달 동안은 웃음거리, 그리고 영원히 멋진 농담거리가 될 거야.

포인스 몸을 숨겨요, 오는 소리가 들려요. (그들은 몸을 숨긴다.)

도적들 다시 등장.

폴스태프 자, 이보게들, 이걸 나눈 다음 날이 밝기 전에 말 있는 데로 가자고. 왕자와 포인스가 두 알짜배기 겁쟁이가 90 아니라면 분별력은 씨가 말랐어. 포인스 놈에게 용기라고는 들오리만큼도 없고.

(그들이 물건을 나눌 때 왕자와 포인스가 그들을 덮친다.)

왕자 그 돈 내놔!

포인스 나쁜 놈들!

(그들은 모두 도망가고 폴스태프도 한두 번 싸우다가
약탈품을 남겨 놓고 도망간다.)

왕자   아주 쉽게 얻었구나. 유쾌하게 말을 타자.   95
       도적들은 모조리 흩어졌고 두려움에
       너무 크게 사로잡혀 감히 서로 못 본다,
       각자가 제 동료를 순경으로 아니까.
       가자, 네드. 폴스태프는 죽도록 땀 흘리며
       걸음마다 박한 땅에 기름칠을 하는구나.   100
       우습지만 않다면 동정하고 싶구나.

포인스   뚱뚱보가 고함치는 꼴이라니!   (함께 퇴장)

2막 3장

핫스퍼, 편지를 읽으며 혼자 등장.

핫스퍼 '하지만 저로 말씀드리면 귀댁에 대해 품고 있는 충
        성심을 고려할 때 기꺼이 그곳으로 갈 수 있었습니
        다.' '기꺼이'라고 했다. 그럼 왜 안 와? 귀댁에 대한 충
        성심을 고려할 때라고! 이건 그가 우리 가문보다는 자
        기네 헛간을 더 아낀다는 사실을 보여 준다. 좀 더 읽   5
        어 보자. '당신께서 달성하려는 목표는 위험합니다.'
        ──그야, 분명하지. 감기에 걸리거나 잠자거나 마시
        는 것도 위험하지. 하지만 들어 보시게, 이 바보 양반
        아, 이 위험이란 쐐기풀에서 우린 안전이란 꽃을 딴단
        말이야. '당신께서 달성하려는 목표는 위험하고 이름   10

2막 3장 장소 핫스퍼의 사유지.

적힌 우군들은 불확실하며, 때도 불길한 데다 당신 계
획 전체는 저 큰 반대 세력과 균형을 맞추기엔 너무 가
볍습니다.' 그렇다고, 그렇단 말이지? 당신에게 다시
말하지만 당신은 천박한 겁쟁이 촌놈인 데다 거짓말까
지 하고 있어. 이렇게 골 빈 자가 다 있나! 맹세코 우리   15
계획은 그 누가 세운 것보다 훌륭한 계획이고 우리 우
군들은 진실되고 변함없어. 훌륭한 계획, 훌륭한 우군
에다 기대로 가득해. 빼어난 계획이고 아주 훌륭한 우
군들이란 말이야. 이렇게 기백이 얼어 죽은 녀석이 다
있나! 아니, 요크 경이 이 계획과 전반적인 행동 방향   20
을 칭찬하잖아. 제기랄, 이 자식이 지금 내 곁에만 있
어도 그 마누라의 부채로 머리통을 까부숴 놓겠는데.
아버지와 삼촌과 내가 있잖아? 에드먼드 모티머 경,
요크 경과 오언 글렌다워는 어떻고? 그 밖에도 더글러
스가 있잖아? 이들 모두가 편지를 보내 다음 달 9일에   25
무장하고 날 만나기로 했고 그 가운데 일부는 이미 출
발했잖아? 이런 불신자, 이교도 같은 놈을 봤나! 하! 이
제 이자가 두렵고 심장이 차가워져 대단히 솔직한 마
음으로 왕에게 우리의 모든 거동을 고해바치는 꼴을
보게 될 거야! 오, 이런 얼빠진 놈에게 이토록 명예로   30
운 행동을 제안한 대가로 난 내 몸을 둘로 나눠 서로
치고받게 할 수 있어! 죽일 놈! 왕에게 말하라 그래. 우
린 준비됐어. 난 오늘 밤 출발할 거야.

그의 부인 등장.

웬일이오, 케이트? 난 앞으로 두 시간 안에 당신 곁을

떠나야만 하오.   35

퍼시 부인   아 여보, 왜 이렇게 혼자서만 계셔요?
제가 보름 동안에 무슨 죄를 지었기에
해리의 침대에서 쫓겨난 여인이 되었나요?
여보, 말해 줘요, 무슨 일 때문에
식욕과 기쁨과 황금 같은 수면을 뺏겼어요?   40
뭣 때문에 당신 눈을 땅으로 내리깔고
홀로 앉아 그리 자주 놀라시는 거예요?
뭣 때문에 뺨 위의 맑은 혈색 없어지고
당신과 누려야 할 제 보물과 제 권리를
눈 침침한 사색과 괘씸한 우울에게 줬어요?   45
얕은 잠에 들었을 때 곁에서 보았는데
당신은 잔혹한 전쟁 얘기 중얼대며
솟구치는 말에게 '용기를 내! 전장으로!'
외치면서 마술 용어 쓰셨어요. 또 당신은
공격과 후퇴와 참호와 천막에 대하여   50
방어용 말뚝과 전선과 흉벽에 대하여
대구경포, 대포와 중포에 대하여
포로의 몸값과 살해당한 병사들과
격전의 흐름을 모두 다 말했어요.
당신의 마음은 너무나 전쟁에 가 있고   55
그래서 자면서도 너무나 흥분한 나머지
갓 휘저은 냇물에서 공기 방울 올라오듯
이마 위에 땀방울이 송골송골 맺혔고
얼굴엔 사람들이 중대한 급명을 받고 나서
숨 참을 때 볼 수 있는 이상한 표정들이   60
나타났었답니다. 오, 이게 무슨 징조예요?

당신 손에 들어 있는 심각한 용건을
저를 사랑하신다면 알아야 되겠어요.

핫스퍼　　여봐라!

하인 등장.

길리엄스가 꾸러미를 가져갔어?

하인　　예, 주인님, 한 시간 전에요.　　　　　　　　65

핫스퍼　　버틀러는 행정관에게서 말들을 가져왔어?

하인　　한 필을 바로 지금 가져왔습니다.

핫스퍼　　어느 것? 밤색 말? 귀 잘린 게 아니더냐?

하인　　예, 주인님.

핫스퍼　　　　　　밤색 말이 내 옥좌가 될 것이다.

좋아, 그 등에 곧장 올라앉겠다. 오, 희망이여!　　　70

수렵장에 넣으라고 버틀러에게 일러라.　　(하인 퇴장)

퍼시 부인　　하지만 들어 봐요, 여보.

핫스퍼　　　　　　　　뭐라고요, 부인?

퍼시 부인　　뭣 때문에 붕 떴어요?

핫스퍼　　　　　　　　그야, 말이지요,

여보, 말 때문에.

퍼시 부인　　　　　　아이참, 제정신이에요!

담비라도 당신 속에 들끓는 만큼의　　　　　　　75

변덕스러운 기질은 없어요. 정말이지

당신 일을 알아내고 말 테예요, 꼭이요.

제 동생 모티머가 자기 권리 문제로

70행 희망　퍼시 가문의 좌우명. 전체는 '나의 힘은 희망에 있다.'이다. (아든)

	휘젓고 다니며 자기 모험 든든히 하려고	
	당신을 청했을까 겁나요. 하지만 가신다면 ──	80
핫스퍼	너무 멀리 걸어서 지치게 되겠지요.	
퍼시 부인	자, 자, 이 앵무새 서방님, 곧바로	
	제가 묻는 이 질문에 대답을 하세요.	
	모든 것을 사실대로 말하지 않으면	
	그 새끼손가락을 분질러 놓겠어요.	85
핫스퍼	저리 가요, 철부지! 사랑? 당신 사랑 안 해요,	
	좋아하지 않는단 말이오, 케이트. 이 세상은	
	인형 놀이, 입술 장난 하는 곳이 아니라오.	
	코피를 터뜨리며 머리통을 깨 놓고	
	굴리기도 해야겠소. ── 아, 내 말을 가져와라! ──	90
	뭐라고요, 케이트? 원하는 게 뭐였지요?	
퍼시 부인	저를 사랑 안 하세요? 정말로 안 하세요?	
	그러세요, 저를 사랑 안 하시니 저 또한	
	저를 사랑 안 하지요. 저를 사랑 안 하세요?	
	아니, 당신 말이 농담인지 아닌지 밝혀 봐요.	95
핫스퍼	자, 말 탄 나를 보시겠소?	
	말 등에 오르면 당신에게 영원한 사랑을	
	맹세할 것이오. 하지만 잘 들어요, 케이트.	
	지금부터 나에게 어디로 가느냐,	
	왜 가느냐, 이런 질문 하지 말아 주시오.	100
	가야 할 곳이면 가야 하오. 그래서 결론은	
	오늘 저녁 당신을 떠나야 하겠소, 케이트.	
	당신이 현명한 줄 알지만 해리 퍼시 아내보다	
	더 현명하지는 못하며 한결같긴 하지만	
	그래도 여자지요. 또 비밀을 지키는 덴	105

그 어떤 부인보다 낫다오, 당신이 모르는 걸
내뱉을 수 없다는 걸 난 확신하니까.
그 정도로 당신을 신뢰하오, 케이트.

퍼시 부인 뭐라고요! 그 정도로?

핫스퍼 한 치도 더 못 하오. 하지만 잘 들어요, 케이트,   110
내가 가는 곳으로 당신도 갈 것이오.
오늘은 내가 가고 내일은 당신이오.
만족하오, 케이트?

퍼시 부인   그래야죠, 할 수 없죠.   (함께 퇴장)

2막 4장
왕자 등장.

왕자 네드, 제발 그 탁한 방에서 나와 내가 좀 웃게끔 도와줘.

포인스 등장.

포인스 어디에 있었어요, 핼?

왕자 큰 술통 삼사십 개 사이에서 서너 명의 골통들과 함께
있었지. 난 겸손의 가장 낮은 단계, 거기까지 내려가
봤어. 이봐, 난 급사 삼총사와 의형제를 맺었는데 그   5
모두를 톰, 딕, 프랜시스와 같은 세례명으로 부를 수
있다네. 그들은 이미 자기들의 구원에 맹세코 내가 비
록 웨일스 왕세자일 뿐이지만 그래도 예절의 왕이며,

2막 4장 장소 이스트칩에 있는 선술집.

딱 잘라 말하기를, 난 폴스태프처럼 건방진 녀석이 아
니라 격의 없는 친구, 기개 있는 청년, 착한 애라고 말 10
하며 —— 맙소사, 나를 그렇게 불렀어. —— 내가 잉글
랜드 왕이 되면 이스트칩에 있는 괜찮은 녀석들은 다
내 명령을 따를 거라고 했어. 그들은 흠뻑 마시는 걸
'붉게 물들인다.'라고 하고, 마시다가 숨을 쉬면 '흠!'
이라고 외치면서 '쭉 들이켜!'라고 주문하지. 결론적 15
으로 난 진도가 얼마나 잘 나갔던지 이십오 분 만에
일생 동안 그 어떤 술꾼과도 그의 언어를 쓰면서 마실
수 있게 됐어. 단언컨대 네드, 넌 이번 교전에 참가하
지 않았기 때문에 커다란 영예를 잃었어. 하지만 달콤
한 네드 —— 그 네드라는 이름을 달콤하게 만들어 줄 20
이 한 푼짜리 설탕 봉지를 주지. 이걸 급사 조수 하나
가 방금 내 손에 쥐어 줬는데, 그 녀석이 평생 써 본 영
어라고는 '팔 실링 육 펜스'와 '천만에요.' 그리고 거기
에다 날카롭게 덧붙여 '곧 갑니다, 곧 가요! 반달 방에
물 포도주 한 잔 추가요!' 따위뿐이야. 하지만 네드, 폴 25
스태프가 올 때까지 시간을 보내기 위해 부탁인데, 아
무 옆방에나 가 있으면 난 그동안 이 신출내기 급사에
게 무슨 목적으로 내게 설탕을 줬는지 물어볼게. 그러
면 넌 절대 멈추지 말고 '프랜시스'를 계속 불러, 그래
서 녀석은 '곧 갑니다!'라는 말밖엔 아무것도 할 수 없 30
도록 말이야. 물러서 봐, 모범을 보여 줄게.

(포인스 퇴장)

포인스   (안에서) 프랜시스!

18행 교전 급사들과의 만남을 농담조로 하는 말.

| 왕자 | 완벽해. |
| 포인스 | (안에서) 프랜시스! |

급사 프랜시스 등장.

프랜시스	곧 갑니다, 곧 가요! ── 랠프, 저 아래 석류 방을 살펴 35 봐!
왕자	이리 와, 프랜시스.
프랜시스	왕자님?
왕자	일을 한 지 얼마나 됐지, 프랜시스?
프랜시스	정말로는 오 년인데, 그게 말씀드리 ── 40
포인스	(안에서) 프랜시스!
프랜시스	곧 갑니다, 곧 가요!
왕자	오 년이나! 맙소사, 백랍 잔 쨍그랑거리는 일치고는 긴 임대 기간이군. 하지만 프랜시스, 그 계약서를 바보로 만들 만큼 용맹을 발휘하여 감히 그놈에게 멋진 두 발 45 을 보인 다음 도망칠 수 있겠어?
프랜시스	오 이런, 왕자님, 잉글랜드에 있는 모든 성경에 대고 맹세하겠지만 제 마음속을 뒤져 봐도 ──
포인스	(안에서) 프랜시스!
프랜시스	곧 갑니다! 50
왕자	나이가 몇이야, 프랜시스?
프랜시스	글쎄요, 다음 미카엘 축일이 올 때면 전 ──
포인스	(안에서) 프랜시스!
프랜시스	곧 가요! (왕자에서) 잠시만 기다려 주세요, 왕자님.

52행 미카엘 축일 미카엘 성자의 축일로 9월 29일이다.

| 왕자 | 하지만 잘 들어 봐, 프랜시스, 내게 준 설탕 말인데 그 | 55 |
| 거 한 푼어치지, 안 그래? |
| 프랜시스 | 오 이런, 두 푼어치는 되는데요! |
| 왕자 | 내가 그 대가로 천 파운드 줄게. 요청하고 싶을 때 그 |
| 럭해, 그럼 네 거야. |
포인스	(안에서) 프랜시스!	60
프랜시스	곧 가요, 곧.
왕자	'곧'이라고, 프랜시스? 안 돼, 프랜시스. 내일만 빼고,
프랜시스. 아니면 프랜시스, 목요일에. 아니면 정말로
프랜시스, 아무 때나. 근데 프랜시스 ──
프랜시스	왕자님?	65
왕자	너, 가죽 외투에 수정 단추, 짧은 머리, 마노 반지, 두
꺼운 털양말, 싸구려 대님에 기름칠한 혓바닥, 스페인
제 지갑 가진 이 사람 좀 엿 먹여 볼래?
프랜시스	오 이런, 왕자님, 누구 말입니까?
왕자	그래, 그럼 갈색 포도주가 너의 유일한 술이 될 거야!	70
왜냐하면 이봐, 프랜시스, 그 흰색 조포 저고리도 때가
묻을 테니까. 바버리 지역에선 그 설탕이 별것 아냐.
프랜시스	뭐라고요?
포인스	(안에서) 프랜시스!
왕자	저리 가, 이 녀석, 부르는 소리 안 들려?	75

66~68행 가죽…사람
왕자는 75행에 등장하는 술장수의 행색을 이렇게 묘사하고 그는 아마도 이런 모습으로 등장할 것이다. (아든)
70~72행 그래…아냐
왕자의 대사는 주로 프랜시스를 혼란에 빠뜨리려는 의도를 가진 헛말로 보이지

만 만약 무슨 뜻이 있다면 이 급사에게 선술집의 삶을 받아들이도록 하려는 것처럼 보인다. (아든)
72행 바버리
당시에 수입된 대부분의 설탕이 생산된 곳. (아든)

(여기에서 두 사람 모두 그를 부르고
급사는 놀란 채 서서 어느 쪽으로 갈지 몰라한다.)

술장수 등장.

술장수   아니, 저렇게 부르는 소리를 가만 서서 듣고만 있어?
         안쪽 손님들에게 가 봐.   (프랜시스 퇴장)
         왕자님, 늙은 존 경이 예닐곱 사람을 데리고 문밖에 와
         있습니다. 들라고 할까요?
왕자   잠시만 그대로 둔 다음 문을 열어 주게.   (술장수 퇴장)   80
         포인스!

포인스 등장.

포인스   곧 갑니다, 곧 가요!
왕자   이봐, 폴스태프와 나머지 도적들이 문밖에 와 있어. 우
         리 한번 유쾌하게 놀아 볼까?
포인스   여치처럼 유쾌하게 놀아 보죠, 뭐. 그런데 말이죠, 이   85
         급사의 허튼짓을 얼마나 재치 있게 맞받아쳤나요? 자,
         그 목적이 뭔데요?
왕자   난 이제 그 옛날 아담 양반 시절부터 지금 현재 한밤중
         12시가 갓 지난 이 시각에 이르기까지 드러난 인간의
         기분 가운데 모든 기분을 다 느낄 수 있어.   90

88~90행 난…있어   이 급사와 바보짓을 한 결과 난 지금 아무거나 다 좋다는 기
분이야. (리버사이드)

프랜시스 등장.

	몇 시야, 프랜시스?
프랜시스	곧 갑니다, 곧 가요. (퇴장)
왕자	원 참, 이 녀석이 늘 쓰는 단어가 앵무새보다 적은데도

한 여인의 아들이라니! 그의 근면성은 아래층과 위층
이고 그의 웅변은 계산서 내역이야. 내 마음은 아직 저   95
북쪽의 핫스퍼, 퍼시와 같진 않아. 그 친구는 아침 식
사 때 스코트 사람 예닐곱 다스쯤 죽여 놓고 손을 씻은
다음 자기 아내에게 '조용한 생활은 역겨워, 난 전투를
하고 싶어.'라고 하지. 그러면 그녀는 '오 사랑하는 해
리, 오늘은 몇 명이나 죽였어요?'라고 묻고, 그는 '내   100
밤색 말에게 물약이나 먹여 줘.'라고 한 다음 '한 열넷
쯤'이라 하고, 한 시간 뒤에는 '별거 아냐, 별거 아냐.'
라고 대답하지. 폴스태프를 불러들여. 난 퍼시 역을 할
거야. 그 징그러운 고깃덩어리는 그의 아내 모티머 부
인 역을 할 것이고. 술꾼이 '마시자!'라고 하네. 갈비 님   105
을 들여보내, 비계 님을 들여보내.

폴스태프, 바돌프, 피토와 개즈힐,
포도주를 든 프랜시스를 따라 등장.

포인스	어서 와, 잭. 어디에 있었어?
폴스태프	겁쟁이들은 다 염병에나 걸리고 복수까지 당해라. 제

발 그래라! ─ 애, 포도주 한 잔 가져와. ─ 이런 식으
로 오래 사느니 난 스타킹이나 만들고 꿰매고 발까지   110
달 거야. 겁쟁이들은 다 염병에나 걸려라! ─ 야 이놈

아, 포도주 한 잔 가져와. —— 용맹성은 살아남지 못했
단 말인가?　　　　　(프랜시스가 건네는 술을 마신다.)

왕자　　넌 해님의 달콤한 얘기에 녹아 버리는 버터 한 접시, 거
기에 태양신이 키스하는 걸 (태양신은 동정심도 많으시　　115
라.) 한 번도 못 봤어? 봤다면 그 둘의 복합체를 쳐다봐.

폴스태프　(프랜시스에게) 에끼 이놈, 이 술에도 석회가 들었어. ——
악한에게 찾아낼 수 있는 것이라곤 악행밖에 없는 법,
하지만 겁쟁이는 석회 넣은 포도주보다 더 나빠. 비열
한 겁쟁이! 잭 노인아, 당신의 길을 가, 죽고 싶을 때　　120
죽고. 남자다움, 훌륭한 남자다움이 이 지상에서 잊힌
게 아니라면 난 마른 명태야. 착하면서 교수형 안 당한
사람은 잉글랜드에 셋도 안 남았는데 그 가운데 하나
가 살찌고 늙어 가니 하느님도 무심하시지. 안 좋은 세
상이란 말이야. 난 직조공이었으면 좋겠어, 성가든 뭐　　125
든 노래 부를 수 있으니까. 겁쟁이들은 다 염병에나 걸
려라, 두고두고.

왕자　　왜 그래, 이 양털 자루야, 뭘 중얼거려?

폴스태프　왕자라고! 내 목검으로 너를 네 왕국 밖으로 쫓아내고
네 백성 모두를 야생 기러기 떼처럼 너에 앞서 몰아내　　130
지 않는다면 다시는 내 얼굴에 수염을 기르지 않겠다.

114~116행 넌…봤어
왕자의 비유는 모호하지만 그 뜻은 아마
도 붉은 얼굴의 폴스태프가 포도주를 마
시고 그것이 그의 목구멍을 타고 녹아 내
려가는 모습이 마치 햇빛이 버터 요리에
닿아 그것을 녹이는 것처럼 보인다는 말
일 것이다. 또 하나의 의미는 왕자가 태양
신이고 버터와 같은 폴스태프를 땀 흘리

게 만든다는 뜻일 수도 있다. (아든)
117행 석회
포도주를 보존하기 위해 넣은 생석회(산
화칼륨)를 가리킨다.
125행 직조공
당시의 많은 직조공들은 네덜란드 출신
칼뱅교도 난민들이었고 종교 의식에서
성가를 불렀다. (아든)

네가 웨일스 왕세자라고!

왕자 왜 그래, 이 상놈의 뚱땡이야, 뭐가 문젠데?

폴스태프 자네가 겁쟁이가 아니라고? 그 말에 대답해 봐. 그리 고 거기 포인스도. 135

포인스 젠장, 이런 올챙이배를 봤나. 날 겁쟁이라고 부르기만 해 봐라, 확 찔러 버릴 테니까.

폴스태프 내가 널 겁쟁이라고 불러? 겁쟁이라고 부르기 전에 네 가 지옥에 떨어지는 걸 먼저 보겠다, 하지만 나도 너 만큼 빨리 달아날 수 있다는 데 천 파운드 걸지. 그 어 140 깨 한번 쭉 뻗었군, 그래서 넌 누가 네 뒤를 보든지 상 관 안 해. 그게 친구의 뒤를 봐주는 거야? 염병할, 그 런 식으로 뒤를 봐주다니! 나와 맞설 사람들을 데려와. — 포도주 한 잔 가져와. 내가 오늘 술을 마셨다면 악 한이다. 145

왕자 오, 이 악당, 마지막으로 마신 뒤에 아직 입술도 채 안 닦았으면서.

폴스태프 그나저나 마찬가지지. (마신다.) 겁쟁이들은 다 염병에 나 걸려라, 두고두고.

왕자 뭐가 문제야? 150

폴스태프 뭐가 문제냐고? 여기 우리 네 사람이 오늘 아침에 천 파운드를 빼앗았어.

왕자 그게 어디 있는데, 잭, 어디 있어?

폴스태프 어디 있느냐고? 빼앗겼지. 겨우 우리 네 명에게 백 명 이 덮쳤어. 155

왕자 뭐, 백 명이?

폴스태프 그 가운데 열 두어 명과 내가 두 시간 동안 칼을 맞부 딪히지 않았다면 난 악한이야. 기적적으로 피신했어.

윗저고리 속으로 여덟 번, 바지 속으로 네 번이나 찔렸
으며 방패는 철저히 난도질당했고 칼은 톱니처럼 망 160
가졌어. 그 흔적을 보라! 내가 어른이 된 이래로 더 잘
대처한 적은 없었어. 근데 다 소용없었어. (개즈힐, 피토,
바돌프를 가리키며) 겁쟁이들은 다 염병에나 걸려라! 말
들을 해 보라지. 진실 이상이나 이하를 말한다면 악당
들이야, 어둠의 자식들이고. 165

왕자 이보게들, 말해 봐, 어땠는데?
개즈힐 우리 넷이서 열 두엇쯤을 덮쳐서 ―
폴스태프 (왕자에게) 적어도 열여섯이었어.
개즈힐 그들을 묶었지요.
피토 아니, 아니, 묶은 게 아닙니다. 170
폴스태프 이 악한이, 묶었어, 하나도 빠짐없이, 그렇지 않다면
내가 유대인, 히브리 유대인이다.
개즈힐 우리가 나누고 있는데 한 예닐곱 명의 새로운 사람들
이 우리를 덮쳤어요.
폴스태프 그리고 나머지를 풀어 줬고, 그런 다음 또 다른 자들이 175
나타났어.
왕자 아니, 그들 모두와 싸웠어?
폴스태프 모두라고? 모두라는 게 뭔지 모르겠네. 하지만 그 가
운데 오십 명과 내가 싸우지 않았다면 난 가는 무 다발
이야. 이 불쌍하고 늙은 잭에게 오십하고도 두세 명이 180
달려들지 않았다면 난 두 발 달린 인간이 아냐.
왕자 그 가운데 몇 명을 죽이진 않았기를 빌어.
폴스태프 아니, 빌어 봤자 소용없어, 두 놈을 난도질해 놨으니
까. 둘은 내가 분명히 끝을 냈어. 허드레옷 입은 두 놈
말이야. 이봐, 잘 들어 헬, 이게 거짓말이면 내 얼굴에 185

침을 뱉고 나를 말이라고 불러. 오래된 내 방어 솜씨 알잖아. 이렇게 서 가지고, 칼끝을 이렇게 겨누었지. 네 명의 허드레옷 입은 자들이 내게 돌진했는데.

왕자 아니, 넷이야? 좀 전엔 둘이라고 해 놓고.

폴스태프 넷이야, 핼, 넷이라고 했어. 190

포인스 예, 예, 넷이라고 했어요.

폴스태프 그 넷이 모두 정면으로 닥쳤고 날 힘차게 찔렀어. 난 방패로 그 일곱 칼끝 모두를 별 힘도 안 들이고 척 막았지, 이렇게.

왕자 일곱이야? 아니, 방금만 하더라도 넷뿐이었는데. 195

폴스태프 허드레옷 입은 게?

포인스 그래, 허드레옷 입은 사람 넷.

폴스태프 일곱이야, 이 칼 손잡이에 맹세코. 안 그럼 내가 악당 이야.

왕자 (포인스에게) 내버려 둬, 곧 더 많아질 테니까. 200

폴스태프 내 말 듣고 있어, 핼?

왕자 그럼, 주목도 하고 있어, 잭.

폴스태프 그렇게 해. 그만한 가치가 있으니까. 내가 말했던 이 허드레옷 입은 아홉 명이 —

왕자 거봐, 벌써 둘이 늘었잖아. 205

폴스태프 그들의 칼끝이 부러지자 —

포인스 똥끝이 탔겠지.

폴스태프 뒷걸음치기 시작했어. 하지만 난 바짝 따라가서 열한 명 중 일곱을 손과 발로 번개처럼 차고 찔러서 끝을 냈어.

왕자 오, 끔찍해라! 허드레옷 입은 사람이 둘에서 열하나가 210 되다니!

폴스태프 하지만 운 사납게도 초록색의 거친 옷 입은 못난이 녀

	석 셋이 내 등 뒤로 다가와 찌르려고 했어, 왜냐하면
	너무 캄캄해서, 헬, 손도 보이지 않을 지경이었으니까.
왕자	이 거짓말은 그걸 만들어 낸 장본인과 꼭 같이 고추처
	럼 새빨갛고 확연하고 명백해. 아니, 이 우둔한 창자
	덩어리, 이 바보 멍텅구리, 이 상놈의 역겹고 돼지기름
	이 줄줄 흐르는 냄비야.
폴스태프	뭐야, 미쳤어? 미쳤냐고? 진실은 진실 아냐?
왕자	아니, 너무 캄캄해서 자기 손도 안 보일 지경이라고 했
	는데 초록색 옷 입은 사람들은 어떻게 알아봤어? 자,
	어디 그 이유를 대 봐. 어떻게 대답할 거야?
포인스	자, 그 이유 말이야, 잭, 그 이유.
폴스태프	아니, 강제로 말하라고? 제기랄, 내가 밧줄로 꽁꽁 묶
	여 있다 해도, 세상 온갖 고문을 다 받는다 해도 강제
	로는 말 못 해. 강제로 이유를 댄다고? 이유가 우유만
	큼 흔하다 해도 난 누구에게도 그 이유를 말 못 해, 강
	제로는.
왕자	난 이런 죄를 더 이상 짓고 싶지 않아. 이 혈색 좋은 겁
	쟁이, 이 잠꾸러기, 이 뚱뚱이, 이 거대한 살덩이가 —
폴스태프	제기랄, 이 말라깽이, 이 뱀장어, 이 말린 소 혓바닥, 이
	쇠불알, 이 북어 같은! 오, 숨이 차서 뭐 같다는 말을
	더 못 하겠네! 이 양복쟁이 줄자, 이 칼집, 이 활집, 이
	더럽고 뻣뻣한 단검 —
왕자	그럼, 잠시 숨을 쉬고 나서 다시 하지그래, 그러다가
	그렇게 조잡한 비교로 제풀에 지치거든 내가 하는 이
	말만 들어 봐.
포인스	주목해, 잭.
왕자	우리 둘은 당신네 넷이서 넷을 덮치고 묶은 다음 그들

215

220

225

230

235

의 재물을 차지하는 걸 봤지. 이제 주목해, 진상을 밝 240
히면 당신이 얼마나 난처해지는지. 그런 다음 우리 둘
은 당신네 넷을 덮쳤고 말 한마디로 노획물을 내놓게
만든 다음 그걸 차지했어. 그럼, 이 집 안에 있으니까
보여 줄 수도 있어. 그런데 폴스태프 당신은 창자를 움
켜쥐고 내가 본 그 어떤 수송아지보다 더 날렵하게, 재 245
빨리, 민첩하게 달아났고, 살려 달라고 울부짖었어. 계
속 달리면서 울부짖었단 말이야. 그런데 비겁한 노예
처럼 칼날을 망가뜨리고 싸우다가 그렇게 됐다고 말
해! 이제 무슨 수를 써서, 무슨 방법으로, 무슨 쥐구멍
을 찾아서 이 명백한 수치를 감출 수 있지? 250

포인스   자, 들어 보자고, 잭. 이제 무슨 수를 쓸 거야?
폴스태프   맙소사, 난 자네들을 만든 그분만큼이나 자네들을 똑
똑히 알아봤어. 아니, 이보게 자네들, 내가 확실한 후
계자를 죽인다고? 내가 진짜 왕자에게 갑자기 대든단
말이야? 아니, 내가 헤라클레스만큼 용맹스러운 건 자 255
네가 알아. 하지만 본능을 조심해. 사자도 진짜 왕자는
건드리지 않아. 본능이란 중대한 문제야. 난 그때 본능
적으로 겁쟁이가 됐어. 그래서 한평생 나 자신과 자네
를 더 좋게 생각할 거야 — 난 용맹스러운 사자로, 자
네는 진짜 왕자로 말이야. 하지만 이보게들, 그 돈을 260
가지고 있다니 기쁘구먼. (부른다.) 주모, 문 걸어. 오늘
밤은 새우고 기도는 내일 해. — 자, 한량들, 젊은이
들, 소년들, 마음 착한 사람들, 우정에 관계되는 좋은

255행 헤라클레스   그리스 신화에 나오는 최대의 영웅. 힘이 장사이며 12가지
난제를 해결한 것으로 유명하다.

이름은 다 가져! 뭐야, 유쾌하게 놀지 않을 테야, 즉흥
극을 해 보지 않겠어?   265

왕자   동의해, 주제는 당신이 도망친 걸로 하고.

폴스태프 아, 그 얘긴 그만해, 핼, 날 아낀다면.

주모 등장.

주모   아이고, 왕자님!

왕자   웬일인가, 주모, 내게 무슨 할 말이라도?

주모   참말로 왕자님, 궁정의 귀족 한 분이 문 앞에 와서 왕   270
         자님과 얘기를 하겠답니다. 왕자님 아버지가 보내서
         왔다고요.

왕자   가능한 한 그분의 체면을 살려 준 다음 내 어머니에게
         되돌려 보내게.

폴스태프 어떻게 생긴 사람이야?   275

주모   늙은이요.

폴스태프 노친께서 왜 이 한밤중에 침소에서 나오셨나? 내가 나
         가서 대답해 볼까?

왕자   제발 그렇게 해 줘, 잭.

폴스태프 참말로, 내가 쫓아 버리지.   (퇴장)   280

왕자   근데 이보게들, (개즈힐에게) 성모님께 맹세코, 넌 잘 싸
         웠어. 너도 그랬고, 피토. 너도 그랬어, 바돌프. 너희도
         사자였어, 본능적으로 도망쳤어. 진짜 왕자는 손대지
         않는단 말이지, 암, 흥!

바돌프   사실은 다른 사람들이 뛰는 걸 보고 뛰었어요.   285

왕자   사실을 이제 진지하게 말해 봐, 폴스태프의 칼날이 왜
         저렇게 망가졌지?

피토　그야, 자기 단검으로 망가뜨렸지요. 그러고는 싸우다가 그랬다고 왕자님이 믿게 하지 못하면 맹세로 진실을 잉글랜드에서 몰아내겠다고 했고, 우리한테도 꼭 　290
같이 하라고 설득했어요.

바돌프　맞아요, 새포아풀로 코를 문질러 피가 흐르게 만든 다음 우리 옷에 칠하라고 했답니다. 그러고는 진짜 사람 피라고 맹세하게 만들고요. 전 지난 칠 년 동안 안 하던 짓을 했어요. 그런 괴상한 수단을 듣고는 얼굴이 붉　295
어졌답니다.

왕자　오, 악당, 넌 십팔 년 전에 포도주 한 잔을 훔쳤어, 그래서 현행범으로 붙잡혔지, 그리고 그 뒤로는 필요하면 언제나 얼굴이 붉어졌잖아. 넌 불과 칼이 네 편인데도 도망쳤어. 무슨 본능 때문에 그랬지?　300

바돌프　왕자님, 이 별똥들이 보이십니까? 이 분출물이 보이시는지요?

왕자　그래.

바돌프　이게 무슨 징조라고 생각하십니까?

왕자　간댕이는 부었고 지갑은 말랐다는 뜻이지.　305

바돌프　급한 성질이지요, 제대로 해석하면.

왕자　아냐, 제대로 해석하면 급사할 운수이지.

폴스태프 등장.

깡마른 잭이 오는군, 맨 뼈다귀가 오고 있어. 그래 어때, 이 달콤한 떠버리야? 잭, 당신이 자신의 무릎을 본

299행 불　바돌프의 붉은 얼굴을 비유적으로 가리키는 말.

	게 얼마나 오래됐지?	310
폴스태프	내 무릎 말인가? 내가 자네 나이쯤이었을 땐 헬, 내 허리가 독수리 발톱보다 가늘었고 그 어떤 시 의원의 엄지 반지 안으로도 기어 들어갈 수 있었다네. 한숨짓고 한탄하면 뭐하나, 오줌보처럼 부풀기만 하지. 못된 소문이 떠돌아다녀. 자네 아버지가 보낸 존 브레이시 경이 왔었는데, 자넨 아침에 궁정으로 가야 해. 저 북쪽의 미친 자식 퍼시와 그 웨일스 사람 — 아마몬 악마를 두들겨 패 주고 루시퍼에게 오쟁이를 지웠으며 마왕에게 십자가 없는 웨일스 창에 대고 충성을 맹세하게 했던 — 제기랄, 이름이 뭐라더라?	315 320
포인스	오언 글렌다워.	
폴스태프	오언, 오언, 맞았어. 그리고 그의 사위 모티머와 늙은 노섬벌랜드와, 저 기운찬 스코트 중에 스코트인 더글러스, 말 등에 곧추서서 언덕 위로 달리는 그 사람 말인데 —	325
왕자	고속으로 달리면서 권총으로 날아가는 참새를 쏴 맞히는 사람 말이지.	
폴스태프	바로 알아맞혔어.	
왕자	그가 참새를 맞힌 적은 없었어.	
폴스태프	글쎄, 그 불한당은 기개가 높아서 달리진 않을 거야.	330
왕자	아니, 그렇다면 당신은 얼마나 못된 불한당이기에 그가 달리는 걸 그렇게도 칭찬했어!	
폴스태프	말 등에서만 그렇단 말이지, 이 뻐꾸기야. 하지만 그도	

318행 루시퍼 사탄과 동일시되는 대천사. 하느님과 대적하다 지옥으로 떨어졌다.
333행 뻐꾸기 바보, 멍청이.

발로는 한 발짝도 못 움직여.

왕자　그렇지, 잭, 본능 때문에.　335

폴스태프　알았어, 본능 때문에. 글쎄, 그도 가담했고 모데이크라는 자와 천여 명의 스코트 사람들이 더 있어. 우스터는 오늘 밤에 빠져나갔는데, 그 소식에 자네 아버지 수염이 흰색으로 변했대. 이젠 땅을 썩은 고등어만큼이나 싸게 살 수 있겠어.　340

왕자　그렇다면 이 내분이 더운 유월이 와도 계속된다면 우린 처녀성을 사람들이 말편자 못 사듯이 사게 될 것 같군, 수백 개씩이나.

폴스태프　거참, 맞는 말이야. 그런 식으로 많이 사고팔 것 같아. 하지만 이봐, 핼, 끔찍하게 두렵지 않아? 후계자는 자　345
넨데 이 세상이 또다시 악귀 같은 더글러스, 악동 같은 퍼시, 악마 같은 글렌다워, 이 셋을 자네 적으로 골라 놓을 수가 있어? 끔찍하게 두렵지 않아? 온몸의 피가 얼어붙지 않아?

왕자　아니, 눈곱만큼도, 정말이야. 난 당신의 그 본능이 모　350
자라거든.

폴스태프　글쎄, 자넨 내일 아버지 앞에 가게 되면 끔찍하게 야단 맞을 거야. 날 아낀다면 대답을 연습해.

왕자　당신이 아버지 대신 내 생활의 상세한 부분을 심문해 보지그래.　355

폴스태프　그럴까? 좋았어. 이 의자는 내 옥좌가 될 것이고 이 단검은 왕홀 그리고 이 방석은 왕관이 될 거야.

왕자　당신의 옥좌는 나무 의자로 보일 테고 황금 왕홀은 납으로 만든 칼로, 그리고 소중하고 값비싼 왕관은 애처로운 대머리로 보일걸.　360

폴스태프   글쎄, 은총의 불길이 자네 몸에서 완전히 사라진 게 아
           니라면 이제 감동을 받을 거야. 내 눈이 붉은 것처럼
           보이려면 포도주 한 잔 가져와, 내가 울고 있었다고 생
           각되게끔. 난 감정에 차서 말해야 하니까. 난 페르시아
           의 폭군 캄비세스식으로 연기할 거야.   365

왕자   자, 소자 문안이오.

폴스태프   그럼 이게 내 대사야. 귀족들은 물러가라.

주모   아이고, 굉장한 구경거리네, 참말로.

폴스태프   울지 마오, 왕비, 흐르는 눈물은 헛되다오.

주모   오, 저 아버지, 저 얼굴 굳어지는 것 좀 봐!   370

폴스태프   원 저런, 경들은 슬퍼하는 왕비를 데려가오, 눈물로 그
           눈의 수문이 다 막힐 테니까.

주모   아이고, 저이는 내가 늘 보았던 상스러운 배우들만큼
           이나 잘하네!

폴스태프   쉿, 착한 술잔 아줌마. 쉿, 착한 독주 아줌마. — 해리,   375
           난 네가 어디에서 시간을 보내는지뿐만 아니라 누구
           와 함께 다니는지도 궁금하구나. 왜냐하면 캐머마일
           풀은 밟히면 밟힐수록 더 속히 자라듯이 젊음은 더 많
           이 낭비할수록 더 빨리 사라지니까. 네가 내 아들이란
           사실은 일부는 네 어머니의 말이 있고 또 일부는 내 생   380
           각이 있다만, 주로 그 고약한 눈빛과 바보처럼 달려 있
           는 그 아랫입술이 보증해 주는구나. 네가 만약 내 아들
           이라면 — 이걸 지적하마. — 내 아들인데 어찌 그리
           지적을 받는단 말이냐? 축복받은 하늘의 태양이 농땡

365행 캄비세스식   열변을 토하는 방식. 캄비세스는 고대 페르시아의 왕이었다.
370행 아버지   왕자의 아버지, 헨리 4세의 역할을 하는 폴스태프.

이를 부리고 산딸기를 먹어서야 되겠느냐? 이건 물어 385
볼 필요도 없으리라. 잉글랜드 왕의 아들이 도둑이 되
어 지갑을 훔쳐서야 되겠느냐? 이건 물어볼 필요가 있
으리라. 물건이 하나 있단다, 해리. 너도 자주 들어 본
것인데 우리 나라에서는 많은 사람들이 역청으로 알
고 있다. 이 역청은 고대 작가들이 말하듯이 주변을 더 390
럽힌단다. 네가 사귀는 동무들도 마찬가지야. 왜냐하
면 해리, 난 지금 취해서가 아니라 눈물로, 기뻐서가
아니라 격정에 차서, 말로만이 아니라 비탄에 잠겨서
얘기하고 있으니까. 하지만 네 동무 가운데 내 눈에 자
주 띄는 덕 높은 사람이 하나 있다, 이름은 모른다만. 395

왕자 황공하오나 전하, 어떤 종류의 사람인지요?

폴스태프 참으로 당당한 체구에 몸집이 큰 사람으로 표정이 쾌
활하고 눈빛은 즐거우며 거동이 아주 고상하단다. 그
리고 내 생각에 나이는 한 오십 아니면, 맙소사, 육십
으로 기운 것 같은데. 아, 이제야 생각났다, 이름은 폴 400
스태프야. 만약 그 사람이 사악한 데 빠졌다면 내가 잘
못 봤겠지, 왜냐하면 해리, 난 그의 모습에서 미덕을
보니까. 만약에 나무를 보고 그 과일을 알듯이 과일로
그 나무를 안다면 단정적으로 말하건대 그 폴스태프
에게는 미덕이 있단다. 그는 가까이 하고 나머지는 쫓 405
아 버려. 근데 이제 말해 봐라, 이 장난꾸러기 못된 것
아, 한 달 내내 어디에 있었는지 말해 봐.

왕자 당신이 왕처럼 얘기해? 당신이 날 대신해 봐, 그럼 내
가 아버지 역을 할 테니까.

폴스태프 나를 퇴위시켜? 자네가 말과 내용에 있어서 나의 반만 410
큼이라도 장중하고 위엄 있게 한다면 나를 젖 빠는 토

	끼나 날짐승 장사치의 산토끼처럼 발뒤꿈치로 매달아.	
왕자	좋아, 난 여기 자리를 잡았어.	
폴스태프	난 여기 서 있고. 자네들이 심판하게.	
왕자	그런데 해리, 어디에서 왔느냐?	415
폴스태프	고귀하신 전하, 이스트칩에서요.	
왕자	너에 대해 지독한 불평들을 한다고 들었다.	
폴스태프	제기랄, 전하, 그건 거짓이옵니다. — 암, 내가 왕자 역으로 너희를 간질여 주지, 정말이야.	

왕자 　상말을 해? 무례한 자식 같으니. 이제부터 절대로 내　420
　　　앞에 나타나지 마라. 누가 너를 미덕에서 난폭하게 떼
　　　어 놨다. 늙고 살찐 인간의 모습을 한 악마가 네 곁을
　　　떠나지 않고 있어. 네 동무는 큰 술통 같은 인간이야.
　　　너는 왜 그 고름 덩어리, 그 짐승 같은 나무통, 그 부푼
　　　물혹 덩어리, 그 거대한 가죽 포도주 자루, 그 창자 쑤　425
　　　셔 넣은 옷 가방, 그 배 속에 푸딩 넣고 구운 매닝트리
　　　황소, 그 악덕 대감, 그 회색 머리 악한, 그 불한당 아
　　　비, 그 허영심 많은 늙은이와 교제하고 있느냐? 포도
　　　주 맛본 다음 마시는 일 말고 그가 잘하는 게 뭐냐? 거
　　　세된 수탉 썰어 먹는 일 말고 능숙하고 잽싼 건 뭐고?　430
　　　술책 말고 있는 재주는 뭐냐? 악행 말고 있는 술책은
　　　뭐고? 매사에 사악한 것 말고 뭐가 있느냐? 아무짝에
　　　도 말고 어디에 쓸모가 있느냐고?

426행 매닝트리
농산물 품평회와 우시장으로 잘 알려진
에섹스 주의 시. (아든)
427행 악덕 대감
악덕(Vice)은 중세 도덕극에 나오는 인물

로 순진한 주인공을 타락시키려 하는데
대개는 그의 의인화된 이름에 구체적인
위험이 드러난다. 여기에서 '대감'은 폴스
태프의 나이와 행동 간의 부조화를 가리
킨다. (아든)

폴스태프	전하께서 소자를 깨우쳐 주십시오. 누구를 말씀하시는지요?	435

폴스태프　전하께서 소자를 깨우쳐 주십시오. 누구를 말씀하시 435
는지요?

왕자　청년들을 오도하는 극악무도한 자, 폴스태프, 그 흰 구
레나룻의 늙은 사탄 말이다.

폴스태프　전하, 제가 그 사람을 압니다.

왕자　그런 줄 알고 있다.

폴스태프　하지만 제게 있는 것보다 더 많은 위험이 그에게 있다 440
는 건 과장일 것입니다. 그가 늙은 건 그의 흰머리가
입증하듯이 참으로 애석하오나 그가 색골이라는 건
죄송한 말씀이오나 전적으로 부인합니다. 포도주와
설탕이 허물이라면 하느님은 사악한 자들을 도우소
서. 늙었는데 유쾌한 게 죄라면 제가 아는 늙은 술집 445
주인들은 많이들 지옥에 갈 겁니다. 살쪘다고 미움을
받는다면 파라오의 깡마른 암소가 사랑받아야겠지요.
아닙니다, 전하, 피토를 쫓아내고 바돌프와 포인스도
쫓아내십시오, 하지만 달콤한 잭 폴스태프, 친절한 잭
폴스태프, 진실된 잭 폴스태프, 용맹스러운 잭 폴스태 450
프, 늙은 잭 폴스태프이기 때문에 더욱 용맹스러운 그
분은 이 해리 곁에서 쫓아내지 마십시오, 그분은 이 해
리 곁에서 쫓아내지 마십시오. 포동포동한 잭을 쫓아
내면 온 세상을 쫓아내는 셈입니다.

(안에서 세게 두드리는 소리. 바돌프와 주모, 함께 퇴장)

왕자　그러지, 그럴 거야. 455

바돌프, 뛰면서 등장.

바돌프　오 왕자님, 왕자님, 행정관이 아주 무시무시한 야경꾼

들을 데리고 문간에 와 있습니다.

폴스태프 꺼져라, 이 악한아! 연극을 끝내. 난 폴스태프를 위해
할 말이 많아.

주모 등장.

주모   아이고, 왕자님, 왕자님!   460

왕자   허허, 도깨비라도 나타난 모양이군. 그래 무슨 일인가?

주모   행정관과 야경꾼들이 죄다 문간에 와 있어요. 집 안을
조사하러 왔다는데, 들여보낼까요?

폴스태프 내 말 들려, 헬? 진짜 금화를 절대 가짜라고 하지 마.
자네는 진품이야, 그렇게 보이진 않지만.   465

왕자   당신은 타고난 겁쟁이야, 그런 본능은 없지만.

폴스태프 난 자네의 대전제를 사절하네. 행정관을 사절하려면
그렇게 해, 아니면 들이고. 내가 사형수 수레를 다른
사람처럼 당당하게 타고 가지 않는다면 내가 받은 교
육은 염병에나 걸려라. 난 밧줄이 내 숨통을 다른 사람   470
만큼 빨리 끊어 주길 기대해.

왕자   당신은 휘장 뒤로 숨어. ─ 나머지는 위층으로 올라
가고. 자, 이보게들, 정직한 얼굴과 깨끗한 양심을 보
이게.

폴스태프 둘 다 내게 있긴 하지만 시효가 지났어. 그러므로 난   475
숨을 거야.   (왕자와 피토만 남고 모두 퇴장)

왕자   행정관을 들라 하라.

행정관과 도부꾼 등장.

	그런데 행정관은 내게 무슨 볼일인가?	
행정관	우선 용서하십시오, 왕자님. 몇 사람이	
	고함 소리 뒤에 달고 이 집에 들어왔습니다.	480
왕자	어떤 사람들인가?	
행정관	왕자님, 그 가운데 하나는 소문난	
	뚱뚱보랍니다.	
도부꾼	버터처럼 뚱뚱해요.	
왕자	확실하게 말하는데 그 사람은 여기 없네,	
	바로 지금 내가 그를 달리 쓰고 있으니까.	485
	그리고 행정관, 그대에게 약속건대	
	내일 저녁때까지 그 사람을 보내겠네,	
	그대이든 누구든 그가 고발당하게 될	
	사안을 책임지기 위해서 말일세.	
	그러니 이 집을 나가 주기 바라네.	490
행정관	예, 왕자님. 이번 강도 사건에서 두 신사가	
	삼백 마르크나 잃었다고 합니다.	
왕자	그럴지도 모르지. 그가 뺏어 간 거라면	
	책임져야 하겠지. 그러니 잘 가게.	
행정관	왕자님, 편히 주무십시오.	495
왕자	아침인 것 같은데, 안 그런가?	
행정관	정말이지 왕자님, 2시인 것 같습니다.	

(도부꾼과 함께 퇴장)

왕자	이 기름진 불한당은 바울 성당만큼이나 소문이 나 있	
	어. 가서 불러내.	
피토	(휘장을 젖히면서) 폴스태프! 휘장 뒤에서 아주 깊이 잠	500
	들었네요, 말처럼 코를 골면서.	
왕자	들어 봐, 얼마나 가쁜 숨을 쉬는지. 주머니를 뒤져 봐.	

　　　　　(피토가 주머니를 뒤진 다음 종이 몇 장을 찾아낸다.) 뭘 좀 찾
　　　　　았어?

피토　　　종이뿐입니다, 왕자님.

왕자　　　그게 뭔지 보자. 읽어 봐.

피토　　　(읽는다.)

　　　　　품목, 닭 한 마리─────────두 냥 두 푼
　　　　　품목, 양념 간장─────────네 푼
　　　　　품목, 포도주 한 말────────닷 냥 여덟 푼
　　　　　품목, 저녁 후 멸치와 포도주 ── 두 냥 여섯 푼
　　　　　품목, 빵──────────────반 푼

왕자　　　오 끔찍하다! 반 푼어치밖에 안 되는 빵에 포도주는 이
　　　　　렇게 엄청나게 많다니! 다른 게 있거든 잘 간수해 둬,
　　　　　좀 더 여유가 있을 때 같이 읽을 테니까. 아침까지 여
　　　　　기서 자도록 내버려 둬. 난 아침에 궁정으로 들어갈 거
　　　　　야. 우린 모두 전쟁에 나가야 해. 그리고 너에겐 영예
　　　　　로운 자리를 줄 거야. 이 뚱뚱보 악한에겐 보병 소대
　　　　　하나를 얻어 줄 텐데 내가 알기로 이 친구 열두 발짝만
　　　　　행군해도 죽을걸. 그 돈은 이자를 붙여 돌려줄 거야.
　　　　　아침에 시간 맞춰 내게로 와. 그리고 좋은 아침이야,
　　　　　피토.

피토　　　좋은 아침입니다, 왕자님.

　　　　　　　　　　　　　　(왕자가 휘장을 닫고 함께 퇴장)

3막 1장

핫스퍼, 우스터, 모티머 경, 오언 글렌다워 등장.

모티머	이 약속은 공평하고 동료들은 확실하며
	우리의 서막은 전도가 양양하오.
핫스퍼	모티머 경, 글렌다워 친척도 앉으시죠?
	그리고 우스터 삼촌도. ── 이런 젠장,
	지도를 잊었잖아!
글렌다워	아니야, 여기 있네.

5

앉게 앉아, 퍼시 조카, 핫스퍼 조카님,
랭커스터 헨리 왕이 자네 이름 부를 때면
뺨은 항상 하얘지고 깊은 한숨 쉬면서
자네의 천국행을 원하니까.

핫스퍼　　　　　　　당신의 지옥행도
글렌다워 이름 듣고 언제나 원하지요.

10

글렌다워　나무랄 수 없는 일. 내가 탄생했을 때
하늘의 이마에는 번쩍이는 형체들
불타는 별들이 가득했고 내가 출생했을 때
대지는 그 몸체와 거대한 기반을
겁보처럼 떨었다네.

핫스퍼　　　　　　　꼭 같은 시기에

15

당신이 아니라 당신 모친 고양이가
새끼를 낳았대도 같은 일이 있었겠죠.

글렌다워　내 출생에 대지는 분명히 떨었다네.

핫스퍼　당신이 두려워서 떨었다고 말한다면
그 대지는 내 마음과 생각이 달랐겠죠.

20

글렌다워　온 하늘이 불타고 대지는 진짜로 떨었어.

핫스퍼　오, 당신의 출생이 겁났던 게 아니라

3막 1장 장소　웨일스. 글렌다워의 성.

불타는 하늘 보고 대지가 떨었군요.
자연이 병들면 이상한 폭발이 빈번하고
대지는 산모처럼 자궁 속에 난폭한 바람을   25
가두어 둠으로써 일종의 복통으로
괴로움을 당하는데, 그 바람이 팽창할 때
늙은 할미 대지를 뒤흔들고 뾰족탑과
이끼 낀 탑들을 무너뜨린답니다.
당신의 출생에 우리 할미 대지의 심사가   30
이처럼 뒤틀렸고 그 격정에 못 이겨
떨었던 것이겠죠.

글렌다워   내 말을 자르다니
다른 사람 같았으면 못 참았어. 다시 한 번
자네에게 말하지만 내가 태어났을 때
하늘의 이마에는 광채가 가득했고   35
염소들은 산에서 도망가고 가축들은
겁에 질린 들판에서 이상한 소리를 질렀어.
이러한 징후로 보건대 이 몸이 특별나고
예사로운 사람들과 다르다는 사실은
나의 삶 전체에서 드러나고 있다네.   40
잉글랜드, 스코틀랜드, 웨일스의 해안을
난타하는 바다에 둘러싸인 사람들 가운데
누가 나를 학생으로 가르쳤다 하는가?
여자의 아들로서 힘든 마술 분야에서
날 따를 수 있는 자, 심오한 실험에서   45
나와 보조 맞출 자, 있거든 밝혀 보게.

핫스퍼   뜻 모를 웨일스 언어를 가장 잘 말하시네.
난 밥이나 먹겠소.

모티머	쉿, 퍼시 매형, 형 때문에 이분은 미칠 거요.
글렌다워	광대한 지옥의 혼령들을 불러올 수 있다네. 50
핫스퍼	그거야 나라도, 누구라도 할 수 있죠.
	하지만 당신이 부른다고 나타날까?
글렌다워	참, 조카에게 마왕을 부리는 법, 가르쳐 줄 수 있네.
핫스퍼	근데 난 마왕을 창피하게 만들 방법
	친척에게 가르쳐 줄 수 있소, 진실을 말해서. 55
	'진실을 말해서 마왕에게 창피 줘요.'
	일깨울 힘 있거든 여기로 데려와요,
	창피 줘서 가게 할 힘 분명 내게 있으니까.
	오 제발, '진실을 말해서 마왕에게 창피 줘요.'
모티머	자, 자, 소득 없는 잡담은 그만하죠. 60
글렌다워	헨리 볼링브로크는 내 군대를 세 번이나
	치려고 했지만 난 그를 세 번이나
	와이 강과 모래 깔린 세번 강둑에서
	소득 없이 바람 맞고 쫓겨나게 만들었네.
핫스퍼	득도 없이 찬바람만 맞았다, 그 말이죠! 65
	대체 그가 어떻게 오한을 피했지?
글렌다워	자, 지도가 여깄으니 우리가 받아들인
	삼중 협약 따라서 소유권을 나눌까요?
모티머	부주교님께서 그것을 세 개의 지역으로
	대단히 균등하게 나누어 놓으셨소. 70
	트렌트 강에서 여기 이 세번 강까지
	잉글랜드는 동남으로 내게 할당되었고
	세번 강변 넘어 웨일스 서쪽 편 모두와
	그 경계 안쪽의 비옥한 모든 땅은
	글렌다워 어른에게 — 그리고 매형에겐 75

트렌트 강 북쪽의 나머지가 할당됐소.
우리의 계약은 삼 매가 작성됐고
상호 교환 방식으로 인준을 받은 다음 ―
그 일은 오늘 밤에 실행할 터인데 ―
내일은 퍼시 매형 당신과 나 그리고   80
우스터 경께서 출발할 것이오,
매형의 부친과 스코틀랜드 병력을
예정대로 슈루즈베리에서 맞기 위해.
글렌다워 장인은 아직 준비 안 됐고
보름 동안 우리는 이분 도움 필요 없소.   85
(글렌다워에게) 그동안 장인께선 소작인과 친구들,
이웃의 신사들을 모을 수 있겠지요.

글렌다워   여러분, 시간을 단축해서 가리다.
그리고 부인들은 내가 모실 터인데
지금은 인사 없이 떠나야만 합니다.   90
당신들이 아내들과 이별을 한다면
온 세상 눈물은 다 쏟아질 테니까요.

핫스퍼   내 생각에 여기 이 버턴 읍 북쪽의 내 몫은
당신들의 면적과 다른 것 같소이다.
보시오, 이 강이 내게로 휘돌아 들어와   95
최고로 비옥한 내 땅을 거대한 반달같이
엄청난 소규모로 빙 둘러 자르고 있잖소.
난 여기 둑을 쌓아 강물을 막을 테고
매끄러운 은빛의 트렌트는 공평하게
새로운 수로 따라 흐르게 될 것이오.   100

97행 엄청난 소규모 핫스퍼가 화났을 때 그의 성격을 보여 주는 모순 어법. (아든)

	이리 깊이 파 들어와 이 기름진 계곡을	
	내게서 빼앗으며 돌지는 못하게 할 거요.	
글렌다워	못 돈다? 돌 거고, 돌아야지. 그러고 있잖아.	
모티머	예, 근데, 잘 봐요, 물길이 어떻게 위로 흘러	
	저쪽에도 비슷한 이득을 주는지 말이오.	105
	저쪽에서 매형 땅을 앗아 가는 그만큼	
	맞은편 강기슭을 베어 먹지 않습니까.	
우스터	음, 근데, 약간의 비용으로 여기에 도랑 파고	
	이 북쪽 편에 있는 이 곳까지 오게 되면	
	그다음엔 똑바로 흐르게 된다네.	110
핫스퍼	그렇게 할 것이네, 약간의 비용으로.	
글렌다워	변경은 아니 될 것이네.	
핫스퍼	안 된다고?	
글렌다워	하지도 못할 거고.	
핫스퍼	막을 자가 누구요?	
글렌다워	그야 나지.	
핫스퍼	난 듣지 않을 테니 웨일스어로 말하시오.	115
글렌다워	난 영어를 자네만큼 잘 말할 수 있다네.	
	잉글랜드의 궁정에서 훈련을 받았기 때문인데	
	아주 어린 나이에 많은 잉글랜드 민요를	
	대단히 아름답게 하프에 맞추었고	
	가락을 도와주는 음악을 붙였다네. ──	120
	이러한 능력을 자네에겐 볼 수 없지.	
핫스퍼	허 참, 난 그게 없어서 진심으로 기쁘오.	
	난 그 따위 가락이나 읊조리는 자보다는	

104행 예, 근데 핫스퍼의 감정을 누그러뜨리려는 모티머의 대응. (아든)

고양이가 되어서 '야옹' 소리 지르겠소.
놋쇠 촛대 가는 소리, 기름 안 친 바퀴가   125
나무 굴대 긁어 대는 소리를 듣겠소.
그러면 내 마음이 훨씬 편할 것이오,
절뚝이는 늙은 말의 무리한 걸음처럼
엉터리 시구를 억지로 짜 맞추는 것보단.

글렌다워 그럼, 트렌트 강물을 돌리도록 해 주겠네.   130
핫스퍼 상관없소. 그보다 세 배의 땅이라도
받을 만한 친구라면 누구라도 주겠소.
하지만 협상에선 잘 들어 두시오,
머리 한 올 구분의 일까지도 따질 거요.
계약서는 써 놨소? 우리는 가 볼까요?   135
글렌다워 달빛이 밝으니 이 밤에 떠나도 될 것이오.
난 서기를 재촉할 터이니 여러분은
안사람들에게 출발 얘기 귀띔해 보시오.
내 딸이 미치지나 않을까 걱정이오,
너무나 모티머를 사랑하고 있으니까.   (퇴장) 140
모티머 에잇, 퍼시 매형, 장인 말을 그렇게 반박해요!
핫스퍼 별수 없네. 그는 때로 날 화나게 만들어,
두더지나 개미에 관한 말을 한다든지
때로는 몽상가 멀린과 그의 예언,
용이나 비늘 없는 물고기라든지   145
날개 잘린 그리핀과 털갈이 한 까마귀,
웅크린 사자와 앞발 든 고양이 따위의

144행 멀린 브리튼의 전설적인 왕 아서를 도왔던 예언자, 마술사.
146행 그리핀 독수리의 머리, 사자의 몸통에 날개가 달린 전설의 괴물.

얼토당토않은 일을 수도 없이 말해서
내 신앙을 멀리하게 만든다네. 이보게,
지난밤엔 아홉 시간 동안이나 날 붙잡고   150
자신의 하수인인 악마 이름 여럿을
주워섬겼다니까. 나는 '흠! 글쎄, 저런!' 했지만
한마디도 안 들었지. 오, 그는 마치 지친 말,
바가지 팍팍 긁는 아내처럼 지겹고
연기 꽉 찬 집보다 더 나빠. 난 차라리   155
치즈와 마늘 먹고 풍차 속에 지낼망정
별식을 먹으면서 그의 말을 듣는 건
어느 나라 여름 별장에서든 못 하겠어.

모티머   참말이지 이분은 훌륭한 신사이며
엄청나게 박식하고 감춰진 비밀을   160
많이 알고 있으며, 사자처럼 용맹하고
놀랍도록 상냥하며 인도의 광산처럼
인심이 후합니다. 좀 들어 볼래요, 매형?
이분은 당신의 인품을 대단히 존경하고
당신이 자신의 심기를 건드릴 땐   165
해도 되는 말까지 자제해요, 정말로요.
당신만큼 이분의 성질을 돋워 놓고
위험이나 질책을 맛보지 않는 자는
아무도 살아 있지 않다고 장담해요.
그렇지만 부탁인데, 자주 그럼 안 됩니다.   170

우스터   (핫스퍼에게) 정말로, 조카님은 너무 고집 세다니까.
자네가 이곳으로 온 뒤에 한 일은
이 사람의 참을성을 쑥 빼놓을 만했어.
자네는 이 결점을 꼭 깨닫고 고쳐야 해.

때론 그게 위대함과 용기와 기상을 보이지만   175
(그리고 그것이 자네의 가장 큰 장점이고)
그래도 그보다는 난폭한 분노와 예절 결핍,
자제력 부족과 오만 불손, 자기주장,
경멸을 드러내는 경우가 더 많은데
귀족에게 이런 점이 하나라도 나타나면   180
인심을 잃게 되고 나머지 모든 면의
아름다운 자질에 오점을 남기게 되면서
그것들을 칭찬할 수 없게끔 만든다네.

핫스퍼   교육 잘 받았어요. 삼촌은 예절로 성공해요.

글렌다워, 퍼시와 모티머의 부인들과 함께 등장.

아내들이 왔으니 이별이나 해 보지요.   185
           (모티머 부인이 모티머에게 웨일스어로 말한다.)

모티머   내 아내는 영어를, 난 웨일스어를 못하니
이것 참 화가 나는 고약한 일이잖아.

글렌다워 내 딸이 울고 있네, 떨어지지 않겠다고.
군인으로 전쟁터에 가겠다고 하는군.

모티머   장인께서 말해 줘요, 어른의 인도로   190
퍼시의 부인과 곧 따라올 거라고.
              (글렌다워는 그녀에게 웨일스어로 말하고
                 그녀는 같은 언어로 대답한다.)

글렌다워 앵돌아진 고집쟁이 같은 것이 절망해서
아무리 설득해도 소용이 없네그려.
                 (부인이 웨일스어로 얘기한다.)

모티머   당신 표정 이해하오. 그 부푼 안구에서

쏟아져 나오는 어여쁜 웨일스어도   195
완벽하게 알아듣고 수치심만 아니라면
똑같은 언어로 답해야 할 것이오.
                              (부인이 다시 웨일스어로 얘기한다.)
난 당신 키스를, 당신은 내 키스를 이해하니
이야말로 감정이 부딪치는 교류요.
하지만 난 당신의 언어를 배울 때까지는   200
절대로 꾀부리지 않겠소, 당신의 웨일스어는
아름다운 여왕이 여름 정자 안에서
류트에 맞추어 황홀하게 변주하며 부르는
고상한 아가만큼 달콤하기 때문이오.

글렌다워   원, 자네가 녹으면 저 애가 미치지.   205
                              (부인이 다시 웨일스어로 얘기한다.)

모티머   오, 이런 일엔 난 무식함 바로 그 자체다!

글렌다워   이 애는 자네가 푹신한 갈대 위에 누워서
자기 무릎 위에다 머리를 얹으면
자네에게 기쁨 주는 노래를 부르고
자네의 눈썹 위에 잠의 신을 모셔 와   210
기분 좋은 졸음을 자네 피에 넣은 다음
잠들어 있을 때와 깼을 때의 차이를
하늘에서 마구 갖춘 말들이 동쪽에서
금빛 행차 시작하기 직전의 밤낮처럼
차이 없게 만들어 주겠다고 하는구먼.   215

모티머   기꺼이 앉아서 그 노래를 듣지요,
끝날 때쯤 약정서가 완성될 것 같습니다.

글렌다워   그리하게, 음악을 연주할 악사들은
여기에서 천 리 밖 허공에 있다 해도

	곧장 이리 데려오지. 앉아서 듣게나.	220
핫스퍼	자, 케이트, 당신은 눕는 데 명수잖아.	
	자, 빨리빨리, 그 무릎에 머리를 댈 수 있게.	
퍼시 부인	아이, 채신없이 구시긴! (음악이 연주된다.)	
핫스퍼	이제야 알았다, 마왕은 웨일스어를 알아들어,	
	그러니 그놈의 변덕에 놀랄 건 없구나.	225
	맹세코 그놈은 훌륭한 악사란 말이야.	
퍼시 부인	그렇다면 당신은 음악을 좋아할 수밖에요,	
	변덕의 지배를 심하게 받으니까. 이 날강도,	
	꼼짝 말고 저 부인의 웨일스어 노래나 들어요.	
핫스퍼	차라리 아일랜드어로 짖는 사냥개 소리 듣지.	230
퍼시 부인	머리통이 부서지고 싶어요?	
핫스퍼	아니.	
퍼시 부인	그럼 조용하세요.	
핫스퍼	못 해, 여자나 하는 거지.	
퍼시 부인	어머머, 기가 막혀!	235
핫스퍼	저 웨일스 부인과 자지도 않았는데.	
퍼시 부인	뭐라고요?	
핫스퍼	조용해, 노래를 부르잖아. (여기에서 부인이 웨일스 노래	
	를 부른다.) 자, 케이트, 당신의 노래도 듣고 싶어.	
퍼시 부인	난 못 해요, 진짜로.	240
핫스퍼	난 못 해요, 진짜로!	
	여보, 당신의 맹세는 빵 장수 마누라 말투요.	

224행 이제야⋯알아들어 (아든)
핫스퍼는 음악에 반응하면서 글렌다워가 225행 변덕
'천 리 밖 허공에 있는' 악사들을 불러오 마왕이 웨일스어를 못 알아듣는다고 생
는 데 성공했다고 장난스럽게 인정한다. 각했는데 갑자기 알아들은 일.

그녀는 '당신은 아녀요, 진짜로!' '틀림없져.'
'잘해 보겠습니다.' '당근이요.'라고 하지.
그리고 당신의 다짐은 풀이 확 죽었어요,   245
핀즈베리 너머로는 가 보지도 못한 듯이.
케이트, 당신은 귀부인이니까 어울리게
화끈하게 맹세해요, '진짜로'와 그리고
후추 생강 빵처럼 별맛 없는 단언은
화려한 차림의 일요일 시민들께 맡기고.   250
자, 노래해요.

퍼시 부인   노래하지 않겠어요.

핫스퍼   한다면 곧바로 재봉사가 되거나 울새의 노래 선생이
될 거요. 계약서가 완성되면 난 두 시간 안으로 떠나겠
소. 그러니 여러분들은 맘 내킬 때 들어들 오시오.   255

(퇴장)

글렌다워   자, 자, 모티머 경. 자네는 뜨거운 퍼시 경이
가고 싶어 불붙은 만큼이나 느리다네.
서류는 지금쯤 다 됐어. 도장만 찍으면
우린 바로 말 탈 걸세.

모티머   진심으로 그러지요.   (함께 퇴장)

3막 2장
국왕, 웨일스 왕세자와 그 밖의 사람들 등장.

246행 핀즈베리   재봉사들은 열광적으로 노래하는 사람들
런던에서 반 마일 떨어진 가까운 곳.   이었다고 한다. (아든)
253행 재봉사   3막 2장 장소   런던. 궁정.

국왕	경들은 자리를 비켜 주오. 웨일스 왕세자와
	사적인 얘기를 좀 해야겠소, 하지만
	곧 필요할 테니 가까이 있으시오.　(귀족들 함께 퇴장)

　　　── 하느님을 거스른 나의 비행 때문에
　　　그분이 은밀한 심판을 내리시어　　　　　　　　　　5
　　　내 혈육이 나에게 보복하는 천벌을
　　　생각해 내실 건지 아닌지는 모르겠다.
　　　하지만 넌 살아가는 방식으로 보건대
　　　내 잘못을 벌하려고 하늘이 점찍어
　　　따끔한 복수와 채찍으로 만들었을　　　　　　　　10
　　　뿐이라고 믿는다. 아니라면 말해 봐라.
　　　너와 단짝 지어져 너에게 들러붙은
　　　그토록 부적절하고도 저급한 욕망과
　　　그토록 비천하고 속되고 야비한 행실과
　　　그토록 조잡한 쾌락과 무례한 친구들이　　　　　15
　　　너의 그 위대한 혈통과 벗하면서
　　　그 왕자의 마음속에 자리할 수 있는지?

왕자　지엄하신 전하, 소자가 고발당한
　　　많은 죄를 제게서 씻어 낼 수 있음을
　　　의심하지 않듯이 깨끗한 변명으로　　　　　　　　20
　　　모든 죄를 벗을 수 있었으면 합니다.
　　　하오나 웃음 짓는 아첨꾼과 천한 수다꾼들이
　　　(전하 귀에 여러 번 들릴 수밖에 없게)
　　　허다히 지어낸 얘기들을 반박한 뒤
　　　제 젊음 때문에 이리저리 무법으로　　　　　　　　25
　　　그릇되게 방황한 사실들에 대하여
　　　정직하게 시인하고 용서를 구하면서

정상 참작 청하도록 해 주시기 바랍니다.

국왕 주님께서 널 용서해 주시길! 하지만 해리야,
　　　네 성향이 조상님들 모두가 보였던 것과는　　　　　　30
　　　아주 다른 모습을 보이다니 이상하다.
　　　난폭하게 잃어버린 추밀원의 네 자리는
　　　네 동생이 대신하여 채워 주고 있는 데다
　　　모든 궁정 사람들 및 왕족들의 마음과는
　　　이방인이 된 것처럼 담을 쌓고 있으니　　　　　　　　35
　　　너의 때가 오리라는 희망과 예상은
　　　산산조각 나 버렸고, 모두들 맘속으로
　　　네 몰락을 예언처럼 생각하고 있단다.
　　　내가 나를 드러낼 때 그처럼 아낌이 없었다면
　　　마차 끄는 말처럼 흔히 눈에 띄었다면　　　　　　　40
　　　속된 무리들에게 김빠진 싸구려였다면
　　　나를 적극 도와서 옥좌에 앉혀 줬던 여론은
　　　기득권자에게 영원히 충성했을 것이고
　　　난 특별히 볼 것도 가능성도 없는 친구,
　　　초라하게 추방된 신세로 남았을 것이다.　　　　　　45
　　　난 드물게 나타남으로써 움직일 때마다
　　　혜성처럼 경이로울 수밖에 없었고
　　　사람들은 애들에게 '저분이야!' 하든가
　　　'어디 누가 볼링브로크야?'라고 했지.
　　　그러면 난 하늘의 예의범절 다 훔쳐 와　　　　　　50
　　　철저한 겸손의 옷으로 날 감추며
　　　모든 이의 가슴에서 충성심을 끌어냈고
　　　그들의 입에서 요란한 환성과 인사말이
　　　관을 쓴 왕 앞에서조차도 나오도록 했단다.

난 그렇게 나 자신을 신선하게 관리했고   55
주교의 화려한 예복처럼 한 번도 못 봤지만
궁금해하였던 내 모습과 그랬기에
드물지만 호화로운 나의 행사 참석은
그 희귀함 때문에 대단한 위엄을 얻었지.
까불이 국왕은 천박한 광대들,   60
급히 달아올랐다가 급히 불타 버리는
성급한 조무래기 모사꾼 놈들과 어울려
이리저리 쏘다니며 위신을 잃었고
뛰노는 바보들과 왕위를 뒤섞어 놓았으며
그들의 멸시로 자신의 큰 이름을 더럽혔고   65
놀리는 애들 보고 웃거나 떠밀며 덤비는
하찮은 애송이 무뢰배를 다 받아 줌으로써
자신의 이름을 스스로 훼손했지.
서민들이 이용하는 길거리를 벗 삼고
대중들의 인기에 온몸을 바쳤지만   70
매일매일 그들 눈에 비치게 됨으로써
그들은 꿀맛에 물린 결과 단맛을
혐오하기 시작했어. 이 같은 경우에는
조금만 넘쳐도 너무 넘친 셈이니까.
그래서 자신을 보여 줄 기회가 왔을 때도   75
유월의 뻐꾸기 취급밖에 못 받았지,
울어도 안 쳐다보니까. 본다 해도 그 눈은
흔해 빠진 것에 대한 염증으로 둔해져서
태양 같은 왕권이 어쩌다가 빛날 때
찬탄하는 눈으로 그것을 바라보는   80
각별한 응시는 할 능력이 없었고

오히려 졸음이 찾아와 눈꺼풀을 내리깔고
어전에서 잠을 잤고 시무룩한 사람들이
적들에게 보이는 안색을 지었단다,
그 사람의 모습에 완전히 식상했으니까.   85
넌 바로 그리되는 과정에 있단다, 해리야,
추잡한 일들에 끼어들어 왕자의 특권을
잃어버렸으니까. 너의 흔한 모습에
자주 너를 보고 싶은 내 눈만 빼놓고는
지겹지 않은 눈은 하나도 없단다.   90
그런데 이젠 나도 어리석은 눈물로
지금처럼 시야가 막히진 않았으면 좋겠다.

왕자   자비로우신 전하, 소자는 이제부터
더 정신 차리겠나이다.

국왕   세상 사람 모두에게
지금의 넌 이 아비가 프랑스에서 돌아와   95
라벤스퍼러에 내렸을 당시의 리처드고
당시의 난 지금의 퍼시라고 할 수 있다.
이 왕홀에 내 영혼을 덧붙여 맹세컨대
계승의 그림자인 너보다는 퍼시가
이 나라를 요구할 자격이 더 많아.   100
그는 아무 권리도, 권리의 핑계도 없으면서
이 왕국의 들판을 갑옷으로 채우고
사자 이빨 앞으로 사람들을 몰아가며
나이 덕을 너보다 많이 보지 않았어도
연로한 귀족들, 존경받는 주교들을   105
유혈 전투, 부딪는 창검으로 이끄니까.
그는 저 유명한 더글러스와 대적하여

얼마나 큰 불후의 명예를 얻었느냐,
그래서 비상한 행동과 맹렬한 기습전과
커다란 무공으로 으뜸가는 탁월함과   110
최고의 군인이란 칭호를 온 세상 기독교국
모든 장졸들로부터 확보하지 않았느냐.
기저귀 찬 군신 같은 아기 무사 핫스퍼는
작전을 펼치면서 위대한 더글러스를
세 번이나 무찔렀고 그 가운데 한 번은   115
그를 잡아 놓아주며 친구로 만들었다,
역심의 깊숙한 아가리를 꽉 채우고
내 옥좌의 평안을 뒤흔들어 놓으려고.
게다가 이건 또 어쩔 테냐? 퍼시와 노섬벌랜드,
요크의 대주교와 더글러스 그리고 모티머가   120
짐에 대한 반역에 합의하고 일어섰다.
하지만 내가 왜 이 소식을 너에게 전하지?
내가 왜, 해리, 너에게 나의 적을 얘기하지,
나의 가장 가깝고 지독한 적은 넌데?
너야말로 십중팔구 노예 같은 두려움과   125
저급한 성향에다 역정이 발동하여
퍼시의 돈을 받고 나를 향해 싸울 텐데,
그의 뒤를 쫓다가 그가 얼굴 찡그리면
심각한 네 타락상을 굽실대며 보일 텐데.

왕자 그리 생각 마십시오, 안 그럴 것입니다.   130
그리고 전하의 호의를 이토록 뒤흔들어
제게서 떼 놓은 자들을 신은 용서하소서!
이 모두를 퍼시의 머리로 벌충하겠나이다.
그리고 언젠가 영광의 하루해가 저물 때

전하의 아들임을 용감히 밝히겠나이다.   135
그때 저는 피투성이 의복을 걸치고
얼굴에는 피 가면을 쓰고 있을 터인데
그것을 씻을 때 제 치욕도 함께 닦일 것입니다.
그리고 그날은 언제 밝아 오든 간에
바로 이 명예와 명성의 아들이며   140
늠름한 핫스퍼, 만인의 칭송 받는 기사와
잊힌 당신의 해리가 부딪칠 날입니다.
그의 투구 위에 앉은 명예들은 저마다
무수히 늘어나고 제 머리엔 치욕이
두 배로 겹쳤으면! 왜냐하면 이 북쪽 청년이   145
자신의 빛나는 공적을 이 몸의 불명예와
맞바꾸게 해 줄 때가 다가올 테니까요.
전하, 퍼시는 소자의 대리인일 뿐입니다,
빛나는 공적을 저를 위해 쌓아 두면
그에게 철저한 계산을 하도록 요구하여   150
그 모든 영광을, 예, 살면서 누렸던
하찮은 영예까지 내놓게 할 것입니다.
안 그러면 심장 찢고 계산서를 꺼내겠습니다.
이것을 주님의 이름으로 여기서 약속하고
그분이 허락하면 실천할 것입니다.   155
전하께선 제 방종의 오래된 상처를
소자 간청하옵건대 어루만져 주십시오.
못 하시면 삶의 끝에 모든 계약 무효되고
이 몸이 천 번 만 번 죽는 한이 있더라도
이 맹세는 한 조각도 깨지 않을 것입니다.   160

국왕   이로써 십만의 역도가 죽는구나.

지휘권과 군주의 신뢰를 네게 주마.

블런트 등장.

웬일이오, 블런트 경? 황급한 모습이군.

블런트 말씀드릴 용무 또한 황급한 것입니다.
스코틀랜드의 모티머 경께서 전달하길   165
더글러스와 잉글랜드의 역도들이
이번 달 열하루 슈루즈베리에서 만났고
사방에서 한 약속이 지켜만 진다면
그들은 그 어느 나라에서 배신을 했어도
막강하고 무서운 군대일 것입니다.   170

국왕 웨스트모얼랜드 백작이 오늘 출발했는데
내 아들 랭커스터 존 경이 함께 갔소,
이 정보는 닷새 전에 알았던 것이니까.
다음 주 수요일엔 해리 네가 떠날 거다.
목요일엔 짐이 몸소 행군하고 집결지는   175
브리지노스이다. 해리 넌 글로스터셔를
통과하여 진군하고, 그 사실을 계산하여
우리 일을 추정하면 열이틀 뒤쯤에
전군이 브리지노스에서 만날 거다.
우리에겐 할 일이 많으니 어서 가자,   180
유리한 상황도 지체하면 불리해진단다.   (함께 퇴장)

176행 브리지노스 슈루즈베리에서 동남쪽으로 20마일쯤 떨어진 슈롭셔 주의
세번 강변에 있는 도시. (아든)

3막 3장

폴스태프와 바돌프 등장.

폴스태프 바돌프, 저번에 한 건 한 뒤로 내가 더럽게 찌그러지지
않았어? 약해지지 않았어? 줄어들지 않았냐고? 이 피
부 좀 봐, 마치 늙은 마님의 늘어진 실내복처럼 걸려
있어. 난 물 빠진 사과처럼 쭈그러들었어. 글쎄, 난 회
개를 그것도 잽싸게, 마음이 내킬 때 해야겠어. 머지않   5
아 생각이 바뀔 텐데, 그러면 회개할 기회도 없어질 게
아니겠어. 내가 교회 안이 어떻게 생겼는지 잊어버린
게 아니라면 난 좁쌀이거나 술장수의 비루먹은 말이
야. 교회 안 말이야! 친구, 사악한 친구들 때문에 난 신
세를 망쳤어.   10

바돌프 존 경, 그리 안달하시면 오래 못 살아요.

폴스태프 그래, 바로 그거야. 자, 음탕한 노래를 불러라, 날 즐겁
게 해 줘. 난 신사에게 필요한 만큼의 고결함을 타고났
어, 고결하기 짝이 없지. 악담은 조금만 했고 노름은
일곱 번 이상 안 했어 ── 일주일에. 사창가엔 사분기   15
에 ── 한 시간을 사등분해서 ── 한 번 이상은 안 갔
어. 빌린 돈은 갚았고 ── 서너 번 그랬지 ── 잘 살았
어, 적당한 범위 안에서. 근데 지금은 모든 질서를 벗
어나, 모든 범위를 벗어나 살고 있어.

바돌프 아니, 존 경은 너무나 뚱뚱해서 범위를, 모든 합리적인   20
범위를 벗어날 필요가 있어요, 존 경.

폴스태프 네 얼굴이나 고쳐라, 그럼 난 내 인생을 고칠게. 넌 우

3막 3장 장소 이스트칩에 있는 선술집.

리의 기함이고 랜턴은 고물에 다는데 너한텐 그게 코
에 달렸어. 넌 불타는 등불의 기사야.

바돌프　아니, 존 경, 이 얼굴이 당신에게 해 끼친 거 없잖아요.　　25

폴스태프　그럼, 맹세하지, 난 그걸 잘 써먹어, 많은 사람들이 해
골 반지 또는 죽음의 경고를 써먹듯이. 네 얼굴을 볼
때마다 난 지옥 불과 자색 옷 입었던 부자 다이브스를
생각해, 그는 좋은 옷 입고 거기에서 훨훨 타고 있으니
까. 네놈에게 눈곱만큼의 고결함이라도 있다면 난 네　　30
얼굴에 걸고 맹세할 거야. '신의 천사인 이 불꽃에 맹
세코'라고 서약해야겠지. 하지만 넌 구제 불능이고 그
얼굴의 불빛이 아니었더라면 정말 넌 칠흑 같은 어둠
의 자식이 됐을 거야. 네놈이 밤중에 내 말을 잡으려고
개즈힐 언덕을 뛰어 올라갔을 때 내가 만약 널 도깨비　　35
불이나 불꽃 덩어리로 생각하지 않았다면 돈은 구매
력이 없어. 오, 넌 꺼지지 않는 축제의 불, 영원한 화톳
불이야! 네놈 덕분에 난 등불과 횃불 값을 수천 마르크
나 아꼈어, 밤중에도 너와 함께 이 술집에서 저 술집으
로 걸어갔으니까. 하지만 네게 사 준 포도주 값이면 난　　40
유럽에서도 가장 비싼 양초 가게에서 등을 싸게 살 수
있었을 거야. 난 지난 삼십하고도 이 년 동안 너의 그
불도마뱀을 지켜 줬어, 하느님은 제게 그 보답을 내리
소서.

28행 다이브스　　　　　　　　　　로를 통해 갈증 해소를 요청한다.
거지 나사로 얘기에 나오는 부자.(누가복　43행 불도마뱀
음 16장 19-31절) 그는 살았을 때 호의호　불 속에서 산다고 여겨지는 작은 도마뱀,
식하였으나 죽은 뒤에는 지옥 불 속에서　하지만 여기에서는 바돌프의 붉은 코를
고통받으면서, 하느님의 품에 안긴 나사　조롱하는 말. (아든)

| 바돌프 | 젠장, 내 얼굴이 당신 배 속에 있었으면 좋겠네! | 45 |
| 폴스태프 | 아이고! 그럼 난 분명 소화 불량이 됐을 거야. | |

주모 등장.

웬일이야, 암탉 바가지 아줌마, 누가 내 주머니를 털었는지 수소문해 봤어?

주모 아니, 존 경, 무슨 생각을 하시는 거예요, 존 경? 제가 이 집에 도둑을 키운다고 생각하세요? 제가 찾아보고 50 수소문도 해 보고 제 남편도 해 봤어요. 어른 하나씩, 아이 하나씩, 하인 하나씩이요. 저희 집에서는 머리카락 한 올의 십분의 일도 없어진 적이 없답니다.

폴스태프 거짓말 마, 주모, 바돌프는 면도를 했고 털을 수도 없이 잃었어. 그리고 맹세코 난 주머니를 털렸어. 에이, 55 자넨 계집이야, 뭐.

주모 누가, 제가요? 아뇨, 말도 안 돼요. 맙소사, 제 집에서 그런 식으로 불린 적은 한 번도 없어요.

폴스태프 에이, 난 자네를 속속들이 아는데.

주모 아뇨, 존 경, 당신은 절 몰라요, 존 경. 제가 당신을 알 60 지요, 존 경. 당신은 제게 빚이 있어요, 존 경, 그래서 이제 싸움을 걸어 그걸 떼먹으려는 거죠. 전 당신에게 셔츠를 한 다스나 사 드렸어요.

폴스태프 싸구려, 더러운 천이였지. 빵 장수 마누라들에게 나눠 줬는데, 그들은 그걸로 체를 만들었어. 65

주모 정직한 여자로서 말이지만 한 자에 팔 실링짜리 고급 천이에요. 그 밖에 여기 외상값도 있는데, 밥값, 간식 술값, 그리고 꿔 간 돈이 이십하고도 사 파운드나 있어요.

폴스태프	(바돌프를 가리키며) 그도 한몫했으니까 그에게 갚으라
	고 해.	70
주모	그요? 아, 그는 가난해요, 아무것도 없어요.
폴스태프	뭐? 가난하다고? 얼굴을 봐. 뭘 부자라고 하는데? 놈
	의 코로 돈을 찍으라고 해, 뺨으로 돈을 찍으라고 해,
	난 한 푼도 안 갚을 거야. 뭐야, 날 애송이 취급하려고?
	내가 내 여관에서 편히 쉬지도 못하고 주머니를 털려	75
	서야 되겠어? 난 사십 마르크나 나가는 할아버지의 반
	지 도장을 잃었어.
주모	(바돌프에게) 오 맙소사, 왕자님 말씀이, 수없이 자주 들
	었는데, 그게 구리 반지라고 하셨어요!
폴스태프	뭐야? 왕자는 잡놈이야, 비열해. 젠장, 그가 여기서 그	80
	렇게 말한다면 개처럼 패 줄 텐데.

왕자, 피토와 더불어 행군하며 등장.
폴스태프는 자기 방망이를 나팔처럼 불면서
그를 맞이한다.

	이봐, 웬일이야? 풍파가 닥쳤어, 정말? 우리 모두 행군
	해야 돼?
바돌프	그럼요, 둘씩, 둘씩, 감옥으로 가듯이요.
주모	왕자님, 제 말 좀 들어 주세요.	85
왕자	뭐라고, 빨리 여사? 자네 남편은 어떻게 지내나? 난 그
	를 아낀다네, 정직한 사람이야.

81행 개처럼…텐데 여기에서 폴스태프는 자기 방망이로 왕자를 패는 시늉을 하
다가 왕자가 등장하자 갑자기 나팔 부는 동작으로 바꾼다. (아든)

주모	왕자님, 제 얘기 들어 주세요.
폴스태프	제발 이 여자는 그냥 두고 내 말을 들어 봐.
왕자	뭔데, 잭?

90

폴스태프	간밤에 내가 여기 휘장 뒤에서 잤는데 주머니를 털렸어. 이 집은 매음굴이 됐다고, 놈들이 주머니를 털어.
왕자	뭘 잃어버렸는데, 잭?
폴스태프	내 말 믿겠어, 핼? 하나에 사십 파운드짜리 증권 서너 장과 할아버지의 반지 도장이야.

95

왕자	하찮은 거지, 팔 페니 정도 하니까.
주모	제가 그렇게 얘기했어요, 왕자님께서 그렇게 말하는 걸 들었다고도 했고요. 그런데 왕자님, 이이가 왕자님을 아주 야비하게 말했어요, 입이 더러운 사람이니까, 그리고 왕자님을 패 줄 거라고 했답니다.

100

왕자	뭐? 그런 말 안 했어.
주모	안 그랬다면 제게는 믿음도 진실도 여자다움도 없답니다.
폴스태프	자네에겐 삶은 자두만큼의 믿음도 없고 쫓기는 여우만큼의 진실성도 없으며 여자다움으로 말하자면 광대하녀 메리언은 자네에 비해 순사 나리의 부인도 될 수 있어. 저리 가, 이것아, 가!

105

주모	어머, 이것이라니, 그게 뭐예요?
폴스태프	뭐냐고? 그야, 조물주에게 감사할 것이지.
주모	전 조물주에게 감사할 게 아니에요. 그걸 알아줬으면해요. 전 정직한 남편의 아내예요, 그리고 당신의 작위를 접어 두고 얘기하면 절 그렇게 부르다니 당신은 나쁜 사람이에요.

110

폴스태프	자네의 여자다움을 접어 두고 달리 얘기하면 자넨 짐

	승이야. 115
주모	어머, 이 나쁜 사람, 무슨 짐승인지 말해요.
폴스태프	무슨 짐승? 그야, 수달이지.
왕자	수달이라고, 존 경? 왜 수달이지?
폴스태프	글쎄? 이 여자는 물고기도 살코기도 아니어서 어떻게
	먹어야 할지 모르니까. 120
주모	그렇게 말하다니 당신은 부정직한 사람이에요. 당신
	아니라 누구라도 날 어떻게 먹을지 안다고요, 나쁜 사
	람 같으니.
왕자	맞는 말일세, 주모, 그는 자네를 아주 심하게 모욕했어.
주모	저이가 왕자님도 모욕했어요, 그리고 어저께는 왕자 125
	님이 자기에게 천 파운드를 빚졌다고 했어요.
왕자	이봐, 내가 당신에게 천 파운드를 빚졌던가?
폴스태프	천 파운드라고, 핼? 백만 파운드지. 자네의 사랑은 백
	만 파운드의 가치가 있어. 자넨 내게 사랑을 빚지고
	있어. 130
주모	아니에요, 왕자님, 그는 왕자님을 '잡놈'이라고 했고
	패 주겠다고 했답니다.
폴스태프	바돌프, 내가 그랬어?
바돌프	존 경, 실은 그렇게 말했어요.
폴스태프	그렇지, 내 반지를 구리라고 말한다면. 135
왕자	그거 구리 맞아. 이제 당신 말을 감히 실천해 보시겠어?
폴스태프	이보게, 핼, 자네가 단지 한 인간일 때는 감히 해 보겠
	지만 왕자일 땐 사자 새끼의 포효를 두려워하는 만큼
	이나 자네를 두려워해.
왕자	그런데 왜 사자만큼은 아니지? 140
폴스태프	국왕 본인이라면 사자만큼 두려워해야겠지. 내가 자

넬 자네 아버지만큼 두려워한다고 생각해? 아냐, 만약 그렇다면 내 허리띠가 끊어져도 좋아.

왕자 오, 그런 일이 벌어진다면 당신 내장이 무릎 주변에 왕 창 쏟아질 텐데! 하지만 이봐, 당신의 이 가슴속엔 믿 145 음, 진실, 정직성이 있을 자리가 없어, 내장과 횡격막 으로 꽉 차 있으니까. 정직한 여인을 당신 주머니를 털 었다고 고발해? 아니, 이런 상놈의 뻔뻔하고 불어 터 진 악당 같으니라고, 그 주머니 안에 술집 계산서와 사 창가 기록과 기운 뻗치게 해 주는 한 푼짜리 볼품없는 150 사탕 하나 말고 다른 게 있었다면, 그 주머니 안에 그 런 것들 말고 다른 손해날 물건이 있었다면 내가 악당 이야. 그런데도 사실을 직시하지 못하지, 잘못을 받아 들이지 못하지. 부끄럽지도 않아?

폴스태프 못 들어 봤어, 핼? 자넨 아담이 순수한 상태에서도 타락 155 했다는 걸 알아. 그런데 이런 악행의 시대에 이 불쌍한 잭 폴스태프가 어쩌란 말인가? 자넨 내가 다른 사람보 다 살집이 더 많고 그래서 결함도 더 많다는 걸 알잖아. 그럼 고백하는 거야, 자네가 내 주머니를 털었다고?

왕자 얘기가 그렇게 되는 것 같군. 160

폴스태프 주모, 자넬 용서하네. 가서 아침 준비해, 남편을 사랑 하고 하인들을 돌보며 손님들을 소중히 여겨. 난 뭐든 정당한 사유가 있으면 온순해진다는 걸 알 거야, 언제 나 쉬이 가라앉는 걸 보잖아. 아니, 제발 가 봐.

(주모 퇴장)

자, 핼, 궁정 소식 얘기해 봐. 강도 건에 대해, 이봐, 어 165 떻게 책임졌어?

왕자 오, 나의 달콤한 쇠고기여, 당신에게 난 언제나 착한 천사가 돼야겠어. 돈을 도로 갚아 줬지.

폴스태프 　오, 도로 갚아 주는 거 난 싫은데, 그건 이중의 수고잖아.

왕자 　난 아버지와 사이좋게 되었으니 무슨 일이든 할 수 있어.　170

폴스태프 　그럼 국고 훔치는 일을 맨 먼저 해, 그것도 손 닦을 시
간도 남겨 놓지 말고.

바돌프 　그래요, 왕자님.

왕자 　잭, 당신이 보병 소대 하나를 징발하게끔 내가 주선해
놨어.　175

폴스태프 　기마 소대였더라면 좋았을걸. 잘 훔치는 자를 어디서
찾지? 오, 스물두 살이나 그 언저리의 멋진 도둑놈 조
수가 하나 있었으면. 난 우라지게 채비를 못 갖췄어.
자, 이 역도들을 주신 하느님께 감사해야지, 그들이 해
치는 건 고결한 사람들뿐이야. 난 역도들을 칭송해, 그　180
들을 칭찬해.

왕자 　바돌프.

바돌프 　왕자님?

왕자 　이 편지를 존 랭커스터 왕자 — 내 동생 존에게
또 이것은 웨스트모얼랜드 경에게 전달해. (바돌프 퇴장)　185
피토는 말을 타라, 말을 타, 너와 나는
저녁 시간 전까지 삼십 마일 달려야 해.　(피토 퇴장)
잭, 당신은 법학원 건물에서 나를 만나,
내일 오후 2시에.
거기에서 임무를 받을 거고 거기에서　190
장비 갖출 비용과 지시를 받을 거야.
국토는 불타고 퍼시는 고지에 서 있으니
우리 아님 그들이 쓰러져야 할 판이야.　(퇴장)

폴스태프 　귀한 말씀! 멋진 세상!

(부른다.) 주모, 자, 아침상!
오, 여기 이곳 선술집이 나의 전장이었으면! (함께 퇴장)   195

4막 1장
핫스퍼, 우스터, 더글러스 등장.

핫스퍼   말 잘했소, 존귀한 스코트! 이 좋은 시절에
진실을 말하는 게 아첨이 아니라면
더글러스는 한철에만 눈에 띄는 군인이
아니라는 칭찬을 받아야만 할 것이고
그렇게 온 세상에 통용돼야 할 것이오.   5
맹세코, 난 아첨 못 하오. 감언하는 자들의
혀를 정말 싫어하오. 하지만 용맹으로
내 마음을 차지한 사람은 당신이오.
아니, 내 말을 시험하고 입증해 주시오.
더글러스   그대는 명예의 대왕이오.   10
더 강한 사람이 이 땅 위에 숨 쉰다면
내가 맞짱 뜨겠소.
핫스퍼   그러시오, 좋소이다.

편지를 가진 사자 등장.

거 무슨 편지냐?
  (더글러스에게) 당신에겐 고마울 뿐이오.

4막 1장 장소 슈루즈베리의 반군 진영.

사자	이 편지는 부친께서 보내신 것입니다.	
핫스퍼	아버지가 편지를? 왜 본인이 안 오셔?	15
사자	오실 수 없답니다, 병이 위중하십니다.	
핫스퍼	젠장, 이 혼란한 시기에 아버지는 어떻게	
	아플 틈이 있으시냐? 병력의 지휘는?	
	누구의 통솔하에 오고 있단 말이냐?	
사자	전 모르고 어른 뜻은 편지에 있습니다.	20
우스터	말 좀 해 봐, 어른이 병상에 누우셨어?	
사자	예, 소인이 길 떠나기 나흘 전이랍니다.	
	그리고 소인이 출발했을 때쯤에는	
	어른의 의사들이 크게 겁을 먹었고요.	
우스터	형님에게 병마가 찾아오기 이전에	25
	이 시대가 먼저 온전해졌으면 좋겠네.	
	형님의 건강이 지금보다 더 값진 땐 없었어.	
핫스퍼	지금 아파? 지금 쇠약해지셔? 이 병은	
	우리들 대업의 생명 피를 오염시켜	
	그 영향이 여기 우리 진지까지 퍼졌어요.	30
	여기에 쓰시기를 마음속의 병으로 —	
	대리인을 통해서는 우군을 그리 빨리	
	못 끌어들였으며 본인 아닌 그 누구에게도	
	이토록 위험하고 소중한 책무를	
	적절히 맡길 수는 없었다고 하십니다.	35
	그렇지만 우리에게 과감히 권고하길	
	운명의 여신이 무슨 뜻을 가졌는지	
	작은 연합 세력으로 시험해 보랍니다,	
	여기에 쓰셨듯이 '국왕이 우리의 의도를	
	다 아는 게 분명하기 때문에 이제 와서	40

겁먹을 순 없을' 테니까요. 어떡하죠?

우스터 　우리에게 네 아버지 병환은 중상이다.

핫스퍼 　쩍 벌어진 상처이고 사지 하나 뚝 잘렸죠.
그런데 정말은 아닙니다. 지금 그의 부재는
실제보다 더 크게 보입니다. 단 한 번에　　　　　　45
우리의 전 재산을 남김없이 거는 게
잘하는 일입니까? 그렇게 막강한 군대를
불확실한 한 시간의 미묘한 우연에 맡겨요?
그건 좋지 않아요, 거기서 우리는 희망의
바로 그 바닥과 정수를, 우리 운명 전체의　　　　　50
바로 그 절대치와 바로 그 극한치를
읽어야 하니까요.

더글러스 　　　　　　　　　　정말 그리해야 하오,
반면에 지금은 달콤한 유산이 남아 있소.
우리는 앞날의 수입 믿고 과감히 쓸 수 있소.
안락한 피난처가 살아 있는 셈이오.　　　　　　　55

핫스퍼 　일종의 집결지, 돌아갈 집이지요,
악마와 불운이 우리가 하는 일의
초반 운세 넘보고 몸집 불려 협박하면.

우스터 　그래도 자네의 아버지가 여깄으면 좋겠네.
우리 일의 특성과 종류로 보았을 때　　　　　　　60
분열은 안 되네. 백작이 왜 못 오는지
모르는 자들은 그가 오지 않는 것은
지혜와 충성심에 더하여 우리의 행동을
명백히 싫어하기 때문이라 생각할 것이고
그런 우려 때문에 이 무서운 연합군의　　　　　　65
형세가 뒤바뀌고 우리의 명분에 대하여

의문이 생길 수도 있다고 생각할 것이야.
자네도 알다시피 공격하는 우리 측은
꼼꼼한 조사를 안 받도록 거리를 둬야 하고
이성의 눈으로 우릴 캐지 못하도록   70
구멍이란 구멍은 모두 다 막아야 해.
자네의 아버지의 불참은 무식한 자들에게   ·
전에는 꿈도 못 꾼 두려움 같은 것을
커튼 열고 보여 주네.

핫스퍼   과장이 심합니다.
그 불참을 전 오히려 이렇게 활용하겠습니다.   75
그 때문에 우리의 대업은 빛이 나고
백작이 여기 있을 때보다 더 나은 평가와
더 큰 과감성을 얻겠지요. 사람들은 틀림없이
우리가 그의 도움 없이도 군사를 일으켜
왕국을 압박할 수 있다면 도움이 있을 땐   80
완전히 뒤집을 거라고 생각할 테니까요.
아직은 다 잘되고 아직은 사지가 온전해요.

더글러스   마음먹기 나름이오. 스코틀랜드에서는
이 같은 두려움의 용어는 안 씁니다.

리처드 버넌 경 등장.

핫스퍼   버넌 형! 어서 와요, 참으로 잘 왔어요.   85
버넌   내 소식이 환영받을 가치가 있었으면.
웨스트모얼랜드 백작의 강한 군사 칠천이
존 왕자와 더불어 이리로 진군하네.
핫스퍼   무해하군. 더 있어요?

버넌   게다가 국왕이

몸소 출발했거나 아니면 빠르게   90

강하고 힘 있는 군대와 더불어

이쪽으로 향하려 한다는 걸 알아냈네.

핫스퍼   그도 환영해 주죠. 그 아들은 어딨나요?

발 빠른 미치광이 웨일스 왕세자와

이 세상을 콧방귀도 안 뀌고 내던지는   95

그 동료들 말이오?

버넌   장비, 무장, 다 갖췄네.

모두들 공작처럼 깃털 달고 바람 맞아

갓 목욕한 독수리들처럼 날개를 퍼덕였고

황금의 겉옷 입고 신상처럼 번쩍이며

오월처럼 신선한 정기로 가득 차고   100

한여름의 태양처럼 분부시게 빛났으며

어린 염소, 어린 수소 흥분하듯 뛰놀았네.

투구 쓴 젊은 청년 해리를 보았는데

넓적다리 가리개를 붙이고 멋진 무장 했으며

날개 달린 머큐리 신처럼 땅 위로 솟구쳐   105

너무나 손쉽게 안장에 올랐었지,

구름 위의 천사가 땅으로 내려와

불같은 페가수스를 이리저리 몰면서

고귀한 마술로 세상 사람 혼을 빼 놓듯이.

핫스퍼   그만, 그만. 이러한 칭찬은 삼월의 태양보다   110

더 나쁜 오한을 일으켜요. 오라 해요!

105행 머큐리 신 로마 신화에서 신들의 심부름을 하는 신.
108행 페가수스 그리스 신화에서 날개 달린 말.

그들은 곱게 꾸민 제물로서 올 테고
우리는 그들을 더운 몸, 피 흘리는 상태로
연기 뿜는 전쟁의 불 눈 달린 여신께 바칠 거요.
갑옷 입은 군신은 귀밑까지 피에 잠겨   115
제단에 앉겠지요. 이런 값진 상품이 이렇게
가까이 왔다는데 우리 손에 못 넣다니
온몸이 타는구나! 자, 내 말 맛 좀 봅시다,
이놈은 웨일스 왕세자의 가슴을 향하여
날 태우고 번개처럼 돌진할 것이오.   120
말과 말이 아니라 해리와 해리가 만나서
하나가 거꾸러질 때까지 안 떨어질 것이오.
오, 글렌다워가 왔으면!

버넌   소식이 더 있네,
우스터를 지나오다 알아낸 사실인데
그분은 열나흘 안으론 모병을 못 한다네.   125

더글러스   지금까지 내가 들은 최악의 기별이오.

우스터   그렇다네, 정말이지 차가운 소리야.

핫스퍼   국왕의 전 병력은 얼마에 이릅니까?

버넌   삼만이네.

핫스퍼   그것을 사만이라 칩시다.
아버지와 글렌다워, 두 분이 안 왔지만   130
우리 병력으로도 위대한 그날에 족합니다.
자, 재빨리 군대를 소집해 봅시다.
심판 날이 가까우니 다 즐겁게 죽읍시다.

더글러스   죽는 얘기 마시오, 죽음이나 죽음의 손길을

114행 여신 로마 신화에서 전쟁의 여신 벨로나를 가리킨다.

두려워 않은 지가 반년이나 되었소.　　　(함께 퇴장)　

4막 2장
폴스태프와 바돌프 등장.

폴스태프　바돌프, 코번트리로 앞서 가. 포도주를 한 병 가득 채
　　　　　워 줘. 우리 군사들은 계속 행군할 거고 우린 오늘 밤
　　　　　서턴 콜드필드까지 갈 거야.

바돌프　　대장님, 돈 좀 주시겠습니까?

폴스태프　자비로 메워, 자비로.　　　　　　　　　　　　　　　5

바돌프　　이거 한 병이면 금화 한 닢이 되는데.

폴스태프　그렇다면 수고비로 가져. 스무 닢이 되거든 그것도 다
　　　　　가져, 돈 찍는 건 내가 책임질 테니까. 부관 피토에게
　　　　　마을 끝에서 날 맞이하라고 명하고.

바돌프　　예, 대장님. 안녕히 계십시오.　　　　　　　(퇴장)　10

폴스태프　내가 내 병사들을 부끄러워하지 않는다면 난 멸치젓
　　　　　이다. 국왕의 징집권을 난 지독히도 나쁘게 사용했어.
　　　　　백오십 명의 병사 대신 삼백하고도 몇 파운드를 챙겼
　　　　　지. 난 재산이 상당한 가장들과 자작농의 아들들 말고
　　　　　는 아무도 징집하지 않았어. 이미 두 번이나 결혼 공고　15
　　　　　에 오른 약혼한 총각들, 북소리보다는 악마의 음성을
　　　　　듣는 게 더 낫겠다고 생각하는 상품 가치가 두둑한 녀
　　　　　석들, 소총 소리를 화살 맞은 새나 상처 입은 들오리보
　　　　　다 더 무서워하는 녀석들을 수소문해서 찾아냈지. 심

4막 2장 장소　코번트리 근처의 길거리.

장이라고는 눈곱만도 못한 걸 배 속에 넣고 다니는 겁   20
쟁이들만 골라서 징집했고, 그놈들은 돈 내고 병역을
면제받았어. 그래서 지금 내 부대는 전원이 기수, 하
사, 부관 및 무계급 신사들과 — 이자들은 벽걸이 천
에 그려진 나사로만큼이나 누더기 걸친 악당들로, 거
길 보면 그 탐식가의 개들이 그의 짓무른 데를 핥고   25
있지 — 그리고 사실은 군인 경력이 전혀 없을뿐더러
부정직해서 쫓겨난 하인들, 차남들의 차자들, 도망친
급사들과 망해 버린 마부들 — 낡아 빠진 군기보다 열
배나 더 비루한 누더기를 걸치고 조용한 세상과 오랜
평화를 좀먹는 — 그런 자들로 구성되어 있어. 병역을   30
돈 주고 산 놈들의 자리를 이 같은 자들로 메웠으니 여
러분은 내가 최근에 돼지 치다 돌아온, 돼지죽과 왕겨
나 먹다가 돌아온 일백에다 오십 명의 넝마 걸친 탕아
들을 모았다고 생각하실 겁니다. 미친놈 하나가 길에
서 나를 만나 내가 모든 교수대의 사형수를 다 내린 다   35
음 시체들을 징집했다, 그랬어요. 그런 허수아비들을
누구도 본 적이 없거든요. 놈들을 데리고 코번트리를
통과해서 행군하진 않을 겁니다, 그건 확실해요. 아니,
이 악당들은 마치 족쇄 찬 듯 다리를 크게 벌리고 행군
한답니다, 실은 놈들의 대부분을 감옥에서 꺼내 왔으   40
니까요. 소대원 전체에서 셔츠라고는 한 장 반도 없는
데, 그나마 그 셔츠 반 장도 손수건 둘을 묶어서 전령
의 민소매 웃옷처럼 어깨 너머로 걸친 거랍니다. 그리

24행 나사로
나사로 얘기는 누가복음 16장 19-21절에 나온다. 3막 3장 28행의 주 참조.

고 그 셔츠 한 장도 진실을 밝히자면, 성 올번스 여관
주인 아니면 대븐트리의 딸기코 여관 주인에게서 훔 45
친 거랍니다. 하지만 상관없어요, 옷감이야 어느 산울
타리에든 널려 있을 테니까요.

왕자와 웨스트모얼랜드 경 등장.

왕자　웬일이야, 불어 터진 잭? 웬일이야, 누더기 씨?

폴스태프　뭐야, 헬? 웬일이야, 미친 장난꾸러기? 도대체 워릭셔
에서 뭐하고 있어? ─ 웨스트모얼랜드 경, 죄송합니 50
다. 경께선 이미 슈루즈베리에 가 계신 줄 알았습니다.

웨스트모얼랜드　정말이요, 존 경, 난 벌써 거기로 갔어야 합니다 ─ 당
신도 ─ 하지만 내 군사는 이미 거기에 가 있답니다.
국왕께선 분명 우리 모두를 기다리십니다. 오늘 밤엔
우리 모두 떠나야죠. 55

폴스태프　흠, 제 걱정은 마십시오. 크림을 훔치려는 고양이처럼
정신 바짝 차렸어요.

왕자　크림을 훔친다는 말은 맞는 것 같군, 당신이 도적질해
먹은 게 벌써 버터가 됐으니까. 하지만 이봐, 잭, 뒤따
라오는 이들은 누구네 사람들이야? 60

폴스태프　내 사람, 헬, 내 사람들이야.

왕자　이렇게 불쌍한 놈들은 처음 보는걸.

폴스태프　흠, 흠, 창끝에 꿰기 딱 좋지. 대포 밥이야, 대포 밥. 구
덩이를 메우는 데는 상급자 못지않아. 쯧쯧, 썩어질 인
간들이야, 썩어질 인간들. 65

웨스트모얼랜드　예, 하지만 존 경, 이들은 극도로 가난하고 헐벗은 것
같소이다, 너무나 거지 같소.

폴스태프　참, 가난으로 말하자면 그들이 어디서 그걸 가져왔는
　　　　　지 모르겠고 헐벗음으로 말하자면 확신컨대 절대 제
　　　　　게서 배운 건 아닙니다.　　　　　　　　　　　70
　　왕자　맞아, 맹세하지, 갈빗대 사이로 손가락 셋이 들어가도
　　　　　헐벗은 게 아니라고 한다면. 하지만 이봐, 서둘러, 퍼
　　　　　시가 이미 전장에 나왔어.　　　　　　　　(퇴장)
폴스태프　아니, 국왕께서 야영지에 나오셨소?
웨스트모얼랜드　그렇소, 존 경. 우리가 너무 늦었을까 봐 걱정이오.　75
　　　　　　　　　　　　　　　　　　　　　　　(퇴장)

폴스태프　좋아,
　　　　　둔해 빠진 싸움꾼과 배고픈 손님에겐
　　　　　다툼은 막판이, 잔치는 시작이 어울리지.　　(퇴장)

4막 3장

핫스퍼, 우스터, 더글러스, 버넌 등장.

　핫스퍼　우린 그와 오늘 밤에 싸웁니다.
　우스터　　　　　　　　　　　　안 되네.
더글러스　그럼 그가 유리해집니다.
　　버넌　　　　　　　　　　　아니, 전혀.
　핫스퍼　왜 그렇죠, 충원을 바라는 건 그잖아요?
　　버넌　우리도.
　핫스퍼　　　그쪽은 확실하고 우리 쪽은 미심쩍죠.
　우스터　조카님, 말 듣게. 오늘 밤 움직이진 마시게.　　5

4막 3장 장소　슈루즈베리의 반군 진영.

124　헨리 4세 1부

버넌	(핫스퍼에게) 그렇게 하시게.
더글러스	좋지 않은 조언이오.
	두렵고 기가 죽어 그리 말씀하십니다.
버넌	모욕하지 말게나, 더글러스. 목숨 걸고
	(내 주장을 목숨 걸고 감히 말하겠는데)
	신중하게 고려한 명예 때문이라면 나 또한 10
	그대나 살아 있는 그 어느 스코트와 꼭 같이
	연약한 두려움은 개의치 않는다네.
	두려워하는 게 누군지 내일의 전투에서
	보여 주세.
더글러스	예, 아니면 오늘 밤에.
버넌	기꺼이.
핫스퍼	오늘 밤입니다. 15
버넌	자, 자, 그럴 수는 없다네. 참 놀랍군,
	그렇게 통솔력이 탁월한 두 사람이
	우리의 작전이 어떤 지장 받을 건지
	예견치 못하다니. 내 사촌 버넌의 기병 중
	일부는 아직 도착 않았으며 자네 삼촌 20
	우스터의 기마들은 겨우 오늘 왔다네,
	그래서 기력과 기백이 잠자고 있으며
	중노동에 용기가 꺾이고 무뎌져
	반에 반만큼도 정신 차린 말이 없네.
핫스퍼	적군의 말들도 꼭 같은 상태로 25
	전체가 여행에 지치고 축 처져 있어요.
	우리 말 대부분은 충분히 쉬었고요.
우스터	국왕의 기병 수가 우리를 앞지르네,
	제발, 모두가 도착할 때까지 기다리게.

(협상을 알리는 나팔)

월터 블런트 경 등장.

블런트 난 국왕의 자애로운 제안을 가져왔소,   30
존경심을 가지고 듣겠다면 말이오.

핫스퍼 어서 와요, 블런트 경. 주님께 바라건대
당신의 결심도 우리와 같았으면 좋겠소.
우리들 중 일부는 당신을 참 아끼고
당신을 아끼는 바로 그 사람들도   35
당신이 우리와 같은 편에 서지 않고
적처럼 우리와 대치하기 때문에
당신의 공덕과 명망을 마지못해 인정하오.

블런트 당신이 충의의 한계와 참된 통치 벗어나
기름 부은 전하와 맞서려고 하는 한   40
하느님이 보우하사 난 대치할 것이오.
하지만 이게 내 임무요. 국왕께선 당신의
불만의 본질과, 공손한 평화의 가슴속에
대담한 적개심을 왜 불러일으켜
순종하는 백성에게 무모한 잔인성을   45
가르치고 있는지 알고자 이 몸을 보내셨소.
국왕께서 당신의 훌륭한 공적을 잊었다면
잊은 게 많다고 고백하셨습니다만
불만을 애기해 주는 즉시 최대한 빠르게
당신의 소망을 이자 붙여 들어주고   50
당신과 당신의 유혹에 말려든 사람들은
무조건의 사면을 받게 될 것이오.

친절한 왕이오, 우린 그가 약속할 시간과
언제 빚을 갚을지 안다는 걸 잘 압니다.
내 부친과 내 삼촌 그리고 나 자신은   55
그가 쓴 바로 그 왕관을 주었지요.
또 그의 부하가 스물에 여섯도 안 되고
세상에서 냉대받고 비참하고 힘없고
숨어서 귀국한 관심 밖의 추방자였을 때
부친은 그가 뭍에 오른 걸 환영했답니다.   60
또한 그가 돌아온 건 신에게 맹세코
랭커스터 공작 되어 영지를 청구하고
화해를 구할 목적뿐이라고 순수한 눈물로
열정적인 어투로 말하는 걸 들었을 때
부친은 착한 맘과 동정심에 자극받아   65
도움을 맹세했고 실천도 했답니다.
그런데 나라 안의 귀족들과 영주들이
노섬벌랜드가 그에게 기운 걸 알았을 때
높고 낮은 사람들이 모자 벗고 인사하며
읍내, 도시, 마을에서 그를 만나 보았으며   70
다리에서 기다렸고 길거리에 서 있었고
선물을 바쳤으며 서약을 제의했고
후손들을 시종으로 주었고 그를 바싹
눈부신 무리 지어 뒤따라 다녔지요.
그는 곧장 권력 그 자체를 앎에 따라   75
황량한 라벤스퍼러 해안에서 자신의 혈통이
보잘것없었던 시절에 부친에게 맹세했던
그의 약속보다는 한 걸음 더 나아갔고
이제는 국가의 안녕을 너무나 억압하는

몇 가지 칙령과 가혹한 법령의 개혁을   80
그야말로 스스로 떠맡게 되었으며
폐단을 외치고 국가의 잘못을
슬퍼하는 것처럼 보였는데 그 얼굴로
정의처럼 보이는 그 외모로, 목표했던
모든 이의 마음을 완전히 얻었고   85
거기에서 더 나아가, 아일랜드 전쟁에
국왕이 몸소 나가 자리를 비웠을 때
대리로 여기에 남겨 뒀던 총신 목을
하나도 남김없이 다 잘라 버렸지요.

블런트   쯧, 그 말을 듣자고 온 건 아뇨.

핫스퍼   그러면 요점만.   90
왕을 폐위시킨 뒤 얼마 되지 않아서
그는 바로 그분의 목숨을 빼앗았고
곧바로 온 나라에 세금을 부과했소.
더욱더 나쁜 건 자기 친척 마치 경을
(소유권에 따라서 모두 자릴 잡는다면   95
그분이 실은 그의 왕인데) 웨일스에 볼모로
몸값 없이 포기해 버렸다는 점이오.
또, 운 좋게 승리한 나에게는 망신 주고
정보 흘려 함정에 빠뜨리려 하였으며
삼촌을 추밀원 모임에서 욕하며 쫓아냈고   100
격노하여 부친에게 퇴궐을 명했으며
약속은 다 깨고 잘못은 다 저질러
결론을 내리면, 우리가 자위의 군대를
찾도록 만들었고 게다가 오래 지속되기엔
직계에서 너무나 먼 것으로 알고 있는   105

그의 왕위 계승권을 따져 보게 만들었소.

블런트　　이 대답을 국왕에게 되돌려 드릴까요?

핫스퍼　　아뇨, 월터 경. 우린 잠시 물러나 있겠소.

　　　　　왕에게 돌아가 안전한 귀환을 보증하는

　　　　　모종의 신표를 얻도록 하시오.　　　　　　　110

　　　　　그러면 내일 아침 일찍이 숙부께서

　　　　　우리의 의중을 전할 거요. 그럼, 잘 가시오.

블런트　　당신이 자애와 사랑에 응했으면 좋겠소.

핫스퍼　　그럴 수도 있겠지요.

블런트　　　　　　　　그리하길 바랍니다.　(함께 퇴장)

4막 4장

요크 대주교와 마이클 경 등장.

대주교　　이보게, 마이클 경, 봉인한 이 서찰을

　　　　　사령관 어른에게 황급히 전하고

　　　　　이것은 스크루프 조카에게, 나머지 모두는

　　　　　지정된 사람에게. 내용의 중대성을

　　　　　자네가 안다면 서둘러 줄 것이야.　　　　　5

마이클 경　대주교님, 짐작이 갑니다.

대주교　　　　　　　　충분히 그럴 테지.

　　　　　이보게 마이클 경, 내일이 다가오면

　　　　　만 명의 운명이 시험을 당해야 할

　　　　　그날이 온다네. 왜냐하면 슈루즈베리에서

4막 4장 장소　요크 대주교의 관저.

꾸밈없이 나에게 알려진 바로는   10
국왕이 급히 모은 막강한 군대로
해리 경을 만난다네. 근데 난 두렵다네,
한편으론 노섬벌랜드가 병이 났고
그 사람의 군대가 가장 큰데 말일세,
다른 한편으로는 글렌다워가 불참해서   15
그 또한 그들에겐 소중한 힘줄인데
예언에 압도당해 아니 왔기 때문에
퍼시의 병력이 국왕과 속전을 벌이기엔
너무나 약하지 않을까 두렵다네.

마이클 경   하오나 대주교님, 걱정하지 마십시오,   20
더글러스와 모티머 경이 거기 —

대주교   아닐세, 모티머는 거기 없어.

마이클 경   하지만 모데이크, 버넌과 해리 퍼시 경,
그리고 우스터 경과 함께 씩씩한 전사들,
고귀한 신사들의 군대가 있잖아요.   25

대주교   그런 게 있긴 있지. 하지만 국왕은
전국을 통틀어 특별한 군대를 모집했어.
웨일스 왕세자와 존 랭커스터 왕자,
웨스트모얼랜드 백작과 늠름한 블런트,
그리고 무예에 있어서 평가와 명망을   30
서로들 다투는 고귀한 사람들 말일세.

마이클 경   심려치 마십시오, 이쪽도 만만찮을 겁니다.

대주교   그러길 바라지만 두려워할 필요는 있다네,
그래서 최악을 막기 위해, 마이클 경, 급히 가.

12행 해리 경   핫스퍼.

퍼시 경이 성공하지 못하면 국왕은   35
군대 해산 이전에 우리를 찾을 거야,
우리의 공동 모의 사실을 들었을 테니까
든든한 대비를 하는 게 현명하지.
그러니까 서둘러. 난 다른 친구들에게도
편지를 써야 해. 그러니 잘 가게, 마이클 경. (함께 퇴장)   40

5막 1장

국왕, 웨일스 왕세자, 존 랭커스터 왕자,

월터 블런트 경과 폴스태프 등장.

국왕   덩치 큰 저 언덕 너머로 태양은 참으로
       살벌하게 떠오르네. 성질난 태양 앞에
       아침은 창백하군.

왕자   그 태양의 뜻에 따라
       남풍이 나팔수 역할을 하면서
       잎 사이로 윙윙대는 소리를 통하여   5
       태풍과 거친 날을 예고하고 있습니다.

국왕   그렇다면 패자나 동정하며 불어라 해,
       승자에게 궂은 건 아무것도 없으니까.

                              (나팔 소리 울린다.)

우스터와 버넌 등장.

5막 1장 장소 슈루즈베리 전장.

잘 지냈소, 우스터 경? 당신과 내가 다시
지금 같은 관계로 만나다니 이 만남은   10
좋지가 않아요. 당신은 짐의 신뢰 저버렸고
짐으로 하여금 넉넉한 평화의 옷을 벗고
딱딱한 철갑으로 이 노구를 욱죄게 하였소.
이건 좋지 않아요, 경, 좋지가 않아요.
어떻게 생각하오? 모두가 혐오하는   15
이 전쟁의 잔인한 고리를 다시 끊고
곱고도 자연스러운 빛을 낸 게 분명했던
당신의 온순한 궤도 따라 또다시 움직이며
후세에는 더 이상 내뿜어진 혜성이나
무서운 괴물이나 해악의 태동을 알리는   20
전조가 되지는 말아야 하지 않소?

우스터   제 말 들어 주십시오, 전하,
저로서는 꾸물대며 기우는 제 인생의
나머지 부분을 조용히 보내는 것으로
만족할 수 있습니다, 왜냐하면 단언컨대   25
불화의 이날을 제가 찾진 않았으니까요.

국왕   찾지를 않았다? 그럼 어찌 왔지요?

폴스태프   가는 길에 반역이 놓였기에 주웠겠지.

왕자   (폴스태프에게) 쉿, 촉새야, 쉿.

우스터   전하께선 저 자신과 저희 집안 모두를   30
총애하지 않기로 하셨지요. 하지만 꼭
상기시켜 드리건대 전하의 첫 번째

13행 노구 사실 헨리 4세는 이 전투 시점에 36세밖에 되지 않았다. 하지만 이
극은 처음부터 그를 지치고 늙은 사람처럼 보이게 만든다. (아든)

그리고 가장 귀한 친구는 저희였습니다.
전 당신을 위하여 리처드 왕 시절에
지휘봉을 꺾었고 길에서 만나려고   35
밤낮 없이 말을 달려 그 손에 입 맞췄죠.
그때의 당신은 지위나 가치가 조금도
저보다 높거나 운이 좋진 못했지요.
당신을 집으로 데려와 시대의 위험을
과감히 무릅쓴 건 바로 저 자신과 제 형님,   40
제 조카였지요. 당신은 우리에게 맹세하길 —
그 서약을 돈커스터에서 정말로 했지요. —
이 나라에 대항할 목적은 전혀 없고
곤트의 영지와 랭커스터 공작령 말고는
새롭게 요구할 권리도 없다고 했습니다.   45
우린 그걸 돕겠다고 서약했죠. 근데 금방 —
우리들의 도움과 국왕의 부재와
느슨한 시절에 생기는 폐해들과
당신이 감내한 것처럼 보였던 고통과
국왕을 불운한 아일랜드 전쟁에   50
너무 오래 붙잡아 둔 역풍으로 잉글랜드에서는
모두들 그가 정말 죽었다고 여긴 일로 —
행운이 당신에게 비 오듯 쏟아졌고
너무나 큰 위엄이 홍수처럼 몰려왔죠.
그리고 이렇게 쇄도하는 이점을 보고서   55
당신은 재빨리 환심을 살 기회를 붙잡아
당신의 손안에 전권을 휘어잡고
돈커스터에서 맹세한 사실을 잊었으며
우리가 살찌워 줬는데도 우리를

못돼먹은 뻐꾸기 새끼가 참새를 이용하듯   60
이용해 먹었고 우리의 둥지를 짓누르며
우리가 준 음식으로 너무나 비대해져
우리는 충성심이 있어도 먹힐까 봐 두려워
감히 접근 못 하고 재빨리 날개 달아
안전을 이유로 할 수 없이 당신의 면전을   65
떠나게 되었고 작금의 군사를 일으켜
이렇게 대치하게 되었는데, 이 결과는
당신의 불친절한 대접과 위협적인 안색과
당신이 초창기 기획에서 우리에게 맹세했던
그 모든 믿음과 진심의 파기로 인하여   70
본인에게 불리하게 자초한 것입니다.

국왕   당신은 이런 걸 정말로 조목조목 적어서
장터의 십자가에 걸었고 교회에서 읽었더군,
반역이란 복장에 멋진 색깔 더하여
큰 난리가 났다는 소식에 와자지껄   75
입 벌리고 손뼉 치는 변덕쟁이 바보들과
불쌍한 불평분자, 그들의 두 눈을
즐겁게 해 줄 수 있으리라 생각하고.
하지만 여태껏 모반의 괴수에게
자신의 명분을 채색할 물감이 없거나   80
엉망진창 대혼란을 죽도록 바라는
침울한 거지들이 모자란 적 절대로 없었지.

왕자   결전에 들어가면 두 분의 군대에서
수많은 사람들이 값비싼 대가를
치르게 될 겁니다. 조카에게 전하시오,   85
웨일스 왕세자는 이 세상 모두와 더불어

퍼시를 칭찬하고 있다고. 영혼에 맹세코
이 일에서 그 사람을 빼놓고 본다면
그보다 더 멋지고, 더 날쌔며 굳세거나
더 굳세며 젊거나, 더 과감하거나 대담하며   90
고귀한 행위로 이 시대를 꾸며 줄 신사는
오늘날 살아 있지 않다고 생각하오.
나 자신을 돌아보면 창피한 말이지만
난 그동안 기사도를 등한시해 왔고
그도 나를 그렇게 여긴다고 들었소.   95
하지만 부왕 전하 앞에서 천명컨대
난 그가 자신의 위대한 이름과 평가를
자신의 이점으로 삼는 데 만족하고
양편의 유혈을 막기 위해 그와 함께
일대일 싸움에서 운을 시험해 보겠소.   100

국왕   그리고 왕세자, 짐도 너를 과감히 걸겠다,
이는 물론 수만 가지 사항을 고려할 때
안 되는 일이지만. ── 아뇨, 아뇨, 우스터 경.
짐은 짐의 백성들을 아주 많이 아끼고
조카 편에 잘못 끌린 백성들까지도 아끼오.   105
그래서 자비로운 이 제안을 수락하면
그와 그들, 당신과 모든 이는 내 친구가
그리고 나는 그의 친구가 될 것이오.
그렇게 조카에게 말하고 그가 뭘 할지를
나에게 알려 주오. 항복하지 않을 때는   110
질책과 무서운 응징이 짐의 곁에 있으며
그 능력을 발휘할 것이오. 자, 가시오.
짐은 이제 응답에 신경 쓰지 않을 거요.

훌륭한 제안이니 잘 알아서 받으시오.

(우스터, 버넌과 함께 퇴장)

왕자　절대로 수락되지 않을 것이옵니다.　　　　　　　115
더글러스와 핫스퍼, 두 사람 모두는
온 세상을 대적할 자신감에 차 있어요.

국왕　그러므로 지휘관 모두는 임무로 복귀하라,
그들의 대답 듣고 공격할 테니까.
그리고 하느님, 정당한 우리 명분 도우소서!　　　120

(왕자와 폴스태프만 남고 모두 퇴장)

폴스태프　헬, 내가 전장에서 쓰러진 걸 보거든 내 몸 위에 걸터
서 줘, 이렇게. 그게 우정의 표시니까.

왕자　콜로서스 말고는 누구도 그런 우정을 보이지 못하겠
지. 기도나 읊어, 그리고 작별해.

폴스태프　자러 갈 시간이면 좋겠어, 헬, 다 잘되고.　　　　125

왕자　글쎄, 당신은 하느님께 죽음이란 빚을 졌잖아.　(퇴장)

폴스태프　그건 아직 만기가 안 됐어. 때가 되기도 전에 갚으라면
난 싫을 거야. 날 부르시지도 않는 분에게 내가 그리
열성적일 필요가 뭐 있어? 글쎄, 상관없어, 명예가 날
재촉해. 그래, 하지만 내가 나섰는데 명예가 내 죽음을　130
재촉하면 어쩌지? 명예가 잘린 다리를 붙여 주나? 아
니. 팔은 어때? 아니. 또는 상처의 아픔을 없애 주나?
아니. 그럼 명예는 수술도 할 줄 모르잖아? 그렇지. 명
예가 뭐야? 말이지. 그 명예란 말 속에 뭐가 있지? 그
명예란 게 뭐야? 공기이지. 멋진 결산이군. 누가 그걸　135

123행 콜로서스　로도스 항구에 세워졌다고 하는, 높이가 약 36미터에 이르는
아폴로의 청동상. 세계 7대 불가사의 가운데 하나.

얻지? 수요일에 죽은 사람. 그가 그걸 느끼나? 아니.
듣나? 아니. 그럼 그건 무감각해? 맞아, 죽은 사람들에
겐. 하지만 그게 산 사람들과 함께 살진 못하나? 안 되
지. 왜? 비방이 가만두지 않을 테니까. 그러므로 난 그
거 안 가져. 명예란 장례식의 방패일 뿐이야. 이로써   140
내 교리 문답은 끝났다.   (퇴장)

5막 2장
우스터와 리처드 버넌 경 등장.

우스터　　안 되네, 국왕의 후하고 친절한 제안을
　　　　　조카가 알아선 안 되네, 리처드 경.

버넌　　　알리는 게 가장 좋아.

우스터　　　　　　　　　그럼 우린 망한다네.
　　　　　국왕이 우리를 아낀다는 약속을
　　　　　지키는 건 있을 수 없으며 불가능해.   5
　　　　　그는 우릴 언제나 의심하고 때를 골라
　　　　　딴 잘못을 빌미로 이번 죄를 벌할 거야.
　　　　　억측이 우리를 끝끝내 따를 거야, 왜냐하면
　　　　　반역을 믿는 건 여우를 믿는 것과 같아서
　　　　　아무리 아끼며 가둬 둬도 절대 길은 안 들고   10
　　　　　그 조상의 야성을 유지하기 때문이지.
　　　　　우리의 표정이 슬프든지 즐겁든지

140행 장례식의 방패
장식용 널빤지나 방패로, 가문의 문장을
그려 넣어 장례식 때 진열하고 이후 죽은

사람의 유품으로 교회에 보관한다. (아든)
5막 2장 장소
슈루즈베리 전장의 반군 진영.

그 모습은 잘못 해석될 것이고
우리는 죽음이 가까워 올수록 더 소중한
외양간의 황소처럼 살찌워질 것이야.   15
조카의 과실은 말끔히 잊힐 수 있겠지,
젊음과 혈기라는 구실이 있으니까,
또 격정의 지배 받는 무모한 핫스퍼란
특권을 부여하는 별명도 있으니까.
그의 죄는 모조리 나와 그의 아버지,   20
두 사람의 몫일세. 우리가 그를 훈련시켰고
그가 악독해진 건 우리들 때문이니
그 원천인 우리가 모든 값을 치를 거야.
그러므로 이보게, 국왕의 제안을
절대로 해리가 알게 하지 말자고.   25
버넌   마음대로 전하게, 그렇다고 할 테니까.
조카가 오는군.

핫스퍼와 더글러스 등장.

핫스퍼   숙부님이 돌아왔군.
웨스트모얼랜드 경을 넘겨주도록 하라.
── 숙부님, 무슨 소식입니까?
우스터   국왕은 곧바로 싸우자고 할 것이다.   30
더글러스   웨스트모얼랜드 경을 통해 도전을 합시다.
핫스퍼   더글러스 경이 가서 그렇게 말하시오.
더글러스   그럼요, 기꺼이 그렇게 할 겁니다.   (퇴장)
우스터   국왕에겐 자비심도 없는 것 같았다.
핫스퍼   애걸을 하셨나요? 하느님 맙소사!   35

우스터 난 우리의 불만을, 그의 맹세 파기를
조용히 말했는데 그는 그걸 고쳐서
이제는 자기가 위증을 당했다고 위증했다.
우릴 '역도' '배신자'라 부르고 오만한 무기로
우리 안의 그 미운 이름을 응징하겠단다.   40

더글러스 다시 등장.

더글러스 여러분, 전투 준비. 이 몸이 헨리 왕 면전에
용감한 도전장을 던졌고 인질로 와 있던
웨스트모얼랜드가 그걸 가져갔으니
그는 빨리 이리로 올 수밖에 없을 거요.

우스터 웨일스 왕세자가 왕 앞으로 나와서   45
일대일 싸움을 조카에게 걸었단다.

핫스퍼 오, 이 전투가 우리 둘의 머리에 달렸고
나와 해리 몬머스 말고는 그 누구도
가쁜 숨을 몰아쉬지 못했으면! 말해 봐요
도전의 모양새는? 경멸 조 같았어요?   50

버넌 절대로 아니었어. 그보다 더 겸손하게
결투를 제안한 사례는 생전에 못 들었네,
아우가 형에게 무술을 부드럽게
연습 삼아 겨루자고 대드는 게 아니라면.
그는 또 자네에게 모든 존경 다 표했고   55
왕자다운 언사로 자네 칭찬 다듬으며
자네의 뭇 장점을 역사처럼 말했고
칭찬을 자네와 비교해 계속 깎아내리면서
칭찬보다 자네를 항상 더 높였다네.

그리고 왕자의 신분에 정말로 어울린 건   60
얼굴을 붉히면서 자기 얘길 하면서
태만했던 젊음을 고상하게 꾸짖음으로써
배우고 가르치는 두 정신을 한순간에
터득한 것처럼 보였다는 사실일세.
그는 게서 멈췄지만 온 세상에 밝히건대   65
그가 만일 오늘의 적의를 넘긴다면
그동안 방탕으로 극심한 오해를 받았으나
잉글랜드는 최고의 희망을 갖게 될 것이네.

핫스퍼   사촌 형은 그자의 어리석은 행각에
매혹된 것 같군요. 그토록 방종한   70
왕자가 있단 소린 들은 적이 없답니다.
그렇다 치더라도 이 밤이 가기 전에
난 그를 무사의 팔뚝으로 포옹하여
오그라들게끔 예우해 줄 겁니다.
자 빨리 전투 준비! 동료, 친구, 아군들은   75
말재주 없는 제가 당신들을 설득하여
혈기를 북돋기보다는 당신들 스스로
해야 할 일들을 생각해 보시오.

전령 등장.

전령 1   주인님, 편지가 왔습니다.
핫스퍼   지금 읽진 못하겠다.   80
── 오, 신사분들이여, 인생은 짧습니다.
삶이 만약 시계의 침 끝에 매달려
한 시간이 갈 때마다 끝나는 것이라면

그 짧음을 천하게 쓰는 건 너무나 깁니다.
산다면 우리는 왕들을 짓밟고 살 것이고   85
죽는다면 왕족들과 멋지게 죽습니다.
자, 우리가 양심껏 무기를 드는 것은
의도가 정당할 땐 아름다운 일입니다.

다른 전령 등장.

전령 2   주인님, 준비해요, 왕이 다가옵니다.
핫스퍼   내 얘기를 끊어 준 그에게 고맙군,   90
         말은 내 체질이 아니니까. 이 말만 하겠소.
         각자는 최선을 다하시오. 여기에서
         나는 이 칼을 뽑아 여기 서린 기운을
         오늘의 위험한 모험에서 만나게 될
         최고의 선혈로 물들이려 합니다.   95
         자, 희망을 가지고! 퍼시여! 공격하라,
         고아한 군악을 모조리 울려라,
         그리고 음악에 맞추어 서로를 안읍시다,
         우리들 중 일부는 십중팔구 이 예의를
         두 번 다시 표하지는 절대 못할 테니까.   100
             (그들은 서로를 안고 나팔 소리 들린 다음 함께 퇴장)

5막 3장
왕이 군대를 거느리고 등장하여 무대를 지나간다.
전투 경종. 그런 다음 더글러스와
국왕으로 가장한 월터 블런트 경 등장.

블런트   전투에서 이렇게 나를 가로막는 자,
          네 이름은 무엇이냐? 어떠한 명예를
          내게서 구하느냐?
더글러스   그럼 내 이름은 더글러스,
          전투에서 널 이렇게 바싹 따라다닌다,
          사람들이 너를 일러 왕이라고 하니까.   5
블런트   맞는 말을 했구나.
더글러스   스태퍼드 경이 오늘 너를 닮은 탓으로
          모진 값을 치렀다, 이 칼로 해리 왕 너 대신
          그를 끝냈으니까. 나에게 항복하여
          포로 되지 않는다면 너도 그리될 것이다.   10
블런트   오만한 스코트여, 나에게 항복은 없느니라.
          넌 또한 스태퍼드 백작의 죽음을 갚는 왕이
          있다는 걸 알 것이다. (싸우다가 더글러스가 그를 죽인다.)

                         핫스퍼 등장.

핫스퍼   오, 그대가 홈든에서 이렇게 싸웠다면
          난 한 명의 스코트도 못 이겼을 것이오.   15
더글러스   다 끝났고 다 이겼소. 숨 끊어진 왕이오.
핫스퍼   어디요?
더글러스   여기요.
핫스퍼   이거요, 더글러스? 아뇨, 이 얼굴을 잘 압니다.
          훌륭한 기사였지, 이름은 블런트로   20
          국왕 그 자신과 흡사하게 치장해 놨군요.

5막 3장 장소 슈루즈베리 전장.

더글러스　(쓰러진 블런트에게)

네 영혼이 어디 가든 바보와 같이 가라!

넌 빌려 온 직함을 너무나 비싸게 샀구나.

너는 왜 나에게 왕이라고 그랬느냐?

핫스퍼　국왕은 자기 옷을 많이 입혀 놓았소.　　　　　25

더글러스　이 칼에 맹세코 그 옷을 다 죽일 것이오.

왕을 만날 때까지 그자의 옷가지를

하나씩 살해할 것이오.

핫스퍼　　　　　　　　　일어서서 갑시다!

아군이 승리할 게 거의 확실합니다.　　(함께 퇴장)

경종. 폴스태프 홀로 등장.

폴스태프　내가 런던에선 술값을 피할 수 있었지만 여기선 숨 값　30

이 두렵네. 여기에는 머리 자르는 셈법밖에 없구먼. 잠

깐만, 누구요? 월터 블런트 경. 그게 당신의 명예군요.

허영은 없네요. 난 녹은 납처럼 뜨겁고 또 무겁기도

해. 신은 제게서 납을 막아 주소서, 제 창자보다 더 무

거운 건 필요 없나이다. 나는 내 넝마 군인들을 이끌고　35

가 작살냈어. 백오십 가운데 셋도 안 살아남았는데 그

들마저도 도시 변두리에서 평생을 빌어먹어야 할 처

지야.

왕자 등장.

근데 이게 누구야?

왕자　뭐야, 한가롭게 여기 섰어? 그 칼 좀 빌려 줘.　　　40

우쭐대는 적들의 말발굽 아래에
수많은 귀족들이 뻣뻣하게 누웠으나
그 죽음을 복수하진 못했어. 부탁인데
그 칼 좀 빌려 줘.

폴스태프   오, 헬, 부탁인데 잠시만 날 숨 좀 쉬게 해 줘. 잔혹한   45
그레고리 교황이라 할지라도 오늘 내가 세운 무공과
같은 건 절대로 못 세웠어. 내가 퍼시를 처치했어, 확
실하게 말이야.

왕자   틀림없이 ── 살아남아 당신을 죽일 테지.
부탁인데, 당신 칼 좀 빌려 줘.   50

폴스태프   맹세코 안 돼, 헬, 퍼시가 살았다면 내 칼은 못 가져가.
하지만 원한다면 내 권총을 받아.

왕자   이리 줘. 뭐야, 총집에 넣어 놨어?

폴스태프   그럼 헬, 뜨겁다고, 뜨거워. 도시를 공략할 물건이야.

                 (왕자가 뽑아 보니 그건 포도주 한 병이다.)

왕자   뭐, 지금이 농담하고 장난을 칠 때야?   55

                    (술병을 그에게 던지고 퇴장)

폴스태프   글쎄, 퍼시가 살았다면 내가 퍽 찌를 거야. 그가 정말
내게로 온다면 좋아. 근데 그가 안 오는데 내가 일부러
간다면 나를 산적 만들라고 해. 난 월터 경처럼 잇몸을
드러내는 명예는 싫어. 내게 생명을 줘, 내가 그걸 지
킬 수 있다면 좋아. 못 지키면 찾지도 않은 명예가 오   60
고 그걸로 끝이다.   (블런트의 시체를 가지고 퇴장)

46행 그레고리 교황   58~59행 잇몸을 드러내는
그레고리 7세(1023~1085) 또는 13세.   죽는 순간 안면 근육이 굳어져 생기는 현
(1572~1585) 둘 다 난폭한 성정으로 유명   상. 웃는 것처럼 보인다.
했다. (아든)

5막 4장

경종. 급습. 국왕, 왕세자, 존 랭커스터 왕자 및
웨스트모얼랜드 백작 등장.

| 국왕 | 해리야 물러나라, 출혈이 심하구나. |
| | 랭커스터 왕자도 형과 함께 가거라. |

국왕 해리야 물러나라, 출혈이 심하구나.
랭커스터 왕자도 형과 함께 가거라.

랭커스터 아뇨, 전하, 저도 피를 흘린다면 모를까.
왕자 전하께 간청컨대 전선으로 가시지요,
전하의 퇴각으로 아군이 놀라지 않도록.　　　　　5

국왕 그렇게 하겠다. 웨스트모얼랜드 경은
왕자를 막사로 안내하라.

웨스트모얼랜드 가시지요, 막사로 인도하겠습니다.

왕자 인도해요? 도움은 필요치 않습니다,
맙소사, 작은 흠집 하나로 웨일스 왕세자가　　　10
이 같은 전장을 떠나서는 안 되지요,
피투성이 귀족들이 짓밟히며 누워 있고
반군들이 승리의 도륙을 하는데!

랭커스터 너무 오래 쉬었어요. 자, 웨스트모얼랜드 사촌,
우리의 임무는 이쪽이오. 제발 가요.　　　　　15

(랭커스터와 웨스트모얼랜드 함께 퇴장)

왕자 허 참, 넌 나를 속였구나, 랭커스터,
그만한 기개를 가진 줄은 몰랐다.
지금까지 난 너를 아우로 사랑했다
근데 이젠 내 영혼과 꼭 같이 존경하마.

국왕 난 쟤가 퍼시 경을 칼끝으로 막으면서　　　20

5막 4장 장소　슈루즈베리 전장.

미숙한 무사에게 기대했던 것보다
더 힘차게 버티는 걸 보았다.

왕자 　오, 이 소년이 모두를 분발케 하는구나! 　　　　(퇴장)

더글러스 등장.

더글러스 　또 왕이다! 히드라 머리처럼 자라는군.
이 몸은 더글러스, 그런 색의 옷을 입은 　　　　　25
모두에게 치명적인 사람이다. 넌 뭐냐,
왜 그렇게 왕의 몸을 사칭하고 다니느냐?

국왕 　국왕 본인이니라, 더글러스. 그는 네가
국왕 아닌 수많은 그림자만 만난 것을
가슴 깊이 슬퍼한다. 나의 두 아들이 　　　　　30
퍼시와 널 전장에서 찾고는 있다만
운 좋게도 내 수중에 떨어지게 되었으니
널 시험해 보겠다. 그러니 방어하라.

더글러스 　난 네가 또 하나의 가짜일까 걱정된다.
그렇지만 참말로 네 거동은 왕 같구나. 　　　　　35
하지만 네가 진짜 누구이든 넌 내 거고
이렇게 이기겠다. 　　　　　　　(둘이서 싸운다.)

왕이 위험해지고 웨일스 왕세자 등장.

왕자 　머리를 쳐들어라 더러운 놈, 안 그러면

24행 히드라
그리스 신화에 나오는 뱀. 여러 개의 머리 잘리면 거기에서 두 개가 더 생겨났다고
(100, 50, 9)를 가졌고 그 가운데 하나가 한다. 헤라클레스가 퇴치했다.

146 　헨리 4세 1부

다시는 못 들 거다. 용맹한 셜리와
스태퍼드, 블런트의 영혼이 이 무기에 서렸다.　　　　40
웨일스 왕세자가 너를 협박하는데
못 지킬 약속은 절대 않는 사람이다.
　　　　　　　　(둘이서 싸우다가 더글러스 도망친다.)
힘내십시오, 전하. 옥체는 무탈하십니까?
니컬러스 고지 경이 구원을 청해 왔고
클리프턴도 그랬어요. 전 곧장 클리프턴에게 가요.　　45

국왕　　잠시만 머물러 쉬어라.
잃어버린 네 신망을 넌 다시 찾았고
달려와서 날 구출한 아름다운 이번 일로
내 목숨을 좀 아낀단 사실을 보여 줬다.

왕자　　맙소사, 소자가 전하의 죽음을　　　　　　50
바란다고 한 자들의 해가 너무 큽니다.
그게 사실이라면 뽐내는 더글러스의 손길이
전하 위로 뻗었을 때 내버려 뒀겠지요.
그럼 그게 이 세상 모든 독약만큼이나
전하를 신속하게 끝장냈을 것이고　　　　　55
소자에겐 배신의 수고를 덜어 줬을 테지요.

국왕　　클리프턴에게 가라, 난 고지 경에게 가겠다.　　(퇴장)

핫스퍼 등장.

핫스퍼　　내 착각이 아니라면 넌 해리 몬머스다.
왕자　　내 이름을 부인할 것처럼 말하는군.
핫스퍼　　내 이름은 해리 퍼시다.
왕자　　　　　　　그럼 난　　　　　　　60

대단히 용맹한 이름의 역적을 보고 있군.
난 웨일스 왕세자다, 퍼시는 더 이상
영광을 나와 함께 나눠 가질 생각 마라.
하나의 천구에 두 별이 돌지 않듯
하나의 잉글랜드에 퍼시와 웨일스 왕세자,   65
두 사람의 통치는 용납될 수 없는 법.

핫스퍼   그리 안 될 것이다, 우리 둘 중 하나가
끝날 때가 왔으니까. 하느님께 빌건대
네 무용의 명성이 내 것만큼 컸으면.

왕자   너와 작별하기 전에 더 크게 만들 테고   70
네 투구 위에 핀 명예는 모두 다
내가 꺾어 머리에 쓸 화환을 만들겠다.

핫스퍼   너의 그 허영심을 더 이상 못 참는다.   (둘이 싸운다.)

폴스태프 등장.

폴스태프 잘한다, 핼! 싸워라, 핼! 그럼, 이건 애들 놀이가 아냐,
그건 확실해.   75

더글러스 등장, 폴스태프와 싸우다가
폴스태프가 죽은 듯이 넘어진다.
(더글러스 퇴장)
왕자는 핫스퍼를 죽인다.

핫스퍼   오, 해리, 너는 내 청춘을 앗아 갔다.
난 쉬이 깨지는 생명의 상실보다 네가 뺏은
그 자랑스러운 칭호들을 더욱더 못 참겠다.

그 생각이 육신의 상처보다 더 아프다.
하지만 생각은 삶의 노예, 삶은 또   80
시간의 광대이고 온 세상 다 살피는 시간도
끝나야 하는 법. 오, 땅같이 차가운
죽음의 손길이 혀끝까지 안 왔다면
예언할 수 있는데. 아냐, 퍼시, 넌 흙이야
그리고 널 먹는 건 ──   (죽는다.)   85

왕자 구더기야, 용감한 퍼시. 잘 가게, 용사여!
잘못 쌓은 야망이여, 넌 얼마나 줄었는가!
이 육신에 정신이 담기어 있었을 땐
왕국조차 그에겐 너무 좁은 경계였다.
근데 이젠 가장 천한 두 발짝 땅덩이면   90
충분한 공간이다. 이 땅 위에 넌 죽어 있지만
더 대담한 신사는 이 땅 위에 없으리라.
네가 만약 예절을 감지할 수 있다면
내가 이리 간절한 마음을 보이진 않겠지.
하지만 망가진 네 얼굴을 이 띠로 덮어 주마,   95
그리고 이 다정한 의식을 행한 내게
너 대신 감사의 마음을 전할 테다.
잘 가고 네 칭찬은 천국으로 가져가라.
네 치욕은 너와 함께 무덤 속에 잠들고
묘비명 위에서는 기억되지 않기를.   100
                    (땅 위에 누운 폴스태프를 발견한다.)
뭐야, 오래된 친지가! 이 많은 살덩이로
작은 목숨 하나를 못 지켰어? 불쌍한 잭, 안녕!
더 나은 사람을 잃는 게 더 나았을 터인데.
내가 만일 허영심에 깊이 빠져 있었다면

당신을 아주 많이 보고 싶어 했을 테지. 105
오늘의 혈투에서 귀한 죽음 많았어도
이보다 더 뚱뚱한 사슴은 안 죽었어.
창자 꺼낸 당신 모습 머지않아 볼 텐데
그때까진 혈색 좋게 퍼시 곁에 누웠구려. (퇴장)

폴스태프 일어난다.

폴스태프　　창자를 꺼내? 네가 오늘 내 창자를 꺼낸다면 나를 절이 110
　　　　　고 또 내일은 나를 먹는 것도 허락하지. 젠장, 위조할
　　　　　때였어. 안 그랬으면 그 화난 싸움쟁이 스코트가 날 죽
　　　　　였겠지, 죽자 사자 말이야. 위조라고? 거짓말이야, 난
　　　　　위조품이 아냐. 죽는다는 건 위조품이 되는 거야, 인간
　　　　　의 생명을 지니지 않은 자는 인간의 위조품에 지나지 115
　　　　　않으니까. 그러나 죽음을 위조하는 건, 그로 인해 어떤
　　　　　사람이 살게 된다면 위조품이 되는 게 아니라 진실로
　　　　　완벽한 삶의 표상이 되는 거야. 용기의 진수는 신중함
　　　　　인데 그 진수 때문에 난 생명을 구했어. 젠장, 난 이 화
　　　　　약 같은 퍼시가 두려워, 죽긴 했지만. 만일 이자 또한 120
　　　　　위조하고 일어나면 어쩌지? 참말로 난 그가 더 나은 위
　　　　　조품이 될까 봐 두렵다. 그러니까 확실히 해 둬야지, 그
　　　　　래, 내가 죽였노라고 단언할 거야. 그도 나처럼 못 일
　　　　　어날 게 뭐람? 직접 보지 않고는 누구도 날 반박 못 해,
　　　　　그런데 아무도 없어. 그러니까 이봐 (그를 찌른다.) 허벅 125
　　　　　지에 새로운 상처를 입은 채 나와 함께 가자.

108행 창자 꺼낸　시체를 방부 처리하기 위해 내장을 빼낸.

(핫스퍼의 시체를 등에 진다.)

왕세자와 존 랭커스터 왕자 등장.

왕자   자, 아우야. 처녀 검을 정말로 용감하게
       살에 길을 들였구나.

랭커스터   근데 잠깐, 이 누구죠?
       이 뚱보가 죽었다고 말하시지 않았어요?

왕자   그랬지, 죽은 걸 보았어,   130
       땅 위에서 숨을 멎고 피 흘리고 있었어.
       (폴스태프에게) 살았어? 아님 이게 우리 눈에 장난치는
       환상이란 말인가? 부탁인데 말을 해 봐,
       귀로 듣지 않고는 우리 눈을 못 믿겠어.
       당신은 겉모습과 같지 않아.   135

폴스태프 맞아, 그건 확실해, 난 이중 인간은 아냐. (핫스퍼의 시
       체를 내려놓는다.) 하지만 내가 잭 폴스태프가 아니라면
       잡놈이지. 이건 퍼시야. 자네 부친께서 내게 무슨 영예
       를 내리실 거면 좋아. 아니라면 다음 퍼시는 직접 죽이
       시라고 해. 분명히 말해 두건대 난 공작이나 백작을 기   140
       대해.

왕자   아니, 퍼시는 내가 직접 죽였고 당신이 죽은 것도 봤
       는데.

폴스태프 그랬어? 이런, 이런, 세상이 이토록 거짓에 빠지다니!
       내가 넘어져서 숨을 못 쉬었다는 건 인정해, 그건 그도   145

136행 난…아냐
두 가지 뜻으로 해석할 수 있는데, 첫째는   둘째는 핫스퍼를 등에 업은 두 인간의 복
인간의 복사품인 유령이 아니란 말이고,   합체도 아니라는 말이다.

마찬가지였어. 하지만 우린 둘 다 한순간에 일어나 슈
루즈베리 시계로 한 시간 내내 싸웠어. 내 말이 믿긴다
면 좋아. 아니라면 무용을 보상해 주는 사람들이 불신
의 죄를 스스로 견디라고 해. 목숨 걸고 말하지만 내가
이 상처를 그의 허벅지에 입혔어. 이 인간이 살아나 그   150
걸 부인하겠다면, 젠장, 내 칼 한 조각을 삼키게 만들
겠어.

랭커스터   참으로 황당한 얘기를 듣는군요.

왕자   이 사람, 최고로 황당한 친구라네, 존 아우.
(폴스태프에게) 자, 그 짐을 당신 등에 고상하게 지고 가.   155
나로서는 거짓으로 당신이 명예를 얻는다면
나의 최고 언사로 그걸 도금해 주지.   (퇴각 나팔 소리)
나팔로 퇴각을 알린다. 우리의 승리야.
자, 아우, 가장 높은 언덕에 올라가
우군은 누가 살고 또 누가 죽었는지 보자.   (함께 퇴장)   160

폴스태프   난 따라가서 소위 보상이라는 걸 받아야지. 내게 보상
을 해 주는 사람을 신은 보상하소서. 내가 큰사람이 되
면 난 줄어들 거야, 왜냐하면 난 속을 씻고 포도주를 끊
으며 귀족처럼 깨끗하게 살 테니까.   (시체를 지고 퇴장)

5막 5장
나팔 소리. 국왕, 웨일스 왕세자, 존 랭커스터 왕자,
웨스트모얼랜드 백작, 포로가 된 우스터 및
버넌과 함께 등장.

5막 5장 장소 슈루즈베리 전장의 국왕 진영.

국왕　반역은 언제나 이렇게 응징을 당한다.

악심 품은 우스터, 이 짐이 당신들 모두에게

호의, 용서, 충성의 제안을 전하지 않았던가?

그런데 네가 그 제안을 반대로 뒤집고

조카의 신뢰를 악용했단 말이지?　　　　　　　5

네가 만약 교인답게 두 군대 사이에서

올바른 정보를 올바르게 전했다면

오늘 중 살해당한 우군 기사 세 명과

한 사람의 백작 및 수많은 사람들이

이 순간에 살아 있을 것이다.　　　　　　　　10

우스터　나의 안전 때문에 할 수 없이 그랬소.

피치 못할 운명이 덮쳐 오고 있으니

침착하게 그것을 끌어안을 작정이오.

국왕　우스터를 사형에 처하라, 그리고 버넌도.

그 밖의 죄인들은 잠시 두고 보겠다.　　　　15

　　　　　　　　(우스터와 버넌 호위받으며 함께 퇴장)

전황은 어떤가?

왕자　스코트 귀족인 더글러스 경의 경우

오늘의 전세가 다 기울고 퍼시는 죽었고

부하들이 다 겁먹고 뛰는 걸 보았을 때

남아 있는 자들과 함께 도망치다가　　　　　20

언덕에서 떨어졌고 상처가 너무 커

추격군이 사로잡았습니다. 제 막사에

그 더글러스가 있는데 간청컨대 그이를

제 처분에 맡기소서.

국왕　　　　　　　　흔쾌히 그리하마.

왕자　그리해 주신다면 명예로운 이 선심을　　　25

존 랭커스터 아우가 베풀게 될 것이다.
더글러스에게 가서 그의 뜻에 따라서
몸값 없이 자유롭게 그를 풀어 주어라.
아군의 투구 위에 그가 오늘 보여 준 용맹은
적군이 떨쳤어도 그런 귀한 행위를   30
우리가 어떻게 아껴야 하는지 가르친다.

랭커스터 고상한 호의를 보이시니 감사하고
지체 없이 실천에 옮기겠습니다.

국왕 그렇다면 남은 일은 군대를 나누는 것이다.
아들 존과 나의 친척 웨스트모얼랜드는   35
극히 빠른 속도로 요크로 몸을 돌려
노섬벌랜드와 스크루프 대주교를 대적하라,
무장을 하느라고 바쁘다고 들었다.
나와 아들 해리는 웨일스 쪽으로 가
글렌다워 및 마치의 백작과 싸우겠다.   40
이 땅에서 반역은 오늘처럼 억제하는
또 하나의 힘을 만나 지배력을 잃을 테고
이번 일이 이렇게 아름답게 끝났으니
우리 것을 모두 얻는 그날까지 멎지 말자. (함께 퇴장)

헨리 4세 2부

Henry IV, Part 2

등장 인물

소문 귀신	극 소개인
헨리 4세	
헨리 왕자	나중에 헨리 5세로 등극
존 랭커스터 왕자 ⎤	
험프리 글로스터 공작	헨리 4세의 아들, 헨리 5세의 형제들
토머스 클래런스 공작 ⎦	
헨리 퍼시, 노섬벌랜드 백작 ⎤	
요크 대주교	
모브레이 경	
헤이스팅스 경	
바돌프 경	헨리 4세의 적대자들
트래버스	
모턴	
존 콜빌 경 ⎦	
워릭 백작 ⎤	
웨스트모얼랜드 백작	
서리 백작	
존 블런트 경	왕의 편 사람들
가워	
하코트	
수석 판사	
수석 판사의 하인 ⎦	
포인스 ⎤	
존 폴스태프 경	
바돌프	무법 변덕쟁이들
피스톨	
피토	
폴스태프의 시동 ⎦	

로버트 천박 ⌉
　　　　무언 ⌋　시골 판사들

　　　　데이비　천박 판사의 하인

　　독니, 함정　두 순경

　랠프 곰팡내 ⌉
사이먼 그림자 ｜
토머스 사마귀 ｜　시골 병사들
프랜시스 약골 ｜
피터 엇부루기 ⌋

노섬벌랜드 부인

　　퍼시 부인　퍼시(해리)의 미망인

　　　빨리 주모

　　　헤픈 언니

맺음말 하는 사람

프랜시스, 그 외 급사 몇 명

　　　　　　　　교구 직원 및 다른 관리들, 일꾼들, 문지기,

　　　　　　　　전령, 군인, 귀족, 악사, 시종들

　　　장소　　잉글랜드

서막

소문 귀신, 몸에 혓바닥을 잔뜩 그린 채 등장.

소문 귀신   들어 봐요, 시끄러운 소문이 왁자한데
당신들은 귀에다 말뚝을 박을 거요?
난 해 뜨는 동쪽에서 내려가는 서쪽까지
이 둥근 지구에서 새롭게 시작되는 행적을
파발마 바람 타고 계속 보여 준답니다.   5
이 많은 내 혀에서 비방은 계속 흘러나오고
난 그걸 세상 모든 언어로 퍼뜨리며
사람들의 귓속을 풍문으로 꽉 채우죠.
난 평화를 말하지만 증오심은 웃음 뒤에
안전하게 자리 잡고 모두에게 상처 주죠.   10
소문 귀신 나 말고, 오로지 나 말고 그 누가
이런저런 슬픔으로 한 해가 부푸니까
독한 폭군 전쟁 신의 애 가졌다 생각되어
무서운 징집으로 방어 준비시켜 놓고
실은 그게 아니라고 하겠어요? 소문이란   15
추측, 의심, 억측을 소리 내는 피리인데
만지작거리기가 너무 쉽고 간단해서
셀 수 없이 많은 머리 돋아난 둔한 괴물,
즉, 언제나 불화하며 요동치는 대중들이
멋대로 연주할 수 있지요. 하지만 내가 왜   20
식구들 앞에서 낯익은 내 몸을 이렇게
해부해야 하냐고요? 여긴 왜 왔냐고요?

서막 장소 워크워스. 노섬벌랜드 백장의 성 앞.

해리 왕의 승전보다 내가 앞서 뛰는데
그분은 피비린 슈루즈베리 전장에서
나이 어린 핫스퍼와 그 일당을 무찔러   25
다름 아닌 역도들의 피로써 용감한 반역의
불꽃을 껐답니다. 하지만 왜 이런 참말을
처음부터 하겠어요? 내 임무는 헬 왕자가
고귀한 핫스퍼의 노한 칼에 쓰러졌고
국왕은 자신의 용안을 더글러스의 분노 앞에   30
죽을 만큼 아주 낮게 숙였다는 사실을
온 사방에 떠드는 거랍니다. 이 소문이
왕이 싸운 슈루즈베리 전장에서 시작하여
핫스퍼의 아버지, 노섬벌랜드 노인이
꾀병으로 누운 곳, 낡아서 벌레 먹고   35
조잡한 돌로 만든 이 성채에 올 때까지
마을마다 퍼뜨렸죠. 지친 파발 이어지나
아무도 내가 준 소식 말곤 새것을
못 가져온답니다. 소문 귀신 말만 듣고
진짜 손실보다 나쁜 가짜 위안 가져오죠.   40

1막 1장
바돌프 경 등장.

바돌프 경   누가 여기 문지기냐?

1막 1장 장소 워크워스. 노섬벌랜드 백작의 성 앞.

문지기 등장.

백작님 어디 계셔?

| 문지기 | 누구시라 전할까요? |
| 바돌프 경 | 바돌프 경인데 |

백작님께 내가 여기 기다린다 말씀드려.

| 문지기 | 어른께선 정원으로 들어가셨답니다. |

경께서 문에 가서 노크만 하시면   5
직접 답을 하실 것입니다.

노섬벌랜드 등장.

| 바돌프 경 | 백작님이 오셨어. |

(문지기 퇴장)

| 노섬벌랜드 | 웬일인가, 바돌프 경? 지금은 매순간이 |

가공할 행위의 시발점이 될 것일세.
시절이 어지럽네. 분쟁이 수말처럼
배를 가득 채운 뒤 미친 듯이 뛰쳐나가   10
눈앞의 모든 걸 짓밟고 있다네.

| 바돌프 경 | 백작님, |

확실한 슈루즈베리 소식을 가져왔습니다.

| 노섬벌랜드 | 제발 좋은 것이기를! |
| 바돌프 경 | 소원만큼 좋습니다. |

국왕은 죽을 만큼 큰 상처를 입었으며
제 주군인 아드님의 행운으로 해리 왕자가   15
즉석에서 살해됐고, 더글러스 백작 손에
블런트가 둘이나 죽었으며 존 왕자와

웨스트모얼랜드, 스태퍼드는 달아났답니다.
해리 몬머스의 수퇘지, 뚱뚱보 존 경은
아드님의 포로고요. 오, 이처럼 잘 싸우고   20
이처럼 잘 치르고 이처럼 멋지게 잘 이겨
역사를 빛낸 날은 시저의 승리 이래
이제껏 없었어요!

노섬벌랜드   어떻게 알아냈나?
전장을 봤는가? 슈루즈베리에서 왔는가?

바돌프 경   거기서 온 친구와 얘기를 했는데, 백작님,   25
행실 바른 신사에다 가문 좋은 사람으로
이 소문이 사실임을 쾌히 말했습니다.

트래버스 등장.

노섬벌랜드   내 하인 트래버스가 여기 왔군, 지난주
소식을 들으려고 화요일에 보냈는데.

바돌프 경   백작님, 오는 길에 제가 그를 앞섰는데   30
제 말을 재탕할 수 있는 것 말고는 아마도
확실한 건 지니지 못했을 것입니다.

노섬벌랜드   그래, 트래버스, 희소식이라도 있느냐?

트래버스   백작님, 움프레빌 경께서 기쁜 기별 주면서
저를 돌려보냈는데 그분 말이 더 빨라서   35
저를 추월하셨어요. 그런 뒤에 한 신사가
질주에 녹초가 다 된 채 힘겹게 나타나

30행 제가…앞섰는데
바돌프 경과 움프레빌 경(34~36행)이 트
래버스를 만났고 그를 돌려보냈지만 둘

다 그를 앞질러 노섬벌랜드의 성에 먼저
도착했다. 그러나 움프레빌 경은 등장하
지 않는 인물이다. (아든)

피 흘리는 말의 숨을 돌리려고 제 곁에 선 다음
체스터로 가는 길을 물었고 그분에게
슈루즈베리 소식을 제가 강요했습니다.   40
그는 제게 반역의 운세가 좋지 않아
해리 퍼시 청년의 박차가 식었다 했습니다.
그러고는 힘센 말의 머리를 돌린 다음
앞으로 몸을 숙여 뾰족한 뒤꿈치를
불쌍한 야윈 말의 헉헉대는 옆구리   45
깊숙이 찔렀고, 그렇게 출발한 다음엔
앞길을 잡아먹을 것처럼 내달아
더 이상 물어볼 수 없었어요.

노섬벌랜드   하? 또다시!
해리 퍼시 청년의 박차가 식었다 했다고?
뜨거운 박차가 차가운 박차야? 반역의   50
운세가 안 좋다고?

바돌프 경   백작님, 제가 말씀드리죠.
아드님 퍼시 경이 승리하지 않았다면
제 명예를 걸고서 명주실 끈 값에
제 영지를 드릴 테니 그 얘긴 관두시죠.

노섬벌랜드   그렇다면 트래버스가 만났던 그 신사는   55
왜 그런 패전을 말했을까?

바돌프 경   아, 그 친구요?
그자는 남의 말을 훔쳐서 타고 있던
비열한 놈으로 맹세코, 마구잡이 추측을
얘기했습니다. 저 봐요, 소식이 더 왔어요.

50행 뜨거운 박차 해리 퍼시의 별명인 핫스퍼(Hotspur)의 본디 뜻.

모턴 등장.

| 노섬벌랜드 | 그렇지, 이자의 이마는 책의 속표지처럼 | 60 |

노섬벌랜드　그렇지, 이자의 이마는 책의 속표지처럼　　　　60
　　　　　　내용의 비극성을 미리 말해 주고 있네,
　　　　　　도도한 파도가 침탈의 증거를 남겨 놓은
　　　　　　해안의 모습과 꼭 마찬가지로.
　　　　　　모턴은 말하라, 슈루즈베리에서 왔느냐?
모턴　　　　주인님, 전 슈루즈베리에서 달려왔고　　　　　65
　　　　　　얄미운 죽음이 거기서 저희 편을 겁주려고
　　　　　　가장 추한 가면을 썼답니다.
노섬벌랜드　　　　　　　　　　　　아들은, 동생은?
　　　　　　넌 떨고 있구나. 그리고 창백한 네 뺨은
　　　　　　혀보다 심부름을 더 잘하고 있구나.
　　　　　　바로 이런, 이토록 약하고 맥없고　　　　　　70
　　　　　　둔하고 죽음 같고 슬픔에 빠진 자가
　　　　　　한밤중에 프리아모스의 커튼을 젖히고
　　　　　　트로이의 절반이 불탔다고 말하려 했겠지.
　　　　　　근데 왕은 그의 말에 앞서서 불을 봤고
　　　　　　난 퍼시의 죽음을 네 보고에 앞서서 알았다.　75
　　　　　　네 말은 이럴 테지. 아드님은 이랬고 저랬고
　　　　　　동생은 이랬으며 더글러스도 잘 싸웠노라고 ─
　　　　　　허기진 내 귀를 그들의 무용으로 막았겠지.
　　　　　　하지만 결국엔 내 귀를 실제로 막으려고
　　　　　　한숨으로 이런 찬사 다 날려 버리고　　　　　80
　　　　　　'동생과 아들과 모두가 죽었다.'라고 끝내겠지.

72행 프리아모스　트로이 전쟁에서 그리스군과 대적하는 트로이의 왕.

모턴	더글러스 백작과 동생은 사셨어요, 아직은.
	근데 제 주인인 아드님은 ──
노섬벌랜드	그야, 죽었지.

봐라, 의혹의 혓바닥이 얼마나 재빠른지!
몰랐으면 하는 일을 염려하는 사람은　　　　　　　　85
다른 사람 눈에서 그 염려가 현실임을
본능으로 감지하지. 하지만 모턴은 말하라,
이 백작의 예지가 거짓임을 얘기하라,
그럼 난 그 말을 아름다운 수치로 여기고
그런 잘못 범한 너를 부자로 만들겠다.　　　　　　90

모턴　　백작님은 제가 반박하기엔 너무나 크시고
　　　　직관은 너무 옳고 염려는 너무 확실하십니다.

노섬벌랜드　그럼에도 퍼시가 죽었다고 하지 마라.
　　　　네 눈엔 심상찮은 고백이 담겨 있다.
　　　　넌 고개를 가로젓고 진실 털어놓는 걸　　　　95
　　　　공포나 죄로 여겨. 살해당했다면 그리 말해.
　　　　그 죽음을 알리는 혀에게는 잘못 없고
　　　　죄인은 죽은 자는 차갑다 하는 자가 아니라
　　　　죽은 자에 대하여 거짓말을 하는 자다.
　　　　하지만 반갑잖은 소식을 처음 가져온 자는　　100
　　　　손해 보는 임무를 수행할 뿐이고 그 혀는
　　　　떠나가는 친구의 조종으로 기억된 뒤
　　　　음울한 종소리를 영원히 낼 것이다.

바돌프 경　아드님의 죽음을 저는 상상 못 합니다.

모턴　　맹세코 제가 보지 않았으면 하는 일을　　　　105
　　　　억지로 믿으시게 해 드려 죄송하나
　　　　피 흘리는 그분의 상태를 제가 직접 봤는데

지치고 숨이 차서 몬머스의 타격을
겨우 받아쳤으나 그자는 분노하며 재빨리
절대 아니 기죽던 퍼시를 땅에 쓰러뜨렸고   110
그분은 절대 다시 못 일어나셨어요.
한마디로 그분의 죽음은 그분이 기백으로
진영 안의 가장 둔한 농사꾼의 사기까지
불러일으켰건만 일단 알려졌을 땐
최정예 부대원의 열기조차 식혀 버렸답니다.   115
아군은 그분에게 강철 기질 받았는데
일단 그게 그에게서 사라지자 모두들
무디고 무거운 납처럼 다 변해 버렸으니까요.
그리고 자체의 무게를 갖고 있는 물체가
외압을 받았을 때 가장 빨리 날아가듯   120
아군 또한 핫스퍼를 잃은 맘이 무거운데
그 무게에 공포라는 가벼움을 얹었을 때
우리의 병사들이 자신의 안전을 목표로
전장에서 도망친 속도는 과녁 향한 화살보다
덜 빠르지 않았어요. 그럴 때 우스터 어른이   125
너무 일찍 포로가 되셨고 분노한 스코트인,
피투성이 더글러스 백작도 착실한 칼을 들어
국왕 흉내 내는 자를 세 번이나 죽였건만
배짱이 줄어들어 등 돌린 자들의 수치를
영광되게 해 줬는데, 도망을 치다가   130
무서워 넘어졌고 잡혔어요. 결산을 하자면
국왕은 이겼고 재빨리 군사를 내보내
백작님과 맞서려 하는데 그들의 지휘관은
나이 어린 랭커스터와 웨스트모얼랜드

두 사람입니다. 소식은 이게 전부입니다. 135

노섬벌랜드 이 일로 한탄할 시간은 충분할 것이다.

독 속에도 약이 있다. 그래서 이 소식은

내가 건강했더라면 날 병들게 했을 텐데

병들어 있었으니 약간은 건강하게 만들었다.

열병으로 약화된 관절이 힘없는 경첩처럼 140

생명체의 무게 아래 꺾어지던 병자가

발작을 못 참고 간병인의 두 팔에서

불꽃처럼 확 튀어나오듯이 내 사지도 꼭 같이

고통에 곯았다가 이제는 비통에 격노하여

세 배나 강해졌다. 그럼 가라, 나약한 목발아! 145

쇠 비늘로 연결한 내 손목 가리개가 이제는

이 손을 덮으리라. 저리 가라, 환자의 모자야!

정복에 맛 들인 군주들이 노리는 이 머리에

너는 너무 약해 빠진 보호 장식이니라.

이제 내 이마를 쇠로 묶고, 악심 품은 시간이 150

격노한 노섬벌랜드를 무섭게 째리려고

감히 데려올 수 있는 최악의 순간은 오너라!

하늘은 무너져라! 자연은 이제 그 손으로

거친 파도 붙잡아 두지 마라! 질서는 사라져라!

그리고 이 세상은 질질 끄는 연극처럼 155

갈등을 키우는 무대가 되지 말고

맏아들 카인의 한마음이 모두의 가슴속에

군림토록 하여라. 그래서 각자가 마음속에

잔인한 길 정하고 이 거친 장면이 끝난 다음

157행 카인 아담의 맏아들로 동생인 아벨을 죽였다. 창세기 4장 참조.

어둠의 신에게 죽은 자를 묻게 하라! 160

바돌프 경 이 무리한 격정은 어르신께 나쁩니다.

모턴 어르신, 지혜와 당신을 떼어 놓지 마십시오.
당신께서 아끼는 동지들의 온 목숨이
당신의 건강에 달렸는데 이 세찬 감정에
몸을 맡기신다면 나빠질 수밖에 없습니다. 165
백작께선 전쟁의 결과를 헤아려 보셨고
'군사를 모으자.' 하시기 전에 이미
승산을 따져 보셨습니다. 예측을 하셨죠,
아드님이 칼부림 속에서 쓰러질 수 있음을.
위태로운 칼날 위를 걸으며 건너가기보다는 170
떨어지기 십상임을 알고 계셨습니다.
그의 몸에 상처와 자국이 생길 수 있음을
들어서 아셨고 적극적인 기질 땜에
최고 위험 지역으로 내닫는단 사실도요.
그래도 '나가라.'고 하셨죠. 그 어떤 요인도 175
예상은 분명히 했지만 그 도도한 계획을
막을 순 없었지요. 그러므로 이번 일이
아니면 이 용감한 작전으로 생긴 일이
있을 법한 일 이상이 될 수 있겠습니까?

바돌프 경 이 패전에 관여했던 우리들 모두는 180
모험했던 바다가 얼마나 위험한지 알았기에
살아남을 가능성은 열에 하나였습니다.
그럼에도 이득을 바라고 모험을 했으며
두려운 위험의 가능성을 틀어막았는데도
우리는 거꾸러졌으니까 다시 모험하시지요. 185
자, 우린 모두 나갑니다, 몸과 재물 다 바쳐.

모턴   시간이 없습니다. 그리고 고귀하신 백작님,
분명하게 들었고 감히 진실 고하건대
요크의 대주교님께서 잘 무장된 군대 갖춰
일어나셨답니다. 그분은 이중의 보증으로   190
자신의 추종자를 꽉 묶어 놓습니다.
백작님의 아드님은 싸움하는 육신만,
인간의 그림자와 겉모습만 부하로 가졌지요.
왜냐하면 다름 아닌 반역이란 단어가
그들의 몸과 혼을 갈라놓았으니까요.   195
그래서 그들은 불편하게 억지로 싸웠어요,
약 마시듯 말입니다. 그래서 그들의 무기만
저희 편인 것 같았고 그들의 영과 혼은
반역이란 단어가 연못 속의 고기처럼
얼어붙게 했었지요. 근데 이젠 주교께서   200
역모를 종교로 바꿔 놓으셨답니다.
그분은 생각이 진지하고 성스럽다고 알려져
사람들이 몸과 맘을 다하여 뒤따르고,
자신의 봉기를 폼프레 성 돌에서 긁어낸
리처드 국왕의 피에까지 확대하고 있으며   205
싸움의 명분을 하늘에서 끌어오고
그 자신은 거대한 볼링브로크 밑에서
죽을 듯이 헐떡이며 피 흘리는 이 나라를
지키고 있다고 얘기하고 있는데
많고 적은 사람들이 몰려와서 따릅니다.   210
노섬벌랜드   그건 미리 알았지만 솔직히 말하면

204행 폼프레 성   리처드 2세가 암살된 곳.

비통이 닥쳐와 내 맘에서 지워졌다.
함께 들어간 다음 안전과 복수를 얻기 위한
최적의 방법을 모두에게 일러 주자.
파발 편지 준비하고 속히 우군 확보하라,   215
이처럼 적은 때도, 더 필요한 때도 없었다. (함께 퇴장)

1막 2장

존 폴스태프 경, 그의 칼과 방패를 든 시동과 함께 등장.

폴스태프   야, 거인, 의사가 내 오줌이 어떻다고 했어?

시동   그 사람 말이 나리, 오줌 자체는 좋고 건강한 오줌이라
           했어요. 근데 그 주인으로 말하자면 병이 자기가 아는
           것보다 더 많을지도 모른답니다.

폴스태프   온갖 종류의 인간들이 날 조롱하는 데 자부심을 느끼   5
           는군. 이 어리석은 흙뭉치, 인간의 뇌는 내가 발명하거
           나 나 때문에 발명된 것 말고는 웃음을 꾀하는 그 어떤
           것도 발명할 능력이 없어. 난 본디 재치가 있을 뿐만
           아니라 다른 사람들이 재치 있는 까닭이기도 해. 난 자
           기 새끼들 가운데 하나만 빼고 모두를 압도하는 암퇘   10
           지처럼 여기 너 앞에서 걷고 있다. 왕자가 너를 내 시
           동으로 붙인 이유가 나를 돋보이게 하려는 거 말고 딴
           데 있다면, 그럼 난 판단력이 없어. 이 상놈의 밤톨아,
           넌 내 발치에서 시중드는 것보다 내 모자에 매달리는

1막 2장 장소 런던. 길거리.
1행 거인 시동의 작은 몸집을 우스개 조로 지적하는 말.

게 훨씬 더 낫겠다. 난 여태껏 마노 같은 꼬마를 달고   15
다닌 적이 없어. 하지만 난 너를 금도 은도 아닌 더러
운 옷에 박아 네 주인에게 보석으로 쓰라고 되돌려보
낼 거야, — 턱에 아직 솜털도 안 돋아난 네 주인, 소
년 왕자에게 말이다. 그의 뺨보다는 내 손바닥에 수염
이 나는 게 더 빠르겠지. 그런데도 그는 자기 얼굴이   20
금화 얼굴이라고 주저 없이 말할 테지. 하느님은 원하
실 때 그의 얼굴 작업을 끝내시겠지만 아직은 털끝 하
나 잘못된 거 없어. 그는 금화 같은 얼굴을 유지할 수
있을 거야, 이발사가 푼돈이라도 벌 일은 절대 없을 테
니까. 그런데도 자기 아버지의 총각 시절 이래 줄곧 자   25
신은 어른임을 자칭했노라고 거들먹거리겠지. 그는
자기 얼굴값을 하겠지만 난 그 값을 안 쳐줘, 그에게
장담할 수 있어. 석두 아저씨가 내 짧은 외투와 통바지
지을 공단에 대해선 뭐랬어?

시동   나리, 그 사람 말이 바돌프보다는 더 나은 보증인을 세   30
우셔야 한댔어요. 그이와 나리의 증서는 안 받겠답니
다, 담보가 마음에 안 들어서요.

폴스태프   그 자식은 대식가 다이브스처럼 지옥에나 떨어져라!
그 혓바닥은 제발 더 뜨거워지고! 상놈의 간신배 같으
니라고! 예예 하는 불한당 놈이 신사를 그릇 인도해 놓   35
고선 담보 타령을 해! 이런 상놈의 장사치들이 요즘엔
굽 높은 구두만 신고 허리춤엔 열쇠 꾸러미만 차고 다

21행 금화 얼굴
금화에 새겨진 왕의 모습을 가리킨다.
33행 다이브스
거지 나사로 얘기에 나오는 부자.(누가복

음 16장 19-31절) 살았을 때 호의호식하
였으나 죽은 뒤에는 지옥 불 속에서 고통
받으면서, 하느님의 품에 안긴 나사로를
통해 갈증 해소를 요청한다.

닌단 말씀이야. 그래서 누가 그들과 정직한 신용 거래를 마치면 곧이어 담보물 타령을 해야겠단 말이지. 놈들이 내 입을 담보물로 틀어막게 하느니 차라리 거기   40
에 쥐약을 넣으라고 하는 게 낫겠다. 난 그자가 비단 스무 필을 보낼 거라고 기대했는데 (난 정직한 기사니까) 근데 내게 담보를 원해! 좋아, 놈은 담보를 안고 편히 잘 수 있을 거야, 왜냐하면 놈은 아주 큰 오쟁이를 지고 있고 그 때문에 마누라의 바람기가 만천하에 드   45
러나고 있으니까. 그런데도 그걸 못 봐, 벌건 대낮에 그 일이 벌어지고 있는데도. 바돌프는 어딨어?

시동   나리의 말을 사려고 스미스필드로 갔는데요.

폴스태프   난 그를 바울 성당에서 샀는데 그는 스미스필드에서 내 말을 사고 있어. 내가 만약 사창가에서 아내를 얻을   50
수만 있다면 하인에다 말에다 아내까지 두겠네.

수석 판사와 그의 하인 등장.

시동   나리, 바돌프 문제로 자기를 때렸다고 왕자님을 가두었던 귀족이 여기 오네요.

폴스태프   가까이에서 기다려, 그를 못 본 척할 테니까.

수석 판사   저기 가는 사람이 누구냐?   55

하인   죄송하오나 폴스태프입니다.

수석 판사   도둑질 때문에 심문받았던 사람 말인가?

하인   예, 나리. 하지만 그 뒤로 슈루즈베리에서 상당한 공을 세웠고 제가 듣기로는 명을 받고 지금 존 랭커스터 경에게 가고 있는 중입니다.   60

수석 판사   뭐, 요크 읍내로? 그를 다시 소환해라.

하인	존 폴스태프 경!
폴스태프	애야, 난 귀가 먹었다고 해라.
시동	더 크게 말하셔야 합니다, 주인님 귀가 먹어서요.
수석 판사	그런 게 분명하다, 좋은 건 뭐든지 안 들으려 하니까. 65
	가서 팔꿈치를 낚아채라, 그와 얘기를 해야겠다.
하인	존. 경!
폴스태프	허! 어린 녀석이 구걸을 해! 여긴 전쟁도 없나? 일자리
	도 없어? 국왕께선 백성이 모자라지 않으신가? 역도
	들도 군인이 필요하지 않나? 한 편만 빼놓고 아무 편 70
	이나 드는 게 창피스럽긴 하지만 구걸하는 건 최악의
	편에 서는 것보다 더 창피해, 그게 반역하는 놈이 왜
	반역하는지 밝힐 수 있는 것보다 더 나쁘지만 말이다.
하인	저를 잘못 보셨어요, 나리.
폴스태프	왜, 인마, 내가 널 정직한 사람이라고 했어? 내 기사도 75
	와 군인 정신은 접어 두고, 내가 그렇게 말했다면 그건
	새빨간 거짓말이었어.
하인	나리, 그럼 제발 당신의 기사도와 군인 정신은 접어 두
	고, 제가 정직한 사람은 절대 아니라고 하셨다면 그건
	새빨간 거짓말이라고 말하도록 허락해 주십시오. 80
폴스태프	네가 그리 말하도록 허락하라고? 내게서 우러나오는
	걸 접어놓으라고? 내게서 무슨 허락을 받거든 내 목을
	매라. 허락된다면 넌 네 목을 매는 게 좋을 거다. 헛짚
	었어. 저리 가! 꺼져!
하인	나리, 제 주인님께서 얘기하고 싶어 하십니다. 85
수석 판사	존 폴스태프 경, 한마디 나눌까요.
폴스태프	판사님! 모쪼록 좋은 하루 보내시기 바랍니다. 영감께
	서 밖에 나오신 걸 보게 되어 기쁩니다, 편찮으시단 애

길 들어서요. 진찰받고 나다니시기 바랍니다, 영감께 90
선 젊은 시절을 완전히 넘긴 건 아니지만 그래도 약간
나이 든 태가 나고 세월의 소금기가 좀 있으시니까. 그
래서 나리께 참으로 겸허히 간청컨대 건강을 경건하
게 챙기시기 바랍니다.

수석 판사 존 경, 난 당신을 슈루즈베리 전투 전에 불렀는데요.

폴스태프 죄송하지만 전하께선 웨일스에서 좀 불쾌한 일이 있 95
어서 돌아오셨다면서요.

수석 판사 난 전하 얘기를 하는 게 아닙니다. 내가 당신을 불렀을
때 오지 않으려 하셨지요.

폴스태프 게다가 전하께선 이 상놈의 마비 증세를 보이신다면
서요. 100

수석 판사 글쎄요, 신께서 고쳐 주시기를! 제발 대화를 좀 해 봅
시다.

폴스태프 이 마비 증세는 제가 알기로 일종의 무력증으로서 영
감께는 죄송하지만 핏속에 있는 일종의 잠기운, 거 상
놈의 얼얼한 느낌이랍니다. 105

수석 판사 왜 그 얘기를 하지요? 그냥 두시지.

폴스태프 그 병은 커다란 비통과 정신 집중 그리고 뇌의 혼란에
서 생긴답니다. 제가 그런 증상의 원인을 갈레노스의
책에서 읽었는데, 그게 일종의 귀머거리 상태랍니다.

수석 판사 당신이 그 병에 걸렸군요, 내가 하는 얘기를 듣지 않으 110
니까.

폴스태프 아주 좋습니다, 영감님, 아주 좋아요. 죄송하오나 저를

108행 갈레노스 고대 그리스의 의학자. 해부학, 생리학을 발전시켜 그리스 의학
의 체계를 세웠다.

괴롭히는 건 오히려 경청하지 않는 병, 주목하지 않으
려는 질병이랍니다.

수석 판사   당신 발에 족쇄를 채우는 게 귀의 주의력을 높인다면   115
          난 정말 당신의 의사가 되는 것도 개의치 않을 겁니다.

폴스태프   전 욥만큼이나 가난하지만 영감님, 그이만큼 인내심
          은 없답니다. 영감께선 제 궁핍을 빌미로 감옥행이라
          는 약을 처방하시겠지만, 제가 어떻게 당신 환자가 되
          어 당신의 처방을 따라야 할지에 대해서는 현자들도   120
          일말의 의구심을 또는 의구심 그 자체를 정말 느끼겠
          네요.

수석 판사   난 당신의 생사와 관련된 고발이 있어서 나와 얘기하
          러 오라고 당신을 불렀답니다.

폴스태프   그때 저는 군 복무에 관한 법을 잘 아는 변호인의 조언   125
          을 받고서 가지 않았답니다.

수석 판사   글쎄요, 사실은 존 경, 당신은 커다란 오명을 안은 채
          살고 있어요.

폴스태프   제 허리 크기의 띠를 매는 사람이라면 그보다 적은 걸
          안고 살 순 없지요.   130

수석 판사   당신은 재산은 아주 적은데 허비가 많군요.

폴스태프   전 그게 그렇지 않았으면 좋겠어요, 재산은 더 많고 허
          리는 더 적었으면 좋겠습니다.

수석 판사   당신은 젊으신 왕자님을 잘못 이끌었어요.

폴스태프   젊은 왕자님이 저를 잘못 이끌었지요. 전 배가 큰 사람   135
          이고 그는 제 안내견이랍니다.

117행 욥   에 갑자기 모든 것을 빼앗기고 알거지가
구약 성경 욥기의 주인공. 그는 부귀영화   되는 시련을 겪지만 그것을 아무런 불평
를 누리다가 여호와와 사탄의 내기 때문   없이 잘 견딘다.

수석 판사	글쎄요, 난 새롭게 아문 상처를 문지르긴 싫습니다. 당신이 슈루즈베리에서 낮에 거둔 승리가 개즈힐에서 밤에 이룬 위업을 좀 미화해 주었답니다. 그 행위가 조용히 넘어가는 건 소란스러운 시국 덕분이겠지요. 140
폴스태프	영감님! ──
수석 판사	하지만 다 잘됐으니까 그 상태로 두시죠. 잠자는 늑대를 깨우진 마십시오.
폴스태프	늑대를 깨우는 건 의심이 많은 것만큼이나 안 좋습니다.
수석 판사	뭐요! 당신은 거의 다 타 버린 양초 같소. 145
폴스태프	연회용 초랍니다, 영감님, 순 지방으로 만든 거죠. ── 밀랍으로 만든 거라고 했다면 커지는 제 몸집으로 그 사실을 입증했을 겁니다.
수석 판사	당신 얼굴의 흰 털 하나하나는 저마다 진중한 인상을 주어야만 합니다. 150
폴스태프	진국, 진국, 진국 같은 인상이지요.
수석 판사	당신은 젊은 왕자님을 그분의 악한 천사처럼 여기저기 따라다닙니다.
폴스태프	아뇨, 영감님, 악한 천사는 천사라서 가볍지만 전 저를 쳐다보는 사람이 무게를 달지 않고 저를 받아들여 주 155 기 바랍니다. 그럼에도 어떤 점에선 동의해요, 전 걸질 못하니까. 알 수 없는 게 ── 이 장사치의 시절에 덕 있는 사람은 너무나 존중을 못 받아서 진정한 용기를 가진 사람이 곰 조련사가 된답니다. 영민한 사람은 급사

138~139행 개즈힐에서…위업
폴스태프와 그 일당이 『헨리 4세 1부』 2막
2장에서 벌인 강도 사건을 가리킨다.

147행 밀랍
밀랍은 열을 가하면 부풀고, 폴스태프는
이런 성질을 자신의 커다란 몸집에 빗대
어 말한다.

가 되고 그의 빠른 머리는 계산으로 낭비되고 있지요.　160
인간에 딸린 그 밖의 모든 재능은 이 사악한 시절의 영
향으로 반 푼 값어치도 못 된답니다. 영감님 같은 노인
들은 저희 같은 청년들의 능력을 중시하지 않지요. 당
신들은 저희들 간의 열기를 당신들 쓸개의 쓴 맛으로
평가합니다. 그런데 청춘의 최전선에 있는 저희 역시　165
고백해야겠습니다만 장난꾸러기들이랍니다.

수석 판사　당신에겐 노년의 특징이 다 드러나 있어서 늙었다고
여겨지는데 자기 이름을 청춘의 목록에 올려요? 그 눈
은 축축하고 손은 건조하며 뺨은 노랗고 수염은 희며
다리는 줄어들고 배는 커지고 있잖아요? 목소리는 갈　170
라지고 숨은 차며, 턱은 두 겹인데 재치는 홑겹이고 몸
의 모든 부위가 고령으로 망가지고 있잖은가 말이요?
그런데도 자신을 젊다고 할 거요? 에이, 에이, 에이,
존 경!

폴스태프　영감님, 전 오후 3시쯤에 머리는 희고 배는 좀 통통한　175
채로 태어났답니다. 제 목소리로 말하면 찬송가를 외
쳐 부르다가 잃었지요. 제 청춘을 증명하는 일은 더 이
상 않겠습니다. 사실 전 판단력과 이해력에서만 나이
가 들었답니다. 그리고 천 마르크 걸고 저와 뜀뛰기 춤
출 사람 있으면 그 돈 제게 빌려 준 다음 해 보자고 그　180
래요! 왕자가 영감님께 올렸다는 귀싸대기는 그가 거
친 왕자처럼 올린 건데 영감님은 그걸 지각 있는 귀족
처럼 받아들이셨지요. 그 일로 제가 그를 나무랐고 젊
은 사자는 뉘우치고 있으니 — (방백) 웬걸, 삼베옷 입
고 재를 뒤집어쓰는 게 아니라 새 비단옷 입고 묵은 포　185
도주 마시면서 그러지.

수석 판사	글쎄요, 하느님은 왕자님께 더 나은 친구를 보내 주
	소서!
폴스태프	하느님은 그 친구에게 더 나은 왕자를 보내 주소서! 전
	그에게서 손을 뗄 수 없답니다. 190
수석 판사	글쎄요, 국왕께서 당신과 해리 왕자님을 갈라놓으셨
	군요, 듣자하니 당신은 존 랭커스터 경과 함께 대주교
	와 노섬벌랜드 백작에 맞서려 가는 중이라니까.
폴스태프	예, 그건 영감님의 예쁘고 아름다운 기지 덕분이지요.
	하지만 여러분, 집에서 평화 여사에게 키스하는 여러 195
	분 모두는 우리 두 군대가 더운 날 맞닥뜨리지 않도록
	기도해 주십시오, 왜냐하면 맹세코 전 셔츠 두 장만 가
	지고 가고, 그래서 땀을 엄청 많이 흘릴 생각은 없으니
	까요. 날은 더운데 제가 술병 말고 다른 걸 휘두르게
	된다면 다시는 맑은 침을 못 뱉을 수도 있거든요. 위험 200
	한 접전이 벌어지자마자 전 거기로 내던져진답니다.
	글쎄요, 제가 영원히 살 순 없지요. 하지만 우리 나라
	잉글랜드의 변함없는 특기는 뭔가 좋은 게 있으면 너
	무 흔히 써먹는다는 거였지요. 제가 노인이란 말을 하
	셔야 되겠으면 절 좀 쉬게 해 주셔야 합니다. 맹세코 205
	제 이름이 현 상태로 적에게 너무 두렵진 않았으면 좋
	겠네요. ─ 전 영구 운동으로 닳아 없어지는 것보다는
	차라리 녹슬어서 야금야금 죽는 편이 낫겠어요.
수석 판사	글쎄요, 올바르게, 올바르게 처신하고 당신의 출정에
	신의 축복이 있기를! 210

194행 그건…덕분이지요 '상기시켜 줘서 고맙습니다.'라는 비꼬는 말이거나, 자
신과 왕자의 결별에 수석 판사가 책임이 있다는 사실을 암시하는 말이다. (RSC)

폴스태프	제가 장비를 갖추게끔 천 파운드 좀 빌려 주시겠습니까?
수석 판사	일 페니도, 일 페니도 안 됩니다. 당신은 돈을 지니고 있기엔 너무 참을성이 없어요. 잘 가시오. 제 친척 되는 웨스트모얼랜드 백작에게 안부 전해 주시오.

215

(수석 판사와 하인 함께 퇴장)

폴스태프	내가 그럭하면 날 큰 망치로 내려치라지. 인간이 노년과 탐욕을 못 떼어 놓는 건 젊은 육신과 호색을 못 갈라놓는 것과 같아. 하지만 한쪽은 풍으로 고초를 겪고 다른 쪽은 성병으로 고생하지. 그래서 그 두 시절은 내가 저주하기도 전에 이미 저주받았어. 얘!

220

시동	주인님?
폴스태프	내 지갑에 있는 돈이 얼마냐?
시동	사 페니짜리 일곱 개와 이 페니요.
폴스태프	이 지갑 소모 증세를 막아 줄 약을 못 구하겠구나. 빌린 돈으로는 이 병을 질질 끌고 또 질질 끌 뿐인데, 이건 치유 불가능이다. 이 편지를 랭커스터 왕자에게 가져가라. 이건 왕세자에게, 이건 웨스트모얼랜드 백작에게 ─ 그리고 이건 늙은 어설라 여사에게. 내 턱에서 흰 털을 처음 봤을 때부터 난 그녀와 결혼하겠노라고 매주 맹세했단다. 가 봐. 날 찾아낼 곳은 알 테고. (시동 퇴장) 이 염병할 풍 같으니! 아니면 이 풍할 염병 같으니! 왜냐하면 이거 아니면 저게 내 엄지발가락을 작살내니까. 난 머뭇거려도 상관없다, 내겐 전쟁이란

225

230

228행 늙은…여사 이 여자가 폴스태프가 결혼을 맹세한 빨리 여사(Mistress Quickly)인지 아닌지는 명확하지 않다. (아든)

구실이 있고 그래서 내 연금은 더 합당해 보일 테니까.
기지가 뛰어나면 뭐든지 이용하게 마련이다. 난 병을   235
이득으로 바꿀 거야.   (퇴장)

                        1막 3장
               대주교, 토머스 모브레이 사령관,
               헤이스팅스 경 및 바돌프 경 등장.

대주교   자, 이렇게 명분을 들었고 수단을 알았으니
           참 고귀한 친구 분들 모두에게 바라건대
           우리의 전망에 대하여 솔직히 말해 보오.
           그럼 먼저 사령관의 의견은 어떻소?
모브레이   무기를 든 동기는 쾌히 받아들입니다.   5
           하지만 어떻게 우리의 수단으로
           입지를 강화하여 저 국왕의 세력을
           큰 용기와 배짱으로 마주할 것인지
           더 나은 해명을 기꺼이 듣고자 합니다.
헤이스팅스 현재 우리 총 병력은 규모가 커지면서   10
           이만오천 정도의 정예군이 됐습니다.
           그리고 증원군은 대부분 노섬벌랜드 어른이
           보내 주길 바라고 있는데 그분의 가슴은
           타오르는 상처로 들끓고 있답니다.
바돌프 경   그렇다면 문제는 이렇군요, 헤이스팅스 경   15
           현재 이만오천으로 노섬벌랜드 경 없이

1막 3장 장소 요크. 대주교의 관저.

성공할 수 있느냐 없느냐, 그거군요.

헤이스팅스 그분이 있다면 있지요.

바돌프 경 　　　　　　　예, 참, 그게 관건이죠.
하지만 없다면 우린 너무 약하다 생각되고
제 판단엔 그분의 도움을 손에 넣을 때까진　　　　　　20
너무 멀리 나가지 말아야 한다고 봅니다.
사안이 이처럼 피투성이 모습일 땐
불확실한 원조의 추측과 예상과 가정을
막 받아들여서는 안 되기 때문이오.

대주교 딱 맞는 말이네, 바돌프 경, 사실 그게　　　　　　25
슈루즈베리에서 핫스퍼의 사례였으니까.

바돌프 경 그랬지요, 주교님. 그이는 희망에 부풀어
원군을 받으리란 헛된 약속 마시면서
자신이 최소라 생각한 것보다 훨씬 적은
병력을 예상했음에도 득의만면했지요.　　　　　　30
그래서 미친 사람에게나 어울리는
대단한 상상으로 군사들을 사지로 몰았고
눈 감은 채 파멸로 뛰어들었답니다.

헤이스팅스 하오나 실례지만 가능성과 희망을
늘어놓는 것으로 손해 본 적 없는데요.　　　　　　35

바돌프 경 있지요, 만약에 현재의 이 전황은 ——
사실은 지금의 작전은, 내놓은 명분은 ——
너무나 희망에만 의존하여 초봄에 꽃눈을
보는 것과 같으며, 그것이 열매를 맺는 데에
희망은 서리가 그것을 망치리란 절망만큼　　　　　　40
보증이 못 됩니다. 우리가 집 지을 때
우선 터를 조사하고 모형을 그린 다음

그 집의 생김새를 보고 난 다음에
건물을 세우는 비용을 계산해야 하는데,
그것이 능력 밖의 일임을 알아내면   45
방의 수를 줄여서 모형을 다시 그려 보든지
최악의 경우엔 아예 짓지 않는 것 말고는
뭘 한단 말입니까? 이번 대업에서도 우리는 ─
이건 왕국 하나를 거의 부셔 버리고
다른 걸 세우는 일인데 ─ 훨씬 더 철저히   50
상황이란 터전과 집 모형을 살펴보고
확실한 토대에 대하여 동의하고
측량사에게 묻고 우리 재력 알아내고
적군과 대등하게 이런 일을 치르는 게
실제로 가능한지 알아야 합니다. 안 그러면   55
우리는 사람 대신 사람의 이름을 이용하여
종이와 숫자로 세력을 강화하고
지을 능력 넘어서는 집 한 채의 모형을
그려 보는 사람처럼 반쯤만 마친 다음
포기해 버리고 일부만 완성된 고가품을   60
쏟아지는 빗속에, 거칠고 혹독한 겨울철에
벌거벗은 폐기물로 버려두게 된답니다.

헤이스팅스   곱게 태어날 수 있는 우리의 희망이
죽어서 나왔고 지금 우리 수중에는
예상 최대 병력밖에 없다는 걸 인정해도   65
제 생각에 우리의 주력은 현 상태로
국왕과 견줄 만큼 충분히 강하다고 봅니다.

바돌프 경   뭐, 국왕이 가진 게 이만오천뿐이오?

헤이스팅스   우리에겐, 아니, 그만큼도 아니죠, 바돌프 경.

시절이 시끄럽기 때문에 국왕의 군대는 70
셋으로 나뉩니다. 하나는 프랑스에 맞서고
또 하난 글렌다워에 맞서며 셋째는 부득이
우리를 맡아야죠. 그래서 불안정한 국왕은
세 조각이 나 있고 게다가 국고 또한
텅텅 빈 궁핍과 공허의 소리를 낸답니다. 75

대주교　국왕이 흩어진 군사력을 한데 모아
최강의 세력으로 우리와 맞설 일은
두려워할 필요 없네.

헤이스팅스　　　　　만약 그리 움직이면
등 쪽이 무방비 상태로 프랑스와 웨일스가
뒤꿈치에 달려들죠. 그 걱정은 마십시오. 80

바돌프 경　누가 그의 군대를 이리 끌고 올 것 같소?

헤이스팅스　랭커스터, 웨스트모얼랜드, 두 공작이지요.
그 자신과 해리 몬머스는 웨일스군에 맞서고.
하지만 프랑스에 맞설 임무 맡은 자는
확실한 통지가 없습니다.

대주교　　　　　　그럼 나서 봅시다, 85
그리고 무기 든 동기를 공표토록 합시다.
이 나라는 백성들이 원해서 병들었소.
그들의 너무 과한 사랑이 싫증을 불렀지요.
대중들의 마음에 의지하는 사람은
어지럽고 불안정한 거주지를 가졌어요. 90
오, 어리석은 다수여, 너희는 볼링브로크를
너희가 원했던 사람이 되기도 이전에 축복하며
얼마나 요란한 칭찬으로 하늘을 찔렀더냐!
근데 이제 그 욕망이 화려하게 이뤄지자

짐승 같은 너희는 그를 너무 많이 먹어   95
그를 뱉어 내려고 너 자신을 자극한다.
그래, 그래, 똥개들아, 너희는 왕다운 리처드를
그 탐욕스러운 배 속에서 토해 내 버렸는데
이제는 죽은 너희 구토물이 먹고 싶어
찾겠다고 짖고 있다. 이 시국에 뭘 믿지?   100
리처드 생전에 그가 죽길 바랐던 자들이
이제는 그의 묘와 사랑에 빠졌으니.
리처드가 칭송받는 볼링브로크의 뒤꿈치를
한숨으로 뒤따르며 거만한 런던을 지나갈 때
그 멋진 머리에 흙 던졌던 너희가 이제는   105
이렇게 외친다. '오, 대지여, 그 왕 다시 내놓고
이것 데려가소서.' 오, 저주받은 생각이여!
과거와 미래는 최상 같고 현 상태, 최악 같소.

모브레이   군사들을 모으고 진군해 볼까요?
헤이스팅스 우리는 시간에 매였는데 시간이 가랍니다. (함께 퇴장)   110

2막 1장
주모가 두 관리, 독니 및
뒤따르는 함정과 함께 등장.

주모   독니 어른, 고소에 들어갔어요?
독니   들어갔네.

2막 1장 장소 런던. 이스트칩. 곰 머리 선술집 근처.
1행 어른 순경에 지나지 않는 독니에게 너무 높은 존칭. (아든)

주모   조수는 어딨어요? 튼튼한 조수예요? 일할 때 잘 버틸
      까요?

독니   이봐. ── 함정은 어딨나?   5

주모   어머나, 이런! 함정 어른.

함정   여기요, 여기.

독니   함정 순경, 우린 존 폴스태프 경을 체포해야 해.

주모   예, 함정 어른. 내가 그이와 모두를 걸었어요.

함정   이 일로 우리 목숨 몇이 날아갈지도 몰라요, 그가 찌를   10
      테니까요.

주모   아이고, 그 사람 조심하세요. ── 그는 내 집 안에서 날
      찔렀어요, 참말로 아주 짐승같이요. 무슨 상처를 입히
      는지는 상관 안 해요, 자기 무기를 꺼내면 말이지요,
      여느 악마처럼 쑤신답니다. 남자, 여자, 어린애 가리지   15
      않고요.

독니   그와 맞붙을 수 있다면 그가 꽂는 건 관심 없어.

주모   예, 나도 그래요. 난 어른 바로 곁에 있을게요.

독니   그리고 내가 일단 그를 움켜쥐고 그가 이 손아귀에 들
      어오기만 하면 ──   20

주모   그이가 가 버리면 난 끝장이에요, 장담해요, 내게 계산
      할 게 무진진하답니다. 독니 어른, 그를 꽉 잡으세요.
      함정 어른, 도망 못 가게 하세요. 그는 먹자골목에 ──
      두 남자분께 죄송한데 ── 개속 나타나요, 말안장을 사
      려고요. 또 포구 거리 포범 가게에서 비단 장수 매끄럼   25
      씨와 저녁 먹는 데 추대받았어요. 제발이지 내 곳소를

21~26행 그이가…곳소를 주모가 잘못 발음한 말들은 다음과 같다. 무진진─무
진장, 개속─계속, 포범─표범, 추대─초대, 곳소─고소.

받았으니 그리고 내 사건은 세상에 너무 훤히 알려졌으니 자기가 책임지게 데려와 주세요. 백 마르크는 가난하고 외로운 여자가 혼자 견디기엔 너무 큰데 난 견디고 또 견디고 또 견뎠어요, 그리고 속고 또 속고 또 속았어요, 이날에서 그날까지요. 그래서 생각만 해도 부끄럽답니다. 이런 거래에 정직이란 없답니다, 한 여자가 온갖 잡놈들의 나귀, 짐승이 되어 놈들의 해코지를 견디지 않는다면 말이에요.

　　　　　　　폴스태프, 바돌프와 시동 등장.

저기 그이가 옵니다. 그리고 저 딸기코, 순 악질 바돌　　35
프도 함께요. 할 일을 하세요, 할 일을 하세요, 독니 어른, 함정 어른, 나를 나를 나를 위해 할 일을 하세요.

폴스태프　　웬일이야, 누구네 암말이 죽었어? 무슨 일이야?

독니　　존 경, 빨리 여사의 고소로 당신을 체포합니다.

폴스태프　　저리 가, 졸개들아! 바돌프, 칼을 뽑아! 이 악당의 목을　　40
쳐라! 이 계집은 도랑에 처넣고!

주모　　도랑에 처넣어요! 내가 당신을 도랑에 처넣지요. 해 볼래요, 해 볼래요, 이 흉악한 양반아? 사람 죽여요! 사람 죽여! 아, 쌀인 악당 같으니라고, 당신이 하느님과 국왕의 관리를 죽여요? 아, 살언하는 악당! 당신은 살　　45
언자, 남자 살애자 그리고 여자 살애자야.

39행 빨리 여사
이 이름은 『헨리 4세 1부』 3막 3장 86행에서 한 번 나타나고 2부에서는 여기가 처음이다. (아든)

44~46행 아…살애자야
주모는 또다시 몇 단어를 잘못 발음한다. 쌀인―살인, 살언하는―살인하는, 살언자―살인자, 살애자―살해자.

폴스태프	이들 좀 떼 줘, 바돌프!
독니	구조원, 구조원!
주모	여러분, 구조원 한두 개 가져와요. 당신이 어쩌, 당신
	이 어쩌, 당신이 어, 어쩌려고? 해 봐요, 해 봐, 이 사기
	꾼! 해 봐요, 이 실인자야!
시동	저리 가, 이 상것! 이 깡패! 이 냄새 뚱녀야! 등짝이 아
	리게 해 주마!

50

수석 판사와 부하들 등장.

수석 판사	무슨 일이냐? 여봐라, 이곳의 평화를 지켜라!
주모	판사님, 내게 잘해 주세요. 제발 날 받쳐 주세요.
수석 판사	존 경 아닙니까? 왜 여기서 난리를 부리고 있지요? 이
	게 경의 지위, 경의 나이, 경의 업무에 어울립니까? 벌
	써 요크로 갔어야 하잖아요. 이보게, 그에게서 물러서
	게. 왜 그에게 달라붙어 있지?
주모	오, 가장 존경하는 판사님 각하, 황공하지만 난 이스트
	칩의 불쌍한 과붑니다. 그리고 이 사람은 내가 소송을
	걸어 체포됐답니다.
수석 판사	합계 얼마 때문에?
주모	함께보단 많답니다, 판사님, 내 재산 전부 때문이랍니
	다. 이 사람이 내 집과 가정을 먹어 치웠답니다, 내 재
	산을 저 살찐 배 속에 다 집어넣었어요. 하지만 그 가
	운데 얼마를 도로 꺼낼 거예요, 안 그러면 밤에 악귀
	처럼 당신 위에 올라탈 거예요.

55

60

65

51행 실인자 살인자.

폴스태프	내가 그 악귀 위에 올라탈 것 같은데, 오르기 좋은 지
	점이 어디든 있다면 말이지.	70
수석 판사	이게 어찌된 일이오, 존 경? 허! 성품이 좋은 사람치고
	누가 이런 절규의 태풍을 견디겠습니까? 불쌍한 과부
	에게 이렇게 거친 방식으로 자기 것을 강제로 손에 넣
	게 하다니 창피하지도 않소?
폴스태프	내가 자네에게 빚진 게 다 합쳐서 얼마야?	75
주모	그야, 당신이 정직한 사람이라면 당신 자신과 돈을 합
	쳐서죠. 정말 내게 맹세했잖아요, 반 도금한 술잔에 대
	고 돌고래 방 둥근 탁자에 앉아, 석탄불 곁에서 오순절
	주 수요일에, 왕자님 아버지가 윈저의 노래꾼 같다는
	당신 말에 그분이 당신 머리를 깨 놨을 때 — 그때 당	80
	신은 정말 내게 맹세했어요, 난 당신의 상처를 닦아 주
	고 있었는데, 나와 결혼하겠노라고, 나를 당신 아내,
	부인으로 만들어 주겠노라고. 그걸 모른다 할 수 있어
	요? 그때 백정의 아내 키치 안주인이 들어와서 나를
	빨리 아줌마라고 하지 않았어요? — 식초 조금 얻으	85
	러 와서 자기가 새우 요리를 많이 했다고 그랬고 그래
	서 당신이 그걸 좀 먹고 싶어 했고 그래서 내가 그건
	갓 생긴 상처엔 안 좋다고 하지 않았어요? 그리고 당
	신이 안 그랬어요? 그녀가 아래층으로 내려갔을 때,
	내가 그런 가난한 사람들과 더 이상 그렇게 친하지 않	90
	길 바란다고, 머잖아 그들이 날 마님이라 부를 거라면
	서. 그러고는 내게 키스 안 했어요? 그러고는 삼십 실
	링 가져오라 안 했어요? 난 이제 당신에게 성경 맹세
	를 시킬 거예요, 모른다고 할 수 있음 해 봐요.
폴스태프	영감님, 이 인간은 불쌍하게 미쳤는데 읍내 여기저기	95

에서 자기 장남이 영감님과 닮았다고 주장한답니다. 상태가 좋았는데 사실은 가난 때문에 얼이 빠졌답니다. 하지만 이 어리석은 관원들로 말하면 영감님께 간청컨대 제가 그들을 손보도록 해 주십시오.

수석 판사   존 경, 존 경, 난 진짜 이유를 비틀어 가짜로 만드는 당 100
신의 방식에 꽤 익숙하답니다. 자신에 찬 당신의 안색도, 그렇게 넘칠 만큼 뻔뻔스러운 오만과 함께 쏟아져 나오는 당신의 말도 나의 공정한 의견을 막을 수는 없어요. 내가 보기에 당신은 이 여자의 고분고분한 마음씨를 교묘히 이용했고 그녀의 몸과 지갑 양쪽을 당신 105
의 용도에 맞췄군요.

주모   예, 사실입니다, 판사님.

수석 판사   자넨 제발 조용하게. 그녀에게 진 빚을 갚고 또 그녀에게 범한 악행은 되돌리시오. 하나는 본위 화폐로 할 수 있고 다른 하나는 진실된 뉘우침으로 할 수 있을 110
겁니다.

폴스태프   영감님, 이런 책망을 대꾸 없이 듣고 있지만은 않겠습니다. 영감님은 명예로운 용기를 뻔뻔스러운 오만이라 하시는군요. 그래서 누가 절을 한 다음 말이 없으면 그는 고결하군요. 아뇨, 영감님, 공손하게 당신 말을 115
들어야겠지만 사정을 봐 달라고 하진 않겠습니다. 국왕께서 시키신 일을 급히 해야 하니까 이 관원들로부터 저를 꼭 좀 구출해 주시기 바랍니다.

수석 판사   잘못할 권리가 있는 것처럼 말하시네요. 하지만 당신 평판에 맞게 보상하고 이 불쌍한 여자를 만족시키시오. 120

폴스태프   이리 오게, 주모.   (그녀를 한쪽으로 데려간다.)

가위 등장.

수석 판사	그래, 가위 군, 무슨 소식인가?
가위	나리, 국왕과 웨일스 왕세자가 가까이 오셨고
	그 나머진 이 편지에 다 적혀 있습니다. (편지를 준다.)
폴스태프	난 신사라니까!
주모	참말로 전에도 그렇게 말했어요.
폴스태프	난 신사라니까! 자, 그 얘긴 그만해.
주모	내가 밟고 서 있는 이 하늘 같은 땅에 맹세코 은잔과
	주방 양탄자를 할 수 없이 둘 다 잡혀야 되겠네요.
폴스태프	유리잔, 유리잔으로 마시는 게 최고라니까. 그리고 자
	네 벽에는 꽤 가벼운 익살 장면이나 탕아 이야기나 모
	조품 양탄자로 만든 독일식 사냥 장면이 이따위 침실
	걸개, 파리똥투성이 양탄자 천 개의 값어치가 있어. 자
	네가 괜찮다면 십 파운드로 하자고. 자, 변덕만 아니라
	면 자네보다 나은 여자는 잉글랜드에 없어. 가, 세수하
	고 고소를 물러. 자, 내게 이런 변덕 부리면 안 돼, 날
	몰라? 자, 자, 부추김을 받아서 이러는 줄 알아.
주모	부탁해요, 존 경, 그저 금화 스물로 해요, 실은 은잔을
	잡히긴 싫어요, 꼭 그리해 줘요, 잉!
폴스태프	그건 놔둬, 내가 달리 변통해 보지. 자넨 언제나 바보
	같을 거야.
주모	좋아요, 그 돈 해 줄게요, 윗옷을 잡혀서라도. 저녁 먹
	으로 오시면 좋겠는데. 한꺼번에 다 갚을 거지요?

125

130

135

140

131행 탕아 이야기 돌아온 탕아 이야기는 누가복음 15장 11-32절에 나온다.
134행 십 파운드 폴스태프가 주모에게 빌리려는 돈의 액수.

폴스태프	그걸 말이라고 해? (바돌프에게) 이 여자와, 이 여자와
	함께 가! 꽉 잡아, 꽉 잡아! 145
주모	저녁 먹을 때 헤픈 언니도 만나게 해 줄까요?
폴스태프	말은 그만, 걔도 부르자고.

(주모, 독니, 함정, 바돌프와 시동 함께 퇴장)

수석 판사	난 더 나은 소식을 들었다네. .
폴스태프	무슨 소식이지요, 영감님?
수석 판사	국왕께선 오늘 밤 어디에 묵으시나? 150
가워	베이싱스토크에서요, 나리.
폴스태프	영감님, 다 잘되길 바랍니다. 영감님, 무슨 소식이지요?
수석 판사	국왕의 군대는 모두 돌아왔는가?
가워	아닙니다, 보병 천오백과 기병대 오백은
	노섬벌랜드와 대주교에 맞서려고 155
	랭커스터 경 쪽으로 진군해 갔습니다.
폴스태프	국왕께서 웨일스에서 돌아오십니까, 판사님?
수석 판사	자네는 내 편지를 곧 받게 될 것이네. 자 그럼, 나와 함
	께 가 볼까, 가워 군.
폴스태프	영감님! 160
수석 판사	무슨 일입니까?
폴스태프	가워 군, 나와 저녁을 같이하자고 간청해도 되겠나?
가워	전 여기 이 나리의 시중을 들어야만 합니다, 감사합니
	다, 존 경.
수석 판사	존 경, 여기에서 너무 오래 꾸물대는군요, 가는 길에 165
	여러 주에서 군인들을 모으셔야 할 텐데.
폴스태프	나와 함께 식사할 텐가, 가워 군?

151행 베이싱스토크 런던에서 서남쪽으로 46마일 떨어진 곳에 있는 햄프셔의 읍.

수석 판사	어떤 바보 같은 선생이 당신에게 이런 예절을 가르쳤 지요, 존 경?	
폴스태프	가워 군, 이 예절이 내게 어울리지 않는다면 그걸 가르 친 선생은 바보였다네. 이게 올바른 검법이지요, 영감 님. 한 방 맞고 한 방 치고 공평하게 헤어지니까요.	170
수석 판사	주님께서 당신을 깨우쳐 주시길! 당신은 덩치 큰 바보요.	

(함께 퇴장)

2막 2장
헨리 왕자와 포인스 등장.

왕자	허 참, 난 이상하리만치 지겨워.	
포인스	그 정돕니까? 이렇게 지체 높은 분에겐 지겨움이란 놈 이 감히 달라붙지 못하는 줄 알았는데요.	
왕자	내겐 붙었어, 참말로, 그 사실을 인정함으로써 내 품위 가 떨어지겠지만. 내가 약한 맥주를 마시고 싶어 하면 천박해 보이지 않을까?	5
포인스	그야, 왕자님이 그렇게 약한 혼합물을 생각해 낼 만큼 느슨한 마음을 가져선 안 되지요.	
왕자	그렇다면 내 식욕은 왕자답게 얻어진 게 아닌 모양이 야, 맹세코 난 지금 이 불쌍한 것, 약한 맥주가 생각나 니까. 하지만 사실 난 이런 저속한 관심사 때문에 나의 높은 신분이 싫어졌어. 네 이름을 기억하는 게 내겐 얼 마나 큰 치욕이냐! 또는 내일 그 얼굴을 알아보는 것	10

2막 2장 장소 런던. 왕자 저택의 한 방.

도! 또는 네 비단 양말이 몇 켤레인지 주목하는 것도
── 즉, 이것들과 네 것이었던 복숭아 빛깔의 저것들   15
말이야! 또는 네 셔츠 재고를 잊지 않는 것도. ── 예컨
대 하난 여벌이고 다른 하난 입는 거지! 하지만 그건
정구장지기가 나보다 더 잘 알아, 네가 정구채를 거기
에 두지 않을 땐 속옷이 바닥나서 그랬으니까, 네가 한
동안 그랬던 것처럼, 왜냐하면 네 아랫도리 만족에 윗   20
도리 살 돈을 다 써 버렸으니까. 그리고 낡은 네 속옷
으로 만든 배내옷 입고 앙앙대는 것들이 하늘나라로
갈 수 있을지는 아무도 몰라. 하지만 산파들 말이 애들
은 잘못이 없다는구먼. 그래서 인종은 늘어나고 친족
은 막강해지지.   25

포인스   그렇게 힘들게 싸우신 뒤에 이렇게 한가로운 얘기를
하시다니 얼마나 엉뚱합니까! 말해 봐요, 이렇게 행동
하는 착한 젊은 왕자가 몇 명이나 되겠어요, 그들의 부
왕이 왕자님의 경우처럼 지금 아주 편찮으시다면요?

왕자   얘기 하나 해 줄까, 포인스?   30

포인스   예, 진짜로, 뛰어나게 좋은 걸로 해 주시죠.

왕자   재주가 너만 못한 사람들 사이에서 도움이 되는 걸로
해 주지.

포인스   에이, 저도 왕자님의 얘기 하나쯤은 대적할 수 있답니다.

16행 셔츠
양말과 마찬가지로 셔츠도 비싼 물건이
었다. (아든)
18행 정구장
정구는 인기가 있어 런던에는 많은 정구
장이 있었지만 근엄한 시민들은 그것에
눈살을 찌푸렸다. (아든)

24행 잘못이 없다
사생아가 된 것이 그들의 잘못이 아니다.
26행 그렇게…뒤에
『헨리 4세 1부』 5막에서 벌어졌던 슈루즈
베리 전투에서 보인 왕자의 활약상을 말
한다.

| 왕자 | 그렇다면 아버지가 편찮으셔서 내가 지금 슬퍼해야 | 35 |

왕자   그렇다면 아버지가 편찮으셔서 내가 지금 슬퍼해야   35
하는 건 적절치 않다고 얘기해 주지. 비록 더 나은 말
이 없어서 기분 좋게 친구라고 부르는 너에게 난 슬플
수도 있고 또 실제로 슬프다고 얘기해 줄 순 있지만 말
이다.

포인스   거의 안 그러시죠, 그런 일로는.   40

왕자   이 손에 맹세코 넌 내가 나쁜 짓을 고집스레 또 끈질기
게 하는 것으로 악마의 장부에 너나 폴스태프만큼 높
이 적혀 있다고 생각해. 사람은 끝에 가서 판가름 나는
법. 하지만 말이야, 내 가슴은 아버지가 너무 편찮으셔
서 속으로 피 흘리고 있는데 너처럼 더러운 녀석과 동   45
무하는 바람에 내 슬픔을 표현할 방법이 다 없어져 버
렸어, 당연히.

포인스   당연히요?

왕자   내가 울면 넌 날 어떻게 생각할 건데?

포인스   가장 왕자다운 위선자라고 생각할 겁니다.   50

왕자   모두들 그렇게 생각할 거야. 그리고 모두들처럼 생각
하는 넌 축복받은 녀석이야. 이 세상 누구도 그런 생각
의 길을 너보다 더 잘 따르진 못해, 모두들 나를 정말
위선자라고 생각할 테니까. 그런데 가장 존경하옵는
너의 생각님께서는 무슨 연유로 그리 생각하시나?   55

포인스   그야 왕자님이 너무 저속하고 폴스태프에게 너무 착
들러붙어 있으니까 그렇죠.

왕자   너에게도 들러붙었지.

포인스   분명코 전 평이 좋답니다. 이 귀로 들을 수 있는걸요. 그
들이 말할 수 있는 최악은 제가 장남이 아니라는 것과   60
주먹 잘 쓰는 녀석이란 건데, 그 두 가지는 고백건대 제

가 어찌할 수 없답니다. 원 이런, 바돌프가 오는군요.

바돌프와 시동 등장.

왕자 　내가 폴스태프에게 준 애와 함께 왔네. ── 걔를 넘겼
　　　을 땐 기독교인이었는데 이 뚱보 악당이 원숭이로 바
　　　꿔 놓지나 않았는지 살펴봐. 　　　　　　　　　　　　65
바돌프 　신은 왕자님을 지키소서!
왕자 　너도, 가장 고귀한 바돌프 님이여!
포인스 　(바돌프에게) 이리 와, 정숙한 나귀야, 수줍어하는 바보
　　　야, 얼굴을 붉혀야겠어? 이번엔 뭣 때문에 붉히지? 참
　　　으로 처녀 같은 병사가 됐네! 맥주잔 꺾는 일이 그렇게 　70
　　　도 대단해?
시동 　왕자님, 바로 지금도 이 사람이 붉은 격자창 너머로 절
　　　불렀는데 창인지 얼굴인지 알아볼 수 없었어요. 마침
　　　내 그의 두 눈을 찾았는데 제 생각엔 그가 술집 여자의
　　　새 치마에 구멍을 두 개 뚫고 내다보는 것 같았어요. 　75
왕자 　얘가 좀 좋아지지 않았어?
바돌프 　저리 가, 이 상놈의 곧추선 토끼 새끼야, 저리 가!
시동 　저리 가, 이 파렴치한 알타이아의 꿈아, 저리 가!
왕자 　가르쳐 줘, 애야. 무슨 꿈이라고?
시동 　참, 왕자님도, 알타이아가 관솔불을 낳는 꿈을 꿨잖아 　80

78행 알타이아의 꿈
여기에서 시동은 칼리돈의 왕 오이니우
스의 아내인 알타이아와 트로이의 왕 프
리아모스의 아내인 헤카베를 혼동하였
다. 헤카베는 아들 파리스가 태어나기 전
에 관솔불을 낳는 꿈을 꾸었다. 한편 알

타이아는 아들 멜레아그로스가 태어났을
때 그의 수명이 운명의 여신들 옆에 놓인
장작이 다 탈 때까지라는 예언을 듣고 그
장작을 따로 보관하다가 그가 외삼촌들
을 살해하자 그것을 불길 속에 던져 그의
명을 끊었다. (아든)

왕자	요, 그래서 제가 그를 그 여자의 꿈이라고 했답니다.
왕자	금화 한 닢의 가치가 있는 훌륭한 해석이다! 여있다, 애.
포인스	오, 이 꽃망울을 자벌레가 갉아 먹지 않기를! 자, 널 보호해 줄 십자가 은화가 여기 있다.
바돌프	두 분 때문에 이놈이 목매달려 죽지 않는다면 교수대가 욕먹을 겁니다. 85
왕자	그런데 네 주인은 어떻게 지내시나, 바돌프?
바돌프	글쎄요, 왕자님. 왕자님이 읍내로 오신다는 얘기를 그가 듣고서는 —— 여기 편지가 있습니다.
포인스	아주 예의 바르게 전달하는군. 성 마르틴 축일 같은 네 90 주인은 어떻게 지내시나?
바돌프	몸은 건강하십니다.
포인스	참, 의사가 필요한 건 불멸하는 부분이지, 하지만 그것이 그를 움직이진 않아, 또 그것은 병들 순 있어도 죽지는 않아. 95
왕자	난 이 물혹이 나의 개만큼이나 나와 친하다는 걸 인정해, 그리고 그는 자신의 위치를 지켜, 왜냐하면 이거 봐, 그가 뭐라고 썼는지. —— (읽는다.) '존 폴스태프, 기사.'
포인스	모두가 그 사실을 아는 게 틀림없습니다, 그는 자기 이 100 름을 밝힐 기회가 있을 때마다 그렇게 말하니까요, 바로 국왕의 친척들이 그러듯이요. 왜냐하면 그이들은 손가락을 찔를 때면 어김없이 '여기 국왕의 피가 좀 흘

90행 성…축일
마르틴 성자를 기념하는 11월 11일의 축   (아든)
일로 폴스태프의 늦가을 같은 나이와 그   93행 불멸하는 부분
의 풍성함을 동시에 가리키는 것 같다.   그의 영혼.

렀네.'라고 하니까요. 그걸 이해 못 하는 척하며 누가
'어째서 그런가요?'라고 하면 그 대답은 돈 빌리는 사 105
람이 모자를 벗듯이 바로 나오죠. ── '전 국왕의 불쌍
한 친척이랍니다.'

왕자　맞아, 그들은 우리의 친척이 되려고 해, 안 되면 유럽
인의 시조인 야벳까지 끌어오지. 하지만 편지로 돌아
가서. ── '존 폴스태프 기사가 국왕의 아들, 그의 부왕 110
에게 가장 가까운 웨일스 왕세자 해리에게 인사하며.'

포인스　아니, 이건 증명서잖아요!

왕자　쉿! '간결함에 있어서 난 명예로운 로마인을 닮으려
하네.'

포인스　그건 분명 숨의 간결함, 숨찼다는 뜻이랍니다. 115

왕자　'자네에게 안부하네, 자네를 칭송하네, 그리고 떠나네.
포인스와 너무 친하지 말게. 그는 자네의 호의를 너무
남용하여 자네가 자기 누이 넬과 결혼할 거라고 장담
한다네. 한가할 때 뉘우칠 수 있으면 그럭하게. 그럼,
잘 있게. 120
　자네의 것이면서 아닌 잭 폴스태프가 ── 자네가
그를 어떻게 대접하느냐에 따라서 그렇단 말이
지. ── 내 친구들과 더불어, 존이 내 형제자매들과
더불어, 그리고 존 경이 모든 유럽인과 더불어.'

포인스　왕자님, 제가 이 편지를 포도주에 담갔다가 그에게 먹 125
일게요.

왕자　그건 그에게 자기가 뱉은 말을 스무 개나 먹이는 셈이

114행 명예로운 로마인
라케다이몬인의 간결한 말투를 흉내 냈　　는 '왔노라, 보았노라, 이겼노라.'라고 말
던 브루투스, 또는 일반적인 로마인들, 또　한 시저를 가리킨다. (아든)

지. 하지만 네드, 네가 날 이런 식으로 이용해? 내가 네

누이와 꼭 결혼해야겠어?

포인스 신은 그 처녀에게 더 나쁜 운명을 내리진 마소서! 하지   130

만 전 그런 말 절대로 안 했어요.

왕자 글쎄, 우리는 이렇게 시간을 농락하고 있는데 현자들

의 혼령은 구름 위에 앉아서 우릴 조롱하는군. 네 주인

은 여기 런던에 있느냐?

바돌프 네, 왕자님.   135

왕자 그가 어디서 저녁 먹지? 그 늙은 수퇘지가 옛 돼지우

리에서 밥을 먹나?

바돌프 이스트칩에 있는 옛 장소에서요, 왕자님.

왕자 누구와 함께?

시동 유쾌한 옛 패거리와 함께요, 왕자님.   140

왕자 같이 먹는 여자들도 있나?

시동 없습니다, 왕자님, 늙은 빨리 여사 그리고 헤픈 언니

빼고는요.

왕자 그건 어떤 매춘부지?

시동 점잖은 부인으로 왕자님, 주인님의 친척이랍니다.   145

왕자 바로 그게 교구 송아지들이 읍내 황소와 맺고 있는 친

족 관계이지. 그들에게 몰래 다가가 볼까, 네드, 저녁

먹을 때?

포인스 전 왕자님의 그림자랍니다, 따르겠습니다.

왕자 애, 너, 그리고 바돌프, 내가 벌써 읍내에 와 있단 얘기   150

는 네 주인에게 하지 마. — 입 다무는 대가다.

바돌프 전 혀가 없습니다, 왕자님.

시동 제 혀는 다스리겠습니다, 왕자님.

왕자 잘들 가, 가 봐.   (바돌프와 시동 퇴장)

| | 이 헤픈 언니는 갈보임에 틀림없어. | 155 |

포인스 　장담컨대 성 올번스와 런던 사이의 큰길처럼 확 뚫린
　　　　갈보일 겁니다.

왕자 　　폴스태프가 오늘 밤 본색을 드러내는 행동을 하는 걸
　　　　우리가 어떻게 몸을 숨긴 채 볼 수 있지?

포인스 　가죽 반코트에 앞치마를 두 겹으로 두르고 급사가 되 　160
　　　　어 그의 술시중을 드세요.

왕자 　　신이 황소가 된다고? 심각한 하강이야! 그게 조브의
　　　　사례였지. 왕자가 급사가 된다고? 낮아지는 변신, 내
　　　　가 할 거야, 모든 일에 있어서 바보짓은 목적과 균형을
　　　　맞춰야 하니까. 따라와, 네드.　　　　(함께 퇴장) 　165

2막 3장
노섬벌랜드, 노섬벌랜드 부인, 퍼시 부인 등장.

노섬벌랜드 　　사랑하는 아내와 며느리 둘에게 빌건대
　　　　　　　어려운 내 처지를 잘 넘기게 해 주시오.
　　　　　　　지금의 세태와 닮은 얼굴 한 다음
　　　　　　　이 퍼시를 성가시게 하지는 마시오.

노섬벌랜드 부인 　전 그만뒀어요, 더는 얘기 않겠어요. 　　　　5
　　　　　　　맘대로 하시고 지혜의 인도를 받으세요.

노섬벌랜드 　　아아, 친절한 아내여, 내 명예가 저당 잡혀
　　　　　　　직접 가지 않고는 되찾을 방도가 없다오.

162행 황소가 된다　조브(주피터)는 유로파를 유혹하기 위하여 황소로 변신하였다.
2막 3장 장소　워크워스. 노섬벌랜드의 성.

퍼시 부인	오, 하지만 제발 이 전쟁엔 나가지 마세요!
	거기에 지금보다 더 필요했을 때도
	약속을 어기신 적 있었죠. 아들인 퍼시가

오, 하지만 제발 이 전쟁엔 나가지 마세요!
거기에 지금보다 더 필요했을 때도   10
약속을 어기신 적 있었죠. 아들인 퍼시가
제 마음의 해리가 아버지가 몰고 오는
군대를 보려고 여러 번 북쪽으로 눈길을
던진 때가 있었어요, 헛된 바람이었지만.
그때는 누구의 설득으로 집에 남으셨나요?   15
두 명예를, 당신 것과 아들 것을 잃으셨죠.
당신 것은 하늘의 신께서 빛나게 하소서!
그의 것은 잿빛 천장 한가운데 태양처럼
그에게 고정되어 있었고, 그 빛 덕에
모든 잉글랜드 기사단이 용감한 행동을   20
하게 되었답니다. 그는 진정 거울로서
그를 보고 고귀한 청년들이 옷을 입었었지요.
모두에게 자신의 걸음을 걷도록 만들었죠.
서두르는 말 또한 타고난 결함이었으나
용맹한 사람들의 어투가 됐답니다.   25
낮고 또 느리게 말할 수 있었던 사람들도
그이처럼 되려고 그들의 완벽한 언어를
오용했으니까요. 그래서 말씨와 걸음걸이
음식과 즐거움의 취향에 있어서나
군대의 규칙이나 기질에 있어서나   30
그이는 다른 사람 빚어내는 표적, 거울,
모범과 교본이었어요. 그런데 — 오, 놀라운 분!
오, 인간 중의 기적을! — 당신은 버렸어요,
일인자였으나 일인의 도움을 못 받은 채
불리한 상황에서 무서운 전쟁 신을   35

200   헨리 4세 2부

바라만 보라고, 오로지 핫스퍼란 이름만
방어력이 있는 것 같았던 전장에서
버티어 보라고요. 그렇게 버리셨죠.
그이보다 다른 사람들에게 당신의 명예를
더 꼼꼼히 지키는 모욕을 그이의 영혼에게   40
절대, 오, 절대 주지 마세요! 그들은 놔두세요.
사령관과 대주교는 강한 분들입니다.
고운 저의 해리가 그들 수의 절반만 있었어도
저는 오늘 핫스퍼의 목을 잡고 몬머스의
무덤 얘기 했겠지요.

노섬벌랜드   네 마음이 안쓰럽다.   45
고운 내 며느리야, 너는 내 혼을 뽑아
옛 실수를 새로이 통탄케 하는구나.
하지만 내가 가서 위험을 거기서 안 맞으면
그것이 채비를 더 못 갖춘 나를 찾아
다른 데로 올 것이다.

노섬벌랜드 부인   오, 스코틀랜드로 달아나요,   50
귀족들과 무장한 평민이 자기들의 능력을
조금만이라도 시험해 볼 때까지.

퍼시 부인   그들이 왕에게서 유리한 고지를 확보하면
그때 힘을 합치세요, 강한 것을 보강하는
철골조처럼요. 하지만 저희 사랑 살피시어   55
그들 먼저 해 보게 하세요. 아들도 그리했고
그리하게 놔뒀으며 그래서 전 과부 됐고
앞으로 제 눈으로 기억에 눈물 뿌려
그것이 저 높은 하늘까지 자라고 뻗어 올라
고귀한 남편을 기념할 수 있을 만큼   60

	충분히 긴 삶을 저는 절대 못 삽니다.
노섬벌랜드	자, 자, 나와 함께 들어가자. 내 마음은

충분히 긴 삶을 저는 절대 못 삽니다.

노섬벌랜드 자, 자, 나와 함께 들어가자. 내 마음은
최고조에 다다른 조수처럼 가만 서서
어느 한쪽으로도 흐르지 않는구나.
기꺼이 대주교를 만나러 가고는 싶지만   65
수천 가지 이유가 날 못 가게 붙잡는다.
스코틀랜드로 정하겠다. 난 거기 있을 테다,
시간과 이점이 동무하자 애원할 때까지.   (함께 퇴장)

2막 4장
프랜시스와 다른 급사 두 명 등장.

프랜시스 도대체 저기다 뭘 갖다 줬어 — 마른 사과야? 존 경이
마른 사과 못 견뎌 하는 거 알잖아.

급사 2 젠장, 맞는 말이야. 왕자님이 한번은 그이 앞에 마른
사과 한 접시를 갖다놓고 말하기를, 여기 존 경이 다섯
개나 더 있네, 그랬어. 그러고는 모자를 벗으면서, '난   5
이제 이 마르고 둥글고 늙고 쭈그러든 기사 여섯에게
작별을 고합니다.'라고 했지. 그 때문에 그이는 뼛속까
지 화가 났지만 잊어버렸어.

프랜시스 그렇다면 상을 차리고 그건 내려놓고 스니크 악단을
찾아 봐. 헤픈 언니가 음악을 좀 듣고 싶어 해.   10

셋째 급사 등장.

2막 4장 장소 런던. 이스트칩에 있는 선술집.

급사 3   서둘러! 그들이 저녁 먹은 방이 너무 더워, 그들이 바
         로 들이닥칠 거야.

프랜시스   이봐, 왕자님과 포인스 도련님이 곧 여기로 와 가지고
         우리의 반코트와 앞치마 두 벌을 걸치실 거야. 그런데
         존 경이 이 사실을 알아선 안 돼, 바돌프가 그랬어.   15

급사 3   틀림없이 옛 굿판이 벌어질 테고 그건 뛰어난 계략이
         될 거야.

급사 2   난 스니크 악단을 찾아볼게.   (위이터 3과 함께 퇴장)

                    빨리 주모와 헤픈 언니 등장.

주모   정말로 언니야, 내 생각에 지금 넌 기분질이 엄청 좋은
         것 같아. 맥팍은 염통이 원하는 만큼 증상적으로 뛰고   20
         있고 색깔은 분명코 어느 장미만큼이나 붉어, 정말이
         야, 잉! 하지만 넌 진짜 단 포도주를 너무 많이 마셨어.
         근데 그게 놀랄 만큼 파고드는 포도주야, 그리고 사람
         핏속에 향기를 풍겨, '이게 뭐지?'라고 하기도 전에. 이
         젠 좀 어때?   25

헤픈 언니 아까보다 더 좋아. ── 으흠!

주모   그래, 말 잘했어. ── 좋은 마음은 금값이야. 저 봐, 존
         경이 왔어.

                    폴스태프, 노래하며 등장.

19~20행 정말로…뛰고 주모가 잘못 발음한 말들은 다음과 같다. 기분질─기분,
맥팍─맥박, 증상적으로─정상적으로.

                                              2막 4장   203

폴스태프	'아서 왕이 처음으로 궁정에서' ── 이 요강 좀 비워라.
	(프랜시스 퇴장) ── '훌륭한 왕이었을 때' ── 잘 지냈어, 30
	언니야?
주모	헌기증이 났어요, 암, 참말이지.
폴스태프	이런 부류의 여자들은 다 그래, 일거리가 없으면 현기
	증이 나지.
헤픈 언니	염병에나 걸려라, 이 더러운 불한당, 날 위안해 줄 게 35
	그런 말뿐이에요?
폴스태프	자네가 만드는 건 뚱뚱한 불한당이야, 언니야.
헤픈 언니	내가 만들어요? 과식과 병 때문이지 나 때문은 아녜요.
폴스태프	요리사가 과식하게 만든다면 자네는 병나게 만들어,
	언니야. 우린 자네한테서 옮잖아, 언니야, 옮잖아. 인 40
	정해, 이 딱한 정숙 씨야, 인정해.
헤픈 언니	예, 기쁨 씨, 우리한테서 목걸이와 보석을 옮겨 갔죠.
폴스태프	'자네들의 브로치, 진주, 보석 같은 물집'이지. ── 왜
	냐하면 용감하게 싸운다는 건 절뚝거리며 나온다는
	거 알잖아. 터진 성벽에서 용감하게 구부러진 창 들고 45
	나온다는 건, 용감하게 수술받고 용감하게 화약고로
	돌진한다는 건 ──
헤픈 언니	목이나 매요, 이 진흙탕 붕장어 양반아, 목이나 매!
주모	정말이지 옛날에도 이랬어. 두 사람은 만나기만 했다
	하면 불화를 일으킨다니까. 둘 다 진짜로 바싹 구운 빵 50
	두 쪽만큼이나 생깔 부려. 서로의 약찜을 못 참잖아.

32행 헌기증 현기증.
43행 물집 성병의 한 증상.   들릴 수 있는 말.
44~47행 용감하게…돌진한다는   51행 생깔, 약찜
전쟁의 비유이면서 동시에 음담패설로   성깔과 약점을 잘못 발음한 것.

제기랄! 한 사람은 참아야 하는데 (혜픈 언니에게) 근데
그게 너여야 한다고. — 너는 더 약한 그릇, 말마따나
더 빈 그릇이니까.

혜픈 언니   약하고 빈 그릇이 이렇게 엄청나게 크고 꽉 찬 통을 감   55
당할 수 있겠어? 이 사람 안에는 장삿배 한 척만큼의
보르도산 포도주가 들었어. 이보다 속을 더 많이 채운
짐배는 본 적이 없을걸. 자, 내가 당신과 친구할게요,
잭, 당신은 전쟁에 나가요, 그리고 내가 당신을 다시
볼지 말지는 누구도 신경 쓸 일이 아녜요.   60

급사 등장.

급사   나리, 피스톨 기수가 아래층에 와 있는데 나리와 얘기
하고 싶답니다.

혜픈 언니   목매달아 버려요, 허풍쟁이 불한당 같으니, 이리로 못
오게 해요. 잉글랜드에서 입이 가장 험한 놈이에요.

주모   놈이 허풍 치면 이리 못 오게 해요. 안 돼요, 맹세코! 난   65
이웃들하고 살아야 해요, 허풍쟁이들은 못 받아요. 난
아주 최고 손님들에게 이름과 평판이 있단 말이에요. 문
을 닫아, 허풍쟁이들은 여기 못 들어와. 이제 와서 허풍
을 받자고 여태껏 살아오진 않았어요. 문 닫아요, 제발.

폴스태프   말 좀 들을래, 주모?   70

주모   제발 진정해요, 존 경, 허풍쟁이는 여기 못 온다니까요.

폴스태프   말 좀 들을래? 그는 내 기수야.

주모   가당찮아요, 존 경, 그만 소리 마요. 당신 기수라도 허

53행 더…그릇 성경에서 여자를 일컫는 말.(베드로전서 3장 7절)

풍 떨면 이 문 안에 못 들어와요. 내가 그저께 폐병쟁 75
이 보안관을 봤는데 그이가 말하기를 — 그게 지난 주
수요일보다 오래진 않았죠, 참말로 — '이웃집 빨리
여사'라고 하면서 — 그때 묵묵 목사님도 옆에 있었어
요. — '이웃집 빨리 여사'라고 하면서 '예의 바른 사람
들을 받아들이게, 왜냐하면' 그이 말인즉슨 '자네 이름
이 안 좋게 났으니까.' — 그이가 그랬는데 이제 왜 그 80
랬는지 알 수 있네요. '왜냐하면' 그러면서, '자네는 정
숙한 여자이고 다들 좋게 생각하니까 어떤 손님을 받
는지 주의하게. 허풍쟁이 친구들은' 그이가 말하기를
'받지 말게'라고 했어요. 아무도 여기 못 와요. 당신이
그이 말을 들었다면 기뻐했을 거예요. 안 돼요, 허풍쟁 85
이는 안 받을 거예요.

폴스태프 그는 허풍쟁이가 아니라, 주모, 온순한 사기꾼이야, 실
은 자넨 그를 새끼 사냥개처럼 부드럽게 쓰다듬을 수
있어. 그는 뿔닭 암컷에게 허풍을 떨진 않을 거야, 깃
털을 젖히고 저항하는 기색을 좀이라도 보인다면 말 90
이지. 불러와, 급사. (급사 퇴장)

주모 사기꾼이라고 했어요? 난 정직한 사람에게 이 집 문을
닫진 않을 거예요, 사기꾼도 마찬가지고, 하지만 허풍
쟁이는 좋아하지 않아요, 맹세코, 난 누가 '허풍 떤다.'
라고 하면 더 나빠져요. 느껴 봐요, 여러분, 내가 얼마 95
나 떠는지 보세요, 장담해요.

헤픈 언니 그러네, 주모 언니.

89행 뿔닭 암컷 극작가들은 뿔닭 암컷을 여성을 비하하는, 때로는 창녀라는 뜻
으로 쓴다. 폴스태프도 아마 이를 염두에 둔 것 같다. (아든)

주모	그래? 암, 아주 진짜로 그렇지, 마치 사시나무 잎처럼. 난 허풍쟁인 못 참아.

피스톨 부관, 바돌프와 시동 등장.

피스톨	신의 가호를 빕니다, 존 경!	100
폴스태프	잘 왔어, 피스톨 부관. 자, 피스톨, 내가 포도주 한 잔 장전하지. 주모에게 발사해.	
피스톨	그녀에게 발사하겠습니다, 존 경, 두 발 넣고.	
폴스태프	이 여자는 방탄녀야, 아마 상처를 입히지도 못할 거야.	
주모	이봐요, 난 방탄도 총알도 안 마셔요. 몸에 좋은 만큼 이상은, 누구 기뻐하라고는 안 마셔요, 난.	105
피스톨	그렇다면 헤픈 언니에게! 언니에게 쏠게.	
헤픈 언니	내게 쏴? 난 널 깔봐, 이 치사한 녀석아. 뭐야, 이 가난 하고 천하고 불한당 같고 속이고 옷도 없는 자식아! 저 리 가, 이 곰팡내 나는 놈아, 저리 가! 난 네 주인만 상 대해!	110
피스톨	난 당신을 알아, 헤픈 언니야.	
헤픈 언니	저리 가, 이 소매치기 불한당, 더러운 날치기야, 저리 가! 이 포도주에 맹세코, 네놈이 뻔뻔스러운 장난을 친 다면 내 칼을 그 곰팡내 나는 턱주가리에 쑤셔 박을 테 다. 저리 가, 이 싸구려 불한당, 이 뺑치고 김빠진 사기 꾼 놈아! 안 꺼질래, 너? 부탁인데 언제부터 네놈이? 맙 소사, 어깨에 끈을 두 개나 달았어? 대단해!	115
피스톨	신이 내 목숨을 거둔대도 이번 일로 당신 치맛단을 찢 어 놓고 말 테야.	120
폴스태프	그만해, 피스톨! 여기에서 싸지는 말았으면 좋겠어. 이	

모임에서 몸을 빼게, 피스톨.

주모   안 돼, 피스톨 소대장, 여기선 안 돼, 소대장님.

헤픈 언니   소대장! 이 고약하고 괘씸한 사기꾼아, 소대장이라고
불리는 게 창피하지도 않아? 소대장들이 내 마음과 같   125
다면 널 두들겨 쫓아냈을 거야, 자기네 이름을 얻기도
전에 가져다 쓴 죄로. 네가 소대장이라고? 이 노예가!
뭘 했다고? 불쌍한 창녀 치맛단을 매음굴에서 찢었다
고? 이자가 소대장이라고? 이 악한의 목을 매야지요,
이놈은 곰팡내 나는 자두 튀김과 과자 부스러기나 먹   130
고 산답니다. 소대장이라고? 맙소사, 이런 악당 놈들
은 그 이름을 '따먹다.'라는 말만큼 역겹게 만들 거예
요, 그 말도 타락하기 전에는 빼어나게 좋았는데. 그러
니까 소대장들은 조심할 필요가 있어요.

바돌프   제발 내려가지그래, 착한 부관.   135

폴스태프   잘 들어 봐, 헤픈 언니야.

피스톨   난 안 가! 이보게 바돌프 하사, 난 이 여자를 찢어 놓을
수 있었어! 이 여자에게 복수할 거야.

시동   제발 내려가세요.

피스톨   이 여자가 영벌받는 걸 먼저 볼 거야! 플루톤의 영벌   140
받은 호수에서, 이 손에 맹세코, 에레보스와 지독한 고
문도 함께 있는 지옥 깊은 곳에서! 낚싯대를 꽉 잡으란
말이야! 내려가라, 내려가, 개새끼들아! 내려가라, 협
잡꾼들아! 여기엔 칼도 없나?   (자기 칼을 뽑는다.)

140~141행 플루톤…에레보스
전자는 저승의 신 하데스의 호칭이고 후
자는 창조 설화에서 죄인 또는 모든 죽은
자가 살고 있다고 여겨지는 지하의 암흑

계이다. 이어서 등장하는 '낚싯대'는 플루
톤의 호수를 그리고 '개새끼들'은 머리가
셋 달린 지옥의 문지기 개, 케르베로스를
연상시킨다.

주모　피스톤 소대장, 조용해, 아주 늦은 시간인데. 참말로, 145
　　　이제 간칭컨대 화를 좀 악화시켜.

피스톨　이게 진짜 제대로 된 성질이야! 짐말과
　　　아시아의 속 비고 한껏 먹인 핫길 말들,
　　　하루에 십 리도 못 가는 것들이 자신을
　　　시저와 한니손, 트루이 그리스인들과 비교해? 150
　　　아니, 차라리 놈들을 케르베로스 왕과 함께
　　　영벌에 처하고 하늘은 으르렁대라고 해!
　　　우리가 티끌 땜에 다퉈야 해?

주모　참말로 소대장, 이거 아주 쓰디쓴 말이네.

바돌프　떠나게, 착한 기수, 이건 곧 싸움으로 변질 거야. 155

피스톨　사람들은 개처럼 죽어라! 왕관을 옷핀처럼 나눠 줘라!
　　　여기엔 칼도 없나?

주모　맹세코, 소대장, 여기에 그런 여잔 없어. 제기랄, 내가
　　　있는데 없다고 할 것 같아? 제발 좀 조용해.

피스톨　그럼 먹고 살쪄요, 고운 칼리폴리스여, 160
　　　자, 우리에게 포도주 좀 줘요.
　　　'운명은 날 고문혀도 희망 있어 만족혀라.'
　　　일제 포격 겁내요? 아뇨, 마왕더러 쏘라 해요!
　　　포도주 좀 줘요. 자기야, 거기 누워!

144행 칼
'칼'의 약간 엇나가면서 센 발음.
145행 피스톤
피스톨(권총)의 성적인 연관성이 보다 강
화된 이름.
146행 간칭컨대…악화시켜
'간청컨대'와 '약화시켜'를 잘못 말한 것.
150행 한니손, 트루이
'한니발'과 '트로이'를 잘못 말한 것. '트루
이 그리스인들'은 트로이 성을 함락시키
려는 그리스인들과 트로이 사람들을 섞
어 말한 결과.
151행 케르베로스 왕
피스톨은 지옥의 문지기 개, 케르베로스
에게 왕의 자격을 부여한다. (아든)
160행 칼리폴리스
조지 필의 야단스러운 비극 『알카사르 전
투』에 나오는 인물.

(자기 칼을 내려놓는다.)

이게 우리 종점이야? 이 헛구멍들은 헛것이고? 165

폴스태프 피스톨, 나 같으면 입 다문다.

피스톨 친절한 기사여, 그대 주먹에 키스합니다. 아니! 우린
북두칠성을 봤어요.

헤픈 언니 제발 이 사람 아래층으로 밀어 버려요. 이런 헛소리하
는 불한당은 못 참아 주겠어요. 170

피스톨 아래층으로 밀어 버려? 우리가 갈보들을 몰라 본다고?

폴스태프 아래층으로 던져 버려, 바돌프, 널빤지 위를 굴러가는
동전처럼. 그래, 그가 헛것밖에 할 것이 없다면 여기에
서 그는 헛것이 될 거야.

바돌프 자, 아래층으로 내려가지. 175

피스톨 뭐! 우리가 피를 봐요? 우리가 피 흘려요?

(칼을 재빨리 집어 든다.)

그러면 죽음은 날 재우고 슬픈 나날 줄여 다오!
자 그럼, 비통하고 처참하고 쩍 벌어진 상처로
세 자매의 힘을 뺏자! 자, 아트로포스여, 잘라라!

주모 이거 꽤 큰 일이 벌어지겠네! 180

폴스태프 애, 내 칼 이리 줘.

헤픈 언니 빌게요, 잭, 빌게요, 칼 뽑지 마세요.

폴스태프 (뽑으면서) 아래층으로 내려가.

162행 운명은…만족혀라
피스톨이 유식한 체하려고 스페인어, 이
탈리아어, 프랑스어를 섞어 말한 좌우명
을 약간 우스꽝스러운 우리말로 옮긴 것.
167~168행 우린…봤어요
피스톨의 말은 그들이 한밤중에 즐거운
시간을 가졌다는 뜻이다. (아든)

179행 세 자매
운명의 세 여신인 클로토, 라케시스, 아트
로포스를 말한다. 첫째는 생명의 실이 감
긴 방추를 들고 있고 둘째는 그 실을 적당
한 길이로 잡아당기며 셋째는 그것을 자
른다.

주모 이거 꽤나 큰 소동이네! 이런 난리 북새통에 말려들기
      전에 여관 일을 관두고 말 거야! (폴스태프가 피스톨을 찌   185
      른다.) 저런! 살인이야, 이젠 분명해! 아이고, 아이고,
      그 벌거벗은 무기 좀 집어넣어요, 그 벌거벗은 무기 좀
      집어넣어요.   (바돌프, 피스톨을 쫓아내면서 퇴장)
헤픈 언니 빌게요, 잭, 조용히 해요, 불한당은 갔어요. 아, 이 상
      놈의 쬐금 용감한 악당 양반아!   190
주모 사타구니 안 다쳤어요? 놈이 당신 배를 심술궂게 찌른
      것 같았는데.

                    바돌프 등장.

폴스태프 문밖으로 내쫓았어?
바돌프 예, 그럼요, 불한당이 취했어요. 당신이 그에게 상처를
      입혔어요, 어깨에.   195
폴스태프 불한당이 내게 맞서다니!
헤픈 언니 아, 이 달콤한 꼬마 불한당, 당신! 아아, 불쌍한 원숭
      이, 땀 흘리는 것 좀 봐! 자, 얼굴 닦아 줄게요. 자 어서,
      이 상놈의 통통 볼따구니! 아, 불한당, 참말로 당신을
      사랑해요. 당신은 트로이의 헥토르처럼 용감해요, 아   200
      가멤논 다섯의 가치가 있으며 아홉 영웅호걸보다 열
      배나 더 나아요. 아이, 이 악당!

200~201행 헥토르…아가멤논
트로이 전쟁에서 트로이의 최고 영웅과   스 시저)와 세 명의 유대인(여호수아, 다
그리스군의 총사령관을 가리킨다.   윗, 마카비의 유다) 및 세 명의 기독교인
201행 아홉 영웅호걸   (아서, 샤를마뉴, 고드프루아 드 부용)을
세 명의 이교도(헥토르, 알렉산더, 줄리어   가리킨다. (아든)

시동	나리, 악사들이 왔습니다.
폴스태프	연주하라고 해. 연주하게! (음악) 내 무릎에 앉아, 언니

야. 떠벌리는 깡패 노예 같은 놈! 그놈은 수은처럼 도   205
망갔어.

혜픈 언니   참말이에요, 그리고 당신은 교회처럼 뒤따라갔고요. 이
상놈의 작고 아담한 바돌로매 어린 수퇘지 같은 양반
아, 낮에는 싸움질하고 밤에는 쑤시는 일을 언제 그만
두고 하늘 향해 그 늙은 몸을 추스르기 시작할래요?   210

뒤에서 왕자와 포인스, 급사로 가장하고 등장.

폴스태프	쉿, 언니야, 해골처럼 얘기하지 마, 나의 최후를 떠올

리게 하지 말라고.

혜픈 언니	이봐요, 왕자는 성격이 어때요?
폴스태프	얇고 어린, 좋은 녀석이지. 주방 하인 일은 잘했을 거

야, 빵은 잘 썰었을 거야.   215

혜픈 언니	소문에 포인스의 기지가 뛰어나다던데요.
폴스태프	기지가 뛰어나다고? 목이나 매라고 해, 원숭이 정도

야! 놈의 기지는 튜크스베리 겨자만큼이나 숨 막혀. 나
무망치만큼의 재주도 없단 말이야.

혜픈 언니	그럼 왕자는 왜 그를 좋아하죠? 220
폴스태프	그야 두 사람의 다리 굵기가 같으니까, 또한 놈이 공을

208행 바돌로매…수퇘지 성 바돌로매 축일(8월 24일)에 열리는 장터는 돼지고
기를 다듬고 요리하기 좋은 곳이었다. (아든)

잘 던지니까, 식초에 절인 붕장어 먹고 불타는 술잔 속
의 건포도를 마시니까, 애들과 말타기 놀이 하니까, 의
자 위에 뛰어오르고 우아하게 욕하고 구두 가게 견본
다리처럼 장화를 아주 매끄럽게 잘 신고 조심스러운   225
얘기 할 땐 딴소리하지 않으니까, 그 밖에도 얕은 머리
에 몸만 유능하다는 걸 보여 주는 다른 뛰놀기 실력을
가졌으니까, 그래서 왕자가 그를 받아들였어, 왜냐하
면 왕자 자신이 그놈과 꼭 같으니까. 둘의 무게 차이는
머리카락 한 올이 좌우할 거야.   230

왕자   이 바퀴통 녀석의 귀를 잘라야 하는 거 아냐?

포인스   자기 창녀 앞에서 패 주기로 하지요.

왕자   이 쭈그렁 늙은이의 머리카락을 앵무새 발가락이 헝
        클어 놓는 꼴 좀 봐.

포인스   실현도 못 하는 욕망을 이토록 여러 해 간직하고 있다   235
        는 게 신기하지 않습니까?

폴스태프 키스해 줘, 언니야.

왕자   올해는 늙은이 토성과 예쁜이 금성이 같이 떴네! 달력
        에는 어떻게 돼 있어?

포인스   게다가 그의 하인, 불 같은 삼각궁이 자기 주인의 낡은   240
        장부, 그의 공책, 그의 비밀지기에게 속삭이는 꼴 좀
        봐요.

폴스태프 자넨 기분 좋게 쪽쪽 키스를 해 주는군.

헤픈 언니	참말로 난 당신에게 가장 변함없는 마음으로 키스해요.
폴스태프	난 늙었어, 늙었어. 245
헤픈 언니	난 비열한 어린애들 모두를 사랑하는 것보다 당신을 더 사랑해요.
폴스태프	옷 한 벌, 무슨 감으로 할래? 내 돈은 목요일에 나와, 모자는 내일 사 줄게. 흥겨운 노래를 불러라! 자, 시간이 늦었어. 우린 침실로 갈 거야. 내가 떠나면 넌 나를 250 잊겠지.
헤픈 언니	정말로 그렇게 말하면 난 당신 때문에 울 거예요. 당신이 돌아올 때까지 내가 멋진 옷 한 번이라도 입는지 확인해 봐요. ─ 글쎄, 두고 봐요.
폴스태프	포도주 가져와, 프랜시스. 255
왕자·포인스	(앞으로 나오며) 곧 갑니다, 곧 가요.
폴스태프	하! 이건 국왕의 후레자식? 그리고 자넨 포인스의 동생 아냐?
왕자	아니, 이 죄악으로 가득 찬 지구본아, 어찌 이리 산단 말인가! 260
폴스태프	자네보단 낫지. ─ 난 신사, 자넨 급사 아닌가.
왕자	딱 맞네요, 그래서 당신을 급사처럼 끌고 가려고 왔답니다.

240행 불같은 삼각궁
황도의 12구대를 4개의 삼각형 궁으로 나눌 때 그 가운데 하나가 '불 같은' 즉, 바돌프의 얼굴빛을 연상시키는 것으로 양, 사자, 궁수의 별자리들로 구성되어 있다. 나머지 셋은 '물 같은' 게, 전갈, 물고기, 그리고 '공기 같은' 쌍둥이, 천칭, 물병, 그리고 '흙 같은' 황소, 처녀, 염소의 별자리들로 구성되어 있다.

240~241행 낡은…비밀지기
모두 헤픈 언니를 가리키는 말.
257~258행 이건…아냐
폴스태프는 급사로 변장하고 나온 두 사람을 하나는 왕의 사생아로 다른 하나는 포인스의 동생으로 일부러 놀리면서 낮춰 부른다. 불리한 상황을 유리하게 바꾸면서 빠져나가는 폴스태프를 특징적으로 보여 준다.

| 주모 | 오, 주님께서 왕자님을 보호하소서! 참말로 런던에 잘 오셨어요. 주님께서 그 아름다운 얼굴을 축복해 주소서! 오, 이런, 웨일스에서 오셨어요? | 265 |

| 폴스태프 | 이 상놈의 미친 왕족 덩어리 같으니, 이 가벼운 육신과 썩은 피에 맹세코 (자기 손을 언니에게 얹어 놓으며) 잘 왔네. |

| 헤픈 언니 | 하! 이 뚱뚱이 바보, 난 당신을 경멸해요. |

| 포인스 | 왕자님, 그는 왕자님이 복수를 못 하게 만들고 모든 걸 우스개로 돌릴 겁니다, 지금 매운 맛을 보여 주지 않으면요. | 270 |

| 왕자 | 이 상놈의 양초 광산 같으니, 당신은 바로 지금도 나에 대해 참 더럽게도 얘기했어, 이 정직하고 고결하며 온순한 귀부인 앞에서 말이야! | 275 |

| 주모 | 왕자님의 따뜻한 마음씨에 하느님의 축복을! 이 언니는 그런 여자예요, 정말로요. |

| 폴스태프 | 내 말 들었어? |

| 왕자 | 그럼, 그리고 당신은 그게 난 줄 알았어, 개즈힐에서 도망쳤을 때처럼. 내가 당신 뒤에 있다는 걸 알았지, 그래서 내 인내심을 시험해 보려고 일부러 그렇게 말했어. | 280 |

| 폴스태프 | 아냐, 아냐, 아냐, 그건 아냐. 난 자네가 들리는 데 있다고는 생각 못 했어. |

| 왕자 | 그럼 난 당신의 모욕이 고의였다고 실토하게 만들 거야, 그런 다음 당신을 어찌 다룰지 난 알아. | 285 |

| 폴스태프 | 모욕이 아냐, 헬, 내 명예에 걸고 모욕 아냐. |

| 왕자 | 아니라고 ── 날 깎아내리고, 주방 하인, 빵 써는 놈이라고 부르고, 또 다른 말도 해 놓고? |

| 폴스태프 | 모욕이 아냐, 헬. | 290 |

포인스　　모욕이 아니라고?

폴스태프　　모욕이 아냐, 네드, 이 세상에 맹세코, 정직한 네드, 전
　　　　　혀 아냐. 난 사악한 자들 앞에서 그를 깎아내렸는데
　　　　　(왕자에게 돌아서며) 사악한 자들이 자네와 사랑에 빠지
　　　　　지 않게 하려고 그랬어. 그런 행동으로 난 걱정하는 친　　295
　　　　　구이자 진정한 신하 역을 한 거니까 자네 부친은 이번
　　　　　일로 내게 고마워하실 거야. 모욕이 아냐, 핼. 전혀 아
　　　　　냐, 네드, 전혀. 아냐, 참말이야, 이보게들, 전혀 아냐.

왕자　　　이제 순전한 두려움과 전적인 비겁함 때문에 우리를
　　　　　달래려고 이 고결한 귀부인을 헐뜯지나 않을지 보자　　300
　　　　　고. 이 여자가 사악해? 여기 당신 주모가 사악해? 또는
　　　　　당신의 시동 애가 사악해? 또는 정직한 바돌프, 열성
　　　　　이 코에서 불타고 있는 그가 사악해?

포인스　　대답해, 이 죽은 느릅나무야, 대답해.

폴스태프　　바돌프는 악마가 회복 불능이라고 점찍었어. 그리고　　305
　　　　　그의 얼굴은 루시퍼의 개인용 부엌인데, 거기에서 그
　　　　　는 술고래 구워 먹는 일밖에 안 해. 이 시동 애로 말하
　　　　　면, 애에겐 선한 천사가 있지, 하지만 악마도 따라다녀.

왕자　　　이 여자들로 말하면?

폴스태프　　그 가운데 하나는 이미 지옥에 있고 불쌍한 자들에게　　310
　　　　　병을 옮기고 있다네. 다른 하나는 내가 빚진 게 좀 있
　　　　　는데, 그것 때문에 영벌을 받을지는 모르겠네.

주모　　　안 그래요, 장담해요.

304행 죽은 느릅나무
친구들에게 썩은 지주 노릇밖에 못 하는
사람. 느릅나무는 크기 때문에 썩었을 때
는 위험하며 전통적으로 포도나무의 지

주로 쓰였다. (아든)
306행 루시퍼
사탄과 동일시되는 대천사. 하느님과 대
적하다 지옥으로 떨어졌다.

폴스태프	맞아, 자넨 안 받을 거야, 그건 면제받은 것 같아. 참, 자네에 대해 달리 고발할 게 있는데, 자네 업소에서 고 기를 먹게 놔두는 거 말이야, 법에 어긋나게, 그 때문 에 자넨 지옥에서 울부짖을 것 같아.
주모	음식 장수들은 다 그래요. 사순절 내내 양고기 한두 점 이 무슨 대수냐고요?
왕자	자네, 귀부인은 —
헤픈 언니	뭐라고 하셨어요, 왕자님?
폴스태프	왕자님은 속으로 딴 생각을 하셔.

315

320

(피토가 문에서 노크한다.)

주모	누가 문을 저렇게 세게 두드리지? 문 쪽을 살펴봐, 프 랜시스.

피토 등장.

왕자	피토가 웬일인가, 무슨 소식이라도?
피토	부왕께서 웨스트민스터에 계십니다. 그리고 북쪽에서 파김치 된 파발마 스물이 왔답니다. 제가 이리 오는 길에 소대장을 열둘쯤 만났고 앞섰는데 맨머리에 땀 흘리며 주막 문을 두드렸고 모두에게 폴스태프 경을 찾고 있었어요.

325

330

318행 사순절
부활 주일 전 40일 동안의 기간. 교인들
은 이 기간 동안 광야에서 금식하고 시험
받은 그리스도의 수난을 되살리기 위하
여 단식과 속죄를 행한다. 여기에서 '고기
를 먹는다.'는 표현에는 성적인 암시가 들

어 있다.
322행 딴 생각
왕자님은 겉으로는 예의 바르게 '귀부인'
이란 말을 쓰지만 속으로는 당신을 욕망
의 대상으로 본다는 말.

왕자 소란이란 태풍이 먹구름 몰고 온 남풍처럼
우리들의 무장 안 한 맨머리 위에서
녹은 다음 물 뿌리기 시작하는 이때에
소중한 시간을 이렇게 남용한 건   335
맹세코, 포인스, 내 책임이 매우 크다.
내 칼과 외투를 이리 줘. 폴스태프, 잘 자.

(왕자와 포인스 함께 퇴장)

폴스태프 이제 가장 달콤한 밤 한 조각이 다가오는구나. 그런데
우린 그걸 즐기지 못하고 여길 떠야 하는군. (안에서 노
크. 바돌프 퇴장) 또 문을 두드려?   340

바돌프 등장.

그래, 무슨 일이냐?

바돌프 나리께선 궁정으로 가셔야 합니다, 곧바로요. 소대장
열둘이 문간에서 기다려요.

폴스태프 (시동에게) 이봐, 악사들에게 돈을 줘라. 잘 있게, 주모.
잘 있어, 언니야. 봤지, 착한 여인들아, 가치 있는 사람   345
들을 얼마나 찾고 있는지. 별 볼일 없는 자는 잠자지만
행동하는 사람은 부름을 받아. 잘 있어, 착한 여인들.
내가 급히 불려 나가지만 않는다면 가기 전에 자네들
을 다시 볼 거야.

헤픈 언니 말을 못 하겠어요. 내 심장이 바로 터지지 않는다면   350
—— 글쎄요, 달콤한 잭, 몸조심하세요.

폴스태프 잘 있게, 잘 있어. (바돌프, 피토, 시동, 악사들과 함께 퇴장)

주모 그래요, 잘 가요. 난 당신을 완두콩 익을 때면 스무아
홉 해나 알고 지냈지만, 더 정직하고 더 진심인 남자는

		355
	── 그래요, 잘 가요.	
바돌프	(문간에서) 헤픈 언니!	
주모	무슨 일이요?	
바돌프	헤픈 언니더러 주인님께 가라고 해요.	

주모 오, 달려라, 언니야, 달려. 달려라, 착한 언니야. 가. 눈
물 젖어 갑니다. (언니에게) 그렇지, 갈 거지, 언니야?   360

(함께 퇴장)

3막 1장
잠옷 입은 국왕, 시동과 함께 등장.

국왕 서리와 워릭, 두 백작을 불러오라.
하지만 오기 전에 이 편지를 읽어 보고
잘 판단하란다고 전하라. 서둘러라.   (시동 퇴장)
수도 없이 많은 나의 가장 딱한 백성들도
이 시간엔 잠을 잔다! 오, 잠, 온화한 잠이여!   5
대자연의 유모여, 넌 내게 얼마나 놀랐기에
더 이상 나의 두 눈꺼풀을 짓누르며
내 감각을 망각에 빠뜨리지 못하느냐?
왜 너는 값비싸고 화려한 덮개 달린
고위직 인사들의 향기로운 침대에서   10
최고로 달콤한 자장가에 잠들기보다는
오히려 연기에 찬 오두막에 드러눕고
불편한 침상 위에 네 몸을 뻗으며

3막 1장 장소 웨스트민스터. 궁정.

붕붕대는 밤벌레와 졸음에 빠지느냐?
오, 둔한 신아, 왜 너는 더러운 자들과   15
역겨운 침대에 누우면서 왕들의 침상은
감시병의 초소나 경종처럼 피하느냐?
그러면서 높고도 어지러운 큰 돛대 위에서
망보는 저 소년의 두 눈을 감겨 주고
거칠고 도도한 파도 요람 속에서 그 애를   20
거친 바람 맞으며 잠재워 주려고 해?
바람은 불한당 파도의 꼭대기를 붙잡아
괴물 머리 비튼 다음 미끄러운 구름 위에
귀먹을 굉음으로 매달면서 요란스레
죽음 그 자체를 깨우고 있는데?   25
오, 불공평한 잠이여, 젖은 바다 소년에겐
그토록 난폭한 시각에 휴식을 주면서
최고로 조용하고 최고로 고요한 밤중에
온갖 편의, 수단까지 다 갖춘 왕에겐
그것을 거절해? 그러면 복된 천민, 누워라!   30
왕관 쓴 자, 그 머리를 마음 편히 못 뉜다.

워릭과 서리 및 존 블런트 경 등장.

워릭   전하께 좋은 아침 자주 찾아오기를!
국왕   아침이란 말인가, 경들에겐?
워릭   지금은 1시이고 지나가고 있습니다.
국왕   그렇다면 경들은 좋은 아침 맞이하길!   35
         내가 보낸 편지는 읽어들 보았는가?
워릭   읽어 보았습니다, 전하.

국왕	그렇다면 자네들은 우리 왕국 전체가
	얼마나 썩었는지, 얼마나 중병이 들었는지
	또 심장 근처에 웬 위험이 있는지 알겠군.	40
워릭	그것은 균형이 깨진 몸에 지나지 않으며
	훌륭한 충고와 약간의 약으로
	이전의 건강을 회복할 수 있습니다.
	노섬벌랜드 경은 곧 열이 식을 것입니다.
국왕	오, 하느님, 우리가 운명의 책을 읽고	45
	시간의 운행 따라 산이 평평해지고
	대륙이 단단한 상태가 지겨워 바닷속에
	녹아 들어가는 것을 보았으면! 그리고
	대양을 혁대처럼 둘러싸는 해변이
	넵튠의 허리에는 너무나 크다는 걸	50
	알 때도 있었으면! 또 운명의 조롱과 변화가
	어떻게 개조라는 큰 잔을 갖가지 액체로
	채우는지 봤으면! 오, 이런 게 보인다면
	행복한 청년조차 자기 앞길 꿰뚫고
	지나간 위험과 다가올 좌절을 알아보고	55
	책 닫은 뒤 그 자리에 앉아서 죽으리라.
	십 년도 안 됐지,
	리처드와 노섬벌랜드, 대단한 두 친구가
	함께 먹고 마셨던 게. 그리고 이 년 뒤에
	그들은 싸웠지. 그리고 팔 년밖에 안 지났지,	60
	이 퍼시가 내게 가장 가까운 사람으로
	마치 내 형제처럼 내 일 위해 애쓰고

61행 퍼시 노섬벌랜드 백작의 이름.

생명과 충성을 내 발 밑에 바치면서
암, 나를 위해 리처드를 노려보면서까지
반기를 들었던 게. 근데 누가 곁에 서 있었지? ——   65
(워릭에게) 자네, 네빌 사촌, 내 기억엔 자네였지. ——
그때에 리처드는 눈에 눈물 그득한 채
노섬벌랜드에게 문책과 꾸중을 받고 나서
이제는 예언이 되었지만, 이렇게 말했지.
'그대 노섬벌랜드, 내 사촌 볼링브로크가   70
내 옥좌에 오를 때 이용한 사다리여,'
(그때 내겐 맹세코 그런 의도 없었지만
필연적인 일들이 국가를 너무 크게 압박해
대권과 난 강제로 키스하게 되었는데)
'때가 올 것이오.' —— 이렇게 이어서 말했지 ——   75
'때가 올 것이오, 추한 죄가 부어올라
곪아서 터질 때가.' —— 그렇게 계속하며
바로 이 시점에 벌어지는 상황과 더불어
사이좋던 우리들의 분열을 예견했지.

워릭   모든 이의 삶에는 사라진 시절의   80
본질을 보여 주는 역사가 있습니다.
그걸 잘 살펴보면 누구든 목표에 가깝게
연약한 초기의 씨앗 속에 보물처럼 숨겨져
아직은 드러나지 않고 있는 사태의
일반적인 가능성을 예언할 수 있답니다.   85
그러한 사태가 시간의 품에서 부화하죠.
그리고 이 같은 필연적인 절차 따라
리처드 국왕은 완벽한 추측을 통하여
당시 그를 배신했던 노섬벌랜드 대인의

| | 배신의 씨앗이 더욱 크게 자라나 | 90 |

배신의 씨앗이 더욱 크게 자라나   90
전하 말곤 그 어디에서도 뿌리를 내리지
못할 걸 알았지요.

국왕   그럼 이 사태가 필연인가?
그렇다면 필연처럼 그것을 맞이하세.
그렇게 하라는 외침이 바로 지금 들리네.
사람들 말로는 주교와 노섬벌랜드의 강병이   95
오만 명이라는군.

워릭   전하, 그럴 리 없습니다.
소문은 두려움의 대상을 소리와 반향처럼
두 배로 키웁니다. 마음 편히 가지시고
침소로 드십시오. 제 영혼에 맹세코
전하께서 이미 보낸 군대만으로도   100
이 상품을 아주 쉽게 가져올 것입니다.
전하께 더 큰 위안 드리자면 글렌다워가
확실히 죽었다는 증거를 받아 놓았습니다.
전하께선 이 보름 동안을 편찮으셨는데
이렇게 늦게까지 계시면 병이 필시   105
악화될 것입니다.

국왕   자네의 충고를 듣겠네.
그리고 이러한 내전에서 벗어나면
경들이여, 짐은 성지 쪽으로 가고 싶소.   (함께 퇴장)

3막 2장
천박 판사와 무언 판사가 녹슬어, 그림자, 사마귀, 약골,
엇부루기 및 하인들을 뒤에 데리고 등장.

천박	어서 오게, 어서 오게, 어서 오게, 악수하세, 악수하세.
	일찍 일어나시는군, 틀림없어! 그런데 어떻게 지내나,
	우리 동생 무언은?
무언	좋은 아침입니다, 천박 형님.
천박	그런데 우리 친척 자네 아내는 어떻게 지내시나? 그리
	고 아리따운 자네 딸, 우리 대녀 엘런은?
무언	아, 까무잡잡한 촌닭이지요, 천박 형님!
천박	맞지만 틀린 말이네. 감히 단언컨대 윌리엄 조카는 훌륭
	한 학자가 될 거야. 아직 옥스퍼드에 있지, 안 그런가?
무언	정말입니다, 형님, 제가 학비를 대지요.
천박	그럼 곧 법학원으로 갈 게 틀림없군. 나도 한때 클레멘
	트 법학원에 있었는데, 거기선 아직도 미친 천박 얘기
	를 하고 있을 거야.
무언	그때 형님은 '유쾌한 천박'이라 불렸지요.
천박	맹세코 난 아무렇게나 불렸지, 그리고 난 아무거나 하
	려고도 했지, 그것도 철저히. 거기엔 나와 스태퍼드셔
	의 존 동전 꼬마와, 검은 머리의 조지 헛간과, 프랜시
	스 뼈 주워 군과, 코트솔 출신의 윌 꺼이꺼이도 있었는
	데 — 법학원가에서 이들만큼 허풍 떠는 사인방은 다
	신 없었을 거야. 또 동생에게 하는 말이지만 우린 참한
	창녀들이 어딨는지 알았고 그 가운데 최상급 모두를
	맘대로 가졌지. 당시 잭 폴스태프는 지금은 경이지만,
	어린애였고 노퍽 공작, 토머스 모브레이의 시동이었
	다네.
무언	병사들 일로 곧 이리 올 이 존 경 말입니까, 형님?

숫자 (행 번호): 5, 10, 15, 20, 25

3막 2장 장소 글로스터셔. 천박 판사의 집 앞.

천박	바로 그 존 경, 바로 그 사람이야. 난 그가 궁정 대문에서 광대 스코긴의 머리를 깨 놓는 걸 봤는데 그땐 요만큼도 안 자란 까불이였지. 그리고 바로 그날 난 삼손 황태라는 과일 장수와 그레이 법학원 뒤에서 싸웠지. 아이고, 아이고, 난 참 미친 날들을 보냈어! 그런데 옛 동무들이 이렇게 많이 죽는 걸 보다니!
무언	우리 모두가 따라갑니다, 형님.
천박	분명해, 그건 분명해, 아주 확실해, 아주 확실해. 시편의 말씀처럼 죽음은 모두에게 분명하고 모두 죽을 거야. 스탬퍼드 시장에서 괜찮은 어린 황소 한 쌍에 얼마지?
무언	진짜로 전 거기엔 안 갔어요.
천박	죽음은 분명해. 자네 읍내의 꺾어진 노인 아직도 살아 있나?
무언	죽었어요.
천박	아이고, 아이고, 죽었어! 활을 잘 당겼는데 죽었어! 화살을 멋지게 쐈는데. 존 어 곤트 경이 그를 많이 아끼셨지, 그에게 많은 돈을 거셨어. 죽었어! 십 미터 밖에서도 과녁을 맞혔고, 똑바로 쏘기에선 이백하고도 이십 보 거리에서 이겼는데, 보는 사람 마음이 흐뭇했을 거야. 암양 스무 마리는 지금 얼마지?
무언	어떤 것들이냐에 달렸지요. 괜찮은 암양 스물이면 십 파운드 할 겁니다.
천박	근데 꺾어진 노인이 죽었어?
무언	여기 존 폴스태프 경의 사람 둘이 오는 것 같네요.

30

35

40

45

41행 존 어 곤트
랭커스터 공작, 선왕 리처드 2세의 삼촌이며 현왕 헨리 4세의 아버지.

천박   정직한 신사분들, 좋은 아침입니다.   50

바돌프   어느 분이 천박 판사님이신지요?

천박   제가 로버트 천박인데 이 주의 보잘것없는 향사이고
      왕의 치안 판사 가운데 하나랍니다. 제게 무슨 볼일이
      라도 있으신지?

바돌프   저의 대장님께서 당신께 안부를 전합니다. 대장님은   55
      존 폴스태프 경이신데 용감한 신사이시고, 맹세코 아
      주 씩씩한 지도자이시죠.

천박   인사 잘 받았습니다. 제가 알기로 그는 훌륭한 목검잡
      이셨지요. 기사분은 어떻게 지내시오? 그의 아내 부인
      께선 어떻게 지내시는지 물어봐도 되겠소?   60

바돌프   죄송합니다만 군인은 아내보다는 장비를 잘 갖추는
      게 더 낫답니다.

천박   좋은 말씀이군요, 정말로, 진짜로 좋은 말씀이기도 합
      니다. '장비를 잘 갖춘다!' 좋습니다, 예, 정말 그러네
      요. 좋은 표현은 확실히 그리고 언제나 아주 추천할 만   65
      하지요. '장비를 갖춘다.' — 그건 '장비 갖춤'에서 나
      왔는데 아주 좋습니다, 좋은 표현입니다.

바돌프   죄송합니다만 저도 그런 말 들어 봤습니다. — 표현이
      라 하셨어요? 대낮에 맹세코, 전 그 표현을 모릅니다
      만 제 검에 걸고 그 말은 군인다운 말이라고, 또한 뛰   70
      어나게 훌륭한 명령어라고 주장하겠습니다, 맹세코.
      장비를 갖추었다, 즉 어떤 이가 사람들 말마따나 장비
      를 갖추었거나 또는 어떤 이가 그로 인해 장비를 갖추
      었다고 생각될 수 있을 때인데, 그건 아주 뛰어난 거랍

니다.

천박 아주 지당합니다.

폴스태프 등장.

봐요, 존 경이 오십니다. 당신 손을 잡게 해 주십시오,
어르신 손을 잡게 해 주십시오. 참말로 경께선 좋아 보
이십니다, 그리고 아주 곱게 늙으셨습니다. 어서 오십
시오, 존 경.

폴스태프 잘 지내시는 걸 보게 되어 기쁘군요, 로버트 천박 선
생. 확실해 선생이던가요?

천박 아닙니다, 존 경. 이 사람은 제 동생 무언입니다. 저와
같은 판사 업무를 봅니다.

폴스태프 무언 선생이 치안을 담당하다니 딱 맞는군요.

무언 천만의 말씀입니다.

폴스태프 에이, 날씨가 덥군요, 신사분들. 자격 있는 사람 여섯
쯤을 여기에 확보해 놓았어요?

천박 그럼요, 해 놨지요. 앉으시겠어요?

폴스태프 간청컨대 그 사람들 좀 봅시다.

천박 명부 어딨지? 명부 어딨지? 명부 어딨지? 어디 보자,
어디 보자, 어디 보자. 그래, 그래, 그래, 그래, 그래, 그
래, 그래. 예, 그럼요. 레이프 녹슬어! 부를 때 나오라
고들 해. 그러라고 해, 그러라고 해. 어디 보자, 녹슬어
어디 있어?

녹슬어 여기요, 괜찮으시다면.

천박 어떻게 생각하십니까, 존 경? 사지 멀쩡한 친구지요,
젊고 튼튼하고 든든한 친구도 있고.

폴스태프	자네 이름이 녹슬어인가?
녹슬어	예, 괜찮으시다면.
폴스태프	자네를 오래 써먹었단 말이군.
천박	하, 하, 하! 참으로 뛰어나십니다, 정말로, 물건은 안 써서 녹슬지요. 특별히 좋습니다, 참말로 좋은 말씀입니다, 존 경, 아주 좋은 말씀입니다.
폴스태프	이 친구 점찍어요.
녹슬어	전 이전에도 엄청 많이 찍혔어요, 절 가만두셨어도 말입니다. 제 늙은 마누라가 이제 망가질 겁니다, 집안일과 힘든 일 할 사람이 없어서요. 저를 점찍으실 필요는 없답니다, 전쟁 나가는 덴 저보다 더 알맞은 사람들이 있답니다.
폴스태프	됐어, 녹슬어는 입 다물어. 널 보낼 거야, 녹슬어야. 넌 써 버릴 때가 지났어.
녹슬어	써 버려요?
천박	입 다물어, 이 친구야, 입 다물어. — 물러 서. 어느 안전인지 알아? 다른 자들을 보시지요, 존 경. — 어디 보자. 사이먼 그림자!
폴스태프	암, 그렇지, 이 친구 밑에 앉게 해 줘요. 차가운 병사일 것 같은데.
천박	그림자 어디 있나?
그림자	여기요, 나리.
폴스태프	그림자야, 넌 누구의 아들이냐?
그림자	제 어머니 아들입니다.
폴스태프	네 어머니 아들이라! 그럴 법해, 그리고 네 아버지 그림자겠지. 그래서 여성의 아들은 남성의 그림자지. 종종 그래, 진짜로 — 아버지의 실체는 대부분 빼놓고

100

105

110

115

120

125

	말이야!
천박	이 친구 좋으세요, 존 경?
폴스태프	그림자는 여름에 도움을 줄 겁니다. 점찍어요, 우리에
	겐 점호 명부를 채우는 그림자가 여럿 있으니까.
천박	토머스 사마귀!
폴스태프	어디 있지?
사마귀	여기요, 나리.
폴스태프	자네 이름이 사마귄가?
사마귀	예, 나리.
폴스태프	아주 우툴두툴한 사마귀로군.
천박	이 친구 점찍을까요, 존 경?
폴스태프	그건 과잉 작업이지요, 이자의 옷은 등바닥이 훤히 드
	러나 보이고 몸통 전체가 점투성이니까. 점을 더 찍진
	말아요.
천박	하, 하, 하! 그러셔도 됩니다, 그러셔도 됩니다, 적극
	추천합니다. 프랜시스 약골!
약골	여기요, 나리.
폴스태프	자넨 직업이 뭔가, 약골?
약골	여자 옷 재봉사입니다.
천박	이 친구 점찍을까요?
폴스태프	그러시지요, 하지만 그가 남자 옷 재봉사였다면 당신
	을 바늘로 찔렀겠지요. 자네가 여자 속옷에 수많은 구
	멍을 냈듯이 적군에게도 그렇게 해 줄 수 있겠어?
약골	열심히 하겠습니다만, 나리, 그 이상은 안 됩니다.

130

135

140

145

128행 그림자 여기에선 유령 군인을 말하고 주로 그들의 월급을 받아 내기 위
해 가짜로 군적에 올려놓은 사람들을 가리킨다. (아든)

폴스태프	말 잘했어, 여자 옷 재봉사야! 말 잘했어, 용감한 약골 150 아! 자넨 분노에 가득 찬 비둘기만큼, 아니면 가장 간 큰 쥐만큼 용맹스러울 거야. 이 여자 옷 재봉사를 점찍 어요. 자, 천박 선생, 깊은 천박 선생.
약골	사마귀도 갔으면 하는데요, 나리.
폴스태프	난 자네가 남자 옷 재봉사였으면 하는데, 그래서 이 친 155 구를 가기 좋게 고쳐 줬으면 해. 그는 수천의 이를 거 느린 지휘관인데 병졸로 쓸 순 없네. 그걸로 만족하게, 가장 강한 약골아.
약골	만족하겠습니다, 나리.
폴스태프	고맙네, 존경하는 약골 군. 다음은 누구지요? 160
천박	푸른 들의 피터 엇부루기!
폴스태프	아, 그래요, 엇부루기를 봅시다.
엇부루기	여기요, 나리.
폴스태프	참말로 적당한 녀석이군. 자, 엇부루기가 다시 소리 지 를 때까지 점찍어 둬요. 165
엇부루기	맙소사, 어르신 대장님 ─
폴스태프	뭐야, 찍히기도 전에 소리를 질러?
엇부루기	맙소사, 나리, 전 병든 사람입니다.
폴스태프	무슨 병이 있는데?
엇부루기	상놈의 감기요, 나리, 기침이요, 대관식 날 국왕을 위 170 해 종을 치다가 옮았답니다, 나리.
폴스태프	자, 넌 실내복 입고 전쟁에 나갈 거야. 우리가 그 감기 떼어 주지. 그리고 내가 명령을 내려서 네 친구들이 대 신 종을 치게 해 주지. 여긴 이게 답니까?
천박	경이 말한 숫자보다 둘을 더 불렀답니다. 여기선 넷만 175 받으셔야 합니다. 그러니 제발 저와 식사하러 들어가

시죠.

폴스태프   그럼 당신과 함께 마시겠소, 하지만 저녁까지 남아 있
          을 순 없어요. 당신을 만나 기쁩니다, 정말이오, 천박
          선생.   180

천박   오, 존 경, 성 조지 벌판 방앗간에서 우리가 밤새 누워
          있었던 일 기억하십니까?

폴스태프   그 얘긴 그만해요. 착한 천박 선생, 그 얘긴 그만해요.

천박   하, 즐거운 밤이었지요! 그런데 제인 밤일 언니는 살아
          있나요?   185

폴스태프   살아 있답니다, 천박 선생.

천박   그녀는 나를 절대 못 참아 줬지요.

폴스태프   절대, 절대 못 그랬지요, 천박 선생은 못 견디겠다고
          항상 말했으니까.

천박   아이고, 전 그녀의 화를 한껏 돋울 수 있었지요. 그때   190
          그 여자는 참한 창녀였는데. 잘 버티고 있습니까?

폴스태프   늙었어요, 늙었어, 천박 선생.

천박   암요, 늙었을 게 틀림없죠, 늙을 수밖에 없지요, 분명
          히 늙었죠, 제가 클레멘트 법학원에 오기도 전에 밤일
          노인과 함께 로빈 밤일을 낳았으니까요.   195

무언   그게 오십오 년 전이었답니다.

천박   하, 무언 동생, 자네가 이 기사분과 내가 본 것을 보았
          다니! 하, 존 경, 제 말이 맞나요?

폴스태프   우린 자정에 종의 합주를 들었지요, 천박 선생.

천박   그랬어요, 그랬어요, 그랬어요. 참말로, 존 경, 그랬어   200
          요. 우리의 암호는 '위하여!'였지요. ── 자, 저녁 먹으
          러 가요. 자, 저녁 먹으러 가요. 아, 우리의 지난날들이
          여, 가요, 가요.   (폴스태프와 판사들 함께 퇴장)

엇부루기	바돌프 하샤님, 제 친구 좀 돼 주십쇼. 그리고 여기 사
	실링짜리 프랑스 금화 넷을 드리지요. 참말로, 나리,
	전 가느니 차라리 목을 매달리겠습니다. 그렇긴 하지
	만 저로 말하면 상관없습니다. 하지만 마음이 내키지
	않기 때문에, 그리고 저로 말하면 친구들과 함께 남고
	싶어서요. 그게 아니면 상관없어요, 그리 크게는, 저로
	말하면요.
바돌프	됐어, 저쪽에 서.
녹슬어	그리고 하사 소대장님, 제 늙은 어머니를 봐서 제 친구
	좀 돼 주십쇼. 제가 가 버리면 그녀 곁엔 일할 사람이
	아무도 없답니다. 그런데 그녀는 늙었고 스스로는 어
	떻게 할 수 없답니다. 사십 드릴게요, 나리.
바돌프	됐어, 저쪽에 서.
약골	참말이지 전 상관없어요, 사람이 한 번밖에 더 죽나요,
	우린 신에게 목숨을 빚졌죠. 비겁한 마음은 절대 안 품
	어요. —— 이게 제 운명이라면 그렇고, 아니라면 아니
	죠. 군주를 돕는 데 좋고 나쁜 사람이 있나요. 그러니
	되는대로 내버려 둬요, 올해 죽는 사람은 내년엔 면제
	랍니다.
바돌프	말 잘했어. 자넨 착한 친구야.
약골	참말로, 비겁한 마음은 안 품어요.

205

210

215

220

폴스테프와 판사들 등장.

| 폴스테프 | 자, 누구를 데려갈까요? | 225 |

204행 하샤 '하사'를 강조하여 발음한 것.

천박	마음에 드시는 넷이지요.
바돌프	(폴스태프에게) 나리, 한 말씀 드릴까요. (방백) 녹슬어와 엇부루기를 풀어 주고 삼 파운드 받았어요.
폴스태프	됐어, 좋아.
천박	자, 존 경, 어느 넷을 데려가실 겁니까?
폴스태프	당신이 대신 선택해 봐요.
천박	아, 그렇다면, 녹슬어, 엇부루기, 약골과 그림자이지요.
폴스태프	녹슬어와 엇부루기라. 자네 녹슬어는 군대에 못 갈 때까지 집에 남아. 그리고 너 엇부루기로 말하면 황소가 될 때가지 자라고 있어. 너희들은 안 데려가겠어.
천박	존 경, 존 경, 자신을 해치진 마십시오, 이들이 가장 유망합니다. 그리고 전 당신이 최고들의 도움을 받기 원합니다.
폴스태프	천박 선생, 내게 사람 선택하는 법을 알려 주시려고요? 내가 사지, 근육, 체격과 몸, 큰 덩치에 신경 써야하나요? 기백을 달라고요, 천박 선생. 여기 사마귀 보이지요, 모습이 얼마나 울퉁불퉁합니까. ── 놈은 백랍 제품 찍어 내듯이 재깍재깍 장전, 발사할 것이고, 술통 지고 가는 술장수보다 더 빨리 치고 빠질 겁니다. 그리고 이 종잇장 얼굴의 그림자 말이죠, 이자를 주시면 그는 적의 표적이 되질 않습니다. ── 적군은 주머니칼의 날만큼이나 큰 표적을 겨누는 셈이 될 테니까요. 그리고 후퇴로 말하면 이 여자 옷 재봉사, 약골은 얼마나 잽싸게 도망치겠어요! 오, 내게 빼빼 마른 사람들을 줘요, 큰 사람들은 빼놓고. 사마귀 손에 소총을 쥐어 주게, 바돌프.
바돌프	들어, 사마귀야, 앞에총으로. ── 이, 이, 이렇게!

폴스태프 자, 총 좀 잘 다뤄 봐. 그렇지, 아주 잘했어! 됐어, 아주
좋아! 뛰어나게 좋아! 오, 언제나 작고 여위고 늙고 말
라 빠진 대머리 사격수를 주시오. 잘했어, 참말로, 사   255
마귀야, 넌 멋진 코딱지야. 받아라, 육 펜스다.

천박 이자는 자기 직종의 달인이 아닙니다. 그 일을 제대로
못 합니다. 제가 클레멘트 법학원에 묵었을 때 마일엔
드 연병장 일이 기억나는데 — 그때 전 아서 왕 활쏘
기 대회에서 새끼 용 역할을 했지요. — 거기 조그만   260
화살통 같은 녀석이 있었는데 자기 총을 이렇게 다루
는 거예요. 뒤로 돌고 뒤로 돌아 들어오고 들어오는 거
예요. '라, 타, 타' 하고 '빵' 하면서요. 그러고는 다시 갔
다가 다시 오는 거예요. 그런 녀석 다신 못 볼 겁니다.

폴스태프 이 녀석들은 잘할 거요, 천박 선생. 신의 가호를 빕니   265
다, 무언 선생. 당신에겐 긴말하지 않겠소. 잘 있어요,
두 분 다. 고맙습니다. 난 오늘 밤에 십이 마일을 가야
한답니다. 바돌프, 사병들에게 제복을 나눠 주게.

천박 존 경, 주님의 축복을 빕니다! 하시는 일이 성공하길
빕니다! 신은 평화를 내리소서! 돌아오시면 우리 집에   270
들르십시오, 옛정을 다시 살리게요. 혹시 제가 당신과
함께 궁정으로 갈지도 모르죠.

폴스태프 맹세코, 그러면 좋겠네요, 천박 선생.

천박 원 참, 뜻이 있어 한 말입니다. 신의 가호를!

폴스태프 잘 가요, 양반 신사 양반들. (판사들 함께 퇴장) 자, 바돌   275
프, 이자들을 데려가. (바돌프와 신병들 함께 퇴장) 내가
돌아오면 이 판사들의 등을 벗겨 먹어야지. 이 천박 판
사의 바닥이 보인다. 이런, 이런, 우리 노인들은 이 거
짓이란 악덕에 얼마나 쉽게 빠지는가! 이 말라깽이 판

사란 작자가 내게 떠벌린 거라고는 자기 젊은 시절의 $\qquad$ 280
미친 짓과 지저분한 턴불 거리에서 벌인 활약상밖에
없는데, 세 마디마다 거짓말을 술탄에게 바치는 조공
보다 더 꼬박꼬박 듣는 이에게 바친다. 내 기억에 클레
멘트 법학원 시절의 그는 저녁 식사 후에 치즈 조각으
로 만든 인형 같았다. 옷을 벗겨 놓으면 그는 아무리 $\qquad$ 285
생각해도 두 발 달린 순무 같았어, 머리칼은 환상적으
로 칼질을 해 놓은 것 같았고. 그는 너무나 빈약해서
조금이라도 흐릿한 눈에는 보이지도 않았어. 그는 바
로 기근 귀신이었다. 그럼에도 원숭이처럼 색을 밝혔
고 창녀들은 그를 인삼이라고 불렀지. 항상 유행에 뒤 $\qquad$ 290
처져 있었고, 마부들의 휘파람 가락을 듣고 그걸 만신
창이가 된 계집들에게 불러 주면서 자기 애창곡, 밤 인
사라고 했어. 근데 이제 이 악덕 귀신의 목검이 향사가
되었다, 그러고는 존 어 곤트 경을 마치 의형제나 되는
것처럼 친숙하게 얘기한다. 맹세코 말하지만 그는 그 $\qquad$ 295
분을 연무장에서 딱 한 번 본 적밖에 없고, 그때도 장
군님의 부하들을 밀치다가 머리가 깨졌는데도 말이
다. 내가 그걸 보고 존 어 곤트 경에게 깡마르단 뜻의
그분 이름을 이자가 능가했다고 말씀드렸지, 왜냐하
면 그와 그의 옷 모두를 뱀장어 껍질 하나에 다 집어넣 $\qquad$ 300
을 수 있었으니까. — 그에게 고음의 오보에 상자는

290행 인삼
우리의 인삼과 정확하게 일치하지는 않
지만 모든 설명으로 미루어 보건데 사람
의 형체를 한 뿌리임에는 틀림없고, 여기
에서는 정력의 상징으로 쓰였다.

293행 악덕…목검
악덕은 중세 도덕극에 나오는 코믹한 악
의 대변자이고, 귀신은 그 개념을 의인화
하기 위해 역자가 붙인 이름이며, 목검은
깡마른 천박 판사의 체구를 비유적으로
가리키는 말이다.

대저택이고 궁정이었으니까. 근데 이제 이자가 땅과
소를 가졌다. 글쎄, 내가 돌아온다면 그와 친교를 맺어
야지. 어렵겠지만 난 그를 내 도깨비 방망이로 만들 테
다. 만약 이 어린 멸치가 이 늙은 명태의 미끼가 된다   305
면 자연법칙으로 볼 때 내가 그를 덥석 물지 못할 이유
가 없다. 시간에 맡기자, 그러면 끝난다.   (퇴장)

4막 1장

대주교, 모브레이, 헤이스팅스 및 그 밖의 사람들 등장.

대주교	이 숲을 뭐라고 부르는가?
헤이스팅스	황송하나 골트리 숲이라고 합니다.
대주교	여기 서서, 경들이여, 척후병을 내보내
	적의 수를 알아보게 하지요.
헤이스팅스	이미 보내 놨습니다.
대주교	그거 참 잘했네. 5

이 막중한 일을 하는 친구 형제 여러분,
노섬벌랜드 경이 보낸 새로운 편지를
받았다는 사실을 알려야만 하겠소.
그 차가운 뜻과 취지, 내용은 이렇소.
그분은 자신의 지위에 어울리는   10
군대와 더불어 여기 있길 바랐으나
모병할 순 없었다고 합니다. 그래서

305행 어린 멸치 깡마른 천박 판사를 비유하는 말.
4막 1장 장소 요크셔. 골트리 숲 속.

	뻗어 나는 자신의 행운을 굳히려고	
	스코틀랜드로 후퇴했고 여러분의 시도가	
	위험한 적과의 무서운 만남에서 살아남길	15
	진심으로 기도하며 마무리했습니다.	
모브레이	그에 대한 우리의 희망이 이렇게 부서져	
	산산조각 나는군요.	

사자 등장.

헤이스팅스	그래 무슨 소식이냐?	
사자	이 숲 서쪽 일 마일도 안 되는 곳에서	
	멋들어진 대형으로 적이 오고 있는데	20
	덮고 있는 땅 넓이로 봤을 때 그 숫자가	
	삼만 또는 그 근처로 어림짐작됩니다.	
모브레이	우리가 추산했던 바로 그 규모로군.	
	나아가 전장에서 그들을 맞이하죠.	

웨스트모얼랜드 등장.

대주교	잘 차리고 우릴 막는 이 선두는 누구지?	25
모브레이	웨스트모얼랜드 경인 것 같습니다.	
웨스트모얼랜드	랭커스터 공작이고 존 경이며 왕자이신	
	저희 사령관께서 건강과 안부를 전합니다.	
대주교	안심하고 계속하게, 웨스트모얼랜드 경,	
	무슨 일과 관련하여 왔는지.	
웨스트모얼랜드	그렇다면	30
	전 주로 주교님께 제 말의 내용을	

전달하겠습니다. 만약에 반역이란 악당이
잔인한 청년이 이끄는 비천한 폭도로서
걸레 장식 매달고 애들과 거지들의 지지받는
본래의 모습을 나타내 보였다면 — 예컨대   35
저주받을 소요란 녀석이 원래의 진정한
최악의 형태를 드러내 보였다면
존경하는 신부님과 고귀한 이 귀족들은
저급하고 잔인한 반란이란 놈에게
아름다운 영예의 옷 입히며 여기에 있지는   40
않았을 것입니다. 주교님, 당신의 교구는
평화로운 사회에 의하여 유지되고
그 턱수염에는 평화의 은빛 손길 닿았으며
그 학식과 명문장은 평화가 가르쳤고
그 하얀 예복은 평화의 순수함과 비둘기와   45
지극히 축복받은 정신을 대변하고 있는데
왜 당신은 자신을 이토록 오역하여
그토록 우아한 평화의 말씀을 버리고
거칠고 시끄러운 전쟁 말투 쓰면서
당신 책을 무덤으로, 잉크를 핏물로   50
펜대를 창검으로, 신성한 그 혀를
요란한 전쟁 나팔 소리로 바꾸셨는지요?

대주교   이런 일을 왜 하느냐? 그게 질문이로군.
간략하게 이렇다네. 우린 모두 병들었어.
그것도 과식과 방탕한 세월로 인하여   55
불타는 열병을 스스로 불러왔고
그 때문에 피 흘려야 하는 걸세. 그 병에
선왕이신 리처드가 감염되어 가셨지.

하지만 가장 귀한 웨스트모얼랜드 경이여,
난 여기서 의사가 되려고 한다거나   60
평화의 적으로서 수많은 군인들과
무리 지어 걷고자 하는 것은 아니라네.
오히려 한동안 무서운 전쟁의 탈을 쓰고
행복으로 병들어 썩은 마음 좀 굶기고
우리의 생명 핏줄, 그걸 막기 시작한 장애물을   65
씻어 내려 한다네. 더 분명히 말하지.
우리가 무기로 범할 잘못 그리고 당한 잘못
균형 잡힌 저울로 공정하게 달아 보니
불만이 죄보다 더 크다는 걸 알았다네.
시류가 어디로 흐르는지 우린 알고 있다네.   70
그래서 철저히 침묵을 지키다가
계기라는 급류에 떠밀려 억지로 나왔으며
우리의 불만을 적당한 때가 오면
조목조목 밝히려고 한곳에 다 모아
이번 사태 훨씬 전에 국왕에게 내놨으나   75
아무리 간청해도 알현은 못 이뤘지.
우리가 박해받아 불만을 펼치려 했을 때
우리를 가장 크게 박해했던 자들이
그분에게 접근하지 못하도록 막았다네.
아주 최근 생겨났던 위험과 ── 그 기억은   80
아직도 눈에 띄는 피로써 이 땅 위에
새겨져 있는데 ── 그리고 시시각각 사실로
바로 지금 드러나는 예시들 때문에
우리는 이 못난 무장을 하게 됐네,
평화나 그 가지를 꺾으려는 게 아니라   85

그 이름과 내용이 어울리는 평화를
여기에서 실제로 확립해 보려고 말일세.

웨스트모얼랜드 당신의 호소가 언제 거부됐지요?
국왕이 당신의 어디를 쓰리게 했지요?
그 어떤 귀족이 사주받아 당신을 긁었다고   90
날조된 이 반역의 무법 살육 책자에
신성한 도장 찍어 그걸 인정해 주고
소란의 매서운 칼날을 봉헌해 주십니까?

대주교 내 형제인 대중들, 잉글랜드인들을 위하여
바로 이 싸움을 나는 걸고 있다네.   95

웨스트모얼랜드 이런 유의 교정은 필요가 없습니다.
있다 해도 당신이 할 일은 아닙니다.

모브레이 왜 그게 일부는 그의 일이 아니고
또 지나간 날들의 타박상을 느끼면서
지금은 우리의 영예가 가혹하고 부당하게   100
깎이는 사태를 겪고 있는 우리들 모두의
할 일이 아니란 말이오?

웨스트모얼랜드   오, 모브레이 경,
현 사태를 필연으로 해석해 보시오,
그러면 틀림없이 당신들을 해치는 건
국왕이 아니라 현 사태라 말할 거요.   105
하지만 당신으로 말하자면, 내 눈에는
당신이 국왕에게 또는 현시점에서
불만을 품을 만한 근거는 눈곱의 반만큼도
없는 것 같소이다. 당신은 노퍽 공작의
기억에도 또렷한 그 고귀한 부친의   110
전 재산과 명예를 돌려받지 않았소?

모브레이	부친이 잃었던 명예가 뭣이기에 되살려
	나에게 불어넣어 줘야 한단 말이오?
	그분을 아꼈던 국왕은 그 당시 상황에서
	할 수 없이 그분을 추방하게 되었는데 115
	그때 저 헨리 볼링브로크와 그분은
	두 사람 다 말을 타고 안장 위에 앉아서
	힝힝대는 경주마는 박차 받기 기다렸고
	창끝은 돌격 태세, 가리개를 내렸으며
	불꽃 튀는 두 눈이 쇠 투구 틈새로 반짝였고 120
	요란한 나팔은 그들에게 접전을 명했소.
	그때, 그때, 볼링브로크의 가슴 향한 부친을
	그 어떤 것으로도 못 막았을 그때에
	오, 국왕은 지휘봉을 땅 위에 내던졌고
	그분의 생명은 왕이 던진 막대에 달렸었죠. 125
	그때 왕은 자신과 볼링브로크의 치하에서
	소송과 칼에 맞아 그 이후에 사라져 간
	모든 이의 생명을 던져 버린 셈이오.
웨스트모얼랜드	모브레이 경, 이제는 헛말을 하는군요.
	헤리퍼드 백작은 그 당시 잉글랜드에서 130
	최고로 용맹스러운 신사로 여겨졌소.
	그 당시 운명이 누구를 아꼈을지 누가 아오?
	근데 당신 부친이 그곳의 승자였더라도
	코번트리 밖에선 별 소용이 없었을 것이오.
	왜냐하면 온 나라가 꼭 같은 목소리로 135

130행 헤리퍼드 백작
현 헨리 4세의 옛 작위.
134행 코번트리

잉글랜드 중부의 도시로 사극 『리처드
2세』의 앞부분에서 헤리퍼드 백작과 모
브레이 경의 결투가 벌어졌던 곳.

그를 미워했으니까. 모두의 기도와 사랑은
그들이 혹했던 헤리퍼드 백작에게 쏟아졌고
그를 축복, 기렸지요, 사실은 국왕보다 더 많이 ─
하지만 이건 내 목적과는 벗어난 일일 뿐.
난 우리 사령관 왕자님이 당신들의 불만을   140
알아보라 하시어 여기 왔소, 당신들을
알현할 것이라는 말씀을 전하고 그 결과
당신들의 요구가 정당할 경우에는
다 들어줄 것이며 당신들을 적으로
생각할 뻔했던 모든 일은 무시될 것이오.   145

모브레이   하지만 그는 이 제안을 강요하기 때문에
그것은 사랑이 아니라 책략의 산물이오.

웨스트모얼랜드   모브레이, 그리 받아들인다면 거만하오.
이 제안은 공포가 아니라 자비에서 나왔소.
왜냐하면 보시오, 시야 안의 우리 군은   150
명예에 걸고서, 공포심을 허락하기에는
모두들 너무나 자신감에 차 있소.
당신네보다도 우리 군에 유명 인사 더 많고
무기 쓰는 방법도 아군이 더 완벽하며
갑옷도 다 튼튼하고 최고의 명분을 가졌소.   155
그러니 결심도 당연히 그만큼 강하겠죠.
그러니 우리가 제안을 강제한단 말 마시오.

모브레이   글쎄요, 난 협상 불가에 동의할 것이오.

웨스트모얼랜드   그것은 당신네 범행이 수치임을 보여 줄 뿐
썩은 집은 손대지 않아도 무너지죠.   160

헤이스팅스   존 왕자가 전권을 가지고 있습니까?
아버지의 바로 그 커다란 권능으로

	우리 요구 조건이 무엇인지 들은 다음	
	무조건의 결정을 내릴 수 있습니까?	
웨스트모얼랜드	그것이 사령관이라는 이름을 준 의도요.	165
	그렇게 하찮은 질문을 하다니 놀랍군요.	
대주교	그렇다면 웨스트모얼랜드 경, 이 서류를 받게나,	
	우리 불만 전체가 여기 담겨 있으니까.	
	이 안의 각 조항이 다 바로잡히고	
	이 거사에 힘 보태며 명분을 같이한	170
	우리 편 모두가 이곳과 또 딴 곳에서	
	올바르고 실질적인 방식으로 사면되며	
	우리들의 소원이 곧장 실현된다면 ─	
	우리는 우리와 우리의 목표에만 힘쓰며	
	외경에 찬 우리 영역 안으로 되돌아가	175
	우리 군을 평화의 팔뚝에 합치겠네.	
웨스트모얼랜드	사령관께 이걸 보여 드리지요. 여러분,	
	우리는 양쪽 군대 앞에서 만난 다음	
	평화롭게 끝나거나 ─ 신은 그리해 주소서! ─	
	아니면 다툼의 땅으로 칼들을 불러 모아	180
	결판을 낼 겁니다.	
대주교	경, 그렇게 할 것이네.	

(웨스트모얼랜드 퇴장)

모브레이	가슴속에 짚이는 게 있어서 말하는데	
	이 화평 조건은 하나도 유지될 수 없습니다.	
헤이스팅스	그건 걱정 마십시오. 우리가 화평을	
	우리의 처지에서 꼭 필요한 만큼 폭넓고	185
	절대적인 조건으로 얻을 수만 있다면	
	그 화평은 태산처럼 든든할 것입니다.	

모브레이	예, 하지만 국왕은 우리를 평가할 때
	온갖 자질구레하고도 엉뚱한 까닭으로
	예, 갖가지 헛되고 쩨쩨하고 좀스러운 이유로	190
	이 거사를 되씹을 것이고 그래서 우리가
	충성심 때문에 순교자가 된다 해도
	크나큰 바람으로 우릴 키질할 테니까
	우리의 낟알은 겨처럼 가벼워 보일 테고
	선악의 구별 또한 없어질 것입니다.	195
대주교	아니, 아니, 이걸 주목하시게. 국왕은
	꼼꼼하고 그렇게 까다로운 불만은 지켜워해.
	우환을 하나 죽여 끝내면 살아남은 것들에서
	더 큰 것 두 개가 부활함을 깨달았으니까.
	고로 그는 자신의 기록을 깨끗이 지울 테고	200
	자신의 기억 속에 밀고자를 남기어
	자신의 손실을 되풀이 적으면서
	새로이 회상하게 만들진 않을 거야.
	의구심이 날 때마다 이 나라를 샅샅이
	청소할 수 없다는 걸 너무 잘 아니까.	205
	자신의 원수와 친구의 뿌리가 너무 얽혀
	적을 뽑아내려고 억지로 당기면
	친구도 그만큼 헐거워져 흔들리지.
	그래서 이 나라는 패 주고 싶을 만큼
	자신을 격분케 한 싸움쟁이 아내처럼	210
	그가 막 치려 할 때 갓난애를 들어 올려
	단호한 응징을 집행하려 쳐들었던
	바로 그 팔뚝에서 중단시켜 버린다네.
헤이스팅스	게다가 국왕은 최근의 범법자들에게

매를 다 써 버렸고 그래서 그는 이제   215
바로 그 처벌의 도구가 없는 상태랍니다.
고로 그의 위세는 이빨 빠진 사자처럼
겁나지만 물진 못할 것입니다.

대주교   딱 맞았네,
고로 확신하시게, 우리 총사령관님,
우리가 지금 만약 화해를 잘한다면   220
우리의 평화는 깨진 팔이 다시 붙은 것처럼
깨졌기에 더 단단해질 걸세.

모브레이   그러길 바랍니다.
웨스트모얼랜드 경이 여기 다시 왔군요.

웨스트모얼랜드 경 등장.

웨스트모얼랜드   왕자님이 가까이 오셨소. 주교께선
두 군대의 중앙에서 왕자님을 만나시죠.   225

모브레이   그럼 주교께서는 주님의 이름으로 나서시죠.

대주교   앞서서! 왕자님을 맞으시게. —

(웨스트모얼랜드 경에게) 경, 우리가 간다네.

(그들은 앞으로 나아간다.)

4막 2장
존 랭커스터 왕자와 그의 군대 등장.

4막 2장 장소   요크셔. 골트리 숲 속.

랭커스터   여기서 잘 만났소, 친척인 모브레이.
안녕하십니까, 고귀한 대주교님,
그리고 헤이스팅스 경, 그리고 모두들도.
요크 경, 당신에겐 종소리에 모여든
당신의 양 떼가 성경 해설 들으려고   5
존경하는 마음으로 주위를 둘러싼 게
북소리로 역도의 무리를 응원하며
말씀은 칼, 생명은 죽음으로 바꾸는
지금 여기 철갑의 당신을 보는 것보다는
더 나은 모습으로 비쳤었답니다.   10
군주의 가슴속에 자리 잡고 있으면서
총애의 빛을 받아 무르익던 사람이
국왕의 권위를 악용하려 든다면, 아아,
그토록 위대한 그늘에서 얼마나 큰 해악을
끼칠 수 있을지! 주교시여, 당신은   15
꼭 그와 같습니다. 못 들은 자 누굽니까,
당신은 주님 책을 아주 깊이 알고 있고
주님의 의회에선 우리 대변인이며
우리가 상상하는 주님의 목소리 자체이고
은총과 천사들과 우리들의 둔한 마음,   20
그 셋을 열어서 소통하게 해 주는
바로 그 사람임을? 오, 누가 믿겠습니까,
당신이 성직에 따르는 존중심을 악용하고
거짓된 총신이 군주 이름 이용하듯
하늘의 호의와 은총을 파렴치한 행동에   25
써먹는 게 아니라고 한다면? 당신은
신에 대한 거짓된 열정을 구실로

그분의 대리인인 부왕의 백성들을 모은 뒤
하늘의 평화와 부왕을 둘 다 거역하며
떼 지어 일어나게 하였소.

대주교   랭커스터 왕자님,   30
난 당신 부친의 평화에 맞서는 게 아니오.
하지만 웨스트모얼랜드 경에게 말했듯이
우리는 혼란한 이 시절에, 다 인정하듯이,
억눌리고 짓눌려 안전을 지키려고
이런 괴물 형태를 취했소. 난 당신 부친께   35
우리들의 불만을 조목조목 전했으나
그것은 조정에서 경멸 속에 내쳐졌소,
그래서 이 전쟁 아들, 히드라가 태어났고
그 위험한 눈들은 최고로 정당한 우리 소원
허락하는 마법으로 잠재울 수 있답니다.   40
그러면 광기가 치유된 이 진짜 복종심은
전하의 발치에 공손히 엎드릴 것입니다.

모브레이   아니면 우리 운을 마지막 사람까지
당장 시험할 것이오.

헤이스팅스   우리가 여기서 쓰러져도
우리의 시도를 도와줄 지원군이 있습니다.   45
그들이 못 오면 그들의 지원군이 올 것이며
그리하여 악행은 계속해서 태어나고
잉글랜드에서 세대가 이어지는 동안에는
후손의 후손들이 이 싸움을 이어 갈 것입니다.

38행 히드라
그리스 신화에 나오는 뱀. 여러 개의 머리   잘리면 거기에서 두 개가 더 생겨났다고
(100, 50, 9)를 가졌고 그 가운데 하나가   한다. 헤라클레스가 퇴치했다.

랭커스터	헤이스팅스, 당신은 너무 얕고 참 너무 얕아서
	앞날의 밑바닥을 헤아리지 못한다오.
웨스트모얼랜드	왕자님이 그들에게 직접 답을 하시지요,
	그들의 조항이 얼마나 마음에 드시는지.
랭커스터	모두 다 맘에 들고 흔쾌히 허락하오.
	또 여기서 맹세코, 혈통 걸고 말하건대,
	부친의 목적은 오해를 받았으며
	주변의 몇 사람이 너무나 성급하게
	그분의 의중과 권위를 왜곡했답니다.
	주교님, 이 불만은 급히 시정될 겁니다.
	영혼 걸고 그리될 겁니다. 이에 기쁘시다면
	당신의 군대를 주별로 해산해 주시오,
	우리도 그럴 테니. 또 여기 두 군대 가운데서
	다정하게 술을 같이 마시고 포옹하여
	병사들 모두가 이 회복된 우호의 증표를
	눈에 담아 고향으로 가져가게 합시다.
대주교	왕자님의 불만 일소 약속을 받아들입니다.
랭커스터	당신에게 그것을 약속하고 지키겠습니다.
	그래서 주교님을 위하여 마시겠습니다.
헤이스팅스	소대장, 우군에게 이 화평 소식을
	전하도록 하여라. 월급 주고 가게 하라.
	크게 기뻐할 것이다. 어서 가라, 소대장.　　(장교 퇴장)
대주교	웨스트모얼랜드 경, 자네에게 이 잔을 들겠네.
웨스트모얼랜드	주교님을 위하여. 지금 이 화평을 이루려고
	제가 겪은 고생을 여러분이 아신다면
	많이 드실 것입니다. 하지만 제 우정은
	앞으로 더 공공연히 드러날 것입니다.

50

55

60

65

70

75

대주교	자네를 의심 않네.
웨스트모얼랜드	그거 반갑습니다.
	친척인 모브레이 사촌의 건강을 위하여.
모브레이	경은 참 적절한 때 내 건강을 바라는군,
	왜냐하면 난 갑자기 좀 불안하니까. 80
대주교	불행에 앞서서 사람들은 늘 유쾌하지만
	좋은 결과 앞서서는 슬픔이 닥친다네.
웨스트모얼랜드	그러니 유쾌해지게나, 사촌, 갑자기 슬프면
	'내일은 좋은 일이 생긴다.'라고 할 테니까.
대주교	정말이지 난 기분이 대단히 가볍다네. 85
모브레이	그만큼 더 안 좋죠, 주교님의 법칙이 옳다면.

(안에서 외침)

랭커스터	화평 약속, 전해졌군. 정말 크게 외치네!
모브레이	승리한 뒤였으면 싱글벙글했을 텐데.
대주교	평화도 그 본질은 정복과 같다네.
	왜냐하면 양쪽 다 고귀하게 굴복됐고 90
	어느 쪽도 지지 않았으니까.
랭커스터	경은 가서
	우리 군도 해산토록 하시오. (웨스트모얼랜드 퇴장)
	그리고 주교님, 괜찮으시다면 두 대열을
	우리 앞에 행진시켜 교전했을 병사들을
	사열토록 합시다.
대주교	헤이스팅스 경은 가서 95
	그들을 퇴역 전에 행군토록 지시하라.

(헤이스팅스 퇴장)

랭커스터	여러분, 오늘 밤엔 함께 잠잘 거라고 믿습니다.

웨스트모얼랜드 등장.

	근데 사촌, 우리 군은 왜 그냥 서 있지요?
웨스트모얼랜드	선두들이 왕자님의 대오 유지 명령받고
	직접 말씀 듣기 전엔 안 가겠다 합니다.
랭커스터	본인들의 임무를 알고 있군.

100

헤이스팅스 등장.

헤이스팅스	주교님, 저희 군은 이미 흩어졌습니다.
	그들은 고삐 풀린 망아지들처럼 동서남북
	사방으로 뛰었어요. 아니면 학교 파할 때처럼
	각자는 집과 또 놀이터로 서둘러 갔습니다.
웨스트모얼랜드	희소식이군요, 헤이스팅스 경. 그래서
	나는 너 배반자를 반역죄로 체포한다.
	그리고 대주교 당신과 모브레이 경 당신을
	대역의 죄인으로 두 사람 다 포박한다.
헤이스팅스	이러한 과정이 정당하고 명예롭소?
웨스트모얼랜드	당신네 모임은 그랬나?
대주교	신뢰를 이렇게 깰 거요?
랭커스터	난 서약 안 했다.
	당신들이 불평했던 이 불만을 바로잡겠다고
	난 약속했었고 그 일은 내 명예에 걸고서
	기독교도 최대의 정성으로 완수할 것이다.
	하지만 당신네 역도들은 반역과
	그러한 행동의 대가를 맛볼 테니 기대하라.
	참으로 가볍게 당신들은 무장을 시작했고

105

110

115

어리석게 여기로 데려온 뒤 바보처럼 보냈다.

아군의 북을 쳐라. 흩어진 잔당을 추적하라.　　　　　120

오늘은 우리 아닌 신께서 무사히 싸우셨다.

몇몇은 역적들을 교수대로 데려가라,

반역의 참된 침대, 숨통 끊는 곳으로.　　　　(함께 퇴장)

4막 3장

경종. 기습전. 폴스태프와 콜빌 만나면서 등장.

폴스태프　　당신의 이름은 뭐지요? 계급은 어떻고 지위는 무엇이오?

콜빌　　　　난 기사이고 이름은 골짜기의 콜빌이라 합니다.

폴스태프　　그렇다면 콜빌이 당신의 이름이고 기사가 지위이며
　　　　　　사는 곳은 골짜기군요. 콜빌은 여전히 당신의 이름이
　　　　　　될 것이고, 지위는 역적, 사는 곳은 토굴 감옥이 될 것　　5
　　　　　　이오. ── 깊이가 충분한 곳이지. 그래서 당신은 여전
　　　　　　히 골짜기의 콜빌일 것이오.

콜빌　　　　당신은 폴스태프 경이 아니십니까?

폴스태프　　내가 누구든 그이만큼 훌륭하지요. 항복할 겁니까, 아
　　　　　　니면 내가 땀 좀 흘릴까요? 내가 정말 땀 흘리면 그건　　10
　　　　　　당신 친구들의 눈물인데 그들은 당신이 죽었다고 울
　　　　　　겁니다. 고로 공포와 전율을 일으키고 나의 자비심에
　　　　　　경의를 표할지어다.

콜빌　　　　(무릎을 꿇으며) 전 당신이 존 폴스태프 경이라고 생각
　　　　　　하고 그런 생각으로 항복합니다.　　　　　　　　　　15

4막 3장 장소　요크셔. 골트리 숲 속.

폴스태프	이 내 배 속에는 혓바닥 한 무리가 들어 있는 데 그 가
	운데 내 이름 말고 다른 걸 얘기하는 건 단 하나도 없
	지. 내 배가 보통 크기만 했어도 난 단연코 유럽에서
	가장 활동적인 사람이었을 거야. 내 밥통, 내 밥통, 내
	밥통 때문에 난 망했어. 우리 대장님이 여기 오시는군. 20

퇴각 나팔. 존 왕자, 웨스트모얼랜드, 블런트 및

그 밖의 사람들 등장.

랭커스터	긴급 상황 지났다. 이젠 더 쫓지 마라.
	군대를 불러들이시오, 웨스트모얼랜드 경.
	(웨스트모얼랜드 퇴장)
	그런데 폴스태프, 줄곧 어디 있었어요?
	모든 일이 끝났을 때 나타나는군요.
	이렇게 지각하는 술수를 부리면 분명히 25
	어느 땐가 교수대를 작살낼 것입니다.
폴스태프	상황만 달랐으면 왕자님, 죄송했을 것입니다. 비난과
	꾸중이 용맹함에 대한 보답이란 말은 아직까지 제 기
	억에 없답니다. 제가 무슨 제비나 화살, 총알이라 생각
	하십니까? 저의 이 서툴고 늙은 동작에 생각의 기민함 30
	이라도 있습니까? 전 가능성의 최극단을 모조리 동원
	하여 이곳으로 급히 왔습니다. 제가 자빠뜨린 파발마
	만 해도 백팔십하고도 몇 마리 더 되지요. 그런데 여기
	에서 여독에 찌들긴 했지만 순수하고 티 없는 용기로
	참으로 사나운 기사이며 용맹스러운 적군, 골짜기의 35
	존 콜빌 경을 붙잡았답니다. 하지만 그게 뭐 대수죠?
	그는 나를 보았고 항복했답니다. 그래서 전 당당하게

저 로마의 매부리코 친구 따라 '왔노라, 보았노라, 이
겼노라.' 세 마디를 말씀드릴 수 있답니다.

랭커스터 그건 당신의 공이라기보다는 그 사람의 예의 덕분이   40
군요.

폴스태프 그건 모르겠네요. 여기요, 여기 이 사람을 내놓고 왕자
님께 간청컨대, 이걸 오늘의 전과 가운데 하나로 기록
해 주십시오. 안 그러면 맹세코 전 별도로 가요를 하나
지어 제 초상화를 맨 위에 붙이고 콜빌은 제 발에 키스   45
하게 만들겠습니다. 제가 그런 길을 할 수 없이 택했을
때 여러분 모두가 저에 비해 이 펜스짜리 가짜 금화처
럼 보이지 않는다면, 또 제가 명성이란 맑은 하늘에서
보름달이 찌꺼기 별보다 더 환하듯이 — 뒤 것은 앞
것에 비해 좁쌀만 하게 보일 텐데 — 여러분보다 더   50
환히 빛나지 않는다면, 귀족들의 말은 믿지 마십시오.
그러므로 제게 이권을 내리시고 공을 올려 주십시오.

랭커스터 그게 너무 무거워 못 올려요.

폴스태프 그럼 빛나게 해 주시죠.

랭커스터 너무 두꺼워 빛이 안 나요.   55

폴스태프 그놈에게 뭐든지 시켜서, 왕자님, 제게 득이 되게 해
주시고 이름은 아무거나 붙이시죠.

랭커스터 자네의 이름이 콜빌인가?

콜빌   예, 왕자님.

랭커스터 자네는 유명한 역도라네, 콜빌.

폴스태프 그리고 유명하고 진실된 신하가 잡았지요.   60

콜빌 왕자님, 저는 저를 여기로 데려온 상급자와

38행 매부리코 친구 줄리어스 시저.

다를 바 없습니다. 그들이 제 말을 들었다면
왕자님은 그들을 더 비싸게 얻었겠죠.

폴스태프　난 그들이 자신을 어떻게 팔았는지 모르지만 자네는
친절한 친구처럼 자신을 공짜로 넘겨주었고, 그래서　65
난 자네에게 고맙네.

웨스트모얼랜드 등장.

랭커스터　이제는 추적을 그만두었습니까?

웨스트모얼랜드　철수를 하고 있고 참수는 중단했습니다.

랭커스터　콜빌을 공모한 자들과 더불어
요크로 보내어 곧바로 참수하라.　70
블런트가 데려가고 확실히 감시하라.

(블런트와 호위 딸린 콜빌 퇴장)

자 이제 궁정으로 급히 돌아갑시다, 여러분.
부왕께서 큰 병이 나셨다고 들었소.
우리의 소식은 전하께 먼저 갈 터인데
사촌이 가져가서 안심시켜 드리시오.　75
우리는 착실한 속도로 당신을 따르겠소.

폴스태프　왕자님, 간청컨대 제가 글로스터셔를
거치도록 허락해 주시고 궁정에 가시거든
보고서에 제 얘기 좀 잘해 주십시오.

랭커스터　잘 가시오, 폴스태프. 내 능력이 닿는 한　80
당신을 당신의 공보다 더 잘 말할 거요.

(폴스태프만 남고 모두 함께 퇴장)

폴스태프　당신에게 그럴 재주가 있다면 그건 당신의 영지보다
더 나을 것이오. 참말이지, 이 맑은 피 가진 소년은 날

좋아하지 않아, 그리고 누구도 그를 웃길 수 없어. 하
지만 이게 놀랄 일은 아니지, 그는 포도주를 안 마셔.　85
이런 얌전한 소년들이 하나라도 잘되는 일은 절대 없
어, 왜냐하면 맥주 때문에 그들의 피가 너무 차가워지
고 게다가 생선을 많이 먹어서 일종의 남성 빈혈증에
걸리는데, 그런 다음 결혼하면 계집애를 낳으니까. 그
들은 보통 바보에다 겁쟁이다. — 우리들 가운데 일부　90
도 흥분하는 것만 빼놓으면 꼭 같을 테지만. 맛있는 셰
리 한 통엔 두 가지 효능이 있다. 그게 나의 뇌로 올라
가 그걸 둘러싸고 있는 온갖 어리석고 둔하고 탁한 증
기들을 다 말려 버리고 그것을 민감하고 재빠르고 창
의적으로, 날렵하고 활기차며 유쾌한 형체들로 가득　95
하게 만드는데 그 형체들이 목소리로, 혀로 전달되면
빼어난 기지가 되어 태어난다. 뛰어난 셰리의 두 번째
특성은 피를 데우는 것으로 피는 앞서 차갑고 가라앉
아 있었기에 간을 희고 창백하게 만들었는데, 그건 무
기력함과 비겁함의 상징이지. 하지만 셰리는 피를 데　100
워 내장에서 사지 말단까지 흐르게 해 주지. 얼굴도 빛
나게 해 주는데, 그러면 그게 마치 등대처럼 이 작은
왕국, 인간의 나머지 모두에게 무장하란 경고를 보내
고 그러면 정예 평민들과 내륙 소시민들이 모두 그들
의 대장인 심장에게 몰려오며, 이런 수행원들로 커지　105
고 부푼 심장은 용감한 행동이라면 뭐든지 하게 돼. 이
런 용기가 셰리에서 나온단 말씀이야. 그래서 무기를
다루는 기술도 포도주 없이는 헛것이야, 그것 때문에
발휘되니까, 그리고 학식 또한 악마가 감춰 둔 황금 더
미에 지나지 않아, 포도주로 그걸 가동시켜 활용하고　110

사용하게 될 때까지는. 그랬기 때문에 해리 왕자는 용
맹스러워졌어, 왜냐하면 그는 자기 아버지에게서 자
연스레 물려받은 차가운 피를 그게 마치 메마르고 빈
약하고 벌거벗은 땅인 것처럼 풍부한 셰리를 많이많 115
이 마시는 빼어난 노력으로 거름 주고 가꾸고 일구었
어, 그래서 그는 아주 뜨겁고 용맹스럽게 변했어. 내게
천 명의 아들이 있다 해도 난 그들에게 첫 번째 인간다
운 원칙으로 약한 술은 멀리하고 포도주에 중독되라
고 가르칠 것이다.

바돌프 등장.

웬일이냐, 바돌프? 120

바돌프 군대가 모두 해산되어 가 버렸습니다.

폴스태프 가라고 해. 난 글로스터셔에 들러 거기에서 로버트 천
박 향사를 찾아갈 거야. 난 그를 손가락과 엄지 사이에
서 이미 녹여 놨고 곧 그와 합의를 볼 거야. 자, 가자.

(함께 퇴장)

4막 4장
의자에 들려 나온 국왕, 워릭, 클래런스 공작 토머스,
글로스터 공작 험프리 및 그 밖의 사람들 등장.

국왕 자, 경들이여, 주님께서 짐의 문간 곳곳에서

4막 4장 장소 웨스트민스터. 예루살렘 방.

피 흘리는 이 싸움을 성공리에 끝내시면
짐은 짐의 청년들이 저 높은 성지로 나아가
신성한 칼 말고는 뽑지 않게 할 것이오.
해군은 준비됐고 군사는 모였으며   5
짐이 없는 동안의 대리인도 임명됐고
모든 것이 짐이 소원한 대로 이뤄졌소.
짐에겐 오로지 약간의 체력이 모자라오.
그래서 지금 돌아다니는 역도들이
통치라는 멍에를 쓸 때까지 멈춰 섰소.   10

워릭   전하께선 양쪽 다 곧 누리게 되실 것을
         의심치 않습니다.

국왕   내 아들 험프리 글로스터,
         너의 형 왕세자는 어디에 있느냐?

글로스터 전하, 윈저로 사냥을 나가신 것 같습니다.

국왕   동행은 누가 하고?

글로스터   소자는 모릅니다, 전하.   15

국왕   토머스 동생이 같이 있지 않느냐?

글로스터 아닙니다, 전하. 그는 여기 있습니다.

클래런스 부왕 전하께서는 무얼 원하시는지요?

국왕   너의 안녕뿐이다, 토머스 클래런스.
         네가 어찌 왕세자와 함께 있지 않느냐?   20
         그는 널 아끼는데 넌 소홀하구나, 토머스.
         넌 그의 애정을 다른 모든 형제보다
         더 많이 받는다. 소중하게 생각해라, 얘야.
         넌 내가 죽은 뒤에 그의 높은 권좌와
         나머지 형제들 사이에서 중재라는   25
         고귀한 임무를 완수할 수 있단다. 그러니

그를 빠뜨리거나 그의 정을 꺾지 말고
차가워 보이거나 그의 뜻에 무심하여
빼어난 이점인 그의 큰 호의를 잃지 마라,
존중받을 경우에 그는 정을 베풀고   30
동정 어린 눈물과 부드러운 자비에 쓸
대낮처럼 열린 손을 지니고 있으니까.
그렇지만 발끈하면 부싯돌이 된단다.
겨울처럼 변덕을 부리고 동틀 녘에 뭉쳐진
찬바람만큼이나 급하기도 하단다.   35
그러니 그 기질을 잘 관찰해야 한다.
잘못을 꾸짖되 정중하게 해야 해,
즐거운 마음이 내킨 걸 알았을 때 말이다.
하지만 침울할 땐 시간과 여지를 주어라,
자신의 격정이 뭍 위로 올라온 고래처럼.   40
움직여 소멸될 때까지. 이것을 배워라, 토머스,
그럼 넌 친구들의 피난처가 될 것이고
형제들을 묶어 줄 금테가 될 터인데,
그들의 피 모두를 합쳐 담은 이 통은
유혹이란 독극물이 들어와 뒤섞여도 —   45
세상은 필연코 그런 걸 막 쏟아붓겠지만 —
그게 비록 바꽃이나 성급한 화약만큼
강력하게 작용해도 절대 새지 않을 거다.

클래런스   온 관심과 사랑으로 그를 존중하렵니다.

44행 통
햄 왕자를 비유적으로 가리키는 말. 이 통
(나무 조각을 이어 만든 술통이나 물통 따
위)이 터지거나 새지 않는 이유는 클래런

스가 그것을 금테처럼 꽉 조여 주기 때문
이다.
47행 바꽃
맹독성 야생화.

국왕	너는 왜 그와 함께 윈저에 있지 않지, 토머스?	50
클래런스	그는 오늘 거기 없고 런던에서 저녁 하십니다.	
국왕	동행은 누가 하지? 그걸 알 수 있느냐?	
클래런스	포인스와 늘 따르는 사람들과 함께요.	
국왕	잡초는 옥토에 가장 많은 법인데	
	그것이 내 청춘의 고귀한 표상인 세자를	55
	가득 덮고 있구나. 그래서 내 깊은 고뇌는	
	죽는 시각 너머까지 쭉 뻗어 있단다.	
	내가 죽어 조상들과 함께 잠들었을 때	
	너희들이 쳐다볼 무법의 나날과	
	썩어 빠진 시절을 나의 상상 속에서	60
	생생하게 그려 보면 심장 피가 줄어든다.	
	고집 센 그의 방탕, 억제를 모를 때	
	광기와 뜨거운 피, 조언자 노릇할 때	
	수단과 사치스러운 습관이 만났을 때	
	오, 그의 애착은 얼마나 강력한 날개 달고	65
	위험과 몰락을 향하여 날아가겠느냐?	
워릭	전하께선 세자를 심하게 오판하셨습니다.	
	그분은 친구들을 이상한 말처럼	
	연구하실 뿐인데, 그 언어를 습득할 땐	
	최고로 불경한 단어조차 찾아보고	70
	배우는 게 필요하나 일단 그걸 익히면	
	전하께서 아시듯이 알고 나서 미워하는	
	그 이상은 소용이 없지요. 그래서 왕자님은	
	완벽한 때가 오면 상스러운 어구처럼	
	졸개들을 내던지고, 그들은 기억 속에	75
	전범이나 잣대로 남아서 왕자님은 그걸로	

나머지 인간상을 반드시 재단하실 것입니다,
지나간 악폐를 이점으로 삼아서요.

국왕 　벌은 좀체 썩은 고기 안에 지은 자기 집을
떠나지 못한다네.

　　　　　　　　웨스트모얼랜드 등장.

　　　　　누구냐? 웨스트모얼랜드?　　　　　　　80

웨스트모얼랜드 　전하께 건강을 그리고 새로운 행복을
제가 전달하려는 소식에 더합니다!
아드님 존 왕자가 전하 손에 키스하옵니다.
모브레이, 스크루프 주교와 헤이스팅스 모두가
전하의 법에 따라 벌을 받게 됐습니다.　　　　85
이제는 뽑아 든 역적 칼은 하나도 없으며
평화가 모든 곳에 올리브 가지를 펼칩니다.
이 전투를 어떻게 치렀는지 여깄으니
조금 더 여유가 있으실 때 그 과정을
하나하나 상세하게 읽으실 수 있습니다.　　　90

국왕 　오, 웨스트모얼랜드, 그대는 여름날의 새처럼
언제나 겨울의 꼬리에서 해돋이를
노래하고 있구나.

　　　　　　　　하코트 등장.

　　　　　저것 봐, 소식이 더 왔어.

하코트 　하늘은 전하를 보호하고 적을 막아 주소서.
또 그들이 전하와 맞섰을 땐 지금 제가　　　　95

말하려는 자들처럼 땅에 쓰러지기를!
잉글랜드인과 스코트인의 대군을 가졌던
노섬벌랜드 백작과 바돌프 경 두 사람이
요크셔 보안관에 의하여 무너졌답니다.
이 문건에, 전하, 자세한 사항이 있습니다.   100

국왕   그런데 난 왜 이런 희소식에 불편하지?
운명의 여신은 두 손 채워 아니 오고
고운 말은 언제나 더러운 글로 쓰나?
그녀는 식욕 주고 음식은 안 주든지 —
가난하나 건강한 자들이 그렇지 — 아니면   105
성찬 주고 식욕을 빼앗는다. 그래서 부자가
풍성하게 가졌지만 즐기지는 못하지.
이 행복한 소식에 난 기뻐해야지만
지금 내 시야는 흐리고 머리는 어지럽다.
아, 슬프다! 가까이 와, 이젠 많이 아프다.   110

글로스터   마음 편히 하십시오, 전하!

클래런스   오, 부왕 전하!

웨스트모얼랜드 주상 전하, 기운 내어 고개를 드십시오.

워릭   자제해요, 왕자님들. 이 발작은 전하에게
아주 일상적임을 아시지 않습니까.
물러서요, 숨 쉬시게. 곧 좋아지십니다.   115

클래런스   아, 아뇨, 이 고통을 오래는 못 견디십니다.
끊임없이 마음으로 걱정하고 일하셔서
마음을 가둬야 할 벽이 너무 얇아져
생명이 뚫어 보고 뛰쳐나올 것입니다.

글로스터   전 백성들 때문에 놀라는데 그들이   120
절로 생긴 자식들과 기형아를 목격하니까요.

일 년 중 몇 달이 잠자면서 건너뛰어

각 계절의 모습이 뒤바뀌고 있답니다.

클래런스   템스 강이 썰물 없이 세 번 거푸 흘렀는데

시간 신의 노망난 역사책인 노인들이   125

우리의 고조부 에드워드 왕께서

병사하기 좀 전에도 그랬다고 합니다.

워릭   여러분, 조용히, 국왕께서 정신이 드십니다.

글로스터   이번의 졸도로 분명 끝이 나실 것입니다.

국왕   좀 일으켜 다오, 날 데리고 여길 나가   130

딴 방으로 옮겨라. 조용히, 부탁이다.

(국왕을 들어 올려 침대에 누인다.)

4막 5장

국왕   소리 내지 마시오, 귀족 친구들이여,

누군가 음악을 느리고 친절한 손으로

지친 내 영혼에게 속삭여 준다면 모를까.

워릭   딴 방으로 악사를 부르도록 하여라.

국왕   왕관을 여기 내 배게 위에 올려놔라.   5

클래런스   눈이 쑥 들어가고 많이 변하셨어요.

워릭   소리 좀 줄여요!

헨리 왕자 등장.

121행 절로…자식들   4막 5장 장소
아비 없이 비정상적으로 태어난 자손들.   웨스트민스터. 예루살렘 방. 4장과의 연
                                      결은 확실하나 장소 변경은 불확실하다.

왕자	클래런스 공작 봤소?
클래런스	여긴어요, 형님, 비탄에 푹 빠진 채.
왕자	원 참, 집 안이 물바단데 아무도 안 나와?
	국왕께선 어떠신가?
글로스터	극도로 나쁘셔요.
왕자	희소식 아직 못 들으셨나?
	말씀드려.
글로스터	그것을 들으시고 크게 달라지셨어요.
왕자	기뻐서 난 병이면 약 없이도 회복하셔.
워릭	큰 소리 내지들 마십시오. 왕자님, 조용히.
	여러분의 부왕께서 잠들고자 하십니다.
클래런스	우리는 딴 방으로 물러나십시다.
워릭	왕자님도 저희와 같이 가시겠습니까?
왕자	아뇨, 난 여기 앉아서 국왕을 지키겠소.

(왕자만 남고 모두 함께 퇴장)

왕관이 왜 전하의 배게 위에 놓여 있지, 20
너무나 문제 많은 잠자리 친구인데?
오, 반짝이는 불안거리! 황금빛 걱정이여!
네가 저 잠의 문을 활짝 열고 뭇 밤을
새우게 하는구나! 이젠 같이 주무세요.
그래도 수수한 잠 모자 눌러쓰고 밤 내내 25
코를 고는 사람만큼 깊이 또는 반만큼도
푹 맛있게 못 주무십니다. 오, 왕권이여!
네가 네 주인을 고문할 때 넌 마치
대낮의 열기 속에 껴입은 두꺼운 갑옷처럼
보호하며 지진다. 숨 나드는 입구에 30
솜털이 붙었는데 꼼짝도 않는구나.

호흡을 하시면 저 가볍고 무게 없는 솜털은
반드시 움직인다. 자비로우신 전하! 아버지!
이 잠은 정말로 깊구나. 이 같은 잠으로
수많은 잉글랜드의 왕들이 이 둥근 금테와   35
이별하게 되었다. 제가 드릴 당신 몫은
고귀한 핏줄의 눈물과 커다란 슬픔인데
효성과 사랑과 자식의 온정 다해
오, 사랑하는 아버지, 크게 갚아 드리지요.
제가 받을 당신 몫은 이 장엄한 관인데   40
당신의 지위와 혈통의 직계로서
제게 승계됩니다.

　　(왕관을 쓰면서) 관이 앉은 자릴 보라,
신이 보호하시리라. 그리고 세상의 온 힘을
거대한 팔뚝에 다 모아도 이 적통의 영광을
내게서 빼앗진 못하리라. 당신께 받아서   45
제게 넘어왔듯이 자식에게 넘겨주겠습니다.　　(퇴장)

국왕　　워릭! 글로스터! 클래런스!

　　워릭, 글로스터, 클래런스 및 나머지 사람들 등장.

클래런스　국왕께서 부르셔?

워릭　　어인 분부십니까, 전하? 어떠시옵니까?

국왕　　경들은 왜 나를 여기 혼자 버려뒀나?   50

클래런스　저흰 세자 형님을 여기 두고 갔는데, 전하,
　　전하 곁에 앉아서 지키기로 했습니다.

국왕　　웨일스 왕세자가? 어딨느냐? 보자꾸나.
　　여기엔 없는데.

워릭	이 문이 열려 있고 이쪽으로 갔습니다.	55
글로스터	저희가 있던 방엔 오지 않았습니다.	
국왕	왕관은 어딨느냐? 누가 내 베게에서 가져갔지?	
워릭	저희가 물러날 때 여기 두고 갔습니다.	
국왕	세자가 가져갔다. 가서 그를 찾아내라.	

그렇게도 성급하게 잠든 나를 죽었다고   60
상상했단 말이냐?
찾아내라, 워릭 경, 꾸짖어 데려오라.   (워릭 퇴장)
그의 이번 행동은 나의 병과 힘을 합쳐
내 끝을 재촉한다. 얘들아, 이게 너희 본질이다,
황금이 인간의 목표가 되었을 때   65
그들은 얼마나 재빨리 역심에 빠지는가!
이러려고 어리석고 걱정 많은 아비들은
근심으로 잠 설치고 걱정으로 골 아프며
노동으로 뼈마디를 여럿 부러뜨렸고
이러려고 그들은 이상하게 손에 넣은   70
더러운 황금 더미 모으고 또 쌓았다.
이러려고 그들은 자기네 아들들의
예술과 무술 훈련 투자에 주의를 기울였다.
그리고 벌처럼 질이 좋은 당분을
온갖 꽃 뒤져서 받아 오고   75
허벅지엔 밀랍을, 입에는 꿀을 채워
집으로 가져오면 벌처럼 고생한 대가로
죽임을 당한다. 죽어 가는 아비에게
그가 모은 것들은 이런 쓴맛 남기는군.

워릭 등장.

	근데 그는 어딨느냐, 중병이 친구 되어	80
	나를 끝낼 때까지도 못 기다리겠다고?	
워릭	전하, 세자를 옆방에서 찾았는데	
	큰 슬픔에 너무나 깊이 잠긴 표정으로	
	부드러운 두 뺨을 효심의 눈물로 적시어	
	오직 피만 들이켜는 냉혈한이라도	85
	그를 쳐다봤다면 온화한 눈물로 자기 칼을	
	씻었을 것입니다. 여기로 오십니다.	
국왕	하지만 왕관은 왜 가지고 갔다더냐?	

헨리 왕자 등장.

| | 저 봐라, 그가 왔다. 이리 와라, 해리야. | |
| | 우리 둘만 남기고 이 방에서 물러나라. | 90 |

(워릭과 나머지 모두 함께 퇴장)

왕자	말씀을 들으리라고는 결코 생각 못 했어요.	
국왕	네 소망이 그런 생각 낳았단다, 해리야.	
	내가 너무 오래 살아 널 지치게 했구나.	
	네가 나의 빈 옥좌를 그리도 갈망하여	
	내 영예를 너의 때가 무르익기도 전에	95
	가져야만 했더냐? 오, 어리석은 청년아,	
	네가 찾는 대권은 너를 압도할 것이다.	
	조금만 기다려라, 구름 같은 내 위엄은	
	그것을 떠받치는 바람이 너무 약해	
	곧 떨어질 테니까. 난 명이 다했단다.	100
	넌 몇 시간 뒤에는 죄를 짓지 않아도	
	네 것이 될 것을 훔쳤고, 나의 죽음 앞두고	

너에 대한 내 예상을 확인해 주었다.
나를 사랑 않는 건 네 삶으로 명백하고
넌 내가 그것을 확신하고 죽게끔 하는구나.   105
너는 단검 천 개를 생각 속에 숨기고
반 시간짜리인 내 생명을 찌르려고
너의 숫돌 심장으로 그것들을 갈았다.
뭐라고, 반 시간도 날 못 참아 주겠다고?
그렇다면 가 버려라, 내 무덤을 직접 파고   110
내 죽음이 아니라 너의 즉위 때문에
즐거운 종소리가 그 귀에 울리게 하여라.
나의 관을 적시게 될 눈물은 모조리
네 머리를 신성케 할 향수가 되게 하라,
난 그냥 망각의 흙으로만 덮어 두고.   115
너에게 생명 준 이 몸을 구더기에게 줘라.
내 관원을 쳐내라, 내 법령을 취소해라,
격식을 조롱할 때가 이제 왔으니까. ──
해리 5세 왕이시다! 자만심은 치솟아라!
왕의 위엄 사라져라! 현명한 고문들은 다 가라!   120
그리고 경박함을 좇는 자는 사방에서
잉글랜드 국왕의 궁정에 지금 다 모여라!
자, 이웃 나라들이여, 쓰레기를 처분하오!
욕하고 마시고 춤추고, 밤잔치 벌이고
훔치고 죽이면서 최신의 방법으로   125
최고 죄악 범하는 불한당이 있나요?
기뻐하오, 더 이상 괴롭히지 않을 거요.
잉글랜드가 그자의 삼중 죄를 이중 도금 할 것이고
잉글랜드가 그자에게 자리, 명예, 힘을 줄 것이오.

이 해리 5세가 억제된 방종에서 절제라는　　　　　　130
입마개를 떼 버리면 그 들개가 이빨을
순진한 모든 이의 살에 박을 테니까.
오, 불쌍한 왕국이여, 내전으로 병들다니!
내 근심 가지고도 네 방탕을 못 막는데
네 관심이 방탕이면 네가 뭘 못 하겠냐?　　　　　135
오, 너는 다시 황야가 될 것이고 그곳은
너의 옛 거주자인 늑대들로 가득할 것이다.

왕자　　(무릎을 꿇으며) 오, 전하, 용서해 주십시오! 저의 눈물,
말을 막는 이 축축한 장애물만 없었어도
슬픔으로 하신 말씀 여태껏 듣기 전에　　　　　140
귀중하고 심각한 이 질책의 진로를
막았을 것입니다. 왕관은 여기에 있습니다.
그리고 불멸의 왕관 쓰신 그분께서 이것을
당신의 것으로 오래 지켜 주소서. 제가 그걸
당신의 명예와 명성보다 더 좋아했다면　　　　145
이 복종의 자세를 절대로 못 풀게 하십시오,
저의 내면 깊숙이 자리한 진정한 존중심이
이렇게 엎드려 굽히라고 가르치니까요.
신은 증언해 주소서, 제가 여기 왔을 때
전하의 숨결을 찾아내지 못했을 때　　　　　150
차디찼던 제 심장을! 이것이 겉치레면
오, 지금의 얼빠진 상태에서 죽게 하고
목표했던 저의 귀한 변화를 살아선 절대로
의심 많은 이 세상이 못 보게 하소서!
전하를 뵈러 와서 돌아가신 줄로 알고　　　　155
거의 다 돌아가신 줄로 알고, 주상 전하,

저는 이 왕관에게 감각 있는 사물처럼
이렇게 꾸짖었답니다. '너로 인한 근심이
아버지의 옥체를 갉아 먹고 있었다.
고로 너 최고의 황금은 최악의 황금이다.　　　　　　160
다른 금은 순도는 낮지만 더 소중하며
마시는 약으로 생명을 보존한다. 그런데
최고 순도, 최고 존경, 최고 명망 가진 너는
너를 쓴 사람을 다 먹어 버렸다.' 이렇게
주상 전하, 전 그걸 고발하며 머리에 올렸지요,　　　165
그게 마치 제 앞에서 아버지를 살해한
적이나 된 것처럼, 그것과 진정한 상속자를
가리는 싸움을 한번 해 보려고요.
하지만 그것이 제 피를 기쁨에 물들게 하거나
제 생각을 일말의 오만으로 부풀게 했다면　　　　170
저의 어떤 역심이나 허황된 마음이
환영하는 심정을 최소한이라도 가지고
그것의 막강한 능력을 수용코자 했다면
신께선 제 머리와 그것을 영원히 떼어 놓고
이 몸을 외경과 공포로 그것에 무릎 꿇는　　　　　175
최고로 형편없는 종놈 되게 하소서!

국왕　　오, 아들아,
신께선 네가 아비 사랑을 더 많이 얻도록
그것을 가져갈 생각을 네 마음에 넣으셨다.
그 변명을 이리도 현명하게 하다니!　　　　　　180

162행 마시는 약 '마시는 금'이라 불리는 약으로 금을 함유하고 있으며 효과가
매우 높다고 한다. (아든)

이리 와라, 해리야, 침대 곁에 앉아라,
그리고 들어라, 최후로 입 밖에 낼 것 같은
바로 이 충고를. 아들아, 신은 알고 계신다,
내가 이 왕관을 어떤 샛길, 에두른 방법으로
만나게 되었는지. 또한 나 자신도 잘 안다,   185
그것이 내 머리에 어떤 고통 주었는지.
네겐 더 편안하게, 더 좋은 여론으로
더 확고한 상태로 전해질 것이다,
성취하는 과정의 뭇 과오는 나와 함께
땅에 묻힐 테니까. 나에겐 그것이   190
사나운 손으로 낚아챈 영예처럼 보였고
또한 내겐 자기들이 도와서 내가 이걸
얻었다고 꾸짖는 생존자가 많았으며
그 때문에 싸움과 살육이 날마다 생겨나
겉치레 평화조차 해쳤다. 이런 불안 요인에   195
내가 늘 위태롭게 대응한 걸 너는 안다.
나의 재위 전 기간은 그 주제를 공연하는
연극일 뿐이었으니까. 근데 이제 내가 죽어
분위기가 바뀐다, 내가 손에 넣은 것이
더 정당한 방식으로 너에게 가니까.   200
그래서 너는 이 화환을 계승하여 쓴단다.
그렇지만 네 입지가 나보다 더 든든해도
불만이 생생하니 충분히 굳은 건 아니란다.
또 내 친구 모두는 —— 네 친구로 만들어야겠지만 ——
독침과 이빨이 새로 뽑힌 상태인데   205
그들의 잔인한 활약으로 난 처음 출세했고
따라서 그들의 힘에 의해 폐위될 것이란

두려움을 품는 건 당연했다. 그것을 피하려고
난 그들을 잘라 냈고 많은 수를 곧바로
성지로 데려갈 작정을 했었다. 그들이   210
편히 누워 쉬게 되면 내 지위를 너무 많이
넘볼지도 모르니까. 그러므로 해리야,
경박한 자들은 해외 전쟁 때문에 바쁘도록
방침을 정해라, 먼 데서 벌어지는 전투로
옛 시절의 기억이 다 사라지도록.   215
할 말은 더 있지만 허파 힘이 소진되어
말을 할 기력이 완전히 바닥났다.
내가 이 왕관을 얻은 방법 신은 용서하시고
너에겐 참으로 평화롭게 머물게 해 주소서!

왕자   주상 전하, 당신께선 이것을   220
얻으셨고 쓰셨고 지켰으며 제게 주셨습니다.
그래서 뚜렷이, 올바로, 제 소유일 수밖에요.
전 이것을 보통을 넘어서는 노력으로
온 세상에 맞서서 올바르게 유지하겠습니다.

존 랭커스터 왕자, 워릭 및 그 밖의 사람들 등장.

국왕   저 봐라, 존 랭커스터가 여기로 오는구나.   225
랭커스터 건강과 평안과 행복이 부왕께 깃들기를!
국왕   넌 내게 행복과 평화를 가져왔다, 아들 존.
하지만 건강은, 아, 텅 비고 시든 이 몸통 두고
힘찬 날갯짓하며 날아갔어. 널 보는 것으로
세상에서 내 할 일은 종지부를 찍는다.   230
워릭 경은 어디에 있느냐?

왕자	워릭 경!
국왕	내가 처음 기절을 했던 때 묵었던 장소에
	무슨 별난 이름이 붙은 게 있는가?
워릭	고귀하신 전하, 예루살렘 방이라고 합니다.
국왕	주님께 찬양을! 내 삶은 꼭 거기서 마감되리.

주님께 찬양을! 내 삶은 꼭 거기서 마감되리.　　　　235
예루살렘 아니면 난 죽지 않으리란 예언이
여러 해에 걸쳐서 내게 주어졌는데
난 그걸 헛되게도 성지라고 상상했다.
하지만 그 방으로 날 옮겨라. 거기 누워
그 예루살렘에서 이 해리는 죽으리라.　　(함께 퇴장)　240

5막 1장

천박 판사, 폴스태프, 바돌프 및 시동 등장.

천박　　　나 원 참, 오늘 밤에 가시진 못합니다. 뭐야, 데이비 있
　　　　느냐!

폴스태프　양해해 주셔야 합니다, 로버트 천박 선생.

천박　　　전 양해 못 합니다, 경은 양해받지 못하실 겁니다. 양
　　　　해는 안 받아들여질 겁니다, 어떤 양해도 소용없을 겁　5
　　　　니다, 경은 양해받지 못하실 겁니다. 허 참, 데이비!

데이비 등장.

데이비　　여기요, 나리.

5막 1장 장소 글로스터셔. 천박 판사의 집.

| 천박 | 데이비, 데이비, 데이비, 데이비, 어디 보자, 데이비, 어디 보자, 데이비, 어디 보자. 그래, 참, 요리사 윌리엄에게 이리 오라고 해. 존 경, 양해받지 못하실 겁니다. | 10 |

데이비 — 아 참, 나리, 그런데요, 그 영장들은 소용 없었답니다. 그리고 나리 — 묵힌 땅에 밀을 심을까요?

천박 — 붉은 밀이다, 데이비. 그런데 윌리엄 요리사는 — 어린 비둘기는 없느냐?

데이비 — 있어요, 나리. 근데 여기 편자와 보습에 대한 대장장이 — 15
의 계산서가 있습니다.

천박 — 계산서 갚아 줘라. 존 경, 양해받지 못하실 겁니다.

데이비 — 근데 나리, 두레박에 새로운 연결 고리가 있어야 하는데요. 그리고 나리, 윌리엄의 급료를 아주 끊어 버릴 작정이십니까, 어저께 그가 힝클리 장에서 잃어버린 — 20
자루 때문에요?

천박 — 갚게 만들 거야. 비둘기 몇 마리와 데이비, 다리 짧은 암탉 두어 마리, 양고기 한 덩어리, 그리고 예쁘고 작고 조그만 별미 아무거나, 요리사 윌리엄에게 말해.

데이비 — 전쟁 나갔던 분은 밤새 머무십니까, 나리? — 25

천박 — 그래, 데이비, 난 그를 잘 대접할 거야. 궁정에 있는 친구 하나가 지갑 속의 한 냥보다 낫지. 그분 부하들에게 잘해라, 데이비, 그들은 순 악질들이고 뒤에서 헐뜯을 테니까.

데이비 — 그들은 뒤에서 뜯긴 것보다 더 나쁠 것도 없답니다, 나 — 30
리, 옷이 놀랄 만큼 더러우니까요.

천박 — 아주 기발해, 데이비. — 일 보러 가, 데이비.

데이비 — 청컨대, 나리, 원콧의 윌리엄 바이저를 지지해 주십시오, 언덕 위의 클레멘트 퍼크스 말고요.

천박	그 바이저 말이야, 불평이 많아, 데이비. 그 바이저란 35 놈 순 악질이야, 내가 알기로는.
데이비	판사님께 그가 악질이라는 걸 인정합니다. 하지만 하 느님 맙소사, 나리, 악질도 친구의 요청으로 약간의 지 지는 받아야 합니다. 정직한 사람은 나리, 자기 자신을 변호할 수 있는데 악질은 못 합니다. 전 요 팔 년 동안 40 판사님을 진심으로 섬겼답니다, 나리. 제가 네 달에 한 두 번쯤 정직한 사람 말고 악질을 두둔할 수 없다면 전 판사님께 거의 신용이 없는 셈이죠. 이 악질이 정직한 제 친구랍니다, 나리, 그러므로 판사님께 청컨대 그를 지지해 주십시오. 45
천박	원 참, 그가 해를 입진 않을 거라 단언하지. 조심해, 데 이비. (데이비 퇴장) 어디 계십니까, 존 경? 자, 자, 자, 장 화를 벗어요. 악수합시다, 바돌프 님.
바돌프	판사님을 만나 뵈어 기쁩니다.
천박	진심으로 고맙소, 친절한 바돌프 님, 그리고 (시동에게) 50 잘 왔네, 키 큰 친구. 가시죠, 존 경.
폴스태프	따르겠소, 로버트 천박 선생. (천박 판사 퇴장) 바돌프, 말들을 살펴보게. (바돌프와 시동 함께 퇴장) 내 몸을 톱 질로 조각조각 낸다면 천박 선생처럼 턱수염 달린 은 둔자용 지팡이는 네 다스나 만들 거다. 그와 하인들의 55 마음 사이에 보이는 긴밀한 유사성은 놀랍다. 그들은 그를 관찰함으로써 어리석은 판사들처럼 처신하고, 그는 그들과 어울림으로써 판사 같은 하인으로 변한 다. 그들의 마음은 이 교제에 참여함으로써 너무나 친

51행 키 큰 키 작은 시동을 놀리면서 하는 말.

밀히 결합되어 수많은 야생 거위들처럼 한뜻으로 무   60
리를 이룬다. 내가 만약 천박 선생에게 청이 있다면 난
그의 하인들에게 내가 그들의 주인과 가깝다는 암시
를 주면서 비위를 맞출 거다. 그의 하인들에게 청이 있
다면 난 천박 선생에게 누구도 자기 하인들을 더 잘 통
솔할 순 없다면서 비위를 맞출 것이고. 현명한 몸가짐   65
이나 무식한 처신은 사람들이 병에 걸리듯 다른 사람
에게서 옮는 게 분명해. 그러므로 사람들은 동료를 주
의할지어다. 난 이 천박을 이용하여 해리 왕자가 유행
을 여섯 번 갈아입을 때까지 — 그 기간은 네 분기 아
니면 소송 두 건에 해당하는데 — 계속 웃을 만큼 많   70
은 사건을 만들어 낼 테고 그는 쉴 틈 없이 웃을 거다.
오, 하찮은 맹세로 하는 거짓말과 심각한 얼굴로 하는
농담이 어깨가 한 번도 아파 보지 않은 녀석에게 내는
효과는 클 것이다! 오, 여러분은 그가 자기 얼굴이 젖
어서 구겨진 외투처럼 될 때까지 웃는 모습을 보게 될   75
겁니다!

천박   (안에서) 존 경!
폴스태프   갑니다, 천박 선생, 가요, 천박 선생.   (퇴장)

5막 2장
워릭과 수석 판사 만나면서 등장.

워릭   안녕하십니까, 수석 판사, 어디로 가시오?

5막 2장 장소 웨스트민스터. 궁정.

수석 판사	국왕께선 어떠신지?
워릭	아주 좋으십니다. 걱정은 이제 다 끝나셨죠.
수석 판사	가신 건 아니지요.
워릭	인간의 길 걸으셨고
	우리의 계획 속엔 더 이상 없으시죠.
수석 판사	전하께서 저도 불러 주셨으면 합니다.
	그분의 생전에 충직하게 봉사한 덕분에
	저는 온갖 위해에 노출되어 있답니다.
워릭	사실 젊은 국왕은 당신을 안 좋아하는 것 같소.
수석 판사	그렇게 알고 있고 그 상황을 어느 때든
	반갑게 맞이할 준비하고 있답니다.
	그래서 그것이 상상으로 그리던 것보다
	더 무섭게 저를 노려볼 수는 없답니다.

　　　　　존 랭커스터 왕자, 클래런스, 글로스터 및
　　　　　그 밖의 사람들 등장.

워릭	돌아가신 해리의 우울한 후손들이 왔군요.
	오, 살아 있는 해리께서 이 세 신사 가운데
	최고로 나쁜 분의 기질쯤은 가졌으면!
	그러면 저급한 자들에게 고분고분해야 할
	수많은 귀족들이 제자리를 지킬 텐데!
수석 판사	맙소사, 전 모든 게 뒤집힐까 두렵소.
랭커스터	안녕하십니까, 워릭 경, 안녕하십니까?
글로스터·클래런스	안녕하십니까?
랭커스터	우리는 말을 잊은 사람들처럼 만나네요.
워릭	기억은 하지요, 하지만 우리의 주제가

5

10

15

20

276　헨리 4세 2부

	긴 말을 받아들이기에는 너무나 무겁지요.	
랭커스터	글쎄요, 우리를 슬퍼하게 만든 분께 평화를!	25
수석 판사	우리가 더 슬프지 않도록 우리에게 평화를!	
글로스터	오, 판사님, 당신은 정말로 친구를 잃었소.	
	또 감히 맹세컨대 겉치레로 슬픈 얼굴	
	빌리진 마시오. — 그건 분명 당신 거요.	
랭커스터	어떤 은총 받을지 아무도 확신은 못 하지만	30
	당신의 예상치는 가장 밑바닥이오.	
	그래서 더 유감스럽소. 아니라면 좋겠소.	
클래런스	글쎄요, 폴스태프 경을 이젠 좋게 말해야지요,	
	그게 당신 성품엔 역행하는 일이지만.	
수석 판사	왕자님들, 전 제가 한 일을 명예롭게	35
	제 영혼의 편견 없는 지도 받고 했습니다.	
	그래서 거지처럼 거절이 예정된 용서를	
	제가 구걸하는 건 절대로 못 보실 것입니다.	
	진실과 정직한 순수성이 아무 소용없다면	
	돌아가신 제 주인님, 국왕께로 간 다음	40
	누가 저를 뒤따라 보냈는지 아뢰지요.	
워릭	왕자님이 오셨소.	

헨리 5세 시중받으며 등장.

수석 판사	좋은 아침입니다, 그리고 전하 만세!	
국왕	전하라는 이 새롭고 화려한 복장은	
	당신의 생각만큼 편하게 느껴지진 않군요.	45
	아우들의 슬픔엔 약간의 두려움이 섞였군.	
	여긴 잉글랜드 궁정이네, 터키가 아니고.	

계승자는 아무라트의 아무라트가 아니라
해리의 해리라네. 하지만 아우들은 슬퍼하라.
믿음에 맹세코 그게 아주 잘 어울리니까.   50
슬픔은 너희에게 너무나 위엄 있어 보여서
나도 그런 관습을 깊이깊이 받아들여
가슴속에 새기겠다. 그러니 슬퍼하라.
하지만 아우들은 그것을 우리에게 지워진
공동의 짐 이상으로 여기진 말거라.   55
맹세코 확신을 가지라고 명하건대
난 너희 아버지와 형 또한 될 것이다.
너희 사랑 품게만 해 주면 너희 걱정 품겠다.
하지만 해리가 가신 건 울어라, 나도 우마.
그러나 그 눈물을 행복의 시간으로   60
모두 다 바꿔 놓을 해리는 살아 있다.

왕자들　전하께 달리 바라는 바는 없습니다.

국왕　모두 날 이상하게 보는군. ── 당신이 가장 많이.
　내가 당신 안 좋아한다고 확신하는 것 같소.

수석 판사　확신컨대 제가 바른 평가를 받는다면   65
　전하께서 미워하실 정당한 이유는 없습니다.

국왕　없다고?
　나처럼 대망을 가졌던 왕자가 어떻게
　당신이 내게 준 큰 치욕을 잊을 수 있겠나?
　뭐! 욕하고 꾸짖고 거칠게 감옥에 보낸다고,   70
　잉글랜드 왕위 계승자를? 이게 별것 아니었나?

48행 아무라트
1574년에 자기 아버지 셀림 2세를 계승한
술탄 무라트(아무라트) 3세는 형제들을 죽
게 하였고, 무함마드 3세도 1596년 1월에
꼭 같은 일을 했다. 그래서 그 이름(아무라
트)은 폭정의 상투어가 되었다. (아든)

망각의 강물에 씻기어 잊힐 수 있는 건가?

수석 판사 당시 저는 전하의 부친을 대신했습니다.
그분의 권력의 표상이 당시 제게 있었지요.
그리고 그분 법을 집행함에 있어서   75
제가 이 나라를 위하여 바빴을 동안에
왕자님은 황공하옵게도 제 위치와
법과 또 정의의 위엄 및 권능과
제가 대변하였던 국왕의 모습을 잊으시고
바로 제 판결의 장소에서 절 때리셨지요.   80
그래서 전 당신을 부친 어긴 죄인으로
제 권한을 과감히 행사할 길을 열며
투옥했었답니다. 그 행위가 나빴다면
지금은 왕관을 쓰셨으니 당신의 아들이
당신 법령 무시해도 만족하실 겁니까?   85
경외하는 당신 판사 막 끌어내려도?
법 절차를 뒤엎고 당신의 평화와 안전을
지켜 주는 칼날을 무디게 만들어도?
더 나아가 왕의 최고 대변인을 걷어차고
대리인이 수행하는 당신 업무 조롱해도?   90
전하의 생각을 살피시고 입장을 바꾸어
아버지가 되신 다음 아들 하나 떠올리고
당신의 위엄이 지극히 모독됐단 말을 듣고
지엄한 법령이 심하게 무시당한 것을 보고
아들에게 경멸받은 자신을 쳐다보십시오.   95
그런 다음 제가 당신 편에서 당신의 권력으로
아들 입을 부드럽게 막았다고 상상하십시오.
냉정히 고려해 보시고 저를 심판하십시오.

그리고 왕이시니 지위 걸고 말씀해 주십시오,
제가 제 위치나 신분이나 제 주상의 전권에   100
어울리지 않은 일을 한 것이 무엇인지.
국왕   당신이 옳소, 판사, 그러니 이걸 잘 새기시오.
그러므로 그 저울과 칼을 계속 지니시오.
또한 난 당신의 영예가 내 아들이 당신에게
죄를 짓고 나처럼 복종하는 사건을   105
당신이 살아서 볼 때까지 늘어나길 바라오.
그래서 난 살아서 부왕의 말씀을 하겠소.
'난 행복한 사람이다, 감히 내 아들에게
정의를 행할 만큼 용감한 자 있어서.
그리고 자신의 큰 권한을 그렇게   110
정의의 두 손에 넘기겠단 아들이 있어서
못지않게 행복하다.' 당신은 날 잡아넣었소.
그래서 난 당신 손에 당신이 늘 지녔던
오점 없는 그 칼을 진정으로 맡깁니다.
이걸 잊지 말라면서. — 즉, 당신은 같은 칼을   115
내게 했던 것처럼 용감하고 정당하며
공평한 정신으로 쓰시오. 내 손을 잡으시오.
당신은 젊은 내게 아버지가 될 것이오.
내 목소린 당신이 귀띔해 주는 대로 날 것이고
당신의 잘 훈련된 현명한 지시 따라   120
내 뜻을 굽히고 겸손하게 굴 것이오.
그리고 왕자들은 청컨대 내 말을 믿으라,
아버지는 난폭한 상태로 무덤으로 가셨다,
왜냐하면 내 애착이 그 묘에 있으니까.
그래서 난 그분의 심정으로 엄숙히 살아남아   125

이 세상 사람들의 기대치를 조롱하고
예언을 뒤엎으며 내 겉모습만으로
나를 설명해 놓은 썩어 빠진 평가를
지워 없애 버리련다. 내 혈기의 흐름은
지금까진 오만하게 허영으로 흘러갔다.   130
이젠 그게 방향 돌려 바다로 되돌아가
늠름한 대양과 합쳐질 것이고
지금부턴 예의 바른 위엄 갖춰 흐르리라.
이제 짐은 고위급 의회를 소집하고
손발 같은 귀족 고문관들을 선택하여   135
위대한 우리 나라 정체가 최고의 정부와
동등한 위치가 되도록 만들겠다.
그래서 전쟁과 평화를, 또는 둘을 동시에
친숙하고 익숙한 것이 되게 만들겠다.
그 일에 아버지, 당신이 선두 역을 할 것이오.   140
대관식이 끝난 다음 앞서 언급했듯이
모든 정부 관리들을 소집할 것이다.
또 신께서 내 선의를 승인해 주신다면
어떤 군주, 동료도 해리의 복된 삶을 하루라도
줄여 달라 기도할 정당한 이유는 없으리라! (함께 퇴장)   145

5막 3장

폴스태프, 천박, 무언, 데이비, 바돌프 및

시동 등장.

5막 3장 장소 글로스터셔. 천박 판사의 과수원.

천박	아뇨, 제 과수원을 보셔야 합니다. 거기 정자에서 우린 제가 직접 접붙인 작년 능금을 먹을 겁니다, 회향풀 요리 등등과 함께요 — 가세, 무언 동생 — 그러고는 잠자리에 들 겁니다.
폴스태프	맹세코, 당신은 여기에 멋진 집을 가졌군요, 게다가 비싼 걸로.
천박	초라, 초라, 초라하죠. 다 거지, 다 거지죠, 존 경 — 참, 공기는 좋습니다. 상을 차려, 데이비, 상을 차려, 데이비, 잘했어, 데이비.
폴스태프	이 데이비는 당신에게 쓸모가 많군요. 당신의 하인이면서 집사로군요.
천박	훌륭한 종복, 훌륭한 종복, 아주 훌륭한 종복이랍니다, 존 경. — 원 이런, 난 저녁 식사 때 포도주를 너무 많이 마셨어요. — 훌륭한 종복이죠. 이제 앉으시죠, 이제 앉으시죠. — 자, 동생.
무언	아, 이봐! 그가 이르기를 우리는 (노래한다.)

5

10

15

> 먹기만 하고 또 음식만 만들리라,
> 또 유쾌한 한 해 주신 주님 찬양하리라,
> 인간은 값싼데 계집들은 비쌀 때
> 또 활기찬 청년들이 너무나 유쾌할 때
> 　여기저기 떠돌 때
> 줄곧 너무 유쾌할 때.

20

폴스태프	거 유쾌한 사람이구려, 무언 선생! 그 대가로 곧 당신에게 건배하겠소.
천박	바돌프 님에게 포도주 좀 드려라, 데이비.
데이비	나리, 앉으세요. — 곧 갑니다. — 아주 친절하신 나

25

리, 앉으세요. 시동님, 착한 시동님, 앉아요. 드세요!
음식이 모자라면 마실 걸 드리지요. 하지만 참으셔야
합니다. 마음이 중요하죠.　　　　　　　　　　(퇴장)

천박　　유쾌히 노세요, 바돌프 님, 그리고 거기 작은 군인도　　30
유쾌히 놀게.

무언　　(노래한다.)

　　　　　　즐겨요, 즐겨요, 아내가 다 이겨요,
　　　　　　여자들은 크건 작건 잔소리꾼이니까요.
　　　　　　턱수염 다 흔들릴 때 방 안은 즐겁지요.
　　　　　　어서 오라, 즐거운 참회일! 즐겨요, 즐겨요.　　35

폴스태프　난 무언 선생이 이런 기질을 가진 사람인 줄 생각 못
했답니다.

무언　　누구, 저요? 전 이전에도 두어 한 번 얼근히 취했지요.

　　　　　　　　　　데이비 등장.

데이비　　(바돌프에게) 껍질 질긴 홍옥 요리 왔습니다.

천박　　데이비!　　　　　　　　　　　　　　　　40

데이비　　판사님? 곧장 가겠습니다. (바돌프에게) 포도주 한 잔
드릴까요?

무언　　(노래한다.)

　　　　　　상쾌한 최고급 포도주 한 잔을 다
　　　　　　내 님이여, 그대 위해 마십니다.
　　　　　　즐거운 마음은 오래 살지 — 여.　　45

폴스태프　잘했소, 무언 선생.

38행 두어…번　한 두어 번.

무언	그리고 우린 즐거울 겁니다, 이제 달콤한 밤이 오니까요.
폴스태프	건강과 장수를 빕니다, 무언 선생.
무언	(노래한다.)

> 이 잔을 채우고 쭉 돌려라,
>
> 깊은 우물 잔이라도 비우리라.   50

천박	정직한 바돌프 님, 잘 왔어요! 뭐든 원하시는 게 있는데 부르지 않는다면, 그런 마음 빌어먹죠. (시동에게) 잘 왔어, 작은 꼬마 도둑, 너도 정말 잘 왔어! 난 바돌프 님을 위해 또 런던의 모든 한량들을 위해 마시겠소.
데이비	전 죽기 전에 런던을 꼭 한 번 보고 싶어요. 55
바돌프	그리고 난 자넬 거기서 볼지도 몰라, 데이비, ―
천박	단연코 둘이서 술 한 말은 비울 거요 ― 하! 안 그래요, 바돌프 님?
바돌프	그럼요, 두 되짜리 잔으로.
천박	이런 우라질, 고맙소. 이놈은 당신에게 붙어 있을 거요, 그건 장담할 수 있지요. 놈은 안 떨어질 겁니다 ― 아, 순종이니까! 60
바돌프	저도 그에게 붙을 겁니다.
천박	이런, 왕이 말씀하셨네. 맘껏 드시오! 즐기시오! (문에서 노크) 저기 문에 누군지 가 봐라, 야! 누가 두드리지? 65

(데이비 퇴장)

폴스태프	(무언에게, 그가 큰 잔을 꺼내는 것을 보고) 아니, 이제야 나와 대작하시는군요.
무언	(노래한다.)

> 대작하고
>
> 작위를 주시오,
>
> 권주가로.   70

이게 아니던가요?

폴스태프 그거요.

무언 그래요? 그렇다면 노인도 뭔가를 할 수 있다고 말하시오.

데이비 등장.

데이비 판사님께 죄송하오나 피스톨이란 사람이 궁정에서 소
식을 가져왔답니다. 75

폴스태프 궁정에서? 들어오라고 해.

피스톨 등장.

웬일이야, 피스톨?

피스톨 존 경, 하느님의 가호를 빕니다!

폴스태프 무슨 바람이 불어 이리로 왔나, 피스톨?

피스톨 누구에게도 득이 안 되는 나쁜 바람은 아닙니다. 친절 80
한 기사님, 당신은 이제 이 왕국에서 가장 위대한 사람
가운데 하나랍니다.

무언 원 이런, 내 생각도 그런데, 바슨 읍의 뻥튀기 씨만 빼
놓고.

피스톨 뻥튀기 씨? 85
네 이나 뻥 튀겨라, 최고 배신 겁보에 천것아!
존 경, 전 당신의 피스톨, 당신의 친구이고
허둥지둥 말을 타고 당신에게 달려왔죠.

83~84행 원…빼놓고 무언 판사의 말은 폴스태프의 배가 바슨 읍의 뚱보를 제
외하고는 제일 크다는 뜻.

	기별도 가져왔고, 상서로운 기쁨과	
	호시절과 값나가는 희소식도 가져왔죠.	90
폴스태프	자네에게 비는데 이제 그것을 이 세상 사람처럼 전달	
	하게.	
피스톨	이 세상과 천한 세상 것들은 엿 먹어라!	
	이 몸은 아프리카와 금빛 기쁨 말합니다.	
폴스태프	오, 이런 천한 아시리아 기사야, 무엇이냐?	95
	코페투아 왕에게 그 진실을 알려라.	
무언	(노래한다.)	
	그리고 로빈 후드, 스칼릿과 존에게도.	
피스톨	똥 무더기 개들이 뮤즈와 맞붙을까?	
	그리고 희소식은 경멸받을 것인가?	
	그럼 피스톨이여, 원귀들의 무릎 베고 누워라.	100
천박	정직한 신사여, 전 당신의 출신을 모릅니다.	
피스톨	그렇다면 그 일로 슬퍼하라.	
천박	용서하십시오. 만약 당신이 궁정에서 소식을 가져왔	
	다면 두 가지 길밖에 없다고 봅니다, 그것을 내뱉거나	
	감추거나. 저는요 약간의 권한을 가지고 국왕 밑에 있	105
	답니다.	
피스톨	어느 국왕, 이 거지야? 말하거나 죽어라.	
천박	해리 왕 밑이죠.	
피스톨	해리 4세 아님 5세?	

94행 아프리카
전설적인 부의 땅. (아든)
95행 아시리아
왜 하필 아시리아인지는 불분명하지만
과장된 오리엔탈리즘은 적절하다. (아든)
96행 코페투아

「코페투아 임금님과 거지 처녀」라는 오
래된 발라드에 등장하는 왕의 이름. (뉴
펭귄)
97행 스칼릿과 존
윌 스칼릿과 리틀 존은 로빈 후드의 발라
드에 등장하는 유쾌한 남자들이다.

천박	해리 4세입니다.
피스톨	당신 직무 엿 먹어라!
	존 경, 당신의 어린 양이 이제는 왕이에요. 110
	해리 5세, 바로 그 사람인데, 진실이오.
	피스톨 말 거짓이면 허풍 떠는 스페인놈처럼
	날 이렇게, 욕해요.
폴스태프	뭐, 노왕이 돌아가셔?
피스톨	문에 박힌 못처럼요! 제가 한 말 맞아요.
폴스태프	어서 가, 바돌프, 말안장을 얻어라. 로버트 천박 선생, 이 115
	나라에서 당신이 원하는 자리가 뭐든 고르시오, 당신 거
	요. 피스톨, 너의 고위직을 내가 이중으로 장전해 주마.
바돌프	오, 기쁜 날이다!
	내 운세에 기사 자린 줘도 받지 않을래요.
피스톨	어허, 내가 진짜 희소식을 가져왔지? 120
폴스태프	무언 선생을 침대로 데려가라. 천박 선생, 천박 경 —
	원하는 대로 되시오. 난 운명 여신의 집사라오! 장화를
	신어요, 우린 밤새 말 탈 거요. 오, 달콤한 피스톨! 어
	서 가, 바돌프! (바돌프 퇴장) 자, 피스톨, 더 말해 봐. 게
	다가 네게 득이 될 걸 궁리해 봐. 장화요, 장화, 천박 선 125
	생! 난 젊은 왕이 날 보려고 병이 난 줄 알고 있다. 누
	구 말이든 타고 갑시다. — 잉글랜드 법은 내 명령을
	따르오. 내 친구였던 사람들은 축복받고 수석 판사에
	게는 화가 있을지어다!
피스톨	독한 독수리들이 그자의 허파도 덮쳐라. 130
	'최근 당신 생활이 어땠소?'라고들 묻는다면
	그야, 즐거운 날들이여, 잘 왔다, 그거지! (함께 퇴장)

5막 4장

형리들, 빨리 주모와 헤픈 언니를 끌고 오면서 등장.

주모　　안 돼, 이 악질 놈아! 신에게 빌건대 내가 죽어서 네놈
　　　　이 교수형을 당했으면 좋겠다. 넌 내 어깨를 뽑아 놨어.

형리 1　순경들이 이 여자를 내게 넘겼으니 채찍 타작을 흠씬
　　　　당할 거야, 장담하지. 이 여자와 같이 있던 한둘이 최
　　　　근에 죽임을 당했어.　　　　　　　　　　　　　　　5

헤픈 언니　갈고리야, 갈고리야, 거짓말이다! 이봐, 내 말 좀 들어
　　　　봐, 이 저주받은 소 밥통 상판대기 불한당아, 내가 가
　　　　진 애가 유산되면 넌 네 어미를 때린 편이 더 나았을
　　　　거다, 이 희멀건 낯짝의 악당아.

주모　　오, 주님, 존 경이 왔더라면! 그이라면 이걸 누군가 피　10
　　　　보는 날로 만들 텐데. 하지만 하느님, 이 여자 자궁 속
　　　　의 열매가 유산되길 비나이다!

형리 1　그리되면 당신은 방석 한 다스를 다시 갖게 되겠지, 지
　　　　금은 열한 개밖에 없잖아. 자, 둘 다에게 명한다, 같이
　　　　가자, 두 사람과 피스톨이 때린 자가 죽었으니까.　　15

헤픈 언니　내 말 좀 들어 봐, 이 향로에 새겨진 깡마른 인간아, 난
　　　　이번 일로 당신을 흠씬 두들겨 맞게 해 줄 테야. ── 이
　　　　청파리 악당, 이 더럽게 굶주린 간수야, 당신이 두들겨
　　　　맞지 않는다면 내가 치마를 안 입는다.

5막 4장 장소　런던. 길거리.
11~12행 이…비나이다
이 부분에 대해 두 가지 해석이 있다. 1)헤
픈 언니는 정말 아기를 가졌고 폴스태프
가 그 아버지이며 주모의 말은 의도적이

다.(아기가 죽어 형리가 살인죄로 기소되
길 바란다.) 2)헤픈 언니는 아기를 가지지
않았고 폴스태프는 그 아버지가 아니며 주
모는 의도와는 정반대로 말한다. (아든)

형리 1	가자, 가, 이 남성 편력 기사야, 어서!	20
주모	오, 하느님, 정의가 이렇게 주먹을 이기다니. 글쎄, 고	
	생 끝에 즐거움이 온다지.	
헤픈 언니	가자, 이 악당아, 가자, 나를 판관에게 데려가.	
주모	그래, 가자, 이 피에 굶주린 사냥개야.	
헤픈 언니	이 저승사자, 뼈다귀야!	25
주모	이 해골 놈아!	
헤픈 언니	가자, 이 말라깽이, 가자, 이 불한당아!	
형리 1	아주 좋았어.	(함께 퇴장)

5막 5장
갈대를 뿌리는 일꾼 셋 등장.

일꾼 1	갈대가 더 필요해, 더 필요해!
일꾼 2	나팔 소리가 두 번 났어.
일꾼 3	사람들이 대관식 끝나고 오기도 전에 2시가 되겠어.
	서둘러, 서둘러.	(함께 퇴장)

나팔 소리, 국왕과 그의 행렬이 무대 위를 지나간다.

20행 남성…기사
편력 기사는 중세 로맨스 문학에서 결투
나 다른 궁정식 사랑으로 기사의 덕목을
입증해 줄 모험을 찾아 나라 안을 돌아다
니는 인물을 말한다. 그러나 헤픈 언니의
편력의 대상은 남자들이기 때문에 남성
을 덧붙였다.
21행 정의…이기다니
'주먹이 이렇게 정의를 이기다니'를 뒤집

어 말한 것.
26행 해골
'해골'을 잘못 말한 것.
5막 5장 장소
웨스트민스터. 성당 근처.
1행 갈대
왕의 행차를 위해 지저분하거나 질척한
길바닥을 가리기 위해 뿌렸다.

그 뒤에 폴스태프, 천박, 피스톨, 바돌프 및 시동 등장.

| 폴스태프 | 여기 내 곁에 서요, 로버트 천박 선생, 국왕이 당신에 | 5 |

폴스태프　여기 내 곁에 서요, 로버트 천박 선생, 국왕이 당신에　5
게 경의를 표하도록 만들겠소. 그가 오면 내가 그에게
곁눈질할 테니 그가 어떤 안색을 내게 보이는지 지켜
보기만 해요.

피스톨　기사님 허파에 신의 축복이 있기를!

폴스태프　이리 와, 피스톨, 내 뒤에 서 있어. (천박에게) 오, 내가　10
새 제복을 지을 시간만 있었어도 당신에게 빌린 천 파
운드를 썼을 텐데. 하지만 상관없소, 이 불쌍한 모습이
더 나아요, 그를 보고자 하는 나의 열성을 암시해 주잖
아요.

천박　그렇지요.　15

폴스태프　내 애정이 진지함을 보여 주고 —

천박　그렇지요.

폴스태프　헌신하며 —

천박　그렇죠, 그렇죠, 그렇죠.

폴스태프　이를테면 밤낮으로 달려와 옷을 갈아입을 심사숙고도　20
하지 않고, 기억도 하지 않고, 인내심도 가지지 않
고 —

천박　그게 최고요, 확실히.

폴스태프　여독에 찌든 채 그를 보고픈 욕망에 진땀을 흘리며, 다
른 생각은 전혀 없이, 다른 일은 다 망각해 버리고, 마　25
치 그를 보는 일 말고 다른 일은 전혀 없는 것처럼 하
는 날 보여 주죠.

피스톨　그건 항상 동일하답니다, 왜냐하면 그것밖엔 아무것
도 없으니까. 모든 면에서 그게 제일입니다.

| 천박 | 그건 정말 그렇소. | 30 |

| 피스톨 | 기사님, 전 당신의 고귀한 간 붓게 하고 |

당신을 격노케 하렵니다.

언니가, 고귀하게 여기시는 헬렌이

천한 구속 받으며 병 옮기는 감옥으로

최고로 비천하고 더러운 것들 손에   35

붙잡혀 갔어요.

복수 신과 사나운 원귀 뱀을 시키면 동굴에서 깨워요,

언닌 감옥 갔으니까. 피스톨은 진실만 말합니다.

| 폴스태프 | 내가 구할 것이다.   (안에서 함성. 나팔 소리)

| 피스톨 | 바다가 울부짖고 요란한 나팔 소리 나네요.   40

국왕과 수석 판사를 포함한 수행원들 등장.

| 폴스태프 | 전하 만세, 헬 국왕, 당당하신 헬이여!
| 피스톨 | 하늘의 보호를 받으소서, 최고 왕가 자제여!
| 폴스태프 | 하느님의 가호를, 나의 착한 소년이여!
| 국왕 | 수석 판사, 어리석은 저이에게 말을 걸라.
| 수석 판사 | 정신 있소? 무슨 말을 하는지 알고 있소?   45
| 폴스태프 | 나의 왕! 나의 조브! 나의 심장, 너에게 말한다!
| 국왕 | 늙은이여, 난 당신을 모른다. 기도하라.

이 바보 광대에게 흰머린 정말 볼썽사납다!

난 이렇게 탐식에 부풀고 이렇게 늙었고

이렇게 불경한 사람을 오랫동안 꿈꿔 왔다,   50

하지만 깨고 나니 그 꿈을 경멸한다.

이제부터 그 몸은 줄이고 미덕을 늘여라.

식탐을 버려라. 무덤이 당신에게 아가리를

세 배나 더 크게 벌린 것을 알아라.

바보가 지어낸 농담으로 대답 말고   55

내가 옛날 나일 거라 짐작도 하지 마라,

내가 예전 나 자신을 돌려보낸 사실과

친구였던 자들도 그리할 거라는 사실을

하느님은 아시고 이 세상도 인지할 테니까.

내가 전과 꼭 같은 사람이란 말 듣거든   60

나에게 다가오라, 그러면 당신은 옛날처럼

내 방탕의 스승이자 공급자가 될 것이다.

그때까진 사형을 조건으로 당신을 추방한다.

나를 잘못 이끌었던 자들과 꼭 같이

짐의 옥체 십 마일 근처에도 오지 마라.   65

돈이 없어 나쁜 데 빠지지는 않도록

생계유지 능력쯤은 허락해 주겠다.

그리고 개과천선했다는 소식이 들리면

당신의 강점과 성취도에 따라서

승진시키겠노라.

　(수석 판사에게) 경께서 이 건을 책임지고   70

내 말의 요지가 이행되게 살피시오.

출발하라.　　　　　　　　　　　(국왕과 수행원 함께 퇴장)

폴스태프　천박 선생, 내가 천 파운드를 빚졌지요.

천박　참, 그렇지요, 존 경, 내가 그걸 집으로 가져가게 해 달

라고 간청했지요.   75

폴스태프　그렇게 되기가 어렵겠습니다, 천박 선생. 이번 일로 비

탄하진 마시오. 그는 은밀히 날 부를 것이오. 이봐요,

그는 세상 사람들에게 이렇게 보여야만 한답니다. 승

진 걱정은 마시오. 난 아직도 당신을 크게 만들 사람이

	될 겁니다.	80
천박	어떻게 그럭하실 건지 알 수 없네요, 당신 조끼에 짚을	
	가득 채워 내게 주지 않는다면 말입니다. 간청컨대 존	
	경, 천 가운데 오백이라도 주시오.	
폴스태프	보시오, 난 약속대로 될 겁니다. 당신이 들은 건 핑계	
	일 뿐이오.	85
천박	당신이 그 핑계를 대다가 죽지나 않을까 걱정되네요,	
	존 경.	
폴스태프	핑계 걱정은 마시오. 함께 저녁 먹으러 갑시다. 가자,	
	피스톨 부관. 가자, 바돌프. 밤에 곧 나를 부를 거야.	

수석 판사와 존 왕자, 관리들과 함께 등장.

수석 판사	존 경을 플리트 감옥으로 데려가라.	90
	동행한 자들도 모두 다 잡아가라.	
폴스태프	판사님, 판사님 —	
수석 판사	난 지금 말 못 하오. 당신 증언 곧 듣겠소.	
	이들을 잡아가라.	
피스톨	운명은 날 고문하고 희망은 날 만족시킨다.	95

(존 왕자와 수석 판사만 남고 모두 함께 퇴장)

랭커스터	국왕의 훌륭한 일 처리가 난 맘에 듭니다.	
	그분은 그자를 따르던 무리들을 모두 다	
	아주 잘 보살펴 주려는 의도를 가지셨소.	
	하지만 세상을 대하는 그들의 행동이	
	더 현명해지고 겸손해질 때까지 추방이오.	100
수석 판사	그리될 것입니다.	
랭커스터	국왕께서 의회를 소집하셨습니다, 판사님.	

수석 판사	그러셨죠.
랭커스터	분명히 말하건대 이해가 가기 전에

우리는 내전의 칼끝과 이 땅의 불길을   105
저 멀리 프랑스로 나를 거요. 그런 노래,
어떤 새가 부르는 걸 들었고 내 생각에
국왕은 그 음악에 즐거워하시었소.
자, 가 볼까요.   (함께 퇴장)

맺음말

우선 제 두려움을, 다음엔 인사를, 그리고 끝으로 제
대사를 말씀드리지요.

　제 두려움은 여러분의 불쾌감이고 제 인사는 의무이
고 제 대사는 여러분의 용서를 구하는 것입니다. 여러
분이 훌륭한 대사를 지금 찾으시면 전 끝입니다. 제가   5
해야 할 말을 스스로 지어내야 하고, 또 제가 진짜 해
야 될 말은 저를 망칠까 봐 걱정되니까요. 하지만 본건
으로, 그래서 모험으로 들어가죠. 알려 드리옵건대, 널
리 알려졌으니까, 전 최근 불쾌한 연극의 결말에 여기
서서 여러분의 인내심을 부탁했고 더 나은 연극을 약   10
속드렸습니다. 전 사실 이걸로 갚아 드릴 작정이었는

맺음말
세 문단 모두를 한꺼번에 전달하는 경우
는 없을 것이다. 그리되면 맺음말이 너
무 길어지고 어색할 수도 있으니까. 첫
문단(1~18행)은 이 극의 작가, 아마도 셰
익스피어의 몫이다. 둘째와 셋째 문단
(19~35행)을 말하려면 무용수가 필요한
데, 셰익스피어가 그런 역할을 한 적은
없다. 포프와 그 밖의 많은 편집자들은
맺음말 전체를 '무용수가 말함'이라고 명
기하는데 이는 둘째와 셋째 문단에만 해
당된다. (아든)

데, 이게 불행한 모험처럼 불운하게 귀향하면 전 파산
하고 친절하신 채권자 여러분은 손해를 보십니다. 전
여기에 서겠다고 약속했고 그래서 여기에서 이 몸을
여러분의 자비심에 맡깁니다. 저를 좀 놔주시면 저도   15
좀 갚아 드리고 대부분의 채무자들처럼 끝없이 약속
드리겠습니다. 그래서 여러분 앞에서 무릎을 꿇는데
── 하지만 실은 여왕님을 위해 기도드리려고요.

　제가 혀로써 저의 방면을 탄원할 수 없다면 제게 다
리를 쓰라고 명령하시렵니까? 하지만 여러분에게 진   20
빚에서 춤추듯 벗어나는 건 가벼운 청산밖에 안 되지
요. 하지만 양심 바른 사람이라면 가능한 만족은 뭐든
지 드리려 할 것이고 저 또한 그러려고요. 여기 계신
숙녀분들은 모두 저를 용서하셨어요. 신사분들이 안
그러신다면 그럼 신사와 숙녀 분들 사이가 안 좋단 말   25
인데, 그런 일은 이런 모임에선 본 적이 없답니다.

　한마디만 더 간청하지요. 여러분이 기름진 음식에
물리신 게 아니라면 저희의 겸손한 작가는 존 경이 나
오는 얘기를 계속하면서 여러분이 프랑스의 아름다운
캐서린과 흥겹게 놀도록 해 드릴 텐데, 거기에서 폴스   30
태프는 아마도 땀 흘리다가 죽을 겁니다, 그가 만약 여
러분의 모진 평가로 이미 죽지 않았다면 말입니다. 왜
냐하면 올드캐슬 경은 순교했고 이 사람은 그분이 아

30행 캐서린
다음 작품 『헨리 5세』에서 프랑스를 정
복한 헨리 5세가 결혼하는 프랑스 공주의
이름.
33행 올드캐슬 경
존 올드캐슬은 원래 폴스태프에게 주어

진 이름이었고, 그는 18세기에 존 위클리
프를 추종하는 롤러드파의 지도자였으
며, 나중에는 청교도들에 의하여 순교자
로 간주되었다. 셰익스피어는 올드캐슬
경이라는 이름을 그의 후손들의 항의로
철회할 수밖에 없었다. (RSC)

니니까요. 제 혀가 지쳤네요, 제 다리도 그렇게 되면
안녕히 주무시라고 말씀드릴게요. (퇴장) 35

겨울 이야기

The Winter's Tale

역자 서문

윌리엄 셰익스피어(1564~1616)는 그의 창작 기간 말년에 5편의 로맨스를 썼는데, 그들은 『페리클레스』(1607~1608), 『심벌린』(1609~1610), 『겨울 이야기』(1610~1611), 『태풍』(1611), 그리고 『두 귀족 친척』(1613)이다. 이 다섯 가운데 여기에는 두 작품, 『겨울 이야기』와 『태풍』이 실려 있다. 그런데 이 두 작품은 원래 희극으로 분류되었다. 예를 들면 셰익스피어 최초의 전집이라 할 수 있는 이절판(1623)에서는 이 두 작품이 희극이란 장르의 맨 처음과 맨 마지막을 장식하고 있었다. 그리고 한동안 이런 분류가 계속되었지만 거의 모든 20세기 편집자나 비평가들은 이 둘을 로맨스에 포함시킨다. 그 주된 이유는 두 극이 청춘 남녀의 사랑에 더하여 극단적으로 대조적이면서 놀라운 사건이 연달아 벌어지는 낯선 배경을 보여 주기 때문이다. 그 가운데서도 특히 놀라움이란 요소는 이 두 로맨스를 셰익스피어의 희극들과 차별화하는 동시에 둘을 연결시켜 주는 공통분모의 역할을 한다. 그러면 이제부터 놀라움을 중심으로 이 두 로맨스를 간단하게 소개해 보자. 이때 주의할 점은 장르 분류가 작품 이해에 어느 정도 도움을 주기는 하지만 그 전모를 밝혀 주지는 않는다는 사실이다.

『겨울 이야기』에서 맨 처음 일어나는 놀라운 사건은 레온테스의 질투심 폭발이다. 레온테스만큼 강렬한 질투심은 이전에도 있었다. 예를 들면 오셀로의 저 유명한 질투심은 아내 데스데모나를 죽이고 자신도 파멸에 빠뜨릴 만큼 강했다. 하지만 그때는 이아고라는 걸출한 모사꾼이 있어서 쉬 일어나지 않는 오셀로의 질투심을 일으킬 수 있었고, 그 과정에서 여러 사건(우연이든 필연이든)과 수단(손수건을 포함하여) 또한 이아고에게 유리하게 작용했다. 그 반면 여기 레온테스의 경우에는 그의 갑작스러운 질투심 분출을 뒷받침해 줄 신빙성 있는 증거를 찾기 힘들다. 레온테스와 폴릭세네스의 오래된 우정이나 헤르미오네 왕비가 남편의 친구인 폴릭세네스의 체류 연장을 요청할 때 보여 주는 따뜻한 마음씨가 있지만 그것은 본인이 나중에 설명하듯이 예의의 범위를 벗어나지 않았다. 다시 말하면 특별히 의심을 살 만한 행동을 하지 않았다. 그렇다면 레온테스는 아내인 헤르미오네가 폴릭세네스에게 인사차 내어 준 손을 그가 잡았을 때 왜 갑자기 흥분할까?

너무너무 뜨겁다!

우정을 너무 깊이 섞으면 피를 섞는 셈이지.
내 심장이 경련한다, 춤을 춘다, 하지만
기뻐서 — 기뻐서는 아니다. 이만한 대접은
순수할 수도 있고 진심에서, 선심에서
풍족한 마음에서 자유롭게 우러나와
어울리는 것일 수도 있다. 암, 그럴 수도.
하지만 지금 둘이 하듯이 서로 손을 비비고
손가락을 꼬집으며 거울 두고 연습한
미소를 지은 다음 죽어 가는 사슴처럼
한숨짓는 — 오, 그러한 대접은 내 가슴도
내 이마도 반기지 않는다. (1.2.106~117)

그는 스스로 시인하듯이 헤르미오네의 행동이 순수할 수 있다고 생각한다. 그럼에도 타오르는 의심을 누를 수 없다. 한 문장 안에서 손을 잡는 우정이 피를 섞는 불륜으로 비약한다. 그리고는 오쟁이 진 남편의 상징인 뿔이 자기 이마에 돋을 것처럼 말한다. 여기에서 "그러한 대접"이란 그가 상상하는 두 사람의 성관계를 전제로 한 그녀의 손짓이다. 이는 곧 그의 뇌 감염과 이마에 뿔 돋기로 발전하고 드디어는 아내가 바람을 피웠다는 확신에 이르며, 같은 처지에 있는 수많은 남편들을 상상하면서 그들과 동병상련하는 것(1.2.189~192)으로 위안을 삼는 지경에까지 이른다. 그리고 마침내는 그의 신하 카밀로에게 폴릭세네스의 독살을 명한다.

우리는 앞서 이렇게 급진전하여 살인에까지 이른 레온테스의 질투심에는 그럴듯한 이유가 없다고 판단했다. 그렇다면 셰익스피어는 왜 이런 질투심을 이런 방식으로 이 시점에 등장시켰을까? 그 이유는 크게 두 가지라고 생각한다. 첫째는 믿기 힘들지만 눈앞에서 일어나는 일이기 때문에 믿을 수밖에 없는 이중 감정을 일으켜 관객이나 독자를 놀라움과 혼란에 빠뜨리는 효과를 내기 위해서다. 이때 믿음과 믿지 않음 사이의 차이가 크면 클수록 신비와 혼란도 커진다. 둘째, 이렇게 크게 벌어진 두 감정 사이로 이제부터 따라올 새로운 놀라움이 자리를 잡을 공간이 생긴다. 즉, 후속 사건은 그것이 더 경이로울지라도 앞선 것보다 좀 더 쉽게 받아들여진다. 우리의 정서가 그런 분위기에 익숙해지니까. 그래서 이상하고 신비롭고 낯선 로맨스의 분위기가 이 극 전체를 아우르게 된다.

레온테스의 질투심 다음으로 놀라운 사건은 신탁과 그 뒤에 따라온 헤르미오네 왕비의 죽음이다. 신탁 가운데서도 레온테스의 죄와 헤르미오네, 폴릭세네스, 카밀로, 퍼디타의 결백은 이미 우리가 아는 바를 확인해 준 것일 뿐이지만 국왕의 미래에 대한 예언은 좀 놀라운 수수께끼이다. "국왕은 잃은 것을 되찾지 못하면/후계자 없이 살 것이다."(3.2.134~135) 왜냐하면 우리는 퍼디타가 죽었다고밖에 생각할 수 없으니까. 이미 잃은 것을 어떻게 되찾지 하는 의문이 생긴다. 그러나 신탁 후에 벌어진 일련의 사태에서 가장 놀라운 일은 헤르미오네 왕비의 죽음이다. 그러나 이 놀라움은 현재가 아니라 미래의 반응을 가리킨다. 왜냐하면 우리는 파울리나가 왕비의 죽음을 알렸을 때 그 사실을 거부감 없이 받아들일 수 있다. 레온테스의 질투심과 달리 그녀는 죽을 만한 충분한 이유가 있기 때문이다. 엉뚱한 죄목으로 기소되어 감옥에 갇힌 상태에서 딸을 낳았으나 그 딸은 아버지 되는 레온테스가 사생아로 취급하여 죽을 곳으로 보냈고, 날조된 간음죄로 공개 재판에 나오게 되었을 때 느낄 수 있는 극도의 수치심과 모욕감에 이어 곧바로 신탁에 의해서 그런 감정에서 해방되었으나, 한숨 돌릴 여유도 없이 곧 아들의 죽음을 전해 듣기 때문이다. 자식 둘을 한꺼번에 잃은 어미가 죽는 일은 특별한 동기 없이도 상식적으로 가능하다. 게다가 파울리나의 다음 묘사는 그녀의 죽음에 신빙성을 더한다.

> 가셨다고 했어요. — 맹세해요. 말이나 맹세가
> 통하지 않는다면 가 봐요. 입술과 두 눈의
> 색깔이나 광택을, 바깥의 열기나 안의 숨을
> 되돌려 준다면 이 몸은 당신들을 신처럼
> 받들어 모실게요. (3.2.201~205)

그러나 이 극을 끝까지 읽으면 우리는 그녀가 살아 있다는 사실을 알게 된다. 그러므로 지금 우리에게 닥친 헤르미오네의 죽음 아닌 죽음은 그 두 가능성 사이에 커다란, 신비로운 공간을 마련해 주고 그녀가 잃은 딸과 재회하여 신탁이 실현될 때까지 많은 사건을 담을 수 있는 시간을 벌어 준다. 그리고 그 시작으로 퍼디타를 품에 안은 안티고누스가 보헤미아 해안에 도착하여 어린 것을 버린 죄로 곰에게 먹히고, 그녀를 싣고 온 배와 선원들도 폭풍을 만나 모두 바닷속으로 사라진다. 그런 다음 양치기가 등장하여 아기를 발견하고 퍼디타의 새로운 삶이 시작된다.

4막부터 시작되는 퍼디타 아가씨의 삶과 사랑은 그것이 펼쳐지는 이곳 보헤미아가 레온테스의 시칠리아와 얼마나 다른 나라인지 보여 준다. 이곳은 꽃과 춤과 노래와 축제가 있는 땅이다. 그러나 여기에서 벌어지는 온갖 일들은 시간의 신에게 도움을 받아 건너뛰고 우리는 마지막 놀라운 사건인 헤르미오네와 퍼디타의 재회로 직진하자. 그러면 우리는 여러 종류의 감동적이고 눈물 어린 재회와 용서, 옛 결혼 관계의 회복 및 새로운 짝짓기도 볼 터인데 그 가운데 가장 감동적인 사건은 물론 헤르미오네의 기적 같은 환생이다. 죽었다고 생각되지만 산 것처럼 보이는 헤르미오네를 쳐다보는 모두에게 신비감과 긴장감을 고조시킨 파울리나는 마지막으로 살아 있는 석상, 세월 따라 늙어 간 흔적을 고스란히 간직한 헤르미오네에게 이제는 거기에서 내려오라고 주문한다.

> 이때예요, 내려와요, 돌을 벗고 다가와요.
> 쳐다보는 모든 이를 놀래 줘요. 자,
> 그 무덤을 메울게요. 움직여요 — 아니, 나와요.
> 마비는 죽음에게 넘겨줘요, 소중한 생명을
> 그로부터 구하니까. 움직임이 보이죠. (5.3.100~104)

이때 우리는 헤르미오네가 죽음이 삶이 되는 이 순간을 위해 살았음을 알게 된다. 물론 파울리나가 그녀가 살아 있다는 사실을 숨겼기 때문에 그녀의 죽음에 대한 비밀은 지켜질 수 있었을 터이다. 하지만 딸 퍼디타와 남편 레온테스가 없는 삶은 그녀에게 죽음이나 마찬가지였을 것이다. 그런 의미에서 그녀는 죽은 상태, 즉 돌과 같은 마음으로 살았을 것이다. 그러나 이제 딸과 남편 앞에서 그녀는 새 생명으로 다시 태어난다. 그리고 우리 모두에게 로맨스 희곡의 놀라운 감동을 선사한다.

끝으로 이번 번역은 존 피처(John Pitcher) 편집의 아든(The Arden Shakespeare) 판 『겨울 이야기(Winter's Tale)』를 기본으로 하고, G. 블레이크모어 에번스(G. Blakemore Evans) 편집의 리버사이드 셰익스피어(The Riverside Shakespeare) 판과 조너선 베이트와 에릭 라스무센(Jonathan Bate and Eric Rasmussen) 편집의 RSC(The Royal Shakespeare Company) 판을 참조하였다.

등장 인물

| 시칠리아 |

레온테스	시칠리아의 왕
마밀리우스	시칠리아의 어린 왕자
카밀로	
안티고누스	
클레오메네스	시칠리아의 귀족
디온	
헤르미오네	레온테스의 왕비
퍼디타	레온테스와 헤르미오네의 딸
파울리나	안티고누스의 아내
에밀리아	헤르미오네의 시녀
간수	
신사	
로제로	신사
집사	파울리나의 하인
선원	
군관들	헤르미오네의 재판에 참석
하인	마밀리우스의 시종
귀족들	
귀부인들	

| 보헤미아 |

폴릭세네스	보헤미아의 왕
플로리젤	보헤미아의 왕자(처음엔 도리클레스라는 가명을 씀)
양치기	퍼디타의 수양아버지
광대	그의 아들

오토리쿠스	불한당
아르키다무스	보헤미아의 귀족
하인	
몹사	
도르카스	여자 양치기들
시간의 신	해설자

다른 귀족, 귀부인, 신사, 하인, 시종, 양치기와
여자 양치기들
사티로스로 분장한 시골 춤꾼 열두 명. 곰

장소   일부는 시칠리아, 일부는 보헤미아

1막 1장

카밀로와 아르키다무스 등장.

아르키다무스 카밀로 경께서 제가 지금 수행 중인 것과 비슷한 일을 계기로 보헤미아를 방문할 기회가 있으면, 말씀드린 것처럼 우리 보헤미아와 경의 시칠리아 사이에 큰 차이가 있음을 아실 것입니다.

카밀로 제 생각엔 올여름 시칠리아 국왕께서 보헤미아에 당   5 연히 빚지고 있는 답방을 할 뜻이 있으신 것 같은데요.

아르키다무스 그리되면 저희들은 접대 문제로 창피할 것입니다. 우정으로 변명이야 되겠지만 사실은 ──

카밀로 제발 ──

아르키다무스 참말로 제가 알기 때문에 터놓고 말씀드리는데 저희   10 는 이토록 화려하게 ── 이렇게 진귀한 ── 할 말을 모르겠습니다. 저희는 잠 오는 술을 드릴 것입니다, 그래서 경의 감각이 마비되어 (저희의 부족함을 못 알아차리고) 칭찬은 못 해도 비난은 적게 하시도록 말입니다.

카밀로 경께선 공짜로 받은 것에 대해 너무 비싼 값을 치르시   15 는군요.

아르키다무스 정말이지 전 이해하는 바에 따라 말하고 정직하게 느끼는 대로 표현하고 있답니다.

카밀로 시칠리아 국왕께선 보헤미아 국왕께 아무리 친절해도 지나칠 수 없지요. 두 분은 어린 시절에 같이 교육을   20 받았고, 그 당시 둘 사이에 깊이 뿌리내린 우정은 이제 가지를 뻗을 수밖에 없지요. 두 분의 높아진 직위와 왕

1막 1장 장소 시칠리아. 레온테스의 궁정.

으로서의 책무 때문에 교류가 멀어진 이래로 두 분은
직접 해우하진 않았어도 대리인을 통하여 선물과 편
지와 우호 사절을 격에 맞게 교환함으로써 떨어져 있   25
어도 같이 있는 것 같았고 광대한 거리 너머로 악수하
는 듯했으며 마치 맞바람의 양 끝에서 포옹하는 것 같
았지요. 하늘은 두 분의 우정을 지속시켜 주소서!

아르키다무스   이 세상 그 어떤 악의나 사건도 그걸 바꿀 수는 없다고
생각합니다. 경께선 어린 마밀리우스 왕자님께 말할   30
수 없는 위안을 얻고 계시는데 그는 제가 여태껏 알게
된 신사 가운데 최고로 전도 유망합니다.

카밀로   그분에 대한 기대감은 저도 경과 꼭 같습니다. 멋진 소
년이신데 정말이지, 백성들을 치유하고 늙은 마음을
생기 있게 만들어 준답니다. 그가 태어나기 전에 목발   35
짚던 사람들도 그가 성년이 되는 걸 보려고 더 살기 원
하지요.

아르키다무스   그게 아니더라도 그들이 기꺼이 죽겠어요?

카밀로   예, 살고 싶어 해야 할 다른 핑곗거리가 없을 때 그러
겠지요.   40

아르키다무스   그들은 왕에게 아들이 없다 해도 생길 때까지 계속 목
발 짚고 살고 싶을 것입니다.   (함께 퇴장)

1막 2장
레온테스, 헤르미오네, 마밀리우스, 폴릭세네스 및
카밀로 등장.

1막 2장 장소 시칠리아. 레온테스의 궁정.

폴릭세네스 짐이 왕의 자리를 비운 뒤로 양치기가
물 머금은 달님의 변화를 지켜본 것만도
아홉 번이라네. 그만큼 긴 시간을 짐은 또
고맙단 인사로 꽉 채우겠지만, 레온테스 형,
그럼에도 짐은 여길 영원한 빚을 지고   5
떠나게 될 것이네. 그래서 난 빈 숫자 영처럼
(그러나 높은 자리 값으로) '고맙네!' 한 번에
그에 앞서 있었던 수천 번의 같은 말을
열 배로 늘이겠네.

레온테스   그 감사를 잠시만 멈추고
떠날 때 갚게나.

폴릭세네스   그게 바로 내일일세.   10
난 공포에 시달리네. 내가 없는 동안에
본국에서 무슨 일이 나거나 생겨서
매운바람 일으키고 '이거 정말 이유 있네.'
그렇게 말할까 봐. 게다가 난 왕이라도
지치게 할 만큼 머물렀지.

레온테스   그 어떤 시험도   15
짐은 족히 견딘다네, 형.

폴릭세네스   더는 못 머무네.

레온테스 일곱 밤만 더 있게.

폴릭세네스   정말로 내일일세.

레온테스 그럼 그걸 절반으로 나누지. 그러면
더는 반박 않겠네.

폴릭세네스   청컨대 그리 압박 말게나.
자네보다 더 빨리 날 설득할 사람은   20
이 세상에 단 하나도 없으며 이 요청이

꼭 필요하다면 지금도 그럴 테지, 물론 난
거절할 수밖에 없지만. 난 내 사정 때문에
집으로 끌려가는 셈인데 그것을 막는 건
(자네에겐 우정이나) 나에겐 채찍이고 머물면   25
자네의 부담과 고생이네. 양쪽 다 덜려고
형과 작별하겠네.

레온테스　　　　　　　　　왕비는 벙어리요? 말해요.
헤르미오네　이분이 맹세코 못 머문단 말씀을 전하께서
끌어내실 때까진 입 다물려 했지요. 전하,
너무 차게 공격하십니다. 보헤미아 전체의   30
안녕을 확신한다 하세요. 어저께 공포되어
만족한 사실이니 이걸 말씀드리면 이분은
최고의 방어를 못 하시죠.

레온테스　　　　　　　　　잘했소, 헤르미오네.
헤르미오네　아들 보고 싶으신 건 설득력이 있는데
그럼 그리 말하게 한 다음 가게 해 주시고   35
그것을 맹세까지 하시면 못 머물 뿐더러
우리는 이분을 빗자루로 내쫓을 거예요.

(폴릭세네스에게)
하지만 왕께선 일주일을 빌려 주실 거라고
모험해 보렵니다. 남편이 보헤미아에 갔을 때
미리 정한 일정보다 한 달 뒤에 출발토록   40
제가 허락할게요. 그래도 분명코 레온테스,
저의 당신 사랑은 그 어떤 부인보다 한 치도
뒤처지지 않아요. 머무시죠?

폴릭세네스　　　　　　　　　아뇨, 마마.
헤르미오네　예, 그러실 거지요?

폴릭세네스	참말로 못 합니다.	
헤르미오네	참말로요?	45

맥없는 맹세로 절 따돌리시네요. 하지만 전
전하께서 맹세로 별들을 궤도 이탈시킨대도
'전하, 못 가셔요.' 할 거예요. 참말로
가지 못하십니다. 귀부인의 '참말로'도
신사의 진실만큼 강합니다. 그래도 가셔요?   50
저에게 전하를 손님이 아니라 죄수로
잡아 두게 강요하시겠어요, 그래서 떠나실 때
감사 대신 숙식비를 내시려고? 어떠세요?
죄수, 손님? 전하의 그 무서운 '참말로'
하나는 되셔야 합니다.

폴릭세네스   그럼 손님 되지요.   55
마마의 죄수가 된다는 건 죄지었단 말인데
제가 그걸 범하는 건 마마의 처벌보다
쉽지가 않습니다.

헤르미오네   그럼 전 간수가 아니라
친절한 안주인이에요. 자, 제 남편과 전하의
어린 시절 장난에 대하여 질문하겠습니다.   60
그때는 고운 소년들이셨죠?

폴릭세네스   그럼요, 고운 왕비,
앞으로도 오늘 같은 내일밖엔 없을 테고
영원히 소년일 거라는 생각만 했었던
두 녀석이었지요.

헤르미오네   제 남편이 둘 가운데
더 장난꾸러기셨지요?   65

폴릭세네스 우리는 햇볕 속에 뛰노는 쌍둥이 양처럼

서로에게 음매음매 하였죠. 우리는
순수와 순수를 서로 주고받았고 악행은
그 원리도 몰랐으며 누가 그걸 안다고는
꿈도 꾸지 못했지요. 그런 삶을 좇으면서   70
우리의 연약한 기운이 왕성한 혈기로
거세지지 않았다면 하늘에게 용감히
'무죄'라고 대답했겠지요, 유전된 원죄를
제외하면 말입니다.

헤르미오네   그 말은 그 뒤로
빛나갔단 뜻이네요.

폴릭세네스   오, 존귀하신 왕비시여,   75
그 뒤로 유혹이 닥쳤지요. 왜냐하면
그 풋내기 시절에 제 아내는 소녀였고
귀하신 그대 또한 제 어린 소꿉동무 눈앞을
지나가지 않았으니까요.

헤르미오네   하느님 맙소사!
거기서 결론짓진 마세요, 전하의 왕비와 절   80
악마라고 하실 테니. 하지만 계속하십시오.
저희 땜에 범하신 죄에는 책임을 지지요,
처음에 저희와 죄를 짓고 계속해서
저희와만 잘못했고 저희 말곤 누구와도
탈선하지 않았다면.

레온테스   아직 설득 안 됐어요?   85

헤르미오네 전하, 머무실 거예요.

73행 유전된 원죄
창세기와 로마서에 나타나는 기독교의   에서 하느님의 명을 거역했기 때문에 죄
교리로 인간은 아담과 이브가 에덴동산   에 물든 체로 태어난다고 한다. (아든)

레온테스	내 청은 거절했소.

사랑하는 헤르미오네가 더 적절히 말한 적
한 번도 없었소.

헤르미오네	한 번도요?
레온테스	한 번만 빼놓고.
헤르미오네	뭐! 두 번이나 잘 말해요? 앞서는 언제였죠?

말씀해 주세요. 저희를 칭찬으로 꽉 채우면   90
가축처럼 살쪄요. 한 선행이 말없이 사라지면
그것을 따르는 천 개가 떼죽음한답니다.
칭찬은 저희의 보수예요. 채찍으로 우리는
백 야드도 못 뛰지만 부드러운 키스로는
백 마일을 질주해요. 하지만 본론으로.   95
제 마지막 선행은 이분의 체류 간청이었는데
처음은 뭐였죠? 앞선 것이 있었어요,
잘못 안 게 아니라면. 오, 덕행이었으면!
전에 한 번 적절히 말했다 하셨죠? 언제요?
예, 알려 줘요. 원해요!

레온테스	그야, 안절부절 세 달이 100

쓰디쓰게 지나간 뒤 내가 당신 흰 손 잡고
내 사랑 만들 수 있었을 때지요. 그 당시 당신은
'전 영원히 당신 거'라고 했소.

헤르미오네	정말 덕행이군요.

자, 이제 봐요, 전 두 번 적절히 말했는데
한 번은 남편 왕을 영원히, 또 한 번은   105
친구분을 한동안 얻었네요. (폴릭세네스에게 손을 준다.)

레온테스	(방백) 너무너무 뜨겁다!

우정을 너무 깊이 섞으면 피를 섞는 셈이지.

내 심장이 경련한다, 춤을 춘다, 하지만
기뻐서 — 기뻐서는 아니다. 이만한 대접은
순수할 수도 있고 진심에서, 선심에서   110
풍족한 마음에서 자유롭게 우러나와
어울리는 것일 수도 있다. 암, 그럴 수도.
하지만 지금 둘이 하듯이 서로 손을 비비고
손가락을 꼬집으며 거울 두고 연습한
미소를 지은 다음 죽어 가는 사슴처럼   115
한숨짓는 — 오, 그러한 대접은 내 가슴도
내 이마도 반기지 않는다. 마밀리우스야,
너는 내 아들이냐?

마밀리우스   네, 전하.

레온테스   진짜배기,
넌 정말 멋진 애군. 뭐야! 코가 더러워졌어?
내 것을 빼닮았다 말들 하지. 근데 애야,   120
우린 말끔해야 해. 말끔, 아니, 깨끗해야 해.
하지만 수사슴, 어린 암소, 송아지도
다 말끔하단다. — 여전히 그의 손을 잡고서
주물러 대! — 넌 어때, 재롱둥이 송아지야!
너는 내 송아지냐?

마밀리우스   네, 전하께서 원하시면.   125

레온테스   넌 나를 완전히 닮기엔 이 털북숭이 머리와
솟은 뿔이 부족해. 하지만 우리는 계란처럼
같다고 말들 하지. — 아무거나 말하는

117행 이마 바람피우는 아내를 둔 남편은 이마에 보이지 않는 조그만 뿔 두 개
가 돋는다고 생각되었다. (아든)

여자들이 그러지. 하지만 그들이
염색 과한 천처럼, 바람처럼 물처럼 거짓되고   130
제 것과 내 것의 구별이 없는 자가 원하는
주사위 숫자처럼 거짓되다 하더라도
애와 내가 같다는 건 사실이다. 자, 시동아,
그 푸른 눈으로 날 쳐다봐. 귀여운 것!
사랑스러운 내 새끼! 네 어미가 그럴 수? 이것이   135
격정일까? ── 그것은 사태의 핵심을 꿰뚫고
불가능해 보이는 걸 가능하게 만들고
꿈과 얘길 나눈다. ── 어떻게 이런 일이? ──
그것은 실체 없는 것들과 어울리고
헛것들과 짝한다. 그런 다음 그 무엇과   140
하나가 된대도 아주 믿을 만한데 그리됐다,
게다가 허용 못 할 정도로, 난 그걸 알아챘고
그래서 나의 뇌는 감염됐고 이마엔
뿔이 돋기 시작했다.

폴릭세네스   왜 그러나, 시칠리아?

헤르미오네   좀 불안정하신 것 같네요.

폴릭세네스   웬일인가?   145

레온테스   괜찮아? 기분은 어떻고, 착한 형?

헤르미오네   전하께선
이마에 큰 근심이 있어 보이십니다.

136행 격정
이 감정의 본질에 대해서는 1)레온테스의
지나친 흥분 상태, 2)질투심, 3)헤르미오
네의 욕정(레온테스가 그렇다고 믿는)이
라는 해석이 있다. (아든)

146행 괜찮아…형
여기에서 레온테스는 약삭빠르게 평정
을 회복한 뒤 폴릭세네스의 앞선 질문을
자신의 확인하는 질문으로 틀어막는다.
(아든)

화나신 거예요, 전하?

레온테스 　　　　　　　　　　아니오, 진정이오.
우리의 본성이 때로는 그 자체의 어리석음,
그 자체의 여림을 드러내어 더 야무진 이들의　　　　　150
오락거리 되는구려. 나는 애의 얼굴 보고
이십삼 년 후퇴하여 푸른 벨벳 윗옷에
반바지 입은 나를 본 것 같소, 내 칼은
흔히 있는 장식물 사고처럼 주인 찔러
너무 위험해지지 않도록 칼집에 넣은 채.　　　　　155
당시에 난 얼마나 이 좁쌀, 이 애호박,
어린 신사 같았는지. 정직한 내 친구야,
돈 대신 계란을 받을래?

마밀리우스 아뇨, 전하. 전 싸우렵니다.

레온테스 그럴래? 그렇다면 행운을 빌어 주마!　　　　　160
이보게 형, 자네도 어린 왕자 좋아하나?
짐이 지금 그러듯이?

폴릭세네스 　　　　　　　　　내가 집에 있을 땐
걔는 나의 모든 활동, 기쁨과 일이라네.
때로는 맹세한 친구가 되었다가 적도 되고
나의 식객, 나의 군인, 정치인, 모두라네.　　　　　165
그 애는 칠월 낮을 십이월만큼이나 줄이고
온갖 어리광으로 우울한 내 마음을
치유해 주는걸.

레온테스 　　　　　　　이 어린 시종의 임무도
그와 꼭 같다네. 이보게, 우리는 걸을 테니
둘은 더 심각한 걸음을 떼 보게. 헤르미오네,　　　　　170
짐에 대한 큰 사랑, 형을 환대하면서 보여요.

	시칠리아의 고가품을 값싸게 만듭시다.
	당신과 이 어린 떠돌이 다음으로 그가 나의
	애정 상속자라오.
헤르미오네	저흴 찾으시려면
	정원에 있어요. 거기서 당신을 기다려요? 175
레온테스	마음대로 하시오. 하늘 아래 있다면
	찾아낼 것이오. (방백) 난 지금 낚시를 하고 있지,
	어떻게 던지는지 당신들은 모르지만.
	저런, 저런!
	그에게 낯짝을, 주둥이를 쳐드는 꼴 좀 봐, 180
	허락하는 자신의 남편에게 아내처럼
	과감한 행동을 하잖아.

(폴릭세네스, 헤르미오네 및 수행원들 함께 퇴장)

벌써 갔어.

단단히, 전적으로, 여지없이 뿔 난 인간이로다!
애, 가서 놀아, 놀아라, 네 어미도 놀고 있고
나도 놀아, 그런데 역할이 너무 추해 무덤까지   185
야유받을 결과가 생길 거다. 경멸과 소란이
내 조종이 될 것이고. 애, 가서 놀아. 전에도
오쟁이 진 자들은 내가 속지 않았다면 있었고
수많은 남자가 방금도, 내가 말한 이때도
아내를 껴안지만 외출하면 그녀 봇물 빠지고   190
자기 못의 고기를 이웃이, 옆집의 웃는 놈이
잡는단 생각은 못 한다. 그래 이건 위안된다,

183행 단단히…인간이로다 이는 완벽하게 오쟁이 진 남편인 레온테스 자신이거
나 또는 순전한 창녀인 헤르미오네를 뜻한다. (아든)

다른 남자 집에도 문은 있고 그 문도 내 것처럼
그의 뜻에 반하여 열릴 테니. 아내가 바람난
모든 자가 절망하면 인류의 십분의 일쯤은   195
목을 매달 것이다. 그것엔 약이 없다.
그 기운이 음탕한 천체처럼 상승세를 탈 때면
어디든 영향을 미친다. 또 그건 내 생각에
동서남북 다 강하다. 밑구멍 단속법은
없다고 결론짓자. 거기를 뚫을 장비   200
다 갖춘 적군은 제 맘대로 드나들 테니까
확실히 해 두자. 수천이 그 병에 걸리지만
그 사실을 알아채지 못한다. 넌 어때, 애?

마밀리우스   제가 전하 닮았대요.

레온테스   음, 위로가 좀 되는군.
아, 카밀로 게 있는가!

카밀로   (앞으로 나오며) 예, 전하.   205

레온테스   나가 놀아, 마밀리우스. 넌 정직해.   (마밀리우스 퇴장)
카밀로, 이 높은 분께서 더 오래 머문다네.

카밀로   그분 닻을 붙박느라 고생 많으셨습니다.
전하께서 던졌을 땐 안 걸렸죠.

레온테스   알아봤어?

카밀로   전하께서 청했을 땐 안 머물려 하셨죠,   210
볼일이 더 중하다 하시면서.

레온테스   눈치챘어?
(방백) 내 얘기를 이미 하고 있구나, 귓엣말로
'레온테스 어쩌고' 속삭이며. 내가 마지막으로

202행 그 병 오쟁이를 지는 병.

	알 정도면 한참 됐어. — 카밀로, 그가 어찌	
	머물게 되었지?	
카밀로	왕비 마마 간청에 의해서죠.	215
레온테스	왕비의 간청이라 해 두지, 마마가 적절하나	
	현 상황엔 맞지 않아. 이해력을 갖고 있는	
	자네의 머리 말고 누가 이걸 파악했나?	
	자네의 지능은 흔한 바보들보다 더 많은 걸	
	흡수하고 끌어들이니까. 세련된 자들 말곤	220
	못 본 거지, 안 그래? 비범한 머리통을	
	소유한 몇 사람만 본 거지? 상것들은	
	이 사건을 새카맣게 모르겠지? 말해 봐!	
카밀로	사건이요, 전하? 대부분은 보헤미아 왕께서	
	여기 더 머문다고 알 겁니다.	
레온테스	뭐?	
카밀로	더 머문다고요.	225
레온테스	하지만 왜?	
카밀로	전하와 참으로 자비로운 저희들 마님의	
	간청을 만족시켜 드리려고.	
레온테스	만족시켜?	
	너희들 마님의 간청을? 만족시켜?	
	그걸로 족하다. 카밀로, 난 자넬 신뢰하여	230
	가장 깊은 속마음을 터놓았을 뿐 아니라	
	기밀도 말했는데 그때 자넨 사제처럼	
	내 가슴을 씻어 줬고 난 개심한 참회자로	
	자네와 헤어졌지. 근데 짐은 그동안	
	자네의 고결함에 속았어, 그럴듯해 보이는	235
	뭔가에 속았어.	

카밀로	당치 않사옵니다, 전하!
레온테스	그런 말 계속하면 자네는 부도덕하거나
	그 반대편이라 하더라도 겁쟁인데
	정직성의 발목을 뒤에서 붙잡고 그것이
	가야 할 길 못 가게 하고 있어. 아니면
	자네는 나의 깊은 신뢰에 뿌리내린 하인인데
	태만한 게 틀림없어. 아니면 놀이가 끝나고
	큰 상금을 탔는데도 그걸 다 농담으로
	생각하는 바보든가.
카밀로	주상 전하, 소신은
	태만하고 어리석고 겁먹을 수 있습니다.
	누구도 이 모든 면에서 자유롭지 못하기에
	태만과 어리석음, 겁먹음은 이 세상의
	끝없이 많은 행위 속에서 때때로
	표출이 된답니다. 전하의 업무를 보다가
	제가 만약 자의로 태만을 부렸다면
	그건 제 어리석음입니다. 고의로 바보짓을
	결과를 잘 저울질 안 해 보고 범했다면
	그건 제 태만이었습니다. 결과가 의심되나
	불이행보다는 실행이 촉구되는 뭔가를
	하려고 했을 때 겁먹은 적 있다면
	그것은 최고의 현자도 여러 번 감염되는
	두려움이었습니다. 전하, 이런 것은
	공인된 약점들로 정직한 사람도
	절대 못 피합니다. 하지만 전하께 간청컨대
	제게 좀 더 솔직해 주시고 제 범행의 얼굴을
	알게 해 주십시오. 그때 제가 부인하면

240

245

250

255

260

그것은 제 것이 아닙니다.

레온테스　　　　　　　　　못 봤어, 카밀로? ──
　　　　의심할 여지없이 넌 봤어, 아니면 그 눈알은
　　　　오쟁이 진 남편의 뿔보다 더 탁하지 ── 못 듣고? ──
　　　　그렇게 뚜렷한 모습을 봤을 땐 소문도　　　　　　　265
　　　　입을 못 다무니까 ── 생각도 못 했어? ── 왜냐하면
　　　　사고력은 생각 없는 자에겐 안 생기니까 ──
　　　　내 아내가 바람난 거? 자네가 눈도 귀도 생각도
　　　　없다고 고백한다거나 뻔뻔하게 그 사실을
　　　　인정하겠다면 말해 봐 ── 내 아낸 잡년이고　　　　270
　　　　혼약을 앞에 두고 그 짓 하는 그 어떤
　　　　화냥년만큼이나 음탕한 이름으로
　　　　불려 마땅하다고. 그 말 하고 입증해!

카밀로　　저는 제 왕비께서 그렇게 더럽혀지는 걸
　　　　즉각적인 보복 없이 가만 서서 듣지만은　　　　　275
　　　　않았을 것입니다. 제기랄, 당신이 이보다 더
　　　　부적절한 말씀 한 적 절대 없었습니다.
　　　　그걸 반복하는 건 진실일지라도 그 짓만큼
　　　　중죄일 것입니다.

레온테스　　　　　　　　속삭임이 헛것이야?
　　　　뺨에 뺨을 기대도? 코를 서로 마주 대도?　　　　280
　　　　입술 안을 빨아도? 막 웃다가 멈추고
　　　　한숨을 내쉬어도? ── 순결을 버렸다는
　　　　틀림없는 표시인데? 올라타고 발 포개도?
　　　　구석에 숨어도? 시계가 빨리 가서 시간은 분,
　　　　정오는 자정 되어 남몰래 나쁜 짓 하려고　　　　285
　　　　자기들, 자기들 눈만 빼고 모든 눈에

백내장 덮이길 바라도? 이것이 헛것이야?
그럼 이 세상과 그 안의 모든 게 헛것이고
하늘 덮개 헛것이고 보헤미아 헛것이고
내 아내 헛것이며 이 헛것들 속 또한 헛것이지,　　　290
이것이 헛것이면.

카밀로　　　　　　　　전하, 그 병든 생각을
고치셔야 합니다, 그것도 제때에요,
아주 위험하니까요.

레온테스　　　　　　　　그래도 사실이야.

카밀로　　아뇨, 아뇨, 전하.

레온테스　　　　　　　　맞아. ─ 자넨 거짓, 거짓말해.
거짓말한다니까, 카밀로. 난 자넬 미워하고　　　295
자네를 비루한 촌뜨기, 얼빠진 노예나
선과 악을 같이 보며 양쪽으로 다 기우는
우유부단한 자로 공언한다. 아내의 간덩이가
그녀의 삶처럼 감염되어 있다면 한 시간도
살지 못할 것이다.

카밀로　　　　　　　　누가 감염시키지요?　　　300

레온테스　　그야, 그녀를 자기 목에 그녀의 메달처럼
걸고 있는 보헤미아 왕인데 ─ 내 주변에
진실된 신하들이 있어서 내 명예를
자기들의 이익과, 구체적인 이득과
함께 보는 안목이 있다면 더 할 일을 없애는　　　305
그 일을 할 것이다. 그렇지, 넌 그에게
술 따르는 사람으로 ─ 비천한 처지에서

298행 간덩이　간은 성욕을 포함한 정열의 소재지로 여겨졌다. (아든)

내가 자리 만들어 존경받게 키워 준 넌
하늘이 땅, 땅이 하늘 보듯이 분명하게
내 맘이 얼마나 쓰린지 아는 넌 ── 술 한 잔에   310
향을 넣어 내 적을 영원히 잠재울 수 있는데
그 잔이 내게는 강심제일 것이다.

카밀로   전하,
전 이 일을 한 잔으로 직방인 물약이 아니라
독처럼 격렬히 퍼지지 않으면서 오래가는
미량으로 처리할 수 있습니다. 하지만 전   315
지엄하신 마님의 이 결함을 못 믿겠습니다,
너무나 지고하게 순결하시니까요.
전 당신을 사랑하 ──

레온테스   그렇게 의문 품고 썩을 놈!
넌 내가 너무나 명청하고 불안정하여서
이러한 곤경을 자초하고 내 침실의   320
순결과 순백함을 ── 그것이 유지되면 잠자고
오점이 생기면 회초리, 가시와 쐐기풀,
말벌 침과 같은데 ── 더럽히며 군주의 혈통인
내 아들을 ── 난 걔를 내 것이라 생각하고
내 것으로 사랑해 ── 욕되게 할 거라고 생각해?   325
충분한 동기 없이? 내가 이리하겠어?
사람이 그렇게 빗나가?

카밀로   전 전하를 믿어야 합니다.
보헤미아 국왕을 반드시 해치우겠습니다.
단, 그가 없어졌을 때 전하께서 왕비를
다름 아닌 아드님을 위하여 처음처럼   330
다시 맞으신다면, 그래서 전하를 알고 있는

동맹국과 궁정에서 해 끼치는 입들을
꿰매 주신다면요.

레온테스   넌 내게 내가 정한
바로 그 방침을 권고하고 있구나.
그녀의 명예는 흠집 내지 않겠다, 전혀.

카밀로   전하,   335
그러면 가십시오. 연회에서 우정이 드러나는
해맑은 얼굴로 보헤미아 그리고 왕비를
가까이 하십시오. 전 그의 술 시종입니다.
제가 만약 그에게 건강한 음료를 준다면
하인으로 여기지 마십시오.

레온테스   그것이 전부다.   340
네가 그걸 한다면 내 심장 절반을 가지고
못 한다면 네 심장이 쪼개진다.

카밀로   합니다, 전하.

레온테스   난 친한 척하겠다, 네가 권고한 대로.   (퇴장)

카밀로   오, 비참하신 왕비 마마! 하지만 난
내 처지는 어떤가? 훌륭한 폴릭세네스의   345
독살자가 돼야 하고 그리하는 이유는
주인님께 복종하기 때문인데 그분은
자신에게 반역하며 자기 수하 모두가
그렇게 하기를 원한다. 이 짓을 한다면
출세가 뒤따른다. 기름 바른 왕들을   350
쓰러뜨린 다음에도 잘 살았던 선례를
몇 천 건 찾는대도 이런 일은 안 할 텐데
그 어떤 청동, 석상, 양피지에서도 못 찾으니
악행더러 자퇴하라 그러자. 난 반드시

이 궁정을 떠야 한다. 하든 말든 내 목은   355
분명히 부러진다. 그런데 행운의 별이 떴다!

폴릭세네스 등장.

보헤미아 왕이 오셔.

폴릭세네스   이상해. 나에 대한 호의가
여기서 꼬이기 시작하는 것 같군. 말이 없어?
── 안녕한가, 카밀로.

카밀로   최고의 왕이시여.

폴릭세네스 궁정의 새 소식은?

카밀로   별것은 없습니다.   360

폴릭세네스 국왕께선 자신의 몸처럼 사랑하는
어떤 지방, 지역을 잃어버린 것 같은
얼굴을 하셨어. 방금도 평소의 예의 갖춰
그분을 만났는데 그분은 자신의 눈길을
정반대로 돌리며 입술에는 커다란   365
경멸의 모습 띠고 빠르게 날 떠나셔서
난 그분의 태도를 저렇게 바꾼 게 무얼까
숙고하게 되었지.

카밀로   전 감히 모릅니다, 전하.

폴릭세네스 뭐, 감히 몰라? 모르면서? 알면서 감히 몰라?
알아듣게 말해 주게, 그 근처 어디니까.   370
왜냐하면 자네가 아는 건 알 수밖에 없어서
'감히'라곤 못 할 테니. 훌륭한 카밀로,
자네의 달라진 얼굴빛은 거울처럼 나에게
내 것의 변화도 보여 주네. 나는 이

	변경의 당사자가 틀림없어, 그것으로	375
	내가 이리 변경된 걸 아니까.	
카밀로	누군가를	
	망상에 빠뜨리는 질병이 있지만 그 병명은	
	밝힐 수 없는데 그것을 옮기신 당신께선	
	여전히 건강하십니다.	
폴릭세네스	내가 옮겨, 어떻게?	

변경의 당사자가 틀림없어, 그것으로　　　　　　　　　375
내가 이리 변경된 걸 아니까.

카밀로　　　　　　　　　　　누군가를
망상에 빠뜨리는 질병이 있지만 그 병명은
밝힐 수 없는데 그것을 옮기신 당신께선
여전히 건강하십니다.

폴릭세네스　　　　　　　　내가 옮겨, 어떻게?
내 눈을 살기 뿜는 닭뱀처럼 만들진 말게나.　　　　380
난 수천을 봤지만 그래서 더 성공했을 뿐
아무도 그렇게 죽이진 않았어. 카밀로,
자넨 분명 신사니까, 거기에다 학자처럼
학식도 갖췄는데, 그것은 우리 귀족 계급을
우리가 귀족의 후손으로 이어받는　　　　　　　385
부모들의 귀한 이름 못지않게 장식하지.
간청컨대 내가 알아 이익 되는 뭔가를 안다면
그것을 일러 주게, 남모르게 감추면서
가두어 두지 말고.

카밀로　　　　　　　　대답할 수 없습니다.
폴릭세네스 내가 옮긴 병인데 난 여전히 건강해?　　　390
답해 줘야 되겠어. 내 말 들려, 카밀로?
자네에게 호소하네, 명예가 인정하는
인간의 모든 의무 걸고서, 그 가운데
내 청은 가장 적지 않을 텐데 나를 향해
자네가 추측건대 그 어떤 해로운 사건이　　　　395

380행 닭뱀　바실리스크 혹은 코카트리스라고 불리는 전설 속의 괴물. 머리와 다리, 날개는 닭, 몸통과 꼬리는 뱀의 형상으로, 그 눈길을 받은 상대는 죽는다고 한다.

다가오고 있는지 밝혀 주게. 얼마나 멀고 또
가까이 와 있으며, 막는다면 어찌 막고
아니면 어떻게 견딜지.

카밀로   전하, 말씀드리지요,
제가 명예롭다고 여기는 분께서 명예로써
명령하셨으니까. 제 충고를 들으시고   400
발설하는 제 말의 뜻만큼 신속하게
따르셔야 합니다. 안 그러면 전하와 전
죽은 목숨, 영원한 작별이오!

폴릭세네스   오, 카밀로.
카밀로   전 당신을 살해하란 지령을 받았어요.
폴릭세네스 카밀로, 누가 내린?
카밀로   국왕이오.
폴릭세네스   뭣 때문에?   405
카밀로   그분은 생각하길, 아뇨, 확신 다해 맹세하길 ──
직접 그걸 봤거나 자신이 도구 되어 그 짓을
당신께 강요했으니까 ── 당신이 왕비와 했답니다,
금단의 관계를.
폴릭세네스   오 그럼, 가장 맑은 내 피는
오염된 묵이 되고 내 이름은 예수를 배신한   410
그자의 이름과 짝이 되라! 그럼 나의
최고로 신선한 명성은 내가 가는 곳에서
가장 둔한 콧구멍을 더럽히는 악취 되고
내가 온단 소식은 여태껏 보고 들은
최악의 질병보다 더 나쁜 것으로   415

411행 그자 예수를 배신한 유다.

회피, 아니, 미움까지 받아라.

카밀로　　　　　　　　　　그분의 생각을
하늘의 별 하나하나 모두의 영향 걸고
맹세해서 이기려 하기보단 차라리
바다를 달에게 복종치 못하게 하시거나
그분의 바보짓이라는 구조물을 — 그것은　　　　　　420
신념에 근거하고 그의 몸이 있는 한
지속될 터인데 — 서약으로 없애거나
조언으로 흔드시죠.

폴릭세네스　　　　　　　　이 일이 어떻게 생겼지?

카밀로　모릅니다. 하지만 일어난 일 피하는 게
생긴 상황 묻기보다 안전한 건 확실하죠.　　　　　　425
그러므로 당신이 제가 지닌 정직성을
감히 믿으신다면 이 몸을 담보로 잡고서
데려가야 하십니다, 오늘 밤에 떠나요!
당신 종자들에게는 이 일을 속삭여
둘씩 셋씩 몇 군데 뒷문으로 이 도시를　　　　　　430
벗어나게 해 놓지요. 저 자신은 행운을
이 일을 발설해서 여기선 잃었지만,
당신을 섬기는 데 걸지요. 망설이지 마십시오,
왜냐하면 제 부모의 명예에 맹세코
전 진실을 발설했으니까요. 입증하시겠다면　　　　　435
전 감히 지원 못 해드리고 당신 또한 국왕이
직접 선고한 다음 처형을 맹세한 사람보다
더 안전하지는 못하시죠.

폴릭세네스　　　　　　　　　자네를 정말 믿네.
난 그의 마음을 얼굴에서 보았어. 악수하세.

내 선장이 되어 주면 자네의 위치는 언제나   440
내 곁이 될 것이네. 배는 다 준비됐고
수하들은 내가 여길 이틀 전에 떠날 걸로
예상하고 있었다네. 이 질투는
소중한 사람에 대한 거고 그녀가 희귀하여
클 것임에 틀림없고 그 사람이 막강하니   445
격심할 게 틀림없네. 또 그에게 우정을
언제나 공언했던 남자에게 모욕을 당했다고
정말 상상하니까, 암, 그 점에서 이 복수는
더 매서울 것이네. 두려움이 날 덮는군.
내가 속히 떠나서 자비로운 왕비께선   450
그가 가진 문제의 일부지만 잘못된 의심과는
아무 상관없으니까 편안해지시길! 자, 카밀로,
내 목숨을 살려서 데려가면 난 당신을
아버지로 존경할 것이오. 갑시다! 피합시다.

카밀로　　모든 뒷문 열쇠는 제가 가진 명령권   455
아네 다 있으니까 전하께선 이 급한 시간을
쓰시기 바랍니다. 자, 전하, 떠나시죠.　　(함께 퇴장)

2막 1장
헤르미오네, 마밀리우스, 시녀들 등장.

헤르미오네　　이 애를 데려가라, 나를 너무 괴롭혀
참지 못할 지경이야.

2막 1장 장소　시칠리아. 레온테스의 궁정.

시녀 1	오셔요, 왕자님,
	제가 놀아 드릴까요?
마밀리우스	아니, 필요 없어.
시녀 1	왜지요, 왕자님?
마밀리우스	넌 내게 세차게 키스하고 내가 아직
	아기인 것처럼 말하니까.
	(둘째 시녀에게) 난 너를 더 사랑해.
시녀 2	어째서요, 왕자님?
마밀리우스	네 눈썹이 더 검어서
	그러는 건 아냐. 하지만 어떤 여자들에겐
	검은 게 최고라고 하던데 그래서 거기에
	눈썹은 거의 없고 연필로 된 반원이나
	반달만 있다고 해.
시녀 2	누가 말해 드렸을까!
마밀리우스	여자들의 얼굴 보고 알았지. 그런데
	네 눈썹 색은 뭐야?
시녀 1	푸른데요, 왕자님.
마밀리우스	아니, 놀리지 마. 시녀 코가 푸른 건 봤지만
	눈썹이 그런 건 못 봤어.
시녀 1	잘 들어 보셔요.
	어머니 왕비께서 배가 빨리 부르세요. 저희는
	멋진 새 아가님을 좀 있으면 모실 테고
	그럴 때 왕자님은 저희와 장난치려 하시겠죠,
	저희가 받아 주면.
시녀 2	왕비 몸이 최근 퍼져
	매우 커지셨어요. 꼭 순산하시기를!
헤르미오네	거 무슨 예지라도 생겼어? 애, 이리 와,

숫자 표시: 5, 10, 15, 20 (우측 여백)

	너와 다시 놀아 줄게. 우리 곁에 앉아서
	얘기 하나 해 줘라.
마밀리우스	즐거운 거요, 슬픈 거요?
헤르미오네	될 수 있음 즐거운 거.
마밀리우스	겨울엔 슬픈 게 최고죠. 정령과 귀신들의
	얘기가 있어요.
헤르미오네	그거 좀 들어 보자, 애.
	이리 와, 이리 앉아 귀신으로 우리를
	최대한 놀래 줘. 그런 거 잘하잖아.
마밀리우스	공동묘지 근처에 —
헤르미오네	아니, 앉아서 계속해.
마밀리우스	한 남자가 살았대요. 조용히 말할게요,
	저 건너 귀뚜라미 못 듣게.
헤르미오네	자, 그럼
	내 귀에 들려줘.

레온테스, 안티고누스와 귀족들 등장.

레온테스	거기서 그를 봤어? 그 일행을? 카밀로도?
귀족	소나무 숲 뒤에서 그들을 봤는데 그렇게
	내닫는 이들을 본 적 없고 배를 탈 때까지
	지켜봤습니다.
레온테스	내 비판은 정당하고
	내 의견은 사실이니 이 얼마나 축복인가!
	아, 보다 적게 알았으면! — 이러한 축복은
	얼마나 저주인가. 찻잔에 거미가 푹 빠졌고
	누군가 그것을 마신 다음 떠나지만

25

30

35

40

중독되지 않을 수도 있다, 감염된 사실을
모르고 있으니까. 하지만 그 사람 눈앞에
그 혐오스러운 재료를 내밀고 무엇을
마셨는지 알려 주면 격렬히 토하며 목구멍,
옆구리가 찢어진다. 난 마셨고 거미도 보았다.   45
카밀로가 이 건에서 그를 도운 뚜쟁이다.
내 생명과 왕권을 노리는 음모가 있으며
의심했던 모든 게 사실이다. 내가 썼던
거짓된 그놈은 그가 미리 써 버렸고
그놈이 내 계획을 까발려 난 꼴불견   50
좀팽이가 되었다. 맞아, 그들이 맘대로
갖고 놀 장난감 말이다. 어떻게 뒷문들이
그리 쉽게 열렸나?

|귀족| 그의 큰 권한에 의해서요.|

그것은 여러 번 전하의 명령에 못지않게
힘을 발휘했습니다.

|레온테스| 너무 잘 알고 있다.| 55

걔를 이리 주시오. 당신 젖을 안 먹어 기쁘오.
얘는 나와 약간 비슷하지만 당신은 얘한테
피를 너무 많이 줬소.

|헤르미오네| 이게 뭐죠? 장난이죠?|

|레온테스| 이 애를 데려가라, 그녀 곁에 못 오리라.|

멀리 치워. 이 여자는 몸속에서 크는 것과   60
장난하게 버려둬, 이렇게 배를 불려 놓은 건
폴릭세네스니까.   (마밀리우스를 데려간다.)

|헤르미오네| 하지만 그분은 아니에요.|

당신은 제 말을 믿으리라 장담해요,

아무리 부정하려 하셔도.

레온테스   경들은
이 여자를 바라보고 주목하오. 그녀에게   65
멋있는 귀부인이라고 말하려다
정의로운 맘 때문에, '순결하고 명예롭지
못해서 유감이오.' 이렇게 덧붙이겠지요.
겉으로 드러난 이 모습만 칭찬하고 ──
참으로 높은 찬사 받을 만하지요 ── 곧바로   70
어깻짓, 흠 또는 하 따위의 사소한 낙인처럼
험담에 쓰이는 ── 오, 내가 잘못 말했군요!
자비에 쓰이죠, 험담은 미덕 그 자체를
씨 말릴 테니까 ── 어깻짓, 흠 또는 하 따위가
'그녀는 멋있소.' 한 다음 '순결하오.' 하기 전에   75
끼어들 것이오. 하지만 사태를 통탄할 이유가
가장 많은 사람이 말할 테니 알아 두오,
이 여자는 간부요!

헤르미오네   그 악당이 그렇게 말했대도
세상에서 더할 나위 없는 악당이라도
그만큼 더 악당이 될 겁니다. ── 전하께선   80
정말 착각하셨어요.

레온테스   마님이 착각하셨어요,
폴릭세네스를 레온테스로. 오, 이것아,
너 같은 걸 그 높은 지위로 부르진 않겠다.
그럭하면 야만인이 내 경우를 선례 삼아
세상 모든 계급에 같은 언어 사용하여   85
군주와 거지들 사이의 적절한 차이점이
없어질 테니까. 나는 이 여자를

간통녀라 말했고 누구와 했는지도 말했소.
더군다나 이 여자는 역적이고 카밀로는
그녀의 공모자로, 그녀에게 가장 추한   90
공범자가 없다 해도 그녀가 자신을
창피한 줄 알아야 할 그 무엇을 알뿐더러
상것들이 최악의 오명을 붙일 만큼 질 나쁜
침대 바꾼 여자란 것도 알고 또 최근엔
그들의 도주에도 관여했소.

헤르미오네   결사코 아녜요.   95
관여한 적 없어요. 더 분명히 아시게 됐을 때
절 이렇게 공표한 일 때문에 전하께서
얼마나 통탄하시려고요? 고귀하신 전하,
그때는 착각했단 한마디론 절 완전히
원상 복귀 못 시키실 거예요.

레온테스   아니지,   100
내 주장의 근거를 내가 착각한 거라면
이 지구는 학생 애의 팽이조차 못 담을
작은 그릇이리라. 감옥으로 데려가라!
변호하고 싶은 자는 입을 여는 것만으로
유죄로 연루된다.

헤르미오네   불길한 행성이 덮쳤네요.   105
하늘이 좀 더 나를 우호적인 얼굴로
볼 때까지 참아야죠. 여러 대신들이여,
난 쉽게 울지는 않습니다, 여자들이
흔히들 그러지만. 그 헛된 이슬이 모자라
여러분의 동정은 마를지 모르지만   110
나에겐 적시는 눈물보다 더 크게 불타는

명예로운 슬픔이 여기 박혔답니다. 청컨대
경들은 자선심이 가르치는 최선의 생각대로
날 평가해 주시오, 그러면 국왕의 소망은
이루어질 것이오.

레온테스   아무도 안 움직여?   115

헤르미오네 누가 나와 함께 가죠? 전하께 간청컨대
시녀들과 함께 가게 해 주세요. 보다시피
제 처지에 필요하니까요. 바보들아, 울지 마,
그럴 이유 없단다. 안주인의 옥살이가
당연한 줄 알았는데 내가 거길 나올 때   120
속상해서 울어라. 더 큰 은혜 받으려고
난 지금 제소된 거란다. 전하, 잘 계셔요.
딱한 모습 뵙는 건 절대 원치 않았는데
이젠 꼭 보겠군요. 애들아, 가. 허락됐어.

레온테스 가라, 지시를 따르라. 떠나라!   125

                    (왕비, 죄수로서 시녀들과 함께 퇴장)

귀족   전하, 청컨대 왕비를 다시 부르십시오.

안티고누스 분명하게 행동하십시오, 전하의 정의가
폭력 되지 않도록. 그러면 전하, 왕비, 왕자님
세 분이 상하시게 됩니다.

귀족   전하, 왕비 위해
감히 제 목숨을 걸고 또 바치겠습니다.   130
왕비께선 하늘 앞에 그리고 전하에게 ──
고발하신 건으로 말씀인데 ── 오점이 없음을
제발 받아들이십시오.

안티고누스   저는 만약 왕비께서
그 반대로 판명되면 암수 말을 격려하듯

	아내를 감시하고 그녀와 쌍으로 함께 가고	135
	그녀를 만지고 볼 때 말곤 믿지 않겠습니다.	
	왜냐하면 세상 모든 여자는 조각조각	
	예, 여자 살은 한 점 한 점 거짓될 테니까요,	
	왕비께서 그렇다면.	
레온테스	입 다물라.	
귀족	주상 전하 —	
안티고누스	저희가 아니라 전하 위해 드리는 말씀인데	140
	당신은 이 일로 저주받을 선동가 놈에게	
	속으셨습니다. 그 악당을 제가 알아낸다면	
	쳐 죽일 것입니다. 왕비의 순결이 깨졌다면	
	제게는 딸이 셋 있는데 — 큰애는 열한 살,	
	둘째와 셋째는 아홉과 다섯으로 그들은	145
	이것이 사실이면 대가를 치러야죠. 반드시	
	불임 만들 것입니다. 열넷 되어 사생아를	
	못 낳게 해야죠. 그들은 공동 상속인인데	
	저의 대가 끊긴대도 그들이 적법한 후손을	
	생산해선 안 됩니다.	
레온테스	멈춰라, 그만하라.	150
	너는 이 사건을 죽은 자의 코처럼 싸늘하게	
	냄새 맡고 있지만 난 이렇게 했을 때 —	
	(안티고누스를 꽉 잡는다.)	
	네가 그걸 느끼듯이 그리고 느끼게 만드는	
	도구 또한 보듯이, 정말 보고 느낀다.	

148행 공동 상속인
당시 영국 법에서 여성들에게는 장자 상
속권이 없으므로 세 딸이 유산을 공유할
것이다. (아든)
154행 도구
손가락. (아든)

안티고누스	그렇다면

순결을 묻을 묘는 필요 없겠습니다,   155
더러운 이 세상을 향기롭게 해 줄 몫은
한 줌도 없을 테니.

레온테스   뭐! 나를 신뢰 못 한다?

귀족   이번 일엔, 전하, 오히려 저보다 더 신뢰를
못 받으셨으면 합니다. 전하께서 의심으로
어떤 비난 받으시든 왕비의 순결이 제게는   160
더 기쁠 것입니다.

레온테스   아니, 짐의 강한 충동을
따르면 될 것이지 이 일을 당신들과
상의할 필요가 뭐 있나? 특권 가진 짐에게
조언은 불필요하지만 짐은 선한 천성으로
이렇게 고한다. 즉, 당신들의 분별력이   165
마비되어 있거나 그리된 것처럼 보여서
진실을 짐처럼 느끼지 못하거나 않겠다면
짐에게 충고는 더 필요 없음을 숙지하라.
이 문제, 그 손실, 그 이득, 처리는 당연히
다 짐의 것이다.

안티고누스   저는 주상 전하께서 이 일을   170
더 이상 공개 않고 조용히 판단해 보시길
바랄 뿐이옵니다.

레온테스   어떻게 그럴 수가?
그대는 나이 들어 아주 무식해졌거나
아니면 바보로 태어났다. 카밀로의 도주를
그 둘의 친밀한 관계에 더해 보면 ──   175
그것은 보지만 못했지 어떤 추측으로도

입증이 될 만큼 명백하고 다른 모든 정황이
그 행위로 이어져 목격만 했더라면
확증됐을 터인데 — 이 방법밖에 없다.
하지만 조금 더 분명한 확인을 위하여 —   180
이 정도로 중요한 행위에서 경솔하면
참으로 애석할 테니까. — 난 급히 서둘러
신성한 델포이의 아폴로 신전으로
클레메네스와 디온을 보냈는데 알다시피
이들은 역량이 충분하고 이제 그 신탁을   185
다 가져올 텐데, 나는 그 신령한 충고 듣고
멈추거나 박차를 가할 테다. 잘했느냐?

귀족   잘하셨습니다, 전하.

레온테스   나는 다 납득했고 아는 것 이상은
필요하지 않으나 그럼에도 신탁은   190
무식으로 쉽게 속아 넘어가 진실을
인정치 않으려는 그와 같은 자들의 마음을
안심시킬 것이다. 그래서 무방비의 짐에게서
그녀를 떼 내어 가두는 게 좋겠다고 생각했다,
그녀가 여기서 도망 간 두 명의 역모를   195
실행에 옮기지 못하도록. 자, 짐을 따르라,
대중이 보는 데서 말하겠다, 우리 모두
이 일로 분기할 테니까.

안티고누스   (방백) 그리고 사태의
진상이 알려지면 웃을걸요.   (함께 퇴장)

192행 그 안티고누스 또는 왕의 진술을 믿지 않으려는 자. (아든)

2막 2장

파울리나, 신사 및 시종들 등장.

파울리나   이 감옥을 지키는 사람에게 고하라.

　　　　　내가 누구인지를 알려 줘라.　　　　　　　(신사 퇴장)

　　　　　　　　　　마마,

　　　　　유럽 최고 궁정도 어울리지 않을 텐데

　　　　　감옥에서 뭘 하신단 말입니까?

　　　　　　　　　　간수와 신사 등장.

　　　　　　　　　　　　이보게, 간수,

　　　　　나를 알지, 안 그런가?

간수   　　　　　　　　훌륭하신 마님이고　　　　　5

　　　　　존경하는 분입니다.

파울리나 　　　　　　　그렇다면 부탁인데

　　　　　왕비께 날 안내해 주게.

간수   　　　　　　　　못합니다, 마님,

　　　　　안 된다는 엄명을 받았기 때문에요.

파울리나 법석 떨고 있구먼,

　　　　　순결과 명예를 가둬 놓고 귀족들의　　　　　10

　　　　　방문을 막다니! 마마의 여인들을 보는 건

　　　　　적법한 일인가? 누구라도? 에밀리아?

2막 2장 장소
시칠리아. 감옥.
1행 감옥
셰익스피어의 시절에 헤르미오네와 같은

지위의 죄수들은 범죄나 반대 진술이 아
무리 중해도 런던 탑 안에 있는 편안한 방
에 갇혀 있었고 방문자를 받을 수 있었다.
(아든)

간수	황공하오나 마님,

간수 황공하오나 마님,
시종들을 잠시 떼어 놓으시면 아가씨를
불러오겠습니다.

파울리나 그녀를 좀 불러 주게. 15
물러들 가 있어라. (신사와 시종들 함께 퇴장)

간수 그리고 마님,
이 회동에 제가 꼭 있어야만 합니다.

파울리나 좋아, 그럭하게. 가 보게나. (간수 퇴장)
없는 흠집 만들려고 별 희한한 법석을
다 떨고 있구먼.

간수, 에밀리아와 함께 등장.

사랑하는 시녀여, 20
우리 마마께서는 어떻게 지내시나?

에밀리아 잘 계셔요, 그토록 귀하고 비참한 분께서
버틸 수 있는 한. 놀람과 슬픔이 겹쳐서 ─
연약한 몸으로 더 많이 견디신 분 없는데 ─
약간은 때 이르게 아길 낳으셨어요. 25

파울리나 아들인가?

에밀리아 딸이에요. 게다가 잘생기고
활기차서 사실 것 같아요. 왕비께선 아기에게
큰 위안을 받으시고 '불쌍한 죄수야, 너처럼
나도 죄 없단다.' 그러셔요.

파울리나 맹세코 없으셔.
기막혀라, 위험하고 불안한 왕의 광증! 30
이 소식을 알려야 해, 알릴 거야. 이 임무는

여자에게 가장 잘 어울려. 내가 맡지.
달콤한 말 한다면 내 혀는 갈라지고
시뻘건 내 분노의 나팔수 역할은
절대 더 못 하리라. 에밀리아, 부탁인데   35
왕비에게 나의 최고 충정을 전해 주게.
나에게 아기를 감히 맡겨 주시면.
왕에게 보이고 가장 큰 목소리로 그녀의
옹호자가 돼 보겠네. 그분이 아길 보고
얼마나 부드러워지실진 모르지만   40
말이 소용없을 땐 순수한 결백의 침묵이
때로는 설득력이 있다네.

에밀리아   참 훌륭하신 마님,
당신의 예의와 친절이 너무나 명백하여
관대하신 이 기획은 성공적인 결과를
낳을 수밖에요. 이 중요한 심부름에   45
가장 맞는 분이셔요. 옆방에 가 계시면
제가 곧 부인의 이 고귀한 제안을 왕비께
알려 드릴 터인데, 오늘도 이 같은 계획을
세우긴 했지만 지위 높은 신하에게
부탁하는 위험은 거절을 당할까 봐   50
무릅쓰지 못하셨죠.

파울리나   말씀드려, 에밀리아,
내 혀를 쓸 테니까. 거기에서 명언이
이 가슴의 용기처럼 솟는다면 난 분명
좋은 일을 할 거야.

에밀리아   복 많이 받으세요!
왕비께 갈게요. 이보게, 가까이 좀 오게.   55

간수   마님, 왕비께서 아기를 보내고자 하신다면
                허락 없이 건네줘서 저에게 뭔 일이 생길지
                모르겠습니다.

파울리나   자네는 걱정할 필요 없네.
                이 아이는 자궁 속에 갇힌 몸이었지만
                위대한 자연의 법칙과 절차에 따라서   60
                해방과 사면이 되었으며 국왕의 분노와
                같은 편도 아니고 왕비의 범법에도 —
                그런 게 있다 해도 — 아무 관련 없다네.

간수   그것을 믿습니다.

파울리나   겁먹지 말게나, 내 명예에 걸고서   65
                자네를 위험에서 막아 줄 테니까.   (함께 퇴장)

2막 3장
레온테스 등장.

레온테스   밤도 낮도 휴식도 없구나. 오로지 약해서
                이 일을 이렇게 견딘다, 순전히 약해서.
                만약에 그 원인이 사라지면 — 이 간부도
                그 원인의 하난데, 왜냐하면 이 색골 왕 놈은
                내 손과 두뇌의 범위와 조준을 썩 벗어나   5
                음모 불가하니까. 하지만 그녀는 갈고리로
                내게 끌어올 수 있다. — 그녀가 가고 나면
                화형에 처해지면 내 안식이 한 조각쯤

2막 3장 장소   시칠리아. 레온테스의 궁정.

되돌아올지도 모르지. 게 있느냐?

하인 등장.

하인	전하.
레온테스	그 애는 어떠냐?
하인	오늘 밤은 잘 쉬셨습니다. 10

병이 다 나갔기를 바라고 있습니다.

레온테스　어린애가 기품 있게
어미의 불명예를 품는 모습 보다니!
그는 곧장 축 늘어져 그걸 깊이 새기고
그 치욕을 자신에게 꽉 붙들어 맨 다음　　　　　　15
기운과 식욕과 수면을 내던져 버리고
완전히 시들었다. 난 혼자 놔두고 그 애가
어떤지 가 봐라.　　　　　　　　　(하인 퇴장)
　　　　　젠장, 그자는 생각 말자.
그런 식의 복수를 생각하는 그게 바로
제자리걸음이다. 그는 그 자신이 막강하고　　　　20
그의 편도, 동맹국도 그렇다. 그냥 두자,
기회가 올 때까지. 당장의 복수는
그녀에게 하리라. 카밀로와 폴릭세네스는
날 비웃고 내 슬픔을 오락거리 삼는다.
그들은 잡히기만 한다면 웃지 못할 것이고　　　　25
내 손에 든 그녀도 못 그런다.

아기를 안은 파울리나, 안티고누스와 귀족들 및
하인과 함께 등장.

귀족	못 들어가십니다.
파울리나	아니, 경들은 이러지 마시고 도와줘요.
	아, 그분의 잔인한 격정이 더 겁나요?
	왕비의 생명보다? 그분의 질투보다 더 깨끗한
	자비와 순수의 영혼인데.
안티고누스	그걸로 충분하오. 30
하인	마님, 전하께선 밤에 못 주무셨고 아무도
	못 들이게 하셨어요.
파울리나	그렇게 흥분 말게,
	잠을 가져왔으니까. 자네 같은 이들이
	유령처럼 그분 곁을 맴돌며 그분이 이유 없이
	헐떡일 때마다 한숨 쉬고, 자네 같은 이들이 35
	그분이 깨어 계신 원인을 키우네. 난
	그분을 못 자게 만드는 망상을 걷어 내 줄
	진실만큼 약이 되고 그 둘만큼 정직한
	말을 가져왔다네.
레온테스	거 무슨 소란이냐?
파울리나	전하, 소란이 아니라 전하께 필요한 40
	대부와 대모 들의 상담이옵니다.
레온테스	뭐라고!
	저 무례한 부인을 데려가라! 안티고누스,
	그녀가 내 곁에 못 오게 하라고 명령했다.
	이럴 줄 알았지.
안티고누스	전하, 얘기해 줬습니다,
	전하와 이 몸의 불쾌라는 위험 걸고 45
	알현은 안 된다고.
레온테스	뭐! 그녀를 못 다스려?

파울리나	비열한 건 다 못 하게 할 수 있죠. 이 경우엔 ——
	명예로운 일 했다고 절 가두는 전하 방식
	이이가 따라 하지 않는 한 —— 믿으세요,
	못 다스릴 것입니다.
안티고누스	거 보세요, 들으셨죠.
	그녀가 고삐를 잡으면 전 뛰게 해 주는데
	(방백) 그래도 안 넘어집니다.
파울리나	전하, 제가 온 건 ——
	제발 들어 주세요. 저 자신은 당신의
	충직한 하인이고 의사이며 최고로 온순한
	고문임을 공언하나 당신 죄를 봐주는 데에는
	당신의 최측근인 것처럼 보이는 이들보다
	못난이가 감히 되려 합니다. —— 참, 전 지금
	착하신 왕비 뵙고 왔습니다.
레온테스	착한 왕비!
파울리나	착한 왕비, 전하, 착한 왕비, 착한 왕비십니다.
	착함을 결투로 입증하죠, 제가 전하 주변에서
	가장 약한 남자라도.
레온테스	강제로 끌어내라.
파울리나	자기 눈을 하찮게 생각하는 사람이면
	날 먼저 잡으시오. 심부름을 먼저 하고
	스스로 물러날 것이오. 착하신 왕비께서 ——
	착하신 분이니까 —— 따님을 낳으셨습니다.
	여기요. (아기를 내려놓는다.)
	축복해 주십시오.
레온테스	썩 꺼져라!
	사내 같은 마녀다! 문밖으로 내보내라.

50

55

60

65

참으로 약삭빠른 뚜쟁이다!

파울리나   아닙니다.
이 몸은 절 그렇게 부르는 당신만큼
그런 거 모르고 당신이 미친 만큼 순결한데   70
그 정도면 장담컨대 이 세상 기준으론
순결하다 여겨지기 충분하죠.

레온테스   이 역적들!
저 여자를 안 몰아내? 사생아를 줘 버려라,
이 늙은 바보야! 넌 여자에 매였어, 여기 이
암탉에게 밀려났어. 사생아를 집어 들어,   75
집어 들어 할멈에게 주라고.

파울리나   당신 손은
저분이 강제한 비천한 이름으로 공주님을
마구 들어 올린다면, 존경받을 가치가
영원히 없어져요!

레온테스   마누라를 겁내는군.

파울리나   당신도 그랬으면. 그러시면 틀림없이   80
자기 자식 자기 거라 하시겠죠.

레온테스   역적 패다!
안티고누스   해님 두고 아닙니다.

파울리나   저나 그 누구도 아니죠,
여기 이 한 사람, 그 자신만 빼놓고. 왜냐하면
그분은 자신과 왕비와 유망한 아들과 아기의
신성한 명예를 칼보다 날카로운 독침 달린   85
비방에게 팔았기 때문이죠. 또 그분은
참나무나 돌이 실한 만큼이나 썩어 빠진
아집의 뿌리를 스스로 — 현 상황에서는 누구도

	그분을 강제할 수 없다는 게 저주니까 —	
	뽑아내지 못하셔요.	
레온테스	끝도 없이 떠벌리는	90
	비열한 여자다. 좀 전엔 남편을 누르더니	
	이제는 나를 놀려! 이건 내 새끼가 아니다.	
	그것은 폴릭세네스의 자식이야.	
	저리 치워, 그리고 그 어미와 더불어	
	불 속에 던져 버려!	
파울리나	전하의 아깁니다.	95
	옛 속담을 당신에게 적용할 수 있다면	
	너무 닮아 더 안 좋죠. 경들은 보십시오,	
	글자체는 작지만 그 아버지 전체의	
	원재료와 그 사본을. 눈과 코 입술이며	
	찡그리는 모습과 그분 이마, 아니, 인중과	100
	그분 뺨과 턱 위의 어여쁜 보조개, 그분 미소,	
	손과 손톱, 손가락의 바로 그 생김새를.	
	그리고 낳은 분과 아기를 너무나 같이 만든	
	자연의 여신이여, 그대가 마음도 빚는다면	
	모든 색깔 가운데 노랑은 넣지 마오,	105
	엄마도 아빠처럼 제 자식을 남편의 것일까	
	의심하지 않도록.	
레온테스	야비한 마녀다!	
	그리고 이 여자의 입 못 막는 불한당,	
	넌 마땅히 교수형감이고.	
안티고누스	그런 위업 못 이루는	

105행 노랑 질투의 색깔.

	남편 목을 다 매달면 전하에게 신하는	110
	하나도 안 남겠죠.	
레온테스	다시 한 번, 데려가라!	
파울리나	최고로 가치 없고 몰인정한 남편도 그보다	
	더 나쁜 짓 못 해요.	
레온테스	널 태워 버리겠다.	
파울리나	상관없죠.	
	이교도는 불붙이는 사람이지 그 속에서	
	타는 여잔 아니죠. 당신을 폭군이라 안 해도	115
	왕비를 이토록 잔인하게 다루는 건 —	
	근거가 희박한 본인의 상상 말곤 더 이상의	
	고발장을 내놓지 못하니까 — 무언가	
	폭압 냄새 풍기고 당신은 세상에서 용렬하고	
	예, 망측한 인간이 될 겁니다.	
레온테스	네 충절에 걸고서	120
	그녀와 방을 나가! 내가 폭군이라면	
	그녀 생명 어땠겠어? 그녀가 날 정말로	
	그런 자로 안다면 감히 그리 못 불러. 데려가!	
파울리나	부탁인데 떠밀지 마십시오, 갈 겁니다.	
	전하, 아기를 보세요, 당신 거요. 조브시여,	125
	아기에게 더 나은 안내 천사 보내소서!	
	당신들 손, 누가 필요하답니까? 당신들,	
	이분의 바보짓에 이토록 친절한 당신들은	
	그에게 아무 소용 없어요, 한 사람도.	
	자, 자. 잘 있어요. 우린 가요. (퇴장)	130
레온테스	역적 놈, 네가 네 아내에게 이 일을 부추겼어.	
	내 아이? 가지고 떠나라! 그렇게 이 아이를	

따뜻하게 생각하는 네가 얘를 가져가서
곧장 불에 태우도록 바로 너, 다름 아닌
네놈이 알아서 조처해. 바로 들어 올려라.   135
한 시간 안으로 끝냈다고 보고해,
확실한 증거를 내놓고. 아니면 그 목숨을
남은 네 소유물과 더불어 몰수한다.
거절하고 내 분노에 맞서려면 그리 말해.
바로 이 손으로 사생아의 뇌수를   140
박살 내 놓겠다. 가, 저것을 불에 던져,
네가 네 아내를 부추겼으니까.

안티고누스   아뇨, 전하.
제 귀족 동료인 이 경들이 마음만 내키면
혐의를 풀어 줄 수 있습니다.

귀족들   예, 주상 전하,
그녀가 여기 온 것 그의 죄가 아닙니다.   145

레온테스   너흰 다 거짓말쟁이다.

귀족   간청컨대 저희를 더 신뢰해 주십시오.
진정으로 전하를 섬겼으니 간청컨대
그렇게 생각해 주십시오. 무릎 꿇고 빌건대
저희의 진심 어린 과거와 미래의   150
봉사의 보상으로 이 결심을 바꾸어 주십시오,
너무나 끔찍하고 잔인하여 그 결과는 반드시
사나울 것입니다. 모두 무릎 꿇습니다.

레온테스   난 바람에 나부끼는 깃털과 같구나.
사생아가 무릎 꿇고 아버지라 부르는 걸   155
내가 살아 본다고? 그때 저주하느니
지금 태워 버리리라. 하지만 관둬라, 살려라.

둘 다 못 하게 할 테니.

(안티고누스에게) 거기 당신, 이리 와.

사생아의 생명을 구하려고 — 이 수염이 허옇듯

사생아가 분명한데 — 당신 할멈, 마나님께   160

그렇게 친절하게 굴었던 당신은

이 꼬마의 생명을 구하려고 무슨 일을

감히 할 수 있는가?

안티고누스   무엇이든 합니다, 전하,

제 능력껏 할 수 있고 관대한 마음으로

부여된 일이라면. 적어도 이만큼은 —   165

죄 없는 것 구하는 데 조금 남은 제 피를

저당 잡힐 것입니다. 뭐든 가능합니다.

레온테스   가능하게 해 주리라. 이 검에 맹세하라,

내 명을 따르겠노라고.

안티고누스   예, 전하.

레온테스   잘 듣고 시행하라, 알겠느냐? 명령의   170

일부라도 놓치면 자신뿐만 아니라

함부로 지껄이는 네 아내도 지금은

짐이 용서하지만 죽는다. 너에게 명하노니

넌 나의 충신이니 이 사생 계집애를

짐의 통치 영역을 완전히 벗어난 저 멀리   175

황량한 곳으로 데려가 더 이상의 자비 없이

그 아이가 자신을 보호하고 그 지역의

호의적인 기후에 제 몸을 맡기도록

159행 이…허옇듯
이 시점에서 레온테스는 아마도 30대일
것이고 반면에 안티고누스는 훨씬 나이

가 많을 것이다. 그는 아마도 안티고누스
의 수염을 만지거나 뽑으려는 동작을 취
할지도 모른다. (아든)

거기 버려두어라. 이것은 낯선 운에 따라서
짐에게 왔으니 너에게 정당하게 명령한다,   180
네 영혼의 위험과 육신의 고문 걸고
그것을 낯선 땅에 맡기고 우연 따라
살든지 끝나든지 하게 하라. 집어 들라.

안티고누스 　곧바로 죽이는 게 더 자비롭겠지만
맹세코 그리하겠습니다. 가자, 딱한 아가.   185
강력한 기운이 솔개와 까마귀들 가르쳐
네 유모가 되었으면! 늑대와 곰 들이
야수성을 내던지고 그 같은 동정을
베풀었단 말이 있다. 전하, 이 행위 때문에
피치 못할 결과보다 더 번성하소서.   190
그리고 없어지란 판결 받은 불쌍한 것,
축복이 찾아와 이 잔인한 처사에 맞서서
네 편 되어 싸워 주길!   (아기와 함께 퇴장)

레온테스 　　　　　　　안 되지, 남의 자식
난 못 키워.

하인 등장.

하인 　　　　황공하게 전하께 아룁니다,
신탁 갔던 이들이 한 시간 전 사자들을   195
보내왔습니다. 클레오메네스와 디온 둘 다
델피에서 무사히 도착하여 상륙했고
궁정으로 서둔다 합니다.

귀족 　　　　　　　전하, 이들의 속도는
설명할 수 없습니다.

레온테스	스무 사흘 동안을

여길 떠나 있었다. 빠르구나. 위대하신   200
아폴로 신께서 사태의 진실을 갑자기
드러내실 전조이다. 경들은 준비하라.
회의를 소집하라, 짐의 가장 불충한 부인을
고발할 수 있도록. 그녀는 공적으로
고소되었으니까 정당하고 공개된 재판을   205
받게 될 것이다. 그녀가 사는 한
내 심장은 나에게 짐이 되리. 물러가라.
그리고 내 명령을 유념하라.   (함께 퇴장)

3막 1장
클레오메네스와 디온 등장.

클레오메네스	기후는 온화하고 공기는 참 달콤하며

섬의 땅은 기름지고 신전은 일반의 칭찬을
훨씬 더 넘어섰네.

디온	난 천상의 의복과 ─

그런 말을 써야만 하겠는데 ─ 그걸 입은
엄숙한 사제들 얘기를 할 것이네, 내 눈에   5
가장 띄었으니까. 오, 희생의 의식이여!
바칠 때는 얼마나 정중하고 엄숙하며
신비로웠던가!

3막 1장 장소 시칠리아. 길 위.

클레오메네스	그러나 난 무엇보다도

조브의 천둥과 닮았던 신탁의 분출과
귀머거리 만드는 목소리에 너무 놀라   10
의식을 잃었다네.

디온	이 여행의 결과가

우리에게 희귀하고 즐겁고 신속했던 것처럼
왕비께도 성공적이었으면 — 오, 그랬으면! —
시간을 쓸 가치 있지.

클레오메네스	아폴로 신이시여,

다 잘되게 하소서! 헤르미오네 왕비께   15
너무나 많은 죄를 강요하는 이 포고가
난 맘에 안 들어.

디온	난폭한 일 처리 과정에서

풀리거나 끝나겠지. 아폴로의 대사제가
이렇게 봉인한 신탁의 내용이 드러나면
바로 그때 희귀한 무언가가 갑자기   20
알려지게 될 거야. 가자, 팔팔한 말들아!
그리고 좋은 결과 있기를.   (함께 퇴장)

3막 2장
레온테스, 귀족 및 관리 들 등장.

레온테스	이 재판은 크게 비탄하면서 공표컨대

짐에게 강요된 것이고 심문받을 사람은

3막 2장 장소 시칠리아. 법정.

왕의 딸, 짐의 아내, 그리고 짐에게서
너무나 큰 사랑을 받은 이다. 짐을 두고
폭압적인 군주라 하지 마라, 정의의 과정을   5
이렇게 공개하여 정당한 절차 따라
유죄 또는 사면까지 받을 수 있으니까.
죄인을 데려오라.

관리   전하의 명이시다. 왕비는 여기 이 법정에
본인이 직접 나타나라신다.

헤르미오네, 파울리나 및 시녀들과 함께
호위받으며 등장.

정숙하라.   10

레온테스   기소장을 읽어라.

관리   (읽는다.) '헤르미오네, 그대는 시칠리아 왕 레온테스
전하의 왕비로서 보헤미아 왕 폴릭세네스와 간음죄를
범하고, 그대의 남편이자 왕인 우리 주상 전하의 생명
을 카밀로와 공모하여 빼앗으려 하였기에 여기에서   15
대역죄로 고발 및 기소되었다. 그 목표의 일부가 드러
난 정황에 의하면 그대 헤르미오네는 진실된 신하의
믿음과 충성에 어긋나게 그들에게 조언과 도움을 주
어 그들이 좀 더 안전하게 야반도주하게 해 주었다.'

헤르미오네   내가 할 수 있는 말은 나에 대한 고소를   20
반박하는 것밖에 없으므로, 그리고
나에 관한 증언은 나 자신에게서
나오는 것뿐이니 '무죄'라고 말해 봤자
소용없는 일이리라. 또 나의 성실성도

거짓으로 간주되니 내가 그걸 표현하면   25
그리 받아들이겠지. 하지만 난 신들께서
인간의 행동을 지켜보신다면 ── 그리하시니까 ──
거짓된 고발은 무죄로 새빨개질 것이고
독재는 인내심에 부딪혀 떨게 될 것임을
의심치 않는다. 전하, 당신은 과거의 제 삶이   30
지금 저의 불행만큼 절제되고 순결하며
진실한 것임을 조금도 모르는 척하시지만
가장 잘 아시는데, 그 불행은 관객을 끌려고
꾸미고 연출한 이야기로 본뜰 수 있는 것
이상으로 크답니다. 왜냐하면 절 보세요,   35
왕의 침실 반려자로 왕권의 일부를
소유하고 있으며 위대한 국왕의 딸이고
유망한 왕자의 어머니가 여기 서서
목숨, 명예 지키려고 누가 와서 듣든지
그 앞에서 떠벌리잖아요. 목숨으로 말하면   40
전 그걸 슬픔의 무게만큼 소중히 여기지만
기꺼이 내놓겠습니다. 명예로 말하면
저로부터 자손에게 전달되는 것이므로
전 오직 그걸 위해 여기에 섰습니다. 전하,
전하의 양심에 상소컨대, 폴릭세네스가   45
이 궁정에 오기 전에 제가 전하 은총을
얼마나 받았고 얼마나 그럴 자격 있었는데
그가 온 이래로 얼마나 못마땅한 행실을
제가 보여 줬기에 이렇게 끌려 나타났지요?
내가 만약 한 치라도 명예를 어겼거나   50
언동에서 그런 기색 보였다면 내 말 듣는

모두의 마음은 굳어지고 내 근친까지도
내 무덤에 욕을 하라.

레온테스   대담한 패륜아가
뻔뻔한 일 처음 했을 때보다 부인할 때
뻔뻔함이 부족했단 얘기는 아직까지   55
한 번도 못 들었다.

헤르미오네   정말 사실입니다, 전하,
제게는 안 맞는 속담이긴 하지만.

레온테스   시인하지 않는군.

헤르미오네   허물이란 이름으로
제게 와서 소유하게 된 것 말곤 하나도
인정치 않습니다. 저와 함께 고발당한   60
폴릭세네스로 말하면, 정말로 고백건대
전 그를 합당한 예의로 사랑했습니다,
저 같은 부인에게 어울릴 수도 있는
그러한 종류의 사랑으로, 당신이 명령한
그렇죠, 다름 아닌 바로 그런 사랑으로.   65
제가 그리 안 했다면 당신과 친구분
둘에 대한 불복종과 배은망덕이었다는
생각이 드는데, 그분은 자신의 사랑을
솔직히 말할 수 있게 된 이래로, 갓난애 때부터
그 사랑을 당신 거라 말했어요. 자 이제,   70
역모로 말하면 전 그 맛이 어떤지 맛보라고
접시에 담아 줘도 몰라요. 제가 아는 전부는
카밀로는 정직한 사람이란 사실이고
그가 왜 당신의 궁정을 떴는지는 신들조차
저만큼도 모를 테니 무지하실 거예요.   75

레온테스	당신은 그자의 출발을 알았다, 당신이
	그자가 없을 때 뭘 하려 했는지 알듯이.
헤르미오네	전하,
	당신은 제가 이해 못 하는 언어를 쓰십니다.
	제 생명은 당신 꿈의 표적이 되었으니	80
	포기하겠어요.
레온테스	당신의 행동이 내 꿈이지.
	당신은 폴릭세네스와 사생아를 낳았는데
	난 그걸 꿈만 꿨다! 당신은 수치를 통 모르듯이 —
	그 부류는 다 그렇지 — 진실을 통 모르며
	그걸 필요 이상으로 유심히 부인한다. 그리고	85
	네 새끼가 받아 주는 아비 없이 — 그건 진짜
	개보다 너에게 더 큰 죈데 — 당연히 내쳐졌듯
	너 또한 이 짐의 정의를 느끼게 될 텐데
	가장 후한 판결일지라도 적어도 죽음을
	기대하고 있어라.
헤르미오네	전하, 협박은 마세요.	90
	절 놀래 주려는 그 도깨비 저도 찾고 있어요.
	삶은 제게 아무런 이득이 못 됩니다.
	제 생애의 정점이자 위안인 당신의 총애를
	잃었다고 봅니다, 없어진 이유를 모르나
	사라진 걸 느끼니까. 저의 둘째 기쁨이고	95
	이 몸의 첫째 결실 곁으로 저는 못 갑니다,
	역병 옮길 사람처럼. 저의 셋째 위안거린
	가장 운 나쁘게 태어나 제 가슴으로부터
	최고로 깨끗한 그 입으로 깨끗한 젖 빨다가
	끌려 나가 살해됐고, 저 자신은 온 사방에	100

창녀로 공포됐고 지나친 미움으로
세상 모든 여성이 다 가진 해산의 특권을
거부당했으며, 끝으로 서둘러 이리로
몸조리도 못 한 채 이 장소, 이 한데로
불려 나왔습니다. 이제 전하, 제가 여기 살아서 105
무슨 축복 받을지, 죽음을 두려워해야 할지
말씀해 보세요? 그러므로 계속해요.
하지만 들으세요. ─ 오해 말고 ─ 목숨은 아녜요,
지푸라기만큼도 못하니까, 하지만 제 명예는
풀어 주고 싶어요. ─ 깨 있는 당신의 질투 말고 110
다른 모든 증거는 잠자고 있는데 추측으로
제가 형을 받는다면, 그건 분명 법이 아닌
가혹함일 것입니다. 모든 판관 여러분,
저는 이 신탁에 이 몸을 맡깁니다.
아폴로는 판단해 주소서.

귀족   당신의 요청은 115
전적으로 정당하오. 그러므로 가져오라,
아폴로의 이름으로 그분의 신탁을.

                                    (관리 몇 명 함께 퇴장)

헤르미오네   러시아 황제가 나의 부친이셨다.
오, 그분이 살아 있어 여기 있는 자기 딸의
심판을 지켜봐 줬으면! 완벽한 내 불행을 120
복수 아닌 동정의 눈으로 오로지
봐 주기만 하셨으면!

관리들, 클레오메네스 및 디온과 함께 등장.

관리	여기 이 정의의 칼에 대고 맹세하라.
	클레오메네스와 디온, 그대들은 둘 다
	델포이에 갔었으며 거기에서 위대한
	아폴로 사제의 손으로 전해 받은
	봉인된 신탁을 가져왔고 그 이후로
	감히 그 성스러운 봉인을 뜯지도 그 내용을
	읽지도 않았다고.
클레오메네스·디온	이 모든 걸 맹세하오.
레온테스	봉인을 뜯은 다음 읽어라.
관리	(읽는다.) '헤르미오네는 순결하고 폴릭세네스는 결백
	하며, 카밀로는 진실된 신하이고 레온테스는 질투에
	사로잡힌 폭군이며, 깨끗한 그의 아기는 적법하게 잉
	태됐고 국왕은 잃은 것을 되찾지 못하면 후계자 없이
	살 것이다.'
귀족들	위대한 아폴로를 축복하라!
헤르미오네	찬양하라!
레온테스	진실을 읽었느냐?
관리	예, 전하, 바로 여기
	적힌 것 그대로요.
레온테스	그 신탁에 진실은 하나도 없으니
	재판은 계속된다. 이건 순 거짓이다.

125

130

135

140

하인 등장.

하인	국왕 전하, 전하!
레온테스	거 무슨 일이냐?
하인	오 전하, 보고하면 미움받을 것입니다!

왕비의 운명을 순전히 두렵게만 생각하신
왕자님이 가셨어요.

레온테스 　　　　　　　　　뭐! 가?

하인 　　　　　　　　　　　　돌아가셨어요.

레온테스 아폴로가 노하셨다. 천신들이 스스로　　　　　　　145
내 비행을 처단한다. 　　　　(헤르미오네가 기절한다.)
　　　　　　　어찌 된 일이냐?

파울리나 왕비께 이 소식은 치명적입니다. 보세요,
죽음이 무슨 일을 하는지.

레온테스 　　　　　　　　　왕비를 모셔라,
심장의 과부하일 뿐으로 회복하실 것이다.
나는 나 자신의 의심을 너무 많이 믿었다.　　　　　　150
간청컨대 그녀에게 생기 회복 약제를
부드럽게 사용하라. 　　　　(파울리나와 시녀들,
　　　　　　헤르미오네를 옮기며 하인과 함께 퇴장)
　　　　아폴로여, 당신의 신탁을
극심하게 모독한 저를 용서하소서.
난 폴릭세네스와 화해하고 왕비에게
새롭게 구애하며 카밀로를 진실된 자비를　　　　　　155
갖춘 이로 공포하여 다시 부를 것이다.
왜냐하면 난 질투로 살기와 복수에 도취되어
카밀로를 내 친구 폴릭세네스의
독살자로 선택했고 마음 착한 카밀로가
신속한 내 명령을 지체만 않았어도 그 일은　　　　　　160
실행됐을 것이기 때문이다. 난 그가 그 일을
안 하거나 했을 경우 죽음과 보상이란
협박과 격려를 했지만 참으로 인정 많고

명예로 가득한 그는 내 국왕급 손님에게
내 계책을 발설하고 이곳의 행운을 버리고 ——   165
알다시피 아주 큰데 —— 만사가 불확실함에도
오직 명예 하나만 가지고 확실한 위험에
자신을 맡겼다. 녹슨 나를 통하여 카밀로는
얼마나 빛나는가! 그의 덕은 내 행위를
얼마나 더 시커멓게 만드는가!   170

                              파울리나 등장.

파울리나   오, 가슴 끈을 잘라 다오, 내 심장이 그걸 끊고
          터지지 않도록!
귀족   이 무슨 발작이오, 부인?
파울리나   폭군이여, 어떤 고문 내게 할지 연구했소?
          어떤 바퀴? 형틀? 불? 어떤 채찍? 납 또는
          기름에 튀겨요? 낡은 고문, 새 고문, 어떤 걸   175
          받아야만 합니까, 말 한마디 한마디에
          당신의 극 최악을 맛보려면? 당신의 폭정이
          질투심과 —— 소년들에게는 너무 약한 환상이고
          아홉 살 소녀에겐 너무나 설익고 무익한데 ——
          합작으로, 오, 무슨 일을 했는지 생각하고   180
          정말 미쳐 버리시오, 완전히! 당신의
          지난 바보짓들은 맛보기일 뿐이니까.
          폴릭세네스를 배신한 일, 아무것도 아녜요.
          바보에다 지조 없고 지독하게 배은하는
          당신을 보여 줬을 뿐이니까. 카밀로의   185
          명예를 더럽혀 국왕을 죽이도록 한 것도

대수롭지 않아요. 하찮은 죄들이오. ──
더 기괴한 것 옆에선. 그 가운데 내 생각에
당신의 딸아이를 까마귀들에게 던져 준 건
아무것도, 별것도 아닙니다, 악마라도   190
그 짓 앞서 불 대신 눈물을 흘렸을 테지만.
나이 어린 왕자님의 죽음 또한 전적으로
당신 탓은 아니오, 우둔한 부친이 모친을
더럽혔다 상상할 수 있었던 그 심장이
명예를 생각하고 ── 그 여린 분에겐   195
고상한 생각인데 ── 쪼개졌으니까. 이것도
당신 책임 아니오. 하지만 끝으로 ── 오, 경들이여,
제 말 듣고 '비통'을 외치시오. 왕비, 왕비께서
가장 곱고 소중한 분께서 가셨고 그 복수는
아직 아니 떨어졌소.

귀족   천신들은 막으소서!   200

파울리나 가셨다고 했어요. ── 맹세해요. 말이나 맹세가
통하지 않는다면 가 봐요. 입술과 두 눈의
색깔이나 광택을, 바깥의 열기나 안의 숨을
되돌려 준다면 이 몸은 당신들을 신처럼
받들어 모실게요. 하지만 오 그대 폭군이여,   205
이것들을 뉘우치진 마세요, 너무나 무거워
당신의 비탄을 다 써도 꼼짝 않을 테니까.
그러니 절망만 가지세요. 천 명이 만년 동안
알몸으로 굶으면서 황량한 산 위에서
끝없는 겨울 내내 영원한 폭풍 속에   210
무릎을 꿇어도 신들을 움직여 당신 쪽을
보게 하진 못할 거요.

레온테스   계속하라, 계속해,
아무리 말해도 모자란다. 가장 쓰린 말들을
모두가 다 해도 난 들어 마땅하다.

귀족   그만해요,
사태가 어찌 됐건 당신은 대담한 말로써   215
잘못을 범하셨소.

파울리나   그건 미안합니다.
제 모든 잘못은 제가 그걸 다 알게 될 때면
꼭 뉘우칠 겁니다. 아, 전 여성의 성급함을
너무 많이 보였어요. 국왕께서 가슴 깊이
감동을 받으셨소. 지난 일, 어쩔 수 없는 일은   220
슬퍼하지 마셔야 합니다. 저의 이 탄원으로
고통받진 마십시오. 간청컨대 전하께서
잊으셔야 할 것을 상기시킨 이 몸을 차라리
처벌해 주십시오. 자 이제, 주상 전하,
어리석은 여인을 용서해 주십시오.   225
왕비께 품었던 제 사랑은 — 원, 바보짓 또 하네!
그녀 얘긴 그만하죠, 당신의 아이들 얘기도.
제 남편도 기억하지 않으시게 해 드리죠,
없어진 그이요. 전하께서 잘 참아 주시면
전 아무 말 않겠어요.

레온테스   진실을 최대한 말했을 때   230
그대는 잘 말했을 뿐이고 난 그걸 그대의
동정보다 더 잘 받아들이겠다. 부탁인데
왕비와 아들 시신 있는 곳에 날 데려가 주게.
둘을 합장시키고 그들이 죽게 된 사연을
짐이 무기한으로 창피를 느끼도록   235

무덤 위에 적겠다. 그들이 누워 있는 예배당을
하루 한 번 방문하고 거기서 흘리는 눈물은
나의 기분 전환제가 될 것이다. 이 몸이
그 의식을 견디는 한 난 매일 그렇게
하겠다고 맹세한다. 자, 이 슬픈 곳으로   240
날 인도하게나.   (함께 퇴장)

3막 3장
안티고누스, 아기를 안고 선원과 함께 등장.

안티고누스   그렇다면 우리 배가 보헤미아 황야에
            닿은 게 틀림없지?

선원   예 나리, 그런데
            안 좋을 때 상륙했나 봅니다. 하늘은 어둡고
            한바탕할 것도 같은데요. 제 생각엔
            하늘이 우리가 하고자 하는 일에 화가 나서   5
            인상을 찌푸려요.

안티고누스   신성한 그 뜻이 이루어지기를! 올라가서
            배를 잘 보살피게. 자네를 부를 때가
            머지않을 테니까.

선원   최대한 서두르십시오, 육지로 너무 깊이   10
            들어가지 마시고. 날씨가 시끄러울 것 같고
            게다가 이 지역은 여기 사는 맹수들로
            이름이 났답니다.

3막 3장 장소 보헤미아 해안.

안티고누스	자네는 어서 가 봐.
	곧 따라가겠다.
선원	이렇게 이 일에서 손을 떼서
	마음이 기쁘구나. (퇴장)
안티고누스	자, 불쌍한 아가야,	15

죽은 자의 영혼이 떠돈단 얘기를 들었지만
믿지는 않았다. 그런 게 있다면 네 어미가
어젯밤 나에게 나타났어. 그렇게 생시 같은
꿈은 없었으니까. 한 인간이 머리를
때론 이쪽 때론 저쪽 기울이며 나타났어. 20
그 같은 슬픔의 그릇을 본 적이 없는데
너무나 꽉 찼고 어울렸지. 순수한 흰옷 입고
신성 그 자체처럼 내가 누운 오두막에
진짜로 다가왔어. 나에게 세 번 머리 숙인 뒤
무슨 말을 하려고 헐떡이다 두 눈이 25
분수가 됐단다. 격정이 사그라지자 곧
이 말이 나왔었지. '안티고누스 경이여,
당신은 심성은 훌륭하나 운명에 의하여
맹세했던 그대로 불쌍한 내 아기를
내던져 버리는 인물이 되어서 멀고 먼 30
보헤미아 지역에 왔으니 거기에서 운 다음
그것은 앙앙대게 버려둬요. 그리고 아기는
영원히 잃은 걸로 간주되니 그 이름을
퍼디타라 불러 줘요. 내 남편이 떠맡긴

21행 그릇 인간의 몸을 비유하는 말로 성경에서 연유한 것이다. 예를 들면 베드
로전서 3장 7절에서는 여성을 '더 약한 그릇'이라 부른다. (아든)

이 가혹한 일 때문에 당신은 아내인 파울리나를   35
절대 다시 못 봐요.' 그러곤 비명을 지르며
공중으로 싹 녹아 버렸다. 난 크게 놀랐으나
곧 정신을 차렸고 이건 잠이 아니라
현실이라 생각했지. 꿈은 헛된 것이야.
하지만 이번만은, 그렇지, 미신을 믿듯이   40
그 지시를 따르겠다. 난 헤르미오네가
죽임을 당했다고 정말로 믿으며 아폴로는 —
이 애가 진짜로 폴릭세네스 국왕의
자식이기 때문에 — 죽든 살든 이것을
여기 이 친아버지 땅 위에 놔두기를   45
바란다고 믿는다. 꽃님아, 잘 살아라!

　　(아기를 포대기에 싸서 상자 및 편지와 함께 내려놓는다.)

여기 눕고 네 기록은 여기에. 이것들은
행운이 찾아오면 예쁜 널 키우고도
남을 물건들이다. 폭풍이 오는군. 불쌍한 것,
네 어미의 잘못으로 이렇게 버려지고   50
어찌 될지 모르다니! 난 울 수 없으나
가슴은 피 흘린다. 어명을 맹세하고 받다니
난 가장 저주받은 인간이다. 잘 있어라!
날은 점점 찌푸리네. 너무 험한 자장가를
들을 것 같구나. 낮인데 이렇게 검은 하늘   55
본 적이 없었어. 야수의 울음이다!
어서 배에 올랐으면! 사냥이 시작됐어.

34행 퍼디타　라틴어 이름(Perdita)으로 '잃어버린 여자아이'라는 뜻. 우리 설화
의 바리데기 또는 바리 공주에 해당한다.

난 영원히 사라졌다!　　　　　　　(곰에게 쫓기면서 퇴장)

양치기 등장.

양치기　열 살과 스물세 살 사이엔 아무 나이도 없거나 젊은 것
들은 쉴 때 잠이나 처잤으면 좋겠어, 왜냐하면 그사이　　　60
엔 처녀들에게 애 배게 하거나 노인들 욕보이거나 훔
치고 싸우는 짓밖엔 안 하니까. ── 저 소리 좀 들어
봐! 열아홉이나 스물두 살짜리 꼴통들 말고 누가 이 날
씨에 사냥을 하겠어? 놈들 때문에 최고 좋은 내 양 두
마리가 겁먹고 달아났는데, 주인보다 늑대가 먼저 찾　　　65
을 것 같아서 걱정되네. 그것들을 찾아낼 데가 있다면
송악 잎 뜯어 먹는 바닷가야. 운 좋기를, 그게 당신 뜻
이라면! (아기를 보고) 여기, 이게 뭐야? 아이고 고마워
라, 알라잖아! 아주 예쁜 알라야! 사낸가 계집앤가, 뭘
까? 예쁘군. 아주 예뻐. ── 불장난이 분명해. 내가 글　　　70
공부는 못 했지만 이 불장난에서 양갓집 시녀를 읽어
낼 순 있지. 여기엔 계단 작업, 궤짝 작업, 문 너머 작
업이 좀 있었어. 이걸 낳은 사람들은 여기 이 불쌍한
것보다 더 뜨거웠어. 가여워서 집어 들어야지. 하지만
아들이 올 때까지 기다리자. 방금도 소리를 질렀는데.　　　75
야, 우, 아!

광대 등장.

광대　여, 기, 요!
양치기　뭐, 그리 가까이 있었어? 네 녀석이 죽어 썩을 때까지

	도 계속 얘기할 물건을 보겠으면 이리 와 봐. 왜, 어디
	아파? 80
광대	바다와 뭍에서 두 가지 굉장한 걸 봤어요! 하지만 그걸
	바다라고 하진 않겠어요, 이젠 하늘이니까. 창공과 그
	것 사이에는 단검 끝도 못 찔러 넣어요.
양치기	그래, 얘야, 어떤데?
광대	바다가 어찌나 안달하고 어찌나 날뛰고 어찌나 해변 85
	을 삼켰는지 아버지가 봤더라면 좋을 텐데! 근데 그게
	문제가 아녜요. 오, 불쌍한 사람들이 가장 애처롭게 외
	쳤어요! 때론 보이다가 안 보이기도 했어요. 때로는 그
	배가 큰 돛대로 달에 구멍을 내다가 곧바로 코르크 마
	개를 큰 술통에 던졌을 때처럼 부글거리는 거품에 휩 90
	싸였죠. 그리고 육군 쪽을 말하자면 보세요, 곰이 그의
	어깨뼈를 어떻게 뜯어냈는지, 그가 내게 도와 달라고
	어떻게 외쳤고 자기 이름은 안티고누스, 귀족이라고
	했는지. 하지만 배 얘기를 끝내자면 — 보세요, 바다
	는 그걸 어떻게 꿀꺽했는지! 하지만 먼저 그 불쌍한 사 95
	람들이 어떻게 울부짖었는지, 근데 바다는 그들을 비
	웃고. 또 그 불쌍한 신사는 어떻게 울부짖었는지, 근데
	곰은 그를 비웃고. 양쪽의 울부짖는 소리가 바다나 날
	씨보다 더 컸어요.
양치기	아이고 저런, 얘야, 그게 언제였어? 100
광대	지금이요, 지금. 그걸 구경한 뒤로 전 눈도 깜박 안 했
	어요. 사람들은 물 밑에서 아직 차가워지지도 않았고
	곰은 그 신사 식사를 반도 못 했어요. — 지금 먹고 있
	어요.
양치기	내가 그 노인 곁에서 도와줬더라면 좋을 텐데! 105

| 광대 | 아버지는 배 옆에서 배를 도와줬더라면 좋았겠지요, 거기엔 아버지의 인정이 설 자리가 없었을 테니까요. |
| 양치기 | 구슬픈 일, 구슬픈 일이야. 하지만 얘, 이거 좀 봐. 이 제 넌 운 좋다고 생각해라. 넌 죽어 가는 것들을 만났 지만 난 갓 태어난 걸 만났어. 여기 구경거리가 있어. 이거 봐, 향사 자식에게나 쓰는 포대기야! 들어 올려, 들어 올려, 얘. 열어 봐. 그래, 어디 보자. 난 요정들 덕 에 부자 된단 말이 있었어. 이건 어떤 업둥이야. 열어 봐. 안에 든 게 뭐야, 사내애야? |

110

| 광대 | (상자를 연다.) 아버진 팔자 고친 노인이요. 젊은 날의 죄 가 용서받았다면 잘살게 될 거요. 금이요! 모조리 금! |
| 양치기 | 이건 요정들의 금이다, 얘, 그렇게 밝혀질 거야. 집어 들어, 꼭꼭 감추고. 집, 집으로 곧장 가자. 우린 운이 좋 았어, 얘, 그리고 계속 그러려면 비밀만 지키면 돼. 양 은 잊어버리자. 자, 애야, 곧장 집으로 가자. |

115

120

| 광대 | 아버지는 주운 것들 가지고 곧장 가요. 난 곰이 신사를 두고 갔는지, 얼마나 먹었는지 가 볼게요. 놈들은 베고 플 때만 아니면 절대 사납지 않거든요. 그 사람이 남은 게 있다면 묻어 줄래요. |
| 양치기 | 그거 착한 일이다. 그가 누구였는지 남은 걸로 알아볼 수 있거든 불러서 구경시켜 줘. |

125

| 광대 | 꼭 그러지요. 그 사람을 땅에 묻는 일 도와주시려면요. |
| 양치기 | 운 좋은 날이다, 얘, 그러니까 좋은 일 해야지. |

(함께 퇴장)

시간의 신, 해설자로 등장.

시간의 신　　일부에겐 기쁨 주고 모두에겐 선과 악의

기쁨 공포 시험하며, 실수할 일 만들고 또

펼치는 난 시간이란 이름으로 이제 나의

두 날개를 쓰겠노라. 십육 년을 건너뛰고

그 긴 틈에 생겼던 일 따져 보지 않는다고　　　　　　　5

나나 나의 빠른 흐름 죄라 하지 말지어다.

법 같은 건 내던지고 한 시간도 안 걸려서

관습들을 만들었다 다시 부숴 버리는 건

내 힘으로 다 되니까. 가장 오랜 옛 질서가

자리 잡기 이전이나 자리 잡힌 지금이나　　　　　　　10

나는 같은 존재임을 인정하라. 난 그런 게

생겨났던 뭇 시대의 증인이고 바로 지금

군림하는 최신 것도 증언한 뒤 번쩍이는

현시점을 낡은 걸로 만들 텐데 내 얘기도

지금 그리된 것 같군. 당신들이 이 사실을　　　　　　　15

참고 받아 준다면 난 모래시계 뒤집은 뒤

당신들이 그사이에 한잠 자고 난 것처럼

내 연극을 늘이겠소. 레온테스 남겨 두고 ─

어리석은 질투심의 뭇 결과가 너무 슬퍼

스스로를 가뒀는데 ─ 관객이여, 지금 나를　　　　　　　20

아름다운 보헤미아 안에 있다 상상하고

4막 1장 해설자
원래 이 해설자의 이름은 코러스였다. 코　　촌평하거나 때로는 거기에 참여하기도
러스는 한 사람 또는 여러 사람으로, 극을　　하였다. (아든)

이 왕에게 한 아들이 있다는 걸 내가 앞서
언급했단 사실을 잘 기억하오, 그 이름은
플로리젤 될 테니까. 그런 다음 재빠르게
우아함이 놀라움과 견줄 만큼 크게 자란   25
퍼디타의 이야기를 해 보겠소. 무슨 일이
벌어질지 예언하진 않겠지만 시간 소식
생겼을 때 알리리다. 양치기 딸 그녀에게
따르는 일, 그다음에 생기는 일, 그런 것이
시간 신의 주제이니 그걸 받아들이시오,   30
지금보다 못한 시간 보낸 적이 있었다면.
없었다고 하더라도 시간 신은 진심으로
그런 일은 절대 없길 바란다고 말하겠소.   (퇴장)

4막 2장
폴릭세네스와 카밀로 등장.

폴릭세네스 부탁하오, 카밀로, 더 이상 졸라 대지 마시오. 당신에
게 뭔가를 거절하면 병이 나겠지만 이걸 허락하는 건
죽음이오.

카밀로   우리 나라를 본 지도 십오 년이 지났고, 대부분 해외에
서 살았지만 제 뼈만은 거기에 뉘고 싶습니다. 게다가   5
뉘우치는 왕, 제 주군께서 사람을 보냈는데 그분의 진
정 어린 슬픔에 제가 좀 완화제가 될지도 모른다는 게
─ 주제넘은 생각인진 모르나 ─ 떠나려는 마음에

4막 2장 장소 보헤미아. 폴릭세네스의 궁정.

또 한 번 박차를 가합니다.

폴릭세네스 당신은 날 아끼니까, 카밀로, 지금 떠나서 여태껏 해 10
온 업무를 헛되이 만들진 마시오. 내가 당신을 필요로
하는 건 당신이 착하기 때문이오. 당신을 이렇게 잃느
니 차라리 얻지 않았더라면 좋았을 거요. 당신은 내 사
업들을 기획했고 당신 없인 누구도 족히 경영할 수 없
으니 남아서 직접 실행에 옮기든지 아니면 지금까지 15
수행해 온 바로 그 업무를 가져가야 할 거요. 그에 대
해 충분히 보답하지 않았다면 —— 아무리 해도 지나칠
순 없지만 —— 난 고맙게 여기는 공부를 더 할 것이고
그래서 내가 얻는 이득은 쌓이는 친절일 것이오. 그 치
명적인 나라 시칠리아 얘기는 제발 더 하지 마시오, 난 20
그 이름만 들어도 그 뉘우치는 —— 당신이 말하듯이
—— 그래서 화해한 국왕 형님에 대한 기억으로 벌받는
데, 그가 가장 소중한 왕비와 자식들을 잃은 건 바로
지금도 새롭게 통탄할 일이지요. 말해 봐요, 내 아들
플로리젤 왕자를 언제 봤지요? 왕들은 자식들이 부덕 25
할 때 못지않게 미덕이 입증된 자식들을 잃을 때 불행
하다오.

카밀로 전하, 제가 왕자님을 뵌 건 사흘 전입니다. 무슨 일로
행복하신지 저로선 알 수 없습니다만 유감스럽게 주
목한 바로는 그가 최근 궁정 밖으로 자주 나가셨고 30
전보다는 군주 훈련에 자주 안 나타나시는 것 같습
니다.

폴릭세네스 나도 그만큼은 알아봤어요, 카밀로, 그것도 좀 조심스
럽게, 내 밑에서 일하는 첩자들을 통해 왕자의 바깥출
입을 지켜보게 하는 데까지요. 그래서 이런 정보를 얻 35

있는데, 즉 그는 가끔 아주 평범한 양치기의 집에서 나온다고 하고, 그자는 정말 아무것, 아무것도 없다가 이웃의 상상을 초월할 정도로 셀 수 없는 재산을 갖게 됐다는군요.

카밀로　전하, 저도 그런 자에 대해 들어 본 적이 있는데 그는 　40
대단히 희귀한 딸 하나를 두고 있답니다. 그녀에 대한 소문은 그런 움막에서 출발했다고 생각되기엔 너무 멀리 퍼져 있지요.

폴릭세네스　그건 내 정보와 꼭 같은 부분이오. 하지만 내가 걱정하는 건 짐의 아들을 그쪽으로 낚아채는 낚싯대요. 짐과 　45
동행하여 그곳으로 가 줘야겠어요. 거기에서 우리가 모습을 감추고 그 양치기에게 질문을 좀 해 보면 사람이 단순해서 내 아들이 거기에 드나드는 이유를 알아내는 건 어렵지 않으리라 생각합니다. 제발, 나와 짝이 되어 이 일을 곧장 하고 시칠리아 생각은 옆으로 치워 　50
줘요.

카밀로　기꺼이 명령을 따르겠나이다.

폴릭세네스　멋진 카밀로 경! 우린 가장을 해야 하오.　　(함께 퇴장)

4막 3장
오토리쿠스, 노래하며 등장.

수선화가 나타나기 시작할 때
와아, 골짜기 건너가면 계집 있지!

4막 3장 장소　보헤미아.

그러면 달콤한 한 해가 다가오지,
  겨울의 흰 뺨엔 붉은 피가 왕이니까.

산울타리 위에 넌 흰 홑청과   5
  야아, 고운 새들 즐거이 노래하면
도둑놈 내 이빨은 날이 서지,
  한잔 술은 왕의 음식이니까.

지지배배 지저귀는 종달새와
  와아, 와아, 지빠귀와 언치새는 10
갈보와 나, 마른풀 속에서 뒹굴 때
  우리에게 여름 노래 부른다네.

난 플로리젤 왕자님을 모셨고 한때는 비싼 벨벳 옷을
입었는데 지금은 실직했어.

근데 내가 그 일로 한탄할까, 자기야? 15
  밤이면 희미한 달 비치고
이곳저곳 떠돌아다닐 때도
  대부분 바른 길을 걷는데.

땜장이가 벌이를 허락받아
  돼지가죽 가방을 멜 수가 있다면 20
해명은 나도 잘할 수 있어,
  차꼬 찰 땐 내 신분도 밝히고.

제가 거래하는 건 홑청인데 —— 솔개가 둥지 틀 땐 소

소한 면제품을 조심하세요. 제게 오토리쿠스란 이름
을 붙여 준 우리 아버지는 저와 마찬가지로 머큐리 신   25
의 점지로 태어났기 때문에 지키지 않는 하찮은 물건
들을 날치기하셨어요. 전 노름과 계집질로 이 옷을 구
입했고 제 수입원은 쉽게 속는 자들이랍니다. 큰길에
선 교수대와 매질이 너무 힘을 발휘해요. 태형과 교수
형이 저에겐 공포랍니다. 저세상으로 말하면 전 그런   30
생각을 자면서 잊어버려요. 돈벌이다! 돈벌이!

광대 등장.

광대   어디 보자. 숫양 열한 마리마다 양털이 십이 킬로, 십
            이 킬로에 일 파운드 일 실링을 받는데 천오백을 깎았
            으니까 얼마가 되지?
오토리쿠스   (방백) 덫만 좋으면 이 바보 새는 내 거다.   35
광대   주판 없이는 못 하겠네. 어디 보자, 양털 깎기 축제에
            뭘 사야 되지? 설탕 네 파운드, 건포도와 쌀 다섯 파운
            드. ── 누이가 쌀로 뭐 하려고 그러지? 하지만 아버지
            는 누이를 축제의 여주인 삼았고 그녀는 척척 해낸다.
            그녀는 털 깎는 일꾼들 주려고 작은 꽃다발 스물네 개   40
            를 만들었는데 ── 그들 모두가 셋이 하는 노래패로,
            그것도 아주 잘하는 사람들이다. ── 근데 대부분 중
            간과 아래 소리를 하지만 그 가운데 청교도가 하나 있
            고 그는 뿔 나팔에 맞춰 시편을 노래한다. 난 배 과자

25행 머큐리 사기꾼과 번지르르한 궤변가와 도둑들의 신. (아든)
43행 청교도 청교도들은 높은 비음으로 노래한다고 우스개 조로 묘사되었다. (아든)

	색깔을 내는 사프란꽃을 사야 해. 육두구꽃도. 대추야 45
	자, 없네. —— 이 목록엔 빠졌어. 육두구 일곱 개. 생강
	한두 뿌리, 하지만 그건 그냥 달라고 할 수 있지. 자두
	네 파운드, 그리고 볕에 말린 포도는 될수록 많이.
오토리쿠스	(땅바닥을 기면서) 오, 내가 왜 태어나 가지고!
광대	아이고머니! 50
오토리쿠스	오, 살려 줘요, 살려 줘! 이 누더기 좀 떼내 줘요, 그런
	다음 죽여 줘요, 죽여 줘!
광대	아, 불쌍해라! 당신은 이 누더기를 벗을 게 아니라 더
	많이 걸쳐야 해요.
오토리쿠스	오, 나리, 이 역겨운 누더기 때문에 채찍 맞았을 때보 55
	다 더 화가 난답니다, 굉장한 걸 수백 수백만 대나 맞
	았지만요.
광대	아이고, 불쌍해라! 백만 번이나 때리면 큰 문제가 될
	수도 있는데.
오토리쿠스	나리, 전 털리고 얻어맞았어요. 제 돈과 옷을 빼앗고 60
	이 혐오스러운 것들을 걸쳐 줬어요.
광대	뭐요, 말 탄 놈이 그랬어요, 걷는 놈이 그랬어요?
오토리쿠스	걷는 놈이요, 착한 나리, 걷는 놈이요.
광대	정말이네, 당신한테 입혀 놓은 옷을 보니까 걷는 놈이
	틀림없네요. 이게 말 탄 놈의 외투라면 아주 심하게 65
	닳았네요. 손을 이리 줘요, 도와줄게요. 자, 손을 이리
	줘요. (오토리쿠스를 도와 일으켜 준다.)
오토리쿠스	오, 나리, 살살 해요, 오!
광대	아이고, 불쌍해라!
오토리쿠스	오, 나리, 부드럽게요, 나리! 어깨뼈가 빠진 것 같아요, 70
	나리.

광대	어때요? 일어설 수 있어요?
오토리쿠스	살살 해요, 귀하신 나리. 나리님, 살살 해요. (광대의 주머니를 턴다.) 당신은 제게 자비를 베풀었어요.
광대	돈이 하나도 없어요? 당신에게 줄 돈이 좀 있는데.
오토리쿠스	괜찮아요, 착한 나리, 정말 괜찮아요, 나리. 친척 하나가 여기서 사분의 삼 마일도 안 되는 곳에 사는데 거기로 가는 중이었답니다. 거기서 돈이나 원하는 건 뭐든 얻을 겁니다. 돈 주겠다고 하지 마십시오, 제발. ── 그럼 제 마음이 찢어져요.
광대	당신을 턴 놈은 어떤 자식이었나요?
오토리쿠스	그 자식은 나리, 계집질 놀이를 하러 다니는 자로 알고 있습니다. 한때는 왕자님의 하인이었지요. 근데 무슨 미덕 때문인지는 알 수 없지만 나리, 그 자식은 분명 채찍을 맞고 궁정에서 쫓겨났답니다.
광대	그의 악덕이라고 해야겠지요. ── 궁정에서 채찍 맞고 쫓겨난 미덕은 없답니다. 사람들이 그건 소중히 여겨 거기에 붙잡아 두죠, 그런데도 그건 잠시만 머물러요.
오토리쿠스	악덕이라고 하지요, 나리. 전 이 사람을 잘 압니다. 그는 그 뒤로 원숭이 재주를 보여 주다가 다음엔 소환장 전달자 하다가 ── 집행관요 ── 그다음엔 '돌아온 탕아'라는 인형극 돌리다가 저의 땅과 재산이 있는 곳에서 일 마일 안에 사는 땜장이 아내와 결혼했답니다. 그러고는 흉악한 직업을 여럿 전전하다가 겨우 불한당으로 자리를 잡았답니다. 어떤 이들은 그를 오토리쿠스라고 부르지요.
광대	우라질 놈! 날도둑, 틀림없이 날도둑이오! 그놈은 축제, 장날, 곰 놀리기에 자주 나타나요.

오토리쿠스	딱 맞췄어요, 그자요, 그자. 그놈이 저에게 이 복장을 걸쳐 줬어요.

	100

광대	보헤미아 전체에서 더 비겁한 놈은 없답니다. 당신이 몸집을 부풀리고 침을 뱉기만 했더라도 놈은 달아났을 텐데.

오토리쿠스	나리, 고백해야겠습니다만 전 싸움꾼이 아니랍니다. 그쪽으론 겁을 먹어서요. 장담컨대 놈이 그걸 알아챘어요.

	105

광대	이젠 좀 어때요?

오토리쿠스	착한 나리, 전보다 훨씬 좋습니다. 서서 걸을 수 있어요. 당신과 작별만 하고 친척집으로 조용히 걸어가렵니다.

	110

광대	좀 같이 가 줄까요?

오토리쿠스	아뇨, 인상 좋은 나리. 아뇨, 착한 나리.

광대	그럼 잘 가요. 난 양털 깎기 축제에 쓸 향료를 사러 가야겠어요. (퇴장)

오토리쿠스	복 많이 받으세요, 착한 나리! 당신 지갑은 향료를 살만큼 두둑하지 않아요. 나도 당신의 양털 깎기 축제에 갈 겁니다. 만약 이번 사기 한 건으로 또 한 건이 안 생기고 양털 깎는 사람이 양으로 밝혀지면, 나를 도둑 명단에서 빼고 내 이름을 도덕책에 올리라지.

	115

(노래한다.)

　　터벅터벅 오솔길을 걸어라,　　　　　　　　120

98행 곰 놀리기 말뚝에 곰을 묶어 놓고 사냥개들을 풀어 싸우게 만드는 곰 놀리기는 당시 영국 사람들이 매우 즐기던 놀이였다. (아든)

유쾌하게 울타리를 넘어라, 아.

유쾌한 마음은 온종일 걷지만

슬프면 일 마일에 지친다, 아.　　(퇴장)

4막 4장

도리클레스라는 촌사람으로 변장한 플로리젤과

축제의 여왕이 된 퍼디타 등장.

플로리젤　그대는 보기 드문 복장으로 구석구석

생기가 도는군요. 양 치는 여자가 아니라

사월의 이마에 돋아난 꽃의 여신이랍니다.

이 털 깎기 축제는 뭇 신들의 모임과 같은데

그대는 그 여왕이오.

퍼디타　　　　　　자비로운 왕자님,　　　　5

그런 과장 꾸짖는 건 제게 맞지 않사오나 ─

오, 과장 말은 용서하십시오! 당신은 옥체를,

이 나라의 우아한 표준을 촌부의 옷으로

감추고 계시는데 지체 낮은 처녀인 전

여신처럼 잘 꾸며졌어요. 이 축제 곳곳에서　　10

바보짓이 벌어지고 손님들이 그것을

습관처럼 참지만 않아도 전 당신의 차림에

얼굴이 빨개지고 거울 속의 저를 보면

기절할 것 같아요.

플로리젤　　　　나는 나의 착한 매가

4막 4장 장소　보헤미아. 양치기의 작은 집 앞.

그대의 아버지 땅 위로 날아갔던 시각을   15
축복하고 있어요.

퍼디타   이유가 있어야 할 텐데!
신분의 차이로 전 아주 무서워요. 왕자님은
공포에 익숙지 않으셔요. 전 지금도 떨려요,
당신의 부친께서 당신처럼 우연히 이 길을
지나신다 생각하면. 오, 운명 여신들이여!   20
그분은 천하게 장정된 본인의 귀한 작품
어떻게 보실까요? 뭐라고 하실까요? 그리고
화려한 옷 빌린 이 몸은 준엄하신 전하를
어떻게 바라보죠?

플로리젤   잔치 기분 말고는
아무것도 느끼지 말아요. 신들도 스스로   25
그들의 신성함을 사랑으로 낮추면서
동물의 형태를 취했어요. 주피터는
황소 되어 고함치고, 푸른 신 넵튠은
숫양 되어 음매 하고, 불의 옷을 입었던
황금빛 아폴로는 지금의 나처럼 미천한   30
촌부가 되었어요. 그들의 변신은 그대보다
더 희귀한 미녀를 위한 것도, 더 깨끗하지도
않은 것이었어요. 내 욕망은 명예보다
앞서 가지 아니하고 정욕 또한 믿음보다

21행 천하게 장정된
초라하게 차려입은. 옷 치장을 책의 겉모
양 꾸미기에 비유한 말.
27~31행 주피터는…되었어요
주피터는 황소로 변신하여 유로파를 데

려갔고, 푸른 대양의 신 넵튠은 숫양의 몸
을 취해 테오파네와 관계했으며, 아폴로
는 하늘나라에서 쫓겨났을 때 목동으로
일하였다. (아든)

더 뜨겁게 타지는 않으니까.

퍼디타 　　　　　　　　　하지만, 오, 　　　　　35
당신의 결심은 왕권과 마주칠 때,
분명 그리될 텐데, 유지될 수 없답니다.
당신이 이 목적을 바꾸든지 제가 삶을
바꿔야만 하는데 둘 중 하난 필수예요,
때가 되면 알겠지만.

폴로리젤 　　　　　　　최고의 내 사랑 퍼디타, 　　　　40
제발 이런 무리한 생각으로 축제의 기쁨을
흐리지 말아요. ― 님이여, 그대 것이 되든지
부친 것이 안 되든지 하겠소. 왜냐하면
당신 것이 아니면 난 내 것도 누구의 무엇도
될 수 없을 테니까. 이것은 운명이 거부해도 　　　45
나의 가장 확고한 뜻이오. 웃으면서 즐겨요,
이따위 생각은 눈에 띄는 아무것으로나
목 졸라 버리고. 손님들이 오는군요.
우리 두 사람이 맞이할 것이라 맹세했던
혼인 축하 잔치의 그날이 온 것처럼 　　　　50
얼굴을 활짝 펴요.

퍼디타 　　　　　　오, 운명의 여신이여,
호의를 베푸소서!

플로리젤 　　　　　　봐요, 당신 손님 다가와요.
쾌활하게 접대할 준비하고 우리 한번
기쁨으로 빨갛게 돼 봐요.

양치기, 변장한 폴릭세네스와 카밀로, 광대, 몹사,
도르카스 및 양치기들과 여자 양치기들 등장.

양치기	에이, 딸애야! 옛 아내가 살았을 때 오늘은	55
	그녀가 주방장, 집사와 요리사에 마님과	
	하인이었단다. 모두를 환영하고 시중들고	
	노래하고 차례 오면 춤도 추고, 때론 여기	
	잔칫상 위쪽에, 때로는 중간에 있으면서	
	이 사람 저 사람 어깨를 잡았지. 일하느라	60
	얼굴은 불타고 그 불을 끄려고 받은 술을	
	잔마다 홀짝홀짝 마셨단다. 너는 이 모임의	
	안주인이 아니라 접대받는 사람처럼	
	물러나 있잖아. 얘, 제발, 우리가 모르는	
	이 친구분들을 환영해라. 서로서로	65
	더 좋은 친구 되고 더 잘 아는 길이니까.	
	자, 얼굴 그만 붉히고 축제의 안주인,	
	너의 진짜 모습을 보여 드려. 자 어서,	
	양털 깎기 축제에 오신 것을 환영해라,	
	양 떼가 무럭무럭 자라게.	
퍼디타	(폴릭세네스에게) 잘 오셨습니다,	70
	아버지의 뜻에 따라 오늘의 안주인을	
	제가 맡았답니다.	
	(카밀로에게) 어서 들어오십시오,	
	거기 꽃 좀 이리 줘, 도르카스. 어르신들,	
	로즈메리, 또 루타를 드려요. 이 꽃들은	
	모양과 향기를 겨울 내내 유지하죠.	75
	은총과 기억력이 두 분께 있길 빌며	
	축제에 잘 오셨습니다!	

74행 로즈메리…루타 각각 믿음과 기억력, 슬픔과 뉘우침을 상징하는 관목. (아든)

폴릭세네스   양치기 아가씨 ——
참 아름답네요. —— 늙은이에 잘 맞는
겨울 꽃을 주는군요.

퍼디타   네, 한 해가 저물지만
여름의 끝이나 떨리는 겨울의 첫날은   80
아직 오지 않았으니 이 계절의 최고 꽃은
카네이션과 누구는 자연의 사생아라 부르는
줄무늬 패랭이꽃이죠. 저희 시골 정원에
그런 종은 없지만 갖고 싶은 마음도
생기지 않아요.

폴릭세네스   아가씨는 뭣 때문에   85
그것을 무시하죠?

퍼디타   그 꽃의 잡색에는
위대한 자연의 창조와 더불어 기술이
역할을 한다고 들어서요.

폴릭세네스   그렇다 하더라도
자연은 스스로 빚어낸 수단에 의해서만
더 나아지잖아요. 그러니 아가씨가   90
자연에 더해졌다 말하는 그 기술은
자연의 기술이오. 이봐요 아가씨, 우리는
최고의 야생종 대목에 좋은 가지 접붙여
저급한 나무가 더 고귀한 씨눈을
잉태하게 만들잖소. 이것은 자연을   95
개선하는 —— 바꾼다고 해야겠지 —— 기술이나
그 기술 자체가 자연이오.

퍼디타   그렇지요.
폴릭세네스   그렇다면 정원에 패랭이꽃 많이 심고

사생아라 부르진 말아요.

퍼디타   그런 것은
한 뿌리도 호미 들고 심지 않을 거예요,   100
제가 화장했을 때 이 청년이 잘했다 말하고
오직 그것 때문에 저와 자식 낳기를
바라지는 않듯이요. 이 꽃들 받으셔요.
매운 꽃 라벤더, 박하, 꿀풀, 마저럼,
해님과 잠자리에 같이 들고 그와 함께   105
울면서 일어나는 금잔화랍니다. 모두 다
한여름 꽃들인데 중년 남자분들에게
드리는 것 같네요. 정말 잘 오셨어요.

                                          (그들에게 꽃을 준다.)

카밀로   내가 만약 아가씨의 양이라면 풀 안 뜯고
바라만 보면서 살겠네.

퍼디타   아이참, 관두셔요!   110
당신은 바싹 말라 정월의 찬바람에
와들와들 떠실걸요.
        (플로리젤에게) 그런데 가장 고운
제 친구 당신에겐 당신의 시절에 어울리는
봄꽃이 좀 있었으면.
(몹사와 도르카스에게) 그리고 아직도
처녀 가지 위쪽에 처녀 꽃을 달고 있는   115
네 것과 네 것도. 오, 페르세포네여,

115행 처녀 꽃   딸 페르세포네는 봄꽃(제비꽃과 백합을
처녀성을 말한다.   포함하여)을 모으고 있을 때 저승의 신
116행 페르세포네   플루토에 의해 그의 마차로 납치된다.
고전 신화에서 농경의 여신인 케레스의   (아든)

당신이 저승 신 마차에서 놀라서 떨어뜨린
그 꽃들이 지금 여기 있었으면! 제비조차
감히 못 나타날 때 피어나서 미색으로
삼월 바람 매혹하는 수선화, 소박하나   120
주노의 눈꺼풀과 비너스의 숨결보다
더 달콤한 제비꽃, 찬란하게 힘 뻗치는
태양신을 쳐다보지 못한 채 혼인도 못 하고
죽어 가는 —— 처녀에게 가장 흔한 병이죠. ——
창백한 프림로즈, 그리고 꼿꼿한 앵초와   125
도도한 검정 나리, 뭇 종류의 백합과
그 가운데 붓꽃까지. 오, 이런 게 있어야
당신 화환 만들고 고운 친구 당신 위에
뿌리고 또 뿌릴 텐데!

플로리젤   뭐, 시체처럼?

퍼디타   아니에요, 사랑 신이 누워 노는 강변이지   130
시체는 아니에요. —— 그렇대도 안 묻히고
제 품 안에 살아 있죠. 자, 당신 꽃을 받아요.
전 제가 본 강림 축제 목가극의 배우 역을
하는 것 같아요. 이 복장 때문에 제 기분이
분명 바뀌었어요.

플로리젤   당신이 하는 일은 언제나   135
한 일보다 더 나아요. 말할 때면, 님이여,
쭉 말하게 만들고 싶어요. 노래할 땐
노래하며 사고팔고 보시하고 기도하고

133행 강림 축제 부활절 후 일곱 번째가 되는 일요일에 거행되는 축제로 성
령이 사도들 위에 강림한 것을 축하한다.

일 처리도 노래로 하기를 바랍니다.
춤출 때면 난 당신이 바다의 파도 되어   140
다른 건 하지 말고 언제나 그 일만 하기를,
가만히 움직이고 쭉 그럭하면서
딴 활동은 않기를 바라요. 당신이 하는 일은
그 각각이 너무나 특별하여 지금 일을
지금의 행위가 완성하기 때문에   145
당신의 행동은 다 여왕이에요.

퍼디타   오, 도리클레스,
과찬하셨어요. 그래서 전 당신이 젊음과
거기에 아름답게 배어나는 순혈에 의하여
무구한 양치기로 밝혀지지 않았다면
당신은 속임수 구애를 한다고 현명하게   150
두려워할지도 몰라요.

플로리젤   당신을 두렵게 할
의도가 없는 만큼 두려워할 필요가
전혀 없다 생각해요. 하지만, 자, 춤을 춰요,
손을 주고, 퍼디타. ― 산비둘긴 이렇게 짝짓고
절대 아니 헤어져요.

퍼디타   그럴 거라 단언해요.   155
폴릭세네스 (카밀로에게) 저 푸른 풀밭에 뛰노는 천한 소녀 가운데
가장 예쁜 애로군요. 하는 짓과 모습에서
더 고상한 티가 나요, 이 자리에 있기엔
너무나 고귀해.

카밀로   그가 뭘 말하는데
그녀의 얼굴이 붉어졌습니다. 참말이지,   160
우유와 치즈의 여왕이로군요.

광대   자, 연주를 시작해!

도르카스   몹사가 네 짝이 돼야겠어. 참, 애는 마늘을 먹어야 키
                 스하기 좋아져!

몹사   너, 죽을래!   165

광대   한마디도 하지 마, 한마디도, 우린 예의를 지켜야 해.
                 자, 연주를 시작해!

여기에서 플로리젤과 퍼디타를 포함한
양치기 남녀들의 춤 한판. 양치기 남녀들 퇴장.

폴릭세네스   이보시게 양치기, 당신 딸과 춤추는
                 잘생긴 저 시골 청년은 누구요?

양치기   도리클레스라고 하는데 훌륭한 풀밭을   170
                 가졌다고 뽐내지요. 하지만 난 그 말을
                 직접 들은 적도 있고 믿기도 합니다. ―
                 진국처럼 보여요. 내 딸을 사랑한다 말하죠.
                 내 생각도 그래요. 달님이 물속을
                 응시하는 것보다 더 심하게 그는 서서   175
                 딸의 눈을 말하자면 읽으니까. 또 솔직히
                 어느 쪽 사랑이 더 큰지는 키스 반쪽만큼의
                 차이도 없답니다.

폴릭세네스   그녀 춤이 멋지군요.

양치기   다른 일도 그렇지요, 입을 열면 안 되는데
                 말하는 거지만. 도리클레스 청년이   180
                 그녀를 꽉 잡으면 꿈도 꾸지 못했던 걸
                 가져다줄 겁니다.

하인 등장.

하인　　오, 주인님! 문간에 와 있는 도부꾼 노래를 한 번만 들
　　　　으시면 다시는 작은북과 피리 따라 춤추지 않으실 겁
　　　　니다. 예, 풍적에도 끄떡도 않으실 거고요. 몇 곡을 부　　185
　　　　르는데 돈 세는 것보다 더 빨라요. 마치 가요를 먹은
　　　　것처럼 내뱉는데 모두가 그 사람의 가락에 귀를 세운
　　　　답니다.

광대　　더 좋을 수 없을 때 왔구나. 그를 들이겠다. 나도 가요
　　　　라면 그냥 너무 좋아하지, 구슬픈 내용을 유쾌하게 만　　190
　　　　들었거나 진짜로는 아주 즐거운 일인데 애통하게 부
　　　　른다면 말이다.

하인　　그에겐 남자나 여자의 크기에 다 맞는 노래가 있어요.
　　　　어떤 잡화상도 그처럼 손님에게 딱 맞는 장갑을 끼워
　　　　줄 순 없답니다. 처녀들에겐 최고 예쁜 사랑 노래가 있　　195
　　　　는데 음담패설은 하나도 없고, 이상한 일이죠, 가지자
　　　　지와 아죽어, '덮쳐라 떡쳐라.'와 같은 고상한 후렴이
　　　　달렸어요. 또 입이 험한 불한당이 예컨대 악의를 품고
　　　　노래 중에 더러운 말을 던지려 하면 그는 처녀더러 '어
　　　　머나, 이러지 마세요, 아저씨.'라고 대답하게 만들고,　　200
　　　　'어머나, 이러지 마세요, 아저씨.' 하면서 그를 물리친
　　　　다음 얕보게 만들죠.

폴릭세네스　　이거 멋진 친구로군.

광대　　정말로, 넌 놀라운 재주가 있는 친구 얘기를 하고 있
　　　　어. 손 안 댄 물건이라도 있어?　　205

하인　　리본은 무지개 색깔이 다 있어요. 레이스는 뭉치로 판
　　　　다 해도 보헤미아의 모든 도매상들이 너끈히 처리할

수 있는 것보다 더 많고요. 또 아마 테이프, 양털 레이스, 면직물, 무명베도 있어요. 글쎄, 그는 이런 것들이 신이나 여신인 것처럼 노래를 불러요. 그걸 들으면 속 210
옷을 여자 천사처럼 생각하실 텐데, 그는 소맷부리와 네모난 가슴 천 장식도 그런 식으로 찬양한답니다.

광대 재발 그를 데려와. 노래하며 다가오라고 해.

퍼디타 미리 경고해서 노래에 상말은 쓰지 말라고 해.

(하인 퇴장)

광대 이 도부꾼들 가운데는 많은 걸 가진 사람들이 있단다, 215
누이가 생각하는 것보다 더.

퍼디타 응, 오빠, 또는 생각하고 싶은 것보다 더.

오토리쿠스, 변장한 채 자루를 지고 노래하며 등장.

오토리쿠스   채로 친 눈처럼 하얀 아마,
         까마귀 털보다 더 검은 천,
         장미처럼 향기로운 장갑과 220
         얼굴과 코에 쓰는 가리개,
         검정 팔찌, 황갈색 목걸이,
         귀부인 방에 쓸 향수와
         총각들이 애인에게 선물할
         금색 모자, 가슴 장식, 225
         머리핀과 쇠꼬챙이 다리미,
         처녀 몸 구석구석 필요한 것 —
         자, 사 가요! 사러 와요! 사러 와!
         총각이 안 사 주면 아가씬 울어요.
         사러 와요! 230

광대	내가 몹사와 사랑에 빠지지만 않았어도 당신이 내 돈 은 못 가져갈 텐데. 하지만 난 매여 있는 몸이니까 리 본과 반지 몇 개는 사 줘야겠지.
몹사	그건 축제 전에 약속했잖아. 하지만 지금도 너무 늦은 건 아냐.

235

도르카스	그는 너에게 그보다 더 큰 걸 약속했어, 아니면 거짓말 을 했던가.
몹사	그는 네게 약속한 건 다 줬어. 아마 더 줬는지도 모르 지, 앞으로 창피해서 그에게 못 돌려줄 거 말이야.
광대	처녀들 사이에는 남은 예의도 없어? 얼굴이 있어야 할 자리에 불두덩을 내밀 작정이야? 이런 비밀 나불거리 는 건 젖 짜는 시간이 있잖아? 잠자러 갈 때나 가마솥 아궁이에 갈 때도 있고. 그런데 손님들 다 있는 데서 티격태격해야만 되겠어? 그들이 수군거리는 게 분명 해. 입 꽉 다물고 한마디도 더 하지 마.

240

245

몹사	다 했어. 자, 색색 목도리와 고운 장갑 한 켤레도 약속 했잖아.
광대	내가 오는 길에 사기를 당해 가지고 돈을 몽땅 잃어버 렸다고 안 했어?
오토리쿠스	정말이지 나리, 사기꾼들이 돌아다닌답니다. 그래서 조심할 필요가 있어요.

250

광대	이봐, 걱정 마, 여기선 잃는 거 없을 테니까.
오토리쿠스	그렇기를 바랍니다, 나리. 제 몸엔 값나가는 물건이 많 으니까요.

238~239행 아마…거 임신시켰는지도 모르지, 그래서 그의 아기는 창피해서 그에게 못 돌려줄지도 모르지. (아든)

광대	이건 뭐야? 가요야?	255
몹사	제발 그거 좀 사 줘. 난 종이에 찍힌 노래가 좋더라, 참말로, 그럼 진짜라고 믿을 만하니까.	
오토리쿠스	여기 아주 구슬픈 가락이 있어요. 수전노의 아내가 돈자루 스무 개를 어떻게 한꺼번에 낳았는지, 또 그녀가 독사 머리와 두꺼비 산적을 얼마나 먹고 싶어 했는지 노래해요.	260
몹사	그게 사실이라고 생각해요?	
오토리쿠스	꼭 그대로죠, 한 달밖에 안 된 건데.	
도르카스	수전노와 결혼 않게 해 주소서!	
오토리쿠스	여기 그 산파의 이름도 있어요, 얘기 배달 아줌마라고, 또 그 자리에 있었던 정직한 아내 대여섯도 있어요. 제가 왜 거짓말하고 다니겠어요?	265
몹사	(광대에게) 제발 이거 사 줘.	
광대	이봐, 내려놔. 우선 노래를 몇 개 더 보자. 다른 물건은 곧 사도록 하고.	270
오토리쿠스	여기 다른 걸로 물고기의 노래가 있는데, 사월 팔십일 수요일에 해변에서 물 위로 사만 길 공중에 나타나서 처녀들의 모진 가슴을 욕하는 이 노래를 불렀어요. 이 암컷은 여자였는데 차가운 물고기로 바뀐 게 아닐까 생각한답니다, 자기를 사랑하는 사람과 몸을 주고받지 않으려 했기 때문이죠. 이 노래는 아주 애처로운 만큼 사실이기도 하답니다.	275
도르카스	당신도 사실이라고 생각해요?	
오토리쿠스	판사 다섯 분의 서명과 자루에 다 못 담을 만큼의 증인도 있어요.	280
광대	그것도 내려놓고, 다른 거.	

오토리쿠스	이건 유쾌한 곡이지만 아주 예뻐요.
몹사	유쾌한 걸로 몇 개 사자.
오토리쿠스	그럼 이건 엄청 유쾌한 건데 '두 처녀가 한 남자에게
	구애하는' 곡이랍니다. 서부 처녀치고 이 노래 안 부르
	는 사람은 하나도 없어요. 애창곡이랍니다. 그건 분명
	히 말씀드리지요.
몹사	그건 우리 둘 다 부를 수 있는데, 당신도 한몫 끼면 들
	려줄게요. 삼 부로 되어 있으니까.
도르카스	우린 한 달 전에 그 곡을 구했어.
오토리쿠스	저도 제 몫을 할 수 있어요. 그게 제 직업이란 걸 아셔
	야죠. 어디 같이 해 볼까요.
오토리쿠스	(그들이 노래한다.) 당신도 여길 떠요, 난 당신이
	알면 안 될 곳으로 가야 해요.
도르카스	어디로요?
몹사	오, 어디로요?
도르카스	어디로요?
몹사	비밀을 내게 말해 주는 게
	네 맹세와 아주 잘 어울려.
도르카스	내게도. 나도 거기 가게 해 줘.
몹사	넌 농가나 방앗간에 가겠지.
도르카스	어딜 가든 잘못이야.
오토리쿠스	다 안 돼.
도르카스	아니, 다?
오토리쿠스	다 안 돼.
도르카스	넌 애인이 되겠다고 맹세했어.
몹사	내게는 더 많이 맹세했어.
	그런데 어딜 가? 글쎄, 어딜?

285

290

295

300

305

광대   우리끼리 이 노래를 곧 부를 거야. 아버지와 신사들이
            심각한 얘기를 하시니까 방해하지 말아야지. 자, 당신   310
            은 자루 들고 날 따라와요. 애, 너희 계집애 둘은 내가
            사 줄게. 도부꾼, 우리가 먼저 고릅시다. 날 따라와, 애
            들아.   (도르카스, 몹사와 함께 퇴장)

오토리쿠스   그러면 비싼 값을 치를 거요.

(노래한다.)   모자에 달 테이프나   315
              레이스 사려고요?
           귀여운 나의 오리 아가씨─잉?
              비단이나 실이나
              작은 머리 장식이나
              최신 최상 최고로 하려면─잉   320
              이 도부꾼에게 오세요.
              돈이란 참견꾼이 끼어들면
              온갖 물건 다 팔게 되어요─잉.   (퇴장)

하인 등장.

하인   주인님, 저기 마부 셋, 양치기 셋, 소치기 셋, 돼지치기
           셋이 스스로 털북숭이가 되어 공중제비 한다면서 춤   325
           을 추는데 아가씨들 말로는 그게 마구 뛰기라고 하네
           요, 춤이 아니니까 말입니다. 하지만 본인들은 그게 볼
           링밖에 모르는 사람들에게 너무 거친 놀이가 아니라
           면 즐거움을 많이 주었으면 하는 마음이랍니다.

양치기   저리 가! 그런 건 안 돼. 촌스러운 바보짓은 이미 너무   330
           많았어. 나리, 저희 때문에 짜증나시지요.

폴릭세네스   당신은 우리에게 활력을 주는 사람들을 짜증나게 하

는군요. 어디, 이 네 쌍의 세 목동들 좀 봅시다.

하인 그 삼인조 가운데 하나가 자기들 말로는, 나리, 왕 앞
에서 춤춘 적도 있답니다. 또 최악의 삼인조도 한 길은   335
정확하게 뛴답니다.

양치기 그만 좀 떠벌려라. 이분들이 원하시니까 들어오라고
해. 하지만 빨리.

하인 물론입죠, 문간에 있습니다, 나리.

　　　　　　(하인이 사티로스로 차려입은 시골 춤꾼 열둘을
　　　　　　받아들이고 그들은 음악에 맞춰 춤춘다.)

　　　　　　　　(하인과 춤꾼들 함께 퇴장)

폴릭세네스 (양치기에게) 오, 어르신, 그 일은 앞으로 더 알려 드리죠.   340
(카밀로에게) 너무 멀리 간 거 아뇨? 떼 놓을 때가 됐소.
그는 무식한 데다 말 많아요.

　　　　　　(플로리젤에게) 아, 멋진 양치기,
자네 맘은 축제와는 거리가 먼 일로
가득 차 있구먼. 참, 나도 젊어 자네처럼
사랑에 손댔을 땐 내 님에게 이것저것   345
잔뜩 안겨 줬었지. 도부꾼의 비단 보물
샅샅이 뒤져 모아 그녀에게 받으라고
한꺼번에 쏟아 놨지. 근데 자넨 그자를 보내고
아무런 거래도 안 했는데 만약에 애인이
이걸 잘못 해석하여 사랑 또는 선심이   350
부족한 거라 하면 대답하기 어렵겠지.
적어도 그녀의 행복을 지키는 데 신경을
쓴다면 말일세.

플로리젤 　　　　　　노인장, 전 그녀가 이따위

잡것들을 높이 치지 않는 줄로 압니다.
그녀가 저에게 바라는 선물은 제 가슴에   355
쌓여 잠겨 있는데 전 이미 주었지만
전달은 안 했어요.
　　　　(퍼디타에게) 오, 목숨 걸고 말할게요,
한때는 사랑을 한 것처럼 보이는
이 노친 앞에서. 그대 손을 잡을게요,
비둘기 솜털처럼 부드럽고 희면서   360
흑인의 이와 같고 북풍에 두 번 날려 고와진
눈 같은 이 손을.

폴릭세네스　　　　　　　　　다음 말은 무엇일까?
(카밀로에게) 이 목동이 전부터 고운 손을 얼마나 더 곱게
씻는 것 같은지요!
　　　　(플로리젤에게) 내가 말을 끊었군.
하지만 다짐을 계속하게. 청년의 공언을   365
어디 한번 들어 보세.

플로리젤　　　　　　　　　　예, 증인이 돼 주세요.
폴릭세네스　옆에 있는 이 사람도?
플로리젤　　　　　　　　　그와 그를 넘어서
인간과 땅과 하늘 그리고 모든 것도.
제가 가장 위엄 있는 또 가장 훌륭한
왕이 된다 하여도, 사람 눈을 현혹하는   370
최고 미남 청년으로 누구보다 힘과 지식
더 많이 가졌대도 그녀 사랑 없이는 그것을

363~364행 이…같은지요　폴릭세네스는 만약 플로리젤이 퍼디타의 손에 키스를 한다면, 그가 이미 깨끗한 손을 더 깨끗하게 만들고 있다고 말한다. (아든)

높이 평가 않겠어요. 그녀 위해 다 쓰고
그녀에게 봉사할 때 동원하고 안 그러면
없애 버릴 것입니다.

폴릭세네스   품위 있게 제안했네.   375

카밀로   건전한 사랑을 보였네.

양치기   하지만 딸애야,
꼭 같이 말할 테냐?

퍼디타   이렇게, 이렇게 잘하진
조금도 못하겠고 더 나은 뜻 또한 없어요.
제 생각의 본에 따라 순수한 그의 것을
오려 낼 거예요.

양치기   손을 잡아, 계약이다!   380
낯선 두 분께서는 증인이 돼 주시오.
제 딸을 준 다음 그녀 몫을 그의 것과
대등하게 만들겠소.

플로리젤   오, 그 몫은 따님의
미덕이 돼야만 합니다. 한 사람이 죽으면
난 당신이 꿈도 못 꿀 많은 걸 가집니다.   385
이제 그만 놀라요. 자, 어서 우리 두 사람을
이 증인들 앞에서 맺어 줘요.

양치기   자, 손을 주게,
딸애야, 네 손도.

폴릭세네스   잠깐만 양치기여,
아버지가 있는가?

플로리젤   예. 근데 왜 그분은?

폴릭세네스   이 일을 아는가?

플로리젤   모르고 모르실 겁니다.   390

폴릭세네스	아버지는 누구이든
	아들의 혼례식에 가장 잘 어울리는
	손님이라 생각하네. 다시 한 번 묻겠는데
	아버지가 합리적 일 처리를 못 하시는
	상태가 됐는가? 나이와 분비물이 많아서
	멍청하게 되진 않고? 말은 하나? 듣는 건?
	사람을 알아보고 의논은 가능한가?
	병석에 눕진 않고? 유치한 옛날 일만
	되풀이하는가?
플로리젤	아닙니다, 좋으신 분.
	건강하고 동갑의 다른 분들보다는
	훨씬 힘이 좋으세요.
폴릭세네스	나의 흰 수염에 맹세코
	사실이 그렇다면 자네는 무언가 불효를
	저지르려 하고 있네. 내 아들이 아내를
	스스로 택하는 건 합당하나 그러한 일에서
	아버지의 온 기쁨은 고운 후손뿐이니까
	약간의 상의를 하는 것도 꼭 같이
	합당할 것이네.
플로리젤	그런 건 다 인정해요.
	하지만 노인장이 알기에는 부적절한
	몇 가지 다른 이유 때문에 이 일을 그분께
	안 알리는 것입니다.
폴릭세네스	알려 드리게나.
플로리젤	안 됩니다.
폴릭세네스	부탁하네.
플로리젤	절대로 안 돼요.

395

400

405

410

양치기	사위, 그리하게. 자네의 선택을 아시고
	한탄하실 필요는 없을 걸세.
플로리젤	자, 자, 안 돼요.
	혼약에 신경 써요.
폴릭세네스	(변장을 벗는다.) 이혼이나 지켜봐라, 어린것아,	415

아들로는 감히 아니 부를 테니. 넌 인정받기엔
너무 형편없구나. 넌 왕위 계승잔데
이렇게 양 갈고릴 좋아해! 이 늙은 역적 놈,
그 목을 매달아 줄일 만한 수명이
일주일뿐이어서 안됐다. 그리고 너, 빼어난 420
마술 부린 애송이, 네가 접한 이 바보가
왕족인 걸 필연코 알았으니 —

양치기	오, 맙소사!
폴릭세네스	그 미모를 찔레로 긁게 한 뒤 지금보다

더 못나게 만들겠다. 너 바보 녀석은
이 노리개 못 본다고 한숨 쉴 게, 절대로 425
못 보게 하겠지만, 한 번만 알려져도
짐은 널 승계에서 제외하고 핏줄도 아니고
아니, 친척도 아니고 데우칼리온보다 더
먼 자로 여길 테다. 내 말을 명심해라!
궁정으로 따라와. 너 촌놈은 이번만은 430
짐이 한껏 괘씸하나 그로 인한 죽음은
면하게 해 준다. 그리고 너 마술사는

418행 양 갈고리
여자 양치기의 상징. 또한 그녀가 플로
리젤을 사로잡을 때 이용한 갈고리를 의
미하기도 한다. (아든)

428행 데우칼리온
그는 고대의 노아격인 사람으로 대홍수
에서 살아남아 돌멩이에서 변신한 인간
으로 지상을 다시 채웠다. (아든)

목동에겐 제격이지. ── 암, 얘한테도 그렇지,
그는 자기 가치를, 짐의 명예 제외하면
너보다 더 낮췄으니까. ── 네가 만약 앞으로   435
이 시골집 걸쇠 따고 그를 맞아들이거나
그의 몸을 포옹하여 너에게 더 동여맨다면
죽음에 민감한 네게 꼭 맞을 만큼 잔인한
사형 법을 찾겠다.   (퇴장)

퍼디타   여기에서 끝났으나
큰 두려움 없었어요. 한두 번쯤 말을 꺼내   440
그분에게 솔직히 얘기하려 했어요,
궁정을 비추는 태양은 우리의 초막도
자신의 얼굴을 안 감추고 꼭 같이
내려 본단 사실을요.
            (플로리젤에게) 이제 가시겠어요?
이 일이 어찌 될지 얘기했잖아요. 청컨대   445
자신의 안녕을 돌보세요. 저는 이 꿈에서
이제 깨어났으니 여왕이란 생각은 딱 끊고
양젖 짜며 울게요.

카밀로   (양치기에게) 아니, 어때요, 어르신?
죽기 전에 말 좀 해요.

양치기   말 못 해요, 생각도,
아는 것을 감히 알려고도 못 해요. 보시게!   450
자네는 여든세 살 노인을 망쳐 놨네.
조용히 무덤 채울 생각을 했었고, 그렇지,
아버지가 돌아가신 침대에서 죽으며
정직한 그의 유골 바로 곁에 누우려 했는데
이제는 망나니가 내 수의를 입혀 주고   455

그 어떤 신부도 흙을 뜨지 않을 곳에
묻어 줘야 하게 됐네. 오, 저주받은 이것아,
이분이 왕자란 걸 알면서도 서약을
감히 주고받았어! 망했다! 망했어!
이 시각에 죽을 수만 있다면 난 원할 때   460
죽을 만큼 살았다.   (퇴장)

플로리젤   (퍼디타에게) 왜 나를 그렇게 쳐다봐요?
슬플 뿐 겁나지는 않아요. 미루어졌지만
바뀐 건 없답니다. 난 여전히 나랍니다.
뒤로 잡아당기니까 더 애써 나아가지 목줄을
마지못해 따라가진 않아요.

카밀로   왕자님은   465
부친의 성정을 아십니다. 지금은 어떤 말도
용납하지 않으실 터이고 제 짐작엔
왕자님도 시도하지 않겠지만 대면조차
아직은 못 견뎌 하실 것 같습니다.
그러니 전하의 격분이 가라앉을 때까지   470
나타나지 마십시오.

플로리젤   난 그럴 생각 없소.
카밀로 경이 아니신지?

카밀로   맞습니다, 왕자님.
퍼디타   이리될 거라고 얼마나 자주 얘기했어요!
제 가치는 발각되면 바로 사라진다고
얼마나 자주 말했어요!

플로리젤   그런 일은 내 서약을   475
깨고서만 가능하고 그리되면 대자연이
지구의 옆구리를 납작하게 깨부수고

안에 든 씨앗을 죽이라지. 밝은 표정 지어요.
제 승계를 지우세요, 아버지! 저는 제
애정의 후계자랍니다.

카밀로   신중하십시오.   480

플로리젤   그러지요, 내 연정에 따라서. 거기에
내 이성이 복종하면 난 이성을 가졌고
아니면 내 감정은 광기가 더 기분 좋아
그걸 환영합니다.

카밀로   이건 자포자기지요.

플로리젤   좋아요, 하지만 그래서 맹세는 지키니까   485
정직이라 생각해야겠어요. 카밀로 경,
보헤미아 왕 자리와 그로 인해 얻게 될
호사를 준다 해도, 태양 아래 모든 것과
닫힌 땅이 품은 것과 측량 못 할 심해에
감춰진 것 다 줘도 내 님에게 한 맹세를   490
깨지는 않겠어요. 그러니 부탁인데
언제나 아버지의 존경받는 친구로서
그분이 날 찾거든 — 사실 난 그분을
다시 안 볼 작정인데 — 격정을 진정시킬
좋은 충고 해 주시오, 앞일은 나 자신과   495
운명에게 맡겨 두고. 이건 알려 드릴 테니
전달해 주시오. 난 여기 뭍에는 둘 수 없는
이 처녀와 둘이서 바다로 갈 작정이오.
그리고 필요한 때 안성맞춤으로 배 한 척이
가까이 떠 있는데, 이 목적에 맞추려고   500
준비한 건 아닙니다. 내가 택할 항로는
당신이 알아 봤자 아무 득이 안 되고

말하지도 않겠소.

카밀로 　　　　　　오, 왕자님의 마음이
충고에 좀 더 열려 있거나 필요에 따라선
더 강해지시면 좋겠어요.

플로리젤 　　　　　　　잘 들어요, 퍼디타. ——　　　　505
　　　　　　　(그녀를 한쪽으로 데려간다.)
(카밀로에게) 당신 얘긴 곧바로 듣지요.

카밀로 　　　　　　　　　단호하다,
도망칠 결심을 하셨어. 난 행복할 것이다,
만약 그가 가는 길을 내 방향에 맞추고
위험에서 구해 주고 충성 존경 바치면서
목마르게 보고 싶은 불행한 나의 주인,　　　　510
사랑하는 시칠리아 국왕의 모습을
다시 볼 수 있다면.

플로리젤 　　　　　자 이제, 카밀로 경,
난 너무 보살필 일이 많아 예의를 차리진
못하겠습니다.

카밀로 　　　　왕자님, 소신이 부친께
충성하며 드렸던 별것 아닌 도움 얘기　　　　515
들어 보셨는지요?

플로리젤 　　　　　당신은 아주 귀한
대접 받아 마땅하오. 당신의 행동을
아버지는 노래했고 생각날 때 보상토록
적잖이 신경을 쓰셨지요.

카밀로 　　　　　　그렇다면 왕자님,
소신이 국왕을 사랑하고 그 덕택에　　　　520
그분에게 최고로 가까운 존재인 왕자님도

사랑한다 여기시면 제 지시를 받아만 주십시오,
중대하고 확고하신 왕자님의 계획에
변경이 가능하면 말이죠. 제 명예에 걸고서
왕자님이 격에 맞는 대접을 받을 곳을   525
가리켜 드릴 텐데, 그곳에선 애인과도
즐기실 수 있으니까 — 그녀와는 왕자님의
파멸이 아니라면, 그것은 하늘이 막을 테니
그 어떤 이별도 없을 것 같은데 — 결혼하십시오,
그러면 왕자님이 없는 동안 최선 다해   530
불만에 찬 부친을 진정시켜 좋아하시도록
애써 보겠습니다.

플로리젤   카밀로 경, 어떻게
기적에 가까운 이 일을 할 수 있소?
그럼 난 당신이 인간을 넘어섰다 말하고
그 뒤로는 믿을 거요.

카밀로   어디로 가실 건지   535
생각해 보셨어요?

플로리젤   아직은 못 했어요.
하지만 인간의 마구잡이 행동은
예상 못 한 사건이 원인이듯 우리도
우연의 노예임을 자백하고 바람 따라
어디로든 도망칠 것이오.

카밀로   그럼 들어 보시죠.   540
목적을 안 바꾸고 도주하시겠다면
이렇게 하십시오. 시칠리아로 가십시오.
거기서 이 고운 공주님과, 저에겐 분명코
그렇게 보이니까, 레온테스 국왕을 뵙십시오.

그녀는 왕자님의 배필에 어울리는 복장을   545
하게 될 것입니다. 제 눈에 선한데,
자비로운 두 팔 벌린 레온테스 국왕께선
울면서 환영하시겠지요. 아버지가 된 것처럼
'아들아, 용서해라!' 말하고 이 젊은 공주의
두 손에 키스하고, 자신의 불친절과 친절을   550
거듭거듭 오가며 한쪽은 지독히 욕하고
다른 쪽은 생각이나 시간보다 더 빨리
커지라고 명령하실 것입니다.

플로리젤   카밀로 경,
그분 앞에 섰을 때 방문한 구실을
뭐라고 둘러대죠?

카밀로   부친인 국왕이 보내셔서   555
인사와 위안을 드린다고 하시죠. 왕자님,
그분을 대하는 몸가짐은 왕자님이
부친께 받아 온 것처럼 전달할 것과 함께 ──
우리 셋만 아는 건데 ── 다 적어 드리지요.
거기엔 자리마다 꼭 해야 할 말이   560
지시되어 있으니까 그분은 왕자님이
부왕의 신임을 얻었고 바로 그분 마음을
전한다고 밖에는 알 수 없죠.

플로리젤   신세를 지지요.
이 일에 생기가 좀 도는군요.

카밀로   자신들을
낯선 물길, 꿈도 못 꾼 해안에 정처 없이   565
맡기는 것보단 유망한 길이지만 분명히
불행이 넘치는 길이죠. ── 도움받을 가망 없이

희망 하나 떨치고 또 하나 집어 드는 격이죠,
닻들이 두 분을 역겨운 장소에 잡아 두면
최선의 임무를 다하는 것보다 더 확실한 건   570
전혀 없듯이 말입니다. 게다가 왕자님은
사랑의 결속력은 번영이며 고난이 닥치면
그것의 신선한 혈색과 심장이 한꺼번에
바뀌는 줄 아십니다.

퍼디타   다음 중 하나는 맞아요.
고난으로 그 뺨이 수척할 순 있으나   575
마음은 안 뺏긴다 생각해요.

카밀로   예? 그러세요?
당신 부친 집안에 이런 사람 오랫동안
안 태어날 것입니다.

플로리젤   카밀로 경, 그녀는
출생에서 짐에게 뒤진 만큼 교육에선
앞장서 있답니다.

카밀로   훈육이 모자라 애석하단   580
말은 못 하겠네요, 거의 모든 교사에게
그녀가 선생 같아 보이니까.

퍼디타   용서를 빌면서
얼굴 붉혀 고마워요.

플로리젤   가장 예쁜 퍼디타!
하지만, 오, 짐이 걷는 이 험한 가시밭길!
카밀로 경, 아버지와 이젠 나의 수호자,   585
가문의 의사여, 짐은 이제 어쩌지요?
보헤미아의 아들로는 준비도 안 됐고
시칠리아에서도 그렇게 안 보일 ─

| 카밀로 | 왕자님, |

그건 걱정 마십시오. 아시리라 믿는데
제 재산은 다 거기 있답니다. 왕자님이   590
펼치실 활약이 제 것인 양 정성을 다하여
왕족의 행장을 꾸리겠습니다. 예를 들면
부족할 게 없다는 걸 아시도록 — 한 말씀만.

(비켜서서 얘기한다.)

오토리쿠스 등장.

| 오토리쿠스 | 하 하! 정직이란 얼마나 바보 같은 녀석인가! 또 그의 |

의형제, 신뢰란 작자도 아주 어리석은 신사야! 난 잡동   595
사니를 다 팔았다. 가방에 두툼하게 들었던 가짜 보석,
리본, 유리, 향 뭉치, 브로치, 공책, 노래, 칼, 테이프,
장갑, 구두끈, 팔지, 뿔 반지가 하나도 안 남았어. 사람
들이 먼저들 사려고 몰려왔어, 마치 내 방물이 성령받
은 물건이라서 고객들에게 축복을 가져다주는 것처   600
럼. 그 틈을 노린 나는 누구 지갑이 가장 털기 좋은지
살폈고 본 것은 잘 써먹으려고 기억했지. 광대 놈은 이
성이 있는 인간이 되기엔 뭔가가 부족한데 계집애들
노래에 너무나 푹 빠져 곡조와 가락을 외우기 전에는
발가락도 꼼짝 않으려 했고, 그 상황에서 나머지 목동   605
들도 내게 너무 바싹 다가와 온 감각을 귀에 다 모았
다. 계집의 불두덩을 꼬집었어도 무감각했을 테니 남
정네 불알 지갑 잘라 내는 건 일도 아니었지. 쇠사슬에
매단 열쇠라도 끊어 낼 수 있었으니까. 광대님의 노래
말고는 아무것도 못 듣고 못 느끼고, 그 헛것에 감탄만   610

했지. 그래서 이런 마비 기간 중에 난 그들의 축제 지
갑 대부분을 가로채고 잘랐어. 그리고 그 늙은이가 자
기 딸과 왕의 아들을 시끄럽게 욕하며 들어와 왕겨를
쪼고 있던 까마귀들을 쫓지만 않았어도 전군의 지갑
을 하나도 살려 보내지 않았을 거야.   615

　　　　　카밀로, 플로리젤, 퍼디타, 앞으로 나온다.

카밀로　　　아뇨, 제 편지가 왕자님의 도착과 더불어
　　　　　이렇게 거기 가면 의심을 없애 줄 겁니다.
플로리젤　　당신이 레온테스 왕에게서 얻어 낼 자들은?
카밀로　　　부친을 만족시킬 겁니다.
퍼디타　　　　　　　　　　복 많이 받으세요.
　　　　　하는 말이 다 고와 보여요.
카밀로　　　(오토리쿠스를 보고) 어 이게 누구야?   620
　　　　　이놈도 도구로 이용하죠. 도움이 되는 건
　　　　　뭐든지 빼놓지 말아야죠.
오토리쿠스　(방백) 이들이 지금 내 말을 엿들었다면 — 그야, 교수
　　　　　형이지.
카밀로　　　웬일이야, 이 녀석! 왜 그렇게 벌벌 떨어? 겁먹지 마,   625
　　　　　해칠 의도는 없으니까.
오토리쿠스　전 가난한 놈입니다, 나리.
카밀로　　　음, 쭉 그러라고. 그 지위를 빼앗을 사람은 여기 없으
　　　　　니까. 하지만 네 궁핍의 껍질은 좀 교환을 해야겠다.
　　　　　그러니 그 포장을 곧바로 뜯어. — 필요해서 그런다   630
　　　　　고 이해해야 한다. — 그리고 이 신사와 의복을 바꿔
　　　　　입어. 이분 편에서 보면 최악의 거래지만 그래도 잠깐

	만, 덤을 좀 주겠다.	(돈을 준다.)
오토리쿠스	전 가난한 놈입니다, 나리. (방백) 난 당신들을 아주 잘	
	알지.	635
카밀로	그래, 제발 서둘러라. 신사분은 이미 반쯤 벗겨졌어.	
오토리쿠스	진심이십니까, 나리? (방백) 계책을 냄새 맡았어.	
플로리젤	제발, 서둘러라.	
오토리쿠스	사실 선금을 받았지만 양심상 그걸 가질 수는 없는데요.	
카밀로	허리띠, 허리띠를 풀어라.	640

(플로리젤과 오토리쿠스, 옷을 바꿔 입는다.)

운 좋은 아가씨는 —— 운 좋다는 나의 이 예언이
들어맞게 해 주기를! —— 저리로 물러나서
외진 데로 가야겠소. 애인 모자 받아서
이마 위로 푹 눌러 얼굴을 가리고
자신을 허물어서 가능한 한 참모습과   645
다르게 만들어요. 그렇게 해야지
발각되지 않은 채 —— 눈들이 겁나니까 ——
승선할 수 있을 거요.

퍼디타	· 연극이 그러하니

알아서 역할을 해야지요.

카밀로	별도리 없어요.

거기는 끝났어요?

플로리젤	지금 부친 만나 봬도	650

아들로 안 부르실 겁니다.

카밀로	아, 모자는 안 돼요.

(모자를 퍼디타에게 주면서)
이리 와요, 아가씨. 친구는 잘 가게.

오토리쿠스	예, 나리.

플로리젤	오, 퍼디타, 우리 둘이 잊은 게 뭐지요?
	한마디만 할게요. (한쪽으로 비켜선다.)
카밀로	(방백) 다음으로 할 일은 왕에게 이 도주와	655
	그들이 어디로 갔는지를 고하는 것이다.
	그리하여 바라는 건 왕을 잘 설득하여
	따르도록 강요한 뒤 동행하여 다시 한 번
	시칠리아를 보는 건데, 나는 그 모습을
	여자처럼 갈망한다.
플로리젤	행운이여, 성공을!	660
	카밀로 경, 이렇게 우리는 바다로 갑니다.
카밀로	속도가 빠를수록 더 좋지요.
	(플로리젤, 퍼디타, 카밀로 함께 퇴장)
오토리쿠스	뭔 일인지 알겠다, 들었어. 열린 귀와 빠른 눈 그리고
	민첩한 손이 소매치기에겐 필요해. 좋은 코도 다른 감
	각을 도와 일거리를 냄새 맡는 데 필수이고. 내가 보기	665
	에 지금은 부정직한 사람이 번창하는 때다. 이득이 없
	었대도 이 얼마나 멋진 교환이란 말인가! 이번 교환으
	로 얼마나 큰 이득을 봤는가! 올해는 분명히 신들께서
	우리를 눈감아 주시고 우린 뭐든지 즉석에서 할 수 있
	어. 왕자가 스스로 발목에 혹을 달고 아버지한테서 도	670
	망치는 사악한 짓을 하려고 한다. 국왕에게 알려 드리
	는 게 정직한 일이라 생각해도 난 그렇게는 안 할 거
	야. 그걸 감추는 게 더 못된 짓이라 여기고, 그런 점에
	서 난 내 직업에 충실하단 말씀이야.

광대와 양치기, 꾸러미와 상자를 가지고 등장.

	옆으로, 옆으로. 뜨거운 머리를 쓸 일이 더 생겼다. 길	675
	끝마다, 상점마다, 교회, 재판, 교수형마다 주의 깊은	
	사람에겐 일거리가 생기는 법.	
광대	봐요, 봐, 지금 아버지 꼴이 어떻게 됐는지! 왕에게 말	
	하는 수밖에 없어요, 걔는 업둥이고 아버지 피와 살은	
	하나도 안 섞였다고요.	680
양치기	그래, 하지만 들어 봐.	
광대	그래요, 하지만 들어 봐요.	
양치기	그럼, 어디 말해 봐.	
광대	걔에게 아버지 피와 살이 하나도 안 섞였다면 아버지	
	피와 살이 왕을 화나게 만든 건 아니죠. 그러므로 아버	685
	지 피와 살은 그의 벌을 받지 않게 되는 거랍니다. 걔	
	옆에서 주운 것들, 그 비밀 물건들을 개가 지니고 있는	
	것만 빼놓고 모조리 보여 줘요. 그렇게 한 다음 법더러	
	짖어 보라 그래요. 장담해요.	
양치기	왕에게 다 말할 거야, 모든 말, 그래, 자기 아들의 농담	690
	까지도. —— 그는 이를테면 정직한 사람이 아냐, 자기	
	아버지나 나에게도. 나를 왕의 의붓장인 만들고 다녔	
	으니까.	
광대	실은 아버지가 그로부터 가장 멀어질 수 있는 게 의형제	
	였고 그래서 아버지 피는 온스당 제가 얼만지 모르는	695
	만큼 더 비싸진 거라고요.	
오토리쿠스	(방백) 똥강아지들이 아주 똑똑해!	
양치기	그럼 왕에게 가자. 이 보따리에 든 걸 보면 수염을 긁	

694행 의형제 촌수를 혼동한 광대는 플로리젤이 퍼디타와 결혼하면 자기 아
버지인 양치기는 적어도 왕의 형제는 된다고 생각한다. (아든)

적거리실 거다.

오토리쿠스 (방백) 이자들의 불평 때문에 내 주인님이 도망치는 데   700
무슨 장애가 생길지 모르겠다.

광대 그가 궁정에 있길 진심으로 기도하세요.

오토리쿠스 (방백) 난 천성적으로 정직하진 않다만 때로는 우연히
그렇게 되기도 해. 도부꾼의 털을 주머니에 넣자. (가
짜 수염을 뗀다.) 이봐라, 촌사람들, 어디로 가는가?   705

양치기 영감님께서 괜찮으시다면, 궁정으로 갑니다.

오토리쿠스 거기에서 볼일은 무엇이고 누구에게 가며, 그 보따리
의 상태, 자네들의 거주지와 성명, 나이, 재산과 교육
은 어떠하며 또 알려야 맞는 것은 뭣이든 밝히도록
하라!   710

광대 저희는 꾸밈없는 사람들일 뿐입니다, 나리.

오토리쿠스 거짓말 — 너희는 거친 털북숭이야. 거짓말하지 마,
그건 장사꾼들에게만 어울리는데 그들은 종종 우리
군인들에게도 거짓말을 해. 하지만 우린 칼부림이 아
니라 진짜 동전으로 갚아 주지. 그래서 그들은 우리에   715
겐 거짓말을 안 해.

광대 영감님께선 그걸 한 번 하실 뻔했는데요, 제때에 바로
잡지 않았으면요.

양치기 괜찮으시다면 나리께선 궁정인이십니까?

오토리쿠스 괜찮거나 말거나 난 궁정인이다. 넌 이 주름에서 궁정   720
풍을 못 보겠어? 이 걸음걸이에 궁정의 격조가 있지
않아? 그 코로 내게서 궁정 냄새를 못 맡겠어? 내가 너

717~718행 영감님께선…않았으면요
광대는 오토리쿠스가 자기 말을 고치는   '거짓말을 해.' 그랬다가 다음에는 '거짓
걸 발견한다. 그가 처음에는 장사꾼들이   말을 안 해.'라고 하니까. (아든)

의 천박함에 대해 궁정식 경멸감을 안 보이고 있어?
넌 내가 네 볼일을 넌지시 끄집어내려 한다 해서 궁정
인이 아니라고 생각해? 난 철두철미 궁정인이고 거기   725
에서 너의 볼일을 앞으로 밀어 주거나 뒤로 뺄 사람이
야. 따라서 너의 용건을 공개할 것을 명한다.

양치기   제 볼일은, 나리, 왕에게 있습니다.

오토리쿠스   변호인은 누구를 세우려고 하는가?

양치기   모릅니다, 괜찮으시면.   730

광대   (양치기에게 방백) 변호인이란 궁정 말로 꿩이라는 뜻이
니까, 한 마리도 없다고 그래요.

양치기   없습니다. 꿩은 없죠, 장끼도 까투리도.

오토리쿠스   평민 아닌 우리는 정말 축복받았도다! 하지만 나 또
한 이들처럼 태어날 수 있었다. 그러므로 깔보지 않으   735
리라.

광대   이 사람은 위대한 궁정인일 수밖에 없네요.

양치기   의복은 값비싼데 멋있게 입지는 못했어.

광대   별나서 더 고귀한 것처럼 보여요. 장담컨대 위대한 사
람이에요. 이빨을 쑤시는 것으로 알겠어요.   740

오토리쿠스   거기 그 꾸러미는? 꾸러미 안에 든 건 뭔가? 그 상자는
왜?

양치기   나리, 이 꾸러미와 상자 안에는 그 누구도 아닌 왕만이
알아야 할 비밀이 들어 있는데 그는 제가 그와 얘기할
수 있다면 이 시간 안으로 그걸 알게 될 겁니다.   745

오토리쿠스   늙은이여, 너의 노력은 헛수고야.

731행 꿩 법정의 판사들 그리고 나아가 궁정인들 사이에 꿩이나 가금류는 흔
히 쓰이는 뇌물이었다. (아든)

양치기	왜요, 나리?
오토리쿠스	왕은 궁정에 안 계셔. 우울증을 씻어 내고 바람을 쐬려고 새로운 배에 오르셨어. 왜냐하면 너에게 심각한 게 가능하다면 왕께선 비탄에 가득 차 계시다는 걸 알아야지.
양치기	그렇다고 하네요, 나리. 양치기 딸과 결혼해야 했던 아들 일로 말입니다.
오토리쿠스	그 양치기가 붙잡히지 않았으면 달아나야지. 그가 받을 저주, 그가 느낄 고문이면 인간의 등뼈는 부러지고 괴물의 심장도 터질 테니까.
광대	그렇게 생각하십니까, 나리?
오토리쿠스	머릴 써서 무겁게, 복수심으로 쓰라리게 만들 수 있는 벌을 그 혼자만 받는 게 아니라 그의 친척들은 오십 촌이라 할지라도 모두 망나니 손에 잡힐 거야. 대단히 애석한 일이기는 하지만 필요하지. 늙어 빠진 양몰이 놈, 숫양치기가 자기 딸에게 성은을 입히려고 하다니! 누구는 그가 돌을 맞을 거라는데 그런 죽음은 너무 부드럽지, 암. 우리의 옥좌를 양치기 움막 안으로 끌어들여! 골백번 죽어도 너무 적고, 가장 아프게 죽어도 너무 편하지.
광대	그 늙은이에게 아들이 있단 말 들었어요, 나리, 괜찮으시면, 나리?
오토리쿠스	아들이 있는데 그놈을 산채로 껍질을 벗긴 다음, 꿀을 발라 말벌 집 앞으로 데려간 다음, 사분의 삼이 약간 넘을 만큼 죽을 때까지 세워 둔 다음, 생명수나 다른 뜨거운 즙으로 다시 회복시킨 다음, 벌거숭이 그대로 일기 예보에 가장 더울 것이라고 적혀 있는 날에 벽돌

750

755

760

765

770

담 앞에 세워 놓을 텐데, 해는 남쪽을 향하며 그를 비
추고 그는 금파리 구더기가 슬어 죽을 때까지 그걸 쳐   775
다보겠다. 근데 왜 우리가 이 역적 놈들에 대해 얘기하
지, 그들의 불행은 비웃음을 살 것이고 그 범죄는 너무
나 중한데? 말해 봐 — 너희는 정직하고 꾸밈없는 사
람들 같으니까 — 왕에게 가져갈 게 뭔지. 난 어느 정
도 귀족으로 간주되고 있으니까 너희를 왕이 탄 배로   780
데려가서 어전으로 인도하고 너희를 대신하여 속삭여
주며 사람이 할 수 있는 일이라면 왕 옆에서 너희 청을
실행할 사람이 여기 있어.

광대   (양치기에게 방백) 그는 커다란 권위를 가진 것 같아요.
그와 합의하고 금을 줘요. 권위란 게 뻣뻣한 곰이긴 하   785
지만 금으로 코를 꿰어 끌고 갈 수 있어요. 아버지 지
갑의 안쪽을 그의 손 바깥쪽으로 보여 준 다음 더 이상
법석 떨지 마세요. '돌 맞는다.' '산채로 껍질 벗긴다.'
기억하세요.

양치기   괜찮으시다면 나리, 저희 볼일을 맡아 주시면 여기 제   790
가 가진 금이 있습니다. 훨씬 더 많이 드릴 거고 그걸
가져올 때까지 이 젊은이를 인질로 남겨 놓겠습니다.

오토리쿠스   내가 약속한 일을 끝낸 뒤에?

양치기   예, 나리.

오토리쿠스   그럼 그 절반을 이리 줘. 너도 이 볼일의 당사자야?   795

광대   어느 정도는요, 나리. 하지만 제 처지가 애처롭긴 해도
껍질이 벗겨지진 않았으면 합니다.

오토리쿠스   아, 그건 양치기 아들의 처지이지. 놈의 목을 매달아
본때를 보여 줄 거야.

광대   (양치기에게 방백) 힘내요, 꼭 힘내요. 우린 왕에게 가서   800

우리가 본 놀라운 것들을 밝혀야 해요. 걔는 아버지 딸도 제 누이도 아니란 걸 알려야 합니다. 안 그러면 우린 죽었어요. — 나리, 저도 이번 볼일이 끝났을 때 이 노인만큼 많이 드리고 그가 말했듯이 그걸 가져올 때까지 당신의 인질로 남아 있겠습니다.   805

오토리쿠스   널 믿겠다. 바다 쪽으로 앞서 가. 오른쪽으로 쭉 가. 난 산울타리에 물 좀 주고 따라가겠다.

광대   우리에게 이 사람은 축복이에요, 진짜 축복이라 해도 괜찮아요.

양치기   그가 시킨 대로 앞서 가자. 우리가 잘되라고 하늘이 내   810
리신 분이야.   (양치기와 광대 함께 퇴장)

오토리쿠스   내가 정직한 마음을 가지려 해도 운명의 여신이 안 받아들이는군. — 내 입에 선물을 넣어 주잖아. 난 지금 금과 또 내 주인 왕자님께 좋은 일을 할 수 있는 이중 기회의 구애를 받고 있다. 이 일이 내 출세로 되돌아올   815
지 누가 어찌 알겠어? 이 두더지 두 마리, 눈먼 것들을 그의 배로 데려가야지. 그가 이들을 해안에 다시 내려놓는 게 좋겠다고 생각하고 그들이 국왕에게 하려는 불평이 그와는 아무 상관도 없다면, 이렇게까지 주제넘은 대가로 날 악당이라고 부르라고 해. 난 그런 이름   820
과 그에 따르는 수치 따위엔 눈도 깜짝 않을 테니까. 이들을 그에게 보여 줘야지. 중요한 게 있을지도 몰라.
(퇴장)

807행 물…주고   오줌 누고.

5막 1장

레온테스, 클레오메네스, 디온과 파울리나 등장.

클레오메네스   전하, 충분히 하셨고 성자 같은 슬픔을
보여 주셨습니다. 범하신 잘못을 벌충하지
못하신 건 없습니다. 정말로 죄보다 더 많은
참회를 견디어 내셨으니 이제 마지막으로
하늘을 본받아 본인의 악행을 잊으시고   5
자신을 용서하십시오.

레온테스   그녀와 그녀의 미덕을
내가 기억하는 한 그 둘에 남겼던 오점을
잊을 수가 없어서 내가 범한 잘못을
항상 생각하는데, 그것이 너무나 심했기에
이 왕국엔 후계자가 없어졌고 남자에게   10
희망을 낳아 줬던 가장 고운 반려자가
파멸됐다. 사실이지?

파울리나   너무 사실입니다, 전하.
전하께서 세상 여인 모두와 각각 결혼하거나
살아 있는 모두의 좋은 점을 취하여
완벽한 여인을 만들어도 죽이신 그녀와   15
견줄 순 없습니다.

레온테스   그렇겠지. 죽였다고?
내가 죽여? 그랬지. 하지만 그랬단 자네 말이
내 가슴을 치는군. 자네 혀 위에서나
내 생각 속에서나 같이 쓰다. 그래, 좋아,

5막 1장 장소 시칠리아. 레온테스의 궁정.

416   겨울 이야기

가끔씩만 말해 주게.

클레오메네스   아예 하지 마시오, 부인.   20
당신은 천 가지 다른 말로 이 세상에
더 많은 도움 주며 당신의 친절을 더 곱게
꾸밀 수도 있었어요.

파울리나   당신은 국왕의 재혼을
바라는 사람 중 하나지요.

디온   바라지 않는다면
당신은 이 나라를 동정 않고 이 최고 왕가의   25
지속에는 무심하며, 전하의 후사가 없음으로
이 왕국에 이런저런 위험이 닥쳐와
무지한 방관자를 삼킬지도 모른단 사실을
고려하지 않아요. 옛 왕비가 영면에 드셔서
기쁜 것 이상으로 신성한 게 뭐겠소?   30
왕실의 회복과 현재의 위안과 그리고
미래의 복지 위해 아름다운 배우자로
전하의 침실을 다시 축복드리는 것보다
더 신성한 게 뭐겠소?

파울리나   가신 분과 비교하면
누구도 자격이 없어요. 게다가 신들께선   35
감춰진 의도를 실현하실 거랍니다.
왜냐하면 아폴로 신께서 말하지 않으셨소?
그 신탁의 취지가 레온테스 국왕은
잃은 자식 찾기까지 후계자가 없으리라,
그것이 아닌가요? 그게 이뤄지는 건   40
인간의 이성으론 제 남편 안티고누스가
무덤 깨고 제게 다시 오는 것만큼이나

어처구니없지만요. 그인 분명 갓난애와
함께 사라졌으니까. 당신들은 전하께
하늘을 거역하고 그 뜻에 반하라고   45
조언하는 겁니다. (레온테스에게) 후사 걱정 마세요.
왕관은 후계자를 찾습니다. 알렉산더 대왕도
최고에게 넘겼어요, 그래서 후임자가
최고였을 것입니다.

레온테스   충직한 파울리나여,
자네는 헤르미오네의 기억을 품고 있어,   50
명예롭게, 난 알아. ── 오, 내가 자네 조언을
받아들였더라면! 그럼 난 바로 지금
그녀의 완벽한 눈 쳐다보며 입술에서
보물을 취할 수 있겠지.

파울리나   거기서 얻은 걸로
더 부자도 되셨겠죠.

레온테스   자네 말은 진실이네.   55
그런 아낸 없으니 아내는 안 되네. 더 나쁜데
더 잘해 준다면 승천한 그녀의 혼령이
옛 몸을 되찾은 뒤 이 무대에 나타나서
우리가 지금 죄인 된다면 짜증내며 '왜 제게?'
라고 시작하리라.

파울리나   그녀에게 그럴 힘 있다면   60
정당한 명분도 있지요.

레온테스   암, 그래서 날 자극해
신부를 죽이게 만들 거다.

파울리나   저도 그럴 거예요.
제가 그 걷는 유령이라면 당신에게

	그녀 눈을 잘 보고 그 눈의 어디가 흐려서	
	택했는지 말하라고 하겠어요. 그런 다음	65
	귀청 찢을 비명을 지르고 '제 것을 기억해요.'	
	라고 말할 거예요.	
레온테스	별이었다, 별이었어,	
	다른 눈은 모두 다 재였고! 아내 걱정 말게나,	
	결혼 안 해, 파울리나.	
파울리나	자유로운 제 허락 없이는	
	절대 결혼 않겠노라 맹세하시겠어요?	70
레온테스	절대 안 해, 그래서 내 영혼은 복받으리.	
파울리나	그러면 여러분, 이 맹세를 증언해 주시오.	
클레오메네스	전하를 지나치게 시험하오.	
파울리나	헤르미오네와	
	그림처럼 꼭 같은 여자가 전하 눈을	
	마주 보지 않는다면 그렇겠죠.	
클레오메네스	부인 —	
파울리나	끝났어요.	75
	그래도 결혼을 하신다면 — 하신다면 전하,	
	별도리가 없다면 — 왕비 간택 임무를	
	저에게 주십시오. 그녀는 이전의 왕비처럼	
	젊지는 않겠지만 첫 왕비의 유령이 돌아와	
	전하의 품에 안긴 그녀를 보고서 즐거워할	80
	여인일 거예요.	
레온테스	진실된 파울리나여,	
	자네 명이 있어야 결혼을 하겠노라.	
파울리나	그것은	
	첫 번째 왕비가 다시 숨을 쉴 때이고	

그전엔 절대 금지랍니다.

　　　　　　　　　신사 등장.

신사　　　폴릭세네스 왕의 아들 플로리젤 왕자를　　　　　85
　　　　자임하는 사람이 자신의 왕자비와 둘이서 ——
　　　　그녀는 제가 본 가장 고운 여인인데 ——
　　　　알현을 청합니다.

레온테스　　　　　　　　누구와 둘이서? 아버지의
　　　　지위에 맞지 않게 왔구나. 이렇게 도착한 건
　　　　너무나 예의에 어긋나고 갑작스러워서　　　　　90
　　　　계획된 방문이 아니라 필요와 우연으로
　　　　강요됐단 뜻이다. 수행원은?

신사　　　　　　　　　　　　아주 적고
　　　　천한 자들뿐입니다.

레온테스　　　　　　　　'왕자비와 함께'라고?

신사　　　예, 태양이 밝게 비춘 사람들 가운데
　　　　무비의 인간인 것 같습니다.

파울리나　　　　　　　　　　오, 헤르미오네여,　　　　95
　　　　지금 것이 지나간 것보다 낫다고 시시각각
　　　　자랑하고 있으니 그대의 무덤은 그 자리를
　　　　방금 나타난 것에 내줘야겠어요.
　　　　　　　　　　(신사에게) 저, 당신은
　　　　이렇게 말했고 썼지요, 근데 이젠 당신 글이
　　　　왕비보다 더 차군요. 이전에도 앞으로도　　　　100
　　　　그녀와 견줄 이 없으리라. —— 당신은 이렇게
　　　　그 미모를 읊은 적 있었소. 더 나은 이 봤다니

그 마음이 턱없이 줄었군요.

신사   용서하오, 부인.
그분을 거의 잊어버렸소. — 용서하오. —
이 여성은 당신 눈을 사로잡는 그 순간   105
당신 혀도 얻을 거요. 만약에 이 인물이
한 종파를 시작하면 다른 신앙인들의 열성을
모두 다 제압하고 따르라는 말만으로
전향자를 만들 거요.

파울리나   뭐? 여자들은 아니겠죠?

신사   여자들도 사랑할 겁니다, 그녀가 남자보다   110
더 훌륭한 여자니까, 그리고 남자들은
그녀가 가장 희귀하니까.

레온테스   클레오메네스,
자네가 고위급 친구들의 도움받아 이들을
짐이 포옹하게끔 데려오라.

                    (클레오메네스와 신사 함께 퇴장)
                          그래도 이렇게
도망치듯 오다니 이상해.

파울리나   자식 중의 보석인   115
우리의 왕자님이 살았다면 이 왕자와
짝이 잘 맞을 텐데. 두 분의 생일은
한 달 차도 안 나니까.

레온테스   제발 그만, 그치게. 얘기하면 그 애가
내겐 다시 죽는다고 알잖은가. 분명코   120
내가 이 신사를 보게 되면 자네 말 때문에
내 이성을 앗아 갈지 모르는 뭔가를
생각하게 될 것이네. 그들이 도착했군.

플로리젤, 퍼디타, 클레오메네스 및

그 밖의 사람들 등장.

왕자여, 자네의 모친은 혼인에 참 충실했네,

자네를 임신하여 부왕을 판박이로   125

베껴 놓았으니까. 내가 스물하나라면

자네 부친 형상이, 바로 그 풍모가

자네에게 박혔으니 그에게 그랬듯이

형이라 부르고 전에 같이 했던 일을

미친 듯이 말할 텐데. 극진하게 환영한다!   130

또 자네의 고운 비도 — 여신이네 — 오, 이런,

난 한 쌍을 잃었다, 하늘과 땅 사이에

우아한 자네들 부부처럼 경탄을 자아내며

이렇게 서 있을 애들을. 그런데 또 잃었다. —

다 내가 어리석어 — 멋진 자네 부친의   135

친교와 우정까지. 그래서 난 그를

다시 한 번 보기 위해 불행을 견디면서

살아가길 원한다네.

플로리젤   저는 그분 명령으로

시칠리아 이곳에 상륙했고 그분의 인사를

한 왕이 친구로서 형님께 전할 수 있는 만큼   140

모두 다 드립니다. 그분은 노년의 무기력증으로

자신이 원했던 능력이 줄지만 않았어도

두 분 옥좌 사이의 땅과 바다 몸소 밟고

와서 뵀을 것입니다, 살아서 왕홀 지닌

모든 왕들보다도 더 사랑하시는 — 그렇게   145

말하라고 하셨는데 — 전하를요.

레온테스	오, 형님!

착한 신사 그대에게 내가 범한 잘못들이
새삼 나를 뒤흔들고 드물게 친절한
그대의 이 안부는 뒤처진 내 게으름을
명백히 하는구려. 지상에 봄이 오듯   150
이곳에 잘 왔네! 근데 그가 이 절세미인을
무서운 넵튠의 저 가공할 ── 적어도 불친절한 ──
대접에 노출까지 시키면서 그녀가 고생할
아무런 가치 없는, 그 신체의 위험을
무릅쓸 가치는 더욱 없는 사람에게   155
인사하러 보냈단 말인가?

플로리젤	전하, 그녀는

리비아에서 왔습니다.

레온테스	늠름한 스말루스,

그 고귀한 군주가 외경과 사랑 받는 곳에서?

플로리젤	주상 전하, 거기서요. 제 처가 자신의 딸임을

헤어지며 눈물로 천명했던 그분으로부터요.   160
거기서 남쪽의 순풍 받아 부친이 제게 주신
전하를 만나 뵙는 임무를 다하려고
바다 건너 왔습니다. 최고 수행원들은
시칠리아 해안에서 물러가게 했는데
그들은 보헤미아 쪽으로 발을 돌려   165
제가 거둔 리비아의 성공뿐만 아니라, 전하,
여기 있는 저와 제 아내의 무사한 도착도
알려 드릴 것입니다.

152행 넵튠 로마 신화에서 바다의 신. 그리스 신화의 포세이돈에 해당한다.

레온테스	행복한 신들께선

이들이 여기에 묵는 동안 대기를 맑게 해
모든 병을 없애소서. 자네의 부친은   170
거룩하고 은총이 가득한 신사인데 그 몸에,
그건 너무 성스러운데도 난 죄를 지었어.
그 때문에 하늘은 화를 내며 주목한 뒤
내 후사를 끊은 반면 자네의 부친은
하늘이 자격을 주었으니 그 착함에 걸맞게   175
자넬 얻는 축복을 받았구먼. 둘처럼 훌륭한
내 아들과 딸아이를 지금 쳐다본다면
내 심정이 어떨까?

귀족 등장.

귀족   고귀하신 전하,
제 보고는 확증이 가까이에 없다면
신뢰를 못 얻을 것입니다. 지엄하신 전하,   180
보헤미아 왕께서 저를 통해 직접 인사드리고
아들을 체포해 주시길 바라는데
그는 자기 지위와 의무를 다 던져 버리고
부친과 자기 희망 놔두고 달아났답니다,
그것도 양치기 딸과 함께.

레온테스   왕은 어디 있는가?   185

귀족   여기 전하 도읍에요. 전 지금 헤어졌습니다.
뒤죽박죽 제가 하는 이 말은 제 경탄과
제 전갈에 맞습니다. 전하의 궁정으로
그분이 서둘러 오시다가 — 이 고운 부부를

뒤쫓는 것 같았어요. —— 귀인 같은 이 여자의 190
아비와 오라비를 도중에 만났는데
두 사람도 자기네 나라를 이 젊은 왕자와
함께 떠났답니다.

플로리젤   카밀로가 배신했다,
그 명예와 정직성은 여태껏 모든 풍파
다 견뎌 냈는데.

귀족   그이를 직접 고발하십시오, 195
당신의 부왕과 함께 있소.

레온테스   누가? 카밀로가?

귀족   카밀로요, 전하. 제가 얘길 나눴고 지금은
이 딱한 자들을 심문하죠. 그렇게 떠는 놈들
본 적이 없는데 무릎 꿇고 땅에다 입 맞추고
말끝마다 했던 말 부인하고, 보헤미아께서는 200
귀를 막고 죽음 속의 다양한 죽음으로
그들을 위협하신답니다.

퍼디타   오, 불쌍한 아버지!
하늘이 우리를 염탐하고 우리의 계약을
축하하지 않으려 하네요.

레온테스   둘은 결혼했는가?

플로리젤   전하, 안 했고 또 할 것 같지도 않습니다. 205
별들이 계곡에 먼저 입을 맞추나 봅니다,
높으나 낮으나 운세는 같으니까.

레온테스   이보게,
이 여자는 왕의 딸이 맞는가?

플로리젤   맞습니다,
일단 제 아내가 되고 나면.

레온테스　그 '일단'은 부친의 속도로 보건대　　　　　210
　　　　　대단히 느리게 올 것 같네. 안됐어,
　　　　　참 안됐어, 자네가 의무로 매여 있는
　　　　　부친의 총애를 잃게 돼서. 또 안됐어,
　　　　　자네가 선택한 여자가 미모만큼 신분 또한
　　　　　그녀를 누릴 만큼 높지가 않아서.

플로리젤　　　　　　　　　　　　　　기운 내요.　215
　　　　　적으로 보이는 운명이 아버지와 더불어
　　　　　우리를 쫓아와도 우리 사랑 털끝 하나
　　　　　바꿀 힘은 없어요. 전하께 간청드리옵건대
　　　　　시간에게 진 빚이 저처럼 없던 때를
　　　　　기억해 주십시오. 당시의 감정을 생각해서　220
　　　　　절 옹호해 주십시오. 전하의 청이라면
　　　　　부친은 소중한 걸 하찮다고 내주실 것입니다.

레온테스　그가 그리한다면 그가 그저 하찮게 여기는
　　　　　소중한 자네 애인 달라고 하겠네.

파울리나　　　　　　　　　　　　주상 전하,
　　　　　전하 눈엔 젊음이 넘치네요. 왕비께서　225
　　　　　가시기 한 달 전엔 지금 보는 여자보다
　　　　　응시할 가치가 더 있었죠.

레온테스　　　　　　　　　　난 왕비를 생각했네,
　　　　　내가 살핀 바로 이 모습에서.
　　　　　　　(플로리젤에게) 하지만 자네 청엔
　　　　　아직 답을 못 했군. 부친에게 가 주지.
　　　　　자네의 명예가 욕망에 무너지지 않았다면　230
　　　　　난 그것과 자네의 친구일세. 그 심부름 하려고
　　　　　난 이제 그에게 가겠네. 그러니 따라와서

어떤 성공 거두는지 잘 보게. 가세, 왕자님. (함께 퇴장)

5막 2장
오토리쿠스와 신사 등장.

오토리쿠스   청컨대, 나리, 이번 진술 자리에 계셨어요?

신사   꾸러미를 열 때 곁에서 그 늙은 양치기가 그걸 어떻게
주웠는지 말하는 걸 들었네. 그러고는 약간의 경악 상
태가 지난 다음 우리는 모두 방 밖으로 나가라는 명을
받았지. 이것만은 들었는데, 내 생각에 그 양치기는 아   5
이를 주웠다고 했다네.

오토리쿠스   그 결과를 아주 기꺼이 알고 싶습니다.

신사   난 이 일을 대충만 전달하고 있다네. 하지만 내가 국왕
과 카밀로에게서 감지한 변화는 바로 경탄의 표시였
는데, 그들은 서로를 응시하며 눈알이 거의 튀어나오   10
는 것 같았지. 그들의 침묵엔 말이 있었고 바로 그 몸
짓엔 언어가 있었어. 그들은 마치 세상 하나를 되찾았
다는, 아니면 하나가 파괴됐다는 소식을 들은 것처럼
보였어. 그들에게 주목할 만한 경이감이 나타났지만
가장 현명한 관객이라도 보이는 것 이상은 모르니까   15
그 뜻이 기쁨인지 슬픔인지는 알 수 없었겠지. 하지만
그 가운데 한 극단임에는 틀림없어.

로제로 등장.

5막 2장 장소   시칠리아. 레온테스의 궁정 앞.

여기에 아마도 더 많이 알 것 같은 신사가 오는군. 로
제로, 소식은?

로제로 모닥불밖엔 없다네. 신탁은 이루어졌고 국왕의 따님   20
을 찾았어. 이 한 시간 안에 놀라운 일들이 너무 많이
터져 나와 노래꾼들이 거기에 곡을 붙일 수조차 없을
지경이네.

집사 등장.

여기 파울리나 마님의 집사가 오는군. 그가 더 많은
얘기를 해 줄 수 있을 걸세. 이제 어떻게 돼 가는가?   25
사실이라는 이 소식은 너무나 옛날 얘기 같아서 그 진
실성이 크게 의심받고 있다네. 국왕께선 후계자를 찾
으셨나?

집사 정말 사실이라네, 정황으로 진실이 입증된 적이 있다
면 말일세. 여러 증명에 너무나 일관성이 있으니까 자   30
네라면 들은 것을 봤노라고 맹세할 것이네. 헤르미오
네 왕비의 포대기, 아기 목에 걸린 그녀의 보석, 아기
와 함께 발견되어 그들이 안티고누스의 필체라고 알
고 있는 편지들, 자기 어머니와 닮은 이 여자의 당당
함, 양육받은 것 이상으로 자연스럽게 드러나는 그녀   35
의 고귀한 성품, 그리고 다른 많은 증거에 따라 그녀는
가장 확실하게 국왕의 따님임이 공포되었다네. 두 왕
의 만남을 보았는가?

로제로 아니.

집사 그럼 자네는 말로 해선 안 되고 봐야만 하는 장면을 놓   40
쳤어. 거기에서 자네는 하나의 기쁨이 다른 기쁨에 의

해 마치 슬픔이 울면서 두 기쁨을 떠나는 것과 같은 방식으로 마무리되는 것을 볼 수 있었을 것이네, 왜냐하면 그들의 기쁨은 눈물 속을 걸었으니까. 두 분이 너무나 광기에 찬 안색으로 눈을 치켜뜨고 손을 치켜들어 얼굴이 아니라 의복으로 사람을 알아볼 정도였지. 우리 왕께선 다시 찾은 딸로 인한 기쁨에 곧바로 펄쩍 뛰려 하면서도 그 기쁨이 당장 사라질 것처럼 '오, 네 어머니, 네 어머니'라고 외치고 보헤미아 왕에게 용서를 구하셨지. 그런 다음 사위를 포옹하고 다시 딸을 껴안아 괴롭히셨지. 이제 그는 풍상에 시달리며 여러 왕의 치세를 겪은 분수처럼 옆에 서 있던 늙은 양치기에게 고맙다고 하셨어. 난 그런 해우를 본 적이 없는데 그것을 따라가면서 보고하면 절름발이가 될 것이고 묘사하면 망가질 것이네. 45 50 55

로제로   이곳에서 그 아기를 데려간 안티고누스는 어떻게 됐다던가?

집사   그 역시 옛 애기와 같지, 되풀이할 내용은 있지만 믿음은 잠자고 누구도 귀를 열려 하지 않는 얘기 말일세. — 그는 곰에게 갈기갈기 찢겼다는군. 양치기 아들이 그렇게 단언하는데 그는 자기 말을 증명해 줄 단순한 마음 — 꽤 많은 것 같은데 — 그것뿐만 아니라 파울리나가 알아보는 손수건과 반지를 가지고 있었다네. 60

신사   그의 배와 하인들은 어떻게 됐다던가?

집사   그들의 주인이 죽던 바로 그 순간, 그것도 양치기가 보는 데서 파선했지. 그래서 아기를 버리는 데 도움을 준 모든 도구들은 아기가 발견되자마자 사라졌다네. 하지만, 오, 파울리나 마님 안에서 벌어진 기쁨과 슬픔 65

사이의 이 장한 싸움 좀 보게! 그녀는 남편을 잃었기 70
때문에 한쪽 눈을 내리깔았지만 다른 쪽은 신탁이 이
루어졌기 때문에 올리고 있었어. 그녀는 공주를 땅에
서 들어 올려 자기 심장에 붙박아 두고 더 이상 잃을
위험을 없애려는 듯이 꼭 껴안았다네.

신사 이런 위엄 있는 행동은 왕과 군주들이 참관할 가치가
있었어, 그런 분들에 의해 연출되었으니까. 75

집사 가장 어여쁜 모습 가운데 하나로서 내 눈이 낚일 뻔했
던 일은 ── 고기는 몰라도 물은 잡았는데 ── 왕비의
죽음에 대한 진술에서 ── 그녀가 그걸 맞이한 방법
두고 국왕이 고상하게 고백하고 통탄한 일과 더불어
── 열심히 듣던 따님이 어찌나 상처를 받았던지 드디 80
어 비탄을 이렇게 또 저렇게 표시하면서 '아' 하는 탄
식과 더불어 정말 피눈물을 흘렸다고 기꺼이 말하고
싶었을 때 있었다네, 내 마음도 피 울음을 울었으니까.
가장 대리석 같은 인간도 거기에선 얼굴색이 변했고
어떤 이는 기절했으며 모두들 슬퍼했지. 세상 모두가 85
그걸 볼 수 있었다면 만물이 비통해했을 거라네.

신사 그분들은 궁정으로 돌아가셨는가?

집사 아니. 공주가 어머니의 조각상에 대한 얘기를 듣고는,
그건 파울리나가 가지고 있으며 여러 해에 걸쳐서 만
들다가 저 보기 드문 이탈리아의 거장 줄리오 로마노 90
에 의해 이제 새롭게 완성되고 있는데, 그는 만약 시간
을 영원히 가지고 작품에 숨결을 불어넣는다면 자연

90행 줄리오 로마노
실존했던 이탈리아 예술가.(1546년 사망.) (리버사이드)

여신의 일거리를 앗아 갈 정도로 완벽하게 이 여신을
본뜨는 사람이라네. 그는 헤르미오네를 너무나 헤르
미오네에 가깝게 만들어 사람들 말로는 우리가 그녀   95
에게 말을 걸고 답을 바라면서 서 있고 싶을 지경이라
고 하네. 그분들은 온통 애정 어린 갈망을 품고 거기로
갔으며 그곳에서 저녁을 드실 작정이라네.

로제로   내 생각에 파울리나 부인이 그곳에 대단한 일을 준비해
          놓은 것 같아. 그녀는 헤르미오네 왕비의 죽음 이후 줄   100
          곧 하루에 두세 번씩 혼자서 그 외딴 집을 방문하곤 했
          으니까. 우리도 그곳으로 가서 그 기쁨에 동참해 볼까?

신사   갈 수 있는 혜택을 누리는 사람 가운데 누가 거길 안
          가겠나? 눈을 감을 때마다 뭔가 새로운 축복이 생길
          거라네. 우리가 결석하면 지식 늘일 기회를 잃는 셈이   105
          지. 같이 가세.   (신사, 로제로, 집사 함께 퇴장)

오토리쿠스   그런데 내가 살아오면서 오점을 남기지만 않았어도 출
          세가 머리 위로 떨어질 텐데. 난 그 늙은이와 아들을 왕
          자의 배에 태우고 꾸러미와 또 뭔지 모르는 얘기를 그
          들에게 들었다고 그에게 말해 줬다. 하지만 당시 그는   110
          양치기의 딸을 ─ 그때는 그도 그런 줄 알았지 ─ 너
          무 좋아했고 그녀는 심한 멀미를 하기 시작했으며 그
          자신도 더 나을 게 없었는데 극단적인 날씨가 계속되
          는 바람에 이 비밀이 묻혀 버렸다. 하지만 그건 나하고
          아무 상관없어. 내가 이 비밀을 발견했더라도 나의 다   115
          른 불명예들 틈에서 그 맛이 좋진 않았을 테니까.

신사 차림의 양치기와 광대 등장.

여기 내가 내 의지에 반하여 좋은 일을 해 준 자들이
오는데 그들에게 행운 꽃은 이미 활짝 핀 것 같구먼.

양치기 애, 이리와. 난 자식을 더 못 낳지만 너의 아들딸은 다
신사로 태어날 거야. 120

광대 당신 잘 만났네요. 당신은 어저께 내가 신사로 안 태어
나서 나와는 안 싸우겠다고 했지요. 이 옷 보여요? 안
보인다고 하고 내가 아직도 신사로 안 태어났다고 말
해 봐요. 이 관복이 신사로 안 태어났다고 하는 게 더
낫겠지요. 거짓말 좀 해 봐요, 어디. 그리고 이제 내가 125
신사로 안 태어났는지 시험해 보라고요.

오토리쿠스 나리, 이제는 당신이 신사로 태어난 걸 알겠습니다.

광대 암, 이 네 시간 동안은 언제든 그렇지.

양치기 애야, 나도 그렇단다.

광대 아버지도 그래요. 하지만 난 아버지보다 먼저 신사로 130
태어났어요. 왕의 아들이 내 손을 잡고 형이라고 불렀
으니까. 그러고는 두 국왕이 아버지를 형이라고 불렀고
그러고는 내 동생 왕자와 내 누이 공주가 아버지를 아
버지라 불렀고 그래서 우린 울었지요. 그래서 그것이
우리가 일찍이 흘린 첫 번째 신사 같은 눈물이었어요. 135

양치기 아들아, 우린 살면서 더 많이 흘릴지도 몰라.

광대 예, 안 그러면 운이 나쁜 거지요, 우린 너무나 황당송한
지위에 올랐으니까요.

오토리쿠스 겸손하게 간청드립니다, 나리, 어른께 범했던 제 모든
잘못을 용서해 주십시오. 그리고 제 주인이신 왕자님 140
께 저를 좋게 말씀해 주십시오.

137행 황당송한 '황송한'을 잘못 말한 것.

양치기	얘, 그래 줘라. 이제 우리는 신사로서 신사다워야 하니까.
광대	자네는 삶을 고쳐 살 텐가?
오토리쿠스	예, 영감님께서 괜찮으시다면.
광대	우리 악수해. 난 왕자에게 맹세할 테야, 자네는 보헤미 145 아의 누구만큼이나 정직, 참된 녀석이라고.
양치기	그런 말을 할 수는 있어도 맹세는 하면 안 돼.
광대	맹세를 못 해요, 난 이제 신사인데? 촌놈들과 향사들 이나 말하게 하고 난 맹세할 겁니다.
양치기	거짓이라면 어쩔 테냐, 애야? 150
광대	완전히 거짓이 아니라면 진정한 신사는 자기 친구를 위해 맹세할 수 있어요. 그리고 난 왕자에게 자네는 손 이 용감한 녀석이고 술에 취하진 않을 거라고 맹세할 테야. 하지만 난 자네가 손이 용감한 녀석이 아니고 술 에도 취한다는 걸 알아. 하지만 난 그렇게 맹세할 테야. 155 그리고 난 자네가 손이 용감한 녀석이었으면 좋겠어.
오토리쿠스	그렇게 되겠습니다, 나리, 최선을 다해.
광대	암, 어떻게든 용감한 녀석이 되라고. 내가 만약 자네가 용감한 녀석도 아니면서 어떻게 감히 취하는 모험을 하는지 궁금해하지 않는다면 날 믿지 마. (안에서 팡파 160 르) 들어 봐! 우리 친척인 왕들과 왕족들이 왕비의 그 림을 보러 가네. 자, 우리를 따르게. 우린 자네의 좋은 주인이 될 거야. (함께 퇴장)

5막 3장

레온테스, 폴릭세네스, 플로리젤, 퍼디타, 카밀로, 파울리나,
귀족들 및 다른 사람들 등장.

레온테스   오, 훌륭한 파울리나, 난 얼마나 그대에게
               큰 위안을 받았던가!

파울리나   주상 전하, 제 잘못도
               그 뜻은 좋았어요. 저의 모든 봉사는
               충분히 갚아 주셨답니다. 하지만 당신께서
               왕관 쓴 형님과, 혼약 맺은 두 왕국의   5
               이 후계자들과 누추한 제 집에 와 주신 건
               과분한 은총으로 제가 살아생전에는
               절대로 갚지 못할 것입니다.

레온테스   오 파울리나,
               우린 자넬 괴롭히며 존중하네. 근데 우린
               왕비의 조각상을 보러 왔네. 자네의 화랑을   10
               쭉 돌아보았고 수많은 희귀한 작품에
               큰 만족이 없지도 않았지만 우린 아직
               내 딸이 보려고 온 어머니의 조각상을
               보지는 못했다네.

파울리나   그녀가 비할 데 없었듯이
               죽은 그녀 모조품도 제가 확신하건대   15
               여러분이 본 것이나 인간의 손이 빚은
               그 어떤 것보다 낫답니다. 그래서 전 그걸
               홀로 따로 보관하죠. 하지만 여기예요.
               일찍이 조용히 누운 잠이 죽음 흉내 낸 만큼
               생생하게 흉내 낸 생명체 바라볼 준비를   20
               하시기 바랍니다. 본 다음 잘됐다 하시죠.
                                        (파울리나가 커튼을 걷고

5막 3장 장소 시칠리아. 파울리나의 저택.

헤르미오네가 조각처럼 서 있는 것을 보여 준다.)

여러분의 침묵이 좋아요, 놀라움을 더 크게
드러내 줍니다. 하지만 말해요. — 먼저요, 전하.
비슷하지 않습니까?

레온테스   자연스러운 그녀 자태.
석상님, 날 꾸중하시오, 그대가 헤르미오네라고   25
내가 진정 말할 수 있도록. 아니면 차라리
꾸중을 안 해서 그녀군요, 갓난애와 은총처럼
부드러웠으니까. 하지만 그래도 파울리나,
헤르미오네는 저런 주름 없었는데, 이처럼
나이 들진 않았는데.

폴릭세네스   오, 이만큼은 아닌데.   30

파울리나   그만큼 더 조각가가 뛰어났기 때문에
십육여 년 보낸 다음 지금의 그녀처럼
살아 있게 빚었지요.

레온테스   그녀가 지금 내 영혼을
꿰찌르는 만큼이나 지금 내게 큰 위안을
줄 수도 있었는데. 오, 처음 구애했을 때   35
위엄도 참 생생하게, 생명의 온기 띠고
지금 저게 차갑게 서 있듯 저리 서 있었지.
난 창피해. 저 돌이 날 꾸짖고 있잖아,
내가 더 돌 같다고. 오, 당당한 작품이여!
그대의 위엄에는 마력이 있어서   40
내 악행을 기억나게 만들고 감탄하는
딸의 혼을 빼앗아 그대와 더불어 돌처럼
서 있게 만들었소.

퍼디타   그리고 허락해 주세요,

	우상 숭배라고는 마시고, 제가 무릎 꿇고서	
	그녀의 축복을 애원할 수 있도록. 마마,	45
	제가 시작했을 때 끝나 버린 왕비시여,	
	키스하게 그 손을 주세요.	
파울리나	오, 참아요!	
	이 조각은 갓 칠한 상태여서 색이 아직	
	마르지 않았어요.	
카밀로	(레온테스에게) 전하, 당신의 슬픔은 뼛속 깊이 박혀서	50
	십육 년의 겨울에도 날아가지 않았고	
	여름에도 아니 말랐습니다. 그 어떤 기쁨도	
	이토록 오래는 못 살았고 슬픔 또한	
	훨씬 일찍 죽었을 것입니다.	
폴릭세네스	(레온테스에게) 소중한 형님은	
	이 일의 원인이 된 그가 힘을 발휘하여	55
	형님의 슬픔을 자기 것에 합칠 만큼	
	가져가게 해 주시오.	
파울리나	전하, 사실은	
	서투른 제 조각에 —— 이 돌은 제 거니까 ——	
	이토록 동요하실 거라고 생각했더라면	
	안 보여 드렸어요. (커튼을 치려 한다.)	
레온테스	커튼을 치지 말게.	60
파울리나	응시는 더 이상 안 돼요, 상상으로 이게 곧	
	움직인다 생각하면 안 되니까.	
레온테스	두게, 뒤!	

44행 우상 숭배 퍼디타가 부모의 손에 키스하는 것은 자식의 도리지만 동상에
게 그렇게 하는 것은 신교도의 눈으로 보면 가톨릭 특유의 우상 숭배이다. (아든)

죽는 한이 있더라도 내 생각엔 저게 벌써 —
만든 이가 누구였지? 전하, 저것 좀 보시오,
숨 쉰다고, 저 핏줄에 진짜 피가 들었다고   65
여기지 않겠어요?

폴릭세네스   대가의 솜씨군요.
입술 위엔 따뜻한 생명이 꼭 있는 것 같소.

레온테스   고정된 그녀 눈에 움직임이 있어요,
우리가 예술로 조롱을 당하듯.

파울리나   커튼을 칩니다,
전하께서 넋이 나가 곧 이게 살았다고   70
생각하실 지경이니.

레온테스   오, 사랑하는 파울리나,
이십 년 내내 그리 생각하게끔 해 주게!
이 세상의 그 어떤 확고한 의미도
그 광기의 기쁨엔 필적 못 해. 가만두게.

파울리나   이토록 동요시켜 드려서 죄송하나, 전하,   75
더 괴롭혀 드릴 수 있어요.

레온테스   그러게, 파울리나.
이 같은 고통은 활력 주는 그 어떤 위안보다
더 달콤하니까. 난 여전히 그녀가
공기를 내쉬는 것 같아. 아무리 정교해도
끌로 숨을 깎을 수가? 아무도 날 조롱 마라,   80
그녀에게 키스할 테니까.

파울리나   전하, 마십시오.
그녀의 입술 위의 붉은 기는 젖어 있고
키스하면 망가질 것이며 당신의 입술엔
기름 자국 날 거예요. 커튼을 칠까요?

레온테스	안 된다. 이십 년 동안은.

퍼디타	전 그만큼	85

오래 서 있을 수 있어요, 쳐다보며.

파울리나	관두고

예배당을 바로 나가시든지 더 경탄할 일을
맞을 결심 하시죠. 쳐다볼 수 있으면
제가 이 조각상을 실제로 움직이게, 내려와서
당신 손을 잡게 하죠. 그리되면 당신은   90
사악한 힘이 절 도왔다고 ─ 전 항의하는데 ─
생각하실 거예요.

레온테스	그녀에게 시킬 수 있는 건

불만 없이 바라보고, 말하게 할 것도
불만 없이 듣겠네. 말하게 하는 건
움직이게 하는 만큼 쉬우니까.

파울리나	믿음을 깨우실	95

필요가 있어요. 그럼 모두 꼼짝 말고
제가 막 하려는 걸 불법으로 여기는 분들은
떠나도록 하십시오.

레온테스	계속하게, 아무도

못 움직일 테니까.

파울리나	음악으로 깨우라! 울려라! (음악)

(헤르미오네에게)

이때예요, 내려와요, 돌을 벗고 다가와요.   100
쳐다보는 모든 이를 놀래 줘요. 자,
그 무덤을 메울게요. 움직여요 ─ 아니, 나와요.
마비는 죽음에게 넘겨줘요, 소중한 생명을
그로부터 구하니까. 움직임이 보이죠.

움찔하지 마세요. 그녀의 행동은   105
여러분이 합법적인 제 마법을 보듯이
성스러울 테니까.

　　(레온테스에게) 그녀를 피하지 마세요,
그녀가 또 죽을 때까지, 그럭하면 그녀를
두 번 죽이시니까. 아뇨, 그 손을 내밀어요.
그녀가 젊었을 땐 구애하셨잖아요, 이젠 늙어   110
그녀가 청혼자가 됐나요?

레온테스　　　　　　　　　　오, 따뜻하다!
이것이 마법이면 그 기술은 식사만큼
합법적이 되게 하라.

폴릭세네스　　　　　　　그녀가 왕을 안네.

카밀로　　그의 목에 매달리네.
그녀의 소속이 생명이면 말도 시켜 보시오!   115

폴릭세네스　암, 어디서 살았는지 아니면 저승에서
어찌 도망쳤는지 밝혀야지.

파울리나　　　　　　　　　살아 있단 사실을
말로만 전했으면 옛이야기 한 것처럼
야유를 받았겠죠. 하지만 사신 것 같네요,
아직 말은 않지만. 잠시만 주목해요.   120
(퍼디타에게) 공주님이 개입해 주세요, 무릎 꿇고
어머니의 축복을 빌어 봐요.

　　　　(헤르미오네에게) 돌아봐요, 마마,

102행 그…메울게요　당신의 무덤을 흙으로 메울게요, 더 이상 필요 없으니까.
(아든) 당신을 삶의 세계로 다시 데려올게요. (RSC)

퍼디타를 찾았어요.

헤르미오네　　　　　　　　　　신들은 내려다보시고
신성한 약병의 은총을 딸애의 머리 위에
쏟아부어 주소서! 내 것아, 말해 봐라,　　　　　　　　125
어디서 보호받고? 살았으며? 이 궁정은
어떻게 찾았느냐? 왜냐하면 들어 봐라,
난 신탁이 네가 생존했다는 희망을 준 사실을
파울리나를 통해 알고 그 결과를 보려고
몸을 보존했으니까.

파울리나　　　　　　　　　그럴 시간 충분해요,　　　　　　130
이분들이 급한 김에 그 비슷한 얘기로
마마의 기쁨을 깨지 않으신다면. 같이 가요,
모두들 소중한 승리자여, 여러분의 환희를
다 함께 나누세요. 늙은 이 산비둘긴
시들은 가지에 날아들어 거기에서　　　　　　　　　135
다시는 못 찾을 제 짝을 사라질 때까지
슬피 한탄하렵니다.

레온테스　　　　　　　　　　오, 잠깐만, 파울리나!
내가 자네 동의로 아내를 맞았듯이 남편을
맞아야만 한다네. 이 혼약은 우리들 사이의
서약으로 이뤄졌네. 자넨 내 짝 찾았지만　　　　　　140
그 방법은 의심쩍지, 내 생각엔 그녀가
죽은 걸 봤으니까, 그래서 수많은 헛기도를
무덤에서 했으니까. 명예로운 그대 남편 ──
그 사람을, 그의 마음 일부를 난 아는데 ──
멀리 가서 찾지는 않겠네. 자, 카밀로,　　　　　　145
그녀 손을 잡아요. 그녀의 가치와 정직성은

크게 주목받았고 여기서 우리들 두 왕의
지지를 받았어요. 자, 이 자리를 떠납시다.
(헤르미오네에게)
뭐요? 형님 좀 쳐다봐요. 둘의 용서 구합니다,
성스러운 두 얼굴 사이에 나의 나쁜 의심을   150
들이민 적 있었으니. 당신 사위 이 청년은
이 국왕의 아들인데 하늘의 지시로
당신 딸과 혼약을 맺었소. 충직한 파울리나여,
우리가 맨 처음 갈라진 뒤 이 커다란
시간의 틈새에서 각자가 행한 역에 따라서   155
서로에게 여유 있게 문답할 수 있는 데로
우리를 데려가요. 서둘러 안내하오.   (함께 퇴장)

태풍

The Tempest

역자 서문

윌리엄 셰익스피어(1564~1616)는 그의 창작 기간 말년에 5편의 로맨스를 썼는데, 그들은 『페리클레스』(1607~1608), 『심벌린』(1609~1610), 『겨울 이야기』(1610~1611), 『태풍』(1611), 그리고 『두 귀족 친척』(1613)이다. 이 다섯 가운데 여기에는 두 작품, 『겨울 이야기』와 『태풍』이 실려 있다. 그런데 이 두 작품은 원래 희극으로 분류되었다. 예를 들면 셰익스피어 최초의 전집이라 할 수 있는 이절판(1623)에서는 이 두 작품이 희극이란 장르의 맨 처음과 맨 마지막을 장식하고 있었다. 그리고 한동안 이런 분류가 계속되었지만 거의 모든 20세기 편집자나 비평가들은 이 둘을 로맨스에 포함시킨다. 그 주된 이유는 두 극이 청춘 남녀의 사랑에 더하여 극단적으로 대조적이면서 놀라운 사건이 연달아 벌어지는 낯선 배경을 보여 주기 때문이다. 그 가운데서도 특히 놀라움이란 요소는 이 두 로맨스를 셰익스피어의 희극들과 차별화하는 동시에 둘을 연결시켜 주는 공통분모의 역할을 한다. 그러면 이제부터 놀라움을 중심으로 이 두 로맨스를 간단하게 소개해 보자. 이때 주의할 점은 장르 분류가 작품 이해에 어느 정도 도움을 주기는 하지만 그 전모를 밝혀 주지는 않는다는 사실이다.

『태풍』에서 벌어지는 첫 번째 놀라운 사건은 바로 이 작품의 제목이 말하는 태풍이다. 극이 열리자마자 펼쳐지는 태풍 장면에서 그것을 지켜보는 관객들과 그 속에서 허덕이는 인물들 모두에게 가장 크게 각인되는 점은 이 태풍의 사실성이다. 파선하는 배를 필사적으로 구하려는 선장과 선원들, 생명이 위험한 상황에서 각자의 인간성을 적나라하게 드러내는 알론소 왕과 그 신하들,

"배가 깨진다, 깨져! — 마누라, 자식들아, 잘 있어라! — 형님, 잘 있어요! — 배가 깨진다, 깨진다, 깨진다!"(1.1.57~59)라고 소리치는 무명씨에 이르기까지 배에 탄 모든 사람들에게 이 눈앞의 태풍은 피할 수 없는 자연재해이다. 그들이 얼마나 혼비백산했는지 그리고 그 결과가 어떠했는지는 태풍 속에서 불꽃으로 변신하여 맹활약을 펼친 아리엘의 생생한 설명으로 짐작할 수 있다. 그는 국왕 알론소의 배에 올라 구석구석을 돌아다니며 불꽃으로 사람들을 놀래 주고, 때로는 돛대와 활대 위에서 따로따로 타오른 다음에 만나서 합쳐지기도 했다. 여기에다 넵튠의 삼지창까지 떨게 하는 "유황빛 굉음의/불꽃과 파열음"이 더해졌을 때 배는 그야말로 아비규환 그 자체가 되었다. 그에 따라 불꽃에 휩싸인 페르디난드 왕자가 "지옥은 텅 비고/악마들은 여기로 다 왔다."(1.2.215~216)고 외치며 맨 먼저 바다에 뛰어들었고, 선원을 뺀 모두가 그의 뒤를 따랐다.

셰익스피어가 이렇게 극의 서두 장면뿐만 아니라 그 후에도 여러 번 이 태풍의 여실함을 부각시키는 이유는 그 영향권에 들어간 인물들에게는 그것의 사실성 여부가, 또는 그렇게 믿는 것이, 앞으로 그들의 행동에 커다란 영향을 미치기 때문이다. 예를 들면 이 태풍과 그로 인한 알론소 국왕 배의 파선이 진짜라고 믿은 미란다는 배에 탄 사람들의 고통을 마치 자신의 고통인 양 슬퍼하며 그들의 구원을 아버지 프로스페로에게 애원한다.(1.2.1~13) 그녀는 곧 이 태풍이 자기 아버지의 기술로 일어난 환상임을 확인받지만 그녀의 마음에 일어났던 측은지심은 나중에 그녀가 죽은 줄로 알았던 페르디난드 왕자를 만났을 때 그에 대한 그녀의 사랑을 놀라움과 더불어 촉진시키는 역할을 하며, 궁극적으로는 프로스페로의 용서에도 — 아리엘의 연민이 직접적인 계기가 되지만 — 어느 정도 영향을 미친다. 또한 알론소 왕의 섬에서의 행

보에도 이 태풍의 사실성은 큰 역할을 한다. 지난 태풍에 아들을 잃었다고 생각한 알론소 왕은 그가 살아 있을 수도 있다는 신하 프란시스코의 말에 약간의 희망을 가지지만 결국은 빠져 죽었다고 결론 내리며 절망에 빠진다. 이제 그에게 아들의 죽음은 프로스페로를 추방했던 자신에게 내린 천벌이 되었으며 이는 그의 궁극적인 뉘우침과 화해에 결정적인 영향을 미친다. 그밖에도 안토니오와 세바스티안은 이번 태풍으로 나폴리 왕위의 유력한 계승자인 페르디난드 왕자가 죽었다고 생각하고 알론소 왕 암살을 모의하며, 술 취한 집사 스테파노조차 왕을 비롯한 모든 사람들이 다 빠져 죽었다는 믿음으로 칼리반과 공모하여 프로스페로를 죽이려 한다. 이들의 행위는 모두 태풍이 진짜로 있었고 그로 인해 일어난 일들도 모두 사실이라는 믿음에 근거한 것이었다.

그러나 이 태풍은 조작이었다. 위에서 이미 한 번 언급된 것처럼 이 태풍은 프로스페로가 특별한 의도를 가지고 그가 부리는 정령 아리엘의 도움을 받아 인위적으로 일으킨 하나의 마술이었다. 이 사실은 태풍의 위력에 놀란 자신의 딸 미란다를 안심시키기 위해 그것의 실상을 설명하는 프로스페로의 말에 분명히 드러난다.

> 넌 눈물을 훔치고 안심해라.
> 다름 아닌 네 연민의 미덕을 건드렸던
> 저 무서운 파선의 광경은 내 기술로
> 사전에 그 안전을 충분히 배려하여
> 조정했기 때문에 단 하나의 인명도 —
> 그래, 우는 소리 들었고 가라앉는 걸 보았던
> 그 배 안의 어느 한 사람의 머리카락
> 한 올조차 사라지지 않았다. (1.2.25~32)

한마디로 그 끔찍한 파선의 광경이 헛것이라는 말이다. 그렇다면 프로스페로의 이러한 설명을 우리는 과연 어떻게 받아들여야 할까? 우리가 본 파선은 그것을 불러온 태풍처럼 실제로 일어났던 일이지만 그가 그 과정과 결과를 철저히 "조정"하여 선체는 물론이거니와 거기에 탄 누구의 머리카락 한 올조차 안 다치게 만든 것일까? 아니면 이 파선도 태풍과 마찬가지로 실제 현상과 구분이 안 될 정도로 교묘하게 만들어지기는 했지만 아무런 실체 없이 우리의 시각과 청각에만 감지되는 하나의 환영일까? 어느 쪽이든 이 태풍은 그 사실성과 허구성 사이의 커다란 괴리 때문에 『겨울 이야기』에서 있었던 레온테스의 질투심의 폭발처럼 믿을 수도 없고 안 믿을 수도 없는 놀라운 일이 된다. 그리고 거기에서처럼 여기에서도 믿음과 믿지 않음, 두 감정 사이에 벌어진 커다란 공간에 이제부터 따라올 새로운 놀라움이 자리를 잡을 수 있다. 그래서 후속 사건은 그것이 처음 것보다 더 경이로울지라도 좀 더 쉽게 받아들여진다. 우리의 정서가 그런 분위기에 익숙해지니까.

이 극에서 두 번째로 놀라운 것은 사건이 아니라 세 인물이다. 그들은 이 극의 주인공인 프로스페로와 그가 부리는 정령 아리엘 및 괴물 칼리반이다. 우선 프로스페로는 밀라노 공작의 직위를 동생에 의해 찬탈당하고 쫓겨났을 때 가지고 온 서적들의 도움으로 지금의 무인도에서 가장 막강한 힘을 가진 마술사가 되었다. 그 힘은 그가 극의 말미에서 그것을 버릴 때 가장 구체적으로 드러나는데, 그는 자연 속 요정들의 도움으로 이런 일들을 해낸다.

대낮의 해를 덮고
반항하는 바람을 불렀으며 저 풀빛 바다와

푸른 천장 사이에 포효하는 전쟁을 일으켰고

무섭게 진동하는 천둥에게 불을 주어

조브의 튼튼한 참나무를 그 자신의

번개로 쪼갰으며, 기초가 든든한 벼랑을

흔들어 놓았고 소나무와 삼나무를

뿌리째 뽑았으며, 묘지들은 내 명령에

잠자는 자들을 깨운 다음 강력한 내 기술로

문을 열고 내보냈다. (5.1.41~50)

　　이런 초자연적인 능력은 셰익스피어의 인물들 가운데 프로
스페로 말고는 어느 누구도 가져 보지 못했다. 그는 이 힘과 기술
로 태풍을 조정했고, 참나무 속에 갇혀 나오지 못하고 울부짖는
아리엘을 꺼내 주었으며, 칼리반에게 노역을 강제하고, 세 여신
주노와 케레스와 이리스를 불러내어 딸과 페르디난드 왕자의 결
혼 축하 공연을 시키며, 자기 섬에 오른 모든 사람들을 자신의 통
제하에 마음대로 조종할 수 있다. 그리고 더 놀라운 것은 그가 이
극의 주요 사건 모두를 사전에 계획하고 그 흐름을 조정하며 자
기가 원하는 목표를 정확하게 이룰 수 있다는 사실이다.

　　프로스페로 외의 놀라운 두 인물로는 그가 부리는 정령 아리
엘과 괴물 칼리반이 있다. 아리엘은 이미 밝혔듯이 공기 또는 불
과 같은 정령이다. 그는 프로스페로의 하인으로 그를 "대스승님"
또는 "어른"(2.1.189)으로 따르며 온갖 심부름을 다 하는 것처럼 보
인다. 프로스페로가 일으켰다고 하는 서두의 태풍 또한 아리엘
이 자기 어른의 명령을 받아 실행했는지도 모른다. 그는 또한 정
령들을 부리면서 스승님의 이런저런 분부를 다 따른다. 그런데
그에게 한 가지 독특한 점은 그가 자유를 원한다는(1.2.246) 사실
이다. 아리엘처럼 시간과 공간의 제한을 거의 받지 않는 존재가

가지기에는 좀 뜻밖의 소망이다. 아마도 소나무에 갇혀 있었던 기억이 트라우마로 남아 있어서 그럴지도 모른다.

그리고 아리엘과 더불어 프로스페로의 집안일을 맡아 하는 칼리반이 있다. 그는 아리엘과 정반대로 흙과 같은 속성을 가지고 있다. 그는 이 섬의 유일한 원주민으로, 프로스페로가 도착하기 전에 여기에 버려졌던 시코락스 마녀의 아들이다. 그는 아리엘보다 훨씬 더 강하게 프로스페로의 지배에 반발하며 자신의 권리를 주장한다. "당신이 빼앗은 이 섬은 내 거요, 어머니/시코락스의 유산으로."(1.2.334~335)라고 하면서. 이뿐만 아니라 프로스페로의 딸 미란다가 가르쳐 준 언어로 그에게 저주를 퍼붓고 심지어는 미란다의 순결을 범하려는 시도까지 했었다. 그는 프로스페로의 저지로 미란다를 범하지 못한 것을 못내 아쉬워한다. 그랬으면 "이 섬에 칼리반 씨앗을/퍼뜨릴 뻔했는데."(1.2.353~354)라고 하면서. 더욱 놀라운 것은 이 칼리반이 나폴리 왕 알론소의 집사장인 스테파노의 힘을 빌려 프로스페로를 죽이려 한다는 사실이다. 프로스페로는 이를 미리 감지하고 막는다.

하지만 프로스페로는 왜 이런 위험인물, 이런 "반쪽 악마"(5.1.272)를 자기 집 근처에 두는 것일까? 그 까닭은 그가 알론소와 그의 일행에게 밝히듯이 "이 어둠의 물건"(5.1.275)을 자기 것으로 인정하기 때문이다. 이 말은 단순히 칼리반이 가사에 꼭 필요한 도움을 준다는 뜻만은 아닐 것이다. 그것은 오히려 비유적으로 칼리반의 여러 가지 부정적인 성향이 자기 내부에도 있으며 그것은 부정될 게 아니라 극복되어야 할 대상이라는 뜻일 것이다. 그리고 뜻밖에도 칼리반에게는 음악을 감지할 수 있는 능력이 있고 그것은 이 극에서 가장 아름다운 대사 가운데 하나로 표현된다. 그것은 "이 섬엔 기쁨 주고 해 없는/소음과 음악과 달콤한 노래가 가득해요."(3.2.129~130)로 시작하는 대사이다.

이 극에서 세 번째 놀라운 사건은 세 여신, 주노와 케레스와 이리스가 보여 주는 페르디난드와 미란다의 결혼 축하 공연이다. 프로스페로/아리엘이 불러낸 정령들이 역을 맡아 연출하는 이 노래 공연은 그 자체로 아름답고 경이롭지만 더 놀라운 것은 이들이 임무를 마치고 사라졌을 때 프로스페로가 보이는 인간과 인간을 둘러싼 온갖 사물의 본질에 대한 통찰이다. 그는 "여기 이 배우들은/내가 미리 말했듯이 모두 정령이었고/공기 속, 엷은 공기 속으로 다 녹아 버렸다네."라고 하면서 탑들과 궁궐들과 사원들 모두도 방금 사라진 정령들처럼 허공으로 사라질 것이고, 이런 사실을 인식하는 주체인 인간의 삶 또한 "꿈같은 물질로 빚어졌고" 잠으로 마무리된다고 말한다.(4.1.148~158) 그렇다면 만물이 결국 허공으로 사라지고 만사가 꿈과 같다면, 그가 지금 자기 앞으로 데려오려는 원수들은 무엇이며 그들에게 품은 자신의 악감정은 또 무엇인가? 다 부질없는 것이 아닌가? 하지만 그는 이런 결론을 입 밖에 내지 않는다. 오히려 이 대사 앞뒤로 자신에게 다가오는 칼리반과 스테파노의 음모에 신경을 쓰면서 마음의 동요를 느끼고 있다.

그러나 모든 것이 꿈과 같다는 그의 통찰은 사라지지 않고 이 극의 마지막 경이로운 일에 반영된다. 그 일은 프로스페로가 자신의 적들을 한군데 모아 놓고 아리엘에게 그들의 회개를 준비시킨 다음 직접 그들의 마법을 풀어 주며 베푸는 용서이다. 그런데 이 용서의 시발점은 극의 서두에 미란다가 파선한 배에 탄 사람들에게 보였던 연민의 정이다. 그때 프로스페로는 아무런 반응을 보이지 않았지만 모든 것을 놓치지 않는 그의 마음속에 딸의 측은지심은 남아 그가 딸을 페르디난드와 사랑에 빠지게 만드는 단초가 된다. 그런 다음 이제 아리엘의 동정심에 자극받아 자신의 원한을 다시 한 번 누그러뜨리려고 한다. 프로스페로의 마법에 걸린 사람들 가운데 곤찰로의 슬픔에 감동한 아리엘은 자신의 측은지심을 스승에게 밝힌다. 자기가 인간이라면 "격정이 순화될 것"(5.1.18~19)이라고. 그 말을 들은 프로스페로는 자기도 그럴 것이라고 대답한다. 공기 같은 아리엘조차 인간의 고통에 감응하는데 인간인 자기는 아리엘보다 더 "인정에 움직여야 되는 게 아니"(5.1.24)냐고 하면서. 그래서 프로스페로는 자기를 축출한 배후 세력인 알론소와 그의 동생 세바스티안뿐만 아니라 자기를 밀라노 공작 직에서 밀어낸 동생 안토니오까지도 용서한다. "희귀한 행위는 복수보다/미덕에 있는 법"(5.1.27~28)이니까. 『태풍』은 이렇게 물리적으로 놀라운 태풍으로 시작하여 인간적으로 놀랍고 희귀한 용서와 화해로 끝을 맺는다.

끝으로 이번 번역은 버지니아 메이슨 본과 알덴 T. 본(Virginia Mason Vaughan and Alden T. Vaughan) 편집의 아든(The Arden Shakespeare) 판 『태풍(The Tempest)』을 기본으로 하고, G. 블레이크모어 에번스(G. Blakemore Evans) 편집의 리버사이드 셰익스피어(The Riverside Shakespeare) 판과 조너선 베이트와 에릭 라스무센(Jonathan Bate and Eric Rasmussen) 편집의 RSC(The Royal Shakespeare Company) 판을 참조하였다.

등장 인물

알론소	나폴리 왕
세바스티안	그의 동생
프로스페로	밀라노의 실제 공작
안토니오	그의 동생, 밀라노를 찬탈한 공작
페르디난드	나폴리 왕의 아들
곤찰로	정직한 노 고문관
아드리안	귀족들
프란시스코	
칼리반	기형의 야만인 노예
트린쿨로	익살꾼
스테파노	술 취한 집사
선장	
갑판장	
선원들	
미란다	프로스페로의 딸
아리엘	공기 같은 정령
이리스	정령들
케레스	
주노	
요정들	
추수 일꾼들	

장소	바다 위의 배, 무인도

1막 1장

요란한 천둥과 번개 소리가 들린다.

선장과 갑판장 등장.

선장   갑판장!

갑판장   여기요, 선장님. 괜찮아요?

선장   됐어, 선원들에게 말해. 재빨리 손쓰지 않으면 좌초할
거야. 움직여, 움직여!   (퇴장)

선원들 등장.

갑판장   어이, 강심장들. 힘내게, 힘내, 강심장들! 싸게! 싸게!   5
중간 돛을 내려라. 선장 호각 소리 잘 들어! (폭풍에게)
폭풍아, 바람 잘 때까지 불어라, 여지가 있거든.

알론소, 세바스티안, 안토니오, 페르디난드, 곤찰로 및
다른 사람들 등장.

알론소   갑판장, 조심해. 선장은 어딨나? 남자답게 행동해!

갑판장   부탁인데 내려가십시오!

안토니오 선장은 어디 있나, 갑판장?   10

갑판장   그 사람 소리 안 들려요? 저희 일을 망치고 계십니다.
선실에 계십시오! 이러면 폭풍을 도우시는 겁니다.

곤찰로   아니, 이보게, 침착하게.

1막 1장 장소 바다 위에 뜬 배.
7행 여지 좌초하지 않고 움직일 수 있는 배와 해안 사이의 공간.

갑판장　바다가 그러면요! 가세요. 포효하는 파도에게 왕이 무
　　　　슨 소용입니까? 선실로 가세요! 입 다물고! 저희를 괴　　15
　　　　롭히지 마십시오.

곤찰로　좋아, 하지만 누가 배에 타셨는지는 기억해.

갑판장　저 자신보다 더 아끼는 사람은 없답니다. 당신은 고문
　　　　관입니다. 이 비바람에게 침묵을 명하여 당장 평화롭
　　　　게 해 주시면 저희는 밧줄을 그만 만지지요. 당신의 권　20
　　　　위를 쓰십시오! 그리 못 하신다면 이만큼 오래 산 걸 고
　　　　맙게 여기고 선실에서 이 시각의 불운에, 만약 그게 닥
　　　　친다면, 대비나 하십시오. ── 힘내게, 강심장들! ── 비
　　　　켜요, 제발!　　　　　　　　　　　　　　　　(퇴장)

곤찰로　이 녀석이 큰 위안이 되는구나. 관상을 보아하니 물에　25
　　　　빠져 죽을 것 같진 않아. ── 완벽하게 교수대 체질이
　　　　야. 운명이여, 이자의 교수형을 꼭 지켜 다오. 그의 명
　　　　줄이 우리의 닻줄 되게 해 다오, 우리 건 거의 소용없
　　　　으니까. 그가 교수형당할 팔자가 아니라면 우리 처지
　　　　는 비참하다.　　　　　　　　　　　　　　　(퇴장)　30

　　　　　　　　　　갑판장 등장.

갑판장　큰 돛대를 내려라! 싸게! 아래로, 아래로! 주돛으로 배
　　　　를 조종해 봐. (안에서 외침) 왜 울부짖고 지랄이야. 날
　　　　씨보다, 우리의 작업보다 저들의 소리가 더 크구나.

　　　　　세바스티안, 안토니오, 곤찰로 등장.

또다시? 여긴 왜 오셨어요? 저희도 포기하고 빠져 죽

456　　태풍

	을까요? 가라앉을 생각 있어요?	35

세바스티안 목구멍이나 썩어져라, 이 시끄럽고 불경스럽고 인정
없는 개자식아.

갑판장 그럼, 당신이 일하시오.

안토니오 뒈져라, 개새끼야! 뒈져라, 이 잡놈아, 무례한 떠버리
야! 빠져 죽는 건 네놈보다 우리가 더 안 무서워해.   40

곤찰로 이자는 빠져 죽진 않을 거라 장담합니다, 이 배가 열매
껍질보다 약하고 질질 새는 계집처럼 구멍이 뚫렸더
라도 말입니다.

갑판장 배를 바람에 바싹 붙여, 바싹! 큰 돛 둘로 바다로 다시
나가! 배를 내보내!   45

물에 젖은 선원들 등장.

선원들 다 끝났어요! 기도해요, 기도해! 다 끝났어요!

갑판장 뭐, 차가운 시체가 돼야 해?

곤찰로 국왕과 왕자께서 기도하고 계시니 우리도 거듭시다,
같은 처지에 놓였으니까.

세바스티안 난 참을 수가 없소.   50

안토니오 우린 주정뱅이들에게 생명을 완전히 사기당했소. 이
주둥아리 큰 놈 — 네놈은 빠져 죽은 다음 조수에 열
번쯤 씻겼으면 좋겠다!

곤찰로 하지만 그는 목매달릴 겁니다. 물방울 하나하나가 아
니라고 맹세하고 그를 삼키려고 입을 가장 크게 벌리   55
더라도 말입니다.
(안에서 혼란스러운 소리) 자비를 베푸소서! — 배가 깨
진다, 깨져! — 마누라, 자식들아, 잘 있어라! — 형

	님, 잘 있어요! ── 배가 깨진다, 깨진다, 깨진다!	
안토니오	우리 모두 국왕과 함께 가라앉읍시다.	60
세바스티안	그분에게 작별을 고합시다.　　　(안토니오와 함께 퇴장)	
곤찰로	난 지금 메마른 땅 ── 쑥대밭, 갈대밭, 아무거나 ── 천 평의 대가로 바다 백만 평을 내놓겠다. 저 위의 뜻대로 하소서. 하지만 전 마른 죽음을 맞고 싶나이다.　(퇴장)	

1막 2장

프로스페로와 미란다 등장.

미란다	사랑하는 아버지, 기술로 이 격랑을	
	일으키신 거라면 가라앉혀 주세요.	
	바다가 천정까지 솟아올라 번갯불을	
	싹 끄지 않는다면 하늘은 고약한 역청을	
	막 쏟을 것 같아요. 오, 고통받는 이들을	5
	보는 저도 고통을 받았어요. ── 멋진 배가	
	(분명히 귀한 분들 태우고 있을 텐데)	
	산산조각 나다니. 오, 그들의 비명이	
	제 심장을 때렸어요! 딱해라, 다 사라졌어요.	
	제가 만약 힘을 가진 신이었더라면	10
	저 바다를 지구 속에 처박았을 거예요,	
	멋들어진 그 배와 가득 실린 사람들을	
	저렇게 삼키기 전에요.	
프로스페로	침착해라,	

1막 2장 장소　프로스페로의 섬.

	더 이상 경악 말고. 네 동정심에게 일러라,	
	아무것도 안 다쳤다.	
미란다	아, 슬프다.	
프로스페로	안 다쳤어!	15
	난 오직 너, 너만을, 사랑하는 내 딸인	
	너를 위해 모든 걸 했는데 너는 너 자신이	
	누구인지 모르고 내가 어디 출신인지	
	또 내가 극도로 초라한 움막의 주인이며	
	별것 아닌 네 아비 프로스페로보다	20
	더 나은 사람인 줄 모른다.	
미란다	더 알고픈 생각은	
	한 번도 떠오르지 않았어요.	
프로스페로	너에게	
	더 알려 줘야 할 때가 됐다. 나를 도와	
	이 마법 복장을 벗겨 다오. 자, 내 기술은	
	게 누워 있어라. 넌 눈물을 훔치고 안심해라.	25
	다름 아닌 네 연민의 미덕을 건드렸던	
	저 무서운 파선의 광경은 내 기술로	
	사전에 그 안전을 충분히 배려하여	
	조정했기 때문에 단 하나의 인명도 —	
	그래, 우는 소리 들었고 가라앉는 걸 보았던	30
	그 배 안의 어느 한 사람의 머리카락	
	한 올조차 사라지지 않았다. 앉아라,	
	이젠 더 알아야 하니까.	
미란다	아버지는	
	제가 누구인지를 말하기 시작했다 멈추고	
	'관두자, 아직 아냐.'라고 결론 내시어	35

무익한 의문만 남기셨죠.

프로스페로   이젠 때가 됐단다.
바로 이 순간이 너에게 귀를 열라 명한다.
복종하고 주목해라. 넌 우리가 이 움막에
오기 전 시절을 기억할 수 있겠느냐?
그럴 것 같지 않다, 그때 넌 세 살도   40
되지 않았으니까.

미란다   분명히 기억해요.

프로스페로   어떻게? 다른 집, 아니면 사람으로?
기억에 남은 게 무엇이든 그 영상을
나에게 말해 봐라.

미란다   저 멀리 있는데
기억으로 보증된 확신이라기보다는   45
꿈처럼 보여요. 제게 한때 네댓 명의
시중드는 여자들이 있지 않았던가요?

프로스페로   있었지, 더 많이. 하지만 어떻게 그런 게
네 맘속에 살아 있지? 시간의 심연 속
캄캄한 저 밑바닥에 다른 것도 보이느냐?   50
여기로 오기 전 일 기억하면 어떻게 여기로
왔는지도 할 수 있지.

미란다   그건 못 하겠어요.

프로스페로   열두 해 전, 미란다야, 열두 해 전에는
네 아버진 밀라노의 공작이었으며
힘 있는 군주였다.

미란다   제 아버진 아니세요?   55

프로스페로   네 어머닌 정절의 본보기였는데
네가 내 딸이라고 말해 줬고 네 아버진

	밀라노의 공작이었으며 그의 유일 상속인이
	공주와 맞먹는 네 신분이다.
미란다	오, 맙소사!
	웬 배신이 있었기에 거길 떠나 여기 왔죠?
	혹시 그게 축복이었나요?
프로스페로	둘 다, 둘 다였다.
	네 말대로 배신이 있어서 떠났으나
	축복받아 이리 왔다.
미란다	오, 기억엔 없지만
	아버지께 제가 끼친 괴로움을 생각하면
	이 가슴은 피 흘려요. 더 얘기해 주세요.
프로스페로	내 동생인 너의 삼촌, 이름은 안토니오 —
	제발 잘 들어라, 동생이 그렇게
	악독할 수 있다니 — 내가 너 다음으로
	세상 누구보다도 아꼈던 그, 난 그에게
	국가의 경영을 맡겼는데 당시 우리 나라는
	모든 공국 가운데 첫째였고 프로스페로는
	으뜸가는 군주였지, 고귀함에 있어서는
	그런 평이 나 있었고 인문학으로는
	비견할 자 없었단다. 그 공부만 하면서
	국정은 동생에게 던져 주고 국사에는
	낯선 사람 돼 버렸지, 비학에 열중하여
	도취되었으니까. 거짓된 네 삼촌은 —
	경청하고 있는 거냐?

60

65

70

75

73행 인문학 3학과(문법, 논리, 수사학) 그리고 4학과(수학, 기하학, 음악, 천문학)를 총칭한다. (아든)

미란다	네, 가장 주의 깊게요.
프로스페로	어떻게 청원을 허락하고 거절하며

누구는 승진을 또 누구는 넘보기 때문에　　　　　　　　　80
자르는 방법을 일단 다 익힌 뒤 새 자리에
나의 옛 수하들을 앉히면서, 그래, 그들을
바꾸든지 재편성했단다. 관리와 관직의
두 열쇠를 다 가지고 나라 안의 온 마음을
자기가 듣기 좋은 곡조에 맞춘 결과　　　　　　　　　85
이제 그는 군주의 몸을 덮고 생기를 빨아먹는
담쟁이가 되었지. 경청을 안 하잖아!

미란다	오, 아버지, 해요.
프로스페로	제발 내 말 잘 들어.

난 그렇게 세상일을 무시하고 전적으로
은둔과 마음의 수양에만 몰두했고　　　　　　　　　90
그것이 대중의 평가보다 더 소중했음에도
그렇게 함으로써, 하지만 물러나 있었기에
거짓된 동생의 악한 본성 일깨웠고
훌륭한 어버이 같았던 그에 대한 내 신뢰는
그것과 정반대의, 참으로 끝없고　　　　　　　　　95
무한한 내 신임과 꼭 같은 크기의
배신을 낳았단다. 이렇게 나의 세수입으로
그리고 그 밖에는 내 권력을 앞세워
강요할 수 있는 걸로 실력자가 된 그는
진실을 사칭함으로써 자기의 기억력을　　　　　　　　　100
자기 거짓 믿어 주는 죄인 만든 사람처럼
모든 특권 다 가진 통치자를 대신하고
또한 그의 겉모습을 연기하는 도중에

	자기가 진짜 공작이라고 정말 믿게 됐단다.	
	그리하여 야심이 점점 커진 그는 ——	105
	듣고 있어?	
미란다	예, 먹은 귀도 뚫어 줄 얘기예요.	
프로스페로	자신의 역할과 그 역할의 실제 인물 사이의	

차단막을 걷기 위해 밀라노의 절대자가
될 필요가 있었단다. 불쌍한 난 서재가
왕국으로 충분했어. 그는 내가 속세의 권한을　　　　110
이젠 행사 못 한다고 생각하고 너무나
권력에 목말라, 나폴리 국왕과 공모하여
그에게 조공을 해마다 바치고 충성하며
자기 관을 그의 큰 왕관에 종속시켜
굽힌 적 한 번 없던 공국을 (불쌍한 밀라노!)　　　115
참으로 천하게 낮추기로 했단다.

미란다　　　　　　　　　　　　　오, 맙소사!

프로스페로　그가 내민 조건과 결과를 잘 듣고
동생일 수 있는지 말해 봐라.

미란다　　　　　　　　　　　할머니를
고귀하게 생각지 않으면 죄 짓는 거겠죠.
자궁이 좋아도 나쁜 아들 생겨요.

프로스페로　　　　　　　　　　자, 조건이다.　　　　120
내 철천지원수인 이 나폴리 국왕은
내 동생의 청원에 귀를 기울였는데
그건 그가 충성과 얼마인지 모르는
조공을 전제로 나와 내 가족을

107행 실제 인물　안토니오 그 자신, 또는 프로스페로.

공국에서 곧바로 뿌리 채 뽑아내고   125
아름다운 밀라노를 온갖 예우 다 갖추어
동생에게 하사하는 것이었다. 그에 따라 —
반역하는 군대가 모집됐고 — 안토니오는
목표로 잡았던 운명의 어느 날 자정에
밀라노 성문을 열었고 칠흑 같은 밤중에   130
임무 맡은 자들이 나와 또 우는 너를
황급히 데려갔다.

미란다   아아, 가엾어라.
그때 제가 어떻게 울었는지 모르니
다시 울어 볼게요. 이건 제가 두 눈을
막 쥐어짜겠다는 암시예요.

프로스페로   조금 더 들어 봐라,   135
그런 다음 우리에게 지금 닥친 현안으로
되돌아올 텐데, 그것이 없다면 이 얘긴
연관성이 전혀 없어.

미란다   그들은 바로 그때
왜 우릴 안 죽였죠?

프로스페로   딸애야, 잘 물었다.
그러한 의문이 생기겠지. 애, 그건 감히 못 했어,   140
나에 대한 백성들의 사랑이 지극하여
그 일에 핏자국은 못 남기고 자신들의
더러운 목적을 좀 더 곱게 색칠했지.
한마디로 그들은 우리를 급히 배에 실은 뒤
바다로 몇 마일 나갔으며 그곳에는   145
장비 없는 썩은 쪽배 하나가 있었는데
밧줄, 돛, 돛대조차 없어서 — 쥐들조차

직감으로 떠났어. 그들은 우릴 거기 태우고
포효하는 바다 향해 외치고 바람 향해
한숨 쉬게 뒀는데, 동정 어린 바람은 맞불어   150
다정한 잘못을 범했단다.

미란다   아, 당시 제가
무슨 걱정 끼쳤나요?

프로스페로   오, 넌 나를 보전해 준
어린 천사였단다. 하늘이 내려 준 참을성을
온몸에 지닌 채 미소 짓고 있었지.
내가 그 바다를 짜디 짠 눈물로 장식하며   155
괴로움에 신음하고 있었을 때 네 미소는
무슨 일이 닥쳐도 견디어 낼 용기를
내 맘속에 불러일으켰단다.

미란다   어떻게 상륙했죠?

프로스페로   하늘의 섭리였지.
우리에겐 약간의 음식과 신선한 물에다   160
좋은 의복, 직물, 도구, 필수품이 있었는데
당시 이 계획의 지휘자로 임명됐던
나폴리의 귀족인 곤찰로가 우리에게
자선을 베풀어 건네준 것들로 그때부터
큰 도움이 되었단다. 또한 그는 내가 책을   165
아끼는 걸 알고서 고상하게 마음 써서
내가 우리 공국보다 높이 치는 서적들을
서재에서 날라 줬다.

151행 다정한 잘못 우리 배를 바다로 불어 보내는 잘못을 그러나 동정심을 가
지고 한 것을 말한다.

미란다	언젠가 그 사람을

보기만이라도 했으면!

프로스페로 　　　　　　난 이제 일어선다.

넌 앉아서 우리의 바다 슬픔, 그 끝을 들어 봐.　　　　　170
우린 여기 이 섬에 도착했고 여기에서
나는 네 스승으로 왕자들이 헛된 시간 더 많고
교사들이 그렇게 신중하지 못했을 경우보다
더 유익한 공부를 할 수 있게 만들었다.

미란다　신의 감사 받으세요. 그럼 이제 아버지,　　　　　175
여전히 궁금해서 그런데, 이 바다 폭풍을
왜 일으키셨는지요?

프로스페로 　　　　　　이만큼은 알려 주마.

참 이상한 우연으로 관대한 운명의 여신이
(이젠 내게 소중한 부인인데) 내 적들을
이 해안에 데려왔고 나는 내 운세의 절정이　　　　　180
최고로 상서로운 별에게 달렸음을
선견으로 알았는데, 그것의 영향력을
지금 내가 못 얻고 지나치면 내 행운은
계속 꺾일 것이다. 질문은 이제 그만.
넌 졸게 되어 있다. 기분 좋게 둔할 테니　　　　　185
순순히 따라라. 어쩔 수 없는 줄 알고 있다.
(아리엘에게)
이리 와, 하인아, 어서 와. 난 이제 준비됐어.
다가와, 아리엘. 어서.

　　　　　　아리엘 등장.

아리엘	대스승님, 만만세. 어른 만세! 당신의
	큰 뜻을 받들려고 왔어요, 나르든 헤엄치든 190
	불 속에 뛰어들든, 뭉게구름 올라타고
	달리든 간에요. 아리엘과 그의 온갖 재주에
	강력한 임무를 맡기세요.
프로스페로	정령아,
	내가 명한 태풍을 정확하게 구현했어?
아리엘	조목조목 다 했어요. 195
	국왕의 배에 올라 어떤 땐 뱃머리, 배 중간,
	어떤 땐 갑판이나 모든 선실 안에서
	불꽃으로 놀래 줬죠. 때로는 몸을 쪼개
	곳곳에서 불탔어요. ─ 중간 돛대, 활대 위와
	아랫대 위에서 따로따로 타오른 다음에 200
	만나서 합쳐졌죠. 무서운 천둥의 전조인
	조브의 번개라도 더 빨리 한순간에
	사라지진 않았을 겁니다. 유황빛 굉음의
	불꽃과 파열음이 최고로 막강한
	넵튠을 포위하고 용감한 그 파도를 205
	맞아요, 떨게 하고, 그 무서운 삼지창을
	흔들어 놓은 것 같았어요.
프로스페로	멋진 내 정령아,
	이 혼란 속에서 이성이 마비되지 않을 만큼
	굳건하고 일관된 자 누구였어?

202행 조브
주피터라고도 불리는 로마 신계의 주신.
그리스 신화의 제우스에 해당한다. 번개
는 그의 대표적 상징물.

205행 넵튠
로마 신화에서 바다의 신. 그리스 신화의
포세이돈에 해당한다. 다음 행의 삼지창
은 그의 힘의 상징물.

아리엘	한 사람도

미치광이 열병을 안 느끼고 절망의 몸짓 하지   210
않은 자가 없었어요. 선원을 뺀 모두가
거품 이는 짠물에 뛰어들며 배를 버렸답니다.
그럴 때 저와 함께 불붙은 페르디난드 왕자는
머리칼이 곤두서서 (머리 아닌 갈대겠죠)
맨 먼저 솟구치며 외쳤어요, '지옥은 텅 비고   215
악마들은 여기로 다 왔다.'고.

프로스페로   그것 참 잘했다!
근데 이게 해안에 가까웠지?

아리엘   아주요, 주인님.

프로스페로 근데 다 안전해?

아리엘   머리 한 올 안 다쳤고
그들을 지켜 주는 옷에는 오점 하나 없었으며
전보다 더 깨끗했죠. 또한 당신 명령대로   220
그들을 무리로 나누어 섬에다 흩어 놨죠.
국왕의 아들은 홀로 상륙시켰는데
섬의 외딴 구석에서 공기가 차갑도록
한숨을 내쉬면서 두 팔을 이처럼 슬프게
꼰 채로 앉은 걸 두고 왔죠.

프로스페로   국왕 배의   225
선원들은 어떻게 처리했지? 또 선단의
나머지 모두는?

아리엘   국왕 배는 안전하게 항구에,
당신께서 자정에 절 불러 늘 소란스러운
버뮤다 섬에서 이슬을 가져오라 명했던
그 깊은 만 안쪽에 있으며 거기에 감춰 뒀고   230

선원들은 모두 다 선창 밑에 넣었지요.
그들은 고생한 데 더하여 마법에 걸려서
잠자고 있답니다. 흩뜨려 놓았던
선단의 나머지는 모두 다 다시 만나
지중해 위에 떠서 고향인 나폴리로   235
구슬픈 항해를 계속하고 있답니다,
국왕 배가 파선되어 옥체가 사라진 걸
보았다고 상상하면서요.

프로스페로   아리엘, 넌 임무를
정확히 수행했다. 하지만 할 일이 더 있다.
지금이 몇 시냐?

아리엘   정오가 지났어요.   240

프로스페로   적어도 2시구나. 지금부터 6시까지를
우리 둘은 최대한 소중하게 써야 한다.

아리엘   고역이 더 있나요? 저를 고생시키시니
제게 하신 약속을 기억해 주십시오,
아직 실천 않으셨답니다.

프로스페로   그래서? 언짢아?   245
네가 뭘 요구할 수 있는데?

아리엘   제 자유요.

프로스페로   기간도 되기 전에? 그만둬!

아리엘   아무쪼록
제 훌륭한 봉사를 기억해 주십시오.
거짓 말씀 안 드렸고 실수하지 않았으며

229행 버뮤다 섬 미국 노스캐롤라이나 주 약 100km 동쪽에 위치한 대서양의
버뮤다 군도. 암초와 사나운 폭풍으로 유명한 곳이다.

불평이나 불만 없이 섬겼어요. 한 해를   250
줄여 주시겠다고 약속하셨습니다.

프로스페로   내가 널
어떠한 고문에서 구했는지 잊었어?

아리엘   아뇨.

프로스페로 넌 잊었고 깊은 짠물 바닥의 진흙을
밟고 다닌다거나
매서운 북풍을 탄다거나 찬 서리로   255
온 땅이 굳었을 때 굴속에서 일하는 게
대단하다 생각한다.

아리엘   그렇지 않습니다.

프로스페로 거짓이다, 악한 것아. 넌 추한 마녀였던
시코락스를 잊었어? 나이와 시기심에
완전히 꼬부라진 그녀를? 잊었단 말이야?   260

아리엘 아뇨, 나리.

프로스페로 잊었어! 그녀는 어디서 태어났지? 말해 봐.

아리엘 알제에서요.

프로스페로   오, 그랬어? 난 매달 한 번씩
네가 뭣이었는지, 넌 그걸 잊었는데
되풀이해야 해. 저주받을 시코락스 마녀는   265
겹겹의 악행과 인간 귀로 듣기에는
끔찍한 마술로 인하여 너도 알고 있듯이
알제에서 추방됐어. 한 일이 하나 있어
그들이 그녀를 죽이진 않았고. 사실이지?

259행 시코락스
이 이름의 어원은 불확실하다. 셰익스피
어의 고유한 것으로 아마도 그리스어의

암퇘지와 까마귀의 합성어인 것 같은데
이 두 동물은 모두 마술과 관련이 있다.
(아든)

| 아리엘 | 예, 나리. | 270 |

프로스페로 선원들은 아기 밴 푸른 눈의 그 마녀를
여기로 데려왔고 이곳에 버렸어. 네 말대로
내 노예인 넌 그때 그녀 하인이었는데 ——
너무나 세련된 정령이라 그녀의 속되고
혐오스러운 명령을 수행할 수 없어서 · 275
엄명을 거역했기 때문에 —— 그녀는 널
자기가 부리던 힘센 것들 도움받아
그리고 절대로 못 삭일 격분에 휩싸여
쪼개진 소나무에 가뒀는데, 너는 그 틈새에
열두 해 동안이나 괴롭게 갇혀 있는 280
신세가 되었고 그동안 그녀는 죽었으며
거기에 남은 넌 물방아 바퀴가 물 치듯이
빠른 신음 토해 냈지. 그 당시 이 섬에
사람의 존귀한 형체는 (그녀가 여기서 싸지른
점박이 개자식인 마녀 아들 빼고는) 285
하나도 없었어.

아리엘   예, 그녀 아들 칼리반요.

프로스페로 둔한 것, 내 말이 —— 칼리반 그자를
이젠 내가 쓰고 있지. 어떤 고문 장소에서
내가 널 찾았는지 네가 가장 잘 안다.
네 신음 소리에 늑대도 울었고 항상 화난 290
곰들조차 가슴 아파하였다. 시코락스 마녀는
저주받은 자들에게 가해지는 그 고문을
해제할 수 없었어. 내가 와서 그 소리 들었을 때
소나무를 벌린 다음 너를 꺼내 준 것은
나의 기술이었다.

| 아리엘 | 고마워요, 주인님. | 295 |

프로스페로 더 투덜거리면 참나무 하나 찢어
꽉 뒤엉킨 그 살 속에 너를 박아 두겠다,
열두 겨울 짖어 보낼 때까지.

아리엘 　　　　　　　　　용서하십시오.
명령에 순응할 것이고 정령 일을
조용히 처리하겠습니다. 　　　　　　300

프로스페로 그래라, 그러면 이틀 뒤에
널 풀어 주겠다.

아리엘 　　　　　참 고귀한 주인님이셔요.
뭘 할까요? 뭐지요? 제가 뭘 할까요?

프로스페로 네 모습을 바다의 요정처럼 꾸며라.
너와 내 눈에만 보이고 다른 눈동자에겐 　　305
보이지 않게 해라. 그런 형체 취한 다음
이리로 오너라. 가! 부지런히 떠나라. 　　(아리엘 퇴장)
(미란다에게)
일어나라, 귀한 애야, 일어나. 곤히 잤어.
일어나라.

미란다 　　　　　아버지의 얘기가 이상해서
잠이 들었답니다.

프로스페로 　　　　　그것을 떨쳐 내라. 이리와, 　　310
한 번도 친절하게 대답 않는 내 노예
칼리반을 보러 가자.

미란다 　　　　　천한 것이에요.
쳐다보기 싫어요.

프로스페로 　　　　　그렇긴 하지만
없어선 안 된다. 우릴 위해 불 지피고

	땔나무를 가져오며 우리에게 득이 되는	315
	일을 해 주니까. ― 여봐라, 이 녀석! 칼리반,	
	흙 같은 놈, 대답해!	
칼리반	(안에서) 땔나무는 충분해요.	
프로스페로	나오란 말이다, 다른 일이 있으니까.	
	거북이 같은 놈, 안 나와?	

물의 요정 차림의 아리엘 등장.

	멋진 의상이구나, 꾀쟁이 아리엘,	320
	내 말 좀 들어 봐.	
아리엘	예, 그리하겠습니다.	(퇴장)
프로스페로	너, 악마 그 자신이 사악한 네 어미와	
	몸을 합쳐 생겨난 독종 노예, 썩 나와!	

칼리반 등장.

칼리반	어머니가 까마귀 깃털로 쓸어 담던	
	해로운 늪 이슬만큼이나 독한 것이	325
	당신들 둘에게 내려라. 서남풍 불어와	
	그 몸에 물집이나 생겨라.	
프로스페로	이 일로 넌 오늘 밤 숨도 못 쉴 정도로	
	경련, 요통, 분명히 날 줄 알아. 꼬마 요정	
	한밤중에 뛰쳐나와 네놈에게 한바탕	330
	연습을 할 것이야. 벌집처럼 온몸을	
	꼬집힐 것이고 꼬집힌 자국은 모조리	
	벌침보다 따가울 것이다.	

칼리반   난 저녁 먹어야겠어요.

당신이 빼앗은 이 섬은 내 거요, 어머니

시코락스의 유산으로. 당신이 첨 왔을 땐   335

날 어루만지고 소중히 여겼지요.

열매 넣은 물도 주고 낮과 밤에 빛나는

큰 빛과 작은 빛을 어떻게 부르는지

가르쳐 줬어요. 그래서 난 당신을 좋아했고

신선한 샘, 짠물 탕, 메마르고 비옥한 곳,   340

이 섬의 모든 특징 다 보여 줬어요.

저주받을 짓이었어! 시코락스의 모든 마법 ─

두꺼비, 풍뎅이, 박쥐는 ─ 당신에게 붙어라,

당신의 온 백성은 처음엔 나만의 왕이었던

나 하나뿐이니까. 그런데 당신은 날 여기   345

이 단단한 바위 안에 가둬 놓고 이 섬의

나머지를 차지했소.

프로스페로   거짓말이 극심한 놈,

채찍에나 움직이지 친절은 소용없어.

난 너를 (더럽지만) 인간답게 대해 줬고

내 움막에 있게 했어, 네놈이 내 자식의   350

순결을 범하려 들기 전까지는.

칼리반   오 호, 오 호! 그렇게 됐으면 좋았을걸.

당신이 막았지, 이 섬에 칼리반 씨앗을

퍼뜨릴 뻔했는데.

미란다   참으로 흉악한 것,

모든 악은 가능하나 선함의 흔적은   355

발붙이지 못하는군. 나는 널 동정하여

애써서 말을 하게 만들고 매시간

이것저것 가르쳤어. 야만인인 네 녀석이
자기 뜻을 못 알리고 가장 못난 짐승같이
중얼중얼했을 때 나는 네 의도에   360
언어를 부여했어. 하지만 더러운 네 족속은
(넌 비록 배웠지만) 선량한 사람들이
함께 못 할 그 무엇이 있었다. 그러므로
넌 여기 이 바위에 마땅히 갇힌 거야,
감옥보다 더한 곳이 더 마땅했지만.   365

칼리반   당신이 가르친 언어로 내가 얻은 이득은
저주할 줄 아는 거요. 말을 배워 줬으니
염병 걸려 죽어라.

프로스페로   저리가, 이 마녀 종자야.
땔감을 가져와, 빨리 해 ── 말 들어 ──
다른 일도 하려면. 악종이 어깨를 움츠려?   370
명령을 소홀히 하거나 마지못해 들으면
지난날의 경련이 너에게 찾아오게
모든 뼈가 다 쑤시게, 울부짖어 네 고함에
짐승들이 떨게 만들 것이다.

칼리반   그러지 마시오.
(방백) 난 복종해야 해. 그의 강한 기술은   375
어머니의 신이었던 세테보스도 통제하고
종으로 만들었어.

프로스페로   그럼 가 봐, 노예야.   (칼리반 퇴장)

376행 세테보스 파타고니아의 신. 이탈리아의 항해가 안토니오 피가페타의 파타고
니아 여행(1519년)을 적은 이야기에 언급되어 있다. (아든)

페르디난드와 보이지 않으면서
연주하고 노래하는 아리엘 등장.

아리엘   (노래한다.)

        이 노란 모래밭으로 와

           서로 손을 잡아요.

        서로에게 절하고 키스해요,   380

           거친 파도 잘 때까지.

        여기저기 우아하게 발 디뎌요.

        그리고 아름다운 정령들은

           이 후렴을 불러 줘.   (여기저기에서 후렴)

정령들   저 소리 잘 들어 봐! 멍멍,   385

        개들이 짓는구나, 멍멍,

아리엘   저 소리 들어 봐,

        뽐내는 수탉이 목청 돋워

        꼬꼬댁 꼬꼬 운다.

페르디난드 이 음악은 어디 있지? 공중에? 땅속에?   390

        더 이상 안 들린다, 틀림없이 이 섬의

        어떤 신을 시중든다. 해안에 앉아서

        부왕의 파선을 울면서 다시 슬퍼했을 때

        이 음악이 파도 타고 내 곁으로 기어와

        격랑과 내 격통을 아름다운 곡조로   395

        가라앉혀 주었다. 그걸 따라왔는데

        (오히려 나를 끌고 왔겠지.) 사라졌다.

        아냐, 또 시작한다.

아리엘   (노래한다.)

        다섯 길 깊이 누운 네 아버지,

	그의 뼈는 산호가 되었고	400
	두 눈은 저기 진주들이며	
	그에게서 사라지는 모든 것은	
	바다에서 변화를 겪은 다음	
	귀중하고 놀라운 게 되리라.	
	바다 요정 매시간 그의 조종 울리네.	
정령들	딩동.	405
아리엘	쉿, 이제 들리는구나.	
정령들	딩동 댕.	
페르디난드	저 가락은 익사하신 아버지를 기린다.	
	이것은 인간이 하는 일이 아니고 소리도	
	땅의 것이 아니다. 이제는 위에서 들리네.	
프로스페로	(미란다에게) 눈꺼풀 가두리를 위로 들어 올리고	410
	저게 뭔지 말해 봐라.	
미란다	뭐지요, 정령인가?	
	아 저런, 두리번거리네. 아버지, 정말로	
	모습이 멋지네요. 하지만 정령이랍니다.	
프로스페로	아냐, 얘, 저것은 먹고 자고 우리와 꼭 같은	
	감각을 지녔어. ── 같은 걸. 네가 보는 이 한량은	415
	파선을 당했는데 (예쁜 꽃대 갉아 먹는)	
	슬픔에 좀 물들지 않았다면 멋있다고	
	할 수도 있겠지. 그는 지금 동료들을 잃었고	
	찾으려고 노력해.	
미란다	전 그를 신 같다고	
	말하고 싶어요, 저토록 고귀한 인간은	420
	본 적이 없으니까.	
프로스페로	내가 예상한 대로	

잘되어 가는구나.

      (아리엘에게) 너 멋진 정령아, 이번 일로
이틀 안에 풀어 주마.

페르디난드   노래로 떠받드는
여신임이 확실하다! ── 제 기도를 들으시고
당신이 이 섬에 사는지를 알려 주며   425
여기서 제 행동은 어떠해야 하는지
훌륭한 지침을 주십시오. 제 첫째 요청을
마지막에 말한다면 (오, 놀라운 존재여!)
처녀요, 아니요?

미란다   놀라운 존재는 아니고
분명히 처녀예요.

페르디난드   우리 말을? 맙소사!   430
그 언어 사용자 가운데 최고가 바로 나요,
그 말을 쓰는 곳에 있다면.

프로스페로   뭐? 최고?
나폴리 국왕이 자네 말 듣는다면 자넨 뭐지?

페르디난드   당신의 나폴리 얘기에 놀라는 지금의 나처럼
그와 동일체랍니다. 그는 정말 내 말 듣고   435
그 사실에 난 웁니다. 나폴리 왕은 나고
왕이 된 이후로 한시도 안 마른 눈으로
부왕의 파선을 봤답니다.

미란다   아 저런, 자비를!

페르디난드   예, 참, 그의 신하 모두에게 ── 밀라노 공작과
그의 멋진 아들을 포함하여.

프로스페로   (방백) 밀라노 공작과   440
더 멋진 그의 딸이 널 책망할 수도 있다,

지금 그게 적절한 일이라면. 첫눈에 그들은
눈길을 교환했다. (아리엘에게) 아름다운 아리엘,
이 일로 널 풀어 주겠다.
　　　(페르디난드에게) 한마디 하겠네.
자네는 말실수를 한 것 같아. 한마디만.　　　　　　　445

미란다　　(방백) 아버지 말씀이 왜 저리 거칠지? 이 사람은
내가 본 세 번째 남자이고 처음으로
사모하는 남자다. 아버지가 측은한 맘으로
내 뜻을 받아들여 주셨으면.

페르디난드　　　　　　　　　　오, 처녀이고
마음을 준 적이 없다면 난 당신을　　　　　　　　　450
나폴리의 왕비로 삼겠소.

프로스페로　　　　　　　　잠깐만, 한마디 더.
(방백) 서로에게 반했지만 이 빠른 작업을
어렵게 만들어야 되겠다. 너무 쉬이 얻으면
쉬운 상이 되니까.
　　　(페르디난드에게) 한마디 더. 명령인데
내 말에 주목해. 넌 왕이란 이름을　　　　　　　　455
네 것도 아니면서 여기에서 찬탈했고
이 섬을 주인인 내게서 **빼앗아** 가려고
스파이로 상륙했다.

페르디난드　　　　　　　절대로 아닙니다.

미란다　　저 성전에 악한 게 살 수는 없어요.
악령이 저렇게 고운 집을 가졌다면　　　　　　　　460

440행 그의…아들
밀라노 공작(안토니오)의 아들 얘기는 이　　익스피어가 원래 계획했다가 중단한 인
작품 어디에도 나오지 않는다. 아마도 셰　　물로 보인다. (아든)

훌륭한 것들이 함께 살려 하겠죠.

프로스페로   (페르디난드에게) 따라와. ─

그를 변호하지 마. 이자는 역적이야. ─ 가,
네 목과 두 발을 함께 족쇄 채울 테다.
바닷물을 마시게 할 것이고 네 음식은
민물조개, 마른 뿌리, 도토리가 들어 있던   465
깍지가 될 것이다. 따라와!

페르디난드   못 갑니다.

적의 힘에 눌릴 때까지는 이러한 대접에
저항할 것입니다.

              (칼을 뽑지만 마력 때문에 움직이지 못한다.)

미란다   오, 사랑하는 아버지,

이 사람을 너무 급히 시험하지 마세요,
부드럽고 무섭지 않으니까.

프로스페로   원 이런,   470

내 딸이 선생이야? 역적아, 그 칼을 거둬라,
시늉할 뿐 치지는 못할 테니. 네 양심은
죄책감에 꽉 차 있다. 방어 자세 그만둬라,
이 막대로 네 무장을 해제하고 그 무기를
놓게 할 수 있으니까.

미란다   간청컨대, 아버지 ─   475

프로스페로 저리 가, 옷은 그만 붙잡고.

미란다   동정해 주세요.

보증인이 될게요.

프로스페로   조용해! 한마디만 더 하면

미워하진 않겠지만 꾸중할 것이다. 뭐,
사기꾼의 변호인이 되었어? 입 다물어.

이자와 칼리반만 보고서 이런 모습   480
더는 없다 생각하지. 어리석은 계집애야,
대부분 남자에겐 이자가 칼리반이야,
이자에게 그들은 천사이고.

미란다   제 애정은
그럼 아주 겸손해요. 더 훌륭한 남자를
보고픈 야심은 없어요.

프로스페로   (페르디난드에게) 자 어서 복종해.   485
네 근육은 다시 한 번 유아기로 돌아가
활력이 전혀 없다.

페르디난드   그렇게 돼 버렸네!
내 기력이 꿈속처럼 다 빠져 버렸어.
아버지를 잃은 일과 나약하단 느낌과
내 모든 친구의 난파와 이 사람의 협박도   490
(난 그에게 굴했는데) 내겐 별것 아니다,
내 감옥 밖으로 하루 한 번 이 처녀를
볼 수만 있다면. 지상의 다른 모든 구석은
자유인이 쓰게 하라, 내겐 그런 감옥이
충분한 공간이다.

프로스페로   (방백) 잘돼 간다.
                 (페르디난드에게) 자, 어서 ―   495
잘했어, 탁월한 아리엘. ― 날 따라와. ―
달리 할 일 있는데 잘 들어 봐.

미란다   (페르디난드에게) 안심해요,
아버지의 성품은 말씀에 드러난 것보다
더 좋으시니까. 지금 나타난 것은
전에 없던 거예요.

| 프로스페로 | (아리엘에게) 넌 산 위의 바람처럼 | 500 |

프로스페로　(아리엘에게) 넌 산 위의 바람처럼　500
　　　　　자유로워질 것이다. 하지만 내 명령을
　　　　　정확히 수행해라.
아리엘　　　　　　철저히 하렵니다.
프로스페로　(페르디난드에게) 자, 따라와. —— 그를 변호하지 마.

　　　　　　　　　　　　　　　(함께 퇴장)

2막 1장
알론소, 세바스티안, 안토니오, 곤찰로, 아드리안,
프란시스코 및 몇 사람 등장.

곤찰로　　전하, 즐거워하십시오. 기뻐하실 이유가
　　　　　(모두들 그렇지만) 있습니다, 우리의 피난이
　　　　　상실을 훨씬 넘어서니까요. 인간에게
　　　　　비탄은 흔합니다. 매일매일 선원의 아내가
　　　　　상선의 선주가 또 상인이 우리와 꼭 같은　　5
　　　　　비탄을 맛봅니다. 하지만 이 기적은
　　　　　저희 생존 말씀인데, 몇 백만에 몇 사람만
　　　　　말할 수 있답니다. 그러니 현명하게
　　　　　슬픔과 위안을 헤아려 보시지요.
알론소　　　　　　　　　제발 됐네.
세바스티안　(안토니오에게) 그는 위안을 찬밥처럼 받아들입니다　10
　　　　　그려.
안토니오　(세바스티안에게) 문병객이 그리 쉽게 포기하진 않을 겁

2막 1장 장소 섬의 다른 곳.

니다.

| 세바스티안 | 저 봐요, 그는 기지라는 태엽을 감고 있어요. |
| | 곧바로 종을 칠 텐데 — |

15

곤찰로	(알론소에게) 전하 —
세바스티안	하나. 세 보시오.
곤찰로	주어지는 슬픔에 일일이 반응하면 반응하는 사람에게
	남는 건 —
세바스티안	화뿐이지.

20

곤찰로	한뿐이죠, 사실은. 의도하신 것보다 말을 더 잘하셨습
	니다.
세바스티안	당신은 내 말을 내가 생각했던 것보다 더 현명하게 받
	아들였소.
곤찰로	그러므로 전하 —

25

안토니오	에이, 그가 말을 저렇게 아껴 쓰다니!
알론소	제발 그만두게.
곤찰로	그럼 됐습니다. 하지만 —
세바스티안	그는 말을 더 할 거요.
안토니오	저 사람 또는 아드리안 가운데 누가 먼저 울 건지 큰
	돈 걸고 내기할까요?

30

세바스티안	늙은 수탉.
안토니오	어린 수탉.
세바스티안	됐습니다! 판돈은?
안토니오	한바탕 웃기요.

35

세바스티안	좋습니다!
아드리안	이 섬은 황무지처럼 보이지만 —
안토니오	하, 하, 하.
세바스티안	그럼 이긴 값 받았어요.

아드리안	살 수도 없고 접근도 불가능해 보이지만 ——	40
세바스티안	그래도 ——	
아드리안	그래도 ——	
안토니오	그 단어를 안 쓸 수는 없었지요.	
아드리안	기후가 상큼하고 부드럽고 상쾌한 건 틀림없습니다.	
안토니오	기후는 불쾌한 계집이었지.	45
세바스티안	그럼요, 엉큼하기도 하고요, 그가 아주 박식하게 말했 듯이.	
아드리안	여기 공기는 참으로 향긋하옵니다.	
세바스티안	마치 허파에서, 그것도 썩은 데서 나오는 것처럼.	
안토니오	아니면 늪에서 나온 악취처럼.	50
곤찰로	여기 있는 모든 것은 생명에 유익합니다.	
안토니오	맞아, 생계 수단만 빼놓고.	
세바스티안	그런 건 전혀, 아니면 거의 없군요.	
곤찰로	저 풀은 얼마나 무성한가! 얼마나 푸른가!	
안토니오	땅바닥은 실제로 갈색인데.	55
세바스티안	푸른빛을 약간은 띠고 있지요.	
안토니오	그가 큰 걸 놓치진 않는군요.	
세바스티안	예. 단지 사실을 통째로 오해할 뿐이지요.	
곤찰로	하지만 희귀한 건, 실은 거의 믿을 수가 없지만 ——	
세바스티안	희귀하다고 장담했던 게 많이들 그렇듯이.	60
곤찰로	저희 옷이 바닷물에 흠뻑 젖었는데도, 정말 그랬지만, 그 산뜻함과 빛깔을 유지하여 짠물이 들었다기보다는 새로 염색한 것 같다는 사실입니다.	
안토니오	이 사람에게 입 달린 호주머니가 하나라도 있다면 그 가 거짓말한다고 하지 않을까요?	65
세바스티안	예, 아니면 자기 보고서를 아주 부정직하게 호주머니	

	에 처넣었다고 하겠지요.	
곤찰로	제 생각에 지금 저희 옷은 아프리카에서 국왕의 고운 따님 클라리벨과 튀니스 왕 사이의 결혼식에서 처음 입었을 때처럼 산뜻해 보입니다.	70
세바스티안	그 결혼식은 즐거웠고 우린 귀국길에서 호강하고 있습니다그려.	
아드리안	튀니스는 그런 귀감을 왕비로 맞이하는 영예를 누린 적이 없었어요.	
곤찰로	과부 디도 여왕 시절 이후로는 없었지.	75
안토니오	과부라고? 젠장맞을. 어떻게 그 과부가 끼게 됐지? 그 과부 디도가!	
세바스티안	그가 홀아비 아이네이아스 얘기도 했으면 어쩌려고요? 맙소사, 그걸 그렇게 받아들이시다니!	
아드리안	과부 디도라고 하셨어요? 저를 열심히 공부하게 만드시네요. 그녀는 카르타고 사람이지 튀니스는 아닙니다.	80
곤찰로	그 튀니스가 카르타고였다네.	
아드리안	카르타고라고요?	
곤찰로	분명히 카르타고라네.	
안토니오	그의 말은 암피온이 하프로 행한 기적보다 더 심하군요.	85
세바스티안	그는 성벽을 쌓았어요, 집도 짓고.	

75행 과부 디도
카르타고의 여왕 디도는 시카이우스의 미망인이었고 그녀를 만났을 당시 아이네이아스는 홀아비였다. (아든)
82행 그…카르타고
카르타고와 튀니스는 물리적으로 같은 도시가 아니었다. 하지만 카르타고의 몰락 후 튀니스가 그 지역의 정치적 상업적 중심지로서의 자리를 물려받았다. (아든)
85~86행 그의…짓고
그리스 신화에서 암피온은 하프를 사용하여 테베의 성벽을 쌓아 올렸다. 세바스티안은 곤찰로가 카르타고를 튀니스와 합침으로써 그 도시를 전부 재건했다고 넌지시 말한다. (아든)

안토니오	다음엔 무슨 불가능한 일을 쉬워지게 만들까요?	
세바스티안	이 섬을 호주머니에 넣고 집으로 가져가서 아들에게 사과 하나 받고 줄 것 같네요.	
안토니오	그러고는 그 씨를 바다에 뿌려 더 많은 섬을 만들어 내 겠지요!	90
곤찰로	제가 ──	
안토니오	그렇지, 곧바로.	
곤찰로	전하, 저희들은 지금도 저희 옷이 튀니스에서 지금은 왕비이신 따님의 결혼식 때 입었던 것처럼 산뜻해 보 인단 얘기를 하고 있었습니다.	95
안토니오	또 거기에서 있었던 가장 희귀한 일도.	
세바스티안	간청컨대 과부 디도는 빼시지요.	
안토니오	오, 과부 디도? 맞아요, 과부 디도.	
곤찰로	전하, 제 조끼가 제가 이걸 처음 입었던 날처럼 산뜻해 보이지 않습니까? 어느 정도는요.	100
안토니오	그 정도를 잘 맞췄군.	
곤찰로	따님의 결혼식에서 입었을 때 말입니다.	
알론소	자네는 내 감정을 거스르며 그 말을 내 귀에 욱여넣네. 거기에서 딸애를 절대 결혼 안 시켰더라면. 거기서 오는 길에 아들을 잃었고, (짐작건대) 딸 또한 잃었다네. 이탈리아 본토에서 너무 멀리 떨어져 다신 못 볼 테니까. 오, 나폴리와 밀라노의 후계자인 내 아들아, 어떤 묘한 고기들이 너를 먹어치웠느냐?	105 110
프란시스코	전하, 살았을지 모릅니다. 전 그가 큰 물결을 쳐 누르며 그 등에	

올라탄 걸 봤습니다. 적대하는 물을 밟고
옆으로 젖히며 다가오는 최고조의 물결을
가슴으로 맞았어요. 용감한 머리를   115
싸움 거는 파도 위로 내밀고 능숙한 두 팔로
힘차게 노를 저어 해안으로 나갔는데
파도에 깎여 나간 바닥 위의 해안은
몸을 굽혀 마치 그를 구하려는 자세를
취한 것 같았어요. 살아 뭍에 올랐다고   120
의심치 않습니다.

알론소   아냐, 아냐, 걔는 갔어.

세바스티안   전하, 이 커다란 상실은 자업자득이시죠.
따님을 유럽에 주어서 축복지 않으시고
오히려 아프리카인에게 풀어 놓으셨으니
그녀는 적어도 전하의 눈에서 추방됐고   125
슬픈 눈물 흘릴 이유 있지요.

알론소   제발 그만.

세바스티안   저희는 모두들 그리하지 마시라고
무릎 꿇고 간청했고, 고운 그녀 자신도
혐오와 복종의 기로에서 어느 쪽을
택할까 망설였죠. 저희는 아드님을 영원히   130
잃은 것 같습니다. 밀라노와 나폴리엔
이번 일 때문에 과부들이 우리가 그들을
위안코자 데려가는 남자보다 많아졌죠.
전하 잘못입니다.

알론소   가장 귀한 상실 또한 그렇다.

곤찰로   세바스티안 경,   135
말씀하신 진실은 친절이 좀 모자라고

	때가 맞지 않소이다. 당신은 상처를	
	문지르고 있어요, 연고를 발라야 하는데.	
세바스티안	말 잘했소.	
안토니오	대단히 의사답게 말이오!	
곤찰로	전하께서 흐리시면 그건 저희 모두에게	140
	험한 날씨입니다.	
세바스티안	험한 날씨?	
안토니오	대단히 험하오.	
곤찰로	전하, 제가 만약 이 섬에 식민을 한다면 ——	
안토니오	쐐기풀 씨 뿌리겠죠.	
세바스티안	억새나 아욱도.	
곤찰로	그리고 왕이 되면 어찌할 것 같습니까?	
세바스티안	숙취는 피하겠죠, 포도주가 없으니까.	145
곤찰로	저는 이 나라의 모든 일을 정반대로	
	시행하고 싶습니다. 어떠한 교역도	
	허락하지 않을 테고 행정관도 없을 테고	
	학문도 안 가르칠 것입니다. 부와 가난,	
	주종 관계 없을 테고, 계약과 계승과	150
	한계선, 토지 경계, 경작지, 포도밭 —— 없습니다.	
	금속, 밀, 포도주, 기름 사용 금지되고	
	직업도 없으며 남자는 다 놉니다, 다.	
	여자도 마찬가지, 하지만 티 없이 맑습니다.	
	왕권도 없으며 ——	
세바스티안	하지만 자기가 왕이 되죠.	155
안토니오	이 사람의 나라는 그 마지막에 초심을 잃어버렸군요.	
곤찰로	모든 것을 공동으로 땀이나 각고 없이	
	생산할 것입니다. 반역과 중죄와	

	검이나 창, 칼이나 총, 혹은 어떤 병기도
	갖지 않을 테지만 자연은 각 종에 고유한 160
	모든 풍작, 모든 풍요 저절로 만들어
	티 없는 내 국민을 먹여 살릴 것입니다.
세바스티안	백성들은 저들끼리 혼인도 못 하나?
안토니오	못 하죠, 남자는 다 놀고 — 창녀와 불량밴데.
곤찰로	황금기를 넘어설 만큼이나 완벽하게 165
	다스릴 것입니다.
세바스티안	전하 만세!
안토니오	곤찰로 왕 만세!
곤찰로	그리고 — 듣고 계십니까, 전하? —
알론소	제발 그만.
	자넨 내게 헛것을 말하고 있다네.
곤찰로	전하의 말씀이 지당하십니다, 그래서 전 이 신사분들 170
	에게 웃음거리를 주려고 이 얘기를 했지요, 그들의 허
	파가 어찌나 민감하고 재빠른지 헛것에도 항상 웃으
	셨으니까.
안토니오	우리가 비웃은 건 당신이오.
곤찰로	그 당신은 이처럼 유쾌한 바보짓에선 당신들의 헛것 175
	이니 계속해서 헛것을 비웃으시죠.
안토니오	거참 세게 내려쳤네!
세바스티안	칼등으로 친 것만 아니라면.
곤찰로	두 신사분은 용감한 자질을 지니셨습니다. 그래서 달
	이 궤도 안에서 오 주 동안이나 변치 않고 있으면 밖으 180
	로 꺼내려 하시겠죠.

아리엘, 엄숙한 음악을 연주하며 등장.

세바스티안	그런 다음 우린 그 빛으로 밤에 새를 잡겠소.
안토니오	아니, 곤찰로 경, 화내지 마시오.
곤찰로	예, 장담컨대 제 분별력을 그토록 가볍게 잃고 싶진 않

습니다. 저를 좀 웃겨서 잠들게 해 주시겠습니까, 아주   185

졸리니까.

안토니오	잠들면서 우리 웃음 들어 봐요.

(알론소, 세바스티안, 안토니오를 제외한 모두가 잠든다.)

알론소	뭐, 다 이렇게 빨리 자? 내 눈도 스스로

내 생각을 닫아 주면 좋겠는데. 그렇게

하려는 것 같군.

세바스티안	전하, 그 졸리는 제안을 190

물리치지 마시기 바랍니다. 슬프면

잠은 거의 안 옵니다. 그것이 온다는 건

위안거리랍니다.

안토니오	저희 둘은 전하의 옥체를

쉬시는 동안에 경계하고 그 안전을

살피겠습니다.

알론소	고맙소. 신기하게 졸리는군. 195

(알론소 잠든다. 아리엘 퇴장)

세바스티안	사람들이 참 이상한 졸음에 빠졌네!
안토니오	이 기후의 특징인가 봅니다.
세바스티안	그렇다면

우리 둘의 눈꺼풀은 왜 아니 감기지요?

난 졸리지 않는데요.

안토니오	내 정신도 민첩하오.

그들은 합의나 본 듯이 함께 쓰러졌어요.   200

벼락을 맞은 듯이 자빠졌소. 혹시나,

세바스티안 경, 오, 혹시나? ── 관두죠. 그래도
난 당신 얼굴에서 당신이 되어야 할 인물을
보는 것 같아요. 당신에게 기회가 찾아왔고
나는 강한 상상으로 그 머리 위에 얹힌   205
왕관을 봅니다.

세바스티안   뭐요, 제정신입니까?

안토니오   내 얘기 안 들려요?

세바스티안   들려요, 그건 분명
졸음 오는 언어이고 당신은 그것을
자면서 얘기하오. 뭐라고 말했지요?
이상한 휴식이오. 눈을 크게 떴는데   210
잠자다니. ── 선 채로 말과 행동 하는데도
깊은 잠에 빠지다니.

안토니오   고귀한 세바스티안,
당신은 행운을 잠재우고 ── 아니, 죽이고
깨 있는데 눈 감네요.

세바스티안   당신은 분명 코를 골아요.
코 고는 데 뜻이 담겨 있군요.   215

안토니오   난 보통 때보다 더 심각합니다. 당신도
그래야 합니다, 내 말을 새겨듣고 실천하면
세 배나 커지니까.

세바스티안   그럼 난 정지된 물이오.

안토니오   밀물이 되는 법을 말하지요.

세바스티안   그러시오.
썰물 같은 게으름이 나의 천성이라오.

안토니오   오,   220
당신이 그 목표를 그렇게 비웃으며 얼마나

아끼는지, 버리면서 얼마나 더 세우는지
알기만 한다면. 썰물 같은 사람은 실제로
두려움 아니면 게으름 때문에 십중팔구
바닥까지 치닫지요.

세바스티안   계속 말해 보시오.   225
당신 눈과 두 뺨이 굳어진 건 분명히
뭔 일이 있음을, 큰 산고로 태어날 게
정말로 있음을 선언하오.

안토니오   이렇게 말하지요.
기억력이 좋지 않은 이 영감은 ── 땅속에
묻혔을 때에도 지금처럼 기억을   230
거의 못 할 테지만 ── 왕자가 살았다고
여기에서 왕을 거의 설득했소. (왜냐하면
설득에는 귀신이고 설득이 업이니까.)
왕자가 익사하지 않은 건 여기 잠든 사람이
헤엄치는 것만큼 불가능합니다.   ˙

세바스티안   난 그가   235
익사하지 않았길 안 바라오.

안토니오   오, 안 바란단 그 말이
당신에겐 얼마나 큰 바람인지! 그런 식의
안 바람은 너무 높은 바람이기 때문에
야심조차 한 치 앞도 못 보고 거기에서
발각될까 걱정만 할 뿐이오. 페르디난드가   240
익사한 걸 인정하오?

세바스티안   그는 갔소.

229행 이 영감 곤찰로.

492   태풍

안토니오   그렇다면
나폴리의 후계자는 누구지요?

세바스티안   클라리벨.

안토니오   튀니스 왕비인데 일생을 걸어 닿을 곳보다
수십 마일 밖에 살죠. 나폴리 쪽 소식은
해님이 못 전하면 ─ 달 속의 사람은 너무 느려 ─   245
갓난아기 두 뺨이 면도하게 될 때까지
못 받을 여잡니다. 그녀를 떠나온 우리는
바다가 다 삼켰고 얼마간은 뱉었는데,
그런 운명 때문에 공연할 극에서
지난 일은 서막이고 앞으로 생길 일은   250
당신과 내가 하기 나름이오!

세바스티안   이게 무슨 헛소리요? 뭐라고 말했소?
형님 딸이 튀니스의 왕비인 동시에
나폴리의 계승자며 두 지역 사이에
거리가 있다는 건 맞아요.

안토니오   그 거리는 매 뼘마다   255
이렇게 외치는 것 같소. '클라리벨이 어떻게
나폴리로 돌아가지? 튀니스에 남아서
세바스티안이나 도와줘라.' 지금 이 사람들이
죽음에 씌었다면, 그야, 지금 이 상태보다
더 나빠지지도 않겠지요. 자고 있는   260
이분만큼 나폴리를 잘 다스릴 분도 있고
이 곤찰로만큼이나 수없이, 쓸데없이 지껄일

258~259행 지금…씌었다면
잠은 종종 죽음의 여실한 반영으로 묘사되었다. (아든)

귀족들도 있어요. 꼭 같은 깊이의 까치 교육
나도 할 수 있답니다. 오, 내가 품은 마음을
당신과 나눴으면! 당신의 승진에 이런 잠이   265
얼마나 좋을까! 내 말 이해하십니까?

세바스티안   그런 것 같네요.

안토니오   또 그에 만족하신다면
자신의 행운은 어떻게 챙기죠?

세바스티안   내 기억에
당신은 프로스페로 형님을 내쫓았소.

안토니오   그렇소.
그래서 내 의복이 전보다 얼마나 더   270
잘 맞는지 보시오. 당시 형의 하인들은
내 동료였는데 지금은 내 부하요.

세바스티안   하지만 당신의 양심은?

안토니오   예, 그게 어디 있지요? 그게 동상 걸렸다면
덧신이 꼭 필요하겠지만 여기 내 가슴속에   275
그런 신(神)은 없답니다. 밀라노와 나 사이에
스무 양심 버틴대도 날 괴롭게 하기 전에
엉겨 녹아 버려라! 여기에 당신 형이 누웠소,
그의 등 밑에 깔린 흙이나 다름없죠.
그가 지금 그와 닮은 (즉, 죽은) 것이라면   280
나는 이 순종하는 검으로 ─ 삼 인치만으로 ─
영원히 잠재울 수 있으며 (그동안 당신은
이렇게 함으로써 이 신중한 대감님,

263행 까치 떠벌리는 새.
276행 그런 신 신성한 양심.

이 늙은 살코기가 우리 일을 못 꾸짖게
눈을 영영 감기고) —— 그 나머지 것들은   285
괭이가 우유 핥듯 유혹을 받아들일 것이며
우리가 팥으로 메주를 쑨다 해도
곧이들을 것이오.

세바스티안   친구여, 그대가 한 일을
선례로 삼겠소. 그대가 밀라노를 취했듯이
나폴리를 얻겠소. 칼 뽑아요! 일격으로   290
그대는 조공에서 해방될 것이고
국왕인 난 그대를 아끼겠소.

안토니오   같이 뽑고
내가 손을 쳐들 때 당신도 꼭 같이
곤찰로를 내리쳐요.

세바스티안   오, 그런데 한마디만 ——

                음악 및 노래와 더불어 아리엘 등장.

아리엘   주인님이 자신의 친구인 당신의 위험을   295
기술로 예견하고 나를 보내 이들을
살리라 하셨다, (안 그럼 계획이 깨지니까.)

                              (곤찰로의 귀에 대고 노래한다.)

        당신은 코 골며 누웠는데
        음모는 눈을 뜨고
        기회를 노리고 있어요.   300

283행 이렇게 함으로써
칼로 찌름으로써.(아마도 적절한 몸짓을 동반하여.) (아든)

생명을 소중히 여기거든
잠 떨치고 정신을 차려요.
일어나요, 일어나!

안토니오   그러면 빨리 같이 합시다.

곤찰로   (깬다.) 이런, 천사들은 국왕을 지키소서!   305

알론소   (깬다.) 아니, 뭐, 여봐라! 일어나! 칼은 왜 뽑았나?
왜 그렇게 겁먹은 표정인가?

곤찰로   웬일이오?

세바스티안   저희가 전하의 휴식을 지키며 서 있는데
바로 지금 황소, 아니, 사자 같은 울음이
터지는 걸 들었어요. 그래서 깨신 게 아닌지?   310
제 귀엔 참 무섭게 들렸어요.

알론소   들은 게 없는데.

안토니오   오, 괴물도 놀랄 만한 —— 지진까지 일으킬
굉음이었답니다! 한 무리의 사자가 다 같이
포효한 게 분명해요.

알론소   곤찰로는 들었는가?

곤찰로   전하, 전 맹세코 윙윙하는 소리를 들었고   315
이상한 거였는데, 그게 저를 깨웠어요.
전 전하를 흔들고 외쳤죠. 눈을 뜬 다음엔
이분들이 칼 뽑은 걸 봤습니다. 소리는 났어요,
그건 사실입니다. 경계를 서거나 이곳을
뜨는 게 상책이옵니다. 자, 무기를 뽑지요.   320

알론소   이곳을 떠나자, 그리고 불쌍한 내 아들을
더 멀리 찾아보자.

곤찰로   하늘은 이 야수들이
왕자님을 못 해치게 하소서, 왜냐하면

그는 분명 이 섬에 있으니까.

알론소   앞서라.

아리엘   프로스페로 주인님께 내가 한 일 알려야지.   325
         자, 왕이여, 안전하게 아들 찾기 시작하오. (함께 퇴장)

2막 2장
칼리반, 나뭇짐을 지고 등장. 천둥소리 들린다.

칼리반   습지, 늪지, 평지에서 태양이 빨아올린
         모든 역병 프로스페로에게 옮아라, 마디마디
         병들게 만들어라! 그의 부하 정령들이 듣지만
         그래도 난 저주해야만 해. 하지만 그들은
         그의 명령 없이는 날 꼬집는다거나   5
         귀신 갖고 놀래거나 진창에 처박거나
         어둠 속 도깨비불처럼 날 헤매게 하진 않아.
         하지만 그들은 사사건건 내게 덤벼. 때로는
         원숭이들처럼 찡그리고 깩깩거리다가는
         날 깨문 다음에 맨발로 내가 걷는 길 위에   10
         고슴도치들처럼 뒹굴다가 내가 발을 디딜 때
         가시를 찔러 넣어. 난 때로 독사들로
         몸이 칭칭 감기는데 놈들은 째진 혀로
         쉬잇 하며 날 미치게 만든다. 근데 저 봐,

트린쿨로 등장.

2막 2장 장소 섬의 다른 곳.

그의 정령 하나가 나왔어. 나뭇짐이 늦다고   15
날 고문하려나 봐. 땅에 납작 엎드리자.
아마 상관 않겠지.

트린쿨로   여기엔 비바람을 피할 만한 숲도 관목도 전혀 없네,
폭풍은 또 한 번 들끓고 있는데. 바람 속에서 으르렁
소리가 들려. 저쪽의 시커먼 구름, 저 거대한 건 술을   20
내뿜으려는 더러운 가죽 부대처럼 보이네. 앞서처럼
천둥이 친다면 어디다 머리를 숨겨야 할지 모르겠다.
저기 저 구름은 바가지째 쏟아질 수밖에 없어. (칼리반
을 본다.) 이게 뭐야, 사람이야, 물고기야? 살았나, 죽
었나? 물고기로군. 물고기처럼 냄새가 나, 아주 옛날   25
물고기 같은 냄샌데, 말린 생선의 — 가장 최근 건 아
니고 — 일종이야. 이상한 물고기야! 내가 지금 영국
에 있다면 (한때 그랬듯이) 그리고 이 물고기 그림만
내건다면 거기로 휴가 나온 바보들은 다 은화 한 닢씩
내놓을 거야. 이 괴물만 있으면 거기서 팔자 고칠 텐   30
데. 뭣이든 이상한 짐승만 있으면 거기선 팔자 고치니
까. 절름발이 거지 구제에는 한 푼도 안 내놓는 작자
들이 죽은 인디언 보는 데는 열 냥이라도 내놓을걸.
사람처럼 다리가 달렸고 지느러미는 두 팔 같네! 따뜻
해, 진짜로! 난 이제 내 의견을 더 고집하지 않고 거둘   35
래, 이건 물고기가 아니라 최근에 벼락 맞은 섬사람이
니까. 이런, 폭풍이 다시 오네. 가장 좋은 방법은 이자
의 외투 밑으로 기어 들어가는 거다. 근처에 다른 피

33행 죽은 인디언
특히 1576년 마틴 프로비셔의 북아메리   끔찍 영국으로 실려 왔고, 관람료를 받고
카 탐험 이후로 아메리카 원주민들이 가   그들을 전시했다. (아든)

난처는 없어. 역경 속에선 이상한 잠동무와도 친해진
다니까! 이 폭풍이 깡그리 지나갈 때까지 여기로 피신   40
해야지.

　　　　　스테파노, 노래하며 등장.

스테파노　　바다로, 바다로는 더 안 갈래.
　　　　　난 여기 해안에서 죽을래.
　　　　누구 장례식에서 부르기에는 아주 야비한 노래야.
　　　　글쎄, 내 위안거리는 이거다.　　(마신 다음 노래한다.)　45
　　　　　　선장과 갑판원, 갑판장 그리고 나
　　　　　　　그리고 사수와 조수는
　　　　　　몰과 멕과 마리안, 마저리를 좋아했지
　　　　　　　케이트는 모두들 싫어했어.
　　　　　　　톡 쏘는 혓바닥을 가지고   50
　　　　　　　수부에게 '뒈져라!'고 했으니까.
　　　　　　역청 묻은 뱃사람은 안 좋아했으나
　　　　　　양복쟁이에게는 가려운 거시기도 긁게 했어.
　　　　　　그럼 우린 바다 가고 그녀는 뒈져라!
　　　　이것도 야비한 노래야. 하지만 내 위안거리는 이거다.　55
　　　　　　　　　　　　　　　　　　　　　　(마신다.)
칼리반　　　날 고문하지 마! 오!
스테파노　　무슨 일이야? 악마들이 여기로 왔나? 너희들이 야만
　　　　인과 인도인을 가지고 요술을 부렸어? 하! 내가 익사
　　　　도 피했는데 너희들의 네 다리가 무섭진 않아, '일찍이
　　　　네 발로 걷는 훌륭한 사람에게는 항복할 수 없다.'라는　60
　　　　말이 있으니까. 그리고 그 말은 이 스테파노가 콧구멍

으로 숨을 쉬는 한 살아남을 거야.

칼리반 정령이 날 고문한다! 오!

스테파노 이건 이 섬의 괴물이야, 네 발이 달렸고 내가 알기로
는 오한에 걸렸어. 도대체 놈이 어디서 우리 말을 배 65
웠을까? 좀 도와줘야겠다, 도움만 원하는 거라면. 놈
을 회복시켜 길들이고 나폴리로 데려갈 수만 있다면
일찍이 쇠가죽을 신어 본 그 어떤 황제에게도 선물이
될 거다.

칼리반 제발, 고문하지 마. 나무를 더 빨리 집으로 나를게. 70

스테파노 이젠 발작이 일어났어, 그래서 말을 제대로 못 하는
거야. 술맛을 보게 해 줘야지. 포도주를 마셔 본 적이
한 번도 없다면 이게 발작을 거의 없애 주겠지. 놈을
회복시켜 길들일 수만 있다면 아무리 큰돈 줘도 안 팔
거야! 대가를, 그것도 엄청나게 치르는 사람이 가질 75
거야.

칼리반 넌 아직 날 아프게 안 했어. 곧 그렇게 할 테지, 네가 떠
는 걸 보면 알아. 이제 프로스페로가 널 움직여.

스테파노 이리 와 봐, 입을 열어. 네 말문을 열어 줄 게 여기 있
다, 괭이야. 입을 열라니까! 이거면 네 떨림을 떨칠 거 80
야, 장담하지, 그것도 화끈하게 말이다. (칼리반의 입 안
으로 붓는다.) 넌 누가 네 친구인지 모르는구나. 턱을 다
시 벌려.

트린쿨로 귀에 익은 목소리다. 저건 바로 ─ 하지만 그는 빠져
죽었고 이것들은 악마야. 오, 보호해 주소서! 85

스테파노 다리 넷에 두 목소리 ─ 아주 묘한 괴물이다! 놈의 앞
목소리는 지금 자기 친구를 좋게 말하는데 뒤 목소리
는 더러운 말을 내뱉으며 깎아내리고 있어. 만약 이 술

병을 다 비워서 회복된다면 놈의 오한을 낮게 해 주겠
다. 자. 좋아! 저쪽 입에도 좀 부어 넣어야지.　　　　　　90

트린쿨로　　스테파노!

스테파노　　저쪽 입이 날 불러? 살려 줘요, 살려 줘! 이건 괴물이
　　　　　　아니라 악마다. 놈을 떠나야지, 난 간이 크지 않아.

트린쿨로　　스테파노? 자네가 스테파노거든 날 만지고 말 걸어
　　　　　　봐, 난 트린쿨로니까! 무서워하지 마. ── 자네 친구　95
　　　　　　트린쿨로야.

스테파노　　자네가 트린쿨로거든 이리 나와. 짧은 두 다리로 당길
　　　　　　게. 트린쿨로에게 다리가 있다면 이거야. (외투 밑으로
　　　　　　그를 잡아당긴다.) 정말 바로 그 트린쿨로네! 어쩌다가
　　　　　　이런 흉물의 똥 덩어리가 됐나? 놈이 트린쿨로 여럿을　100
　　　　　　내지를 수 있어?

트린쿨로　　난 놈이 벼락 맞아 죽은 줄 알았어. 근데 자네 안 빠져
　　　　　　죽었어, 스테파노? 난 이제 자네가 안 빠져 죽었으면
　　　　　　해. 폭풍은 다 불었어? 난 폭풍이 겁나서 이 죽은 흉물
　　　　　　의 외투 밑에 숨었어. 근데 자네 살아 있어, 스테파노?　105
　　　　　　오, 스테파노, 나폴리 사람 둘이 피신했어?

스테파노　　제발 날 빙빙 돌리지 말게, 배 속이 불안정해.

칼리반　　　이들은 정령이 아니면 세련된 생명체야.
　　　　　　저건 멋진 신이고 하늘 술을 가졌다.
　　　　　　그에게 무릎을 꿇어야지.　　　　　　　　　　　　　110

스테파노　　자넨 어떻게 피했나? 여긴 어떻게 왔고? 여긴 어떻게
　　　　　　왔는지 이 술병에 대고 맹세해. 난 포도주 통 위에 올
　　　　　　라가 피했어, 선원들이 뱃전 너머로 버린 거 말이야.
　　　　　　── 이 술병에 대고, 이건 내가 해안에 내던져진 뒤에
　　　　　　나무 둥치를 내 손으로 깎아 만들었어.　　　　　　　115

칼리반	그 술병에 대고 그대의 진실된 신하가 될 것을 맹세하
	겠습니다, 땅의 술이 아니니까요.
스테파노	자, 그럼 자넨 어떻게 피했는지 맹세해.
트린쿨로	해안으로 헤엄쳤지 뭐, 오리처럼. 난 오리처럼 헤엄칠
	수 있어, 맹세하지.
스테파노	자, 그 책에 키스해.　　　　　(트린쿨로가 마신다.)
	자네가 비록 오리처럼 헤엄칠 순 있어도 생긴 건 거위
	같아.
트린쿨로	오, 스테파노, 이런 거 좀 더 있어?
스테파노	그야, 통째로 가졌지. 술 창고는 바닷가 바위 안에 있
	는데, 거기에 포도주를 숨겨 놨어. 그래 어때, 이 흉물
	아, 오한은 좀 어떠냐?
칼리반	당신은 하늘에서 떨어지지 않았나요?
스테파노	달에서 떨어졌어, 확실히 해 주지. 난 그 옛날 달 속의
	사람이었어.
칼리반	달 속에서 봤어요, 당신을 정말로 숭배해요!
	아가씨가 당신과 개, 가시덤불, 보여 줬죠.
스테파노	그만, 거기에 대고 맹세해. 그 책에 키스해. 새로운 내
	용물로 그걸 곧 채워 주마. 맹세해!　(칼리반이 마신다.)
트린쿨로	어럽쇼, 이거 아주 얄팍한 괴물이네. 내가 놈을 무서워
	했어? 아주 약한 괴물이야. 달 속의 사람이라고? 아주
	불쌍하고 쉽게 믿는 괴물이네! 잘 마셨다, 괴물아, 참

120

125

130

135

121행 그…키스해
이는 충성의 표시이며 맹세할 때 성경에
키스하는 것과 유사하다. 여기서 키스
는 술을 한 모금 마시는 것의 비유이다.
(아든)

132행 당신과…줬죠
민담에 의하면 달 속의 사람은 일요일에
땔감을 구하러 나갔다가 안식일의 계율
을 어긴 벌로 개와 가시덤불(그가 모은 땔
감)과 함께 달로 추방됐다. (아든)

말로.

칼리반   이 섬의 모든 옥토 모조리 봬 드리고

당신 발에 키스하죠. 저의 신이 돼 주세요.   140

트린쿨로   어렵쇼, 아주 사악하고 술 취한 괴물이네. 자기의 신이

잠들면 그의 술병을 훔칠 놈이야.

칼리반   당신 발에 키스하고 신하 맹세 하겠어요.

스테파노   자 그럼, 무릎 꿇고 맹세해.

트린쿨로   이런 새대가리 같은 괴물을 보다니 우스워 죽겠네. 아   145

주 상스러운 괴물이야. 마음 같아선 놈을 패 주고 싶은

데 ─

스테파노   자, 키스해.

트린쿨로   이 불쌍한 괴물이 취하지만 않았어도. 고약한 괴물 같

으니라고!   150

칼리반   최고 샘물 보여 주고 딸기도 따 올게요.

고기 잡고 나무도 많이 해 올게요.

내가 섬긴 독재자는 염병에나 걸려라!

그에게 나뭇가지 그만 주고 당신을 따를게요,

놀라운 분이시여.   155

트린쿨로   아주 우스꽝스러운 괴물이야. ─ 불쌍한 주정뱅이를

놀라운 존재로 만들다니!

칼리반   능금이 크는 곳에 모시도록 해 주세요.

저의 긴 손톱으로 돼지감자 파내고

언치 새집 보여 주며 민첩한 마모셋을   160

어떻게 잡는지도 가르쳐 드리죠.

개암 송이 가져 오고 때로는 바위에서

홍합도 캐 올게요. 함께 가시겠어요?

스테파노   부탁인데 말은 그만하고 이제 길이나 안내해. 트린쿨

로, 국왕과 나머지 우리 일행 모두가 빠져 죽었으니 우   165
리가 이곳을 물려받을 거야. 여기, 내 술병 좀 들어. 이
친구 트린쿨로, 우린 놈을 곧 다시 채울 거야.

칼리반   (취해서 노래한다.)

　　　　　잘 가요, 주인님. 잘 가요, 잘 가요!

트린쿨로   울부짖는 괴물, 술 취한 괴물이야!

칼리반   둑을 막아 고기도 안 잡고   170

　　　　　요청해도 땔나무 안 가져가.

　　　　　식탁도 안 훔치고 접시도 안 닦아.

　　　　　　　반, 반, 칼리반은

　　　　　　　새 주인이 생겼다, 새 사람 모셨다.

자유다, 축제일이다, 축제일의 자유다, 자유 축제일이   175

다, 자유다.

스테파노   오, 멋진 괴물이여, 앞장서라.   (함께 퇴장)

3막 1장

페르디난드, 통나무를 지고 등장.

페르디난드   괴로운 운동도 있지만 그 기쁨이

　　　　　고생을 상쇄한다. 어떤 일은 비천한데

　　　　　고상하게 수행되고 최고로 하찮은 것들이

　　　　　좋은 결과 가져온다. 이 초라한 노동은

　　　　　나에게 역겨운 만큼이나 버겁지만   5

　　　　　내가 돕는 아가씨가 죽은 것도 살리고

3막 1장 장소　프로스페로의 암자 앞.

노동을 기쁨으로 바꿔 준다. 오, 그녀는
비뚤어진 아버지보다도 열 배나 더 착한데
그분의 성정은 가혹하다. 나는 이 통나무를
아주 엄한 명령 따라 수천 개나 옮긴 다음   10
쌓아 놓아야만 한다. 착한 내 아가씨는
수고하는 날 보고 울면서 비천한 이 일에
이런 일꾼 없었다고 말한다. 깜박했네,
하지만 이렇게 달콤한 생각으로 일할 때
내 노고가 가장 잘 가신다.

　　　　미란다와 좀 떨어진 곳에서 보이지 않는 프로스페로 등장.

미란다　　　　　　　　　　　아, 어쩌나,   15
제발 과로 마세요. 쌓으라고 지시받은
그 통나무들이 번개로 타 버리면 좋겠어요!
그거 좀 내려놓고 쉬세요. 이것이 탈 때면
당신을 지치게 했다고 울 거예요. 아버지는
공부에 몰두하고 계셔요. 제발 좀 쉬세요.   20
세 시간은 안전해요.

페르디난드　　　　　　　　오, 존귀한 아가씨,
내가 힘써 해야 할 일 완수하기 이전에
벌써 해가 질 텐데요.

미란다　　　　　　　　　　거기 앉아 계시면
그동안 제가 나무 질게요. 제게 줘요,
저 더미로 나를게요.

페르디난드　　　　　　　　아뇨, 소중한 아가씨,   25
게으르게 앉아서 당신을 욕되게 하느니

	차라리 내 근육이 갈라지고 등골이
	부스러지렵니다.
미란다	이것은 제게도 어울려요,
	당신에게 어울리는 것만큼, 또 훨씬
	쉽게 할 거예요, 제게는 선의가 있지만
	당신에겐 없으니까.

차라리 내 근육이 갈라지고 등골이
부스러지렵니다.

미란다   이것은 제게도 어울려요,
당신에게 어울리는 것만큼, 또 훨씬
쉽게 할 거예요, 제게는 선의가 있지만   30
당신에겐 없으니까.

프로스페로   (방백) 불쌍한 것, 감염됐어!
찾아온 걸 보아 하니.

미란다   지쳐 보이는데요.

페르디난드 아뇨, 고귀한 아가씨, 당신 곁에 있으면
밤이라도 신선한 아침이죠. 간청컨대 ──
주목적은 기도할 때 쓰려는 것인데 ──   35
이름이 뭐지요?

미란다   미란다요. ── 오, 아버지,
이 말 해서 엄명을 어겼어요!

페르디난드   탄복할 미란다!
세상에서 최고로 소중한 가치 지닌
탄복의 진정한 정상이여! 나는 가장 유심히
수많은 처녀들을 보았고 또 여러 번   40
그들의 말 조화에 내 귀가 너무나 솔깃하여
헤어나지 못했지요. 몇 가지 미덕 가진
몇 명을 좋아하긴 했지만 그 어떤 여성도
가장 귀한 자기 기품 헐뜯고 허무는 결함이
조금도 없을 만큼 온전한 영혼을   45
가진 적은 없었어요. 근데 당신, 오 당신은
너무나 완벽하고 비할 데 없어서 모두의
최고 자질만으로 창조됐소.

미란다	저는 여성 가운데

다른 이는 모르고 거울 속 제 얼굴 말고는
여자의 얼굴은 기억도 못 해요. ── 또 당신과   50
아버지밖에는 남자라고 부를 사람
보지도 못했어요. 외지인의 용모가 어떤지
알 재주는 없지만 (지참금 가운데 보물인)
제 순결에 맹세코, 당신 말곤 이 세상의
그 어떤 동무도 원하지 않으며   55
당신을 제외하고 좋아할 그 어떤 형체도
상상할 수 없답니다. 하지만 제가 너무
되는대로 재잘거려 그 점에서 아버지의
훈계를 잊었어요.

페르디난드   이 몸의 지위는 미란다여,
왕자이고, 사실은 왕이라고 생각하며   60
(아니라면 좋겠지만!) 나무 쌓는 노예 일은
쉬파리가 내 입에 알을 까게 할지언정
못 참을 것입니다! 이건 내 영혼의 말이오.
당신을 본 바로 그 순간에 내 마음은
당신을 섬기려고 달려갔고 그 일로 여기에   65
노예로 머물면서 당신 위해 인내하는
나무꾼이 되었어요.

미란다   저를 사랑하세요?

페르디난드 오 하늘, 오 땅이여, 이 소리를 증언하고
제가 진실 말한다면 행복한 결말로
이 고백에 보답해 주시고 빈말이면   70
저에게 예고된 최선을 재앙으로 바꾸소서!
난 당신을 이 세상 모든 한계 넘어서

사랑하고 존중하고 공경하오.

미란다   기쁜데 울다니
저는 바보랍니다.

프로스페로   (방백) 희귀한 두 애정의
고운 만남이로다! 둘 사이에 생겨날 생명에   75
하늘은 은총을 내리소서.

페르디난드   왜 울어요?

미란다 저 자신이 가치 없어 주고자 하는 걸
감히 못 내놓고 죽도록 원하는 걸 받지는
더더욱 못 해서요. 하지만 이런 건 하찮고
저에겐 감추려 할수록 더욱더 불룩하게   80
드러날 게 있어요. 수줍은 내숭은 저리 가고
솔직하고 거룩한 순수성아, 날 재촉해 다오!
저는 당신 아내예요, 저와 결혼하신다면,
아니면 당신의 처녀로 죽겠어요. 반려로는
거절할 수 있으셔도 전 하인 될 거예요,   85
원하시든 말든 간에.

페르디난드   가장 귀한 안주인님,
난 이렇게 언제나 겸손하오.

미란다 그럼 남편이세요?

페르디난드   예, 속박이 언제나
자유를 바라는 것처럼 기꺼이. 내 손이요.

미란다 제 손도, 마음을 더하여. 자 이제 삼십 분만   90
작별 인사 할게요.

페르디난드   천에 천 번 안녕히!

                     (미란다와 페르디난드 함께 퇴장)

프로스페로 이번 일이 놀랍기는 하지만 그들만큼

기뻐할 수는 없다, 하지만 내 즐거움은
더 이상 클 수 없다. 책 읽으러 가야지,
저녁이 올 때까지 관련된 많은 일을   95
끝내야만 하니까.   (퇴장)

3막 2장
칼리반, 스테파노, 트린쿨로 등장.

스테파노   그런 말 하지 마. 우린 술통이 말라야지 물을 마실 거
　　　　　야, 그때까진 한 방울도 안 돼. 그러니 몸을 가누고 들
　　　　　이켜. 괴물 하인아, 내게 건배해.

트린쿨로   괴물 하인? 이 섬 안의 바보짓이지! 여기엔 다섯밖에
　　　　　없다는데 우리가 그 가운데 셋이야. 나머지 둘의 머리   5
　　　　　도 우리와 같다면 나라가 휘청거리겠지.

스테파노   마셔, 괴물 하인아, 그러라고 할 때. 눈이 거의 풀렸
　　　　　구먼.

트린쿨로   그럼 어떻게, 잠겨야 해? 눈에 자물통이 붙었다면 정
　　　　　말 멋진 괴물일 거야.   10

스테파노   이 사람 괴물의 혀가 술통에 빠졌구먼. 나로 말하면 바
　　　　　다도 날 못 빠뜨려. 난 해안에 닿기 전에 백하고도 오
　　　　　마일쯤 헤엄을 치다 말다 했어. 괴물아, 맹세코 너를
　　　　　내 부관이나 기수 시켜 주마.

트린쿨로   자네가 좋다면 부관이지 기수감은 아냐.   15
스테파노   우린 안 달아날 거야, 괴물 아저씨.

3막 2장 장소 섬의 다른 곳.

트린쿨로	걷지도 않겠지, 자넨 개처럼 누워 아무 말도 못 할 테지.
스테파노	흉물아, 네 일생에 한 번만 말해 봐, 네가 착한 흉물인지.
칼리반	어르신 기분이 어떠세요? 어르신 신발을 핥게 해 주세 20 요. 이 사람은 섬기지 않겠어요, 씩씩하지를 않아요.
트린쿨로	거짓말이다, 아주 무식한 괴물아. 난 순경과도 한번 붙을 판이야. 그래 이 썩어 빠진 물고기야, 내가 오늘 마신 만큼 많은 포도주를 마신 사람이 일찍이 겁쟁이인 거 봤어? 넌 물고기 반, 괴물 반인 주제에 괴상망측한 25 거짓말을 할 거야?
칼리반	저 봐요, 그가 날 조롱해요. 내버려 두실 겁니까, 주인님?
트린쿨로	'주인님'이라고? 괴물이 저렇게 등신 같아서야!
칼리반	저 봐요, 다시 그래요! 깨물어 죽이세요, 제발.
스테파노	트린쿨로, 그 혓바닥 조심해. 이 불쌍한 괴물은 내 신 30 하야, 모욕당하게 내버려 두진 않겠어.
칼리반	고귀한 주인님, 감사합니다. 다시 한 번 제가 드린 청에 귀 기울여 주시겠습니까?
스테파노	암, 그러겠다. 무릎 꿇고 되풀이해 봐. 난 서 있고 트린쿨로도 서 있겠다. 35

아리엘, 보이지 않은 채 등장.

칼리반	앞서 말씀드렸듯이 저는 어떤 독재자, 마법사의 신하였고 그는 꾀로 이 섬을 제게서 빼앗아 갔답니다.
아리엘	(트린쿨로의 목소리로) 거짓이다.

칼리반	거짓 아냐, 이 장난꾼 원숭이야.
	씩씩한 주인님이 당신을 처치해 버렸으면. 40
	거짓말이 아닙니다.
스테파노	트린쿨로, 그의 얘기를 더 이상 방해하면 이 손에 맹세
	코, 자네 이빨 몇 대를 빼 놓을 거야.
트린쿨로	뭐야, 난 아무 말도 안 했어.
스테파노	그럼, 입 다물고 더 하지 마. 계속하라. 45
칼리반	예, 그는 섬을 마법으로 가졌어요.
	제게서 가져갔죠. 전하께서 그 복수를
	해 주시겠다면 —— 과감히 해 주실 테니까,
	이것은 감히 못 하겠지만 ——
스테파노	그건 아주 확실해. 50
칼리반	당신이 그것의 주인 되고 전 당신을 섬기지요.
스테파노	근데 이 일을 어떻게 성취하지? 나를 그 당사자에게
	데려다 줄 수 있겠어?
칼리반	예, 예, 주인님, 자는 채로 잡아 와서
	그자의 머리에 못을 박게 해 드리죠. 55
아리엘	(트린쿨로의 목소리로) 거짓이다, 그렇게 못 하지.
칼리반	뭐 이런 광대가 다 있나? 이 비열한 잡것아!
	전하께 간청컨대 이자를 때려 주고
	술병을 빼앗으십시오. 그걸 다 비우면
	짠물만 마실걸요, 샘물이 솟는 곳은 60
	안 알려 줄 테니까.
스테파노	트린쿨로, 더 이상 위험에 처하지 말게. 괴물의 말을
	한마디만 더 방해하면 이 손에 맹세코 난 자비심을 문

49행 이것 트린쿨로.

	밖으로 쫓아내고 자네를 대구포로 만들 테야.	
트린쿨로	아니, 내가 뭘 어쨌는데? 아무 짓도 안 했어. 멀찌감치	65
	떨어져 있겠네.	
스테파노	그가 거짓말한다고 안 그랬어?	
아리엘	(트린쿨로의 목소리로) 넌 거짓말하고 있어.	
스테파노	내가? 이거나 먹어라! (트린쿨로를 친다.) 이게 좋다면 또	
	한 번 내가 거짓말한다고 해 봐!	70
트린쿨로	난 자네가 거짓말한다고 안 그랬어. 정신 나갔어, 들리	
	지도 않고? 그놈의 술병은 염병에나 걸려라! 포도주	
	마시면 이런 일이 일어난다니까. 이 괴물은 염병에나	
	걸리고 자네 손가락은 악마가 잘라 가라.	
칼리반	하, 하, 하!	75
스테파노	자, 얘기를 더 해 봐. (트린쿨로에게) 제발, 멀찌감치 떨	
	어져 있게.	
칼리반	그를 흠씬 패 줘요, 시간이 좀 지난 뒤엔	
	저도 패 줄 겁니다.	
스테파노	(트린쿨로에게) 좀 더 멀리 떨어져. (칼리반에게) 자, 계	80
	속해.	
칼리반	그야, 말씀드린 것처럼 오후에는 잠자는 게	
	그의 습관입니다. 그때 머릴 깔 수 있죠.	
	먼저 책을 압수하고 통나무로 골통을	
	깨뜨려 놓거나 꼬챙이로 똥배를 쑤시거나	85
	당신 칼로 멱을 따는 겁니다. 잊지 말고	
	책을 먼저 가지세요, 그게 없는 그는 단지	
	나 같은 바보일 뿐 아니라 하나의 정령도	
	다스리지 못해요. 그들은 모두 그를 나처럼	
	뿌리 깊게 미워해요. 책만 태워 버리세요.	90

그는 멋진 집기를 (그렇게 부르죠.) 가졌는데
저택이 생겼을 때 장식할 거랍니다.
그리고 가장 크게 고려할 건 그 딸의
아름다움입니다. 그 스스로 그녀를
비길 데 없다고 합니다. 전 오직 시코락스, 95
제 어미와 그녀 외엔 여자를 못 봤지만
그녀는 시코락스를 훨씬 더 능가해요,
최소가 최대를 그리하듯.

스테파노   그리 멋진 처녀야?

칼리반   예, 전하, 당신의 침실에 어울리고 분명히
멋진 자손 낳아 줄 겁니다.   100

스테파노   괴물아, 내가 그를 죽이겠다. 그의 딸과 나는 왕과 왕
비가 될 것이고 ── 두 마마를 보호하소서. ── 트린쿨
로와 넌 총독이 될 거야. 계획이 맘에 들어, 트린쿨로?

트린쿨로   뛰어나군.

스테파노   우리 악수하세. 자네를 때려서 미안하네. 하지만 목숨 105
이 붙어 있는 한 그 혓바닥을 조심하게.

칼리반   삼십 분 안으로 그는 잠들 것입니다.
그때 그를 죽일 거죠?

스테파노   그럼, 내 명예에 걸고서.

아리엘   (방백) 주인님께 이걸 알려 드려야지.

칼리반   덕분에 전 유쾌해졌어요, 기쁨이 가득해요.   110
즐겁게 노십쇼. 좀 전에 저에게 가르쳐 준
돌림 노래 불러 보시겠어요?

스테파노   괴물아, 네 청을 따르마. 이치에 맞으면, 맞기만 하면
뭐든지 하겠다. 자, 트린쿨로, 노래하세.   (노래한다.)
쓱 깔보고 싹 비웃어,   115

	싹 비웃고 쓱 깔봐라,	
	생각은 자유니까.	
칼리반	그 곡조가 아닌데요.	
	(아리엘이 작은북과 피리로 곡조를 연주한다.)	
스테파노	이게 뭐야?	
트린쿨로	이건 무명씨의 그림자가 연주하는 우리의 돌림 노래	120
	곡조야.	
스테파노	네가 사람이면 생긴 그대로를 보여라. 악마라면 네 맘	
	대로 하고.	
트린쿨로	오, 저의 죄를 용서해 주소서!	
스테파노	죽는 자는 빚이 없다. 난 네게 도전한다. 하늘은 저희	125
	에게 자비를 베푸소서!	
칼리반	무서우세요?	
스테파노	아니, 괴물아, 난 아냐.	
칼리반	무서워 마세요. 이 섬엔 기쁨 주고 해 없는	
	소음과 음악과 달콤한 노래가 가득해요.	130
	때로는 수천의 붕붕대는 악기 소리	
	제 귀에 들리고, 또 때로는 목소리가	
	그때 제가 긴 잠에서 깨어나 있으면,	
	저를 다시 재우지요. 그러면 제 생각에	
	꿈속에서 구름이 열리고 보이는 보물들이	135
	곧바로 떨어질 것 같아서 잠 깼을 때	
	그 꿈 다시 꾸려고 울기도 했어요.	
스테파노	이 섬은 내가 공짜로 음악을 들을 수 있는 나의 멋진	
	왕국이 될 거다.	
칼리반	프로스페로가 죽었을 때 그렇죠.	140
스테파노	그때가 곧 올 거야, 네 얘기 기억하고 있으니까.	

트린쿨로	소리가 멀어지고 있어. 따라가 봐, 그런 다음 우리 일
	을 하자고.
스테파노	앞서라, 괴물아, 따를 테니까. 이 작은북 치는 사람 좀
	봤으면 좋겠네. 잘하는데. 145
트린쿨로	(칼리반에게) 올 거야? 난 스테파노를 따른다.

(함께 퇴장)

3막 3장

알론소, 세바스티안, 안토니오, 곤찰로, 아드리안,

프란시스코 및 다른 사람들 등장.

곤찰로	아이고, 저는 더 못 갑니다, 전하.
	늙은 뼈가 아픕니다. 이건 정말 미로인데
	곧은 길 굽은 길 다 있네요! 허락해 주시면
	쉬어야겠습니다.
알론소	늙은 경을 나무랄 순 없다네,
	나 자신도 정신이 둔해질 정도로 5
	녹초가 됐으니까. 앉아 쉬게. 난 바로
	여기에서 희망을 버리고 그놈의 아첨을
	더 이상 안 듣겠네. 헤매며 찾으려는
	그 애는 익사했고 바다는 우리의 좌절된
	땅 위의 탐색을 조롱해. 자, 그 애를 놔주게. 10
안토니오	(세바스티안에게 방백)
	난 그가 희망을 싹 버려서 정말로 기쁩니다.

3막 3장 장소 섬의 다른 곳.

반격 한번 당했다고 실천을 결심했던
그 목표를 버리진 마시오.

세바스티안   (안토니오에게 방백) 다음번 기회는
우리가 철저히 잡을 거요.

안토니오   (세바스챤에게 방백) 오늘 밤에 합시다.
지금은 그들이 여독에 짓눌려 있으니까   15
심신이 가뿐할 때처럼 경계를 하지도
할 수도 없을 거요.

세바스티안   이 밤이오. 이제 그만.

엄숙하고 이상한 음악.
프로스페로가 맨 위에 (안 보이게) 등장.
몇 개의 이상한 형체가 잔칫상을 들여오며 등장하여
주변에서 춤추면서 부드러운 인사의 몸짓을 하고
국왕과 그 일행에게 먹기를 권한 다음 떠난다.

알론소   이 무슨 화음인가? 친구들은 들어 보라!
곤찰로   경이롭게 아름다운 음악이네!
알론소   하늘이여, 수호신을 보내소서! 이게 뭐지?   20
세바스티안   실물 인형극입니다! 전 이제 일각수와
피닉스의 옥좌인 아라비아 나무와
피닉스 한 마리가 이 시각에 거기에서
군림함을 믿습니다.
안토니오   난 둘 다 믿겠소.

22행 피닉스   전설적인 아라비아의 새. 자신이 불타 죽은 재에서 500년마다 기
적적으로 다시 태어나며, 어느 시기이든 오직 한 마리만 존재한다고 한다. (아든)

	그 밖에도 신뢰 못 할 것들이 내게 오면	25
	사실로 맹세하죠. 고향의 바보들이 힐난해도	
	여객들은 거짓말 안 했어요.	
곤찰로	만약 나폴리에서	
	제가 지금 이 사실을 보도하면 믿겠어요?	
	제가 이런 섬사람을 보았다고 말하면	
	(이들은 분명히 이 섬의 주민인데)	30
	또 그들은 형체가 괴물 같긴 하지만	
	행동은 우리가 볼 수 있는 수많은 — 아니,	
	거의 모든 인간보다 부드럽고 친절함을	
	특별히 언급하면 말입니다.	
프로스페로	(방백) 정직한 분이여,	
	말 잘했소, 거기에 지금 있는 몇 사람은	35
	악마보다 나쁘니까.	
알론소	일종의 벙어리 대화인	
	이런 형체, 이런 몸짓, 또 이런 소리에	
	(그들이 언어를 사용하진 않았으나)	
	감탄을 금할 수 없다네.	
프로스페로	칭찬은 갈 때 해요.	
프란시스코	이상하게 사라졌네!	
세바스티안	상관없소, 음식을	40
	남기고 떠났고 우리에겐 식욕이 있으니까.	
	여기 이거 맛보시겠습니까?	
알론소	난 못 하네.	
곤찰로	정말 전하, 겁내지 마십시오. 소싯적에	
	황소처럼 군살 달린, 목 주위에 주름살이	
	풀무처럼 달려 있는 산골 사람 있다는 걸	45

그 누가 믿으려 했습니까? 아니면 머리가
가슴속에 박힌 사람 얘기도요? 근데 이젠
다섯 배의 보험금을 바랐던 여행자는
모두 다 올바른 물증을 가지고 오리란 걸
우리가 알잖아요.

알론소   앞으로 나가서 먹겠다,   50
이게 끝일지라도. 상관없다, 최고의 시절은
지나갔다 느끼니까. 자, 동생과 공작께선
나가서 짐처럼 하시게.

       천둥과 번개. 아리엘, 하르푸이아처럼 등장,
     식탁 위에서 날개를 퍼덕이고, 진기한 무대 장치에 의해
             잔치 음식이 사라진다.

아리엘   당신 셋은 죄인인데, 달 아래 세계와
그 안에 있는 것을 도구 삼는 운명이   55
절대로 과식 않는 바다로 하여금
뱉어 내게 하였고, 나는 이 무인도 안에서
당신들을 —— 인간들 중 살아선 가장 안 될
존재들이니까. —— 미치게 만들었다. 그런데
인간들은 바로 그런 광기에 사로잡혀   60
목도 매고 익사한다.

48행 다섯…여행자
당시 영국인 여행자들은 종종 여행을 떠
나기 전에 런던의 중개인에게 일정액을
맡겼고 그들이 목적지에 도달했다는 증
거를 가지고 돌아오면 맡긴 금액의 다섯
배를 받을 수 있었다. 하지만 그 시기의
여행에 따르는 어려움을 감안하면 승산
은 중개인에게 있었다. (아든)
53행 무대 지시문, 하르푸이아
전설적인 맹금류. 여자의 머리에 발톱은
손이고 독수리의 몸을 가졌으며, 천벌과
관련이 있다. (아든)

(알론소, 세바스티안, 안토니오, 칼을 뽑는다.)

바보들아! 나와 내 동료는

운명의 집행관들이다. 그 칼을 벼릴 때

들어간 물질로는 큰 바람을 찌르거나

언제나 합쳐지는 물결을 가소로운 일격으로

벨 수 있을지언정 내 깃털은 한 올도   65

잘라 내지 못하리라. 내 동료 집행관도

꼭 같이 무적이다. 당신들이 해할 수 있대도

지금은 그 칼들이 너무나 힘에 부쳐

못 들어 올릴 거다. 하지만 기억하라,

(그게 내 일이니까.) 당신 셋은 밀라노에서   70

훌륭한 프로스페로 공작을 쫓아냈고

그와 그의 죄 없는 자식을 바다에 버렸는데

바다는 복수했다. 그 더러운 행위의 대가를

미루기만 하였지 잊지 않은 신들께서 ―

당신들이 못 쉬도록 ― 바다와 해안을   75

그래, 만물을 자극했다. 알론소여, 그들이

당신 아들 앗아 갔고 나를 통해 선고한다.

그 어떤 즉각적인 죽음보다 더 못한

질질 끄는 파멸이 당신과 당신 길을

걸음마다 따를 텐데 그 분노를 막는 건 ―   80

안 그러면 여기 이 최고로 황량한 섬에서

당신들을 덮칠 텐데 ― 진심 어린 슬픔과

이어지는 깨끗한 삶뿐이다.

그는 천둥 속에 사라진다. 그런 다음, 조용한
음악에 맞추어 형체들이 다시 등장하여 찌푸린 얼굴로

춤춘 뒤에 상을 들고 나간다.

프로스페로　　너는 이 하르푸이아의 형상을 멋지게
　　　　　　　연출했다, 아리엘. 빼어난 흡인력이 있었어.　　　　　85
　　　　　　　내 지시를 네가 꼭 해야 할 말에서
　　　　　　　하나도 놓치지 않았다. 또, 넘치는 생동감과
　　　　　　　놀라운 관찰로 급이 낮은 정령들도
　　　　　　　본분을 다하였다. 최고급 마술이 통하여
　　　　　　　나의 적들 모두가 정신 착란 상태에서　　　　　　90
　　　　　　　뒤엉켜 있구나. 그들이 내 손안에 있으니　　　　•
　　　　　　　한동안 발작하게 버려두고 난 어린
　　　　　　　(그들이 익사했다 여기는) 페르디난드와
　　　　　　　그의 애인, 내 사랑, 딸애를 보러 간다.　　　(퇴장)

곤찰로　　　거룩한 그 무엇의 이름으로, 전하, 왜 그렇게　　　95
　　　　　　　이상하게 노려보십니까?

알론소　　　　　　　　　　　　오, 괴이하다, 괴이해!
　　　　　　　물결이 말하고 그 얘기를 하는 것 같았어.
　　　　　　　바람이 그 사실을 노래하고 또 천둥도 ─
　　　　　　　저 깊고 무서운 파이프 오르간도 ─ 프로스페로
　　　　　　　그 이름을 불렀다. 내 범죄를 저음에 깔았어.　　　100
　　　　　　　그래서 내 아들이 진흙 속에 들었으니
　　　　　　　추가 닿은 그 어떤 곳보다 더 깊이 찾아가
　　　　　　　그와 함께 진흙 덮고 누우리라.　　　(퇴장)

세바스티안　한 번에 한 악귀만 덤벼라,
　　　　　　　수도 없이 싸워 줄 테니까.

안토니오　　　　　　　　　내가 지원하겠소.　　　　　105
　　　　　　　　　(세바스티안과 안토니오 함께 퇴장)

곤찰로	셋은 다 절망에 빠졌다. 그들의 중죄가
	오랜 시간 뒤에야 작용하는 독약처럼
	기력을 좀먹기 시작했어. 유연한 자네들이
	간청컨대 재빨리 저분들을 따라가
	혼미한 상태에서 저지를지 모르는 110
	행동을 막아 주게.
아드리안	따릅시다, 어서요. (모두 함께 퇴장)

4막 1장

프로스페로, 페르디난드, 미란다 등장.

프로스페로	(페르디난드에게) 내가 너무 자네를 가혹하게 벌했다면
	보상해서 고치겠네, 왜냐하면 난 여기서
	나의 삶 또는 사는 이유의 삼분의 일만큼을
	자네에게 주었고 그것을 다시 한 번
	자네 손에 넘기니까. 자네를 괴롭힌 건 5
	모두 다 사랑의 시험이었는데 그 시련을
	놀랍도록 잘 견뎠네. 난 여기서 하늘 앞에
	이 값진 선물을 하사하네. 오, 페르디난드,
	내가 애를 너무 자랑한다고 웃지 말게,
	앞서 가는 이 애를 절뚝대며 뒤따르는 10
	갖가지 칭찬을 보게 될 테니까.
페르디난드	그 말씀을
	신탁이 반대해도 믿습니다.

4막 1장 장소 프로스페로의 암자 앞.

프로스페로   그럼 나의 선물로, 훌륭하게 구입하여
스스로 취득한 내 딸을 가지게. 하지만
만약에 자네가 성스러운 모든 예식   15
완전하고 거룩하게 치르지도 않았는데
그녀의 처녀성을 뺏는 일이 생긴다면
이 혼약을 키워 주는 감미로운 하늘의 성수는
내리지 않을 테고, 오로지 불모의 미움과
눈 찌푸린 경멸과 불화라는 역겨운 잡초만   20
두 사람의 신방을 뒤덮어 양쪽 다 그것을
미워할 것이다. 그러니 혼인의 신 히멘이
밝은 횃불 비추도록 조심하라.

페르디난드   제 희망은
지금 같은 사랑으로 조용한 나날을
귀여운 자식들과 오래 사는 것이니까   25
가장 검은 동굴과 최적의 장소와
우리의 악령에게 가능한 최강의 유혹에도
올곧은 제 마음은 절대로 욕정에 휘둘려,
태양신의 말들이 녹초가 되었거나 밤의 신이
저 밑에 묶여 있다 생각할 그 축일의 기쁨을   30
미리 갖지 아니할 것입니다.

프로스페로   잘 말했다.
그럼 앉아 이 애와 얘기해라. 자네 거야.
여봐라, 아리엘! 부지런한 내 하인, 아리엘!

아리엘 등장.

아리엘   강력한 주인님이 뭔 일로? 여깄어요.

프로스페로	너와 네 수하들은 최근의 과업을	35
	훌륭하게 수행했고 그와 같은 계책에	
	너희를 또 써야겠다. 가서 그 무리들을	
	(네가 받은 권한으로) 이 장소로 데려와라.	
	재빨리 움직이게 만들어라, 내 마술의	
	가벼운 한 자락을 이 어린 부부의 눈앞에	40
	선보여야 하니까. 난 그걸 약속했고	
	그들은 기대하고 있단다.	

프로스페로 너와 네 수하들은 최근의 과업을   35
　　　　 훌륭하게 수행했고 그와 같은 계책에
　　　　 너희를 또 써야겠다. 가서 그 무리들을
　　　　 (네가 받은 권한으로) 이 장소로 데려와라.
　　　　 재빨리 움직이게 만들어라, 내 마술의
　　　　 가벼운 한 자락을 이 어린 부부의 눈앞에   40
　　　　 선보여야 하니까. 난 그걸 약속했고
　　　　 그들은 기대하고 있단다.

아리엘　　　　　　　　　　 당장에요?

프로스페로 그래, 눈 깜짝할 사이에.

아리엘　 당신이 '오라, 가라' 하기 전에
　　　　 두 숨 전에, '음, 음'도 하기 전에   45
　　　　 그것들은 팔짝팔짝 뛰면서
　　　　 찡그리고 입 내밀며 올 거예요.
　　　　 절 사랑하세요, 주인님? 아닌가?

프로스페로 지극히 사랑한다, 아리엘. 부르는 소리가
　　　　 들릴 때까지는 오지 마.

아리엘　　　　　　　　　 네, 알았어요.　　(퇴장) 50

프로스페로 (페르디난드에게)
　　　　 이보게, 신의를 지키게. 사랑의 수작에
　　　　 너무 깊이 빠지지 마. 최강의 맹세라도
　　　　 혈기 앞엔 지푸라기. 절제를 더 않는다면
　　　　 자네 맹세 헛것이지!

페르디난드　　　　　　　 장담컨대 장인어른,
　　　　 제 심장 위에 덮인 희고 찬 첫눈이   55
　　　　 간의 열정 식혀 줄 것입니다.

프로스페로　　　　　　　　 그렇지! ―

이리 와, 아리엘. 정령이 모자라면
추가로 더 불러라. 나타나라, 뽐내면서.

(부드러운 음악)

입은 닫고 눈으로만. 조용하라!

이리스 등장.

이리스   케레스여, 최고로 풍성한 부인이여,   60
당신의 밀, 보리, 누에콩, 귀리, 완두, 옥답과
양들이 풀을 뜯는 잔디 덮인 산등성과
여물 풀이 지붕처럼 깔려 있는 목초지와
물 머금은 사월이 당신의 명령 따라
차가운 요정들의 순결한 관 엮으려고 수놓는   65
도랑 얽힌 강기슭과, 퇴짜 맞은 총각들이
아가씨를 잃었을 때 그늘 좋아 찾아가는
싸리나무 수풀과, 가지 친 포도밭과
당신이 스스로 바람 쐬러 나오는
불모의 바위 해변 — 천상의 왕비께선   70
그녀의 무지개 전령인 저를 통해 당신에게
이런 것들 다 버리고 여기 이 풀밭 위로

주노가 내려온다.

바로 이 장소로 찾아와 마마와 더불어

60행 케레스   로마 신화에 나오는 대지의 여신. 그리스 신화의 데메테르에 해당
한다. 케레스를 부르는 이리스는 무지개의 여신이며 신들의 사자이다.

놀 것을 명합니다. 그녀의 공작이 힘껏 나네.
다가와요, 풍성한 케레스여, 그녀를 영접해요.   75

케레스 등장.

케레스   반가워요, 주피터의 아내에게 절대로
불복종하지 않는 일곱 색깔 전령이여.
당신은 짙은 노랑 날개로 꽃들 위에
꿀 같은 비, 신선한 소나기를 뿌려 주고
푸르른 무지개 양끝으로 관목 숲 들판과   80
짧게 깎은 언덕에 왕관을 씌워 주며
우쭐대는 땅 위에 값비싼 스카프를 매 줘요.
왕비께선 왜 나를 이 잔디밭으로 소환했죠?

이리스   진실된 사랑의 혼약을 축하하고
축복받은 두 연인들에게 후하게   85
선물을 주려고요.

케레스   하늘의 무지개여,
당신이 알기로 비너스나 그녀의 아들이
왕비의 시중을 드나요? 그들의 계략으로
저승 신 디스가 내 딸을 가졌기 때문에
난 그녀와 그 눈먼 아들과의 욕먹을 친교를   90
삼가고 있답니다.

88~89행 그들의… 때문에
비너스는 사랑의 영역을 지하 세계로까
지 확장하기 위해 그녀의 아들 큐피드를
시켜 저승의 신 디스에게 강렬한 사랑을
일으키는 화살을 쏘게 했다. 그 살을 맞은

디스는 케레스의 딸 페르세포네를 강제
로 납치하여 자신의 왕국으로 데려갔고
그녀가 지하에 머무는 동안 지상은 겨울
이고 그녀가 지상으로 돌아올 때는 봄, 여
름, 그리고 초가을이 된다. (아든)

이리스   그녀와의 교제는

걱정하지 마세요. 그 여신이 구름을 가르면서

파포스 쪽으로 아들과 비둘기 마차 타고

달려갈 때 만났어요. 그들은 여기에서

이 처녀 총각에게 색욕을 부추겨 봤지만   95

두 사람은 히멘이 횃불을 밝히기 전까진

첫날밤은 없다고 맹세해서 실패했죠.

마르스의 뜨거운 애인은 되돌아갔어요.

심술궂은 아들도 화살을 꺾은 다음 안 쏘고

참새들과 놀면서 곧바로 소년이 되겠다고   100

맹세했답니다.

케레스   최고 높은 왕비이신

주노께서 오셨다. 걸음걸이 내가 알아.

주노   풍요로운 동생은 잘 지냈어? 함께 가서

이 둘을 축복하여 그들이 번성하고

후손을 얻도록 해 주자.   (그들이 노래한다.)   105

주노   명예와 부, 결혼의 축복이

계속해서 커지면서 오래가고

즐거움이 매시간 둘에게 있기를.

주노가 둘에게 축복을 노래한다.

케레스   땅 위의 번성과 지극한 풍요에   110

창고, 곡간, 절대 아니 비리라.

포도나무 송이마다 알이 차고

93행 파포스
키프로스 섬에 있는 비너스의 신성한 고
향. (아든)
98행 마르스의…애인

마르스는 전쟁의 신이고 그의 뜨거운 애
인은 비너스다.
100행 참새
욕정을 상징하는 새.

곡식은 무거워져 고개를 숙이고
둘에게 봄은 일찍, 아무리 멀어도
추수가 끝났을 때 곧바로 오리라.   115
궁핍과 결핍은 둘을 피할 것이다,
케레스의 축복이 그렇게 내렸도다.

페르디난드 이건 아주 장엄한 광경이고 매혹적인
조화를 이룹니다. 이들을 제가 감히
정령이라 생각해도 될까요?

프로스페로   정령이네,   120
내 기술로 그들을 처소에서 불러내어
눈앞의 환상을 연출했지.

페르디난드   늘 여기 살았으면!
놀랍고 희귀하며 현명하신 장인께서
이곳을 낙원으로 바꾸셨다.

                              (주노와 케레스가 속삭인 다음
                              이리스에게 일거리를 줘 보낸다.)

프로스페로   고운 애야, 쉿!
주노와 케레스가 심각하게 속삭인다.   125
할 일이 있나 보다. 입 다물고 조용해라,
주문이 깨질지도 모르니까.

이리스 굽이치는 개울에 노니는 물속의 요정들아,
사초로 된 관 쓰고 항상 착한 모습으로
물결치는 도랑 떠나 이 푸른 땅 쪽으로   130

124행 고운⋯쉿
프로스페로는 페르디난드에게 얘기하는
것처럼 보인다. 하지만 다른 편집자들은
미란다가 막 말을 하려는 순간 프로스페
로가 끼어든다고 생각한다. 이 말과 이어
지는 대사를 미란다에게 부여하는 편집
자들도 있다. (아든)

소환에 답해 오라. 주노 님의 명령이다.
금욕하는 요정들아, 참사랑의 혼약 축하
어서 와서 도와라. 너무 늦진 말거라.

요정 몇몇 등장.

팔월달이 지겨운 햇볕에 탄 농부들아,
밭고랑을 멀리하고 이리 와서 기뻐하라.   135
휴일이다! 자네들의 밀짚모자 쓴 다음
이 싱싱한 요정들과 시골 춤 한판에서
빠짐없이 마주 서라.

적절한 복장의 추수 일꾼 몇 명 등장, 요정들과
우아한 춤을 같이 추고 그것이 끝날 즈음 프로스페로가
깜짝 놀라 말을 한다. 그런 다음 이상하게 공허하고
혼잡한 소리에 맞추어 그들은 느릿느릿 사라진다.

프로스페로   (방백) 내 생명을 노리는 짐승 같은 칼리반과
그와 함께 모의한 자들의 더러운 음모를   140
깜박 잊어버렸구나. 그들이 계획한 순간이
거의 다 되었다.
         (정령들에게) 잘했어. 나가라, 그만해! (정령들 퇴장)
페르디난드   (미란다에게) 이상해요. 장인께서 뭔지 모를 흥분에
사로잡히셨어요.
미란다   오늘까지 단 한 번도
저토록 언짢게 화나신 걸 본 적이 없어요!   145
프로스페로   내 사위 자넨 마치 동요된 것처럼

불안해 보이는군. 밝은 마음 가지게.
우리의 잔치는 끝났어. 여기 이 배우들은
내가 미리 말했듯이 모두 정령이었고
공기 속, 엷은 공기 속으로 다 녹아 버렸다네.   150
그리고 — 허공으로 빚어진 이 환상처럼 —
구름 걸린 탑들과 화려한 궁궐들과
장중한 사원들, 거대한 지구 그 자체와
그렇지, 그것을 물려받는 모든 이도
이 무형의 무대처럼 다 녹아 사라지고   155
구름 한 점 남기지 않을 걸세. 우리는
꿈 같은 물질로 빚어졌고 이 짧은 인생은
잠으로 마무리된다네. 이보게, 난 심란해.
약한 나를 봐주게. 이 늙은 머리가 복잡해.
허약해진 나 때문에 당황해하진 말게.   160
자네가 괜찮다면 내 암자로 들어가
좀 쉬고 있게나. 나는 한 두어 바퀴 걸으며
뛰는 마음 가라앉히려네.

페르디난드·미란다   평안을 빕니다.   (함께 퇴장)
프로스페로   생각처럼 빨리 와라, 고맙다, 아리엘. 와!

아리엘 등장.

아리엘   당신 생각 받들게요. 무엇을 원하세요?   165
프로스페로   정령아, 칼리반을 만날 준비 해야지.
아리엘   예, 사령관님. 케레스 역 배우를 내놨을 때
그 얘길 하려다가 화내실까 두려워
그만두었습니다.

| 프로스페로 | 다시 한 번, 악당들을 어디다 두었지? | 170 |
| 아리엘 | 술 취해 시뻘겋게 됐다고 말씀드렸잖아요. | |

용맹이 넘쳐나 자기들 얼굴에 분다고
바람을 찌르고 자기들 발바닥에 닿는다고
땅을 차긴 했지만 언제나 자기네 계략을
뒤좇고 있었어요. 그때 전 작은 북을 울렸고   175
그들은 길 안 든 망아지들처럼 귀를 쫑긋
두 눈을 부릅뜨고 음악 냄새 맡으면서
코를 치켜들었죠. 그들 귀는 완전히 매혹되어
연약한 자기네 정강이를 쑤시는 찔레 넝쿨,
가시 관목, 찌르는 금작화, 엉겅퀴를 헤치며   180
송아지들처럼 제 울음을 따랐어요. 마지막엔
주인님 암자 너머 오물 덮인 웅덩이에 뒀는데
거기에 푹 빠져 춤추니까 그 연못의 악취가
그들의 발보다 심했어요.

프로스페로   잘했다, 착한 새야.
네 모습을 안 보이는 상태로 유지해라.   185
집 안의 싸구려 옷가지를 이리로 가져와,
도둑 잡는 미끼로 쓰련다.

아리엘   가요, 가요.   (퇴장)

프로스페로 악마다, 타고난 악마다. 그러한 천성에
교육은 절대로 안 통하지. 그에게 애써서
인정미를 보였건만 ― 다, 다 잃고 말았구나!   190
그리고 그의 몸이 나이 들며 더 추해지듯이
마음 또한 썩어 간다. 다들 혼내 줄 테다,
울부짖고 싶을 만큼. 자, 이 줄에 그걸 걸어.

번쩍이는 의복 따위를 지고 아리엘 등장.

칼리반, 스테파노, 트린쿨로, 모두 젖은 채 등장.

칼리반   조용히 걸으세요, 눈먼 두더지가
　　　　발소리를 못 듣게. 그의 암자, 다 왔어요.　　　　195

스테파노 괴물아, 네가 말한 그 요정은 무해한 요정이라고 했는
　　　　데 고것이 우리를 속여 먹은 거나 다를 바 없어.

트린쿨로 괴물아, 내 몸엔 온통 말 오줌 냄새만 나는데 그 때문
　　　　에 내 코가 크게 분개했어.

스테파노 내 코도 그래. 들었어, 괴물아? 내가 널 괘씸하게 생각　　200
　　　　하면, 조심해!

트린쿨로 넌 죽은 괴물이나 마찬가지야.

칼리반   전하, 저에 대한 총애를 계속해 주십시오.
　　　　참으시죠, 제가 드릴 선물은 이 실수를
　　　　덮어 줄 것입니다. 그러니 말씀은 조용히.　　　　205
　　　　아직은 모든 게 자정처럼 고요해요.

트린쿨로 그래, 하지만 웅덩이에서 술병을 잃다니 —

스테파노 거기에 치욕과 불명예뿐만 아니라 괴물아, 무한한 손
　　　　실이 있어.

트린쿨로 그건 내가 물에 젖은 것보다 큰일이야. 하지만 이건 그　　210
　　　　무해한 요정의 짓이야, 괴물아.

스테파노 귀밑까지 빠지는 고생을 하더라도 술병을 가지러 갈
　　　　테야.

칼리반   전하, 제발 조용하십시오. 여기를 보십시오.

196행 네가…요정 이 말로 미루어 볼 때 칼리반은 스테파노와 트린쿨로에게 아
리엘의 존재에 대해 말해 줬을지도 모른다. (아든)

	암자의 입굽니다. 소리 없이 들어가요.	215
	이 섬을 영원히 당신 것, 그리고 칼리반을	
	영원토록 당신의 발 핥는 종으로 만드는	
	좋은 악을 행하세요.	
스테파노	도와 다오. 난 잔인한 생각을 정말 하기 시작했어.	
트린쿨로	(옷을 본다.) 오, 스테파노 왕이여! 오, 동료여! 오, 스테	220
	파노 어르신이여! 여기 당신이 입을 의복 좀 보십시오!	
칼리반	내버려 둬, 이 바보야. 쓰레기일 뿐이야.	
트린쿨로	오, 호, 괴물아. 헌 옷 가게에 뭐가 있는지는 우리도 알	
	아! 오, 스테파노 왕이여! (옷 하나를 걸쳐 본다.)	
스테파노	그 외투 벗어, 트린쿨로. 이 손에 맹세코, 그 외투는	225
	내 거야.	
트린쿨로	전하께 드리지요.	
칼리반	이 바보는 수종에나 걸려라! 그따위 물건에	
	마음이 혹하시면 어쩝니까? 상관 말고	
	살인을 먼저 해요. 그가 깨어난다면	230
	우리는 머리끝에서 발끝까지 꼬집혀	
	괴상한 물건이 될 겁니다.	
스테파노	넌 조용해, 괴물아. 빨랫줄 아가씨, 이건 내 가죽 외투	
	아닌가요? 이젠 그 외투가 아랫도리로 들어갔네! 외투	
	야, 넌 이제 털 빠진 민짜 외투가 되겠구나.	235
트린쿨로	그럼, 그럼. 우린 줄줄이 훔친다, 전하께서 괜찮으시다	
	면 말씀이야.	
스테파노	그 농담 고맙네. 그 대가로 이 옷 하나 받게. 재담은 내	

234~235행 외투야…되겠구나 스테파노는 가죽 외투를 그의 바지춤에 쑤셔 넣고
성병에 걸려 털이 빠진 아랫도리의 모습과 털이 빠진 외투를 연관시킨다. (아든)

	가 이 나라 왕으로 있는 한 보상받을 걸세. '줄줄이 홈
	친다.', 그건 뛰어난 잔머리 재주야. 그 대가로 옷 하나 240
	더 주겠네.
트린쿨로	괴물아, 네 손가락에 끈끈이 좀 발라서 나머지도 가져
	가자.
칼리반	난 그런 거 안 가져. 우리는 때를 놓쳐
	모두들 따개비 아니면 더럽게 머리 나쁜 245
	원숭이가 될 겁니다.
스테파노	괴물아, 손 좀 써 봐. 이걸 내 포도주 부대가 있는 곳으
	로 날라다 줘, 안 그럼 널 이 왕국 밖으로 쫓아낼 테야!
	움직여. 이거 날라.
트린쿨로	이것도. 250
스테파노	그래, 이것도.

사냥꾼들의 소리가 들린다. 다양한 정령들이
개와 사냥개의 모습으로 그들을 이리저리 몰면서 등장하고
프로스페로와 아리엘은 개들을 부추긴다.

프로스페로	이봐, 산마루야, 이봐!
아리엘	은둥아! 저기 간다, 은둥아!
프로스페로	광기야, 광기야! 저기다, 폭군아! 잘 들어 봐!

(정령들이 칼리반, 스테파노, 트린쿨로를
무대 밖으로 몰아낸다.)

	가, 악귀들을 동원하여 말라깽이 경련으로 255
	놈들의 관절을 바수고 늙은이 발작으로

252~254행 산마루…폭군 사냥개들의 이름.

근육을 쫄게 하며 꼬집힌 상처가 표범이나
살쾡이 반점보다 많게 해.

아리엘 쉿, 울부짖고 있어요!

프로스페로 늘씬하게 사냥을 당해야지. 이 순간
나의 적은 모두 다 내 맘대로 할 수 있다.   260
내 모든 작업은 곧 끝날 것이고 넌 하늘로
자유롭게 날아갈 것이다. 조금만 더
따라와서 일해 다오.   (함께 퇴장)

5막 1장

마술사 복장을 한 프로스페로와 아리엘 등장.

프로스페로 이제 내 계획은 절정에 이르렀다.
마법은 안 깨지고 정령들은 복종하며
시간의 마차는 정상으로 치닫는다. 몇 시냐?

아리엘 6시 정각인데 이때쯤 주인님,
우리 일이 끝난다고 하셨어요.

프로스페로   그랬지,   5
태풍을 처음 일으켰을 때. 이봐라, 정령아,
국왕과 그 일행은 어떠냐?

아리엘   함께 갇혔습니다.
당신이 명하신 방식으로, 당신이 그들을
떠나셨을 때처럼. 모두 다 죄인들로
당신 암자 바람막이, 피나무 숲에 있죠.   10

5막 1장 장소 프로스페로의 암자 앞.

놔주실 때까진 옴짝달싹 못합니다. 국왕과
그의 동생, 당신 동생, 셋은 다 넋을 잃고
나머지는 이들로 인하여 바탄에 빠졌는데
슬픔과 혼란이 가득하죠. 당신께서
늙은 충신 곤찰로라 하는 분이 심합니다.   15
갈대 지붕 처마의 빗물처럼 수염 위로
눈물을 흘리죠. 마법이 너무나 강력하여
그들을 바로 지금 보신다면 격정이
순화되실 것입니다.

프로스페로   그렇게 생각해, 정령아?

아리엘   예, 제가 인간이라면.

프로스페로   나도 그리될 것이다.   20
공기인 너조차 그들의 고통에 영향받고
느낌이 있는데 (그들처럼 감정을, 모든 것을
강하게 맛보는 동류인) 나 자신이 너보다
더 인정에 움직여야 되는 게 아니겠어?
난 그들의 중범죄로 치명상을 입었지만   25
그래도 격노에 맞서서 고귀한 내 이성 편을
꼭 들겠다. 희귀한 행위는 복수보다
미덕에 있는 법. 그들이 뉘우치고 있으니까
그 유일한 목표를 연장하여 난 더 이상
찡그리지 않겠다. 넌 가서 풀어 줘라, 아리엘.   30
난 마법을 버리고 그들의 감각을 되돌려
정신을 차리게 해 주겠다.

아리엘   데려오겠습니다.   (퇴장)

프로스페로   (원을 그린다.)
언덕, 개울, 잔잔한 호수와 숲 속의 요정들아,

모래밭 위에서 흔적 없는 발길로
나가는 넵튠을 쫓다가 들어오는 그를 피해   35
달아나는 요정들과, 양들이 역겨워 안 먹는
푸른 풀로 둥근 태를 달빛 받아 만드는
난쟁이 인형 요정, 한밤중에 장난으로
버섯을 만들고 성스러운 저녁 종을 듣고서
기뻐하는 요정들아, 난 너희 도움으로 ——   40
너희는 약한 고수들이지만 —— 대낮의 해를 덮고
반항하는 바람을 불렀으며 저 풀빛 바다와
푸른 천장 사이에 포효하는 전쟁을 일으켰고
무섭게 진동하는 천둥에게 불을 주어
조브의 튼튼한 참나무를 그 자신의   45
번개로 쪼갰으며, 기초가 든든한 벼랑을
흔들어 놓았고 소나무와 삼나무를
뿌리째 뽑았으며, 묘지들은 내 명령에
잠자는 자들을 깨운 다음 강력한 내 기술로
문을 열고 내보냈다. 하지만 난 이제   50
이 거친 마법을 버리고 하늘의 음악을
(지금 내가 그러듯이) 몇 곡조 요청하여
소리의 마술이 필요한 사람들의 감각을
내 뜻대로 되돌린 뒤 지팡이를 꺾어서
몇 길 아래 땅속에 묻어 버릴 것이고   55
지금까지 어떤 추도 닿지 못한 깊은 곳에
내 책을 빠뜨릴 것이다.   (엄숙한 음악)

41행 약한 고수들   프로스페로를 도와주는 요정들은 마법사에 종속되어 있지만
그들 자신의 초자연적 영역에서는 고수들이다. (아든)

여기에서 아리엘이 앞서 등장, 다음으로 알론소가
광란의 몸짓으로 곤찰로의 시중을 받으며 등장하고
세바스티안과 안토니오도 같은 식으로
아드리안과 프란시스코의 시중을 받으며 등장.
그들은 모두 프로스페로가 만든 원 안에 들어와 마술에
걸린 채 서 있고, 프로스페로가 그들을 눈여겨보며 말한다.

이 엄숙한 선율은 불안정한 상상을
가장 잘 달래어 (지금은 쓸모없이) 들끓는
그대의 두뇌를 치유하오. 거기 서 있으시오,   60
당신들은 주문에 걸렸으니. ─
거룩한 곤찰로, 명예로운 사람이여,
내 눈은 그대의 눈 표정에 공감하여
동참의 눈물을 흘리오. (방백) 마법이 쭉 풀린다.
그리고 아침이 어둠을 녹이면서   65
몰래 다가오듯이 그들의 살아나는 감각도
맑은 이성 덮고 있는 무지의 안개를
쫓아내기 시작했다. ─ 오 훌륭한 곤찰로,
진정한 내 보호자, 그대가 모시는 사람의
충성스러운 신하여, 그대의 호의에 말과 또   70
행동으로 꼭 보답하리다. ─ 알론소 그대는
나와 딸을 최고로 잔인하게 대접했소.
그대의 동생은 그 일을 추진한 자였고. ─
그 때문에 넌 지금 꼬집힌다, 세바스티안! ─
나의 혈육, 동생인 넌 야심을 품었고   75

58~60행 이…있으시오 이 부분은 아마도 알론소를 향한 대사일 것이다. (아든)

자책과 인정을 몰아내고 세바스티안과 둘이서
(그의 심적 가책은 그래서 가장 큰데) 이 왕을
여기에서 죽이려 했으나 난 너를 용서한다,
극악무도하지만. (방백) 그들의 이해력은
높아지기 시작했고 다가오는 조수는   80
지금은 더러운 진흙탕인 이성의 해안을
곧 채울 것이다. 그들 중 아직은 한 사람도
날 쳐다보거나 알아보지 못한다. ── 아리엘,
암자에서 내 모자와 단검을 가져와라.

                            (아리엘 퇴장했다가 바로 돌아온다.)

난 이 옷을 갈아입고 밀라노 군주였던   85
나 자신을 보일 테다. 빨리 해라, 정령아,
머지않아 넌 자유다.

아리엘   (노래 부르며 옷 입는 그를 도운다.)
                꿀벌이 꿀 빠는 곳이면 나도 빨고
                앵초꽃 종 안에 드러누워
                올빼미 울 때면 거기서 쉬어요.   90
                박쥐 등에 올라타고 여름 따라
                즐겁게 훨훨 날아다녀요.
                이제는 가지에 매달린 꽃 밑에서
                즐겁게, 즐겁게 살 거예요.

프로스페로   그래, 우아한 아리엘! 널 보고 싶을 거야.   95
            그래도 자유롭게 해 줄 테다. ── 음, 음, 음. ──
            국왕의 배로 가 봐, 보이지 않은 채로.
            거기 가면 해치 밑에 잠자는 선원들을
            보게 될 것이다. 선장과 갑판장이 깨거든
            그들을 강제로 이곳에 오게 해라.   100

곧바로, 부탁한다.

아리엘 앞의 공기 마셔 가며 당신의 맥박이
두 번도 뛰기 전에 올게요.   (퇴장)

곤찰로 온갖 고문, 온갖 고생, 놀라움과 경탄이
여기에 있구나. 천신께선 이 무서운 나라에서   105
저희를 나가게 해 주소서.

프로스페로   국왕은 보시오,
학대받은 밀라노 공작인 프로스페로를!
살아 있는 군주가 당신에게 말한다는
더 확실한 표시로 당신 몸을 포옹하고
당신과 일행에게 진심으로 환영을   110
표하는 바입니다.

알론소   당신이 그인지 아닌지
또는 날 속이려는 (최근까진 속았지만)
하찮은 귀신인진 모르겠소. 당신의 맥박은
산 것처럼 뛰고 있고 당신을 만난 뒤로
내 마음의 고통이, 거기에 광기가 겹쳤을까   115
두려웠었는데 나아졌소. 참으로 신기한 —
이게 진짜 사실이면 — 얘기를 해야 할 것이오.
난 당신의 공국을 내놓고 내 잘못을
용서받기 간청하오. 하지만 프로스페로가
어찌 살아 여기 있소?

프로스페로   (곤찰로에게) 우선, 고귀한 친구여,   120
측정도 한정도 하지 못할 영예를 다 지닌
당신의 노구를 안읍시다.

곤찰로   꿈인지 생시인진
장담 않겠습니다.

프로스페로	당신에겐 아직도

확실한 사실을 못 믿게 만드는 이 섬의
묘방이 남았군요. 잘 왔어요, 친구분들.   125
(세바스티안과 안토니오에게 방백)
근데 경들 한 쌍은 내가 맘만 먹으면 여기서
전하의 꾸중을 내리게 만들고 역적임을
입증할 수 있는데! 지금은 고자질을
않으리다.

세바스티안	안에 든 악마가 말한다.
프로스페로	아니다.

너, 그지없이 사악한 자, 동생이라 부르면   130
입조차 오염될 자, 최고로 야비한 네 과오를
나는 진정 용서한다. ── 모두 다. 그리고
내 공국을 요청한다, 할 수 없이 돌려줘야
할 것으로 알지만.

알론소	당신이 프로스페로라면

당신이 보존된 얘기를 자세히 해 주시오,   135
어떻게 세 시간 전 이 해안에 난파한 우리를
여기서 만났는지. 난 거기서 귀한 아들
(그 기억은 얼마나 날 아프게 찌르는지!)
페르디난드를 잃었소.

프로스페로	애석한 일입니다.
알론소	이 상실은 회복 불가능이오, 인내심도 140

치료를 못 하겠답니다.

프로스페로	오히려 그 도움을

안 구하신 것 같군요. 같은 상실 겪은 저는
그로부터 최대한의 협조를 얻었기에

만족하고 있답니다.

알론소 　　　　　　　　같은 상실이라뇨?

프로스페로 큰 데다 최근이죠. 제가 그 지극한 상실을　　　　　145
견딜 수 있게끔 만들어 줄 수단은
당신이 위안 삼아 동원할 것보다 훨씬 적죠,
저는 딸을 잃었으니까요.

알론소 　　　　　　　　　　딸이요?
맙소사, 두 사람 다 나폴리에 살아 있고
왕과 왕비였더라면! 그렇게만 된다면 난　　　　　　150
내 아들이 누워 있는 펄 침대에 나 자신을
뉘이고 싶소이다. 언제 딸을 잃었지요?

프로스페로 지난 태풍 때였지요. — 전 여기 이분들이
이번의 조우에 너무 놀란 나머지
이성이 압도당해 그들 눈이 진실을 전하고　　　　155
그들 말이 자연스러운 언어라는 생각을
못 하는 것으로 보입니다. — 하지만 어떻게
정신을 뺏겼는지 모르지만 분명히 아시오.
난 프로스페로이며 밀라노에서 밀려났던
바로 그 공작인데 참으로 이상하게　　　　　　160
당신들이 파선한 이 해안에 상륙했고
그 주인이 되었소. 그러나 이건 그만하지요,
여러 날에 걸쳐서 서술할 역사니까,
상머리 얘기도 아니고 이 처음 만남에도
적절치 않으니까. — 잘 오셨습니다, 전하.　　　　165
이 암자가 제 궁정인데 시종은 거의 없고
딴 백성도 없답니다. 자, 들여다보시죠.
제 공국을 제게 다시 주셨으니 당신에게

그만큼 좋은 걸로 보답해 드리지요,
적어도 제 공국이 저를 만족시킨 만큼   170
놀라운 걸 드리리다.

여기에서 프로스페로는 체스를 두고 있는
페르디난드와 미란다를 보여 준다.

미란다   서방님, 절 속이셨어요.
페르디난드   아뇨, 소중한 님,
이 세상을 준대도 안 그래요.
미란다   아니죠, 왕국이 스무 개면 싸움을 하셔야죠,
그러면 공정하다 하지요.
알론소   만약에 이것이   175
이 섬만의 환영이면 난 귀한 아들을
두 번이나 잃을 거요.
세바스티안   참으로 큰 기적이다!
페르디난드   (알론소와 나머지를 본다.)
바다는 한편으론 위협해도 자비롭다.
이유 없이 저주했어.   (그는 무릎을 꿇는다.)
알론소   이 기쁜 아버지의
축복이란 축복은 다 너를 둘러싸라!   180
일어나서 여기 온 경위를 말하라.
미란다   놀라워라!
잘생긴 인물들이 여기에 참 많기도 하구나!
인간은 참 아름다워! 오 멋진 신세계여,
이러한 종족이 살다니.
프로스페로   너에겐 새롭겠지.

| 알론소 | 네가 같이 체스 두던 이 처녀는 누구냐? | 185 |

알론소   네가 같이 체스 두던 이 처녀는 누구냐?   185
             가장 오래 알았어도 세 시간을 못 넘는다.
             우릴 갈라놓았다가 이렇게 합쳐 놓은
             바로 그 여신이냐?

페르디난드   전하, 그녀는 인간이나
             불멸의 섭리에 의하여 제 사람이옵니다.
             아버지의 조언을 구할 수 없었을 때   190
             계시다고 생각도 못 했을 때 선택했습니다.
             그녀는 이 유명한 밀라노 공작의 딸로서 —
             이분의 명성을 여러 번 들었으나
             뵙지는 못했는데 — 전 이분께 두 번째로
             생명을 받았고 이 처녀가 두 번째 아버지로   195
             만들어 줬습니다.

알론소   나도 그녀 아버지다.
             하지만, 아, 내 자식의 용서를 구하는 게
             얼마나 어색하게 들릴까.

프로스페로   전하, 멈추시죠.
             지나간 슬픔의 기억이 짐이 되진
             않았으면 합니다.

곤찰로   속으로 울지만 않았어도   200
             전 말을 했어야 합니다. 신들은 살피소서,
             축복의 왕관을 이 둘에게 내리소서,
             당신들이 저희 길을 이쪽으로 표시하며
             오게 하셨으니까.

알론소   아멘일세, 곤찰로.

곤찰로   밀라노 공작은 후손이 나폴리 왕 되려고   205
             밀라노 거기에서 밀려났나? 오, 기뻐하라,

흔한 기쁨 이상으로. 길이 남을 기둥에
금으로 적어 두라. 한 번의 여행으로
클라리벨 공주는 튀니스에서 남편을 찾았고
페르디난드 오빠는 자기 자신 잃은 데서   210
아내를, 프로스페로는 조그만 섬에서
자신의 공국을, 또 우린 다들 정신 나갔을 때
우리들 자신을 찾았다.

알론소   (페르디난드와 미란다에게) 너희 손을 이리 다오.
너희의 기쁨을 바라지 않는 자는 언제나
비통과 슬픔에 잠기리라.

곤찰로   그럼요, 아멘.   215

            아리엘, 놀라면서 뒤따르는 선장 및 갑판장과
                      함께 등장.

오, 보십시오, 전하, 우리 편이 더 있어요!
교수대가 땅 위에 있는 한 이 녀석은
안 빠져 죽는다고 예언했죠.
                (갑판장에게) 자, 불경한 놈,
배에선 은총을 씹더니 뭍에선 욕을 못 해?
육지에선 입이 없어? 그래 무슨 소식이냐?   220

갑판장   최고의 소식은 안전하신 국왕과 그 일행을
찾았다는 것입니다. 다음은 저희 배가
세 시간 전만 해도 깨진 줄 알았는데
멀쩡할뿐더러 바다에 처음 나갈 때처럼
멋진 장비 갖췄다는 겁니다.

아리엘   (프로스페로에게) 제가 이 모든 걸   225

	떠난 뒤에 했답니다.
프로스페로	장난도 잘하지!
알론소	이런 건 저절로 생긴 일이 아닌데. 점점 더
	이상하게 돼 가는군. 그래, 어떻게 여기 왔나?
갑판장	제가 깨어 있는 게 분명하다 생각하고
	애써 말씀드리죠. 저희는 해치 아래 꽉 갇혀서 ——
	그 이유는 모릅니다. —— 죽은 듯이 자다가
	바로 지금 울부짖고, 찢어지고, 부르짖고
	쇠사슬 부딪히는 이상하고 각각 다른 소음과
	더 다양한 소리에 —— 모조리 끔찍했죠. ——
	깨어났답니다. 곧바로 자유의 몸이 되어
	말쑥한 저희는 거기에서 당당하고 늠름한
	우리 배를 처음처럼 보았어요. 선장님은
	그걸 보고 춤을 췄죠. 눈 깜짝할 사이에
	황공하게, 꿈속처럼 저희만 그들과 갈라져
	얼떨결에 이리로 옮겨졌습니다.
아리엘	(프로스페로에게) 잘했지요?
프로스페로	멋지게 했구나, 부지런아. 넌 해방될 거다.
알론소	이것은 인간이 못 밟아 본 이상한 미로이고
	이 일엔 일찍이 자연이 인도한 것 이상의
	뭔가가 있구나. 우리의 지식은 신탁이
	바로잡아 줘야만 해.
프로스페로	저의 주군이시여,
	이 일의 이상함을 되새기어 전하의 마음을
	괴롭히진 마십시오. 적절한 여가에
	곧 찾아오겠지만, 저 혼자서 이 모든 사건을
	(당신께는 있을 법한 일처럼 보일 텐데)

230

235

240

245

해명해 드리지요. 그때까진 유쾌하게   250
모든 것을 좋게 생각하십시오.
           (아리엘에게 방백) 정령아, 이리 와.
칼리반과 그자의 동료들을 풀어 줘라.
주문을 벗겨 줘.   (아리엘 퇴장)
    (알론소에게) 전하께선 괜찮으신지요?
일행 중 기억하지 못하시는 몇 명의
이상한 녀석들은 아직도 안 나타났습니다.   255

          아리엘, 칼리반과 훔친 옷을 입은 스테파노,
                트린쿨로를 몰면서 등장.

스테파노   각자는 나머지 모두를 위해 꾀를 내고 누구도 자신에
        겐 신경 쓰진 말지어다, 모든 게 다 운명이니까. 용기
        를 내, 괴물 대장, 용기를.
트린쿨로   내 머릿속에 박힌 게 진짜 눈이라면 여기에 좋은 볼거
        리가 있군.   260
칼리반   오, 세테보스, 이거 정말 멋진 정령들이군!
        주인님은 참 화려하시네! 꾸중을 하실까 봐
        두려워지는구나.
세바스티안   하, 하!
        이게 다 뭐하는 것들이오, 안토니오 경?
        돈으로 살 수는 있겠소?
안토니오   그럴걸요. 한 놈은   265

256~257행 각자는…말지어다   는다. 즉, 각자는 자신을 위해 꾀를 내고
술 취한 스테파노는 의도했던 의미 또   나머지 모두에겐 신경 쓰진 말지어다.
는 적어도 관습상 요구되는 의미를 뒤집   (아든)

	분명히 물고긴데, 틀림없이 파는 거요.
프로스페로	여러분, 이자들의 옷차림만 보신 다음
	진품인지 얘기해 보시죠. 일그러진 이 녀석은
	어미가 마녀였고 그녀는 너무나 강력하여
	저 달을 지배하고 조수를 일으키며
	달의 힘을 허락 없이 행사할 수 있었소.
	이 셋은 내 물건을 훔쳤고 이 반쪽 악마는
	(악마의 사생아이니까) 그들과 공모하여
	내 목숨을 노렸어요. 이 둘은 아실 테니
	받아들이시지요. 이 어둠의 물건은
	제 것으로 인정하죠.
칼리반	난 꼬집혀 죽었다.
알론소	술 취한 내 집사, 스테파노 아닌가?
세바스티안	그는 지금 취했어요. 포도주는 웬 거죠?
알론소	트린쿨로 녀석도 꼭지가 돌았군! 어디에서
	이자들을 붉게 만든 최고 술을 찾아냈지?
	어쩌다가 이토록 절었는가?
트린쿨로	전하를 마지막으로 뵌 뒤에 이렇게 절어서 술이 몸 밖
	으로 절대 안 빠져나갈까 봐 걱정되옵니다. 구더기 걱
	정은 하지 않을 것입니다.
세바스티안	아니, 괜찮은가, 스테파노?
스테파노	오, 만지지 마십시오. 전 스테파노가 아니라 경련 환자
	랍니다!
프로스페로	이 섬의 왕이 되고 싶었잖아?
스테파노	그럼 아픈 왕이 됐을 것입니다.
알론소	이건 내가 여태껏 본 것 중 괴이한 물건이군.
프로스페로	이자는 그의 형체만큼이나 행동이

270

275

280

285

290

일그러졌습니다. 이봐, 내 암자로 돌아가.
너의 그 동료들도 데려가. 용서받길
기대하고 있을 테니 아름답게 장식해 놔.

칼리반   예, 그럼요. 그리고 앞으로는 조심하고   295
은총을 구할게요. 나도 참 갑절로 멍청이지,
이따위 주정뱅일 신으로 여기고
이 둔한 바보를 섬기다니!

프로스페로   됐어, 가 봐.

알론소   (스테파노와 트린쿨로에게)
저리 가, 그 물건은 주운 곳에 돌려 놓고.

세바스티안   훔친 곳이겠지.   300

                 (칼리반, 스테파노, 트린쿨로 함께 퇴장)

프로스페로   전하, 전 전하와 따르는 사람들을
누추한 제 암자로 초대하고 거기에서
오늘 밤 쉬실 때 저는 그 시간을 (일부라도)
빨리 가게 만들 게 틀림없는 담화로 ―
제 삶의 이야기와 이 섬에 온 뒤로   305
일어났던 구체적인 사건들로 ― 보낸 뒤에
아침에는 전하를 배 있는 곳으로
나폴리로 보내 드릴 터인데 전 거기서
사랑하는 이 둘의 혼례가 엄숙하게
치러지는 광경을 바라보고 싶습니다.   310
그리고 밀라노로 물러나 세 번째 생각마다
무덤을 떠올릴 것입니다.

알론소   우리 귀를
이상하게 사로잡을 그 삶의 얘기를
듣기를 고대하오.

프로스페로　　　　　　　　　그 모두를 전한 다음

　　　잔잔한 바다와 상서로운 바람과　　　　　　　　　　　315

　　　멀리 간 전하의 함대를 따라붙을 정도로

　　　신속한 항해를 약속하죠.

　　　　　　　(아리엘에게 방백) 병아리 아리엘,

　　　그게 네 임무야. 그런 다음 자연으로

　　　자유롭게 잘 돌아가!

　　　　　　　(나머지에게) 자, 들어들 가시죠.

　　　　　　　　　　　　　　　　　　(모두 함께 퇴장)

　　　　　　　　　　　　맺음말

(프로스페로가 관객에게)

　　　제 마술은 이제 다 사라졌고

　　　남은 건 제 힘인데 그건 참

　　　미약하답니다. 그래서 여러분이

　　　여기에 절 가두거나 나폴리로

　　　보내야 맞겠죠. 제 공국을 찾았고　　　　　　　　　　5

　　　사기꾼도 용서해 주었으니

　　　여러분의 마법으로 여기 이곳

　　　텅 빈 섬에 살진 않게 해 주세요.

　　　여러분이 박수로 저를 도와

　　　속박에서 절 풀어 주십시오.　　　　　　　　　　　　10

　　　친절한 말씀으로 제 돛을

　　　안 채워 주시면 기쁨을 주려던

　　　제 계획은 실패해요. 강제할 정령도

매혹할 기술도 전 이제 없답니다.
자비심 자체를 꿰뚫고 공략하여   15
모든 잘못 용서받는 기도로
이 몸이 해방되지 못한다면
제 결말은 절망이겠지요.
여러분이 죄 사함을 받고 싶듯
호의를 베풀어 저를 놔주십시오.   (퇴장)   20

작가 연보

1564년   아버지 존 셰익스피어와 어머니 메리 아든의 장남으로
               스트랫퍼드어폰에이번에서 태어남. 4월 26일 세례 받음.

1582년   11월 여덟 살 연상의 앤 해서웨이와 결혼.

1583년   딸 수재너 태어남. 5월 26일 세례 받음.

1585년   아들 햄닛과 딸 주디스(쌍둥이) 태어남. 2월 2일 세례 받음.

1588 - 1589년   런던에서 최초의 극작품들이 공연됨.

1588 - 1590년   식구들을 두고 런던으로 감.

1590 - 1591년   3부작 『헨리 6세(Henry VI)』.

1592 - 1594년   시집 『비너스와 아도니스(Venus and Adonis)』,
                  『루크리스의 강간(The Rape of Lucrece)』 출간.
                  두 시집 모두 사우샘프턴 백작에게 헌정.
                  로드 체임벌린스 멘 극단의 주주가 됨.
                  『리처드 3세(Richard III)』,
                  『실수 희극(The Comedy of Errors)』,
                  『티투스 안드로니쿠스(Titus Andronicus)』,
                  『말괄량이 길들이기(The Taming of the Shrew)』,
                  『베로나의 두 신사(The Two Gentlemen of Verona)』.

1595~1597년 　『사랑의 헛수고(Love's Labour's Lost)』,

　　　　　　　『존 왕(King John)』,『리처드 2세(Richard II)』,

　　　　　　　『로미오와 줄리엣(Romeo and Juliet)』,

　　　　　　　『한여름 밤의 꿈(A Midsummer Night's Dream)』,

　　　　　　　『베니스의 상인(The Merchant of Venice)』,

　　　　　　　『헨리 4세 1부(Henry IV, Part 1)』,

　　　　　　　『윈저의 즐거운 아낙네들(The Merry Wives of Windsor)』.

1596년　　　아들 햄닛 사망.

　　　　　　　부친의 문장을 사용하는 것을 허가받음.

1597년　　　스트랫퍼드에서 뉴 플레이스 저택 구입.

1598~1599년 　『헨리 4세 2부(Henry IV, Part 2)』,

　　　　　　　『대단한 헛소동(Much Ado About Nothing)』,

　　　　　　　『헨리 5세(Henry V)』,『줄리어스 시저(Julius Caesar)』,

　　　　　　　『좋으실 대로(As You Like It)』.

　　　　　　　셰익스피어의 극단이 새로운 글로브 극장으로 옮겨 감.

1600년　　　『햄릿(Hamlet)』.

1601~1602년 　시집『불사조와 산비둘기(The Phoenix and the Turtle)』출간.

　　　　　　　『십이야(Twelfth Night, or What You Will)』,

　　　　　　　『트로일로스와 크레시다(Troilus and Cressida)』,

　　　　　　　『끝이 좋으면 다 좋다(All's Well That Ends Well)』.

1601년　　　부친 사망. 9월 8일 장례.

552

1603년	엘리자베스 여왕 사망. 스코틀랜드의 제임스 6세가 영국의 제임스 1세가 됨. 셰익스피어의 극단이 킹스 멘이 됨.
1604년	『잣대엔 잣대로(Measure for Measure)』, 『오셀로(Othello)』.
1605년	『리어 왕(King Lear)』.
1606년	『맥베스(Macbeth)』, 『안토니와 클레오파트라(Antony and Cleopatra)』.
1607년	6월 5일 딸 수재너 결혼.
1607-1608년	『코리올레이너스(Coriolanus)』, 『아테네의 티몬(Timon of Athens)』, 『페리클레스(Pericles)』.
1608년	모친 사망. 9월 9일 장례.
1609-1610년	『심벌린(Cymbeline)』, 『겨울 이야기(The Winter's Tale)』. 『소네트(Sonnets)』 출간. 셰익스피어의 극단이 블랙프라이어스 극장을 매입.
1611년	『태풍(The Tempest)』. 스트랫퍼드로 은퇴.
1612-1613년	『헨리 8세(Henry VIII)』, 『카르데니오(Cardenio)』, 『두 귀족 친척(The Two Noble Kinsman)』.

1616년   2월 10일 딸 주디스 결혼.
           스트랫퍼드에서 4월 23일 사망.

1623년   글로브 극장 시절의 동료 배우 존 헤밍과 헨리 콘델이
           편집한 셰익스피어의 극작품들이 이절판으로 출판됨.
           부인 앤 해서웨이 사망.

셰익스피어 전집 7
사극·로맨스

1판 1쇄 펴냄. 2014년 4월 25일
1판 2쇄 펴냄. 2024년 10월 2일

지은이. 윌리엄 셰익스피어
옮긴이. 최종철
발행인. 박근섭·박상준

펴낸곳. (주)민음사
출판등록 1966. 5. 19. 제16-490호
주소. 서울시 강남구 도산대로1길 62(신사동)
　　　강남출판문화센터 5층 (우편번호 06027)
대표전화. 02-515-2000 | 팩시밀리 02-515-2007
홈페이지. www.minumsa.com

ⓒ 최종철, 2014. Printed in Seoul, Korea

978-89-374-3127-2 04840
978-89-374-3120-3 (세트)

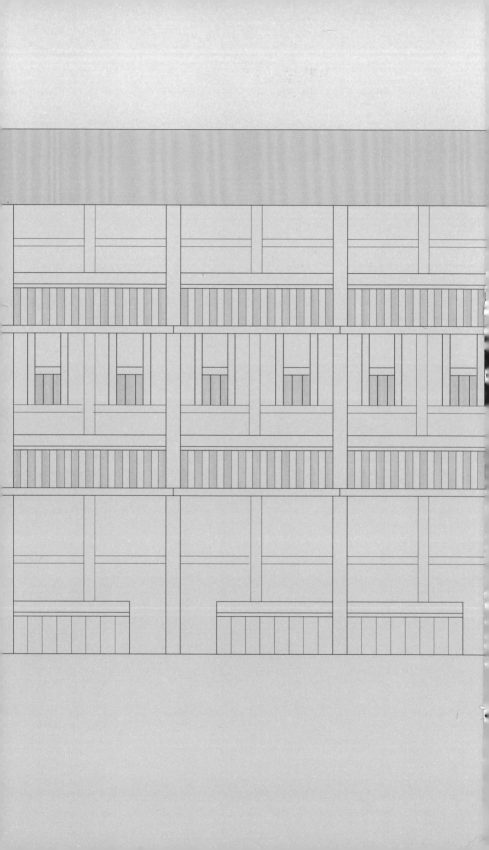